中国少数民族文学发展工程
翻译出版扶持专项（民译汉）

南大川

【著】崔国哲（朝鲜族）
【译】郑风淑（朝鲜族）

作家出版社

图书在版编目（CIP）数据

南大川 / 崔国哲著；郑风淑译. -- 北京：作家出版社，2019. 3（2023.2重印）

（中国少数民族文学发展工程·民译汉专项）

ISBN 978-7-5212-0413-1

Ⅰ. ①南… Ⅱ. ①崔… ②郑… Ⅲ. ①长篇小说－中国－当代 Ⅳ. ① I247.5

中国版本图书馆CIP数据核字（2019）第042535号

南大川

作　　者：崔国哲
译　　者：郑风淑
责任编辑：史佳丽　李亚梓
特约编辑：陈　涛　杨玉梅　郑　函
装帧设计：薛　怡
出版发行：作家出版社有限公司
社　　址：北京农展馆南里10号　　　　邮　　编：100125
电话传真：86-10-65067186（发行中心及邮购部）
　　　　　86-10-65004079（总编室）
E-mail:zuojia@zuojia.net.cn
http://www.zuojiachubanshe.com
印　　刷：固安兰星球彩色印刷有限公司
成品尺寸：152×230
字　　数：363千
印　　张：28.25
版　　次：2019年9月第1版
印　　次：2023年2月第2次印刷
ISBN 978-7-5212-0413-1
定　　价：86.00元

编委会名单

目 录

南大川和简易驿 /1
“转啊转，绕着玻璃窗子给我转……” /9
“土墙外的人们” /43
“在六道沟那片天空下” /70
回归 /109
客窗寒灯 /155
最后的老兵 /203
年年岁岁春风来 /248
6 月 2 日——拱针山 /302
打谷场 /340
一日千载 /387

南大川和简易驿

1

如果说，物理学意义上的建筑都设有供人出入的门，我想，一部小说也该有读者可以进入的“门”。那么，对于站在这道“门”前的读者，作者首先要向读者交代些什么呢？无论如何，我觉得从故事发生地——那个简易停靠站点做起始来介绍为妥。

所谓“驿”，是从旧时的驿站演化来的。通常是每隔几十里设一处，里边预备一些休息备品，为那些公务往来的官宦换乘马匹及休憩而提供的场所。近年来则成为火车及公共汽车出发和到达地、货物及列车停靠站点、车辆交换而使用的地点名称。现在，不仅是始发地，就连中途旅客上车下车的道边儿、简易停靠站点也称作“驿”。尽管与车站的说法稍有不同，但如果按车站的概念去理解也无妨。

我的故乡南大川，位于现今的延边朝鲜族自治州，图们市的凉水镇。南大川简易驿，在珲春至图们区间，非常小而且寒酸，没啥物理意义上的设备，也没有建筑物，其实就是个道边儿。为啥叫驿？就是因为进村的牛马车道，与通向外界的大路呈“T”形连接，村里人通常在这个连接点上车、下车，所以自然而然地把那里当作‘驿”了。

南大川简易驿，寒碜又不起眼儿，而村里人就是在这里坐上客车通向外边世界的。要记述南大川发生的故事，那我琢磨着，就得先抖搂抖搂这个简易驿。在简易驿等客车的事情发生在笔者的少年时期，从现在开始要把时间拽回到四十年前的寒假，某个寒冷的冬日。

一个少年，穿着手针缝的黑棉袄，在寒风里瑟缩着，时不时用卷起的袖口抹着大鼻涕，鼻涕立马就会冻住，闪着锃亮的“银光”。少年为了在这天坐上车，去看看外面的世界，打入秋，便每周日上山采龙胆草、辣椒树根啥的。这在当年，是农村少年们都乐此不疲的“小秋收”；初冬时，上山砍荆条枝子，也是这帮孩子们搞过的“副业”。他把每天几毛钱的收入攒下来，买了双天蓝色底儿、白色围棋格的尼龙袜，一双天蓝色篮球鞋。乡下少年从前一直穿胖头鱼似的黑棉靰鞡（棉鞋），穿厚厚的棉线袜，打出娘胎第一次穿上了篮球鞋，贴着脚的尼龙袜又轻薄又软和。接下来，便掰着手指头数啊数的，盼着放寒假的日子。

小时候每当放寒假时，我们这些孩子都有一个小小的愿望，盼着让大人领着去外地“走亲戚”。说起来是走亲戚，其实说穿了就是串门儿，到城里的亲戚家见见世面。那年月，我们往往把亲戚家，用朝鲜族方言说成“至亲、族人、外戚”。

现在想来，那时家家户户粮食不够吃，城里也不例外，是按人口供应，也就是比乡下稍稍好过些，米、面、肉、油、蔬菜多一些而已。乡下人到了城里的亲戚家，啥啥看着都新鲜，饭量也出奇的大。家里平添了好几张嘴，吃上几天，也够让人头痛。在那生活困难的年月儿，我们这些孩子一到放寒假就要吵着去城里，到亲戚家串门儿，真是少年不知愁滋味儿，父母骂我们是“不懂事儿的大鬼头”。那时候，一到放寒假，我们这些半大孩子，“挨”不过乡下无趣的漫长冬日。若是有哪个孩子跟着大人，去城里的叔伯、姑妈、姨妈家去串门儿，小伙伴儿们往往都会艳羡不已。与外边的世界沟通应该也是人类最原始的欲望吧。

记得那天在简陋的简易驿等客车，天气冷得快要把人冻成冰棍了。我们几个就踅摸着，到邻近的水南村，找个地儿暖和暖和身子。走进那个快要歪倒的生产队牛棚，一抬头只见天棚的蜘蛛网像挂满灰尘的电线似的，阴森森地摇来摆去；那边黑黢黢的旮旯，并排罢着几个旧得不能再旧的牛槽子，好像随时都会跳出小鬼儿的样子，瞅着让人浑身直起鸡皮疙瘩；浑浊的空气里，馊巴巴的煮牛食味，和臭烘烘的牛粪味混杂在一起，直冲鼻子；这边角落里，有一个邋里邋遢的养牛汉蜷缩着，吭吭地咳嗽着，屁股冲外，一块块用绿布打的补丁贼显眼。那一幕我看在眼里，深深印在脑海，至今挥之不去……也许就是从那个时刻起，那个少年——我，潜意识便已萌动，要写下南大川的这些人和事儿。

南大川简易驿，日复一日地上演着真人‘活报剧”，时常令人哭笑不得。国道上，一天到晚通不了几辆机动车，仅有的几趟客车，也仿佛大旱天的豆苗般稀稀拉拉的，显得无比寂寥。如果要去图们，或者去反方向的珲春，每天有两班车停靠在简易驿。从珲春与图们各自起终点始发的客车，往往已满载旅客。即便有南大川下车的旅客，司机和车长远远看到腰扎麻绳的乡下人，也不等车到站，离得远远儿的就停下，强迫旅客下车，或者干脆直接驶过站点，像卸货似的抛下旅客，然后急急地逃掉。每当这时，那些身强力壮的青壮年，或者没有随身携带行李、身体轻便的人们，就会手忙脚乱、连跑带颠地追赶汽车。能赶着坐上客车的，算是中了彩，否则下场就很惨了。

那年月，客车从珲春或图们始发，途经南大川简易驿这个中间停靠站，总是戏弄这些守着一亩三分地儿、老实巴交的乡下人，调侃着封闭落后的农村。偶尔，一旦有客车停靠在站点，人们便蜂拥着挤上车。每当这时，那个十八九岁的小车长，就会用她那尖厉刺耳的嗓音喊着：“哎哟哟，挤啥呀？快把我给挤死了！”还有老妇人们好不容易挤出来的惊叫声：“嘿嘿嘿，这大嫂咋这么没礼貌，还摸人家的家巴什儿捏？”

“哎呀大哥哟，咋说话捏？车里挤成这样，我还有啥闲心去摸那狗都不吃的二两肉啊！”车厢里夹杂着低劣的打情骂俏声。也有被挤在大人们的大腿间，快被压扁的小孩子喊“妈妈”的哭叫声，混杂其间……简直像是在20世纪70年代日本大阪兴南码头，那个“战争避难所”的现场。

车长实在看不下去了，就会反身下车，在门口不由分说地使劲把旅客往车厢里搡，或者把旅客像物品似的向车内硬塞，勉强拉上车门后，再绕到司机的驾驶室那儿挤上车。超载的客车里，乘客们相互挤得男女不分。人们嘴里的烟味、酒味、大蒜味、馊不啦唧的汗酸味、体臭味等等，各种臭味充斥着车厢……混杂的臭味仿佛又把乘客们“弄死”一回。然而，能坐上车，并能去自己想去的地儿，乡下人已经很满足了，转身儿便忘了刚才挤车的所有折磨（事实上乡下人也没那么金贵）。坐上汽车，人们的眼光越过车长身旁，瞅着那积满灰尘的窗户，迷茫地张望着车窗外：南大川的村落阴沉沉地歪斜着，沿途那些山村，也都仿佛要无力滑倒的样子，显得那样消瘦干瘪，一片肃杀风景。

南大川人淳朴地把“吃饱穿暖”，这个人类最原始的生存需要当作梦想，从不知道埋怨生活的艰辛和窘迫。他们谋生度日，用善良和柔软之心承受着生活的煎熬，然而他们付出的代价，与那个时代巨大的社会性支出相比，所得到的实在是太少了。

寒酸的简易驿，冬天寒风凛冽，夏天大雨滂沱，有个年方十二岁、淳朴的乡下穷小子，嘴唇干巴皲裂，脸儿疲惫无力，曾经傻呆呆地在那里等车。谁承想就是这个少年，从那时起便在内心里萌生了个念头，要把村里的故事讲给外面的世界。故事的主人公比如“福童奶奶”，崔千燮，曰洙、曰福、曰龙、曰吉兄弟，达洙、达山、达龙、达满兄弟，方元，昌洙，德山，龙范，图弼，七星子，二楞子，徐东宇，谢陆久，老牛倌等等，讲述这些南大川父老乡亲的生存史，以及他们的热望和梦想。

后来，也是通过这个简易驿，从城里下放农村的干部们携家带口，坐着大卡车拉着行李来到了南大川。就在那时，这位一二岁少年结识了一名小姑娘，她是延吉人，父母是下放干部，她随着父母下放，然后又跟着父母返回延吉。从此少年的心对小姑娘便有了一种遥遥无期的等待，体会到了疼痛，于是他带着这些心痛慢慢长成了少年，懂得了茫然的“哀伤”。他日复一日，每天都到客车停靠点呆呆地守望，期盼着哪个黄昏晚饭当儿，小姑娘能突然出现在自己面前。这些等待和梦想，伴随着少年青春期的懵懂，也就在此时，他强烈地意识到：南大川简易驿与城市的客车始发站之间，存在着巨大差异。

南大川简易驿，那里是南大川人们必经之地，他们经过这个站点，赶着装满粮食的破板车，翻过山岗，去公社（乡或镇）政府所在地的村子交征购粮；也是南大川媳妇儿们必经的地方，生活拮据的她们，头顶着或胳膊上挎着，拿旧包袱皮包着一些“干货儿”——晒干的蘑菇、黄瓜、辣椒、茄子啥的，拿这些小来小去的物什儿到集市上换些零用钱儿。那时乡下所说的“青黄不接”，说的是每年的6月份左右，粮食断流短缺的时候，饿得直打嗝儿呢的乡下人，通过这个简易驿从城里运来玉米糙子，到秋收分到粮食后，再用上等的大米运上。那令人伤感的岁月……这些也未尝不是包括南大川人在内的所有国民的生存史！

2

南大川村坐落在岭南边的一个小小的盆地，地下蕴藏着三层可以提炼出石油的第三纪褐炭矿，所以也称之为“矿山村”。日伪时期，日本人曾在南大川开采出过煤炭。至今村子的后岗上还有矿井的痕迹。清朝咸丰年间，南大川划为“屯”的时候，曾被称作“帽儿河甸子”。汉语里，甸子通常是指“放牧场”，也有宽阔田野的意思。于是，又称“大沟子”。1934 年成为集团村时，日本人据此设立了集团部落，围上了土墙，甚至四角都建了瞭望角楼。这个时期换了名称叫“南大洞”，光复后第二年，也曾重新改称南大间。汉语中相关表述村屯名字后放的“间”字，也有村屯的意思。

险峻的南岗山脉周围，分布着好几个像南大川这样的小盆地。南大川村作为其中的盆地之一，是由南大川（村前流过的河流名称）经过亿万年岁月切割成的冲积地带。

尽管说得好听些，把南大川叫作“大沟子”，其实它与寒酸的简易驿一样，我在那里成长的岁月整个都是一幅幅黑白色调的画面。劣质的黄土除了泥草房抹墙的用途外，啥用处都没有，倘若哗啦啦地稍微下点雨，乡间羊肠小道就会糊满黏糊糊的大稀泥。

在这片黄土地上，我们曾经一边捡着煤块，一边体会着生活的苦乐。一到冬天下雪时，便下捕鸟器，赶着成群的麻雀、山雀，度过了少年时代。我从小时候起，就爱“显摆”自己的勤快劲儿，作为家中长子，一直在学着担当起家族的责任。那时候，冬天村里的土道上，常常散落着冻得硬邦邦的牛粪坨子，我把粪坨子当成球，左踢一脚，右踢一脚，倒是把复原南大川人生活的、称作文学的“箭头”，随意地用脚射了出来。可以说，南大川遍布着这名文学青年的艰辛足迹。故乡的蓝天，对我来说总是那样暖暖地张开怀抱，故乡的蓝天和土地，是我灵魂深处最根性的家园，也是文学创作兴奋点最长久之蕴藏所在。

离开南大川后，有一段时间每当插秧季，还是乐意回到村里。记得那时，我会把裤腿子高高地挽起帮家里插秧，驾！放下耙子，到了吃中饭的时候，摘把水芹菜，在田埂下流过的溪水里大致冲几下，撒上红红的辣椒面儿，浇上足足的醋精，和夏天仍吸溜着鼻涕的父亲、弟弟围坐一起，喝着酒唠乡下人有趣的家长里短。每当水田除草的季节，扛着锄头回家的路上，跳进长满柳枝的小河沟里，捧起溪水往汗流浃背的身上淋，那清凉爽快直浸入骨髓。

每每返家探亲时，老妈妈就要坐在在院子里的稻草席垫上，眼睛一直盯着往简易驿那边儿瞅。等儿子到了，她总会拿柳条编的笊篱蒸上茄子和辣椒，还有墨绿色的苏子叶，我们就着嫩嫩的煮玉米，边津津有味地吃着，边伸长耳朵听着屋檐下蜘蛛王织网建巢的传说。到了晚上，在灶间土炕上睡着的老爸和老妈，边啪啪地撵着“嗡嗡”盘旋的蚊子，边唧唧咕咕地唠嗑儿。这时候，雨季里抽条拔枝儿的柳树林里，传来黄牛犊子哞哞叫声，和着各种草虫子叫声，吵得人心焦磨乱。

南大川的冬天简直就是一幅童画儿。呼啦啦——唰！从西边山岭刮来的冷飕飕的西北风，猖獗肆虐地狂叫，震得人耳膜子生疼。风在篱笆杖子间稍作喘息，转而像猎人撵猎物似的，追着被北方大地的严寒冻得惨白的太阳，急急忙忙地飞奔到简易驿上空，在云彩的空隙间窜来窜去，然后便“飕飕”地逃掉了。南大川的村路上，狗儿们“汪——汪——”狂叫，挂在西山顶上那钩子般的下弦月下，猫头鹰的叫声凄凄回荡。

岁月流逝。南大川和简易驿，尽管简陋得没啥看头儿，却成为乡下少年，不，作为最完整见证人们生存史之地而保留下来，默默地作为故乡人们的象征，消化着所有的悲欢离合。我在寻找这些判断和思索过程中，开启了复原南大川人过往生活的作业。踏着岁月的足迹写出来的南大川，和它的简易驿那些伤感生活表象，直到将其升华为民族生存的坚实根据地为止，直到理解了南大川是承载那些贫困的肖像和记忆的起始地为止，曾费了多少时间苦苦思索啊！

通过南大川和南大川的简易驿，笔者先后发表了《间岛传说》《光复的后裔们》等系列长篇小说，这次本书得以面世。

在构思这部长篇小说时，本作品用了“南大川”这个真实的地名，把几年间因编辑催稿而零星写出来的中、短篇小说中，曾经登场过的人物，以及经过简易驿的众多南大川人们，作为人物信息和资料，重新进行组合，这些活计是以人物的悲欢离合为线索，重新进行描写的调整过程。

这部长篇小说中的人物，大部分是《光复的后裔们》中出现的主人公们的后裔，是已经发表的中、短篇小说中登场过的人物。然而，这部长篇小说中所登场的人物的性格和结构，随着作品整个情节的发展走向只能发生转变。小说的背景和人物是以共和国创建后的20世纪50年代为基点，经过60年代到90年代，进入新千年时至今日，忽略年代顺序，是按照人物，而不是局限于时间与空间来写的，这一点需要提前交代。

“转啊转，绕着玻璃窗子给我转……”
——南大川人的故事（1）

1

到了董鸡（南大川特有的野生禽类，现已绝种）开始叫时，生活在岭后阳东堂的“抗联阿爸侬”，就会下岭到南大川村里来了。这时候，村里人就会背地里嘀咕：“这老人家又犯糊涂病了呀……世上最可怕的病就是这病了，真是可怜见儿的。”

“阳东堂抗联阿爸侬，您咋又下岭来了哟？”

路上碰到村里人跟他打招呼，他便捋着细长的白胡子，装作没听见似的不搭腔。尽管老人的精神状态时好时坏、不太正常，但是对于人们“咋又下岭来了哟？”，这话里带话、不太欢迎自己的意思，倒是挺明白。老人“哼”地用鼻子哼了一声，表示自己生气不满，然后理都不理，兀自倒背着手，晃悠悠地在村路上转悠一圈儿。

村里只有两条小路，乱糟糟地散落着牛粪。老人往往会在村西头儿，那棵榉树旁歇下脚儿，呆呆盯着自己住过的老房子看上那么一会儿，那是老人搬去阳东堂之前住过的茅草房，医年久未经人手，糊窗纸撕得像狗啃的，显得破烂不堪。“噢哟！这本是俺的家哦……”老人低声慨叹着，然后顺着村路向东，这家那家探头探脑地往下走。这时，院儿里的狗见到可疑的老头儿，便欺负人似的狂吠起来。老人在村路的最东边儿，走过“左撇子”三龙家，那个拿艾蒿草捆儿围成的埋里埋汰的茅厕，然后再重新拐向村路南侧，折向西面往下走。这时候，和我年龄相仿的半大儿小子们，边放声喊着“转啊转，绕着玻璃窗子给我转……”，边紧追着老人屁股后跑。“这帮家伙，真没礼貌，赶紧滚一边儿去！”大人们见着，便瞪着眼睛赶过来，拎着扫帚头儿，“呜呀呜呀”地叫着，像撵闯进屋的鸡崽儿似的，把孩子们给撵散。

老人头上总爱戴一顶滑稽可笑的斗笠，身穿褪色发白的大棉布马褂，下身穿宽宽肥肥的朝鲜族“抿裆裤”——仿佛狗儿都能轻松钻进去，裤脚还非得一丝不苟地扎绑腿，脚上趿拉双白色宽面儿橡胶鞋。现在想想看，这副行头在那个年代的乡下相当少见，活脱脱一位固守传统的村翁啊！现在，每每那老人的形象浮现脑海，我就会联想到后朝鲜时代著名诗人南久满所作的著名诗句：“东窗已透亮 / 家雀儿叫得欢 / 喂牛的伢子儿哟 / 还懒在被窝窝……”

老人偶尔来到村里，时不时地借着东风，边扯着嗓子唱“转啊转，岁月啊，年华啊，绕着玻璃窗子给我转……”，边手舞足蹈地跳舞。每当这时，他肯定会踱进张三或李四家去蹭上一顿早饭酒。尽管那个时候，这老人对南大川来说是个微不足道之人，只是个笑料，然而随着岁月流逝，人们才发现他是特定年代里，飘散在南大川上空的那些英灵的象征，是具有历史厚重的存在。

“那抗联阿爸依，是挨了日本鬼子打耳光，才打得精神失常的，真的很可怜哟！”“日本鬼子审讯起来那残暴劲儿真是没人性啊！对士兵赌博那种小事儿，都能鼻子灌辣椒水折磨人，更不用说对付抗联战士了，这些战士可是拿枪杆子和鬼子拼过命的，这小日本儿的狠毒手段，想想都让人脊背发凉不是？”

夕阳西下的时候，那老人唱小调儿和舞舞扎扎白折腾声儿，渐渐消停下来。村里人啧啧咂舌，叹道：“这老人，年纪越大越发糊涂，唉！……”

转吧，岁月啊年华啊，旋转在玻璃窗外
屋顶上结出的大倭瓜金黄公狗吠
传说水井边斜缠着藤蔓的葫芦花结了瓢
南大川的董鸡要撒了欢儿地叫
转吧，岁月啊年华啊
绕着玻璃窗外转啊转……

现在回忆起来，别看老人身体干瘪瘦削，嗓音听起来倒是贼亮堂，“舞姿”也就是“炕头儿舞”（拿着筷子击节，像虾子般舞动）、自娱自乐“瞎跳”水准，用现在的话来形容，属“草根派”。“亢联阿爸依唱起歌来可是能露上一手呢！”旁边闲着没事儿看热闹的人 装作抬举他说上这么一嘴，老人便更来劲地撒欢儿跳起舞来。这时，老人身着白衣的身影，在寂寥山村中那炽热的阳光下，总是散发着白色耀眼之光。

令人称奇的是，每当老人唱着歌手舞足蹈时，绿荫覆盖的村头儿前，一片平展开阔的绿油油的稻田上，水车辘辘，董鸡便“咕嘎咕嘎——咕咯咕咯”欢畅地叫起来，那婉转啁啾，似水珠落玉盘。董鸡一定会在老人的歌声和舞姿结束之时，也跟着“嘎——咯”地用单音叫着戛然停止。这奇特而有趣的现象是奶奶发现的。“那董鸡（黑水鸡）啊，是早早死去的千燮（老人的小儿子名）他娘的魂儿转世投胎来的。（董鸡）看到婆家大侄儿的精神不大好，实在不忍心才跟着飞下山来了呀……孩儿他娘（朝鲜族农村，婆婆叫儿媳妇的称呼）啊，看看董鸡又闹腾着叫唤起来，赶紧准备午饭吧。”董鸡引着老人走进我家，来到奶奶跟前儿，之后会“嘎——咕——咯”地单音叫着，讪吧嗒地飞走了。村里人把董鸡唤作“黑水鸡”，和布谷鸟差不多大。每次我们沿着田埂悄悄挨近，想逮着董鸡，哪承想，它早就感觉到人的声息，张开那黑色花彩斑斓的翅膀，“扑棱棱”地飞走了。

奶奶只要听到老人唱“转啊转，绕着玻璃窗子转起来……”，就会催促母亲，或者干脆自己动手摆午饭桌，准备停当，便急急地走出家门去寻人，每次准会连哄带拽地把老人拉到我家。老人个子高高的，身材挺拔，乖乖地跟在个子矮小、仅够免“侏儒”称呼的奶奶身后，走进家门儿，那样子看起来也怪好笑的。

母亲遵奶奶吩咐，小米掺上马铃薯块蒸熟，盛上一大碗，再舀上一碗凉水，炒上一碗豆酱，摆在小圆桌上呈给老人。老人家倒是挺斯文的，盘腿儿坐在上房的土炕上，一勺接一勺地紧着往嘴里送饭，急切地吃起来。这时候，奶奶总是静静地坐在老人边上伺候着，轻轻地扒鬼子葱（洋葱）或是嫩蒜，递给老人就饭吃。

“你们两个胡子拉碴的光棍汉，住在冰冷的屋里，咋能吃上现做的热乎饭哟！每次去阳东堂你们家，倒是看你们也知道把米盛在盆里，装上笼屉蒸饭。那样蒸出来的饭四边儿熟，中间儿夹生。晚年哟，身边哪怕有个半瘫的老伴儿也是好的哟，啧啧……”奶奶总爱这么叨叨咕咕的，和老人东拉西扯拉家常。那时我大致也就是上幼儿园的年龄吧，模模糊糊地虽听不懂他们说的话儿，大约摸儿听得出他们唠的是过日子那些嗑儿，还有老人家那没了信儿的大儿子，这些话儿，还能听得差不离儿。

待老人吃完午饭放下碗筷儿，会喝上一大口涮锅水儿（朝鲜族旧习惯，铁锅焖饭盛出后，在锅底结的锅巴上倒上清水，作为饭后的漱口水，叫“松宁水”）含在嘴里，像梅雨季呱呱叫的草蛤蟆，鼓起圆滚滚的腮帮子，咕噜噜咕噜噜地漱口。“就剩下俩儿子了，大儿子现在是生是死，一点儿信儿都没有，屋里（家里）剩下的小畜生（小儿子）还是不成气候呢……咱对祖上可是惹下了大不敬之罪呢！”老人边说着，边从打着一块块补丁的衣衫里层，草草缝上的口袋里拿出几张照片来。最上边那张照片上是一位身着旧式苏联红军军装、腰上别着手枪、英俊挺拔的青年军官，另一张照片上是一个同样军装打扮的女军官，与那位青年军官并肩而立。我走近老人跟前儿探头探脑时，老人便指着照片，美滋滋地显摆：“大侄子，俺告诉你啊！这边儿这个帅气的家伙，是我大小子，旁边站着的是我大儿媳妇儿。”其实这些照片都已看过老多遍了，弄得我对这两人的脸至今记忆犹新。当时咋也没想到，他们日后成了我长篇小说中主人公的原型。

按老人的话说“大畜生、小畜生”，指的其实是自己的子嗣，就是“大儿子、小儿子”的意思。

“（婆家）大侄儿您啊，用完饭在这儿歇歇吧！过会儿千夔仔就会骑着马来接您回去，您哪边儿都甭去了，咋的都得乖乖回家哟！”奶奶千叮咛万嘱咐的，老人家也就温顺地答对着：“嗯，妥啊。”然后立马脱下肥大的马褂，枕上我母亲拿过来的枕头，倒在二房的炕上就睡。脱下马褂的老人家，样子看上去挺可怜的。肩头和胳膊肘缝着一块一块补丁，加上衣服老也不洗，埋汰得油光锃亮。单单儿罩在最外头的马褂算是干净的，贴身的内衣则像破烂似的。奶奶瞧他这破衣烂衫儿的，就爱“啧啧”地咂舌叹气。“老话儿讲，光棍汉过日子虱子成群呐……（婆家）大侄儿您啊，家里俩光棍呢，还不得跳蚤排队啊……”对天生心软的女人家来说，看到光棍们的潦倒生活，就会唤醒她们心底最柔软的同情心。

“抗联阿爸依”尽管比我奶奶年长得多，但从辈分上论，与我父亲是兄弟辈儿，所以论辈分老人应该是奶奶的外甥。可是奶奶却一定要在“大侄儿”前加上尊称字眼儿，张口闭口“婆家大侄儿您啊！”其实，真不能把老人看成精神失常的老头儿。每当老人与奶奶相对而坐，唧唧咕咕唠家常时，看上去精神蛮清亮儿的，举手投足也异常恭顺。对年纪比自己要小得多的奶奶，一定要加上尊号，称呼“大婶”，还有，在奶奶跟前儿从没唱过一句“转啊转，绕着玻璃窗子转起来……”。兴许老人心里也有值得他敬畏的人吧。

当夕阳西下，将西山顶上大团大团紫色云朵，晕染上白色余晖的时辰，老人猛丁从躺着的炕上弹起来：“得赶忙回家啦，俺家那大小子千洙原本说快到晚上的时辰来接俺的，俺得快点儿回去呀！”老人没头没脑地咕哝着，一件件地从炕上捡起衣服穿上，瞧那模样儿，精神头儿又回到了糊涂的老样子：老人不是回他现在阳东堂的家，而是往南大川原先住的老草房那边走。我奶奶告诉他，原来的草房回不去了，要回现在阳东堂的家，老人却听不懂。就这么磨蹭了半天，猛然听得村路上传来踢踏踢踏马蹄声，一名青年现身，只见他脸上覆着一层略显苍凉的髭毛，一副凶巴巴的样子。这青年就是老人言说的那“小畜生”——崔千燮。只见青年一句话都不言语，把马缰绳往篱笆桩上大致一绑，仿佛要捏碎啥似的，用力推开柴门进屋，像拿一张纸片似的轻悄儿抱起老人放到马背上，然后向出来送行的奶奶弯腰行礼，便穿过村子，向西越过山岭，往阳东堂的自家草房走去。

“你说，他惦记那没了信儿的大儿子，得多糟心拉肺呐，睡睡觉都能这样打挺儿坐起来哟？老话儿讲‘子女是冤家’，可不就是呢！老人就是死了都不见得能闭上眼哟！”奶奶瞅着老人骑在马上远去的背影，神色阴郁地自言自语。

现在看来，奶奶的真心诚意当真了不起。每次老人下山来到村里，奶奶一准儿会得信儿，妙得很，然后便想法儿哄着把他接到家里来给他吃食。老人在我家吃完中午饭，睡个好觉，偶尔也有精神回转正常的时候。每到那时，老人就会一脸郑重地嘱咐我：“大侄儿从俺这里论虽说是甥侄辈儿，可你是俺们珍山崔氏第二系家族的长孙，所以就叫俺‘叔’吧。”当时，我还小，并不知道啥是宗孙，也不会论辈分，却也明白对个胡子花白的老人喊“叔”还是不太妥当。在我眼里，南大川的“舅舅”“叔叔”们应该都是些青年人。再说村里人都叫老人“抗联阿爸依”，为何单单我叫他“叔”呀？看到我扭扭捏捏，奶奶也告诉我，老人和我父亲是兄弟辈儿，所以我应该叫老人“叔”，或是“伯”。就这样，我也知晓了自己家在“珍山崔氏”宗族里，是“门第”最高的家族。虽按辈分，不得已我要叫老人家“叔”，但我却从来也没有叫出口。现在看来，如果称呼老人为“叔父”会比较合适，可是在当时的乡下，压根儿都不知道有“叔父”这个称呼呢！

“大侄儿你可是宗孙啊，以后长大了一定要成大人物哟！所以你必得对家族中所有辈分和宗亲关系摸个门儿清。这么着，咱们的族谱才能一直往下传啊！”叔对我这个在年龄上都能当曾孙子的小屁孩儿从不慢待，说话总是一本正经的。可能是受氏族社会残余思想的影响吧，那个年代，人们在亲戚关系的称谓和论辈分上是绝不含糊的，对血缘关系也相当敏感。

“（老人）和我是十三寸（朝鲜族论亲属远近的方法）关系，到八寸（的亲属）为止都是在一铺炕上打滚儿的，照这么说，十三寸是挺近的关系呢！你们珍山崔氏的种儿不是很茂盛，这么说来十三寸着实是挺近的哎！”每当听奶奶这么补充，我心里便打定主意，下次见到老人家一定要喊他“叔叔”。可是，只要听到老人唱那“转啊转，绕着玻璃窗子转起来……”，看到他像女巫跳大神儿似的，便会打退堂鼓，缩到角落躲起来。每当看到身披白色朝鲜族大袍、袖口迎风飘舞的叔，我脑袋瓜儿里会迸出来：“从前有座山，山里有座茅草屋，屋里闪着忽明忽暗的油灯，灯下一个白衣鬼在跳舞。”眼前晃着一幅模模糊糊的画儿，随后我会踮起脚尖，蹭着墙脚儿，撅着屁股躲到一边儿去。

2

6 月末到 7 月初，董鸡便会飞到南大川村口前的水稻田里，“咕嘎咕嘎”地叫得欢。挺奇怪的，董鸡从没有午后飞来的习惯，总是在清晨时分飞过来。董鸡飞走后，稻田里太阳西下斜坠的昏暗光线里，取而代之的是好多不知名的草虫子跟着聒噪起来。

“孩儿她妈呀，今天董鸡一直叫得欢实呢，阳东堂（叔叔）那边儿咋没了下来的动静，咱们明天去趟阳东堂，给他们屋里拾掇拾掇吧。”奶奶这么催着母亲，次日我也跟着她们上路，扯着奶奶裹裙（朝鲜族妇女传统服装）的裙角越上了阳东堂的岭子。

越过南大川西山坡的紫芒田，翻过一座矮矮的山岭，跟着就到了阳东堂。只见一个小山沟里，有四户和叔叔家一样的人家，四处散落着。叔叔家不是南北向，而是朝东房，不仅有典型的汉族式人字形屋顶，连窗户也是米字格的，糊着黄色的窗户纸。窗户不是向两侧推开的那种，而是做成上下来回翻的。屋内也照旧是汉族式结构，推开门进去，直接看到的是厨房，房屋两侧分别搭了两铺高高的火炕，布置成两个“卧室”。站在屋中间，一股馊巴啦唧的味儿扑面而来，令人作呕；角落里胡乱堆在一块儿的垃圾堆上，一群苍蝇正嗡嗡乱飞。奶奶和母亲跟叔叔寒暄过后，便下手打扫起屋地和锅灶间来。最后擦卧室里铺的炕席时，不管咋么用力擦都擦不干净，那块被烟熏得黢黑的炕席，咋么着都出不来原色儿。除了屋地和炕席弄不干净，其他地方也如此。编苞米秆儿苫的天棚沾满蜘蛛网，仿佛摇荡在暗黑地狱里，那下面，赫然有两条令人生厌的大黑狗和斑点狗，冲着我们凶恶地“嗷嗷”叫，让人汗毛倒竖。

再看叔和他家的“小畜生”崔千夔，屁股上马马虎虎地缝着大块黄补丁，爷俩听从奶奶的“指挥”打下手，帮着拎水、倒垃圾。“大嫂啊，你们打扫得再干净，没过几天还得埋汰成老样子。差不多就行了哎……千燮啊，快到‘史秀才’的闺女那里，去赊几个鸭蛋来，吃食再粗糙，中午饭总是要招待的哟！”千燮一听叔叔的吩咐，立马就蹿出门外，原本虎视眈眈地瞄着可疑陌生人的那两条猎狗，正泄了气躺在挂着猎枪的墙角边，此时仿佛等着主人召唤般，一跃而起跟在了千燮的身后。

现在看来，村里人口口相传、叫习惯的“阳东堂”，实际上是养猪场的变称。对于习惯讲（朝鲜语）方言的村里人来说，比起养猪场的标准名称，变音成“阳东堂”的称呼，更便于转舌头发音，更上口。习惯于变音嗜好的乡下人，喜欢把所有发音，按照适合自己的口味加以变形，结果创造出称为“标准朝鲜语根干”的方言群来。

阳东堂没有电，靠着点煤油灯照明。叔叔家黢黑的天棚也是煤油烟熏的。当时我还小，咋也想不明白，奇怪叔他们为啥放着电灯通明的南大川村里，而来这里熬苦日子，晚上点煤油灯，忽明忽暗怪瘆人的。

据奶奶说，“大跃进”那阵子，叔叔带着千燮被赶出了南大川，爷俩到这山沟里相依为命。阳东堂四户人家颠沛流离的生活史，是我到成年后才了解到的。

20世纪60年代初期，那时候农村生产关系和生产手段比较常见的是当年刘少奇提出的“三自一包”，大体是：“三自”是指自主经营、自由市场、自留地；“一包”则是指个人承担生产责任（包产到户）。“三自一包”是“大跃进”失败后，刘少奇着手调整全国农村经济发展过程中，实施的农业生产发展的改革性措施，只可惜，政策却没有得以贯彻落实下去。在当时，全国农村实行这种“三自一包”政策，在极其短的时间内，仿佛是“迎接太阳升起的日子”，着实灿烂无比地闪耀了一阵子。那个时期，农村最末端的生产单位——生产队全部发动起来，兴起了实施山沟的远景发展规划、大力发展畜牧业和养殖业的热潮，纷纷在远离村子的地方建立起养牛和养猪基地。南大川第二生产队的村民们，也根据自己的实际情况，翻过岭子，在牧草相对丰裕的庙堂沟里建立了饲养基地，办起养牛场盖了猪圈。

但是说实话，没人乐意到叔叔和千燮父子俩生活的阳东堂，也难怪，谁乐意到连电都没有通上的山沟里呢？后来，阳东堂屯子散了，村里人重新回到南大川，过了几年后人们才知道了那几户人家去那里生活的真正原因。实际上，村子里受人歧视、被打倒的“地富反坏右”子女和成分不好的几户人家是被强制性地赶到了阳东堂。当时，叔叔还为自己终于有了可以做邻居的乡亲高兴得不得了。尽管对他们来说是人权被漠视，但是从另一方面来看，阳东堂反倒成了他们的避难所。我来往叔家的那阵子，阳东堂连一头猪都见不着了，沿途盖的猪圈空空如也，只见老鼠吱吱叫着在里边窜来窜去，后来反而借了这些人勤劳的双手饲养，牛逐渐多起来，那里可以看到成群结队的牛。

阳东堂原来叫“庙堂沟”。光复前这里曾经开垦出东西向耕地，中间有一个小小的庙堂，住过一位从“关外”来的汉族尼姑。后来光复运动开始后，尼姑被土改工作队赶出了庙堂，之后，这座庙便“凄惨”地葬身于工作队的尖镐头之下，彻底地毁掉了，只留下了“庙堂沟”这个名儿。自从沟里建了养猪场和放牛牧场，在南大川人们嘴里便改叫成“阳东堂”。所以说，相对于把“庙间沟”误称为“庙堂沟”的那个年代，把“养猪场”误称为“阳东堂”也就没啥稀奇的了。

叔的家建在东向耕地，坐落在已经毁形灭迹的庙堂旧址上，其东侧有一块很大的空地。据说这块空地也是那尼姑开垦出来的。空地的中央摆着一副笨重的大石碾子，毛驴双眼被蒙上黑布一天到晚地拉碾子，将玉米或者高粱碾成面。崔千燮动员阳东堂的人们，在大石碾子的周围四角立起四个柱子，顶棚用箔草编成片铺在底层，上边用茅草苫上用来遮光挡雨雪，成了屯子人休憩的地儿。南大川和阳东堂的人们众口一词把这个地方唤作“石碾坊”。

那时，我每次去阳东堂的时候，都会看到身穿打着一块一块补丁衣裳的屯里人，围坐在石碾子四周歇息。被太阳晒得黝黑、脸上皱纹纵横交错的粗壮男人们，显得忧心忡忡，一言不发默默地扯着旱烟；据说是从山东来的几个老妇人，有的在纳着鞋底，有的在择着野菜。偶尔，推着石碾子服着苦役的毛驴，突然停下来站住脚，哗哗地撒完尿，挺着血红色的生殖器不知如何是好的样子，总是吓得我怯生生跟个龙虾似的横蹩到奶奶身后。

“你这东北二胰子！推半拉架儿碾子，发啥飙？该死的家伙，连骡子都不如的货色……”大着肚子快要临盆的“史秀才”的大闺女挥着柳树条儿，边狠命地抽着毛驴那瘦骨嶙峋的屁股，边像男人似的爆着粗口。这女人所说的“骡子”，是她自家男人的外号。骡子是母马和公驴子交配生的“杂种”（不同种动物交配所生的崽子，也俗称二串子）。“二胰子”是典型的北方方言，是指同时具有阴、阳两性器官的人。确定其为男性、女性，往往是以其更明显的性特征作为标志。在南大川说谁是“二胰子”也有骂其为“杂种”“混血儿”的意思，当然是贬义的。“史秀才”家的大闺女，结果愣是把自己的男人逼成“二胰子”了。“哎哟，白瞎那山东娘们儿的好身段了。自己都不知道自己牙齿烂得黢黑的熊样儿，好像不把自己男人逼成‘二胰子’就浑身痒得难受似的。”奶奶偷偷在私下里骂。大字不识一个的奶奶长期受儒家思想熏染，虽自己也同样是女性，依然“重男轻女”。

被叫“史秀才”的，是光复前一个从山东沂蒙山区“闯关东”来的、长得黑不溜秋的汉子，汉语叫“史秀才”，用朝语直译过来发音是“撒苏哉”。然而，南大川人是按照汉语的发音直接叫成“斯素才”的音。据说光复前，“史秀才”用扁担两头担着一双儿女，徒步走到了南大川。可能是沂蒙山区酸性水土的原因，他们的牙齿清一色儿地烂成了黑色。

山东人“闯关东”的迁徙史，是历经了许多朝代而形成的，据说总共大约有两千万的山东人进入到东北。“史秀才”就是那些移民中的一辈人。山东人呢，只要有一个人在某个屯子里落了脚，就会由这个人牵线搭桥，引来众多人蜂拥而至。经“史秀才”介绍而来到南大川落户的那些山东人也是清一色儿的牙齿黢黑。他们的生存能力超强，只不过几年工夫，便盖起了高大结实的房子，垒起了围墙。

“史秀才”的闺女嫁给了张文克，是当时生活在南大川的张森家大儿子。那个时候，张文克的脸，仿佛是在湿地上打过豆子般，坑坑洼洼地长满了麻坑，人称“大麻子”。他是个石匠，做着砸石头活计。“史秀才”的闺女，除了牙齿烂成黑色这点瑕疵外，个子高挑，脸盘儿周正，当时屯子里的人都只当她是山东人有些穷酸，才嫁给了比自己差很多的张文克。要是听过她烂黑的牙齿间迸出来的埋里埋汰的脏话，反而会感觉她比张文克条件更差，俩人更不般配。

后来，我跟着奶奶来往阳东堂的那个时期，有一天张文克砸石头时，忽然被山上滚下来的巨石重重地砸伤腰成了“罗锅儿”。从此后，张文克“晚上干不了男人活儿”的闲言碎语便满天飞，屯里人便背后叫他“骡子”，在老婆面前得了个“二胰子”的外号。屯里人纳闷儿，张文克无法行男人之事，却眼瞅着他婆娘的肚子大了起来，于是难免又在背地里嘀嘀咕咕。

另外两户人家是因地主成分遭南大川人排斥的张三和张四家（张三和张四是曾经在我的另外一部长篇小说《光复的后裔们》中登场的人物）。张三和张四从“四清”运动开始，经历“文化大革命”时期，白天为生产队放牛，晚上挨批斗，每晚都要从阳东堂越过岭子下来，到南大川村里。每次开批判大会，他们都要在村里人面前弓着腰，被“愤怒声讨”。虽然当时我因年幼不明白咋回事，但看着他们兄弟俩挨斗也能感觉出他们的样子挺可怜的。

其实，每次我去阳东堂的时候，他们对我是多和气啊……在仅有四户人家的阳东堂，张三和张四的家眷们，只要看到人便鞠躬行礼，除此以外什么吃喝儿也不参与，生怕人们听到自己的喘气儿声，连大气都不敢出，平时也尽量躲开人群。“就算他老子生前作恶遭了报应，早就赴了黄泉，那是罪有应得，可他儿子有啥罪呀，凭啥就该遭这么些个洋罪哟？”奶奶私下里老是说这些同情话儿。

当时，张三和张四也都成家了。张三娶了个腿瘸得厉害、一侧屁股塌进去的“栽愣屁股”女人，张四娶了嘴角常年淌哈喇子的女人，这俩女人虽身子残，却多产多子，好比地里拔萝卜似的，连气儿生了好几个娃儿。

话说，阳东堂地界儿上，气焰最嚣张的人要数本家叔的“小畜生”崔千夔了。南大川人都喊他“千魔王”，或叫“天夔”，他和我是十四“寸”远近的亲戚。尽管那年月儿论起亲缘较真儿、论亲戚寸数远近挑剔，奶奶却不让我叫崔千夔“十四寸长兄”，而简单叫“哥哥”罢了。

崔千夔外表粗拉拉的，胆量也那么豪气，他能带两条猎狗，端个长鸟铳打到独个儿窜林子的公野猪。那阵儿，他可是那一带出了名的猎手，先是带条猎狗逮黑瞎子和野猪，后来不知从哪儿弄来了火力更猛的猎枪，成了打猎专业户。他还到汪清蛤蟆塘一带猎捕过一只老虎。南大川那一带，没人敢惹崔千夔，也没人打得过他。

那个年代，若哪个人成分不好，只能自认“我玩完了”，剩下认尿低头过日子的份儿。崔千夔却是个例外，只有他挺直后背、梗着脖子趾高气扬地活着。在村里，啥事都是他挑着头儿冒着尖，指挥人干这干那，就连我班班长金健他爹的话他都不听，人家可是当时大队革命委员会（简称“革委会”）主任，有权有势的人物。所以说，级别低点儿的生产队长更是没法子归拢他。

照此看来，崔千夔生活在远离村子的阳东堂，反而是件让人舒心的事儿。崔千夔每天不干别的活，只日复一日地打猎维持生计。每回他捕到野猪，都要用马背驮着野猪肉下岭到南大川村里，把肉赊账卖给村里人，然后上供销合作社（简称“合作社”），买一些诸如大粒盐、醋精、毛巾等必要的生活日用品。

村里人常常在背后偷偷骂他“土匪一样的家伙”。可对崔千夔来说也有让他敬畏的人物，那就是他自己精神恍惚的老爹。其实也是他的孝心所致。每次遇到自己的糊涂老爹下岭到村里，嘴里胡乱唱着“转啊转，绕着玻璃窗子转起来……”，从没有见过崔千夔吆五喝六地对他发火，而是低眉顺眼地把他驮在马背上恭迎回家。南大川村里人对崔千夔孝顺糊涂老爹、从来都是毕恭毕敬的态度，私下里感觉奇怪得很。

“四清”运动初期，叔被牵扯进毫不相干的政治清算运动，刚开始的一段时期被当作“牛鬼蛇神”揪了出来，每晚都要被村里的青年们押到南大川来进行“批斗”。一直到“文化大革命”开始后，张三和张四双双成了“批斗”对象，弯腰示众。然而，这个时期，不知是因为良心发现还是害怕崔千夔报复，那些人后来每回批斗、示众和打老人耳光都是草草了事，不了了之。

阳东堂人从不会偷懒，一向老实巴交地干活，不埋怨也不嫌恶。他们在阳东堂土地上边放牧成群的黄牛边耕田。溪谷边原来有一大片平坦的湿地，张三和张四带头，领着四户人家齐心协力开垦出五亩有余的水田。由于稻田作物离不开水，于是他们沿着溪谷而上，在溪水上流较为狭窄处，用柳树枝扎成的捆堆起来，搭成谷坊，在其旁边开辟了一条水渠，引水入田。被划成地主成分的张三、张四兄弟也许是因为在南大川有耕种稻田的经验，脑子转得飞快。在那个按照稻田面积交公粮的年月，像这种未入土地台账的田地尽管是非法的，大队革委会主任——金健的父亲却也睁一只眼闭一只眼地装作不知道。当时，阳东堂归属第五生产队，田里产出的粮食，则以中秋备料的名义提前收割，然后悄悄地分给这里的每户人家。

阳东堂就是这么个地方。

“婆家大侄儿您啊，后天到俺家帮忙编炕席来呗！咱家炕席到了该换的时候喽！”从阳东堂返家的时候，听奶奶这么一念叨，叔叔便一口应承下来。我家的芦苇席子向来是叔给包干儿的。那时候，编一张芦苇席子手工费是一块五毛钱，一般用两天时间便可编好一张席子，其间的食宿由主人家提供。每次求叔来我家编炕席，他从来都二话不说便立马下岭来南大川。当时，南大川人一般从入秋便到堤坝旁割芦苇，然后重新整理捋平，以便于编制，再层层卷起放入搁置在角落里的淘米水缸里，泡上，就可以编席子了。那时南大川人不管三七二十一地把“席子”笼统地称作“炕席”，芦苇席子叫“炕席”吧，用椴树里层树皮做的椴树席子也叫“炕席”，用云杉皮做的席子还叫“炕席”，总之都统统称作“炕席”。叔叔有着那么好的手艺也是白瞎了，也不琢磨着给自己家里编个好看又滑溜的芦苇席子铺上，只是编了椴树皮炕席铺上了而已。就连那些椴树里层皮也是张三和张四替他从椴树上扒下来的。尽管椴树皮炕席因为木质纤维粗糙的关系，触感不是很柔和，看上去也不光滑，但是很耐用。据奶奶说，在日本殖民统治时期建立村屯等集团部落之前，生活在山沟里的人们都曾使用椴树皮席子或云杉席子，她据此分析，叔叔这编席的手艺，是在山沟里进行抗日斗争时学会的。抗日斗争不仅需要打枪，貌似还要会做饭、编席等等吧？“婆家大侄儿他老人家对酒那是相当热络啦，他到咱家一定是要打上一斤老白干儿才是。真不知道是啥造化，只要听到邀请他下岭来南大川，为啥就能马上激灵一下打起精神头儿哟！”从阳东堂回家的路上，母亲听到奶奶的吩咐，便会拿上用苞米瓤子塞住瓶嘴的日本制“斯依道”（水壶），去供销合作社买一斤五角六分钱的酒回来。

3

董鸡叫的声音听起来总是那么浑浑沌沌的。尽管奶奶说过，董鸡孤独地叫唤是在寻伴儿呢，不过，并没有其他董鸡飞来的动静，它却总是独自在那里肆虐地叫着。

“真是活见鬼了！年轻的时候，直到与河口日本军队打仗的那些事儿为止都能记得，但是自从被日本兵俘虏后，遭受严刑拷打的时候起，以后的事儿咋的全都不记得了？唉！”奶奶总是这样喋喋不休地唠叨。现在看来，叔叔是患上了阶段性记忆丧失症。尽管村里人断定他是老年痴呆，其实并不是。照奶奶的说法，叔叔记得与日本军队打仗时候的事情，实际上叔叔对抗日独立运动时期和抗日联军时期的事情是都失去了记忆。不，是他不想记忆而已！是对那些战争中关于死亡、血肉横飞的血腥场景从脑海中删除记忆而已！那时候，从叔叔的嘴里间歇性地会迸出比如“满洲”“小汪清”“十里坪”“日本讨伐队”“日本鬼子”等等的单词，仅仅不超过几句话而已。

叔叔的后脑勺儿有一块像晚熟的土豆皮一样，凹凸不平、触目惊心的伤疤，那里没长一丝儿头发，它是战争留下的伤痕。“大跃进”时期，自叔叔从南大川被赶到阳东堂的时候起，村里人便叫他“鬼神分子”，后来才知道是发音出现了混淆，不是“鬼神分子”而是“归顺分子”。叔叔在北满地区某个山沟与日军激战中，因为饥劳过度晕厥过去被日军逮捕成了俘虏。那时候，南大川人都认定叔叔是以不参加抗日、回去当普通老百姓、隐姓埋名地生活作为附加条件，在“悔过书”上按了手印儿，才换得了两年后得以从日军看守所释放出来，所以大家都把叔叔当作“归顺分子”，瞧不起他。尽管叔叔也曾坚决否认这些传言，坚称自己根本没有“在‘悔过书’上按手印儿”这档子事儿，可是对于人们以“那就应该在监狱中继续斗争，然后在监狱中死去，为什么会被释放出来了？”如此地质问、怀疑他，叔叔又无法拿出具有充分说服力的理由来。“监狱说让我出去，难道我还得继续赖在监狱里不成？”叔叔也辩解过，可是面对人们死犟“应该在监狱中继续斗争然后在监狱中牺牲”这样的执念，叔叔的辩解显然是太苍白无力了。叔叔的“归顺”就这样成了“既成事实”。那年月，对待日本汉奸是一律冷酷无情全面清剿，叔叔在监狱的那段经历，除了奶奶和几位淳朴的村翁外，南大川几乎再没有其他人能相信了。“啥，归顺……什么他娘的见鬼归顺？柄权（叔叔的名字）老爷子归顺的事谁看见过？说的悔过书还是什么玩意儿的那块纸片儿，谁亲眼看见过啦？就是欺负人家精神不好，硬是给人家安上罪名揪出来批斗的架势呗！”屯子里深谙世事的几位村翁，依旧坚持着叫叔叔“抗联（抗日联军）阿爸依”。村里人即便是随着村翁们叫着“抗联阿爸依”，其实就剩下戏谑的份儿了。

按照奶奶的说法，叔叔刚从监狱释放出来的时候，虽然经常有呆愣愣地失神的现象，但是对于维持日常生活也并无大碍。直到他的大儿子崔千洙离家后，解放前夕，看到大儿子从苏联托人捎来的照片后，他便时常半夜离家出走，拂晓时分回家，裤裆常常被尿弄得湿乎乎的。等到解放第二年，暴发霍乱传染病时，他的老伴儿感染上霍乱死去后，人们便经常看到老人咧着嘴傻笑。就在那时，老人从北满投奔东满这边的亲戚，在南大川落下脚来。老人搬家来到南大川的初期，虽然偶尔可见其行为异常，却还没有疯到唱“转啊转，绕着玻璃窗子转起来……”的程度，据说，自从被扣上“鬼神（归顺）分子”的帽子，被村里人揪出来批斗，遭到人们排斥，最后被赶到阳东堂后，他便彻底地疯了，不分时间地点地疯唱疯跳起来。

“我家大儿子千洙可是出身八十八旅团呢！是跟随苏联红军进入到

东北的哟!”叔叔每每提起他的大儿子，都是这样自豪地“炫耀”。实际上，直到那时候为止，崔千洙依然生死不明，杳无音信。不管叔叔咋样炫耀，村里人根本都没有人当回事儿。叔叔直到离开这个世界的那天也一直未曾知道，他的大儿子参加了苏联红军先遣队进军中国东北，在黑龙江省东宁要塞战斗中阵亡了。“我的罪只不过是当时肚子太饿，忽悠一下背过气儿了，稀里糊涂被日本鬼子活捉而已啦！所以我哟，唠叨俺的大儿子，在战场上千万不能饿肚子，咋的也得打起十二分精神呐！被日本鬼子捉住了就完蛋喽!”村里人就当是叔叔精神崩溃后满嘴疯话而已。然而，大字不识一个的奶奶却是对叔叔的话深信不疑。“被日本鬼子抓住这件事该是他心头多大的疤，才能到这般田地哟？你说他要是精神正常的话，就是今儿个赶着去北满，找几个知道真相儿的给证明一下，兴许就能把冤枉洗清了不是……”

在年幼时的记忆里，叔叔对我来说是可怕的存在，刻在脑海里的是令我厌恶的印象。正因为如此，我成年后对叔叔也没怎么回忆过。可是，在写作的过程中，不知从何时起产生了这样的想法：叔叔是值得书写的人物形象，务必要把叔叔在他曾经生活的那个时代的那些人中激活再生，清清楚楚地交代给后人们！于是，我开始追寻叔叔的足迹。

现在看来，当年叔叔是患上了“退行性脑神经系统疾病——阿尔兹海默氏症”，所以说，他不是单纯的精神病或是痴呆症。叔叔去世时，神志是清醒的。确切点儿解释的话，叔叔患上的是心理学上所说的“逆行性记忆丧失综合征”“科尔萨科夫氏精神病综合征”，强烈的头部外伤是患病的直接原因。战争的伤痛及其后遗症往往对战争幸存者的生活造成毁灭性灾难，叔叔则是其中悲惨的角色之一。叔叔因受日本兵致命性的严刑拷打，头部受了严重损伤。“逆行性记忆丧失综合征”是所谓“分裂性记忆丧失”的具体分类名称，患者往往表现出对大部分特定事件或者对特定事件的局部性、选择性记忆的丧失。叔叔患上的是局部性、选择性记忆丧失症，无法回忆起自传性信息，并由此而备受间歇性精神病的折磨。

“实际上就是不愿意回忆起那可怕的严刑拷打罢了！……”奶奶的这番话似乎才是正理儿。叔叔那逆行性记忆丧失症和痴呆症状，随着他的年纪愈长而越发恶化了。记得后村儿王清家陆孙老爷子去世那天已是晚秋时分。那天，叔叔照旧回到自己的老屋转转，然后在村子里小路上来来回回地徘徊着，恰巧踱到王清家的柴户门前，唱起了“转啊转，绕着玻璃窗子转起来……”，边扯着嗓子唱着高调儿，边挥着白色马褂儿的衣袖跳起舞来。其实那天叔叔滴酒未沾，却不知怎的，高声唱着歌，还手舞足蹈着，此时不用借着酒劲儿他也会犯起邪病了。

丧主家正“哎——依高，哎——依高”地哭着丧，猛然间柴户门前出现了一名地狱恶鬼般的老头儿，发着阴森森的腔调儿，巫婆神汉似的跳着大神儿，此时，作为吊唁客来到丧主家的亲戚们感觉实在是太晦气了，被惹得纷纷暴怒地跳起来，呼啦啦地冲出门，当场就把叔叔掀倒在篱笆杖子根儿上。只听得轰的一声，被狠狠甩在篱笆杖子根儿的叔叔，起先就像只旧鞋子一动不动地贴在那儿，过了好一阵儿，村里人扶着他站了起来，却是骂也没有骂一句，嘿嘿地笑着，边叹息着“那帮家伙也真够厉害的啦”，边啪啪地拍打着白色朝鲜族衣服上沾着的泥巴土屑儿。

“真是人心隔肚皮噢！这老头儿也不是啥正常人儿，他那是病拐的。他只不过就是想来南大川溜达，也是想作为生人（活着的人），到丧主家向福人（指丧主及子女、孙辈等）们表达吊唁的意思，才有那些举动的……就不能给他倒一杯酒，好好地让他离开？婆家大侄儿他老人家是啥人物啊，他们竟这般随心所欲地虐待呢！会遭老天爷报应的哟！这事儿要是让千燮知道了，保不齐今天晚上，村里边儿可要摊大事儿了！”奶奶担忧着，立马儿从碗架子上拿下用苞米瓤子塞住瓶嘴儿的酒壶来，一把塞给我，推着我赶紧给叔叔送去。见我害怕地退缩着不肯接过酒壶，奶奶便亲手拎着酒壶走了出去，过了一会儿，只见她拽着浑身是泥的叔叔回到了屋里。再看被奶奶牵在手里的叔叔，如同个孩子，乖乖地任由奶奶摆弄着，服服帖帖地坐在灶台边的炕沿儿上，一杯接一杯地喝着奶奶倒给他的酒，温顺极了。

奶奶的预感没有错。就在那天晚上，叔叔家的“小畜生”千燮背着猎枪翻上马背，杀气腾腾地下岭来到了南大川，这分明是他远在阳东堂，不知怎的就听说了自己父亲受辱于丧主家亲戚们的消息，才会如此的。“污辱我父亲的是哪个狗杂种？还不赶紧给我滚出来！”随着千燮的怒吼声，“咣”的一声，他举起猎枪对着丧主家的院子就是一枪。原本气氛沉重的丧家，看样子马上又要摊上丧事儿了。“听说这屋里聚了一帮狗娘养的亲戚，妈了个巴子的，有种的赶紧给我滚出来！我倒是要瞧瞧是啥狗日的货色！”话音未落，他便对着丧主家的屋顶又来了一枪。丧主家顿时没了哭号声，消停得没了一点儿声息。

“你们这帮狗娘养的家伙啊……你们他妈的（被日本人）吓得屁滚尿流，搂着婆娘在热炕头睡觉干好事儿的时候，我父亲是拿着枪跟日本人打仗来着！你们他妈的有啥子狗脸，竟敢这般欺侮我父亲？”千燮大声叫骂着。就在这时王清家的大儿媳妇儿光脚儿跑出了家门儿。她可是太了解这匹斗牛般烈性的汉子了。尽管她对着千燮是百般解释求饶，那都是因为来她家吊唁的远方亲戚，不知天高地厚地冒犯了老人家，可是那番告饶却是毫无用处。对于千燮来讲，比起“丧主家无理的行动是错误”的这个常理儿，他的父亲所受的非人凌辱更让他无比痛恨。打叔叔的那帮亲戚早吓得偷偷地从后院溜走了。那媳妇儿见苦苦哀求实在没啥用了，便急忙跑来找到了奶奶。最后，到底由奶奶出面，让那些远方亲戚悉数到叔叔面前，下跪叩首谢罪认错，才总算平息了这场风波。

说实话也真是怪事儿。崔千燮这小子在南大川，除了他爹以外他谁都不怕，唯独对矮小瘦弱的奶奶却是唯命是从，从来没说过“不”字儿。千燮的孝道是不问是非曲直的，在袒护他爹这件事情上是毫不含糊的，凡是将自己爹看作精神异常的统统被其视为严惩对象。但是，唯独一个人，那个人对他爹总是能温暖可亲、笑脸相迎，哪怕是招呼他爹吃一顿热乎饭，时时护着爹。这人就是我奶奶，她在千燮的心中是值得千恩万谢的存在。千燮尽管生性粗暴，心地却也是那般单纯，只因为“感恩”这一纯粹的条件，便从不忤逆奶奶。千燮就是这样一个以自己简单的思维处事的青年汉子。正因为南大川人十分了解他这一点，他们尽管心里很排斥叔叔，却也不敢表露出来。“看看千燮这么蛮不讲理的家伙，对自己爹却从来不会没有礼貌地顶嘴，总是恭恭敬敬的，倒是令人刮目相看哟。还不是因为国哲家的奶奶把他爹当成常人待见，才摆出恭顺的样子呗。”

这个时候，村子里背地里流传着这样的闲话儿，说“史秀才”的大闺女和千燮相好上了，“搞破鞋”生的孩子正是千燮的。实际上，史秀才的大闺女也确实是和千燮睡了觉，才搞大了肚子。刚开始，张文克明知如此，却睁一只眼闭一只眼装糊涂，直到有那么一天，当他亲眼撞见搂在一被窝儿的千燮和自己老婆，怒火便腾的一下直冲脑际，恼羞成怒的张文克拎起凿石的棒槌，便朝着千燮抡去。可张文克哪里是崔千燮的对手，结果是反倒被千燮狠狠地揍了一顿了事儿。这张文克也够冤的，老婆被人家睡了不说，还被打得头破血流的，他哪里咽得下这口气。一天晚上，他和兄弟们密谋过后便合起伙儿找千燮打架。然而，他们面对如混世魔王般的千燮捆在一块儿也不是对手，还差点儿被他的猎枪打成残疾。因为这事儿，公社保卫组（公安边防派出所）的人没收了千燮的猎枪，把他抓起来关了半个月，放出来时满脸成了络腮胡子。张文克这回算是受到了巨大打击，尽管怏怏不乐地咬牙切齿，却也不敢咋样，只好忍气吞声，眼睁睁地看着千燮和自己的老婆出双入对地过日子。千燮自从那支桑德伯其猎枪被没收后，这次换了支威力更大的捷克式 16 猎枪装备起来，每天上山打野猪。

这一时期“四清”运动早已结束，“文化大革命”也到了尾声阶段。随着时间推移，叔叔从阳东堂下岭来到南大川的频率也变得越来越高了。每当这时候，千夔总会骑着马赶过来，把叔叔扶上马背驮着，把他领回阳东堂。可是不管千夔如何紧追着叔叔身后赶来赶去，就是无法阻挡他的南大川之行。“即便这老头儿已神志不清，他也知道怀念村里的故人呐！他被困在那么深的山沟里，也会想着照照太阳，盼着能再回到南大川来过日子哟。”只有奶奶才能这样把叔叔的南大川之行往好里解释。现在看来，奶奶这位身在农村、大字不识一个的小老太太，竟然如此透彻地了解叔叔的内心深处，着实让人感到惊奇。

那个时候，叔叔的南大川之行的路线一般是这样的：先是站在千年榉树下面，呆呆地瞅上一会儿自己曾经住过的老房子，之后也不绕着村子转了，就地开始扯起嗓门儿唱“转啊转，绕着玻璃窗子转起来……”，一边手舞足蹈。最后收尾时一定要炫耀似的大声喊：“我要抱孙子咧，我们崔氏家族可是有延续香火的啦！”“抗联阿爸依，您老这样的炫耀实在是不妥的哟！”村子里的人这样劝阻着，可是在叔叔那里是绝对听不进去的，毫无用处。奶奶说是随着时日增多，附着在叔叔身上的“鬼魂儿”越来越多了，这种时候“跳大神儿”（招魂安神）最管用了，立马儿就见效。唉，可是现在也没处寻巫婆神汉呐！奶奶叹道。那时候，只要巫婆神汉这类的字眼儿说出口就会被当成“牛鬼蛇神”揪出来，奶奶想借着“跳大神儿”来解今生所结之冤，祈祷超度往生极乐的想法，简直不就是天方夜谭吗？

“虽然孩儿他娘是山东人，心里有点儿别扭，可是种儿却是咱珍山崔氏的哩！”叔叔的这番炫耀最终还是给千夔日后埋下了祸根。南大川的青年们说是必须要把阳东堂崔千夔的嚣张气焰给打折了，有一天这些人拿着枪、结成伙儿冲上了阳东堂。他们把崔千夔五花大绑押回了南大川村里，本来想给他扣上大高帽儿，无奈崔千夔似斗牛般怒目圆睁地和他们对峙起来，弄了半天竟然没有人能把他怎样，只好将他立在人前批斗了一个晚上草草了事，放他回了家。按照奶奶的说法，就是搞批斗会的人，谁都害怕日后会遭到崔千夔报复，不敢上前。在崔千夔看来，拳头总是比讲理要好使得多。

“不管咋说，这孩子是婆家大侄儿他老人家抱的第一个大孙子，是不是该买上小孩子衣服去看望看望才是正理儿啊？”母亲遵从奶奶的吩咐，上供销合作社去挑小孩子可以穿的衣服，可那个简陋不堪的供销合作社哪里有什么婴儿服啊！母亲实在没有办法，买了一套上幼儿园的孩子穿着都显肥大的棉质内衣拿了回来。“小孩伢子儿吃上奶就会像萝卜一样长得快，衣服大点儿咋的啦？穿得长久岂不是更好哩！”奶奶向来是自说自话地往好里解释。

于是第二天，我便跟着奶奶和母亲一起去了阳东堂。空地上整个阳东堂的人都聚一块儿，也不过十几个人而已。他们团团站成一个圈，正围观着“牛齁架”，公牛从胯裆下挺着血红的刀似的家伙，一下骑在了看上去软弱的母牛背上，人们便“呱唧呱唧”地鼓着掌高声起着哄。“这不明年又可以得一匹牛犊子啦！”叔叔正美滋滋儿地喊着，瞥见我们一行三人，便打着手势招呼着我们快点儿过去，精神看上去正常得很。母亲觉得场景挺让人恶心的，就拉着我先进了屋里，奶奶则理直气壮地走到叔叔身边，站在那里一起看热闹。后来长大才恍然大悟，那是牛交配的场面。“从前我在稳城市场上看见过，每到开集市那天，人们总是把公牛和母牛撮一块儿干那勾当，还在一边儿拍着巴掌叫好。唉，让人边儿上看着都臊得慌……也是，哪有比自己的种儿开枝散叶，来得更得意的事儿啊！”

4

日子一天天过去。村里人每晚在大队革委会门前的空地上，点着大电灯泡，喊着革命口号批斗“牛鬼蛇神”的“革命激情”渐渐褪去，精神头儿也蔫儿了，激昂的口号代之以“粮食不够吃”的抱怨声。就这样，他们进入了20世纪70年代。

那年，在稻子噼啪叫唤着疯长的6月末，董鸡飞来过几次之后，便再没了踪迹。奶奶说过，董鸡一般是在五六月份交配，这话也许是对的。这时候，没准儿董鸡在某个地方配上了对儿，下了蛋孵出了崽儿，正四下里飞，忙着给崽儿们打食儿吃呢，把南大川和叔叔都给忘了吧？不是说过那董鸡是南大川的魂儿嘛……

其实从表面看叔叔的南大川之行毫无理由可言，可仔细观察便可发现，每当在阳东堂发生什么事情了，他是必定会下岭来到南大川的。可是，对他来村里的缘由却因为他失去了按逻辑思考的思维能力，已不知道了。来到南大川，他只会到自己生活过的老屋转转，唱唱“转啊转，绕着玻璃窗子转起来……”，跳跳舞，然后再到我家吃顿中午饭后，由千燮驮上马背回阳东堂的家，这便是叔叔固定的行动半径。然而新奇的是，那个时候在阳东堂，他即便是迷迷糊糊的，却仍然能够力所能及地帮助儿子干点儿农活，一点儿都不含糊。几十年过去了，岁月流逝，我们听着“叔叔来了”这几个字已经听得耳朵都起老茧了，可是奶奶却一次都没有感到腻烦或装作不知道慢待他，总是在日本产的火炉上点着火，呼呼地吹着，削几个土豆剁成块儿，放在焖着的小米饭上，再煮上石锅酱汤。现在看来，奶奶的诚心诚意真是了不得。

“婆家大侄儿他老人家的胃口杠杠地好，饭压实了多盛点儿。”每当听到奶奶如此吩咐，母亲便在雕着“福”字、深凹的饭瓮里满满地盛上饭呈给叔叔。待吃完上尖儿的一碗饭，到了要撤桌的时候，叔叔便把我叫到他跟前儿，说道："大侄儿，你记好喽，咱们珍山老崔家家族把崔溉大人视作始祖，据说是朝鲜稳城崔守平的直系第二派系后人的第十八代孙。籍贯是忠清道金山郡珍山面（面，行政单位，相当于中国的乡）……"详详细细地给我说明着，口气吹得白胡子乱颤。这个时候的叔叔，有谁能把他看作是精神失常的老人啊！当时我上小学二年级，听着叔叔说这些仿佛是和尚念经般的话，也不知道是啥意思。后来，我找资料查看后，着实被叔叔的明辨吓了一大跳。的确，珍山崔氏的始祖是崔溉没有错。崔溉，为崔钟汉之子，公元 1526 年（朝鲜中宗二 十一年）文科及第，精通四艺，位尊师傅，其后孙把他尊为始祖，从全州崔氏中分离出来，把本贯定为"珍山"。珍山是位于忠清南道锦山郡所属的"面"。

照奶奶的话说，叔叔从年轻的时候起，因精通'方块字'（汉字），在珍山崔氏第二派系门族中负责记录族谱一类的活计。直到参加抗日独立军前，叔叔生活在月晴镇杰满村。他相貌英俊，精明灵秀，是远近闻名的"珍山崔氏的大公子"，后因反抗父母的包办婚姻而被族亲逐出家门。这也成为他参加抗日独立军的最直接的原因。"据说南朝鲜（韩国）没有我们珍山崔氏。"叔叔的这番话说得也对。根据韩国统计厅人口调查显示，以 2000 年为基准，确认（在韩）珍山崔氏总共有家庭一百二十七户，人口三百八十六名。可是，在当时与国外毫无联系的情况下，叔叔是如何搜集到这些情报的，让人感到相当匪夷所思

一提到族谱的故事，叔叔的情绪就显得异常激昂。

"从古时候起，族谱就是当作宝物来珍藏的……因为族谱中供着我们的列祖列宗，所以族谱一般供奉在上屋，大礼敬祀……可是现在却世风日下，胡作非为，（造反派）翻出族谱来，不由分说地烧掉，这哪里是人干的事儿啊，分明是畜生的举动呐！我们家的'小畜生'（崔千燮）

打回来的蠢笨野猪也都认得自己的爹娘哟……”叔叔一说这话嗓门儿就会吊高，一旁奶奶唯恐隔墙有耳被人偷听了去，慌忙地打着手势，示意叔叔把嗓门压低下来。

叔叔曾负责执笔的族谱仅收录了珍山崔氏第二派系家族，由此可推断那是世谱或世志。

话说极其孝顺的崔千燮，那时因为我们家无微不至地照料他父亲而心存感激，每当打回狍子、野猪啥的，立马会劈下大腿，拿野柳枝结结实实地捆上驮在马背上来到我家，说句“尝尝这肉吧”，便把肉生愣愣地往地上一撇，蓦地转身就走了。

按奶奶的说法，叔叔是在董鸡叫得正欢的6月某一天，被日军从监狱里释放出来的，而后便在名叫“烈日南石”的地方落了脚生活了下来。南石村是现今图们市月晴镇杰满村中心村落的名称。当地老人一直还沿用着从前的名字。说起南石，为何村名前还连着“烈日”这么怪异的前缀，细查一下词源，得到的答案出乎意料地明朗起来。“烈日”是指阳光的意思，过去的老人说“烈日”这样粗犷有味道的字眼，远比“阳光”这种秀气些的词用得普遍。所以起了“烈日南石”这个名字。洒遍世界的阳光，为何偏偏要只给南石村带来光明和温暖呢？我摇头晃脑地沉浸在这个幼稚的想法中，试着推测了一下，缘由是南石村人对大自然的惠泽和恩宠有着坚定的自负心，是他们由于过度自负才会导致有这样想法的。由此可知，我们先祖的自负心是相当大的。

20世纪90年代，我在图们市文学艺术界联合会工作的时候，记得有一年的秋天，我去探寻了叔叔和祖母时常挂在嘴边的“烈日南石”。远远地眺望过去，那里是一片原野，一群高高低低的远山起伏在四周，画面令人感到宁静而温馨，“烈日南石”是名副其实的向阳之地。翡翠般碧蓝的天空下，温暖和煦的秋日阳光洒在金黄色的田野上，热浪氤氲着，我情不自禁地陶醉在这一幅田园牧歌式的秋景中。近处这片仿佛抱着前襟静静端坐的稻田埂上，如繁星般点缀着紫芒花儿，在阳光的反射下，宛如一群少女穿着洁白衣裙跳着舞，花草丛中野鸡时隐时现，"嘎咕——嘎咕"地叫着。哦，这里是能够令人浮想起著名诗人郑芝溶的诗篇《乡愁》之境！这片"烈日南石"便是珍山崔氏扬名立万之地！这也是20世纪初叶，从朝鲜稳城，经过南阳和图们，群体性迁徙过来的珍山崔氏先人们，开垦开发出来的根据地！换句话说，这里是珍山崔氏"传说中的蓝色大海"波涛荡漾的地方！

20世纪30年代初期，自伪满洲国成立的时候开始，"烈日南石"也相继成立了伪满警察署，新式学校，就连妓院也应运而生，也曾成为周边地区的经济、文化、教育中心，从那时起，人们便将"烈日南石"改为叫作"杰满"的新村名。"杰满"，按字面意义上来解释，是指"豪杰辈出""豪杰众多"等，大概就是这些意思吧。这是好名字啊！那么，如果人们真的追问起来，"这里到底涌现过哪些伟人啊？"现在的人们大概会含糊其词地这样说，"这个嘛，很难说哟，不太清楚啊……"然后隐去话尾，支吾着，暧昧地笑笑算拉倒了。试着这样推测一番：如果"杰满"是日本人起的村名，那他们是否因为从朝鲜流入的独立之士或反日、抗日救国之士很多，便"大度"地馈赠了这个村名呢？这样地推测是否有些自作主张？当时的人们也许未曾预料到后世的学者们，单独设立了名称叫作"移民史"的主题，追溯历史而上进行研究，他们那时只把图们江当作个小河沟而大摇大摆地来往进出。不管是高宗、禅宗大王还是溥仪皇帝的臣民，没有任何区别。

叔叔扑奔亲戚们回到杰满后，差不多是大门不出二门不迈地"蛰居"起来。那时候（按时间来算，大致推定在1930年末）他已经娶妻生子了，生了俩儿子。所以这样看来，叔叔应该是在抗日独立军时期就已经结婚了，这是我推算得出的结论。女方家境看起来比较殷实，据说是嫁过来的时候，带了两三亩地做嫁妆。婶娘身为女人家，个头儿挺高，像男人一样强悍泼辣，生性耿直，身体强健，叔叔那会儿成天扛着枪跑来跑去参加抗日救国，婶娘便陪在叔叔左右照料着，还生了个儿子，这个孩子便是叔叔日思夜想的大儿子千洙。小儿子千燮是解放前夕在南大川出生的。俩儿子的长相和体格都随了母亲。

叔叔刚开始从身陷囹圄中解脱出来的时候，一年中偶尔会出现两三次精神恍惚地胡言乱语的现象。可那只是偶然性的，在维持日常生活上几乎没有什么障碍，还能种着自己的田，那一段时间也没饿着肚子。可是解放后第二年爆发的霍乱传染病夺去了婶娘的生命更加重了他的病情。据说婶娘离世的时候，曾是那样苦苦地呼唤离家后杳无音信的大儿子。尽管现在看来，当时她的那个大儿子已然不在人世……

大儿子千洙牺牲的阵亡通知书是在叔叔去世几年后才接到的。也就是那时，叔叔也因活下来的抗日联军战友们四处奔走、联名保证下摘了“归顺分子”的帽子。千洙才是真正的抗日联军战士。他于1942年参军，在原苏联远东地区创立的东北抗日联军教导连八十八连团服役。八十八连团也叫作八十八特别狙击旅团、八十八独立步兵旅团、独立步兵大队等多种称呼，千洙当年是以前苏联红军军官身份，参加了先遣队进军中国东北的。八十八独立步兵旅团当时约有一百九十名朝鲜族人，千洙是其中一员。

“我们家那个大儿子，可是飞来飞去（能干）的家伙呢。参军前，他十五岁上便能扛着装满红豆的麻袋，来往穿梭渡图们江做粮米贩子。噢哟，这小子那个时候就知道找女人带在身边了哟！如果那家伙不是因为赌博，把我们家的田地给输个精光，我恐怕得在牛鬼蛇神帽子上，还要再加上一顶地主富农的帽子呢！那家伙实在是个厉害的货色……”听村子里的老人们讲，叔叔的大儿子千洙曾涉过图们江，去对面朝鲜的稳城郡，与宗亲们混在一起，迷恋上了赌博。因为建设稳城大桥的守卫，一名日本军少尉强奸了自己喜欢的女人，千洙杀了这名日本少尉，逃离了稳城，而后发誓绝不再踏入稳城一步。我原以为这只是当时的一个传闻而已，后来确切地了解到，崔千洙确实干了一桩与这件事极为相似的案子。

“记得那天也是月底最后一天吧，正是收割大麦的时候。大约是傍晚时分，我干完活回家一看，这家伙正慌慌张张地狼吞虎咽吃着中午剩下的小米饭团子。我一看见他便气不打一处来，马上就要下雨了，收割大麦正愁缺人手呢，他倒是好，整天迷着赌博……所以我一口怒气没忍住，抄起大棒子便不由分说把那家伙削了一通……唉，哪承想，那竟是最后的永别哟？”叔叔每每说起他大儿子离家出走的事情都会泪水涟涟的。每当这位胡须雪白的老人哽咽着哭泣时，奶奶在旁也总是陪着一起掉眼泪。“现在才知道，那家伙是杀了日本鬼子后逃回家来，饿急了三吞着饭呢，可我这个当爹的就是连剩小米饭都没让他吃饱就不分青红皂白一顿揍啊……本想着他当了军官能回家来了，可眼瞅着战争都结束了，他干啥呢，咋还不回家呢？咋一点儿消息都没有呢？你说这小子是不是成天饿着肚子跑呢？”

如此看来，这是父亲和儿子前赴后继地参加抗战啊。父亲在抗日战场上，在不可抗拒的条件下被抓了俘虏，也因此而患上了退行性记忆丧失症，在南大川饱受偏见，满含冤枉遭人们的白眼儿。就是在这种境遇下，他竟不知道自己的大儿子参军当了战士、成了英雄……

5

转眼又是新一年。这都到了太阳暖暖的初夏了，阳东堂的叔叔依旧是杳无音信。每年这时候村前水稻田里都会飞来的董鸡，这会儿也让人分不清是啥时候飞来。“哎，真是的，这到了初夏也是出奇地安静呢，黑水鸡也不知道啥时飞来……婆家大侄儿他老人家的病是不是更重了呢……明天呐，得去阳东堂瞧瞧啦！”奶奶第二天便早早地起身，独自去了一趟阳东堂，傍晚才回到家。“我说，他爹和他娘明天也该去阳东堂去瞅瞅才是。婆家大侄儿已经病得卧床不起了，看样子怕是挺不过这个初夏了。”说着，奶奶神色凝重地从包袱里拿出了一本用高丽纸装订的皱巴巴的族谱来，相继拿出来足足有八册之多。族谱是用毛笔书写的手抄稿，上面的字好似印刷体一般工整而漂亮。“婆家大侄儿他老人家以前上私塾念过书，认得很多方块字儿，大伙儿都咂着舌头夸他写得一手好字呢。大侄儿他老人家说，族谱理应由长孙负责，千叮咛万嘱咐说，将来你一定要保管好它！”紧接着，奶奶仿佛怕族谱被别人抢走似的，立马把它用包袱皮儿包上，藏到炕柜的最里边。之后一再叮嘱我千万不能出去对外人说起这事儿。

“你叔叔他一直在‘千洙呀，千洙呀……’一声声呼喊着自己大崽儿的名字，我在旁都看不下去了，陪着掉眼泪。唉，虎毒不食子哟，他啥都能忘了，独独自己儿子的名字咋记得那么清楚呢，真是怪事儿呢！”奶奶流着眼泪说道。第二天，奶奶说着，小孩子不好去那种地方，把我独个留在了家里，便带着父亲和母亲匆匆赶往了阳东堂，心急火燎的奶奶翻过西岭时都快成一路小跑了。本来奶奶的预感每次差不多都能应验的，可这次却走偏了。傍晚时返家的奶奶，叹息着说：“看来，他在见着大儿子之前是不肯上路的哟！”第二天凌晨，奶奶再次独自去了阳东堂，然后又拼了命跑回来，对父亲说：“左溜儿是要走的人，早走早托生，少遭罪……不管咋的，咱也应该把他拉回南大川他的老房子吧……我就寻思着，死前见不着大儿子的面儿是他的一大憾事儿，好像又不光是这个……”听罢奶奶的话，父亲立马就应承着：“对这老兄来讲，肯定阳东堂就好比是‘客地’，在那儿上路的话，可不就是‘客死’了呗。”“可不是咋的，对头！”奶奶马上随声附和道。第二天，父亲便遵照奶奶的吩咐，赶着牛车上路，去阳东堂接叔叔，母亲则上村里叔叔的老房子里，给拾掇屋子去了。

话说，阳东堂从一大早起，便死寂沉沉的，笼罩在一片阴森森的气氛中。叔叔已有十多天滴水未进了，始终徘徊在阴阳两界找不着归路。到这之前一天为止，叔叔还在呼唤着大儿子千洙，千燮好几次将哥哥的照片拿到叔叔眼前，让他看，可是叔叔却紧闭着双眼纹丝不动。他们猜，他是不是想见见未曾谋面的孙子呢？这次史秀才的大闺女把儿子领到了叔叔眼前。叔叔仍然闭着双眼。只是仿佛想说什么话似的，翕动着嘴唇。他心里到底放不下啥，才这样难以咽下这口气呢？千燮正守在叔叔的跟前儿，盯着他爹那痛苦的脸，突然他跳了起来说了句，“我得去南大川一趟”，随即便拉着马出了家门，然后让张三和张四帮着把叔叔扶到自己的背上，背着就要走。疯了？背着马上要咽气儿的老人去哪里呀？阳东堂的邻居们也不知道这小子葫芦里卖的什么药，齐声呵斥着千燮。只见他背着叔叔飞身上马，直奔南大川而去。翻岭途中正好遇见了赶着牛车去阳东堂的父亲一行，于是他们重新把叔叔扶上了牛车，调头回到了南大川。

走到了村子的西南角，一看到千年榉树下自己家的老房子，正默默地牵着马跟在牛车旁的千燮，突然扑通一声双膝一弯跪地而坐，然后扯着嗓子号起来：“爹呀，咱回到了南大川，咱回到了咱的家呀！”在牛车上躺着的叔叔，这一路昏迷着，似乎还留着一口气，可只有呼气，没有进气，突然间被千燮洪钟般的声音惊的，竟奇迹般睁开了双眼。“爹啊，这回咱回到了咱的家，你就闭上眼放心地走吧！转啊转，绕着玻璃窗子转起来……”千燮颤抖着双肩哽咽道。在千年榉树下，叔叔用尽毕生的力气睁开了眼，眼神飘忽地仿佛在空中寻找着什么，闪了几下，最后从嗓子眼里咕噜出含混不清的几个字：“南大川，我的家……哼，哼……”这竟是叔叔留在人世间最后的几个字了。

啊，南大川人齐声慨叹道：“原来如此！”叔叔死前终于回到了南大川，他这回家之路如此漫长，他竟是如此艰辛地了却了自己最后的心愿。

叔叔去世后，村里很多人都来吊唁。母亲说：“村里人还不是怕遭粗暴的千夔忌恨，才赶着来‘哭着吃芥末’呗！”奶奶却正色地埋怨母亲说：“哪怕是再无知的乡下人，他们日子过得久了，也会悟到日子要过得明白的正理儿。”对于我来讲，奶奶说过的很多话，我都不太理解其中的道理，也不太明白“日子要过得明白”这句话的深意。倒是开始领悟到：人类存在的意义在于人的一生就是不断地修身立命的过程，直到离开人世。

南大川，是伟大的生灵们生存的地方！

6

“每当董鸡开始叫的时候，婆家大侄儿他老人家就会来南大川的。如今董鸡也都不知道飞哪里去了……每每他来的时候，董鸡都叫得那样欢实，如今都跟着他去了？”奶奶似乎是认定董鸡就是叔叔的魂儿一般，神色庄重地叨咕着。董鸡只不过是一种候鸟而已，叫得欢其实是为了求偶罢了，对这种候鸟还能有啥寄托呢？想把叔叔的灵魂寄托在董鸡这候鸟身上，也许只是奶奶的一厢情愿吧？

岁月流逝。叔叔去世很多年以后，每当董鸡飞来的时候，都会唤起我脑海中对叔叔那些清晰回忆：头戴冠帽，穿着肥大马褂，挥着袖子边舞边唱“转啊转，绕着玻璃窗子转起来……”，这些画像挥之不去。更何况奶奶，她该是多么深切地怀念叔叔啊！

叔叔去世后的第二年，阳东堂终于分崩离析了。张三和张四一接到让他们回到村里的口信，啥都没说，立马儿重新修缮了房屋搬回到了土城外的村子里，和我家成了邻居。崔千夔虽说也随着大伙儿搬回了村里，但大部分时间都是带着自己山东媳妇儿回阳东堂过日子，一有时间就去打猎抓狍子。令人奇怪的是，阳东堂田地里每年都会有董鸡飞过来，“咕嘎咕嘎”地叫着，就在那个当口儿，后山野山杏树丛里，喜欢后背朝外落在树枝上的布谷鸟也会凑热闹似的跟着叫。难道村里水稻田的董鸡也把家搬到了阳东堂吗？……

自我上了中学起，奶奶总是让我到阳东堂跑腿，大都是她蒸了米糕，或是做了好吃的菜肴时候。“我们家族的长孙来啦！”我到了阳东堂，这时候崔千燮正在大石磨边上领着儿子玩呢，边打着哈哈，边接过我手里装着食物的篮子，问着“又拿来啥好吃的啦”，转身儿吩咐牙齿烂得黑黑的史秀才大闺女把她晒的狍子肉干儿，或是用盐腌好的野猪肉、咸鸭蛋啥的用包袱皮儿包好给我拿上，然后把他儿子和我抱上马背，策马如疾风般翻过岭子把我送回南大川。从那时起，我便开始叫着他“大哥”，追随着他了。史秀才的大闺女跟了千燮后，也时常到南大川来我家串门儿，和汉语一窍不通的奶奶一般是互相打着手势比比画画地交流。

村里人都说千燮这人变了。叔叔的三年祭一过，千燮兄便选了个日子，用马车拉着被褥行李和家什家当，下岭搬回了南大川土城外的屯子里。他仿佛变了一个人似的，和屯子里的人也能很融洽地相处到一块儿了。几年后，千燮兄住过的房子和张三张四家的房子，那期间风吹雨淋地糟巴透了，塌掉的残垣断壁间，有一条鲇鱼“哧溜哧溜”地钻来钻去地爬着。

6月里，热辣辣的阳光照耀在南大川，热浪阵阵，村前的水稻田里一片绿油油的水稻秧拔节抽穗，却始终看不见再有一只董鸡飞来。叔叔去世那年，哀鸣着的那只董鸡，也似乎是这世界上最后一只了。董鸡这种鸟儿绝不会独自生存的，它们必须合群而居，成双成对，繁衍后代。

董鸡已经在地球上绝种了。

曾经遍地都是的董鸡，如今只能在画上或照片里才能看得到。

后 记

“文化大革命”爆发时，阳东堂（养猪场）解散了。现在那里成了一片没有人家的旱田地。记得父母在世的十年前，某年春节，笔者曾让弟弟带路，特意找阳东堂去看过。白雪覆盖的阳东堂，与南大川的所有旱田地没什么区别，没有任何痕迹能够看得出来，这里曾一度住过人家。“有情岁月鲜花飘香，无情岁月风雪凛冽”这句话，让人感同身受。

“土墙外的人们”

——南大川人的故事（2）

1

回想起来，那应该是发生在小学一年级暑假里的事情了。

南大川的暑假，一般是在8月的炎热初降时开始的。屋檐下交错而织的蜘蛛网上，就连大蜘蛛也无奈地避开哧哧翻滚着的热浪，找个地方躲了起来。仲夏的炎热耍了一阵威风后，待到暑假快要结束的时候，猛然间，一早一晚的会让人感到阵阵凉意袭来。南大川人大概把这段时日称作“模棱8月”（也叫仲秋8月），短得像耗子尾巴一样的暑假，搭在模棱8月里总是会不着痕迹地溜走。乡下人一般在这个时候，“锄草”农活儿刚结束，把锄头挂在房檐底下，然后聚在篱笆杖子根儿下，摆上象棋“叮咣”地拍起来。立秋时节，蛐蛐儿合唱的声音仿佛在起调门儿似的，与南大川土城外村子里唯一的风铃声汇合在一起。丁零——丁零——当啷——当啷——，那细碎琐琐的风铃声隐隐约约地听起来仿佛是呼唤某人的声音。

被南大川人们称作“铁铃铛”“铁钟”的风铃，现在看起来，说的是古代雄伟的飞檐楼宇的房檐下，或者歇山式屋脊的檐下悬挂的一种物品。样子像小钟似的，摇晃起来，随着风力强弱，发出“丁零——丁零——当啷——当啷——”黄铜特有的音色，内胆挂上金鱼模样，或者其他可爱的图形的铁具，可以发出各种不同的声音。随着风速的强弱，风铃声有时仿佛慢慢席卷而来逐渐变大或逐渐萎缩，有时又是跳跃的短板节拍，清脆悦耳，听起来耳朵感觉痒痒的。风铃在古代并不是庶民的物件，而是那些大户人家类似于装饰品的东西，他们高高在上、有钱有势，动辄喊着“呃——喝！小的们！”可是，我却是在故乡南大川贫寒的老家，从小开始仿佛听着催眠曲一般，日复一日地听着“丁零——当啷——”的风铃声长大的。

其实不是我家有风铃，而是与我家中间隔着柳条篱笆杖子的邻居“福童阿迈”家，他们家已经糟了的屋檐下一年四季都响着风铃声。现在想来，尽管那时心里偶尔也冒出这样的想法：茅草屋和漂亮的风铃论档次简直是“驴唇不对马嘴”似的不相配，实在是感觉挺遗憾的。但是那清脆悦耳的风铃声，仿佛报春的云雀般啁啾啼啭，声声入耳，令我心中有一种隐约的幸福感悄然升起，竟慢慢浸濡、蔓延，使我坠入了白日梦里。

丁零——丁零——

每当盛夏的轻风瑟瑟吹来的时候，风铃便随风轻轻摇曳，仿佛小溪潺潺流过，发出清脆的音色。那声音中，混入我家四敞大开的破旧柴禾门轴发出“吱扭、吱扭”烦人的声音，旋律互相不搭调的不和谐音符，叫醒了我的白日梦。当梦醒时分，西边天际夕阳斜下，田野里到处开着紫芒花，泛着洁白的光，花丛中，雄雉“嘎咕——嘎咕——”令人心烦地叫着。这时候，南大川那苍茫、寥廓的天空下，四周层峦叠嶂，不知名的沟壑纵横交错，寒鸦成群飞过迅速变成黑色斑点直至消失在夜幕里，“哇——哇——”，只听得乌鸦一路叫嚷着飞回巢去了。“这帮家伙，只知道，哇……”南大川人们对后脊梁骨传来乌鸦那不吉利的叫声，觉着无比倒霉，平白无故地发着无名火儿，真该把它们全都给抓了搁开水炸喽……“嘎嘎——嘎嘎——”，但凡人们听到大雁南飞的叫声时，就会流露爱惜的神色，可对于笃信“乌鸦叫灾祸到’的人来讲，乌鸦却是灾星。

“占风铎又响了耶！”

“福童阿迈”总是在房前的院子里，呆呆地自言自语着。风铃咋咋呼呼的响声，在“福童阿迈”听起来是很惆怅的感觉，这挺古怪的。南大川人夏天听到图们江对岸火车的汽笛声，就会说是要下雨了，这是大家都这么想的；可是听到风铃声，就觉着是秋天要来了，这是一直以来谁都不曾想过的事情。只要有风儿吹动，风铃一年四季都会发出声音，为啥唯独“福童阿迈”觉着，“风铃响了，秋天就要来了”呢？……现在回过头来想，尽管南大川秋天，四处飘散着庄稼成熟的味道，可是一辈子到老都在乡下过活的“福童阿迈”，对她来说秋天是个无情的季节，一年又将流逝，刻薄的岁月似水流年，清冷的风铃声，会惹得她无限地怅惘……再赶上，秋天呼啦啦刮起凉风，随后紧跟着来的寒冬，和冬季的一派肃杀，对“福童阿迈”来说，真真儿地让她透心儿的凉呢！

记得当年，“福童阿迈”总爱站在院子里，扶着糟透的篱笆杖子，痴痴地望着西山。她那迎风吹乱的丝丝白发，那背阴儿闪着亮光的西山紫芒田、草丛里叫着的大野鸡、野鸡的叫声，所有这些古怪而错乱的记忆，印在那个拿衣袖抹大鼻涕的少年心深处，直到如今依然无法忘记！……

那时候，我们土墙外的村里人，也模仿着“福童阿迈”，管“风铃”叫“占风铎”。也不知道是谁最先开始这么叫的。然而，住在土墙里面的人，却是把风铃随意叫成“铁铃铛”“铁钟”。“看这占风铎咋呼（响）得厉害，看样子庄稼是要干瘪透了哦！”“看占风铎无精打采的样子，怕是要阴天儿了，要是下起连天儿雨可是糟透了！”父亲总爱坐在灶台前，对母亲和奶奶这样说。听父亲的语气，好像天公不作美都该赖风铃似的。那会儿他抽着旱烟，烟圈慢悠悠地一股股从他背上飘起来，棉布汗衫被汗水浸得斑斑驳驳的。父亲的话，每每都会应验。每当风铃以快板节奏响起来时，米字格窗户上，日久变黄的糊窗纸，被风撕扯得“哧啦哧啦”的，像鬼哭似的；当风铃安静下来时，天气就变得阴沉沉的，浓烟从烟囱底儿冒出来，“哞儿哞儿”叫着在地上爬，紧接着便会淅淅沥沥地下起秋雨来。对父亲和奶奶来讲，风铃跟气象预报差不多，有测风雨的功能。

我是很久以后才了解到，“占风铎”也叫风铃，知道了各地也有，诸如“玉振、悬铃、垂铃、风信、钟”等不同叫法。奶奶说是“小公子”（金姓老地主家的儿子）最先把风铃叫成“占风铎”的，从那时起，土墙外的村里人也都跟着这么叫起来了。

2

叮当——叮当——叮当……

响着风铃的南大川，从1934年起，直到我上中学时，就分成了“土墙外”（土城外边）和“土墙内”（土城里边）两块儿，大人们嘴边儿常提起这两个名词儿。实际上那个时候，所谓土墙，其实是倒塌的城墙遗迹，就只剩下了灰白土堆，在村子外这一处那一处地散落着。那里，有旧车轮，烂了的稻草捆儿，破烂儿堆，扯烂了的单只儿黑色胶皮鞋，扔得到处都是，滚来滚去的。

土城下面，流着一条护城河，河水如黄牛尿一样，哩哩啦啦地蜿蜒流淌着。河底到处都是鸭子屎、猪粪、牛粪……各种埋汰东西铺了厚厚一层。每到闷热难耐的酷暑，盛夏的太阳哧溜溜地翻着热浪，臭烘烘、湿乎乎的气味直熏鼻子。一到白露时节，稻田里的水排入护城河，脏兮兮的污水里，泥鳅乌泱乌泱地钻来钻去。待到泥鳅销声匿迹的时候，河面上就会结冰，冰面上浮着一层水，生产队的母牛，颤悠着四条细细的腿儿，战战兢兢地走在上面。这时节，土墙外的人们，到土墙内的石磨坊去舂米，返回路上赶着牛（马）车，一不小心就会陷到冰窟窿里。

日本占领时期，这地方起了个名副其实的名字叫“大沟”，的确是个挺大的沟。从村前头向西延伸出去的田野平展开阔，不高不低的丘陵像屏风一样围在四周，庇佑着这里的土地。还因为这一带，地下蕴藏着丰富的第三纪褐煤，取之不尽、用之不竭，所以又叫“东矿村”。

我家不是住在土墙内，而住在土墙外。住在土墙内的人们，管我们土墙外屯子里的人，叫“土墙外头的那帮家伙”，像喊窑子铺的丫头那般轻蔑。实际上，即便是把我们居住的地方称作“村”，统共算起来也只不过六七户人家而已。有我家和“福童阿迈”家、张瞎子家，还有从阳东堂搬回来住的张三、张四家，与我家有亲戚关系的崔千燮家，被土墙内生活的贫下中农们，视作不共戴天的仇人——金地主（金永洙）和地主老婆子（姜淑奶奶）（我的另一部小说《光复的后裔们》的主人公们），就这样，算上我家才总共七户人家，聚在一起柴米油盐地生活着。

金地主是一个精瘦的老人，干瘪得像根稻草，仿佛一阵风就会把他吹跑似的。他一般时候足不出户，即便隔上许久，偶尔到外边一趟，他也只去柳树堤坊捡些枯枝，或者割上一捆儿野蒿子背上，然后便急急忙忙地返回家。奶奶遇见金地主，一定会毕恭毕敬地弯腰行礼、问安，称“老太爷”，或者少东家。土墙内的人自不必说，就是土墙外的人中间，也唯独奶奶这样称呼。记得我上幼儿园的时候，村里胳膊上戴着红袖标的小青年们，把金地主、张三和张四之类的人排成一队游街示众，倘若我们这些小嘎豆子（小孩子）缠着他们，跟着走在队伍后面，他们一定会背上我们这帮孩子们一段儿。我也曾那样子给金地主背过。“养你这样的败家玩意儿干吗呀？”那天晚上，奶奶生气地把我骂了一通，父亲则是把我胖揍了一顿。平时，父亲要打我时，奶奶总是护着我，或是偏向着和我一伙儿，只有那天，奶奶却替父亲帮腔儿，边骂着“无赖似的家伙”，边帮着父亲打我。时至今日，我都忘不了挨的那顿胖揍。

“土墙外头的那帮家伙”的生活，也真像土墙内人贬斥的那样提不起来。我们村直到那时候连电灯还都没有。现在看来，除我家以外的那六户人家，都是地主啦、归顺分子子女啦、土匪老婆等出身不好的人家，这些人在土墙内遭白眼，住在那里也着实不得安生，才自己流放到土墙外。他们与土墙里的人，实在无法平等地生活在一起，这些人都是不招社会待见的悲惨生灵！说起来，那时无论在中国哪个地方，他们都是不能和成分好的人平等存在的“角色”，土墙内住着的是清一色的贫下中农，那时全国的农村，都是贫下中农的天下。所谓贫下中农，是贫农和下中农的合称，在解放后的延边，情况大体是，土地改革与其同时进行的、依照中国农村阶级划分标准，来划分的阶级名称。现在看来，贫下中农是当时的“一等”阶级。可是，我家不知道为啥，作为唯一的贫下中农却生活在土墙外。因为墙里有电灯，我在家里每每闹着要搬到土墙里生活时，奶奶便总是拿着这样的话来劝我：“在土墙外过日子多消停啊！用不着每晚儿都去掺和批斗大会。你呀，等以后长大懂事了，慢慢就知道土墙外的好处了！”我对这些话似懂非懂的。可那时，即便年幼的我懵懂无知，心里也能隐隐感到，那绝不是理由。

那时，土墙内的村子里，有个腿瘸得很厉害、外号叫“瘸拐子”的，他就是贫农代表“姜酒鬼”（酒鬼，在《光复的后裔们》中出现的人物，是二楞子的二儿子“牛粪蛋儿”），平时没啥事，他就愿意一瘸一拐地磨蹭到“福童阿迈”家，探头探脑地往里偷看，让人丈二和尚摸不着头脑。父亲仗着我家的成分好，敢把“姜酒鬼”这些瞧扁了土墙外的人看成垃圾，平日里对这些家伙很不客气，盼着粗暴的崔千燮，或是“福童阿迈”的独苗儿子，能站出来狠狠地教训他们。可是，当时崔千燮自从没了“归顺分子”爹，便遭了土墙内人的忌恨，根本就没了当年在阳东堂的威风，只剩下老老实实低头过日子的份儿了。何况，崔千燮还是对阳东堂有老感情，很少回土墙外的家过日子。“福童阿迈”和谢西诚生的独苗儿子，戴着“土匪儿子”的帽子，领着一大帮孩子在土墙内的屯子里生活，已是“自顾不暇”，更谈不上照顾他那孤寡的娘了。

“瘸拐子”——“姜酒鬼”，是参加过国内革命战争和朝鲜战争的荣誉军人。就因为这，在南大川谁都不敢惹他。那时我还小，却也觉着这腿瘸得厉害的老头儿，举止非常诡异。我家住在后一趟房的靠东边儿，西边儿房住着“福童阿迈”，她家前院儿，住着张瞎子和他那寡母“小脚老太太”。“小脚老太太”已老得骨架儿就快散了似的，她的“三寸金莲”别提多小了，尖尖的，走起路来一拐一晃地不稳当。现在才明白她那是缠过足。

“这老不死的，瞧他瘸拐子的死样儿，都这岁数了，看来还有劲没处使呢！啥？！成分不好？人家成分不好就随便欺负？撒泡尿照照自己再嘚瑟吧！”只要看到“姜酒鬼”一来，奶奶就会这样骂他。“天天汪汪叫着，自己为了中国解放参加革命，出生入死地打过仗。像他大字不识一个、这么没有文化的人，就算是革命了，能知道革命是个啥哟！……参军他也是勉强去上的，以为日子长了，人就能忘了那个茬儿吗？南大川的老人儿（土著）可是都知道这里边儿的门道儿哟……那‘姜酒鬼’原来连名字都没个正经八百儿的，都叫他‘二楞子家的二儿子牛粪蛋’来着。光复后，他参军那年，借着工作队队长的光，才得了‘姜联军’这名字。俺也参加了那个会，咋能不知道哇？”

“哎呀，您跟不懂事的娃子讲那么多干啥哩？”父亲怕隔墙有耳，制止着奶奶。“我又没编瞎话，怕啥的呀？”奶奶扬着脖子，理直气壮地叨咕。

“工作队开参军动员大会那天，七星子家的老二对这老姜头儿说：

‘哎，牛粪蛋儿，你不想参军呀？看你成天埋怨自己，穿着快露卵子的破裤子，像疯狗一样饿着肚子，恨不得连马匪都要加入的样子呢！咋，到真章怕啦？’这姜酒鬼被这话一激，说：‘哼，说啥子疯话捏？想参军你自己去呗。哥们儿你现在是因为鸡笼里过日子——到处是窟窿，没办法才想去参军的吧？我是死猪不怕开水烫，还怕参军不成？就说你老兄吧，要不是因为媳妇儿跟人跑了，你才不去参军呢，你可舍不得晚上炕头儿上那点儿事儿呢！保管你脚底下抹猪油——溜得比谁都快。别以为俺不知道呢……你现在就是坐在家里，也不会掉啥馅饼，还不是脸朝黄土背朝天的，所以才豁出去戴上头盔去参军的呗！’我记得甄亮儿（清楚）的，他两个就是这么顶牛的。”奶奶大字不识一个，可她不管说啥事儿都绘声绘色的，学啥样子也都活灵活现的，特别会讲故事。

说到这儿，这回是母亲的好奇心被激了起来。“媳妇儿跟人跑了是咋个意思呢？”凤梧洞出生的母亲，对南大川过去的往事，哪能像奶奶那般门儿清呢。“所以呢，要说是咋回事，其实是这么个事儿。回想起来应该是光复运动开始那年，二楞子老头儿和那个邋邋遢遢的七世仔（人名），强娶从汪清（延边地名）过来的姑娘，当了自己的儿媳妇。简直就是强盗啊！有一次，七世仔家的二小子二男摸进拱针山，去偷日本人储藏起来的毛毯、鞋，正翻着东西，突然间炸弹爆炸，三儿子三男当场炸死了，二男这老头子脸被炸开了花，后来成了满脸大麻子——像是下雨天打豆子似的……记得那天，山里传来出事儿的消息后，驻村土地改革工作队发动村里的青壮年们，纷纷上了拱针山打扫事故现场。当时跟着下山的人，看着躺在担架上被抬下来的二男老头子，被炸得那副德性，都嘀咕他不死，勉强活下来也跑不了个大残废……能活下来都算是万幸了。之后，他那硬抢来的媳妇跑了以后，在部队医院住院治了几个月才回了家，说是脸太丑了，没脸见人，大门不出二门不入地在家待了好长时间，直到养好了身子，身板儿壮得都能参军了。人们都在背地里说，这二男老头子是因为像他爹，壮得跟黄牛似的，才硬挺过来，没落下啥残疾。那天，二楞子跟工作队队长说：‘趁这机会给俺那要参军的二儿子起个名儿吧。俺也没啥文化，连像样儿的名字都不会给娃起一个。因这娃儿实在不好养，听说娃的名字起得越埋汰越好养，这才随便给俺娃起了个小名儿叫牛粪蛋儿……’听他说完，队长犹豫了半晌儿，经不住二楞子再三要求，‘那，他是要参加抗日民主联军，就叫他联军好啦’。就这么着，他打那天起成了‘姜联军’。

“这叫哪门子的贫农哟……脸都让他们给丢净了，呸……光复后，划分成分那光景儿，成天嚷着，穷得连裤子都穿不上，光着屁股还成了啥光荣的事，有脸到处显摆呢！这帮家伙连遮屁股的茅房都懒得盖，当上贫农还成了光宗耀祖的事儿啦！咋的？那七世仔和二楞子没脸没皮地到处招摇，穿着露屁股现卵子的破裤子，好像这都是他们当上贫农的家当似的！”

话一出口，奶奶也似乎觉着话太糙了，扑哧一下笑了出来。

“哎呀，娘，您这当着孩子面儿，说话也太让人臊得慌了……”父亲虽然佯装着嗔怪奶奶，却是和母亲不露声色地相视一笑。当时管“姜酒鬼”叫老头子，其实现在看来，也就是刚过五十岁的中年人而已，唤作老头子有点儿过了。“姜酒鬼”像是忘了自己的父亲“身份”，膝下光儿子就有五个（姜达洙兄弟五个），再加上一个女儿，一有时间便拖着条瘸腿，一瘸一拐的，到“福童阿迈”家的篱笆杖子跟前儿晃悠，净干些无聊的勾当，有时还趁夜色摸到人家院子里，鬼鬼祟祟敲个门啥的。“福童阿迈”一碰到“姜酒鬼”，便吓得面如土灰，立马躲进屋去了。

“福童阿迈”原本住在南大川果树园里，一个窝棚般大小的单间房。棚顶用苞米秸秆编成山字形，连泥巴都没抹上，时不时有小虫子扑簌扑簌掉下来。我家住的虽然也是草房，但因为有身强力壮的父亲，用泥巴抹上棚顶，所以没见啥小虫子掉下来；“张瞎子”也有远亲‘张老三”

兄弟帮忙，他家汉族式茅草屋的房顶上，苫着密实的新蒲草，过得倒挺自在。

生活在土墙里的人，每每路过她家时，都探头探脑的，对身边没个男人、日子将就着过的寡妇“福童阿迈”，哧哧嘲笑着叫她“考亚”。后来才知道，“考亚”是日本统治时期对“窝棚”的叫法。这寒酸的独居窝棚，原来连杖子都没有，“福童阿迈”每年都养很多鸡，土墙内的那些狗，总对她的鸡崽儿虎视眈眈，后来父亲帮她用荆条枝子扎上篱笆，这才算是有了庭院和屋园子。

风铃，依然在窝棚上挂着。

这黄铜风铃，年久被风霜冲刷得褪了色，变得黑黢黢的，一年四季“叮当——叮当——”地响着。风铃下，我家的公鸡率领着“福童阿迈”家的母鸡们，眼珠儿滴溜溜乱转，威风凛凛地打着鸣儿。有时，它也会和土墙内溜达出来的领头儿公鸡激烈地斗起来。

在乡下，倘若一个妇道人家，个头高挑、苗条匀称、五官俊秀的话，大概要用“长相周正”“模样儿俊、条儿顺”这样的土话俚语来形容。借用当时大人们的话来讲，“福童阿迈”应该算作是“模样儿俊、条儿顺”的女人了。光复前，她曾是这一带比较有势力的、汉族“胡子”“大当家”的二姨太。据说，光复运动开始后，她掌柜的老巢被共产党给“端”了，人“跑路”了，不知逃到哪里去了，只把“福童阿迈”自个儿丢下了。“福童阿迈”后来生下了一个遗腹混血儿子，土改时期，某一天晚上突然失踪了，直到60年代初，才投奔回家来找到自己的娘。那土匪儿子，后来和南大川富农老姜家的三闺女成了亲，生了一群外号“二串子”（混血）的子女，其中老五是个男娃子，叫谢陆久。

“福童阿迈”虽然模样儿长得俊，却也有挺多怪毛病。平时说话有点儿结巴，再加上一年四季眼角淌眼泪，眼睛没个干净的时候，总是红不哧啦地充着血。听大人们说，她说话结巴的毛病，是土改时候被二楞子和七世仔他们整日训话、交代罪行落下的。“文革”时期，她被胳膊套红袖标的“红卫兵”轮番批斗，哭着流了太多眼泪，落下了眼疾。生活在土墙内的人们传说，她被家里卖给汉族土匪当了小老婆，是拿几块小田（地）疙瘩换的。他们背地里叫她“败家娘们儿”“破鞋”，那个时候，我不知道这些话都是啥意思。

当时，包括奶奶在内的土墙外乡亲们，大伙儿都叫她“福童家的”，对我来说就成了“福童阿迈”了。“阿迈”是奶奶的意思，是咸镜道（朝鲜的一个省名）的话。那时，住在土墙内的“阿迈”中，被唤作“花童女”“狗屎女”的很多。叫她们“阿迈”，现在看来，其实也就五十岁刚出头儿而已。到现在我也不知道“福童阿迈”的真名叫啥，也不知道她是怎么来到南大川的。她那姓谢的儿子，从没见他照顾寡居的母亲，也听不到一点儿孙辈们来看奶奶的动静。

我奶奶说，这都是“福童阿迈”因自己的成分不好，命苦福薄，怕孙子们跟着自己倒霉，不让孙子们到她跟前儿的缘故。“这都是啥鬼世道啊！害得亲人老死不相往来、各走各的阳关道儿的哟！……”一边儿这么唠叨着，一边儿还咂着舌。

“福童阿迈”一个人过日子，平时借男人光的事儿，自然就多些。比如，夹杖子、驾车拉烧火柴、扒炕（北方修理炕叫“扒”）等等，这些力气活儿，起初都是父亲给包下了，后来张三、张四，还有崔千燮也时不时地搭把手儿。每到这时，“福童阿迈”便说：“唉，我这把老骨头活这么筋道儿干啥，该着你们这帮孩子的爹骂了！”一脸自责。

父亲说，每次碰见“福童阿迈”那个住土墙内的儿子谢氏，从没对父亲说一个“谢”字儿，也没说过啥客套话儿，感激父亲照顾自己亲娘，点个头敬个礼就算拉倒了。

土墙外的乡亲们中，“福童阿迈”和奶奶的来往，算是最密、最长的了。可能她对年轻生硬的父亲和母亲，感觉有点儿怕得慌吧，总是瞅准奶奶独个儿在家的空当儿，麻溜儿地钻进屋；瞄见父母在家，她是绝不登门的。她最亲近的人，要数年龄相仿的“张瞎子”。眼睛看不见的“张瞎子”，没人把他当成心生敬畏的男人。他的继父（即张三的父亲）在光复前，是个大地主，在土墙内村子里坐拥田地最多。日军占领时期，当自卫团长，成天扯着个破锣嗓子吆五喝六的，作威作福、欺男霸女，坏事儿都干尽了。看上人家俊俏媳妇儿，总得想方设法地给霸占了。他这些坏心眼子殃及“池鱼”，可怜的“张瞎子”因继父的原因遭了殃。

所谓的天生缘分，其实就是俗话说的“王八瞅绿豆——对上眼儿了”，“牛郎织女哭梁祝——同病相怜”。虽然“张瞎子”身上有一股子馊猪油味儿——我们这里的乡下汉族人特有的味儿，不过因他说得一口嘎嘣儿脆的朝鲜语，倒是和“福童阿迈”说话办事一点儿障碍都没有。他那缠足小脚的老寡母，说话之前，嘴里总要发出“唧——唧——”颇为怪异的声音，那个时候已近气力衰竭，自顾不暇，哪还顾得上自己瞎了眼的儿子到底和谁来往，早已不闻不问了。

乡亲们背地里起哄，喊“张瞎子”的老寡母“老不死的小脚婆子”。

对“张瞎子”来说，老寡母和他相依为命，虽已在黄泉路踏上一只脚了，可还等于是他的眼睛和手脚。他靠手艺吃饭，给人家锔缸锔碗，捎带还干些修补铁锅、黄铜碗的裂缝啥的，活做得挺溜。还有比如扎笤帚、做风箱、修铁连枷、打柜子、刨木盆啥的，他都是一把高手，而所有的活儿都是靠手摸索着干，是个了不起的“瞎子”。

这些乡下“土包子”堆儿里，就数我年小不懂事，活泼好动，常不知愁地跳来蹦去。

土墙外的村子里，唯一的贫农出身就数我家了。崔千燮大哥头上那顶“归顺分子”狗崽子的帽子虽然摘了，但那已是后事了。

那时候，最值得我显摆的事儿，是“福童阿迈”家的风铃，和我家那只能掴架的公鸡。只要给它喂上大酱，遇见金健（大队革命委员会金主任的公子）家的公鸡，就冲上去又撕又咬的。每当金健家的大公鸡，率领着一大帮母鸡，气势汹汹地来土墙外时，当天晚上公鸡掴架便在所难免，我会偷偷地摸进鸡窝，抱着我家那公鸡爬出来。任凭它咕咕叫着、蹬腿挣扎，硬掰开它那尖嘴，舀上一勺大酱强塞进去，甚至一勺大酱还觉着不够，往鸡嘴里塞辣椒酱的时候也是有的。

“叮当——叮当”，正午时分轻风徐徐吹来，我便避于学校那帮欺负人的家伙，把他们喊“土墙外兔崽子”的叫声甩在脑后，从学校里逃出来，瞅准父亲母亲都不在，先溜进家里的空屋子，美美地睡上一个解乏的午觉。一觉醒来，再偷偷爬进“福童阿迈”家的院子，踩着房檐下倒扣着的咸菜缸，攀上去偷风铃。

在我眼里，“福童阿迈”和“张瞎子”是最好对付的了。可到了晚上，便被父亲发现了，对着我的小腿就是一顿狂抽。

“不懂事儿的孩伢子儿，打得那么狠是不行的咦！轻点儿咦！”“福童阿迈”操着一口全罗道（朝鲜的一个省名）口音，说话和我们不太一样。

“啧啧，我的天呐，我是脑子进水了还是吃错药了咦，你说我挂着那没啥用性（用处）的占风铎干啥咦？惹得咱可怜的孩伢子儿挨骂了不是，咦！”听见我挨打的号哭声，“福童阿迈”急忙赶来埋怨着父亲。

“再给我狠狠地打，小孩子不听话就要揍，棍棒底下出孝子哟！”每当这时候，奶奶也在旁帮着腔儿。

“不就是破铁铃铛吗？挂在母牛脖子上都不觉着可惜！像啥金疙瘩似的，直接给咱娃不就得啦！”“福童阿迈”离开后，母亲一边心疼地抚着我的腿肚子，一边偏袒地说道。

“老伴儿你知道个啥，就在那儿瞎说呢？你知道那东西是啥宝贝东西，你就瞎说？那可是她掌柜的留给她的唯一物件儿了……”

“胡子留下的埋汰物件，还值得她稀罕得像命根子似的吗？”

“啥，胡子？胡子就不是掌柜的，就不是人啦？”父亲拉高了嗓门儿训斥着母亲。

看着父亲和母亲要吵嘴的架势，奶奶便站出来拉架：“快拉倒吧，家里传出吵架的声音，人家听了会笑话的！”这样闹腾几次后，尽管淘气的我还总是蠢蠢欲动，之后还是没有再碰过一次风铃。

3

土墙外的小村落里，没有和我一起玩过家家的“开裆裤”发小儿。

我总是自个儿玩。

生活在土墙内的人，喊俺屯儿的人“土城外的家伙们”，一脸的看不起。同样儿，和我般儿对般儿的小孩儿也瞧不起人，喊俺“土城外的崽子”。一听这话，我也无话答对，只会在嘴里咕噜着舌头，勉强地小声争辩：“俺是贫农呢！”“你是贫农为啥在那里混啊？”俺班最能嘚瑟的家伙金健总爱捉弄我，乐得看我脸红脖子粗的样儿。他是班长，俺班那些土墙里的同学都成了他的“喽啰”。到了放暑假的时候，也没哪个小伙伴儿乐意跟我玩儿。其实我也忒想上土墙内和他们一块儿玩儿，又怕金健他们喊“土城外的崽子”欺负我，只好自个儿围着“福童阿迈”家和“张瞎子”家的院子打转儿，再不就自个儿一人去村西面的堤坝（我们叫那里“鬼沼子”）捉泥鳅玩儿。倘捉泥鳅也玩腻了，就到仓房，在扎成“山”字的苞米秆子中拔出一根儿来，剖开一端，做成三角状，然后缠上蜘蛛网粘“玛玲儿”（蜻蜓），再拿长长的柳条枝儿把粘到的“玛玲儿”串起来，回家喂俺家那只大公鸡。偶尔也玩过这把戏：举着笤帚到院子里的空地上跑来跑去，眼睛瞄着飞在空中的“大水玛玲儿”（蜻蜓王），挥笤帚拼命把它们打下来。

这时候，“叮——当——叮——当——”，风铃在响着。

“玛玲儿”一旦粘在蜘蛛网上，就会一点儿都动不了了，而毛茸茸的黄毛小鸡崽儿，粘上了蜘蛛网仍毫不理会，自顾自地跑来跑去。李子树下咕咕叫着的花老抱子（芦花老母鸡），浑身奓楞着毛，张着翅膀示威着，随时准备扑向我似的，我却一点儿都不害怕。我在堤坝上见着蛄蛹（蠕动）着的大毛毛虫，也毫不觉着恶心，伸手便捉。哼，我咋能怕老母鸡呢？老母鸡算啥，竟敢往我身上扑？我一个箭步冲过去，小鸡崽儿们便尖叫着飞奔向老母鸡。“福童阿迈”听得鸡崽儿的尖叫声，还以为专抓小鸡崽儿的大雀鹰来了，趿拉着旧“靠信”（朝鲜族妇女传统胶鞋）手忙脚乱地奔出门来。

“喂呀！这伢子儿咋这么淘气哩？孩伢子儿，你这么作妖哪行吧？”

“叮当——叮当”，风铃响着的屋檐下，“张瞎子”正坐在石阶上，叼着长长的烟袋锅子，呵呵呵地一阵儿干笑。

“国哲伢儿，快走过来哩！”“福童阿迈”急切地唤着我。“国”字她咬得“贼”狠，加重了语气不说，方言味也“贼”浓，冷丁听起来，好像发“窟”的音，也只有“福童阿迈”这么叫我。然后，急急地翻着黑色棉布灯笼裤，从贴身口袋里翻出一枚白色五分钱硬币。那时候，我们小嘎豆儿（孩子）们，大人们也都把这种用镍制成的钱叫作“铁钱儿”“钢镚儿”。

一看到钱，我便赶忙从杖子豁儿钻了出来。“来，拿着这个钢镚儿买芝麻糖吃去，咦！”话音未落，我就像鹰啄小鸡似的从“福童阿迈”手里抢过钢镚儿，转身一溜烟儿地向土墙内的供销合作社跑去。

五分钢镚儿，能买半袋“月牙儿”糖，约摸儿有七颗，买那种带白色条纹儿的芝麻糖只能是三块儿。土墙内俺班那些当金健“喽啰”的孩子们，一般也吃不上这种糖的。我吓唬鸡崽儿，其实就是从“福童阿迈”手里“诈”钢镚儿买糖吃的“鬼把戏”。

8月，一天到晚地闷热。暑假也快结束了。

叮——依——嘤——

好似要将一天的闷热晾凉快似的，倏然间，一阵微风吹来，风铃轻快地响起。

我钻进遍地都是鸡屎的后仓房，拔出一根干透了的苞米秆儿，把顶头儿剖开，做成三角形状，然后从后院绕过去，缠上房檐和苞米叶子间挂着的蜘蛛网，接着便爬进“福童阿迈”家的院子，简陋的房前屋后也到处溢满了8月的火热。

“福童阿迈”和“张瞎子”似乎不知道热，头顶着烈日坐在院子里，边窃窃私语聊着天儿，一边手里还编着柳条儿筐。

“呵呵，国哲这小东西又从学校里蹽出来了。”

“咦咕（哎呀），放假呢不是……伢子儿可善良着哩！”“福童阿迈”轻巧地赞了我一下。每当我折磨鸡崽儿时，她不是给钱就是赞我。

别看“张瞎子”眼睛啥也瞅不见，可他倒是鬼似的马上能认出我来。更让人称奇的，是他那手艺活儿。“福童阿迈”去堤坝割来柳条儿，他便能编出结实又好看的提篮、柳条箱、笊篱、柳条筐，“福童阿迈”便吃力地拿上这些东西，走到附近的村屯儿去卖，或者换些玉米、大米啥的。他俩的生计只不过是靠这些不起眼儿的手艺活儿而已。

“你这家伙，又来抓小鸡崽儿了，是吧？”我抄着近道儿，一溜到院里，“福童阿迈”那湿湿的眼边儿，立马就浮上了疑问。

荆条篱笆杖子里，种着的那棵李子树下，“花老抱子”一边紧着用爪子刨地，一边咕咕地叫着。

这时，只见先前散在四处撒着欢儿的鸡崽儿们，突然像吓着了似的，争先恐后地聚到“花老抱子”跟前儿。

“国哲啊，你这是又想买芝麻糖吃了咦？”

“呵呵呵，看样子是啦！”“张瞎子”在旁敲着边鼓。

"福童阿迈"拿着旧上布衫袖口，草草地抹了抹眼角湿漉漉的泪，弓着腰从地上站了起来。呃，又要给我钱了哈……我眼前顿时晃起了亮晶晶的钢镚儿。

"福童阿迈"翻着贴身的口袋好一会儿，终于把钱掏了出来。

可这次不是五分的钢镚儿，而是比那大许多的一毛钱纸币，并且是两张！只见"福童阿迈"那皱巴巴的手掌上，两张一毛钱的纸币，像山一般沉重地撂在那里。啊，这是多大的"巨款"哟！

"咋，愣着干啥捏？赶快拿着去买糖吃呀！拿这钱买了糖，一半儿归你，一半儿要给谢陆久的噢！可千万别对谢陆久说是我买给他的哈！"

"慢着，我也赠一份儿钱吧！"

这次，"张瞎子"也翻开了脏兮兮的汗衫暗兜儿。呀，是五分的钢镚儿！我这是咋了啦，天上掉馅饼？我兴奋得不知所措起来。

头一次拿到了两角五分钱，母亲和奶奶至今给我的钱都加起来，也不到两角五分钱呐！

"听说最近鬼沼子那边，巴掌大的鲫瓜子（鲫鱼）正扑哧扑哧跳得欢实呢，你买完糖，去那里抓鲫瓜子吧，你不是挺会抓鱼的嘛！"

哈，真好呀！

我在原地磨过身儿，二话没说，撒腿就往供销合作社跑去。

五十块儿月牙儿糖，像一团星星似的在我眼前闪着光。平时看着总是一副冷冰冰面孔的卖货员（金健的叔叔）叔叔，甚至还细心地用黄色马粪纸（当年的纸张）把糖包装好了拿给我。

我把"福童阿迈"让我给她的孙子分一半儿的嘱咐，忘得一干二净。我怕在路上碰到金健他们抢我的糖，自己连一颗糖都吃不上，便一阵风似的跑回家，只留下四颗糖，其余的都藏在了我的"宝贝库"：父亲的一件黑色灯芯绒则高利（朝鲜族传统服装，男士上衣），是迎新年的衣服，平时不咋穿，挂在家里的墙上，成了我藏宝贝的"仓库"，专门把木头枪、弹弓之类的藏在口袋里。

糖在我的嘴里慢慢融化着，我陷入了幸福忘我之境，连到堤坝抓鲫瓜子的事儿也都忘到了脑后。吃完这四块糖，我又一次重重地按了按那装着糖块的口袋，才放心地走出了屋外。我才不要分给谢陆久呢，都留下自己吃多好呀！

叮——当——

偶尔，风铃会单调地响一下。

“福童阿迈”家的院子里静悄悄的，什么人都没有。

都去哪儿了呢？刚刚还在了呢……

院子四周的荆条篱笆杖子上爬满了牵牛花。杖子根儿上，“花老抱子”护着它的鸡崽儿，正趴在那里一下一下打着瞌睡。待我一走近，它立马儿十分警觉地瞪起了眼睛，然后“咕——咕——”叫着向我发出示威的信号。它肯定是把我看成了十足的小坏蛋。我那时正值调皮捣蛋“淘气包子”的年龄，把“福童阿迈”的嘱咐、糖块啥的全都忘在脑后，一把抄起了撂倒在杖子边上的苞米秆儿，比画着“花老抱子”，嘴里模仿着枪声“嗵”！吓唬它。

这时，不知从哪里传来了异常的动静。难道是露馅了吗？我屏住呼吸环顾着四周。

分明是哪里传出来的声音啊！……

我又比画了一下“花老抱子”，然后，又听到了奇怪的响动。

叮——嘤——

风铃响着，拖着长长的余音，之后分明有异样的声音紧跟着传来。

哎——咕——

这次，我听得清清楚楚，是“福童阿迈”屋里传出来的声音。

哎——咕——！哎——咕——！

听起来很像疼痛时的呻吟声。

记得，我肚子里闹蛔虫疼得厉害时，就是这么喊的。对了，“福童阿迈”也是因为肚里有蛔虫，才疼得这样叫唤的吧？可是，我记得父亲说过的呀，大人们是不会闹蛔虫肚子疼的……

哎——咕——！哎——咕——！

稀奇古怪的声音一直持续着。

门关得严严实实的。这大热天儿的，关起门来干啥呢？我家的门是一直四敞大开的呀……

我不由自主轻手轻脚地走近了。

她家这个门，大人们得弯腰弓背才能勉强出入，只不过就是单扇门，加一个窗户纸已经褪了色变黄的小窗而已。

这回，还有另一种声音和“福童阿迈”的呻吟声掺和在一起，和堤坝旁每晚“吭哧——吭哧”小牛犊子哞哞叫的声音差不多，间或能听到。还有类似学校里足球撞击墙壁时发出的声音。

人都生病了，干吗还这样狠狠地揍人家呢？

我不由得紧紧地贴近了后窗，从撕开的窗户纸破洞向屋里瞅去。

首先映入眼帘的是倚着后墙打的一个黑不溜秋儿的木搁板，那是父亲帮着做的。沿着搁板再往下看，我的目光所及瞬间，仿佛在后山坡的果树园里，不小心踩到了蛇一般，吓得差点儿跳起来。

在脏得黢黑黢黑的破炕席上，“福童阿迈”脱得精光躺着，她身上趴着同样脱得精光的张瞎子，毛茸茸的屁股蛋子，上下一颠一颠的……足球撞墙的声音原来是从那里发出的。

哎咕——哎咕——，感觉咋样？现在……

只见“福童阿迈”紧闭着双眼，如深秋池塘里的泥鳅钻石头缝似的，来回扭着身子，喉咙里不断发出不明所以的声音。张瞎子那积满黑垢的后背和屁股上，密密麻麻地挂满了雨滴般的汗珠子，他的身子摇摆着，像我在土城根儿下的护城河里放的纸船一样。

屋里满是湿漉漉的黑暗气息。

“福童阿迈”和张瞎子为啥要脱得精光地“打架”呀？

我趴在后窗上痴痴地想着，无法收回自己的目光。

那天夜里，我回家后整晚身上都发着热，翻来覆去地说胡话。

第二天早上，我一和奶奶说起在“福童阿迈”家偷看的那一幕，奶奶立马儿呵斥了我，并伸手捂住了我的嘴，千叮咛万嘱咐我，再也不要说那些话。她说，以后我胆敢再和别人说起那事儿，光复后第二年在堤坝淹死的七星家的闺女，就会变成了鬼来抓我。

我和奶奶发誓，一定不会说。然后从父亲那灯芯绒则高利的口袋里，拿出藏着的那包糖，就地坐在那儿，嘎嘣嘎嘣嚼起了糖，一口气全吃掉了。

之后很长时间，我的眼前总是晃着“福童阿迈”和张瞎子“打架”那场面。

偷窥到成人世界，对我来说，实在是过早了。

成人后，我才明白，那天晚上我为啥会整晚地发热、说胡话，简单来讲，就是类似于“神经性燥热”的生理反应。

4

叮当——叮当——

发生了那件事后，风铃依然不折不扣地响着。

从那以后，我再也没有去撵过“福童阿迈”的小鸡崽儿了。给我钱让去买糖吃，我也再没拿过他们的钱。明摆着，给完钱，他们又要“打架”的。

“福童阿迈”和张瞎子以为我突然懂事了，“啧啧”地咂着舌。

“这伢子儿，咋冷不丁就这么懂事了咦？”

“男娃子总是会眨眼间懂事的哩！”

放假结束，新学期开学时，我当上了班长，是“抢”了大队革委会主任家公子金健的“位子”。

我断定我所看过的成人世界，别的孩子绝对没有看过。可是，我一直不知道，我以为只有我自己看到过的那件事，土墙外的村里人也发现了，同样也完全不晓得“姜酒鬼”也撞见过。

到了生机勃勃的野菊花（波斯菊），变得蔫不啦唧的初冬时节。

某一天，我放学后正往家走的时候，在土墙内的路上，只听得“丁零——丁零——”，风铃没头没脑儿地响了起来。

大队部的广场前黑压压地聚了一大帮村里人。难道不是“福童阿迈”家的风铃声？但风铃声为啥在这儿响起了？我急忙跑过去，在大人们的缝隙间钻来钻去，挤到了最里边，却被眼前情景吓呆了。

只见披头散发的“福童阿迈”像个鬼似的，脖子上挂着风铃，右手握着柳树杆子的一端，另一端被张瞎子抓着，脖子上挂着用麻绳拴着的一只黑色破胶鞋，就是土城倒下的废墟上，随处扔的破鞋子。

“福童阿迈”边用破衣服袖子擦着眼角，边拉着身后的张瞎子走着，她那细长的脖子上，“叮当——叮当”的风铃苦涩地呜咽着……眼泪从充着血的红眼睛里，哗哗往下淌。我那天头一次，以破烂不堪的大队部为背景，近处看到了呆呆站着的张瞎子，他那深陷进去的漆黑眼眶，哆哆嗦嗦抽搐着。

大队部的门玻璃早就碎了，用旧木板钉上，算是加了一层门。

那天晚上，在破旧的大队部门前，开起了“批斗大会”。

大队部的门前空地上，竖了两根木杆子，上面点着两只度数很低的电灯泡儿。昏暗的灯光下，张瞎子和“福童阿迈”并排站着。据奶奶说，大队部原来是日军占领时期，按照日式建筑风格盖的警察分驻所，一间用作自卫团室，另一间则成了妓院。那时候，南大川人不管是谁，连打那里经过都是比较避讳的。

就是在这样的地方，张瞎子和“福童阿迈”正遭受着人们的唾骂。

妓女们揽客的对象是单纯的农夫们，往往是赊秋天收成的大米来进行人肉生意。那时候我还小，完全不知道妓女是啥玩意儿。现在想来，尽管以赊粮食卖身的妓女们让人感到意外，农夫们赊账，并且还是赊着秋天收成的粮食，出入妓院这样的场所，这反倒让我从另一方面证实了，解放后，南大川是这一地带的中心。

就是在那样的地方，张瞎子和“福童阿迈”被逼上了绝路。

那之后没过几天，“福童阿迈”便在李子树上上吊了。

住在土墙内的人没有谁露一下面儿。父亲出头，领着千燮兄、张三、张四等，这家那家地凑一起，捡来些旧木板，做了个棺材，草草地埋了“福童阿迈”。人们说，“福童阿迈”走得很安详，临死都不知道自己的独生儿子已客死他乡。“福童阿迈”就这样走了，谁都不知道她的故乡在哪里，她真名叫啥，也无人晓得。

那天晚上，奶奶在灯下长长地叹息着。

“真不知道这是啥世道啊！……寡妇婆姨光棍汉，在一块儿那样儿也没啥啊！也没碍着谁吧？犯了哪个天条啦？那算啥了不起的事儿，何苦那么埋汰人，逼得人家上吊自杀哟！瘸拐子（姜酒鬼）本来是自己惦记着面瓜，自己手又够不着，嘴还吃不上，看着自己占不着，便使唤自己的傻儿子们往人身上糊大粪。不管咋的，他是当兵回来的，哪承想这么卑鄙哟！”“母亲大人呐，那样的话咱可不兴瞎说哟，究竟是不是那老头儿说出去的，还难说呢！……”

“像公狗似的在咱村子里摇头摆尾地撩骚儿的，这十里八乡的再找不出第二个来……除了那老家伙，还能有谁？”“这世道真是变得越来越恶道了，不知道啥时候又会突然蹦出啥事儿呢？”现在看来，父亲母亲，还有奶奶，以及土墙外的人们，其实早就知道他们的事儿了。

“真是的，母亲大人，即便在家也别再这么乱说话哟！土墙内的人还指着咱鼻尖问呢，咱家是贫农，为啥还生活在土墙外……这世道，像咱这样的人，最好像老张（张瞎子）那样睁眼儿瞎地过日子。”

“像张瞎子那样活着，也逃不过游街示众的命啊！……”

“老张只求着别把风铃放进棺材里，所以俺们就把风铃留给他了。”父亲停住了话，沉默一会儿，转移起话题，“这事儿做得好像是多余了。那物件以后怕是又要惹事儿了不是！又该出来第二个福童了。”

后来听说，“姜酒鬼”的儿子达洙、达三兄弟们，在没有得到大队革命委员会批准的情况下，和土墙内几个泼妇似的娘们儿勾结起来，对张瞎子他俩干了那厚颜无耻的勾当。

达洙兄弟们曾有一阵儿，胳膊上套着红袖标，趾高气扬地耍威风。那以后，他们在土墙内也算是最能嘚瑟的了。

过了几年后，“姜酒鬼”得了酒精中毒死了。现在看来，他也是非常可怜之人。“姜酒鬼”在凄风苦雨的战场上，曾拼了命地去打仗，所以在南大川才能享受到“至高无上”的地位，他的儿子们借着爹的光横行乡野。可是这张狂也没太长久。

从那时起，之后不过十四年的光景，农村生产队被解散了，集体生产方式被家庭承包经营方式所取代，统一经营与个体分散经营相结合的体制确立。南大川人把这种生产方式，自顾自地简化叫作“户都格利”（音译，“包产到户”的意思）。不过四十年的光景，世事轮回，又回到了原点。懒惰、不愿意劳动，加上游手好闲，只靠动动嘴巴吃饭度日的达洙兄弟们，终于陷入了危机。承包制农业的实质，就是流多少汗（投入多少）相应产出多少粮食（多劳多得，少劳少得）。他们兄弟几个又过回了原先的穷日子。

话说，达洙兄弟承包土地过程中，在南大川闹出了不少笑话。

起初，他们是极力反对“户都格利”耕地承包制，土地都承包到个人后，他们还到原来生产队队长家里去求人家，给他们派活儿。承包给他们个人名下的土地，他们一点儿都摸不着头绪，不知道该种点儿啥东西。

“你说说，这帮草包似的家伙一直在生产队管事，集体能成啥样儿啊？”南大川人都这样感叹着说。

“要是再来一次土改运动，那帮家伙还得再嘚瑟一回呢……可是，以后还能再转回从前的日子吗？”

他们兄弟又重新回到了他们的爷爷辈儿（二楞子）从前过的苦日子，沦落成了南大川最穷酸的农户。

5

叮当——叮当——

“福童阿迈”死了，风铃却还在响着。

在“张瞎子”家汉族式的房檐下响着。

人们在背后嘀咕，张瞎子在等着已经离开人世的“福童阿迈”。第二年，“张瞎子”那缠足老寡母也死了。“张瞎子”这回真成光棍儿一条了。这时候，人们才开始同情起了他们。恰当点儿说，随着时代变迁，土墙外的人们，迎来了能正常享受人间待遇的好年景。

岁月流逝。

有道是，世界上最大的悲哀莫过于自己被这个世界的人们所遗忘。“福童阿迈”在我的记忆中渐行渐远，我也淡忘了“张瞎子”的存在。那期间，“张瞎子”闭门不出，基本上与世隔绝。我中学毕业那阵儿，“张瞎子”也死了。据土墙外的人们说，他患上了少见的“消渴症”（糖尿病合并症），最后牙都掉光了，全身都长满了疱疹，感染发炎致死。“张瞎子”临走时，留下了把自己埋在“福童阿迈”身边的遗言。

那时候，村里人曾传言，黄铜制成的风铃是非常值钱的宝物。某天晚上，风铃便神不知鬼不觉地消失了。

6

可是，过了十年以后，谁承想，又重新听到了风铃声！

而且，就是眼中那熟悉的风铃。

叮当——叮当——

只可惜，风铃声不是从房檐下传来的，而是在“姜酒鬼”二儿子达三家的黄牛脖子下响着。直到这时候，人们才猜到这是谁的“鬼把戏”。其实，风铃的确另有“铁铃铛”（朝鲜语的“铁”和“牛”发音一样）的叫法，他们似乎是把“铁铃铛”（风铃）当成了“牛铃铛”。

从那以后，风铃就在土墙内、土墙外的村路，堤坝旁的小径，山坡上，随时随地、时时刻刻到处响着。

“叮当——叮当——”，这风铃成了与“风”风马牛不相及的物件儿。

脖颈上套着大枷锁的黄牛，每当拉着东西上斜坡的时候，会把劲儿都使在脖子上，此时风铃会更加清脆地响起。

村里人把风铃声说成了“牛铃之声”。这个时期，土墙内的人们开始争先恐后地涌出来，纷纷搬家到土墙外来住，张三、张四家也摘掉了地主成分的帽子。崔千燮从“归顺分子”的儿子，变成了抗日英雄的兄弟，开始从公社领上了生活补助金。

可是，后来的事儿，却是很怪异地拧巴起来。

第二年春天，在“西架子”那块儿田地上发生了个事故，达三家的黄牛正在耕水田，突然间被飞起来的单铧犁齐刷刷地削去了后腿。原来当时，堤坝旁边，有一头发情的母牛，周围有好几头公牛哞哞叫着围在它身边瞄着，等待着机会。脖子上拴着风铃、拉着单铧犁耕地的黄牛，直直地竖起了耳朵，咻咻喘了一会儿气，突然向发情的母牛身边冲了过去，借着那股狂劲，像刀刃一般锋利的铧犁飞了起来砍断了牛腿。

据说黄牛倒地的同时，风铃如呜咽一般，凄凉地响了起来，低沉的铃音拖着长长的余音。奶奶的预言简直是太准了。奶奶那句“风铃又该惹事儿了”的话，真的应验了，风铃果然又惹了事儿。

现在看来，奶奶真是一位懂得咂摸生活的老人。

“没准儿就是他妈的牛铃铛搞的鬼！”

达三家兄弟几个就地儿把黄牛给宰了。因为断了腿的黄牛丧失了畜力，也就没啥用了。由村里担保，拿贷款买的黄牛就这样白白地死掉了。

那天晚上，达洙他们兄弟几个聚在达三家里，吃着牛肉喝着酒，喝醉后，兄弟之间因为牛肉谁分多了，谁分少了，吵了起来，直至最后大打出手。村里人背后嘀咕，是冤死的“福童阿迈”和张瞎子的魂儿找上门来，把牛给整死了。

“都是牛铃铛惹的……”达三借着怒气，把风铃狠狠地抛到泥鳅窜来窜去的池塘里了。

从那时起，南大川人再也没有听到风铃声了。

岁月流逝。

人们曾经分得很清的“土墙内”“土墙外”这样的单词变得日渐模糊了。

发着潮乎乎刺鼻子臭味儿的护城河，也痕迹全无了。

人们按护城河的形态，制成了圆形管道，埋在地下，在上面架了桥，使护城河再也不像从前那样肆意泛滥了。

然而，有那么一天，在土墙外寂寥的路上，又听到了风铃声。

这是我几年前回到故乡，又听到人们说起的。

那不是“福童阿迈”家的风铃吗？南大川人们在堤坝下挖鱼塘时，发现了那只黄铜制成的风铃，达三的大哥达洙捡回了它。

真是可惜了，风铃声不是响在房檐下，不是响在黄牛的脖子上，这次是破三轮车上响起了风铃声。

叮当作响的风铃声，算是代替了“收废品啦”的喊叫，叫人哭笑不得。

叮当——叮当——

捡破烂儿的是一个破衣褴衫的青年人，他身旁跟着和他一样蓬头垢面的女人。看上去像是很眼熟的样子。

后来才知道，是张四家的闺女和姑爷子。据说，这新姑爷子是山东人。问他：“这风铃咋在你手里呢？”他回答说，是在太洙手里花了两百块买下来的。他们收破烂儿时，总要敲破锣，村里人嫌太闹腾，没辙了，只好狠心买下了声音好听的风铃。

叮当——叮当——

从那个时候起，风铃的声音听起来感觉是那么凄凉。

风铃不是随着轻柔的风儿，美妙地摇曳，而是在收破烂的那脏兮兮的手里随意地摇晃，变成了“破烂换钱啦”的替代声。

毒辣辣的日头，照在收破烂人那被汗渍浸花的破布衫后背上，摇晃的风铃声，发出仿佛呜咽着、被泪水打湿的音色。

叮当——叮当——

“土墙外，占风铎还在响着呢！”

“在六道沟那片天空下”
——南大川人的故事（3）

1

英国小说家威尔斯写了题为《时间机器》的科幻小说。用我们的话来讲，就成了“超时间旅行船”（时光机）。如果想讲述下边的故事，就要再次乘上“超时间旅行船”，重新回到三十年前，1986年的冬天。

直到现在，南大川人还时常唠叨起六道沟冬天伐木场的故事。他们把伐木场含混地说成“六道沟木材场”，把“牛集材”说成“拉木头”。以文化人的眼光来看，伐木场和木材场解释起来意思是完全不同的。乡下人则不管三七二十一，错了对了，没啥太大关系。乡下人的所有活计中，到深山老林里“伐木”“牛集材”“流伐”是最危险的。多亏六道沟没有江河，所以没有“流伐”，他们干的活儿最多的是“牛集材”。这个故事要从那年冬天，土墙内的青壮年们进六道沟去干“牛集材”，开始讲起为好。

如今的伐木场上也多见“牛集材”，是把整根木材放倒在牛爬犁上，用粗绳子结结实实地捆上，然后沿着陡坡向山下拉。偶尔有胆儿大的汉子，也敢沿着人都没法靠近的、立陡立陡的断崖往下拉爬犁。这时，牛会“哞——”，惊恐地爆发出长长的哀嚎声，被人类无情地强迫驱赶着，拉着爬犁向山下挪动。在爬犁上拴好粗绳，再把绳牢牢地绑在木材上，借着摩擦力操纵牛和爬犁。换句话说，“牛集材”是拿着牛的性命做赌注的。

那个时候，南大川每年冬天都会发生去六道沟干活的民工受伤的不幸事件。伐木场上，正在锯木头，树身异常地调转方向，砸到人身；或者整根木头滚下来，碾上民工，使民工受重伤等事件。还有被爬犁碾压，或被笨重的牛蹄子踩伤脚背等各种危险事件比比皆是。虽然不幸事件多如牛毛，可是时过境迁，人们还是留恋那些过去时光。

从很久时候起，南大川人在仲夏时分，总愿意围坐在台阶上或是老人活动站，唠起光复前在伐木场上，拿着斧头抓野猪、赶狍子的故事。那当中，一定会有可以在酒桌上助兴的好玩的事儿，民工中流出的“野”趣儿，关于伐木工们曾留宿的木棚房，和给民工做饭的女人身上发生的那些事儿，就好比调料似的，掺和其中。借乡下人的话来说，大概是“带色儿的”的话题，或那些关于男女之间乱七八糟的杂事儿。反正，越是俗艳无聊的事儿，越会长久地留在人的记忆里，不会轻易忘却。这些民工，清一色儿的大老爷们儿滚在一块堆儿，中间肯定会有汪清家的，珲春婆娘，敬信（地名）媳妇儿，徐寡妇等，常挂在这帮汉子的嘴边，那些故事被不断地添枝加叶、传来传去。反正，伐木场就是这么个奇妙的“鬼”地方。

按说，南大川人只要一提起有关20世纪六道沟的话题，自然而然地就会联想起大雪茫茫的深山密林、斗弼叔的木棚房、臭烘烘的临时喂牛坊，做饭的德姬阿祖妈妮（朝鲜语音译，大嫂）、姜家兄弟俩以及老方他们的故事。对我来说，更因为是自己一生之中初次经历的事情，所以至今都感觉像是刚刚发生在昨天似的，历历在目。

发生在六道沟那个“惊险”故事，应该就从那天早晨，斗弼叔肩上斜挎起猎枪，往外走那个瞬间开始讲起。

斗弼叔当时能有四十岁左右吧。在南大川，与我年纪相仿的都模棱两可地叫他“叔”。南大川人，由于大多数出身关北（朝鲜摩天岭以北地区，咸镜北道一带）的集成村，称呼上非常模糊。一般那个年龄段的男人，转圈都统称“阿兹爸依”（相当于姨夫、姑父辈）。和我辈分差不多的，见到四十岁左右的男人一般就叫“叔”。反正管自己的亲叔叔叫“叔”，论不上辈分的管别人也叫“叔”，细琢磨，“叔叔”的称呼感觉比“阿兹爸依”更亲近些。

跟着斗弼叔出门的那只体格健硕的大黑狗，撒着欢儿地跑前跑后，预备头前儿领路。“滚一边儿去！这狗东西又跑在前边嘚瑟上啦……”斗弼叔心烦地朝大黑狗踹了一脚，谁知一心“孝忠”主人的大黑狗照旧不知趣儿地往斗弼叔身上扑。“妈的，别天天价儿地放空炮，正好肚里缺油水儿了，哪怕抓只瞎眼的兔子回来，解解馋也成啊！”躺在锅台边儿土炕上的老方恹恹地说，然后翻腾着被子，放了一个响屁，震得土炕都跟着颤悠。不知啥时候在我身边偷摸儿穿好衣服的曰洙兄，向我使了个眼色，“咱跟着走一趟不？”“好哇好哇！”说着我也从被窝里蹿起来，三下五除二穿好了衣服。

“哎我说，当家的，你也该从被窝里起来了吧？……别净懒在被窝里放屁，起来上外边儿透透气儿，扫扫院子里的雪啥的！”在灶台边上做着饭的德姬阿祖妈妮瞪着自己掌柜的老方说道。“妈的，放你个狗屁……你当这里是南大川呐？这么冷的山沟里，出外头卵子都要冻裂了，干啥一大早的起来扫院子里的雪，臭嘚瑟哪份儿哪？疯了还是咋的？扫完雪，还有啥打打糕的活儿没有？”老方吼着自家婆娘说着，翻了个身儿，在被窝里又放了一个响屁。

已经走出门儿的我们，背后传来了德姬阿祖妈妮的埋怨声：“哎咕，真是无话可说啦，愁死我了！”

“噢唔！”一走到屋外，我不由自主地倒抽了一口冷气。山野遍地都是雪的世界。刚刚还兴奋得摇着尾巴乱窜的大黑狗，仿佛被茫茫的雪世界压住了气焰一般，在深雪里挣扎着，完全没了在主人跟前儿邀宠的念头儿。“这鬼天气，打啥猎……”先走出门儿的斗弼叔，脸上流露出异常吃惊的表情，忧心忡忡地望向漫天风雪。“这鬼天气，可不是闹着玩儿的呢……知道昨个儿这雪下了一晚上，但也没想到似这般地拿盆子泼的大雪呐，看样子这帮人今晚是上不来了……”斗弼叔说的“这帮人”，是指昨晚下山回到南大川村里的几个青壮年爷们儿。山上的粮食和牛草料快要见底儿了，本来说好的，今晚上这帮民工会从村里拉上粮食和牛草料上山来的。

灰蒙蒙的天空下，六道沟被漫山遍野的大雪覆盖着。昨天中午时分，天空中起初如晚秋飞扬的紫芒花儿般，一朵一朵的雪花儿飘洒着，到了傍晚，变成了鹅毛大雪倾盆而下，整整一宿的时间。晴天的时候展现在人们眼前的六道沟，是那一望无际、层峦叠嶂的雄姿，这时候，倏然间消失得无影无踪，蜕变成满眼雪白的银色世界。数九寒冬的北方地域，就连深山密林中特有的新鲜气息也全都被白雪覆盖了。地上已经积了足足一尺多厚的雪，看样子一点儿都没有停的意思。我们住的木棚房紧挨着山根儿，屋脊上，积雪仿佛武士的头盔般厚厚地堆在上面，大风肆虐地舔着粗糙的栅栏门的门槛儿，木板房好像马上就会被湮没似的，让人毛骨悚然，感觉到危机四伏。拱形针山脚下，土墙根儿堆积的橡树，好像站台上废弃很久的旧货车轮胎似的，模模糊糊地扑面而来。

“打猎肯定是不行了。”曰洙兄小声地嘀咕道。斗弼叔也接着说：“说是打猎，就我这两把刷子，能打着啥子嘛……”扑哧一下自己笑了起来，把猎枪杵在木栅栏门旁，往椴树木搭的烟囱方向走去，拿手左右划拉着，拨开积雪，找出一把掉了齿儿的铁锹和扫帚，开始在院子里扫起雪来。我和曰洙兄也跟着他的屁股后头干了起来。大致把前院儿的雪清了一下，我们便重新回到了木棚房里，在雪里打着滚儿耍宝的大黑狗也跟在我们身后进了屋。“好家伙，这雪下得也够吓人的，这是要飞来啥横灾的意思吗？”斗弼叔双眉紧锁地自言自语着。

德姬阿祖妈妮正在灶台前摆着早餐桌儿，铺着苇席子的炕上，仨老爷们儿还没有起床，懒在被窝里蛄蛹着。“哎咕哟，这狗腥味儿难闻死啦！快把这狗杂种撵出去啦！”达三兄厌烦地拿被子蒙上了脑袋。狗毛和羊毛对气温变化很敏感，从冷空气里冷不丁换到暖和地儿，气味会更熏人。“说啥呢？乡下土包子还嫌狗腥味儿……”斗弼叔边说着，边亲昵地轻拍着大黑狗的后脖颈子。这条黑狗是这次斗弼叔进山时带来的土种狗。说得好听点儿是“土种狗”，其实是啥族系都没有的杂种。天天儿都跟在我们屁股后来回上山下山的，就是这狗每天的事儿。

绵绵大雪下起来没完没了的，最难为的要数林场的主人斗弼叔了。对于被雇来伐木场打工的我们来讲，下雪、下雨都没啥亏吃，不关我们的事儿。可是对于雇主来说，就是每天浪费粮食的赔钱买卖。“粮食也都快见底儿了……”德姬阿祖妈妮避开我们的视线，脸上流露出无比担忧的神色。“真他妈的狗卵子的！反正活儿也干不成了，不如赶紧扒拉两口饭，趁早儿下山去吧，别等着雪下得更大喽……粮食断顿儿了，咱们他妈的煮黑狗卵子吃哇？”老方爆着粗口说。炕上除了老方，还有姜达洙、姜达三兄弟俩，睡眼惺忪地躺着，像蛀虫似的藏在被窝里，没有半点儿想起床的意思。“亲家兄弟，该下山的时候就下山，这会儿赶紧扑棱扑棱起来吧，阿祖妈妮早就摆好早饭了。”曰洙兄学着大人的口气劝道。两兄弟这才从被窝里爬起来，磨磨蹭蹭地穿好了衣服。

常见的伐木场民工住的房子，一般中间是过道儿，两边搭火炕。这种木棚房的灶间，一定会用旧苇席子隔起来，给做饭的婆娘当作专用的“房间”。只有德姬阿祖妈妮例外，因为她和自家掌柜的住在一起，所以没给她单独隔出一间。有她掌柜的老方睡在她身边当着“挡箭牌”，还有啥可担心的哟！看样子，他们俩就是到了这山里，也照旧行着夫妻之事。“快点儿起来吧！咋也得吃上早饭，再上路回村里呀！”德姬阿祖妈妮再次催促着自己老爷们儿。“去他妈的……”老方又放了个响屁，不情愿地从被窝里钻了出来，却没想着穿衣服，而是令人难堪地披着被子坐在炕上，只一会儿工夫，又放了一串响屁。我一直非常好奇，老方的肚子到底是啥构造，我敢说，这世界上像老方一样，能连续不断地向体外释放氨气的人，绝对是稀有品种。

老方来山里还是来对了，既能看着自己的婆娘，又能挣着钱儿。所以回到村里，也不会听到啥闲言碎语。挺奇怪的，生产队（人民公社时期农村最末端生产单位）时期，不管哪个村的人，每年冬到伐木场干完活，下山回到村里后，开春儿播种时，肯定会刮起一阵风，流行一种“传染病”。细想想，也确实情有可原。这帮乡下汉子，整个冬天都在伐木场上出民工，伐木后，再用牛爬犁把整个木头拉下山“牛集材”，他们白天虽然被这些重体力活折腾得筋疲力尽，到了晚上，两腿间那“东西”却不会打蔫儿，便会狠狠想念起留守家里的自己婆娘。往往这时眼睛偷摸儿溜着做饭婆娘的背影，心里会痒痒地怀上鬼胎。那其中，肯定会有做饭婆娘看中的爷们儿，这一来他们便找机会，大着胆子偷起情来。可是，他们大多数都不是偷情高手，处理不好“后事儿”，总会被人发现。回到村里后，起初是从这人那人嘴里传着闲话，时间长了，最终会传到偷情汉子的老婆耳朵里。这时候，大约就到了开春时分了。偷人家汉子的那婆娘，便会被村里留守婆娘们尖利的手指甲抓伤脸颊，轻者也会被当众剪头发。村里的老人们叹息着，骂道：“四脚着地的动物发情时，都懂得避开人眼，晚上才去干那苟且的勾当，懂得往鼻子底下送米（吃饭）的家伙们，大白天地竟敢做下这等丑事儿？”

这样乌七八糟的事件不断地轮番上演。生产队时期，上山伐木的时候，有的生产队长为了避免麻烦，权宜之计选个傻憨的大男人代替女人上山做饭。出人意料的，这些乡下爷们儿口味十分刁钻，嚷着“大鼻涕咧些的男人手背涮过的水做饭，埋里埋汰硌硬人，让咱们咋吃得下去！”私下里如此抗议着，其实就是想让女人上山给他们做饭的意思呗！所以大部分都是女人上伐木场给民工做饭。乡下汉子们尽管不挑脏活，不挑穿衣，但是对吃饭却是这样那样地挑得厉害，有挑食毛病的爷们儿是多了去了。

可是，我上伐木场那时期却不同。生产队解散了，伐木场主人公开一天干活的佣金，招雇民工和做饭工，民工和做饭工则自愿应聘上山。那时候，德姬阿祖妈妮应聘后，她掌柜的老方也跟着她上伐木场了。可是……

2

“快点儿，快点儿，起床啦！”

德姬阿祖妈妮已经催了好几次了。

木棚房过道上，为烘干房内的水蒸气而在旧搪瓷盆儿里盛着的炭火快熄灭了，在灶坑里重新引着的木头柈子噼里啪啦地烧得正旺。火炕烫得屁股蛋子生疼，被子外的穿堂风却冷得快要把鼻子冻掉了，满屋里飘着香喷喷的锅巴水味儿，馋得人直咽口水。早饭只有米饭加上白菜叶大酱汤，我们像吃面条似的呼噜噜吞了下去，便撤下了饭桌。“他娘的，这是喂山兔子呢还是咋的？天天白菜叶，谁受得了啊？吃的一点儿油腥儿都没有，就剩放屁的份儿了不是？”老方又开始骂骂咧咧的了。

尽管这木棚房建得很粗糙，横七竖八到处是斧头砍的痕迹，好多地方露着窟窿呼呼透风，但是，屋里有女人气儿就是不一样。灶间锅碗瓢盆儿那些家什还挺齐全、归整地摆着，铁锅擦得油黑儿锃亮的。仅能容得下壮汉子一个头勉强来回伸缩的后窗户，小窗台上摆满了不知道是不是从哪捡来的，样子蛮好的头油瓶、啤酒易拉罐瓶、空雪花儿膏瓶等，这些零零碎碎的物件儿“装饰”着狭小空间。“这家伙，今年这第一场雪可不是闹着玩儿的呢……我看不管咋的，这一时半会儿是干不了活了，在这个连电灯都没有的地方傻待着，也没啥劲头儿，不如照老方说的那样，趁早下山回村里才是正理儿。”这次是姜达洙打开小窗户，冲着外头“噗！”地吐了一口痰，帮了老方的腔儿。他是这些民工中个子最高的一个。“哥，你可真是的！这大雪天儿的，咋说要下山呐？我是巴不得一年到头儿都是这样的天气才好呢。在这儿，下狗子夹，抓山鸟儿啥的，贼好玩儿……”达三说了句偏向自己哥哥的话。这哥俩在南大川被人叫作“姜家兄弟帮儿”，姜达洙是老大，姜达三是老二。大哥姜达洙属于大大咧咧那伙儿的，不太精明，平淡无奇的傻大个儿一个。二弟姜达三，在南大川是出了名的没礼貌，一肚子坏水儿。小时候，碰见下雨天，在村路上挖泥坑，在田间小道上挖陷阱后拿草盖上，专等着人往下掉。“文革”时期，把凳子摞起来，把人弄到上面跪着，把尖尖的高盖儿帽扣在人家头上，等等，像这些花样百出的缺德事儿都是达三兄“独创”的。

在南大川，对着那些比叔叔辈儿还要年长得多，差不多到父亲辈儿的人，他从来都不懂得使用“尊称”，而是转着圈儿都用“平称”（平辈间的称呼）。要论村里谁最不懂规矩，达三兄算是第一，仅次于他的，要属被人叫“二串子”的谢陆久。但谢陆久的故事，这里先按下不表，以后再叙。关北人的方言中，有一种是长辈对晚辈的肯定回答，还有一种是比它“高半格”的平辈间的肯定回答，介于尊称和基本阶之间，是模棱两可的“平称”。对哥哥姐姐们运用起来，勉强可算是“尊称”。可这些讲究在达三兄那里，根本都不算数，就算是和自己的哥哥差不多岁数的人讲话，他干脆就用对晚辈说话的语气，对胡子花白的老人，他才用“平称”。

“呸！你这混账东西，不知道根本的玩意儿……”倘若村翁们沉下脸训斥他，他也会满不在乎地吧嗒吧嗒嘴儿。达三兄比曰洙兄大个三四岁，他身下的弟弟老三达龙和曰洙兄年纪差不多，老四达吉和我年龄相仿。“文革”时期，说起达三家兄弟，一般就是指老二、老三。他俩戴着红袖标，说是“大串联”去过北京，曾越过人群的肩膀模模糊糊地看过毛泽东的脸。南大川分成土墙外和土墙内那阵儿，他们哥俩最瞧不上我们土墙外屯子里的人，也正是他俩最终把“福童阿迈”逼上了绝路。

“操！你们姜家兄弟派，为啥总是干这样鸡零狗碎的勾当？咱干点儿敞敞亮亮的事儿，成不？”老方朝姜达洙抛了一句很不中听的话。老方的这句话，也算是替南大川人说出了心里话。“狗卵子一样的话！南大川那疙瘩，论起敞敞亮亮的事儿，要属进苞米地，按倒邻家娘们儿干那事儿……那也是不能随便干的。嘿嘿，还是你指点指点我吧！”如我所料，姜达洙胡诌八咧地拿着难听的下流话反唇相讥，脸上却仍是满不在乎的模样。姜达洙的话不管啥时候听起来，都是那般砢碜，一点儿口德都没有，他每说一句话都一定要带上“他妈的”，所以人送他外号叫“他妈的”。他和老方年纪差不多大，就是上山来了，他俩也总是因为鸡毛蒜皮的小事打嘴架，每次都是粗声大气的老方占上风。

“去你妈的！死去的‘福童阿迈’都会嘲笑你。你有那本事吗？嘴上说得倒是挺来劲的。哥们儿，挨个儿数数，南大川这些婆娘，能在苞米地里被你兄弟俩欺负的哪有啊？要说土墙外张瞎子家的裹脚老太太还差不多……”“嘿嘿嘿……”姜达洙无趣地咧嘴干笑了几声，不言语了。这兄弟俩的能耐，就是村里的破鼓乱人捶，到哪都瞧不起人，说大话吹牛皮，肆意嘲弄人，脸皮厚得挨骂也满不在乎。“我们姜家在光复前，是抢了你方家的米柜子还是咋啦？方家大人为啥这样跳着脚的，非得和我们姜家作对呐？”俗话说，蝲蛄和螃蟹是一家，达三兄在一旁帮腔道。“妈的，你们兄弟几个，一样儿都是裹（吮）着你娘那干黄瓜把儿似的咂儿（奶头）长大的，个个都是干巴拉瞎的，都是一色儿的熊样儿！呸！”老方的话音未落地，便欠起屁股放了一个大炮似的响屁。“算你狠，你也是真够狠。”达三兄一脸的无奈。

老方放屁，在南大川那是“臭名远扬”的。他随时随地放的屁，使木棚房里的臭味挥之不去。不管啥时看见老方，他说的话都是折断干树枝那样干脆。他就是这么个爷们儿，嘴里不带“他妈的”就不会说话，后屁股不放响屁就浑身不自在。坐在饭桌前，他都能泰然自若地放屁。看到他这样子就会觉着，和这种男人盖一床被过日子的德姬阿祖妈妮，挺让人好奇的。“真丢人，啧啧……”德姬阿祖妈妮咂着舌。因为自己掌柜的放屁，她没少瞪眼骂人。“妈的，在老丈人面前，我也都是随便放屁，凭啥在这儿就不能放？这样的天气，真应该杀条狗，喝点儿小酒儿，唱唱小曲儿……昨天下山去的英弼他们这会儿肯定在村里杀狗喝酒呢。赶紧下山去和他们会合会合。”

昨晚，斗弼叔让英弼他们几个民工下山回村里，置办些牛草料，顺道儿也带回粮食。如德姬阿祖妈妮所担忧的那样，他们今天之内如果上不来，这里的粮食就断顿儿了，几天后就得饿肚子了。尽管心里这样安慰自己：他们既然知道这里的处境才下山的，那肯定会想法儿快些回来的。可是，看这雪下的架势，真是不敢打保票啊。那么多的牛饲料、稻草和粮食，单靠人力是没法拿上山来的。“你这啥曲儿都不会唱的生瓜蛋子，又开始惦记上吃的了。算了吧，你这家伙，上山来都知道把老婆带在身边，随意放屁，还有啥不知足的？你身上附着饿死鬼啦还是咋的，咋动不动儿就想着吃呐？这大冷天儿的来山里，冻着卵子，挣的那点儿钱全都泡汤了，你就放心啦？”姜达洙又开始胡说八道了。“想下山的都走吧，我是不走了。这暂且不说了。我说，你这方家大人，把裤子穿上再说吧。瞅你那裤衩子像麻袋似那么肥，你那家伙什儿都快拱出来了，眼睛酸得没法子看了。那谁谁肯定是喜欢，反正咱们看着可是倒胃口！”达三兄数落着老方。老方和达三的大哥年纪差不多，实际应该称“兄”，只有达三兄总是叫他“方家大人”。达三兄把陶罐之类的铺了一炕，正摆弄着起劲儿呢。

“妈的，这小子！别人是不是穿着三升布袜踩墓地，关你们屁事？你们这帮张三家毛驴似的家伙！你倒是喂牛了吗？”“嘿嘿，您方家大人啥时候伺弄过牛啊，还操这份儿闲心呢？反正也干不了活，那么早喂牛干吗啊？你们全都下山去吧，我留下。说是粮食不够，我自己在这儿对付几天的应该还有，我在这儿守着吧！”“不管咋说，转小脑袋瓜子、要小聪明这样的事儿是真比不上你。就这鬼天气，你也打着挣点儿小钱儿的算盘？”老方咂着舌。

达三兄和大哥姜达洙长得不一样，瘦小身材，脸盘儿也是长得贼眉鼠眼的，实在有损于大老爷们儿形象，加上性格又很奸猾，常遭到人们的排斥，处于被村里人孤立的境地。但是小鸡尿尿各有其道儿，个人有个人的活法，达三兄并不在乎，把人们的厌恶当成了狗屁。如果那也算是种能耐，他也真是有能耐。从小偷懒、游手好闲的达三兄，就爱打猎，人们宁愿待在家里不愿出门的数九寒冬，他都会在后屁股别上小弓、鸟夹子之类的，三天两头往西山跑。“不愿干活，就会专门鼓捣那些玩意儿呗！”人们在背地里常这么笑话他。在村子里，他也经常在树杈上套好捕鸟网，每天晚上打着手电筒，翻别人家的房檐底下，总被村里的婆娘骂得狗血淋头。他还把自己抓的那些家雀儿卖给媳妇儿打工的饭店。现如今是颁布了“动物保护法”不允许捕鸟儿。可在从前，打猎、捕鸟儿啥的根本就没人管。达三兄没娶上黄花闺女，讨了个带孩子的寡妇当老婆。那时候，他老婆把孩子扔给达三兄照看，自己去延吉某个小饭店当服务员。也不知道咋回事，那女人每回家一趟，达三兄家里便会添上一个大家什。“光在饭店干那点儿小来小去的活儿，哪儿能挣那么多钱哪？约摸着肯定有啥猫腻儿吧？”村里的婆娘们，对达三兄的老婆，不费劲儿又挣钱多的能耐眼红得紧，这一堆儿那一伙儿地聚在一起，仿佛看见过人家卖身现场似的扯着闲话儿。可是不管怎样，在南大川，人们眼瞅着达三家的日子是越过越红火了。

达三兄从上伐木场的第一天开始，就忙忙叨叨地下狍子夹、拉捕鸟儿网啥的，谁都不愿意和他搭伴儿干活，他的精神头儿全放在了“搞副业”上，专爱偷懒儿。他大哥达洙实在没法子了，和自己弟弟搭成一组。对于猎人来说，下雪天是极好的时机，跟踪着动物的脚印儿，保准儿会抓个正着儿。那个时候，一个日工十五块钱左右，一只狍子能卖到一百块，一只兔子也能卖上十块钱。“喂，达三啊，你有打着的兔子，就快拿出来吧，中午好当下酒菜。吃兔子当下酒菜，那是没比的了。”老方伸手要着。“真是厚脸皮！才刚你还说什么矮个子这样那样的，说了那么多闲话，你咋好意思伸手要东西呐？”“妈的，这小子，都一起上山来了，还这么小气！你的就是我的，一只兔子你还拿把儿？趁早儿拿出来吧，信不信，我能把你那杂七杂八的东西砸个稀巴烂……”这老方，简直是在明目张胆地勒索，把个达三当成傻瓜耍呢。“随便你，爱咋咋的！你把这里当成是‘威虎山’了还是咋的？你方家大人就是‘座山雕’他爷爷，我也当你是大黑狗在那放屁！”听着老方的话，达三兄鼻子哼了哼，“你有能耐，让伐木场主人斗弼叔给你买猪肉吃吧！”达三兄撇着嘴，把“球”踢给了斗弼叔。那边斗弼叔装作没听见，没搭腔儿，自顾自地往猎枪的弹壳里装着火药。

曰洙兄和我斜倚在炕梢儿随意摞起来的被垛上，翻着起了毛边儿的书，有一搭没一搭地听着他们无聊地闲扯。木棚房里穿堂风冷飕飕的，我们闲着没事儿，虽然装着翻书的样子，可实打实一个字都没有看进去。德姬阿祖妈妮在灶间忙上忙下地整理着锅碗瓢盆儿。“要想打猎，还得用火力猛的那种猎枪。”老方拿眼瞟着那边一言不发的斗弼叔，好端端的把斗弼叔也拉了进来，“你小子那都是啥杂七杂八的玩意儿啊，铁丝网、套子啥的……以后能用那枪打野猪的日子也不远了。”“我可不是啥猎人，别没事儿找事儿招惹我！”斗弼叔警告着老方，以防他进一步纠缠。斗弼叔一向不愿意和老方多唠扯，所以他们之间看起来多少有些别扭。

六道沟的木棚房好比一个小世界。在破旧的炕上坐着五名大老爷们儿和一名婆娘，因为互不为人知的真实缘由而复杂地搅和在一起。延边人有句俗语“三人相聚，其中必有一名亲家”，更何况，对于在一个屯子里共同生活了几十年、朝夕相处的南大川人来说，真实远比事实要来得多些。但是，真实是有两面性的，可能是美的，也可能是丑的。然而，我们作为人，在世世代代繁衍过程中，掌握了自我净化的方法，达到弃恶扬善，去丑扬美。

此刻默默地往猎枪弹壳里装火药的斗弼叔，正和德姬阿祖妈妮眉目传情，她男人老方却是半点儿都没有察觉。躺在我身边翻来覆去看着旧书的曰洙兄和我是师生关系。曰洙兄在南大川中学教书时，是我的语文老师，尽管在别人看来，我们俩之间像是很客套的关系，但实际论起来，是很亲的兄弟关系。那年，性情大大咧咧的曰洙兄，在镇政府所在地当冰棍厂厂长时，因为无法收回借给自己学生和亲弟弟们的钱，把工厂交给他家嫂子后，来到这伐木场上。曰洙兄和伐木场场主斗弼叔是姐夫小舅子关系，细论起来，斗弼叔的叔伯妹妹美玉姐，是曰洙兄的媳妇儿。他们俩早在结成这亲戚关系之前，便走得相当近，以“兄、弟”之称相处。斗弼叔是硬把曰洙兄给拉到这伐木场来的。我呢，好比跟着朋友逛“西洋景”似的，随曰洙兄来到了六道沟。我和曰洙兄也没啥别的爱好，临行前往行李卷里塞了几本书，闲着没事儿时便翻翻书打发时间。

“那猎枪看着沉甸甸的，很不错的样子啊。过去的猎枪都是并排双管式的，你那枪是立式双管的呐！”这次是姜达洙，艳羡地望着斗弼叔手里端着的猎枪说。“你知道那枪得多少钱呐？花了一千二百多呢！你姜二溜子就是在六道沟干上整个儿一冬天，也够呛买得起呢！”老方奚落道。“枪就是再好，不会打猎，那也是白扯，和废品差不多！”达三兄平白无故地“啧啧”咂着嘴，“所以说啊，打猎还是这些铁丝夹子、套子啥的更好使。丢了也没啥可惜的！”“去你妈的！狐狸吃不着葡萄就说葡萄酸呐！那猎枪火力有多猛你知道不？装上子弹，连长了几十年的公野猪都能轻巧儿地撂倒！”

两年前，斗弼叔给他那每年夏天都到六道沟看木耳和草药地的父亲，装备上了一把火力猛的武汉制双筒猎枪。可是，对于一辈子把着锄头的村翁来说，一点儿都没用。那枪一直挂在墙上还是嘎嘎新的，斗弼叔便打算着打个狍子啥的，把枪带到了山上。20世纪70年代到80年初，那时候各大队里的民兵专用武器库里还保管着枪，南大川的年轻人曾纷纷扛着56式新式步枪，去打野猪、狍子，搞得山上的动物都差点儿绝种了。那时，曰洙兄也曾有打过几头狍子的“战绩”。到我们上六道沟时，枪支管理已非常严格了，枪支都由镇武装部统一保管，没有枪，想去打猎也白搭。一句话，猎枪变得异常稀罕了。斗弼叔拥有猎枪，具备打猎的条件，可是他却没有闲工夫和机会，就连打猎的想法也不曾有过。

“喂，姜二溜子！别在那儿挖鼻孔了，离开六道沟之前，我俩下盘象棋咋样？”老方拿着象棋盘过来，拉住姜达洙的手腕说。老方总是叫姜达洙“二溜子”，姜达洙呢，因老方放屁像放炮似的，索性叫他‘方大炮”。“你‘方大炮’根本不是我对手，没意思！”姜达洙嘴里说着，却装作推辞不掉的样子，坐在了老方对面。他俩噼里啪啦地拍着象棋，马上便开始把注意力集中到了棋盘上。“假如我相中了那支猎枪，管斗弼要的话，他会答应不？”心里突然间冒出了这鬼念头，感觉他会二话不说地送给我。从来都对猎枪没啥念想的我，为啥突然间有了那种诡异的想法，连我自己都觉着不可思议。“哥，别放那么多小钢珠儿，就敢一颗大钢珠儿，那样火力才猛。”曰洙兄提醒着斗弼叔。

六道沟伐木场尽管有十多名民工，可是曰洙兄说话的对象只有斗弼叔和我。那时候，每家的兄弟姐妹，都像是蓖麻上缠着的野香瓜似的，滴啦嘟噜的（成串），每人名字中都一定有个“辈分字”，达洙家五兄弟，他身下有达三、达龙、达淑（女）、达满四兄妹；曰洙家兄弟有曰福、曰龙、曰吉等。达洙是兄弟中的老大，曰洙也是自家中的老大。当时，南大川人称“曰洙家五兄弟”“达洙家五兄弟”，名字都差不多，所以总会叫混。人们就大约摸儿地叫着老二、老三，跟动画片中的“猫头鹰五兄弟”差不多的感觉。曰洙兄一般情况下挺忌讳与达洙兄弟们搅在一起。那时候，曰洙家的老四曰吉，和达洙家哥儿几个中唯一的“一点红”（女孩子）达淑，不知啥时候对上眼儿了，两家结了亲家。因此，达洙家的兄弟表现出对曰洙很客气的样子。往往同在一个村里的亲家，相互间对彼此的毛病、底细都门儿清，相处起来很随意。但是达洙家兄弟唯独对曰洙兄从来不敢造次，大概是因为成亲家之前，曰洙兄已经是让他们刮目相看的人了。当时，村子里人背后传说，曰洙家的兄弟们都随了根子正的老大曰洙，一个儿赛一个儿，都是堂堂的男子汉；达洙家的兄弟都像“小气鬼”——老大姜达洙似的，个个不成体统，所以，我对斗弼叔称“叔”，对达洙仅仅是含糊地叫他“阿兹爸依”而已。

3

在纯粹的朝鲜语中，有种叫法我们不太懂：“倒套子”。是雇人，将深山中伐下的整根木头，用牛或马爬犁，搬运到车马道儿上，或者是车能上下的路上，这种活计叫“倒套子”。我们这代人，没听说过“倒套子”，也不知道是干啥的活计。也就是说，经过光复前或更早以前的很长时间，看样子是有人到伐木场干过这样的活儿。可是，这句“倒套子”的老话，在那个时候重新派上了用场。我们来到了六道沟一个不知名的山坳里，是为了将山脊上伐好的橡树拉下来，运到车道上。在煤矿上，一般是听站在最前边的矿工指挥，在山上，伐木工和牛集材工说了算。姜达洙和老方肩上用着劲，在那里大吵大闹地瞎指挥是没用的，他们只是“上等”民工而已。

一过前晌儿，雪势稍减，但依然下个不停。

达三兄一吃过早饭，就拿出捕兽器、夹子等装满口袋背好，准备出发了。斗弼叔叮嘱他，吃过中午饭就要往山下走回村里了，要他赶紧回来，他都当作了耳旁风。老方对站在过道上的达三兄奚落道：“小子，留点儿神，六道沟有老虎，别好端端地招惹了它。”话音刚落，达三兄立马儿像等着回应似的，大大咧咧地回敬道：“方家大人，喜欢上纸老虎却碰了一鼻子灰吧。还是赶快下你的象棋吧！”“妈的，这小子嘴还挺犟呐！今年开春儿，在六道沟采蕨菜的阿迈们说是看到过黄牛似的大老虎呐！”“嘿嘿，那些老气横秋的阿迈，没说看到老虎抽烟的胡话？”达三兄一直在用嘲弄的口吻说着话。达三兄一走出门儿，木棚房里便笼罩在了尴尬的寂静里。东边隔着薄薄的木板墙，紧挨着的饲养棚里，偶尔传来牛“咚——咚——”的拱着冻得硬邦邦的饲料槽子声。

与老方这玩游戏多面手不同，达洙只会玩象棋，相比之下棋路来得也非常快。据说，姜达洙的象棋路子是七八岁时启蒙的，那是跟他“二愣子”爷爷（《光复的后裔们》中出现的人物）学的。也许正因为如此，达洙家哥儿五个象棋全都玩得好。那时，村里人曾咂着舌说，达洙家哥们儿几个，每天晚上在煤油灯下，披着破被子，围坐一起拍象棋，净学些没用的玩意儿。这棋盘也是达洙兄从家里带来的。“这次把车、炮拿掉，再玩一次呗？”老方根本就不是姜达洙的对手。老方每次都被“杀”得守阵落花流水的，玩赖地求达洙“缓”棋，却绝对不认输。达洙走几步棋子后，摆出一副悠闲的样子，斜倚在炕上有意无意地，邪佞地偷瞄着正在灶台间忙活的德姬阿祖妈妮的背影。老方显然是丝毫没有注意到姜达洙那轻浮的举动，注意力全放在了棋盘上。

德姬阿祖妈妮以为今天下山，不知道啥时候才能再回来，所以像收拾自家的厨房那样，尽心地拾掇着器具家什，把灶台间整理得干净利索。可是，只有我，才明白德姬阿祖妈妮的心事。那当时，也正是我刚刚经历过深深的苦恼之后。每次见到害怕与我视线相撞的德姬阿祖妈妮，反倒是我心里会有一丝负罪感。谁都不知道，斗弼叔和德姬阿祖妈妮有着“早春时分绯闻传”的那种关系。现在想来，他们俩其实并不是高段手，没有泰然自若地遮掩住自己的“不伦恋”。“我说当家的，我们是不是也该准备准备下山了？”“他娘的，真闹腾！下山没几天又要回来的，准备啥啊？”老方梗着长满肥肉的粗脖子，扯着劈柴似的破嗓子，朝德姬阿祖妈妮喊道。这夫妻俩几乎没有柔声细语的时候。从另一方面仔细想想，老方这头儿好像更有气势，压着他老婆的感觉。老方的肚子鼓鼓地凸着，脾气急火火的，看起来很粗鲁。细品起来，他又是雷声大雨点小，发脾气过后没事人似的。别看他开头儿“嗷——”地叫一声，像老虎咆哮，过后却啥脾气都没有，乖乖地听老婆指挥。

德姬阿祖妈妮自顾自地嘴里嘟囔着，却悄悄地把视线转向斗弼叔。可是那会儿斗弼叔正专心地往猎枪弹壳里装着火药，丝毫没有察觉。也许，从一开始，他俩之间始终传递着只有彼此才能感应到的情感线，也未可知。德姬阿祖妈妮和掌柜的老方同岁，虽然是农村妇女，身体曲线也不太分明，稍显富态，但她的五官长得颇为俊秀，有模有样的，有着中年妇女特有的成熟美。相比与她同龄的妇女，明显感觉她，像是在大的饭店、酒店那样的地方，经历了诸多世间磨难，能自如地与醉汉周旋，过得很操心的那种女人相。按说，这深山老林清一色全是老爷们儿，哪个女人能痛痛快快地跟着上来呢？也许个中理由是德姬阿祖妈妮是被炊事妇高薪酬所吸引，才跟着掌柜的一齐上山来的吧。不，现在看来，斗粥叔和德姬阿祖妈妮分明在村里时便有了彼此约定。从另一个角度看，德姬阿祖妈妮像是没有嫁对丈夫。看看别的家庭，最开始是男人出去奔波，然后是他的女人接过接力棒似的跟着一起奔波。德姬阿祖妈妮的家庭，是从一开始，就需要女人去奔波。从德姬阿祖妈妮的年龄来看，那时候她正是刚开始知道害怕的时期，还没到背着丈夫失节，与外面男人偷情的年龄段。所以说，德姬阿祖妈妮与斗粥叔是不是从一开始便有了那层关系而维系到现在，真是不得而知。

寒冷的西风舔着山脊，赶着寒潮来的那天上午，活干得快要结束时分，曰洙兄不小心折断了斧子把儿。“就说不会干活的家伙，只会弄断斧头把儿！”曰洙兄发着牢骚。结果是我这个“老疙瘩”得下山脊回去取新斧子。当我无意中走进木棚房时，不巧撞见了两人仓皇地穿衣服的尴尬场面。假如斗粥叔能够事先预料到，上山的民工有可能折断斧子把儿，然后又有可能折返木棚房来取新斧子的突发状况的话……“哦，天呐！”德姬阿祖妈妮惊叫了一声，我也几乎在同时蹿出了门外。直到那时，德姬阿祖妈妮手忙脚乱中也没有来得及遮住她那雪白的屁股。“没事儿……没事儿……”斗粥叔这是在安慰慌乱的德姬阿祖妈妮，“丑闻不会传出去”的话呢，还是他条件反射地对我喊出来的话呢，反正分不清楚。他边喃喃地说着，边穿上了裤子。

“哎呀！”我推开木棚房那栅栏门的瞬间，半蹲着僵在那儿，羞愧难当，感觉有个老鼠洞都想钻进去，我都已经这么难堪了，更何况当事人呢？……我所能做的最后行动，只有仓惶逃离木棚房，并远远地后退而已。我边往山坡上走着，边陷入了深深的苦恼之中。干脆停了六道沟的活儿回南大川，还是继续留下来为好？再或者，也想到了对曰洙兄和盘托出，和他商量下该咋办。现在想来，实际上我所苦恼的是，害怕他们那层关系在南大川传开。斗粥叔那句“没事儿……没事儿……”一直在耳边回响着。最好像他说的那样，不要有啥事儿，不要留下什么后遗症。我所苦恼的也正是这个。他们偷情的现场被我撞见，这是我一个人知道的秘密。假如绯闻传开，我真不情愿成为其中的罪魁祸首。翻来覆去地想到最后，我打定主意，装作不知道，压住这事儿，不张扬。可是从那天起，我便担起了刻意回避德姬阿祖妈妮和斗粥叔视线的苦差事。实际上，反倒是目击那天现场的我，由于自责而时刻小心翼翼地回避着他们。

伐木场主人一般要给“倒套子”民工们做好后勤，留在木棚房的灶间，做点儿这，帮点儿那，并且谁都会认为这些是理所应当的事情。斗粥叔等民工们上山后，就在木棚房与德姬阿祖妈妮商量好后，返回南大川，运回些粮食，弄点儿肉和菜啥的。可以断言，如果是老板和炊事员之间的关系，在村里是绝对不会发生这种令人尴尬的事儿的。民工们上山后，留在木棚房的斗粥叔和德姬阿祖妈妮，因为讨论伙食问题，一来二去，二人有可能是毫无预兆地缠绵在一起的，也有可能双方是郎情妾意很自然地走在了一起。但是不管事情如何发展，他们的不伦之恋已与六道沟联系在了一起。

山啊，密林啊，一般会和荒芜、险峻、广袤联系在一起，但恰恰是那寂寥、静谧的封闭空间，才会产生奇特的魔力，将男女之间的微妙情愫引入暧昧的境地。所以乡下人容易在山上“野合”可能也有这些原因吧。在那件事情发生后，我才明白，为啥斗粥叔和老方的关系看起来那么别扭。现在推理一下，他们之间不是来六道沟之后才冷不丁变得尴尬起来的。斗粥叔是因为偷了人家老方的媳妇儿，内心感到罪过，才会对老方步步谦让的。

4

一大早就出去的达三兄，傍晌午时分也没见人影。现在想来，那期间已经出了大事儿，只不过我们两眼一抹黑，啥都不知道而已。

“妹夫，出去透透气吧？”斗弼叔背上猎枪，把弹袋在腰上系好。前段日子他就提起过，每天早晨沿着泉水边散步时看到过几只鹿，现在想去那里看看。“好吧。”曰洙兄痛快地答应着，我也立马跟在了他身边儿。来到六道沟后，我便和曰洙兄形影不离地粘在一块儿。“倒套子”时也分在一组，可是我俩干活都很“稀松”，在民工中每天挣的工钱是最少的，但斗弼叔暗地里还是处处照顾我们。我们仨一出门儿，斗弼叔便发现什么似的，“大黑狗呢？”这才知道，我们从早晨起就忘记大黑狗的存在了。斗弼叔也知道，留在木棚房里的那几个人也未必知道大黑狗哪儿去了。“早起就没看见过，应该是跟着那亲家（达三兄）走了吧！”曰洙兄刚一回答，斗弼叔便接过话茬说：“这狗好像也知道要被宰似的，这是在躲着主人吗？”斗弼叔最近说过，等这里的活儿结束回到南大川，就准备把大黑狗杀了。尽管狗不懂人语，却也像是知道自己要被宰的命运似的。

斗弼叔那天被我撞见“偷情”现场后，尽管他不露声色，但是我敢肯定，年纪最小的我绝对是最令他难堪的对象。这样的事儿如果放在现在，也许不是啥太大的事儿，但在那个年代，却是让人产生严重思想负担的事儿呢。作为女人家，德姬阿祖妈妮在刻意回避着我的视线，表现出了她脆弱的内心。她还偷偷把一包蜡烛塞进我的被子，好让我在晚上看书的时候照亮儿，以这种孩子气的方式小心翼翼地“溜须”我，这反而让我更觉着不舒服。“我绝对不会把事儿传出去，放心吧！”我真想这样拍着胸脯堂堂正正地大声对他们说，可是事实上我却不便这么做……

停了一会儿的雪，又开始扑簌簌地下了起来。

到现在我也不知道，“六道沟”这个名字是啥时候取的。说“六道沟”，它的前边应该还有“三道沟”“五道沟”的，可是仅有唯一的“六道沟”。南大川人把六道沟当作是中国广阔的国土中，仅仅归属南大川的专用领地似的，觉着是那么的偏爱，这里原先有过远耕地，有一段时间，大队还在这里兴建过人参场、黄芪种植田。从伐木场的土墙往西北方向逆山而上，大约走两根烟的工夫，赫然可见一个拱针山横在大山谷的入口处。其实，六道沟在这一带数十个山谷中，不过也就是个小山沟而已。但其山势险峻，日本占领时期，这里还曾有过藏着很多宝物的地方。光复第二年，七星子家的老二、老三和二楞子的儿子，进到藏宝仓库时，因手榴弹爆炸发生事故，七星子家的老三被炸死了。打那以后，在中国广阔的土地上，一时间，人们借着找“宝”之名，诈骗行为盛行。达洙家兄弟中的老四达满和文大成叔叔家的独生女儿，领着外地人，到拱针山来找“宝”，发生了双双被炸死的悲剧，又一次惊动了远近地区。这其中的故事需要另行交代，在这里只是点到为止。在南大川看过去，拱针山处于西北方，从六道沟看，拱针山位于西南方。越过拱针山的入口处，有一个叫“关泉”的泉眼儿，一汪含着薄雾的泉水，在六道沟那味道是首屈一指的。仲夏时节，那泉水入口清洌冰爽，隆冬之际，泉水不仅不上冻，反倒雾气袅袅蒸腾而上。据南大川的村翁们讲，光复前，这里曾有东北虎出没，常见鹿、狍子等珍奇动物聚到这里，喝这泉水。斗弼叔的目的地正是这“关泉”泉眼儿之地。

那时候，斗弼叔每年都在六道沟里，栽培和种植黑木耳和药材。到冬天时，便在村里拉上十多个壮丁上六道沟来，伐橡树或干些“牛集材”之类的活计。那时候，在山上种植黑木耳是很赚钱的买卖。那年，采伐许可数量比往年要多。其中，好的橡木，都当作“坑木”被南大川归属的汪清国营煤矿以高价收购，余下的用作木耳杆儿栽培黑木耳，收入还不错。那时，实际已超过了木材采伐的标准限量，斗弼叔装作不知道，想再伐一点儿木头，所以继续留了下来。所以，原本带上来富余的粮食也都快见底儿了。当时，农村森林法规具有两面性，如果超量采伐被抓住，会面临严厉的处罚，如果侥幸没有被发现，便能赚很多钱。

“撑死胆大儿的，饿死胆小的”，那个年代是胆儿大家伙能过上好日子的时候。斗弼叔当时，在正当兴盛的镇政府的社办企业请他当经理都给拒绝的，在南大川算得上是响当当的人物了。他年轻时，会拉手风琴，会吹萨克斯这类，是当过生产队队长、大队队长（现在的村长）的男人，六道沟的林场也是他当大队队长时利用关系，以“白菜价儿”买下来的，人们都在背后这么嘀咕。德姬阿祖妈妮能倒向斗弼叔的怀抱，其实并非偶然的事儿。

现在看起来，尽管是非常可笑的事儿，但当时斗弼叔可称得上是南大川首屈一指的“富豪”。以现在的流动比率来计算，他那时顶多有十万块钱，但在鼓励人们争当万元户的当时，十万元户可真算是“大富豪”了。

我们仨躲在“关泉”泉眼儿的边上，一片赤杨树丛里，屏住呼吸等待着。“这个时辰该来啦……”斗弼叔话音未落，猛然间，从山沟里传来了“咯噔、咯噔”动物踏着雪走近的声音。斗弼叔悄声说，前面已经撒了盐。猎人为了诱引猎物，多使用食盐，达三兄为了放置狍子夹和捕兽器，总是偷牛饲料用的咸盐，被斗弼叔数落了好几回。南大川人们把这种捕猎方法（在猎捕动物出没的山坡或路口把土挖开，撒上食盐，诱引猎物，进入下好的圈套或被捕兽器夹住的一种捕猎方法）叫作“下套子”。

我们稳住心神，镇静地盯着前方，“出现了……马鹿，出现了……”灰色的马鹿与梅花鹿有所不同，身形肥壮。随着灌木丛中树枝“咔吧、咔吧”折断的声音，两个黑色的身影出现了。

砰！砰！连续两声枪响，对猎枪的后坐力准备不足的斗弼叔，身体被震得晃了几晃。两个影子“嗖”的一下瞬间消失了，这下我们是白费力气了。来到泉眼儿边的马鹿，看样子似乎是公母一对儿，它们停在那里，翕动着鼻子，四处闻着味儿，观察着动静。斗弼叔是瞅准那瞬间开枪的，却是白瞎了火药而已。待紧张的神经放松下来，我们无趣地嘿嘿傻笑起来。“老兄，你本来就不是玩枪的人嘛。”曰洙兄对斗弼叔不是叫姐夫，而是称“兄”，“下一次我来打枪吧，打枪的关键是呼吸要调整好。”“好吧，妹夫曾是打过狍子的炮手，我们给忘得一干二净的了。呵，呵，呵，我到现在连一只野鸡都没打过，咋能想着打鹿呢？鹿是灵物，不是任谁都能抓到的。下次开始，还是妹夫打枪吧……”斗弼叔爽快地答应着，把猎枪递给了曰洙兄。“那俩家伙，已经闻到了火药味了，以后肯定不能再在这一带露头儿了。”曰洙兄把枪接了过去，“马鹿和狍子不一样。狍子有重新回到原地的习性，抄近路等着它就行，鹿是一直会逃下去，不回头，要想追它们，得带上干粮，连续几天跟踪下去，半路上再碰上其他猎人插进来，让人家打了去，也就算是白忙活了。”曰洙兄对这打猎的“讲究”算得上是“门儿清”的。“嗯，那也没法再追踪了呢！不如赶紧回去吧，大黑狗不知道回来没？正好打猎也扑了空，这次带回去预备宰了它呢！”我们仨一边可惜着，一边急急忙忙地动身了。哪曾想到，斗弼叔说的要把大黑狗杀了吃肉的话，他一生都将为此心痛不已呢。

一回到木棚房，斗弼叔就找开了，问道：“达三呢？”我们知道，他其实是在找跟着达三兄出去的大黑狗。“那小子对捕猎的把戏着了迷，哪还能顾得上时间早晚哟？”老方懒洋洋地咕哝了一句。姜达洙对自己一母同胞的亲弟弟还没返回这事儿，像个局外人似的漠不关心，直到这时还和老方对坐着，心不在焉地叮当拍着象棋。德姬阿祖妈妮正准备着午饭。吃过饭，就要准备着动身回南大川了。达三兄和大黑狗这会儿得快点儿回来了。达三兄若不想回去，自个儿逗留在此，晚些回来也未尝不可，大黑狗是要被带回村里的，得马上回来才是。“喂，姜二溜子，你就让我一着儿呗！”贪着玩象棋的老方，突然口气软了下来，苦苦哀求着。冷眼瞅一下也知道，他是被逼到只有招架之势的残局了。“不行，你看到过哪有死而复生的人吗？”“妈的，整那破象棋，不就是悔一步棋吗？至于说啥死人、活人这样的话吗？”“姓方的，算这次你都悔了二十次棋了。你是在求我呢，还敢说人家二溜子？你得用敬语，称‘兄’不是吗？”“他娘的，就因这破象棋让一招，我就得叫你兄长？和死了的张瞎子下象棋才会有这种事儿吧？”

老方和达洙兄表面看起来像是不分场合、不分时间总是在勾心斗角似的，但实际上，他们的关系是非常亲近的。性情虽是截然相反的，但他们不管在哪方面都似乎很合得来。清明后，在田里犁地时，他俩都能一起绕着田埂晃晃悠悠地散步，一起晒着和和煦煦的早春阳光，抽着旱烟歇着闲聊；到村里哪个办喜事儿的平常人家，他俩一定会挨着坐一块儿，你打我一拳我给你一巴掌地捅捅咕咕的，说着埋里埋汰的粗话斗嘴，俩人之间没啥说道儿。

这次上六道沟来伐木的时候，本来姜达洙不是太“感冒儿”，没法子硬是让老方给拽上来的，别看他俩事事件件地你怪我，我怨你的，你长我短地扯皮吵架，照旧天天脸对脸坐着拍象棋。老方他那不管啥时候看上去都血气旺盛的脸盘子上，鼻下和下巴上胡须不多，小肚子像皮球似的凸起，从他身上根本找不出来土里土气老农模样儿。换个角度看，那样子假如戴上个白色卫生帽儿，一下子就会像大饭店胖厨师长的样子，也可能更相配些。在乡下，有句俗话说，如果想看掌柜的过日子手艺，要先看看他家的厕所。其实是说给老方这样的男人的 大白天害怕屁股明晃晃地露在外面，都不敢用自家的厕所，不得已看着邻家媳妇儿的眼色，进出别人家的厕所，都到了这份儿上了也不知道修理修理。老方在南大川是出了名的懒，家里日子过得是一塌糊涂。再加上他喝醉酒时，有个无缘无故砸碎家里物件儿的臭毛病，南大川人都用方言叫他“稀巴烂”。那时候，延边地域无论哪个村，肯定会有那种喝醉了就要“砸个稀巴烂”的老爷们儿，南大川也不例外，老方便是那样的“主儿”，并且每次一定会挑碗或是旧盆子这类的便宜货来砸。据说有那么一次，他老婆德姬阿祖妈妮对着“耍酒疯”的老方实在忍无可忍，豁出去了，把家里的东西一样儿一样儿塞给老方，让他都给砸了。最后把锅盖儿递给他时，正气势汹汹砸家伙什儿的老方，突然间停下来，喃喃说着：“锅盖儿可是值钱的贵东西，这东西要是砸坏了，我又不是锔匠，不会修。你还是换个东西给我！”竟还有过这样一出儿事儿。

可是，姜达洙却是和老方不同。老天爷可能对每个人都是公平的。姜达洙作为残疾军人“姜酒鬼”的大儿子，借着颇有“光彩”的家庭成分，带着“光环”生活的那阵子，尽管他不愿意干活，南大川人提起他都直撇嘴，但是有一个不了解内情的外地姑娘，看上了他那家庭成分和高挑挺拔的大高个儿，嫁给了他，这姑娘脑子转得快，干活麻利。姜达洙的老婆个子矮，将巴儿的也就到她掌柜的胳肢窝，脸上像沾了苍蝇屎似的，长满了雀斑，可这娘们儿又贪心又泼辣，把个掌柜的攥在手心儿里，随意摆弄，在南大川是出了名的“抠门儿”。据说有一次，村里的几个爷们儿头一次聚在姜达洙家里喝酒取乐，只因灶台间的锅盖儿开合的声音实在太吵了，没法子，酒局儿中途散了。锅盖儿开合的声音，会随着主妇在灶台做下酒菜的情绪不同，而听起来不一样儿，或强或弱，如果那声音听起来过分嘈杂，就说明主妇带着不满情绪。直到现在，乡下人一般也是在个人家里摆上酒桌喝酒。那个家的家风，以及掌柜的在家里，可以对着自己婆娘瞪着眼睛吼来吼去，就能听到别人说“在家里挺有老爷们儿样儿”的评价。老方就能有这“能耐”，事先和老婆一声招呼都不打，横着膀子，冷不丁地闯进家里，喊：“喂！家里的，赶紧给我摆酒桌儿！”在老婆面前总是显得理直气壮的。姜达洙是累死也做不到的。德姬阿祖妈妮就是装，也要硬是在脸上挤出笑容来，装出顺从的样子。可姜达洙的老婆却是和她相反，压根儿不买掌柜的账。别看乡下老爷们儿面上看挺粗，若要单论“眼力见儿”却都算得上“九段”，坐在人家的酒桌儿前，会先看看主妇的脸色再说。那天，姜达洙老婆的锅盖儿声听起来是那么吵得慌，老方先对付着喝了两杯，说："这两天，得了狗都不爱搭理的、还讨人嫌的感冒，胃里叽里咕噜地直翻个儿，都尝不出酒味了。"说着便借口夹起尾巴悄悄地溜了。"妈的，姜二溜子那体格儿白瞎了，被那野鸡崽子似的婆娘攥在手心儿，在家里连屁都不敢放。那锅盖儿声简直吵死了，还咋喝得下去酒哇！"姜达洙对老方的这番挖苦，只有一言不发地听着，后来也再没有人去姜达洙家里喝酒了。

20 世纪 90 年代初，姜达洙老婆是南大川最早涉足韩国的村民。那时候，乡下人想去韩国，简直比登天摘星星还难，可人家姜达洙老婆成功地"摘了星星"，达洙兄也迎来了"太阳升起"那天。他整天没事儿干，闲得在村路上来回溜达，成了"二溜子农夫"。

"姜达洙这回该在打糕槽子里打滚儿（享福）了。"村里人装作很是艳羡的样子说。

5

待午饭桌儿都撤了，等着达三兄，他也没有回来。

"妈的，你家那'矬巴子'老二，咋到现在还烤野鸡吃呢？"老方玩象棋，连续好几次输给了姜达洙，心里正窝囊着，便拿着出门在外的达三兄出着气儿。"嘿嘿，你这不是在等着我家老二，而是等着要杀大黑狗吃肉吧？""对，你娘的，就是呢，你能把我咋的？你姜二溜子也早就开始淌哈喇子啦，还有脸说别人？"实际也是，一直到此时，大伙儿与其说是等着达三兄，不如说是都在等着大黑狗回来，准备带回村里杀狗吃肉呢。

咋回事呢？斗弼叔明显开始焦躁起来。德姬阿祖妈妮紧跟着浮现出一脸担心的神色。给人家戴绿帽子的男人和被别人戴上绿帽子的男人，再加上当事儿的那个女人，曾在同一铺炕上，等着大黑狗回来，在六道沟的蓝天下，那木棚房里……

“俺家老二，该不是打着了马鹿或是狍子，正费力地拿回来在路上呢?”“妈的，别扯王八犊子了，会让你死了的爷爷笑出声的。说是蝲蛄螃蟹一家子，只会在晚上拿着电棒儿掏家雀窝儿的家伙，有啥能耐打着那么珍贵的动物哟!”老方嗤之以鼻。“都快到两点了?……”斗弼叔看着手表，自言自语着。在六道沟上，当时只有斗弼叔一个人戴着块“上海牌”手表。即便是现在动身，两小时之内是不可能到南大川的，可再过一小时，六道沟天就黑了。“不能这样傻等下去了，肯定是出事儿了，大家都准备一下，出去找人吧!”“哎，我说，大老爷们儿，咋像娘们儿似的胆儿小、怕事儿，咋咋呼呼的?大黑狗马上就能回来，就在原地老老实实地等着吧!”戴着绿帽子的老方看上去挺可怜的。“不管咋样，外出的人到现在还没回来，出去找找才是正理儿啊!”德姬阿祖妈妮公开地站到了斗弼叔的一边儿，帮着腔。“你个臭……灶台前的婆娘知道个屁，巴巴儿地冒出来嘚瑟啥?”老方瞪着自己老婆。“老二这是遇到人家的首祭日了?……不会是在剪头发吧?……该不会是碰到啥大事了吧。”姜达洙也咕哝着，二话不说地站了起来。尽管有点儿不情愿，但这次毕竟是要去找他自己的亲弟弟，一母同胞的。“天马上就要黑下来了，还唠这种太平嗑儿，像话吗?这也不是在村里，都是一块儿进深山的同伴，要出去找才是常理儿啊!”曰洙兄也埋怨着老方的轻率，帮着斗弼叔的腔儿。

爱说公道话是曰洙兄的特长。老方也不得已地站了起来。“少说废话，名天妈（德姬阿祖妈妮）留下，其余人都一起出去吧!”斗弼叔拦住了老方的话头儿，背上猎枪，站在了前头。“妈的，姜二溜子家的兄弟，在村里就有甲山捕手（给人添麻烦）的能耐。去年冬天打柴火，半夜也没返回，闹得村里人齐动员出去找，烦人！”老方还不忘向姜达洙撒气，穿上了衣服。“嘿嘿，要是不乐意，你就别动弹了，不缺你一个。”姜达洙脸上没有半点儿怒意，嘴上仍不闲着。“都一起走吧！”曰洙兄重复了一遍。姜达洙和老方比起伐木场的场主斗弼叔，反而对曰洙兄更惧三分。姜达洙是因为和曰洙兄是亲家关系，所以不便随意说话，老方是因为说正道话，他根本就不是曰洙兄的对手。

追踪达三兄的足迹很容易。尽管外面风雪交加，刮得雪地中的脚印变得模糊了，但还是能毫不费力地看出了走出的痕迹。和我们估计的差不多，达三兄带着大黑狗从木棚房出去后，一直朝拱针山方向去了。何况，这里的人都知道，一般都会往那个方向走。

站在往拱针山里折进去的路口上，回头看，只见木棚房淹没在风雪中，已然看不出轮廓来了。率先出来的斗弼叔走在最前面，身后紧跟着曰洙兄和我，然后，在我们的后面跟着姜达洙，这家伙如果不是自己亲弟弟的事儿，他都不会出门儿。还有硬被拉着出来的老方，气喘吁吁地跟在后头。走了一阵儿，我们登上了不是很陡峭的山顶。尽管从远处看起来雄伟的山峰，待真的登上来，感觉脚下像是平地。我们踏着填满沟壑的积雪，吃力地穿行，走上斜坡时，大家都已经筋疲力尽了。

“他娘的，为了你家那不着调儿的老二，都爬上这险地来了，真够折腾人了。……俺们凭啥要跟着吃这么多苦头呢？”老方嘟哝着，不管三七二十一，一屁股坐在了雪地上。原本就不太情愿跟着来，所以他这一路不停地抱怨着，发泄着不满。“我现在就是死了也不想动了，你们接着往下找吧！”

爬上了山顶，横扫着拱针山刮过来的西风，毫无顾忌地夹着雪暴，不由分说地开始抽打着我们的脸。就在此时，在风雪呼啸之中，似乎不知从哪里，隐隐约约传来了大黑狗的叫声。

“慢着，听听这不是狗叫声吗？”所有人都摘下了狗皮帽子，竖起了耳朵。果不出所料，山下不远处，清晰地传来了狗叫声。“是狗叫声！”一行人都从原地一跃而起。

6

“是大黑狗叫呢，肯定没错！”斗弼叔和曰洙兄不约而同地叫了起来。“我们也都听到了，没错儿。大黑狗这么叫着，意思是召唤我们赶紧过去，还磨叽啥啊？赶紧下山去吧。听着那狗叫的声音，就知道肯定是在斗着野兽呢！”坐在雪地里的老方急道，这次好像是谁在招呼他似的，起身慌慌张张地越过我们，站在头前儿，冲开雪路，往山下奔去。“没错儿，我家老二肯定是逮到了啥野物了，要是能逮到马鹿就美了！”姜达洙就是在那当口儿，也没忘了惦记着马鹿。然后，便不甘落后，紧追着老方跑下去了。我们也随即跟了下去。

“慢着点儿，小心！”斗弼叔提醒着大家，可是谁都仿佛没听见似的。我们沿着缓缓倾斜而下的斜坡，再往下跑了一会儿，便在山坡下的草地上，清清楚楚地听到了狗异常凶猛的狂叫声。山脚下，没有树，覆盖着干透了的一片片紫芒草，草地上狠狠堆着厚厚的积雪，草地的尽头，有一小块被南大川人叫作“花狗子地”的湿地。南大川人对拱针山的地形，就像是看自己的手纹似那般熟悉。连着湿地的是一片雪白的白桦树林，树林后面有几块大岩石，是野兽歇息的好去处。

“汪——汪——”狗叫声从那里清晰地传来。

“汪——汪——咿嘤——”大黑狗像是捕获了猎物似的狂叫着，近在咫尺处听起来，狗叫声异常奇怪。“别着急，慢慢往下走。”曰洙兄似乎预感到了什么异常，对走在最前面的两个爷们儿提着醒儿。然而，这两人只是从单纯的动物性判断，一心想着美味近在眼前，对曰洙兄和斗弼叔的劝告全都当成了耳旁风，一股脑儿地奔下山去。

“真是奇怪得很呐！”巨洙兄嘀咕了一句。

后来才明白，“汪——汪——”的叫声后面，如果还连着“咿嘤”微弱的尾音，是土种狗在遇到某种危险时，发出的特有声音。斗弼叔和巨洙兄从大黑狗的嚎叫声中，隐隐感觉出了异常。斗弼叔拉开了猎枪的保险栓，同时，紧跟其后的巨洙兄喊着：“你站到我身后！”让我站在了最后尾儿。

“咔哒哒——”传来铁器撞击的声音。兴奋得一直跑在前头的姜达洙和老方，突然停住了脚步，愣在了那里。若是跟在后面的我们听到了这声音，那么在更近处的他们俩，肯定不是通过耳朵，而是用身体感觉到了，杂树丛中传来的，某处铁器撞击石头发出的声音。

“妈的，瞎跑乱闯地到了那个地方，起初是感到挺奇怪的。那个瘆人劲儿，头发像是一根根倒竖起来似的。突然间，一股浓烈的膻味扑鼻而来。那次才算真正知道，老人们说的‘头发根倒竖’到底是啥滋味。大的野兽到底是不一样的哦！”直到现在，老方都这样地回忆着当时的情景，仍心有余悸。

“咔哒哒——”的声音之后，“汪——汪——汪——”狗更加疯狂地咆哮起来。

“别再往下走了，站那儿别动！”斗弼叔突然大吼一声。现已经七十多岁的斗弼叔，回忆起当时的情景：“预感相当异常。那时候，一年能往返六道沟数十次，还从没像那天似的，感到那么阴森可怕呢。”

“让你们站住，听见没有？！”“汪——汪——咿嘤——”嗅觉灵敏、忠心不二的大黑狗，此时真切地认出了自己的主人，本应该欢天喜地地跑过来才是，可是，那一刻，它没有跑过来向主人摇尾巴献殷勤。换作那些专门猎捕大野兽的老猎人，此刻应早已明白了一切。可是，那个时刻，姜达洙和老方全然不知道发生了什么事，呆呆杵在那里。

“站着别动！”斗弼叔的呼喊声还没落地，瞬息间，“武打戏”便已开演了。

“啊嗷——嗷——嗷——”感觉整个拱针山都在轰隆隆地震荡着。盘踞在杂木丛中，虎视眈眈地暗暗盯着猎物出现的，一只巨大的东北虎，前爪套着捕兽器，仿佛地动山摇般地咆哮着，以迅雷不及掩耳之势向姜达洙和老方扑将过去。那气势，激得周围升腾起房屋一般高的雪暴！“啊！——”紧接着，不知是老方还是姜达洙，像是身体某个部位被撕咬般地，声嘶力竭地号叫起来，听起来那么凄惨可怖。我平生第一次知道了，人的惨叫是那么令人毛骨悚然。

呵！斗弼叔还有跟在后边的曰洙兄和我，倒吸一口冷气，在原地像木桩似的钉在那里。“那个……那个……”斗弼叔早已将自己身上还挂着猎枪的事儿，忘到了九霄云外，也一点儿都没有想到要端起猎枪。之前，我一直是在童话中，读着抽着烟的大老虎的故事，在漫画里看到过老虎可爱的搞笑样子。现实中，当我第一次看到了黄牛似的老虎，于近在咫尺的地方，况且是亲眼目睹了老虎扑击人的惨象，亲眼看到了老虎凶猛地咆哮着，将两个大男人随意碾碎的惨景，此刻，我的心脏像是骤然停止了跳动。

平日在木棚房，斗弼叔边放火药边夸口，这要是向黄牛般的老虎打上一枪，就能开花。那管猎枪，此时在斗弼叔手中，成了连木头棒子都不如的废物。还是曰洙兄反应快了些，“哥，那枪……”说着，他从斗弼叔的肩上，抢也似摘下来拿到手里，毫不惧怕地向坡下跑去。那一刻，正扑倒老方和姜达洙的老虎，这时转向端着枪冲过来的曰洙兄，扑了上去，刹那间，“砰——砰——”！猎枪飞快地吐出了火舌。就在那当口儿，曰洙兄被猎枪的后坐力震得向后退了几步，一屁股墩儿坐在了地上。前爪高高抬起的老虎，跃过他的身上，扭着沉重的身子，像座山似的轰然压了下来。

刹那间，六道沟所有的一切，静止了；所有的一切，结束了。

“曰洙兄——”“妹夫——”留在后面的斗弼叔和我仓惶地跑下山去。

7

人间尽管发生了史上最悲惨的事，但是，和这些都没有关系，山川非常的宁静，空气中充满了安详，隐隐萦绕着神秘的气息。

此时，那头仿佛连拱针山都能整个儿吞掉的老虎，胸前汩汩地涌着鲜血，倒在了雪地上。这是一个有着比黄牛还硕大身躯的家伙，在它的身下，压着曰洙兄。斗弼叔和我，好不容易才把他从老虎的身下拖了出来，他的脸和衣服上浸透了鲜血。“伤在哪里了？”一言不发的曰洙兄吃力地支撑起身子，竟然站了起来。一直到此刻枪口还在冒着烟，只见他呼呼地吹着，没头没脑地嘀咕着：“看来，我确确实实地开了枪呢……我这是还活着呢……”血迹斑斑的脸上，肌肉突突地痉挛起来。“活是活过来了……也不知道是咋回事呢……”曰洙兄一直不停地说着胡话。他用脚“叭叭”地踹了两下老虎，确认它是不是已经死了。“现在才发现，妹夫的胆子也忒大了，真不是盖的！”斗弼叔低头看着胸前依然流着血，身体渐渐发凉的老虎，啧啧地咂着舌说道。多亏打中了要害！如果没有打中，谁都无法想象，会发生什么样的惨剧。

老虎是死了。之后怎么处理，我们全都没了主意，也无暇再照顾死里逃生活下来的曰洙兄。“下山去吧！”曰洙兄开口了，我们这才回过神来，急忙向姜达洙和老方那里跑去。现场的确如人们所说的那样，“惨不忍睹”。老方的一只耳朵整个儿地掉没了，脸上没一块儿好地儿，血像水一般地淌着，一张脸成了血葫芦；左胳膊似乎折了，无力地当啷着，血从袖口不停地哗哗往下流。“快救救我！”老方呻吟着，费力地开口向我们求助。姜达洙除了手背被老虎舔着了以外，没有其他地方受伤，只是裤子前襟儿湿漉漉地尿了一大片，人已吓得昏了过去。直到我们勉强把他扶着站起来，他还在瑟瑟发抖，瞅都不敢瞅一眼倒在地上的老虎。

“得赶紧帮他止住血才行啊，再磨蹭一会儿，就会死人的。”曰洙兄着急地说道。可是谁都想不出咋样才能止住血。“赶快把绑腿都解下来！”我们仨连忙先把各自的绑腿解了下来。那时，要想在山上干活，必须得打绑腿。感觉我们仨的绑腿放在一块儿，也像是不够。曰洙兄让我把姜达洙和老方的绑腿也解开。姜达洙到此时手还在哆嗦个不停，不听使唤，还是我帮助他才好不容易解下了绑腿。曰洙兄飞快地将老方的脸，除了嘴和鼻子之外的部分，用绑腿布包扎了起来。

汪——汪——汪——

坡下又传来了狗叫声。“哎呀，咋把达三亲家给忘了呢！大哥和大亲家（姜达洙）赶紧先过去看看！”曰洙兄边说着，边用绑腿布包扎着老方的胳膊，嘴里吩咐着斗弼叔和姜达洙。“我在这儿呢！……”达三兄招呼我们的声音和狗叫声掺和在了一起。我也跟着他们奔了下去。只见达三兄躺着的地方，是一片已经风干了的紫芒草地，周围的雪和草被湿湿的鲜血染红了。蹲在达三兄旁边守着的大黑狗，看到走近的主人，像对着陌生人那样“汪——汪——”地叫着，嗓子眼里发出呜呜的低吼。大黑狗也被老虎咬着了后腿，正哗哗地淌着血。

真是奇迹！在老虎第一个攻击点上，被黄牛一般的老虎攻击后，本以为达三兄早已丢了性命，成了冻明太鱼似的僵尸，没想到他此刻还能喊着“我在这儿”，幸运地活了下来。被老虎最先攻击的达三兄能活下来，本身就是个奇迹！但见他左边一侧的脸颊被老虎那尖利的指甲狠狠地撕裂，左侧大腿被生生地咬下了一大块肉，正不断地往外冒着血，左胳膊也无力地当啷着。达三兄看起来都是伤在了左侧。尽管他因失血过多，脸色像纸一样地苍白，但神志还很清醒。可是，他看到亲人的瞬间，全身一直紧绷的神经立马松弛下来，猛然搂过大黑狗的脖子，呜呜地哽咽了片刻，随即便一下子陷入了昏迷。

“大哥，我看单靠我们几个，无论如何是应付不了的。你赶紧回南大川，动员大伙儿上来救人吧。这冰天雪地的，汽车是肯定上不来，看来得动用村里的推土机了。这期间，我们想办法给伤员止血，等着你们上来。”跟着下来的曰洙兄，果断地对斗弼叔吩咐道。他自己都不知道是咋回事，瞎猫碰上了死耗子（这话是曰洙兄后来和我说的）开枪打死了凶猛的老虎。结果，此时他的神志还是最清醒的。“那样能行吗？”“这种事儿还是大哥回去更合适。方大哥和达三亲家，如果就这么耽搁下去，不出今晚儿就得丧命。回去路过木棚房，告诉德姬阿祖妈妮把所有的被面儿都拆喽，收在一块儿带过来。单单这些绑腿根本不够用。趁这当口儿，我们不论想什么法子，也要把他们挪到木棚房去。”说着，他把达三兄的绑腿也解了下来，边包扎着他那流血的伤口，边用树枝代替着夹板将他骨折的胳膊固定住。这一刻，曰洙兄俨然成了伐木场的主人。斗弼叔把猎枪和子弹袋交给我，然后便急匆匆转身出发了。他踏着厚厚的积雪，深一脚浅一脚、心急火燎地翻山越岭而去。

那事儿发生过后，某一次，我问起曰洙兄：“哥，你连战场也没去过，应急处理办法也不曾学过，那天你是怎么做到的，沉着冷静地迅速拿出应急对策的？”他回答：“我也不知道。虽然有句老话儿说，即使是被老虎咬着，只要振作精神就会活下来。可是到了真章儿，被老虎咬着的节骨眼儿上，有几个家伙能真的做到振作精神的？别人碰到那事，也会急中生智的，也不光是我能做到……”他满不在乎地应付我。

天色傍黑时分，德姬阿祖妈妮把拆下来的被面儿包成一个大包袱，顶在头上赶上山来。德姬阿祖妈妮立时瘫坐在老方身边，哇哇大哭起来。多亏曰洙兄及时止血，达三兄尽管胳膊折了、大腿被狠咬一口、流了那么多血，仍然保住了命。问题是老方。由于出血过多，他一直昏迷不醒。曰洙兄也十分担心他。我们用树枝简单做了一副应急担架，轮番儿抬着老方回到了木棚房。做一副救急担架也是曰洙兄想出来的法子。当时吓尿了裤子、晕倒在地的姜达洙，过了一会儿也迷迷糊糊地抖搂着身子站了起来，勉强地帮了一点儿小忙。那天我们身上的衣服真像人说的那样，成了破衣烂衫了。

那天，过了午夜，南大川人们由推土机开路，来到了六道沟山上。拂晓时分，受伤的两个人被大家移送到了延边医院。那个年代，在南大川人的心目中，延边医院是能把死人救活的大医院。

8

这个事件成为南大川历史上，第一次发生的特大新闻，消息传遍了方圆百里的村落。至今还有很多人记得它。再加上随着时间推移，新诞生的后续故事也将此事蒙上了一层神秘色彩。整个事件中心便是曰洙兄。人们纷纷说，曰洙兄是胆子大如天的了不起人物，甚至传说，他不是用猎枪，而是赤手空拳打老虎，把拳头伸进老虎口中弄死了它。如此这般，说共和国创建后，延边剩下的最后一只老虎，是让南大川人打死的。现在看来，这话也许没错儿。

“胆儿大？不见得吧……没用枪？那是绝对不可能的。那天我是咋扣动扳机的，是想不起来了。我当时心里想，‘完了，这回我是死定了’，然后便闭上了眼睛……等清醒过来，才发现自己被老虎压在了身底下……简直让我自己都不敢相信，我竟然打死了老虎。当它张着血盆大口，扑过来咬我，反正如果不开枪打它，那我就得死了，你说该咋办呢？……”说这话的时候，他扑哧一下笑了，自己根本没当回事儿的样子。可是，从那以后，曰洙兄开始在南大川身价儿倍增，受到了被“奉为长辈”的待遇。托了曰洙兄的福，捡回命的老方、达三兄和姜达洙他们仨，在曰洙兄面前，简直一副唯命是从的样子。

关于老虎的故事，如果在这里结束就没啥意思了。在老虎那血盆大口下，九死一生活下来的达三兄和老方被送进医院时，已命悬一线、奄奄一息了，是因为流血过多的缘故。医院的血库已经没有血液了。南大川又一次组织起了“青年输血队”，第二天，迅速组织起来的五十多名南大川青年们，顾不上数九寒天，挤坐在解放牌大卡车的车厢里，向着延边医院“开拔”。那天，村里的青年们，总共输了两千多毫升的鲜血，才好不容易救了达三兄和老方的命。达三兄左侧的眼睛没了，成了“独眼儿龙”；老方没了一只耳朵，脸盘都不成样子了，那之后，被人们喊着“残疾人”了。吓尿裤子的姜达洙，当老虎扑过来时，他把老方推到了老虎跟前儿，自己却躲到了老方身后。这样的专闻悄悄地散播开来。更有甚者，有传闻说，他暗地里偷了老虎身上最贵重、最值钱的生殖器。从此，在南大川，哪儿都没有了姜达洙的立足之地。

达三兄从医院出来后，回忆起当时的情景，如下说：

那天早晨，他一从木棚房出来，便朝着拱针山脚下的路口走去，打算翻过山，找个地方下狍子夹，看看能逮着啥猎物。哪承想，老虎被夹住后，就在原地等着下夹子的主人出现。他正冒冒失失地奔过去，想取夹子时，只听得“扑棱棱”，伴随着一声吓人的长啸，老虎用前爪将达三兄打翻在地，然后便瞄着达三兄的脑袋直扑过去。达三兄下意识地用左胳膊挡住了自己的脸。“嘎巴”——骨头碎了，随即一阵撕心裂肺的剧痛袭来，鲜血立马从胳膊处涌了出来……

人们在感受惊心动魄的时候，往往以视觉和听觉信号为前提。达三兄当时看到老虎的一刹那，被惊得魂飞魄散，以至于老虎真正扑上来的时候，竟然什么声音都听不到了，只看到了老虎那血盆大口。据达三兄讲，那个时刻，魂都吓飞了，听觉丧失反倒是幸运。他在老虎滚烫的呼吸中，清晰地看见它那鲜红的小舌头，甚至闻到了令人恶心的腥膻味儿，却听不到老虎那凶猛异常的吼叫声。

“我完了，死定了……难道就这样死掉吗？”达三兄彻底地泄了气，颓然闭上了眼睛。那一刻，除了等死，别无选择。

“汪——汪——”突然间，大黑狗在后面扑向了老虎。平日里，动不动就被达三欺负的大黑狗，当看到自己跟着出来的“人”，被老虎攻击时，便忠心耿耿地冲上去战斗，保护主人。离开木棚房时，达三还踢了跟在自己屁股后的大黑狗几脚，平白无故地骂了它。可是在千钧一发之际，大黑狗豁出了自己一条命，向老虎冲去。被激怒的老虎丢下了达三兄，调头转向了大黑狗。说是老虎发威其势冲天。可是，老虎的一只腿上套着铁制的夹子，行动失去了灵敏性，扑了个空。它更暴怒地撇开大黑狗，重新扑向了达三兄。达三兄趁着老虎攻击大黑狗的间隙，把手里的竹筐扔掉，将身子藏在了胳膊肘粗的一棵小树后头儿，受到老虎第二次攻击时，虽然保住了要害部位——头部，但大腿却被狠狠地咬住。“汪——汪——”大黑狗在老虎身后，再一次拼死地冲了上去。达三兄是脱离了虎口，但这次大黑狗却被老虎咬住了后腿。狗是因为进攻时靠得太近了，来不及避开而受伤的。虽然黑狗血流如注，但它还是为了达三兄，拼死向老虎猛扑。就这样几个回合的冲锋下来，老虎放弃了反扑达三兄的念头，把达三兄当作是“中间缓冲地带”，而与大黑狗对峙起来。

南大川人们都说，假如大黑狗是受过正规训练的猎狗的话，反而不会如此向老虎拼死相搏，正因为没有啥训练，只凭着一颗憨直的耿耿忠心，大黑狗才能以决斗之心与老虎殊死而战的。那天凌晨，跟着人们回到南大川的大黑狗，在斗粥叔家的炕头儿上，跳上跳下不停地叫着，一宿也没睡。可能这狗也是吓着了，魂也飞了吧？达三兄就是这样被狗救了一条命，活下来了。

可是，事情并没有到此结束。那次老方，不用说，还有达三兄，将近住了两个月医院，落下了几千元的“饥荒”。当时的几千元，几乎算是天文数字了。况且瞎了左眼，又成了残疾。因为这事儿，虽然和上级部门交涉了几次，可迟迟也没有什么解决办法。现在看来，达三兄那“打猎”行为本身，也有可能是违法的。大黑狗因为救了达三兄的命，在村里受到了大伙儿的“热烈吹捧”。不管谁见到大黑狗，都将它奉为上宾，给它准备最好的食物。早先，哪条狗曾受过这种“待遇”啊！达三兄把大黑狗奉为救命恩人，待狗亲如儿女，大黑狗也是，在斗弼叔和达三兄两家来回走着，俨然把达三兄当成了第二主人。

这，反倒成了祸根。

第二年冬天，身体还没恢复好、脸色苍白的达三兄，又偷偷地开始打猎了。在医院时，他曾发誓，以后绝不会再玩打猎这把戏了，可是为了还债，他又重操旧业了。然而，他做梦也没想到，救了自己一条命的大黑狗会死在他亲手放的捕兽夹上。老虎被夹住，它会就地一动不动，狗被夹住，却会挣扎，这就是虎和狗的差别。

大黑狗死了的消息传来，南大川所有人都如丧子般沉浸在悲痛之中。斗弼叔狠狠地打了达三兄一耳光。“狗都不如的家伙！我因为在六道沟曾说过，要杀狗吃肉的话，平生心痛不已，就凭你这号人，也配弄死它吗？……”村里人无论男女老少，都骂达三“狗都不如的家伙”。从那以后，达三兄在村里就真成了“狗都不如的家伙”。斗弼叔将咬着舌头凄惨死去的大黑狗那渐渐发凉的身体，用爬犁拉着上了六道沟，埋在了拱针山脚下。

大黑狗为了救达三的命，不惜豁出自己，与老虎拼死搏斗，最后却不幸惨死在了自己所救人的手里……

姜达洙和达三兄实在没脸再生活在南大川了，远走他乡之后，去了韩国。

因为那个事件，最受其害的要数老方了。老方比达三兄花了更多的医疗费，那费用原封不动都成了他的个人债务。后来，斗弼叔说，那次事故是在自己的伐木场发生的，自己应该在道义上负相当的责任，替老方揽了一部分债。然而，那其中隐藏起的秘密只有我一个人知道。老方从医院出院后，只要在路上看到姜达洙，便一定会啐上几口唾沫。

“妈的，要是你没推我的话，我也不会惨到这地步。在那险恶的情况下，你咋能做出摘走老虎生殖器这种恶毒的事儿呢？药厂说，只要把那东西交给他们，他们就可以冲销我们几个的医疗费，可你到底还是自个儿昧下了，看看你，做事儿哪像个人呢？我也就算了，你亲弟弟不也受伤了吗？……连大黑狗都不如的家伙！”

老方在村里，公开地叫骂。姜达洙在老方面前，就如站在猫跟前儿的老鼠一般，连屁都不敢放。老方尽管残疾了，可还是像从前那样，每说一句话都带着“他妈的”。可是，值得庆幸的是，从那开始，他那晃着屁股放屁的恶习却消失得无声无息了。村里人背地说，人住一次大医院，五脏六腑都会变的。

老虎的生殖器不见了，这个事儿也是因为拉走那个老虎的林业局过来联系，大家才知道的。听了这话，曰洙兄和我几次回忆事情发生的过程，想找到究竟谁能与此相关。按时间推算，我们找到了对象。

“人命已经得救，就该满足了，现在来追究老虎的生殖器那个事儿，有啥用啊？”听曰洙兄的，从那以后我俩闭上嘴不言语了。曰洙兄和姜达洙是亲家关系。

在南大川，如今仍存在着六道沟。

雪后，太阳落山的血红色的天际里，显现出的六道沟那片西方天空，有块儿角落至今依然还在吧？直到现在，每当隆冬下雪的时候，越过拱针山的风雪，和树林一起恣意呼号，依然守护着六道沟那天与地的无限空间，依然守护着救了达三兄性命的大黑狗坟头，对吗？

回归

——南大川人的故事（4）

1

曰洙兄是我在南大川最得意、最敬的人之一。待人不是很和蔼，说起话来也像踢皮球似的直来直去，可他身上就有那不寻常的魅力，吸引人亲近他。他嘻嘻笑着，就能把自己想说的话，统统都说出来，这是他的真本事。若说他是教员出身，谁都会摇头，没人信。可是细掰扯一下，他的那些大直筒子话，还挺讲究的，让听的人受用，怪舒服的。这世上，能像曰洙兄那样碰到啥书都看的人，到现在我也没见过。可是有一点，别看他“破了万卷书”，可让他写封信，都能难倒他，急得他抓耳挠腮的。

“哥，你看书恨不得眼睛都坏了，可连一封信都写不出来，像话吗？”我奚落着他，也用上了“激将法”。

“有像我这样瞎读书的人，才会有像你这样的写书人哨！所以说，写书人和读书人，根本是两种不同类型的人咯。”

我家搬到延吉后，每去珲春回来的路上，一定要在南大川歇歇脚儿，去看看曰洙兄，习惯成自然了。在寂寥的路上，望着稀稀拉拉没有几个行人的路面，他总开玩笑说："南大川人都走光了。曾经那闹哄哄的'南大川帝国'塌了，'帝国政权'这会儿已转移到老年活动室去了。世道儿转啊转啊，能让人笑岔气儿的世道，算是来到了。"曰洙兄受到人们"土话满嘴跑"的"苛评"，也确实，他比老年人还能说"土话"，但他看的书多，也算是读书人，所以他嘴里经常能"蹦"出来，从乡下人嘴里根本听不到的话，比如像"帝国"这样新鲜的词儿。

"最近，或许有去珲春的事儿吗？"我知道哥是想求我办啥事儿。

"回来的路上，抽空儿到村里吧。名义上还是菜农，带些菜回去呐！"我猜得没错，就是想让我回南大川呢。

"哥现在也成南大川的村翁了不是？看你开始操这份儿闲心了……呵呵呵……"

"你待这乡下试试，时间长了，你就知道没法子了。"

"知道了，几天后还真有到珲春去的事儿，那时再说吧！"

每次都是如此爽快地答应他，可一想到如果真的回南大川，他就会进塑料大棚，把那些菜连根儿拔了给我，还是免了吧，每次路过也就直接回来了，不做停留。可是，唯独这次，是不能不停留的。"哥，听说你买了辆皮卡（车），我咋也得去见识一下哟！"

留下这话儿，吃过午饭，从珲春踏上归途，沿着新建的珲春—图们2级国道，拐进南大川时，就到下午两点钟左右了。径直走到哥家，看到了巨大的塑料大棚旁边，停着一辆灰色皮卡车，曰洙兄和嫂子正在一旁转悠着呢。第一眼便看到，以那辆灰色皮卡车为背影，毛烘烘的胡子，便宜货的衬衫，皱皱巴巴的半截短裤，然后再往下映入眼帘的是，趿着拖鞋的一双灰突突的脚。肯定又在那儿准备着啥呢。

"这就是新买的那辆皮卡哇？你挺着肩膀得意地夸它，说是'事业发展用车'，今儿看上去果然神气得紧哟！"

第一眼看上去，还真不赖。

“皮卡”，按哥的话来说，管这种后座上没有顶棚的车叫“皮卡”。是从英语发音直接摘过来的，外来语。这种车是美国西部的人们惯用车型。现在很多国产车引进国外品牌，性能都很好。再加上使用的燃油标准提高，马力也相当足。这种类型的车，是当时美国西部开发时期，一种从大篷车演变而来的、颇受欢迎的乘用车转型的，汉语叫“皮卡”，用朝鲜语讲是以“商务用汽车”或“旅行车”为名称来介绍的。“旅行车”的装货车厢有顶棚，而小型卡车的装货车厢没有顶棚，可以乘坐五人，座席是两排，所以这种小型货车也叫“双排座”。

“过去生产队时期，领到二分，也就几百块钱，买个碗柜，村子里的人都呼呼啦啦地到家里参观，直夸，主人家也心满意足。这如今买了十好几万的车，都不闻不问的，像话吗？反正放心了，要搞蔬菜种植，有一辆这样的车是必需的！”我的南大川之行目的算是达到了，就是要说这番吉利话才到这儿来的。然而，看起来，哥出了大钱儿买新车，却没有想象之中的欣然表情。

“买了新车，你咋还哭丧个脸呢？”

我寻思着，可能是哥因为经济条件不宽绰，勉强买了自己不喜欢的车的关系，也没太放在心上，拿出早已准备好的、从延吉带来的几条烟递给他后，说：“走啦！”然后上了车。得赶紧走才行，不然哥又该张罗给我带东西了。

“急啥呀，一眨眼就到延吉了……”哥拽住了我的胳膊。嫂子瞅准时机，从塑料大棚里提着一个塑料袋出来了。“剩了几棵烂白菜、几捆子生菜，正好搁车拉回去吧。”仍是一口土得掉渣的土话。“哥，你把这些都匀给图们的超市就妥了，咋总是这么麻烦呢？”“也没几个钱儿的自家菜，整得挺大事儿似的，别盯架儿推来推去的。”哥和嫂子硬是把菜兜子堆进了我车的后备厢。打从去年盖了塑料大棚，哥开始种菜卖菜起，哥一看见我，就惦记着，哪怕是几棵白菜也非送我不行。所以我尽量回避着回村里。哥张口闭口区区那点儿菜，他觉着不值几个钱儿，每次都尽可能多地给我塞，让我每每拎在手里心里都不轻松，反倒觉得是负担。这不是菜，而是哥养家糊口的经济来源，是他们的生活支柱。明知道给他们钱，肯定不能收，搁啥能还他们的情，能给他们补偿些，每每还真挺让我苦恼的。

这样的烦恼，几天后又来了。

“我到你家附近了，赶紧下楼来。我拿了点‘小萝卜崽儿’，你拿回去尝尝。”这是哥特有的土话。以前叫这种萝卜“地头大麦萝卜”，是朝鲜族腌制一种叫“小伙子泡菜”专用的白色小萝卜。哥自个儿起了名“小萝卜崽儿”。“哥你又来了？真挡不住你了！”那天从南大川带回来的菜还在冰箱里“睡大觉”呢，没几天这又给我送菜来了。下楼时，妻准备了韩国制海员专用的黄色雨衣和韩国制洗发液之类的东西，装在袋子里，让我带给哥。

哥就在楼底下等着呢，正靠在灰色皮卡车上。第一眼看过去，这次仍然是那毛烘烘的大胡子，便宜喽嗖的衬衫，皱巴巴的半截短裤，灰白色的脚上仍是趿拉着拖鞋。哥到哪儿都趿拉着拖鞋，就好像没有其他鞋可穿似的。哥微驼着背在车前抽着烟，不管啥时看见他，向来都是捡啥穿啥，显得整个人邋里邋遢的没精神。如果这时，他手里拿上个锄头或铁锹啥的，那就是活脱脱一幅地道的农民肖像画了。

“你这是想开车过过瘾，故意来延吉的吧？”我笑着逗他。“对呗……”车前放着一个透明塑料袋儿。“咋这么多哟……”提起那袋子，跟目测的那般，沉甸甸的。“嫂子没日没夜地浇水、施肥地侍弄着菜地，你这是都给拔来了不是？你们为了挣点儿钱儿，叮叮当当地忙乎着，弄起了塑料大棚，你总是这么送人情，迟早还得赔个底儿朝天！咋的，又想回到当凉水冰棍厂厂长那德性啦？”我这么埋怨着说。哥却说：“嘿嘿嘿，能挣大钱的另有其人。你以为我到这岁数了，还想着巴巴地挣钱，才干的这劳什子？你们延吉这帮家伙，开口闭口嚷嚷，啥有机农、无机农的，听得耳膜都震得慌。我这菜一丁点儿农药都没打，你就放心地吃吧！我走啦！”说着就要转身，我急忙把手中那个从家里拿来的袋子，塞给了哥。“这又是啥子？”“这是我内人准备的，是给嫂子带的。她弟弟在韩国建筑工地打工，领的专用雨衣，村里应该用得上。”

“你这大男人，咋还在这上头费心神儿？走啦！”哥不管啥时都是这么风风火火、来去匆匆的。“都到了晌午了，我带你去整点儿你最爱的羊汤，喝它个几碗再走吧！”“呵呵，到了这把岁数，讨得这个老伴儿，真怕回去晚了，她在家又该唠唠叨叨的，得抓紧往回赶啦。”

“这是我听哥说的话当中，最爱听的。你能怕嫂子，南大川的风景怕是都要变了吧？”我笑说。哥便马上接过话头儿：“人老了，总有一天山会变成水，水会变成山的。”每当哥的嘴里吐出这么知性的话时，就更信他读了好多书这事儿了。

“才刚儿在路上看见，这大休息天儿的，还有那么多的交通警察。可不敢嘚瑟，再被抓喽，我不就成瘪茄子啦？就这折腾人的鬼地方，我还敢连着来，也怪招笑儿的！”

“咋，射死过黄牛一样大老虎的猎王，也知道害怕哟！”“这管得越来越严的世道，我们草民不加小心点儿，也没法儿混日子呀。家里那二二实实的老婆子，肯定会得意这雨衣的。”哥算是道了谢，反身进了驾驶室。可是，车就像得了痨病似的“吭哧、吭哧”地“咳嗽”着，半天打不着火。“该死的，都说一条臭鱼腥了一锅汤……”哥又从车里下来了。“这家伙今天这是抽的哪门子风？”哥把这小货车当成有生命的动物似的，嗔怪着打开了它的引擎盖。“你敢保证这确实是新车吗？咋还不如过去南大川二队的打谷场上，那帮青壮年用粗麻绳拽着打火的那老掉牙的发动机呢？”“是新车，发动机哪能有毛病呢？可能是蓄电池里的电跑没了吧？到延吉来这一路，一直在充电呢，应该是运电瓶出了毛病。”哥瞅着引擎盖里边，摸摸这儿，碰碰那儿，嘴里没闲着。我看他反正是哪儿有些不对。想起那天在南大川，哥那不自然的表情浮现在眼前，心里突然间产生了疑问：哥是咋买下这辆车的？就凭哥手里的那几个钱儿，能大大方方地出手，买得起这样的车，咋说也是挺费劲儿的事啊！“嘿嘿，得招呼几个人过来帮忙推车了。”哥回头看着我，一副求助的表情。我拦了两个过路的汉族男人，帮忙推车。只听得变速器挂动车挡的声音，“突”的一下，总算打着了火。“我走啦！”已坐上驾驶位的哥，突然摇下了车窗，冲着我说，“石峰（哥的儿子）把我托他买的美国制路亚钓鱼竿寄过来了，我今天本想带来给你的，哪承想竟忘到脑儿后去了。”啥？美国造钓鱼竿？顿时，那路亚鱼竿便在我眼前“跳起了舞”。“看起来挺不错的，美国佬做啥都实用型的，那鱼竿拎着挺沉的。”“哥，稍等会儿。还说啥下次啊。既然提起了这话头儿，我这就跟你取回来！”我闪电般将菜兜子放到家里，立马就下楼了。

第一次坐哥的皮卡，看得出来它的确不是二手车，是新车没错。尽管车的内饰稍显暗沉，看起来还是颇有风格的。“一整儿就到后河沟儿，拿这车的电瓶去电鱼、小龙虾啥的，一来二去愣把这电瓶给废了，白瞎了。”我心想着，“怪不得呢！”这下找出了原委。“真没法说你了，哪能用车蓄电池去抓鱼呢？”“这蓄电池可是比那种小电瓶（小型手动发电机）厉害多了，电鱼老有劲儿了。只要把它轻轻地放到水里，大批的鱼转眼就肚皮朝上翻在水面上了。”“哥，你咋净整这赔钱的买卖！车蓄电池多钱啊？你还把它毁在那些破鱼苗子上？”“嘿嘿，可不是，家里那二二实实的老婆子也是这么说的。”哥总是把“二二实实”这词儿用在嫂子身上，他这用词，能形容出很微妙的语境和氛围。其实不是说女人的性格，这里既有非“原配”媳妇儿的意思，也不是“二房”媳妇儿，而只是事实上认可的媳妇儿，说的是这么个模棱两可的状态。

车行驶到北大附近，路边上一排零部件儿的商店招牌。我命令哥当即把车停下。“干吗？”哥一脸发蒙地看着我。我也没搭话，下车直奔汽车零件商店。我问店家，如果买一个蓄电池，是否负责安装，人家爽快地答应了。反正哥怎么也得花钱再买一个蓄电池，不如我买下来给他换上，我也心安。我重新走到店铺外，打着手势，示意着哥把车开到了店门前的空地上。然后不由分说地打开了引擎盖儿。店家提着工具箱也赶了过来。“这是干啥呢？”这么一来，哥才看出个所以然，脸上登时闪出抗拒的神色。我把哥硬给推到了一边儿，自顾自地指挥着店家，换上了新的蓄电池。哥要是想换个蓄电池，得卖上好几天菜才行呢。“哥，这回可别再瞎胡乱地用这蓄电池啦，免得又像今天这么出丑儿！”“你这小子，你就是有本事，把人不知不觉地就给踩扁喽……”哥嘟哝着。

新换的蓄电池输电忒快，一插上钥匙，便轻松地打着了火。车一路过了北大，到高速路口时，远远看见交警们在那里检查过往车辆。“这帮家伙，大中午的咋还守在这儿呢？”哥小声嘀咕着，“挨交警检查可就麻烦了……”“安全带……”我急着喊，随即我俩赶紧扎好了安全带。一名年轻的交警检查放行前一辆车后，用手势向我们发出停车指令。他慢慢走到车边后，先向我们敬了个礼，然后要求哥出示驾驶证和行车证。近处看上去，这名警察应该是刚从警校毕业的“愣头青儿”，脸上稚气未脱，长满了青春痘，癞蛤蟆后背似的坑坑洼洼的。哥从驾驶室下了车，直不愣腾地说：“我没有驾照，也没钱！”此时，就是行礼作揖，求对方高抬贵手，也未必行得通。可是哥那语气，那表情，与其说是脸皮厚耍无赖，不如说是摆出了一副“死猪不怕开水烫”的架势，“爱咋咋的吧”，来得更贴切些。哥那似猴子般毛茸茸的腿，再往上，大腿处垂下来的皱巴巴的短裤，加上屁股与驾驶座位相摩擦，皱成了一团儿。任谁一眼看过去，都是一副土里土气的村翁样儿。

我也跟着从车上走了下去。真担心哥那倔了吧唧的臭脾气，极有可能和交警发生冲突，和警察吵架哪能有好果子吃呢！“请您出示驾驶证和行车证！”年轻的警察，以公事公办的口吻，又重复了一遍。“行车证是带了，驾照本儿落家了。”咋回事啊？驾驶员胆敢把驾照放在家里，出来驾车？连驾照都不随身携带，擅自驾车出入市里，这老哥也真够胆儿肥的。年轻的交警看都没看哥一眼，转而向车后货厢探头探脑地查看着。单单看货厢内，横七竖八地随意堆放的装菜用塑料周转箱，就一眼能看出来，这是在市郊种菜、卖菜，为生计奔波的菜农。“西红柿、黄瓜之类，送到超市，也都是赊账的，我现在兜里一分钱现金都没有。非要罚我款，那就等下次我来延吉，给你带两箱黄瓜吧！”哥明明知道，交通违章罚款，不是在现场，而是到银行缴纳的，却故意在那儿瞎说八道呢。我在旁边强忍住，差点儿没笑出声来。交警分别查看了驾驶室和货厢后，问道：“您为什么不随身携带驾照？”并狐疑地上下打量哥：“请您以后一定不要忘记随身携带驾驶证！”年轻的交警没再说什么，示意我们赶紧离开。

就这么放我们走？啥意思啊？交警这意外的举动，让我和哥不敢相信是真的，两人面面相觑，真怀疑是不是听错了，半天才回过神来，都忘了道声谢谢，便急忙回到了车里。刚要开走，只见交警又走了过来：“因为您是从乡下来的，年长者，今天就相信您一回，放您一马，下次绝对不要这样了。不管有什么理由，或者困难的情况，交通法规是必须要遵守的。我们也认为，在执行交通法规之前，首先要与驾驶员建立相互信任。是人制定了法规，而不是法规造就人呐！我们尊重驾驶员，同时，驾驶员也应该尊重我们这些执行交通法规的人不是？！”这后生……真是冰雪聪明啊！“呵呵，真是的，看似是毛头儿小伙儿，没想到竟是这般老练哟？这事儿整的，差不多和我儿子一般儿大的家伙，这番话竟比打老子耳光，还让我脸上发烧呢！”老兄呵呵笑着，脸却红到了耳根子。“那警察可真够精明的，看他几句话，就把哥给弄得手足无措的，这么一来，比罚款还让人窘得慌呢。可是，没带驾照又是咋回事啊？”“我开车去图们那次，因为酒驾被抓，被吊销半年驾照，还罚了两千块钱……那天正喝着酒，张老二（张三家的二儿子）心脏病犯了，急着送图们医院，所以……”“不管怎样，哥，你可真行！因为酒驾被吊销驾照的人，竟敢闯过警察网，大摇大摆进出延吉……要不咋说呢，哥不愧是‘打虎英雄’！就在你这种‘误人子弟’的老师手里，我们这些学生能学出啥好来！”我夹枪带棒半开着玩笑说。“所以我们到底也没当成师生，而成了现在这种兄弟了呗！这回可得拉上那二二实实的老婆子，一起重新考驾照了，别等着再把人给丢大了。”

2

哥的真名叫吕曰洙。我们同学一般叫他“老师大哥”，老师的名称后，荒唐地加上“大哥”二字，显得有点儿不伦不类的。大哥能成为老师，老师却不能当“大哥”。人们说，一字之教，终生为师。这世上，除了我们，不知还有哪对儿师生，还能像我们这样互相以兄弟相称，不分你我厮混一起的？哥是南大川中学的教员出身。确切地说，是我们的班主任，也是教我们语文的科任老师。哥能当上语文老师，全凭他读了无数的书，这一个条件。按照哥的性格来推测，他绝不是能老实待在家里看书的那种人，但他之所以能发疯似的读书，实际上有个中缘由。他花钱买来的书，看过后又都送给别人，是哥那大手大脚的本性使然。直到现在，他一本书都没剩下。

从农业中学（农中）发展而来的南大川中学，是四个村子合建的三年全日制中学。自1976年起至1978年，升格为四年全日制高级中学。就是在这期间，哥进入学校，成为三年级的语文教师。更确切一点儿说，某天早晨，我们到校后，正等着语文老师进教室。此时，哥嘿嘿笑着，突然出现在我们面前，跨上了讲台。按理说，我们应该全体起立，向老师问好。可是，那一刻我们却全都呆在那里没有动弹。具体地描述一下当时的感觉：仿佛是炎炎夏日，有个戴着草帽、吹着口哨，在田埂间来来回回的水田管理员，摇身一变成了教员似的。又像是早晨一睁开眼，冷不丁发现世界变了个样子的感觉。哥没有登上讲台，而是环顾着我们这些学生，傻傻地笑着。半天了，班长才缓过神儿，明白了咋回事，喊了声："起立！"可是哥却摆着手说："喂，喂，都坐下，不用这么麻烦，都站起来干啥？"制止了我们。果然像是南大川文学青年吕曰洙的做派。哥那双貌似为了进学校当老师，新买的牛皮鞋，是用裤脚擦来擦去的。哥这坏习惯一直都不曾改过。"我不用啰里啰唆地介绍，你们也应该大概知道我是谁了。都说'名声大的婚礼没啥吃头儿'（朝鲜族俗语：名气大，没有实质性内容）。虽然传闻我读了很多书，但是就好比瞎子摸黄牛腿似的，实际没读多少，那些传闻水分很多。史料记载，我们的先祖，因为汉字结构复杂，所以想办法把方块字分成两半，造出了容易看，容易记的文字。你们需要先了解这一点。"然后，他在黑板上，分别用朝、汉文书写了自己的名字吕曰洙，潦潦草草，一挥而就。哥没有接受过正规的师范教育，再加上不习惯板书，他的粉笔字，仿佛林间小路边，被狂风暴雨摧残的艾草似的，乱蓬蓬地往一边倒去。他把汉字的"曰"字和"日"字写得差不多，所以学生们把他的名字念成了"日洙"，而不是"曰洙"，自己却蒙在鼓里。学生们哄堂大笑起来，窃窃私语着，"曰"字错写成了"日"字。哥却说："没关系，我的名字站起来就是'日'，坐下来就成'曰'。"学生们听着这番离谱的话，觉着有趣儿，都兴奋不已。哥以他那大大咧咧的性格，从一开始便抓住了孩子们的心。

尽管这里是与外界信息交流少，前后闭塞的乡村，但是与当时的政治环境相比，教育环境却是相对比较宽松。虽然现在看来是绝对不可能的事情，可在那个特殊时期，城市中学和乡村中学里，突然间先后进驻了“工宣队”“贫宣队”等“新教育集团”，是由社会管理教育的典型模式。这种“宣传队”的代表，城市中学选派的是“老工人”，农村中学选派的，是连自己家地址都写不明白的“大老粗”农民。他们进驻学校后，给学生讲的是旧社会的“血泪史”，控诉自己曾如何被资本家和地主们榨取血汗的事儿，还散播“读书无用论”，现在来讲是一种扭曲的教育。当时还不太懂事的笔者和其他学生们一样，很诧异地想，这帮人到学校里到底是干吗的，却大约明白那是全国范围内展开的“政治运动”，所以一声都不敢言语，听着他们控诉“血泪史”。

当时，从“文化大革命”时期开始，以雇农出了名的崔七星（《光复的后裔们》中出现的人物），作为“贫下中农宣传队——贫宣队”代表的身份进驻了南大川中学。春秋时节，崔七星就会带着学生们去学校建的农场里，教他们农活，手把手地教他们农业生产方面的常识。

某天下午，崔七星进行“忆苦思甜”报告，我们正觉着学习厌烦，便一本正经地竖起耳朵，听他这次讲的是啥故事。结果，大家哈哈大笑起来，最终在掀翻房盖似的笑声中结束了报告。

“真的，旧社会，咱们可是受了恁多的苦，遭了恁多的罪，出门儿都没有裤子穿，光着腚，卵子都遮不住，还在外头走呐。嗯，你说那点儿受了多少苦哇，连那么金贵的卵子都露在外头呐……那年头儿遭的罪，现在吧儿吧儿再多，啥用性？真真儿的受老多苦啦，那些苦，那些罪，俺凭一张嘴，咋说得完哟！真真儿地遭老罪了，受老多苦了，不有句老话嘛，‘农夫的一生是没有尽头儿的苦……”根本不懂啥叫标准语的崔七星，说话没逻辑不说，每句都带“贼、老、没治了、恁”，这些土得掉渣的字眼儿。使用频率别说有多繁乱了。龙范家（《光复的后裔们》中出现的人物）的外孙女儿美子当堂把他说的土话，每说一句就点个点儿，做记号，后来一数，足有百余次之多。美子从自己姥爷那里，听说过崔七星过去的事儿，听得她耳朵都起老茧了，再听到他“忆苦思甜”这些嗑儿，禁不住嗤之以鼻。

然而，更可笑的场面在后头儿呢。俺班班主任是东北师范大学毕业的历史老师，是个呆愣的老实人儿，因为我们笑得太厉害了，他想扭转一下事态，就说：“大家都不许笑了！假如在旧社会，恶毒的地主老财压迫和榨取我们贫下中农，使他们穿不上裤子，卵子都露在外面，那是光荣的事儿啊，哪里是什么可笑的事情？”他一本正经说这些话，反倒招来同学们爆出更大的笑声，仿佛整个教室都炸开了似的。从“文化大革命”时期开始，崔七星便在“斗地主”的舞台上，卖着自己金贵的“卵子”，引得南大川人笑弯了腰，已不是啥新闻了。

在这种环境下，哥能来到学校当上语文教师，就没啥可奇怪的了。哥是返乡知识青年出身的代课教师（公立中学中不占编制的临时教师）。哥当老师之前，他和我都是对书疯了般地痴迷，这是我俩交往的唯一条件和前提，我们克服相差五岁的年龄，相互间称兄道弟，没大没小地开着玩笑。哥读书，大多不是“精读”，而是像狂风席卷似的“速读”，一般的书，他一晚上就能通读下来。哥也是个交往广泛的人。也不知他是从哪儿弄来的，当时的禁书，如《革命战友》《青春之歌》《苦菜花》《迎春花》等小说，自己读过后，一定会推荐给我。我常熬着通宵，捧着小说就不肯放下。如果说，哥是我的启蒙老师，也不为过。

哥进学校当老师之前，身上有不同头衔，春天是放牧管理员，夏天当水田灌溉管理员。乡下的水田灌溉管理员，是技术含量高、时间上较为自由的农活儿，农民都争着抢着想要干。在南大川，把水田灌溉管理员，含含糊糊地叫成“羊伽米”这么个名字。而那时期，汪清甚至以“羊伽米”为题，创作出了《水田管理员之歌》（金世亨作词，尹松玲作曲，崔泰洙演唱），表明那时水田管理员的身价是非常之高。现在看来，哥那些放牧技术和灌溉水田管理是在书本里学的。

以水田耕作为主的南大川，人们说“能不能吃上白米饭，取决于吕曰洙那双手”，这话其实并不为过。南大川大部分水田，都是利用水库蓄水灌溉的“天水田”（靠天供水的水田）。以往每遇大旱的年景儿，灌溉水贵如油，连生产队队长都会出头加入“抢水大战”。为此而采取措施，每个大队（村）设了“灌溉水总管理员”，乡下人叫“总羊伽米”。对那些在烈日下，气喘吁吁锄地的人们来说，那个扛着锹，歪戴个草帽儿，晃悠着走在田埂上的那个“水田管理员”，看起来神气十足。所以大家伙儿传着顺口溜：“羊伽米啊，羊伽米！扛着广秋（铁锹），斜戴着草帽儿，享着清福儿啊！”

“你们也真够可怜的！咋还能向我这种‘看水工’出身的人学文章呢！你们的人生可是要断送在我手里呢！就说我这人呀，看过的书倒是挺多的，可是到现在，连封信都不曾写过呐！看现在这形势，过不了多长时间，就得恢复考大学的制度。我这连大学门儿都没进过的粗人，都来教书了，也太对不起你们啦……现在咱们国家这教育制度，也够扯淡的啦！”这乡下的文学青年，竟然预测出高考制度将得以恢复，简直令人难以置信。果不其然，之后两年，哥的预言就变成了现实。“语文老师那么瞎乱说，会招闲言碎语的……”尽管当时我们还很单纯，却也不免担心，哥那把不住门儿的嘴，会祸从口出。当时，南大川人在背后说闲话，猜他偷听南朝鲜电台，那时称“敌台”。他这当老师的，不仅偷听“敌台”，还从来不写教案，也不按语文教科书上提示的思考和练习题来讲课，而是以自己的想法海阔天空地随便讲。他虽然连封信都写不出来，却是天生的演说家，话说得行云流水般，溜道儿！一般情况下，他会将自己所读过书的内容，编成故事讲给我们听。其实，他应该教我们语文基础知识的，可他却撇开了教材。我们还不知好歹，认为哥讲的课非常棒呢。特别是他讲司汤达的《红与黑》，到现在也忘不了。“你们在这种乱糟糟的世道里，如果实在不愿意学习的话，读读小说也是好的。读书可以避免无知，再不济，写封漂亮的情书也不错呀　要想在女孩子面前吹牛皮，也得肚里有墨水儿不是！”

哥每每说这种话的时候，我们都会有种错觉，分不清他到底是把我们当作了朋友，还是学生。哥进学校当语文教师过了半年，因为东北师范大学历史系毕业的班主任，调到了公社所在地的高级中学，因而他又兼上了我们班班主任。当时，我们虽然在农村中学读书，可沸腾的青春依然撞击着懵懂的情怀，同学们开始悄悄地在背地里谈起了恋爱、抽上了烟。调走的班主任，人很正经，一有空便训导我们：“不许抽烟，不能早恋。”整得我们耳膜嗡嗡响，却是“雷声大雨点小”，根本不起啥作用。教员和行政领导们的共同点是，常常会误认为自己的话，会原原本本地让人接受。

“天大的笑话！梦精是中学生正常的生理反应，这时候出现早恋现象也没啥可大惊小怪的。你不让他做，也未必好使。我说的意思是，拿手戏有人请也会拿一把。你们谈恋爱我不管，抽烟我也会睁一只眼闭一只眼，但有一条儿，抽烟背着点儿人，别被发现；恋爱小心点儿，可不要整出事儿来才行。所以，你们干‘坏事儿’，千万别让我抓住‘小辫子’，有点儿眼力见儿！还能被抓住吗？抽根儿烟都能被逮的主儿，熊色，还能有啥出息？”

这话一出，我们全体“呜哇——”地喊，竟高兴地鼓起掌来。

哥是烟瘾超重的“大烟炮”，出门儿却从来不带烟。他还会“巧妙”地向学生讨烟抽。

“小子，把‘那个’拿出来给我。”他说着伸出手来。“小子”刚开始还吓得往后躲，一看实在躲不开，便硬着头皮从烟盒里抽出一根儿，递给他。“臭小子，就一根儿？多给我拿几根儿出来！”哥讨烟抽后，还会假惺惺地问上一句：“我今天抽烟了吗？”懂事儿的学生立马答道：“哪有的事儿啊！”“这就对了！”哥轻拍着那个学生的肩，自言自语着，之后飘然离去。当时的农村学校是半工半读，我们学校饲养着梅花鹿。

学生们课余，趁着活动时间，溜到梅花鹿圈，一字儿排开，撒完尿，转过身儿就地抽起烟来。此时哥就是看到了，也会装作没看见地走过去。有时也会故意“呃喝！”地干咳两声，警告我们别太明目张胆了。

哥从来没有把学生叫过去谈话的习惯。我们班曾有几名同学乐意打“小报告”，可是去向哥打“小报告”时，反而被他骂了一顿：“这世上，知道我最讨厌的是什么吗？就是偷东西和打‘小报告’的孬种了。谁都有缺点，为啥非得躲在背后，暗地里使坏呢？打小报告在我这里绝不好使！靠告状来维护秩序的社会，一定会信任缺失，人心涣散，最终导致无序混乱……反‘右派’、‘文化大革命’时期都如此。正因为那荒唐的告状，使不计其数的优秀人物都被‘打倒’了。你们将来进入社会，生活在人世间，就会渐渐明白，社会成员间和睦共处与通力协作是多么难能可贵！”

哥规定，反正不论是对是错，暂且不论，就是一律不准打小报告，禁止告状。哥在这一点上，可真是够帅的！我们这些学生尊重他，喜欢他不是无缘无故的，现在看来，他说的每句话都不是瞎话，都是真话。

那时候，哥正和我朋友昌洙的“外四寸”（两姨表亲）表姐，美玉姐谈着恋爱。我们经常喊昌洙是“曰洙小舅子”，取笑他。美玉姐当年是南大川方圆百里有名的“一等姑娘”，也的确长得漂亮，在大队幼儿园当保育员。傍晚时分，我们经常能在村里那座破堤坝边，看到哥和美玉姐路过那里。

哥总是没有什么具体性的，自叹自己当教师的时候，把农耕社会的思想灌输给了我们，其实，农耕意识也不都能够全部排斥。农耕社会思想中，我们需要从中学习的道德准则，是人与人之间的互助合作意识。这是明确的传统思想意识。而合作意识则是人类社会发展史的重要思想基础。

哥也是个胆儿大的“好斗分子”。当时我们年段一共有三个班级，其中一班的留级生很多。我们常起哄，喊留级生“陈年猪”，挺看不起他们的。因为他们总留级，所以年龄上要比我们大出好几岁，全都是学校里爱惹是生非的“淘气包子”。那帮家伙，下课常会拉帮结伙，横冲直撞进班级，平白无故地打我们。后来，哥知道了这事儿，他是绝不会袖手旁观的。“你们为啥要老老实实地挨打啊？我这人最气不过我的学生挨打了。毛主席说过‘友谊第一、比赛第二’，这提法就有毛病。输了，还谈什么友谊呀？那帮孩子要是再来，你们绝不能再坐等挨揍！你们一块儿联起手来，和他们对着干仗！惹出事儿来，我替你们担着！”

那阵儿，有个外号叫“屎壳郎”的留级生，不是南大川本地孩子。乡下人叫的“屎壳郎”指的是“蜣螂”，那时候专指不爱学习、好打仗的“刺儿头”。他连续留级二年，鼻子下已冒出黑黑的绒毛，他家住在公社所在地的村子，常和不三不四的孩子混在一块儿，打群架，喝酒闹事儿。一提这小子，老师们都感到头疼。可终有一次，他犯到了哥的手里。他又到我们班来撒野，被哥撞见了，哥上去就给了他一耳光。挨打的“屎壳郎”显然是不服气，往上扑着，比划着要和哥一拼呢。“你还想和我一对一地干呐？告诉你，我也做好了脱老师这身‘衣服’的准备，给你一把机会，你小子来吧！”说着，便扯着“屎壳郎”往鹿场后院走去。“屎壳郎”哪里是哥的对手，挨了哥几拳便被打得“落花流水”。过后，哥也因为打学生，在学校出了“大名”，和校长也起了冲突。那个时候，哥的胆子真够大，身上有一股劲儿，有别于常人，也因此成了学生们的“偶像”。特别是女同学，一个赛一个喜欢他。哥平素这样子，之后能在六道沟打老虎，也不算耸人听闻了。

3

“到你家附近了。这不，秋天剩了几根黄瓜、萝卜，给你拿过来了，下楼吧！”“又来了？上次拿来的黄瓜还没吃完呢！你再这么折腾，又被交通警察抓到，咋办哟？”“少啰嗦，拿着钓鱼竿下来！今天咱哥俩去钓鱼，咋样？别忘了，顺便给我拿几本最近畅销的书。”“哦，知道了！”我在书房挑了几本朝鲜族名人的人物评传，还顺手拿了几条烟打算带给哥。然后，急忙背上渔具包下楼。

那辆洗得干干净净的皮卡车，停在了胡同口，与哥那身皱巴巴的衣服极不相称。不管啥时候看到哥，他的车和皮鞋都伺弄得利利整整的。“哥，对自己的外表一点儿都不介意，却能把车伺弄得这么好的人，这世上少有啊！”哥家的原配嫂子，没少因为这嗔怪哥，后来的“二二实实”女人又诉过同样的苦。“出发前，先去看看儿子吧。”哥把车开到了延边一中东门前。哥打过电话后，一个高个子男学生，从学校大门旁的小门儿走了出来。哥从车上走下去，接到那个男学生，然后从兜里拿出个信封，递给了他。男学生起初还拒绝接信封，哥硬是塞给了他。这男孩是哥后找的，那个“二二实实”女人的儿子。因哥的儿子们个个学习顶呱呱的，他的脸上时常写着“得意”二字。

车从延边一中门前拐出来，从外环路转至北大，一路向北。“钓鱼场在哪儿？”“我又不是延吉人，还能去延吉的鱼场？”“你的意思是去南大川？”因为有哥在，钓鱼场就是如同人生目的地般的存在。车飞快地向南大川方向疾驰而去。“哥现在还是这么喜欢开车？”“活着是为啥啊？能尽情享受自己的快乐才是人生啊！我的人生就是这么简单。读书、钓鱼、驾车，有这三样儿，我就知足！人生中，还有什么比不能做自己喜欢的事情，更可悲的事儿呢……你们可能不知道，我从五六岁开始，便跟着我爹跑后山岗子的事儿吧？到我入学后就没再跟着爹屁股后头来回跑了。那个时候，成天坐着爹那吱吱嘎嘎的爬犁，都腻烦透了。大清早，还没等我睡醒，就被弄到牛车上，拉着往后山岗子走，下午拉着大原木往回走，天黑了才能赶回家。可不就是用那些木头，盖起了南大川供销合作社，咋的？记得那时候，图们运输公司的解放牌大卡车，专门儿拉木头。那卡车屁股后头，冒着烟儿，嗖嗖地跑，让我好生羡慕啊！所以，某天我耍着赖，第一次坐上了卡车。那次，我心里便有了念头，长大了一定要开上这么神气的车。也可能是坐够了那烦人的爬犁，才让我对开车，有了那么强的欲望吧？没有比开车，更能让我幸福、舒心的事儿了。这不，我自从买下了这皮卡，都已经跑了五万多里了！……”

“哎，说真的，你那时候为啥光跟着爹跑呢？”“我也不知道。记得我十四岁那年，有一次，爹带着我上山拉柴火。当我轻悄儿地拎起柴火捆，递给他时，他开心地说道：‘我吕福万（曰洙兄的爹）也能借上儿子的光，享清福喽！’我从没见过爹那么开心过。那天晚上，爹让我到供销社打了一斤酒，回来他全给喝光了。就在那天，我似乎明白了，爹为啥总要带上年幼的我，跑后山岗子了。爹去世的时候，也独独对我这个长子念念不忘。弟弟们就因为爹当年的态度，心里至今还感觉很不是滋味呢！”当年哥坐在父亲的爬犁上，往返三十里地，跑上跑下后山岗子的山路，那幼小的样子忽然间浮现在我眼前。

“绝对典型的宗家长房长子观念！怪不得曰福、曰吉也说过类似的话呢。咱父辈儿可不都是如此！”我由此似乎明白了一些，哥从当教员开始，为啥那么喜欢车，为啥对后山岗子那么念念不忘。此时此刻，我感到自己了解了一些事情，然而实际上，我却仍然一无所知。“我也不知道，为啥只要我到了后山岗子，心就会那么静？也许是因为我，出生在那里的缘故吧……”“哥，你不是南大川出生的？”“听爹说，我家原来住在十里坪，我两岁上，举家翻山越岭，到后山岗子落了脚。直到60年代初，才落上了户口。那之前，我家连户口都没有，是‘黑户儿’。”“那么说，从某种程度上看，哥这鲁莽的倔脾气，肯定是‘祖传’的吧？你家祖上的生活方式，也真够不寻常的哩！”“你这家伙，大男人不能随着自己的意愿活着，那还算爷们儿吗？”说着，哥笑了。

哥对自己心存偏见的社会，没有顺应，且无视社会的性质。现代社会，尽管是由不同个体的成员所构成，但是人的个性，必须以顺应社会文化的普遍共性为前提，才有生存的可能性。

我们到达南大川后，哥便径直把车停在了前院儿的塑料大棚前。院儿挺大的，进到塑料大棚里，便看到哥那“二二实实”的女人，正在给黄瓜打尖儿。“去看学哲了（女人的儿子）。”那女人直起了腰，向我打了下招呼。“去看学哲了”，意思就是给那孩子生活费了。本来去凉水的信用社，给孩子的银行卡里打款就可以的。可是哥偏说非没诚意，非得开车去趟延吉，面见孩子，把装着现金的信封，亲手交到孩子的手里才算放心了。

南大川人说，哥的儿子们，个个是“山窝窝里飞出的金凤凰”。哥的亲生儿子石峰，从小学习成绩拔尖儿，在国内一流名牌大学毕业后，拿了国家公费的奖学金，去美国某国立大学读博士呢。这是哥三十岁之后才生的孩子。石峰从小学三年级开始，就没见过自己妈了，是哥一手拉扯大的。不管是从前还是现在，他都认为自己的爸是这世上最值得尊重的人。哥从来不在儿子面前唠叨，顺其自然地养大了孩子。两人不像是父子，更像是兄弟，相处得很随意，打电话也经常嘻嘻哈哈地没正形，互相打趣儿开玩笑。“咋样儿啊？美国的洋妞，比起咱这里土生土长的丫蛋儿，哪个更好？你小子，要像个爷们儿，上了大学就要懂得交交女朋友。娶媳妇之前，最起码得知道女人是啥样子吧……只是，你可要记住一点，男人要不正经，让女人怀孕这种事儿，没有比这更卑劣的了。那是欠人命债！这你不会不知道吧？”哥在教育方式上自有一套

"歪理邪说"。他从小带着儿子一起洗澡，顺便教给儿子性知识，从来不硬逼着孩子学习。哥按自己的理解给学习下了定义：学习不是靠说教，而是自觉修习的过程。石峰离家去上大学那天，哥在延吉机场，紧紧盯着儿子离去的背影，自言自语着："儿子长这么大没见过自己的娘，都是因为我这当爹的不争气哟！"那一刻，我感叹着，岁月无情，哥已渐渐老去，感情也愈加脆弱了啊！……

秋日斜阳，暖暖照着大地。塑料大棚内热气腾腾，人脸上像是火燎般沾满了湿气。哥走出去，从货箱里拿出给黄瓜打尖用的合成塑料袋捆，转身递给那女人。她接过说："这里的活儿，我一个人干就可以了，你快去钓鱼吧！"然后把哥推了出来。看起来，他们二人感情还不错的样子。

哥曾一心扑实地工作过的供销合作社，在20世纪90年代中期破产，哥成了下岗职工。那时期，延边所有的供销合作社全部都解散了。起初，国家每月还给下岗职工一点儿生活费，过了几年，就连那点儿钱也石沉大海了。从那时起，哥就沉入了社会最底层，沦落为没有生活保障、两手空空的穷光蛋。这时候，嫂子（美玉姐）无法承受生活压力，出国打工赚钱去了。然而，哥坚持，就是饿死也不会去外国打工，于是他回到了南大川，整天抓鱼、钓鱼度日。他就这样我行我素地过了一段日子，之后便开始感受到了生活之苦。于是我们便明里暗里，变着法子想帮衬他走出困境。

我们这些喜欢哥的同学中，有一些家伙在社会上混得不错，有昂首挺胸、横着膀子，称得上"大哥"级的，有的在政界上得了一官半职，像民奎，在青岛发大财的昌洙等。昌洙和曰洙哥是"四寸"姐夫、小舅子的关系。可是因为哥和美玉姐离了婚，这关系也就断了。昌洙不管这些，仍顾念旧情，敬着这姐夫，比自己姐姐还亲。几年前，昌洙来延边，自掏腰包办了同学会，他知道曰洙哥的境况不妙，日子过得紧巴，不仅自己掷下五万块钱，还动员全班同学，积少成多，凑了十万块。不管哥如何强烈地拒绝，张罗着给他盖了两座塑料大棚。当时哥刚和那位“二二实实”的女人，在一起没多久。她是民奎哥介绍认识的，民奎哥对这个女人知根知底儿，也是和龙人，菜农出身。就凭哥那性子，是绝不会顺顺当当地向我们道谢，然后接受这笔钱的。我们和哥推来搡去，折腾半天，最后哥答应收下钱，但我们必须也得答应他的条件，就是要把大家的捐款明细给他。过了两年，哥按照明细一分不少的，把那笔“债”全还给了我们。哥向来说，自己是个有福之人。他常唠叨，自己也没教给我们多少知识，反而受到我们这些学生的恭敬和爱戴，自己都觉着惭愧。

“请问，您能抽出一点儿时间吗？”女人瞅着正修理喷雾器的哥的脸色，走了过来。这是哥的第二个女人，我按理该叫她嫂子。可到现在，我也不知道这嫂子姓甚名谁，也不知道她的来历。哥从来没有说过关于这女人的一句话。对于那位出国赚钱的美玉姐，他更是闭口不谈。所以他们之间纠缠不清的复杂内情，我是全然不知。美玉姐是昌洙的“四寸”姐姐，也是南大川土生土长的人，比起叫她嫂子，还不如叫她“姐”，来得更随意些，有时干脆无拘无束地叫她“姐”。但是，对这第二个女人，应该怎么称呼她，还真拿不准。尽管哥总叫她“二二实实”的女人，但如何叫她，还挺让我们难堪的。所谓的难堪，实际上是因为我们头脑中存在的世俗观念作怪，认为只有原配，才是被承认的真正“妻子”。肯定是这样的，没错儿。其实，哥和他的第二个女人，不是以爱情为前提，而是因为原始的生理欲望而仓促地组成家庭，因此无法避免社会上的偏见。

按常理来看，哥的第二次婚姻，是因为何种缘分而起，尚不清楚，但不可否认的是，这种婚姻存在朝合夕分的可能性。然而，不知从何时起，我们的现实社会，默认了这种“露水夫妻”的现象，并可悲地用

“开放意识”包装起来。这是多么可悲的所谓“公理”！一方面，我们社会的家庭形态，即使是法律意义上的婚姻，假如因时空等物理性因素，导致夫妻分开居住，结果也可能会破裂。同时，社会宽容那种对婚姻随意的“狗血行径”，意味着世风将日益堕落。从另一方面看，哥所称的“二二实实”的女人，也有可能不是没来由的。哥有可能从石峰的“阿妈尼”（美玉姐）那里，得到过单方离婚通报，也有可能，以夫妻分离、感情难以弥合为由，退而求其次，重新找个女人。按哥的性格，是决不会乞求婚姻的。他如果得到了分手通报，也决不会问一句“为啥要离婚”这样的话，而是会就地转身离开。哥所认可的夫妇之爱，是夫妻守在一起，耳鬓厮磨、吵吵闹闹的婚姻“实体”，他认为这种“实体”才是最为现实的存在。

“快劝你大哥去一趟医院吧。他总说自己啥毛病都没有，可是却一直无缘无故地瘦下去。我说话他是根本不听！”此刻，我从这女人心痛的表情，仿佛能看得出哥的病挺重。“是吗？”我这才仔细地端详起哥来。哥略微佝偻着腰站在那儿，后背看起来干瘪，凹进去一块儿，过去壮得像黄牛似的大腿，干瘦干瘦的，只剩下乱蓬蓬的黑腿毛儿。哎呀，不太对劲儿啊……为啥才看出哥这么瘦了？“叫你废话少说！”哥不知道啥时偷听了我们的对话，怪那女人多嘴。“别惦记！我这岁数，都过了花甲了，不瘦点儿，才是不正常呢！”“哥，可别大意，去医院全面检查一下吧。”“扯淡，瘦了就上医院，那这世上恐怕没啥好人了！”哥当场对我的劝告不理不睬。“少说废话了。既然你是钓鱼来了，咱这就赶紧走。”哥拽着我出了塑料大棚，甩开大步，“噌、噌”地往后院走去。

“哈哈哈……”一到后院，我便忍不住爆出一阵大笑。

“这也算是钓鱼池？”后院儿有一块不到半亩的小池塘。“啥时挖的？真让我哭笑不得哟，我的哥！”“现在那些收费的钓鱼场，纯是骗人的。我看这地方，种菜也没啥大意思，想了半天，便在今年春上，挖了这池子。别看它小，我可是往里撒了不少鲫瓜子（鲫鱼）和柳根子鱼苗儿，钓的手感应该还不赖！钓完鱼，咱弄点儿野苏子，做上一锅小鱼汤，那味道真是盖了帽儿了！”

哥的确是由着自己的性子过日子。他实在是喜欢钓鱼，便自己动手挖了个钓鱼池，买鱼苗儿撒上，然后回过头来，自己拿着钓鱼工具，再往上钓。亏他想得出来！“鱼苗儿饿了两天，保准儿爱咬钩。”果真像哥说的那样，面饼一扔下去，明太鱼大小的柳根子，就一条接一条地连续咬钩，钓了上来。柳根子性急，咬上钩后，粗暴地挣扎，试图脱钩，反而使钓的手感超好。“这是水一半儿鱼一半儿呢！”“咋，好咬钩吧？春天我去市场，把出来卖的鱼，统统买下撒到池里。没喂半点儿激素，这才是真绿色环保呢！”“好是挺好，就是钓哥花钱买来的鱼，心里过意不去哟！”“说啥呢？就是过过瘾，找找乐子呗！”钓上来的大鲫鱼都被我重新放回池里，只留下了中午要做汤的柳根子，哥把递过去的鱼，开膛破肚，洗好后，做起了馋人的鱼汤。

“想起学校里的生活了。那时，我带着你们去抓鱼。就为这，和校长起了好几次的刺儿呢！”哥一脸的感慨。“学校生活中，属哥当班主任的时候最有意思了。”哥的人生，可以概括成“读书、抓鱼、开车”的人生。那时，每到下午，我们便到学校的农田（称为农场）里，从插秧开始，到除草，秋天打场也干过。除此之外，还去图们的清风岭，顺着后坎儿，上岭去栽落叶松，也去学校的养牛场，学习过畜产养殖常识。学校的课外劳动，是响应当时“自力更生、艰苦奋斗”的口号，而开设的劳动场所，像那么回事儿似的，叫“校办农场”。学校的这种非正常办学方式，应该是从抗日战争时期，为对抗国民党对陕甘宁边区进行经济封锁，延安采取的屯田养兵措施衍生而来的。军队开展大生产运动的“屯田军垦”，是延安时期，由朱德最先提出的建议，毛泽东亲下指示，由此揭开的序幕。那一时期，屯田最前锋“南泥湾”，作为开展大生产运动的象征性标志，在共和国创立后，全国范围内，包括学校迅速传播开来。同样，进驻学校的“宣传队”，也是依照土地改革时期进驻农村的“工作队”模式而来的。

那时期，我们却是跟着哥“混”，每天下午都去抓鱼。“干啥活儿？闹笑话呢！你们毕业过后儿回到农村，一辈子都要过‘脸朝黑土、背朝天’的日子。下午，男生全都带上铁锹，到麦垛集合。”对学校统一分配的劳动，哥就派全体女生和几个男生参加，然后带着其余男生，到南大川去抓鱼。

每到鱼游上来的春天，鱼游下去的秋天，星期三下午和星期天，我们拿上准备好的塑料薄膜，去麦垛“憋坝子”。把塑料薄膜在河沟两头横向着抻开，再用石头顶上，不管是水流多急的河沟，都能给拦住。乡下管这种抓鱼的法子，叫“憋坝子”。待水流尽后，河沟底下尽是活蹦乱跳的鱼儿。我们一下子能抓十多斤柳根子和吹沙鱼。到哥家，在锅里盛上鱼，再胡乱添上小米、玉米等杂粮，做成“鱼粥”，那叫一个“喷儿香”哟！

“嗨，这要是有车，得多滋儿啊！拉上你们，到直背沟里‘憋坝子’、抓蝲蛄啥的。直背沟那儿，有个叫‘邑所’的水泡子，要是把那泡子里的水全都舀上来的话，能抓到几麻袋的虹鳟和哈士蟆，不止呢！”哥每次去抓鱼，都艳羡地念叨着车，成天唱着直背沟的“老调儿”。蛤蟆是山东人起的名字。山东那地儿，好像是有一种跟哈士蟆差不多的动物。他们移民到东北后，在山沟里见到栖息的哈士蟆，起了名字叫蛤蟆，所以咱们朝鲜族也跟着叫蛤蟆了。

哥就像是一匹脱了缰的野马。不管那时的岁月有多混乱，但依然有着一定的教育制度和运转机制。哥把学校的劳动课抛开，拉着学生们去抓鱼，这种行为十有八九会惹非议的。学生们反而为自己胆大包天的老师担心起来。终于有一天，哥和校长干了一仗，自动提出辞职。人们在背后都说哥是个硬骨头。“说我误人子弟，叫我今天内停止工作。至于我是不是真的毁了你们，今后的岁月定会证明的。我走出这校门前，只想对你们说几句心里话。今后，即使是恢复了高考制度，照这样学下去，明摆着，你们进大学门儿的希望，恐怕是一点儿都没有，大部分学生都得回农村，平生都得靠劳动过活。既然不能学习，我本想领着你们，在学生时代，做点儿有趣的开心事儿，等将来回过头来想起往事，最先浮现的，肯定还是那些有趣的记忆，也会成你们人生的美好回忆……这样搞下去，弄不好咱南大川中学，培养不出一个大学生来，也许真就会上演这种悲剧呀！既然如此，像数学、物理之类的理科不学也罢……政治课都是些空洞的口号，干脆不用学，将来回家村，啥用性也没有。所以，你们还是要专心学汉语和朝鲜语文吧。如果有机会，能学开车或开拖拉机是最好不过了。……你们得学会接受机械现代化啊！瞧我这都快滚蛋了，还啰唆这些干啥呢？但我还是要再多说一句。人活着，就要活出自我，但不管多么自我，首先都必须要有人格。今后在你们的人生中，即便是讨厌某人，也绝不要当背后告状的小人，不要背后使坏，不要做傲慢无礼的人，不要做欠人债的事儿，要堂堂正正做人。人生其实很简单，过得平平淡淡，也要先学会做人，才能体味到人生至简的道理……那些贫下中农宣传队的人，连自己名字都不会写，成天抖搂自己过去那些鸡零狗碎的生活史，说的那些你们都不要听，当成耳旁风吧！看社会发展史，那些头脑聪明、勤劳能干的人，注定会有好日子过。这是社会法则。为啥有的人，拥有着土地，雇着长工，手摇着扇子悠闲度日？而有的人，却在烈日下，吭哧吭哧给人家铲地？那都是因为这脑袋不够用的关系啊！生活穷困，是值得炫耀的事儿吗？如果没有过上好日子的能力，还是过自在的小日子，最舒服了。”

现在看来，哥的话有相当的实用性。然而，我们都当哥是在半夜说瞎话呢。

哥像风一般地来到学校，又像风一样地消失了。我们都一直想念着他。哥在学校辞职后，到南大川供销合作社的食品柜台，当了一名卖盐、糕点之类的售货员。当时，就是这份工作，也是人人都羡慕的。就在那时，哥和美玉姐结婚了。然而，哥当着供销合作社的售货员，也没能撑过两年。就哥那暴脾气，让他胳膊上戴着套袖，面对那些挑三拣四的主妇，用手把秤，约大粒盐卖，拿马粪纸包装好糖块儿，卖给那些半大孩子，做这些事儿，实在是难为他呢！南大川人都说，哥这人忒厚道。平常儿看到那些兜里没钱，又舍不得离开食品柜台的孩子，他一定会哪怕塞几块糖给他。供销社的老主任狠狠地骂他，拿着集体的东西送人情。哥却在鼻子里哼了哼，满不在乎地对付他：“几粒破糖块儿，是金块儿还是咋的？能值几个钱儿？我们不贪污就行呗！白给孩子几粒糖，咱供销社也不至于破产吧！”哥后来去了公社所在地的屯子，在供销社办的冰棍厂当了厂长。没过多久，他净白白地送人东西，再不就是赊账，一来二去，这工作也很快玩儿完了。冰棍厂还算是哥挺得时间最长的了。那期间，哥借着冰棍厂需要运输工具的名义，装备了一辆刚上市的国产“双排座”，把工厂经营的事儿全交给副厂长，自己则大摇大摆地开着车去钓鱼，再不就是到直背沟子抓蝲蛄。

真应了哥的乌鸦嘴，“悲剧”上演了。从第二年恢复高考开始，南大川中学78级的八十七名毕业生中，竟然没有一名考上大学的。进入农村的我们，成了回乡知识青年，参加农业生产劳动。那时候，我们这些同学，每到公社所在地屯子去看电影时，都要去找哥，哥每次都会给我们端出一脸盆儿的冰棍。他每次见到我班同学，都要硬拉到冰棍厂，让我们可劲儿“造”一顿冰棍，然后再开着那辆每次换挡，都发出“咯噔咯噔”齿轮摩擦声的破“双排座”，把我们送回南大川。哥对自己曾当班主任教过的学生，那份爱和不舍，简直了不得。这一时期，我们师生之间的关系突飞猛进，都发展成了称兄道弟的情分，问题源于哥对自己“师道尊严”的过分否定。我们一叫他“老师，您”，他立马就逼着我们：“我这都坠落到尘土里了，还能教你们啥。你们瞎喊我老师啊？快别砢碜我了，还是叫我哥吧！”哥像是要把当教员的经历，从记忆中抹去似的，只要一提起那个话题，他就一蹦三个高儿。就这样，我们从师生关系，变成了兄弟之称。本来一直是叫他老师来着，但冷不丁真要叫他哥，却又张不开嘴。借哥的话讲，这才叫“二二实实”的称呼呢！我们无从知道冰棍厂的利润到底有多少，可哥倒是成了我们的“银行长”了。当时，十块钱就算是“巨款”了，只要我们囊中羞涩，便跑去管哥“借”钱，一和他开口，他便问也不问钱的用途，痛痛快快地掏钱给我们，事后还不上钱，他也从没有催过。哥心疼自己的弟弟曰福、曰龙、曰吉，日子过得紧巴，总是瞒着美玉姐，偷偷地塞钱接济他们，这些日后全都成哥的债务了。这恰好是他在六道沟打虎那段时期。转过年来，我人生的转折点，便全然没有预知地来临了。我这个穷困的青年农民，被任命为镇团委书记，得以到镇政府上班。看到我流露出不情不愿的样子，曰洙兄便头一次对我发起火来。

“真是死心眼儿！你这傻瓜一样的家伙，别人恨不得花钱找门路都想进政府呢，你倒好，为啥不愿意呢？你想搞文学创作，比起在乡下当农民，你到政府上着班儿，放宽观察社会的视野，成功的可能性才会更大。并且，你再喜好文学，不也得先解决饭碗儿问题吗？我这样说，你可能觉得挺庸俗的……但生存问题是无法回避的。”

现在回过头来看，哥的话是对的。我离开南大川之后，紧接着民奎被任命为镇武装部长，过了几年，昌洙也进了社办企业。而当20世纪90年代初，与俄罗斯贸易开辟后，昌洙从社办企业下海，最先进军俄罗斯做买卖去了。之后，昌洙又去青岛发展，事业做大发了。在南大川，没有人能像我们几个同学这样，“逃”出来到城市的。我和民奎到镇政府上班，最高兴的要数哥了。一到中午，哥就叫上我和民奎一起吃饭。

当时，我和民奎是从南大川骑自行车到镇政府通勤的。哥对自己辞去冰棍厂厂长没啥可遗憾的，反而因为没办法随意开着“双排座”，去钓鱼、抓蝲蛄而耿耿于怀。哥一辞掉厂长职务，供销社便安排美玉姐接替哥，当上了厂长。哥呢，一到冬天下雪时，便赶往六道沟去打野鹿。六道沟那个“老虎事件”发生过后，斗弼叔把自己的猎枪当作礼物送给了哥，哥用那把枪打了不少狍子和野鹿。哥每每捕获猎物，都会想着给我们卸下狍子腿儿啥的，留着春节吃。

哥曾在公社所在地屯子住了一段时间，待美玉姐去了韩国打工，儿子石峰升入中学住校后，又回到了南大川。闲着没事的哥，常从我这儿借书，熬着夜看完，第二天红着眼睛，保准儿还给我，还必得说上一通读后感。哥的读后感也相当独特。比如：“这作家水平一般般啦，看得出瞎拼硬凑的痕迹；路遥的《在困难的日子里》，明知是假的，却感觉就是写我的，让我流眼泪；《人生》所描写的人与人之间所处的不同阶层，有可能造成悲剧的现实，让人心痛……还是陕北黄土高原走出的作家们，写的小说底蕴深厚，读起来够味！”哥的读后感，真真儿的富于哲理。

那时候，哥是我唯一的“文友”，我们俩都对路遥和张贤亮特别地喜欢。如果哪天读到了好的作品，哥定是要请我们喝上一盅的。下酒菜一般是炖明太鱼，也不洗，直接下锅煮。有时候也烀猪肉，汤里加勺大酱，那味真叫个香。一句话，就是以辣、酸、烫等物理性混合做出来的食物。我们的嘴，早已习惯了这种刺激的味道。哥只要坐在酒桌前，就会轻轻摸着愈发凸起的肚子，自己一个人就能喝十多瓶啤酒。

4

远在青岛的昌洙来电话了。

“哥那边到底发生什么事儿了？”

“怎么？”

我这才发现，已经好几个月没有哥的消息了。

秋天去南大川钓鱼时，见到哥，已是最后一面了。就算是在大棚里种菜，对于菜农来说，冬天仍是淡季。之后通了一次电话，哥说，在美国读书的儿子发来邀请函，冬天他打算去美国待上几个月。难道到现在还没回国？

“美国？说哪门子的美国哟……我听说他到北京三○一医院来了一趟。民奎和你都不知道，这是咋回事啊？你们在近旁多关心一下他啊！哥那脾气，能到北京，肯定不是一般的病。他手机一直关机呢！”

“知道了……”给哥打电话，一直没人接。我感觉肯定有什么事儿了。第二天，便直奔哥家去了。尽管已到立春了，仍似冬天般寒冷。

到了哥家，我先习惯性地打开车库的小门，看看皮卡在不。车还在。我没进家门儿，而是先到了塑料大棚，感觉哥应该在那儿。一股寒冷的雾气扑面而来，塑料大棚内，晚黄瓜和西红柿正鲜嫩地长在地里。哥不在，上哪儿去了呢？那个女人发现了我。走过来的女人，脸上的表情晦暗无光，手上拿着个喷雾器。哥不是说，自家是没打药的纯绿色蔬菜吗？看来也不过如此啊！

“这不是农药，是用中药配制的。”女人似乎发现了我的视线，解释道。

“我家那位，说绝不允许打农药的。现在的菜农，几乎没有不施化肥、不打农药的。”女人虽尽力讲标准语，却还是把敬语“思米达”，压缩成“思达”来说。这是延边“新式”标准语。

“您大哥在屋里呢！”女人对我一丝不苟地用着敬语。

“为啥他一直没消息，电话也不接呢？”

“您进去看看就知道了。”女人的表情告诉我，她不便上头解释。

肯定是出什么事了。如我所料，看到哥的瞬间，我僵住了。哥的脸，已无法用瘦削来形容了，简直剩下皮包骨。“哥，是你吗？”哥颤巍巍地勉强撑着坐起来。“说是病来如山倒。延边这帮乡巴佬，也查不出啥狗屁病来。没办法，去了趟北京回来，首都那帮家伙，还是狗屁都不知道。呵呵！”

“都这光景了，你还笑得出来？愁死我了。到底是啥病，赶紧痛快儿地告诉我。是啥大病，你非得瞒着我？”

哥其实得的是癌症，可他却轻描淡写地说：“没啥大不了的，就是瘦人的病。”“啥，瘦人的病？还有那种名称的病吗？真愁人，到底是啥病，我们不也是得知道啊？”但哥到底也没告诉我。看他的脸泛着蜡黄色，感觉应该是肝脏问题，哥不说，也无从知道。

“昌洙都知道你到过北京的事儿呢！”我发着牢骚。“昌洙在那么远的青岛，咋知道我去北京了？……消息也够快的。我啥病都没有，别大惊小怪的。”哥一口咬定。

几天后，昌洙从青岛飞过来，我们会合一起到了南大川。民奎和其他能联系上的几位同学也到了。然而，哥家的皮卡和他人都没在。这重病患者能到哪儿去呢？那“二二实实”的女人也说不知道。我们知道，哥不是那种得了大病，便悲观干蠢事的人。但我们一点线索都不掌握，心里不免干着急，大家掉了魂儿似地等了半天，没办法，先返回了延吉。

那“二二实实”的女人唠叨着：“谁能拗过你哥那倔脾气哟？我说要跟他一起去，他冲我大发雷霆：‘塑料大棚谁管啊？’……他平常总念叨直背沟子，备不住去那里了？”冬末春初，依然寒气逼人，说他进山了，谁信呢？哥的线索就此断了，我们只能跟哥的牛脾气投降了。按常理说，重病患者应该住院治疗才是，哥却不动声色地离开了南大川，独自一人去了谁都不知道的地方，躲起来了。重病患者神不知鬼不觉地消失了，发生这种荒诞离奇的事儿，我们不足为怪，哥是能干出比这更出格的事儿的人，绰绰有余。

不管怎么说，哥是个厉害角儿。挣扎在人生的最后日子里，他不想让别人看到自己难看的样子，而想堂堂正正地走完自己的人生。他既然下了这样的决心，非要去找到他，或许无意间，就成了对他人生和意志的挑战。此刻对哥的最大尊重，恰恰是放手，这才是我们该做的。

昌洙回青岛前，留了五万块钱给我，让我转给哥，贴补医疗费。

“哥曾说，绝不要告诉别人，所以我一直到现在才吐实情。其实，我两手空空地从俄罗斯回来，再想去青岛时，手里就剩下两百块钱了。哥二话没说，给了我五万块，让我做买卖当本钱。那时的五万块是啥成色儿啊？况且是他跟别人借来给我的！哥就是那样的讲究人！我就是靠那五万块重新起家的。这五万，是我当初给哥盖塑料大棚用的，他倒好，一分不差地还给我了。我从哥手里拿回这五万块，等于打我的脸呢。你拿着，贴补医疗费吧。千万别让哥知道。要是让他知道，连觉都睡不安稳的。”

“我结婚时，租了大客车，惹得咱村里多少人羡慕呐？你们都还记得吧？那是哥掏自己的钱帮我的。那次，哥给了我两千块，让我办婚礼用。”说着，民奎也拿个装钱的信封塞给我。我还一直以为，只有我受过哥的恩惠，心里一直过意不去呢，看来事实并不如此。哥和美玉姐经常吵架，起因都是哥，家里有啥败化啥，统统拿去送人，这也是哥受人欢迎的原因之一，这些我们最了解。其他同学也从四面八方捎来钱，要添补给哥治疗，我都委婉谢绝了。昌洙和民奎的钱，我再添一笔足够了。

我们尊敬哥、追随哥，不是平白无故的。

5

就这样，一晃儿又过了半年。那期间，我曾好几次偷摸回南大川，试图找找哥，但每次都无功而返。南大川人都说哥，不是去了直背沟子，就是往汪清十里坪方向去了。我也去直背沟子找过，丝毫没发现哥和哥的皮卡。对我来说，直背沟子是陌生而又模糊的地方。哪怕能打听到一点儿方向也行啊，就这么个侥幸心，最后也被“浇”灭了。

哥平常总有句“口头禅”：“我是以没啥了不起的自尊和没啥了不起的自由，过着没啥大不了的人生。”由此我伤感地意识到，对他来讲，如今只剩下了重病患者最后的一点儿尊严，我们所要做的，就是要保持无奈的沉默，为他守护好那“没啥了不起的自尊”。

春天又如期而至。

哥杳无音信已然跨了一年。那期间，我曾与那“二二实实”的女人通过几次电话。显然哥为了阻止我们去找他，坚决地修了道“篱笆”，但和他的女人是有联系的。女人一直说她不知道，保持着沉默，直觉她一定知道哥的所在，只是碍于哥的严厉叮嘱，不敢说出来而已。知道哥的所在，就证明哥依然活在世上。这已足够。

昌洙又来电话，问还有别的消息没。

“那位大嫂一直不松口，也就无从知道哥的下落，但有一点是肯定的，他定是在深山某个地方藏着。”

“嘿，不这样，他就不是南大川的吕曰洙了！如果是哥的所愿，我们在一旁装作不知道，也许是最好的选择。打电话给你不为别的，告诉你，美玉姐要回延吉了。”“姐，哪个姐？”“我四寸的姐，就是那个美玉姐！我上次从延吉回来后，去了日本大阪，正巧在那里遇见了她。别看我们是四寸表亲，互相之间已很久没啥联系了。她在饭店打工呢。和她唠了一些南大川发生的事儿，她当即表示要回来一趟，没想到真就回了。”“真的？她不是去韩国了吗？”我急问道。昌洙却心不在焉地答：“应该是在韩国，又申请的日本。我也不太知道详情。说是这次回中国，顺便先到青岛处理点儿事情，见了我，明天我和她一起回延吉。你看情况，帮着带个路。她和哥的事儿，咱先装着不知道吧，我们也不便参与。”

昌洙和美玉姐是四寸表亲，看样子是知道些“内幕”，但他却不愿多说。本想问是几点的飞机，话到嘴边还是咽了回去。美玉姐抛下哥，一去便音讯全无，我在感情上无法接受她，但也无法不理不睬。反正和昌洙同行，自然能找到我。

第二天下午，美玉姐和昌洙一起到了我的办公室。民奎早知道美玉姐和昌洙到延吉的消息，但他说自己不乐意参与其中，硬是找了个不沾边儿的理由，干脆就没来延吉。昌洙说要去延边企业家协会见个人，还留下话，回头晚上再联系，把美玉姐推给我，便起身告辞了。昌洙这家伙，每次回到延边，都要忙得脚打后脑勺的，我懒得拦他，由他去了。坐在沙发上的美玉姐，看上去不再是冰棍厂那个穿着白大褂、戴着卫生帽，成天忙碌的人了。虽听说她在饭店打工，但是眼前的她，穿着打扮相当时尚，一副贵妇的派头。在办公室里，和美玉姐大眼瞪小眼地对坐着，不太方便提起那令人伤感的话题，便领着她到楼下的咖啡厅。“你在学校时就读了那么多书，这到底还是找了个‘写字儿’的工作哈！”看着我不冷不热的脸色，美玉姐似乎已感觉到了什么，“你大哥到现在还没啥消息呢？他绝对就是那种人，啥事儿都自作主张，老猪腰子贼硬，谁能拗过他呀……”美玉姐喝着咖啡，喋喋不休。“我没有太多时间和你扯闲嗑儿，有啥事儿就直说吧！”一听我冷冷的回答，美玉姐茫然地看着我，愤愤不平地说：“理解你们这帮学生，认师为父，那也没必要对我这般残忍吧？昌洙和我是四寸表亲，连他也说，都是我的不对……”姐一脸的委屈，强忍着眼泪：“事到如今，我也没必要向你们这些弟弟解释，到底是谁对谁错……但是我出国受了那么多苦，回来还要看你们的冷面孔，心里真不是滋味！”我一时无言以对，不，不是无言以对，而是没有恰到好处的话来回答。

“我的错误，只不过是怨你大哥，把自己家的所有都给了别人，日子没法过下去，非要闹着出国，还有和石峰爸爸离婚的事儿而已。那也是因为石峰爸爸先提出的，执意要离婚，才不得不离的……都是你大哥看了太多的书惹的祸。看得书多了，想得太复杂，感觉是把现实和书中的世界给搞混了。自己老婆为了生活所迫，要去国外打工，却强迫她与自己离婚，就是不正常的，也不是男子汉的洒脱。我出国后是怎么生活过来的，那都不是问题，最让我痛心的是，连我们石峰都和我断绝了关系。只听说儿子去美国读书了，在哪个学校也不知道。怎么连儿子都像他爹似的，犟得像头牛呢！”……

原来如此，……美玉姐的眼泪到底还是流了下来。“这么说，你们不是在你出国后离的婚？”我差点儿问了这个问题。我的大脑迅速转着。美玉姐以为我已知道了内情，所以能毫无顾忌地倾诉给我。哥对闹着要出国的美玉姐，一点儿没拦着：“要出国，你就痛快儿地离了婚再走。那样的话，互不干涉，互相方便不是？”他们一定是找了荒唐的理由，闪离的。美玉姐说的，哥把书中的世界和现实世界给混淆了，云云。关于这一点，是她自认为的，离婚的条件也根本不成立。尽管从现实性的家庭观、社会观角度，缺少共同点和普遍性，但对哥来说，是有足够的可能性。从结果来看，他们的家庭破裂，一家三口天各一方，分在中国、日本、美国生活，上演了一场人间悲剧。然而，按美玉姐的话推理，这其中没有谁对谁错。

“本来这次既然回来了，想去见你大哥一面了的，可是你们这些学生都找不到他，我更是无能为力了……只拜托你一件事儿。你大哥那里应该有石峰的地址和联系方式，你能帮我问问吗？不敢确定哈，你大哥应该是去直背沟子里某个地方待着呢。从小便跟着他爹在那山沟里转，想必肯定是去了那儿。现在，在国外，人一旦得了那种病，一般都选择去庙里，或进山里……他在冰棍厂那阵子，一整就往那沟里去。”

“已经去找过了。”我含混地答着。美玉姐一听，马上自言自语道：“那也是，除了那儿，再没别处了啊……”美玉姐虽然不太知道，哥那段时间是怎么过来的，但她至少确切知道哥丢了工作这事儿。一告诉她哥现在是靠塑料大棚种菜过活，她似乎大吃一惊：“他竟然干那种活儿？……”脸上现出一副难以置信的表情。我无奈，大概给她讲了来龙去脉。“不会吧，咋会有那样的事儿啊？……”她问。“那期间，我给家里寄回的钱，你大哥和石峰的生活费、教育费，足有四十万呢，那些钱不会是又‘支援’给谁了吧？”她自说自话地唠叨着。给自己儿子拿生活费是可以理解的，要说给已经离婚的前夫生活费，这可是头一次听说呢！“到国外打工，女人家最受不了的是孤独无依，无奈之下找个男人依靠是常有的。这些年，如果说我从没找过别的男人，那纯是假话。但我从来都没有恨过你大哥。你大哥当时死犟着，非要我离婚再出国，实在没法子才离的。如果说我们两人一点儿感情都没了，那也是扯谎。我们即便是离了婚，双方也从没有吵过闹过。一起过日子时，吵架也都是因为你大哥，那大大咧咧的败家性格。现在回想起来，你大哥乐于帮助别人，也不是啥坏事儿。……那年，给了去青岛的昌洙五千块的，我们手里一分钱都不剩，一年到头勉强糊口度日。现在看来，你大哥的活法，也有很多做得对的地方。你知道，我们当初离婚的理由是啥吗？他说，让老婆在外头混，好比砸坏的饭碗，还不如好见好散。就这样，我们才离的。别看现在手头儿是有点儿钱了，可是，和以前没钱的时候比，也好不到哪里去。”

她说的这番话，值得人同情和理解。我含糊其词地答应她，帮她和石峰联系的事情，说我可以想想办法。然后安慰她说，石峰偏向自己的爹，也是儿子单方面的逆反心理，不要太伤心。随着时间推移，也是可以解决的问题。有朝一日，石峰肯定会认自己的娘。

美玉姐离开前，留下了自己的联系地址，还拿出五十万日元塞到我手里，让我拿去添补哥的医疗费。“你大哥要是回来了，千万不要说钱是我给的。他知道了，肯定又该发大火了。石峰他爸和我分手后，还主动给我南大川的娘家父母送了终呢……”

五十万日元，换算成人民币，是三万多块钱。

“现在，活着也没啥滋味了。没钱的时候，天天想着，只要有钱，就像是啥都有了似的……我看，我们都是白活了。”我拉着一再推辞的美玉姐，到延边大学正门对面的冷面屋。美玉姐喜形于色地说，这真是好久没吃过的延边冷面啊！却只吃了小半碗儿。然后，从冷面屋出来，直接便踏上了返程路，回北京。她说，她不想回南大川。

临走，美玉姐悄悄问我，和大哥过的那个女人，可不可靠？我也按我所知，往好里回答了她。美玉姐说，那她就放心了，还说，石峰他爸咋得了那么吓人的病呢。说着说着，就又掉起了眼泪。我心里知道，这是美玉姐最后一次的延吉行了。美玉姐的大衣下摆，在延吉晚春的寒风里，凄凉地迎风飘舞着。

第二天，我又去了直背沟子。一来想去找找哥的行踪，二来也想看看，被哥奉为“麦加圣地”的直背沟子，到底有啥。

直背沟子，是往拱针山去的路上，顺着山路向右延伸的应急车道，再往里走，便看到它静静矗立在那里，是一个深山沟。弯弯曲曲的山路，是林场专门为了往山下运大原木，而修的专用道路，所以行车没有问题。去年晚秋来找哥的时候，这里全都是光秃秃的，路边随便扔的塑料袋，像乌鸦似的挂在树枝上，呼呼嗒嗒的。现在已经装点成满眼的草绿色。道儿上没有来回的卡车。直背沟子入口，树林茂盛，榉树的树冠，像撑起的雨伞遮着荫凉，树下，来野游的人们，丢下的食物垃圾和废报纸啥的，脏兮兮地随处可见。近年来，城里的人们纷纷涌到野外，于是山美水美的地方，遭受着垃圾成堆的灾难。

走到直背沟子的尽头，眼前便耸立着一座险峻的高山，沿着山坡，山路劈成两条岔路。此处原先是伐木工们寒冬临时住的木棚房，现在新建了一排排长方形的砖瓦房，看上去整齐精致，还有类似于工地办公室的建筑物。直背沟从这里起，便覆盖着合抱粗的落叶松和椴树。南大川从这里发源，延伸方圆三十余里。

这里用带刺的铁丝网围了一圈儿。办公室的屋顶上，标志森林防火等级的黄色防火旗，在微风中猎猎舞动，只是日久褪色，变得模糊不清了。突然，“汪——汪——”一阵狗叫声，那狗仿佛马上要冲出铁丝网，向我凶狠地扑叫。过了一会儿，一位六十岁左右身体臃肿的老人，慢吞吞地走出来，但丝毫没有打开大门的意思。

我上前问了句：“请问，往沼泽地方向怎么走？”那人上下仔细打量了我一番，然后反问我，有没有林业局开出的“入山证”。我说没有。他说，这晚春季节，正是森林防火最险重的时候，没有“入山证”，是绝不可以进山的。之后又补充道，这里的树，每棵都是值几十万的珍稀品种，没有证件，一年四季都不允许进山。“每棵树值几十万？”本想问一句，“这沟里还能有那么值钱的树？”，但是看着这位脸上不带一丝笑容，只管念叨林业数值的老护林员，便没再开口，实在不愿意和他打嘴仗。我又问了一句，看没看见一位六十岁左右的男子，开着皮卡车来过这里。老护林员立刻毫不迟疑地摇头说，没见过。他一口咬定，这片林区，除了林业局的职工外，没有“入山证”，外人是绝不可能进去的。

唉，原本也没太期待能问出个子午卯酉，也就谈不上有多失望了。

果不出所料，没有找到任何线索。

望着眼前蜿蜒崎岖的盘山路，我想，在这深山沟里，要想找到哥的栖身之地是徒劳的。事实上，我也不是非要找到哥原先的老房子，假如没有说得清楚的具体地址，也没大体掌握的轮廓，想要在这茫茫深山沟里找到哥的踪迹，难上加难。

“我再最后问一句，现在直背沟还有虹鳟鱼和蝲蛄吗？”“虹鳟鱼？哦，我们这儿叫‘山溪鲤子’。蝲蛄还能偶尔见到，虹鳟鱼那都是多少年前的事儿了，现在都绝种了！”老护林员的表情看起来疑虑重重，可能看我问这问那的，很可疑吧。

就凭哥现实的身体状况，能到水边用手抄网抓虹鳟鱼和蝲蛄？万万不能！况且，虹鳟不早已灭绝了吗？

哥给我讲过好多从前这里过去曾有的虹鳟鱼，和在这沟里抓鱼的趣事儿。虽然至今为止，我也没见过纯野生的虹鳟鱼，但知道它是一种溯河性鱼类，归巢本能非常强。学术界一般将虹鳟鱼和鳟鱼看作是同种，把沿江入海的称作“鳟鱼”，留下来的则叫“虹鳟鱼”。留下来的虹鳟大部分都是雄性，每到产卵季，便等着来产卵的雌鱼，进行交配。单纯从回归本能来看，虹鳟鱼属“社会性”鱼类。这样的虹鳟鱼，如今为何竟成了“古董儿鱼”，而遭到灭绝的悲剧呢？

自打上山，我并没心存太大期待，所以也谈不上有多少的惋惜和失望。我随即调了头往回走。等背后狗叫声消失的时候，猛然间，重新回想起老护林员那“一是一，二是二”的表情，我只好抛开哥藏身这沟里的念想儿。假使哥没来这山沟，那老护林员是不是应该好奇我的身份而多加盘问呢？可从那人的表情，却看不出丝毫的好奇。

哥，现在你到底在哪里？

6

再过几天就到中秋了。正午时分，秋高气爽的蓝天下，蜻蜓在焦躁地盘旋着。对于季节交替的信号，比起一生百年的人类，仅能存活一年的昆虫更为敏感。等寒冷的冬天降临时，这些蜻蜓会把来生传给后代，自己则永远地消失。尽管人把“中秋”称作节日，而相对于蜻蜓，则是催促其赴死的时令。一向坚定地以本位主义生存的人，对蜻蜓短暂的生命，绝不会产生丝毫的怜悯，更没有什么感想的余地。

每到清明和中秋，我都要回南大川，去祖父母的坟上扫墓，摆祭品行年中节祀。民间把这种祭祀，叫作去“上坟”。哥肯定也需要到南大川“上坟”的吧？……据我所知，哥的老父亲已去世三十多年了，他把父亲用过的饭勺和酒杯，一直当作遗物保管。就凭他那专心诚意的孝道，我想中秋节，哥理应会出现的。哎呀，不对！才想起来，哥曾说过，每到清明和中秋，他就会到直背沟子去祭祀父母的。这么说，他父母的墓地肯定是在直背沟里啊！

中秋节的晌午时分。我正在南大川，手机铃突然响了起来，急忙拿起来一看，液晶屏幕上显示着“老师哥哥”字样。哥终于出现了！哥，你到底出现了啊！

“我撞上了别人的车。”

手机那边响起，哥的第一句话，是撞车事故。

“说啥呢？这咋听起来，像是让‘鬼儿’笑掉大牙的事儿呢！哥你一直到过了年关，都杳无消息，这一上来，就说啥撞车啦？”

我的哥，真是让人哭笑不得啊！

不管是撞了人家的车，还是被人家给撞了，反正哥现身这事儿本身，就是个天大的喜事儿。哥走的时候，一声没吭，便倏的一下没了踪影；回来时悄没声儿，像拉个降落伞似地从天而降。虽然理解哥的一番苦心，是不想给周围人添麻烦，但从常理来看，哥是从自身的角度出发，把人们普遍遵守的人类共同行为和默契，以及大家都可以接受的惯例，给抹杀掉了。哥也真够狠心的。

撞车事故，是在南大川通往汪清国道的岔路口上发生的。

车是次要的，哥身上是否受伤才最重要。

“身上没受伤吗？”看上去，哥的脸上有了血色儿，似乎比去年上北京回来时好多了。“我呼吸着直背沟里那冰冷的空气，眼珠仍滴溜溜转着，好好地活着喘气儿呢！先不说这些。我是第一次出了这样的事故，蒙了，也不知道咋个处理法儿，所以才叫的你。那期间发生的事儿，过后再跟你说。先想法子，帮我把这事故处理一下吧。”

“车上保险了吗？”

“只保了强制险。我也不知道强制险是管啥的。反正说是必须得保，我就保了。”

这哥，驾龄是够长了，可对强制险却是连起码的概念都没有。

事故现场还没有清理。看得出来，哥是和对面驶来的小型卡车撞上的。小型卡车是为了运输货物而造得结结实实，所以车身只留下了模糊的划痕，反过来看哥的皮卡，前保险杠和引擎盖，被撞得凹进去一大块儿。皮卡旁边，哥的一只拖鞋滚落在路上。哥的皮卡已越过了道路中线，引起撞车事故，一看便知是哥的责任。这种时候，尽快与对方车主协商处理才是上策。哥也大概知道这些，只是不了解保险公司如何赔付的事宜。

“他总说头晕，所以我都劝他不要开车了……”

“二二实实”的女人一脸担忧的神色，在旁抱怨着。这么说，哥下山应该有些日子了，不是？

“都是穿拖鞋的事儿。”

“啥话？”

“不知咋回事儿，拖鞋掉了，卷到刹车踏板下，整得刹车失灵了……”

简直是稀奇古怪的事故啊！以前听说过矿泉水瓶滚到刹车踏板下，造成事故的事儿，司机的拖鞋掉了，出车祸的事儿，今天是头一回听说。我随即给昌洙和民奎拨了电话，告诉他们哥的消息，顺便把车祸的事儿也跟他们学了一遍。他们俩听说哥因为拖鞋出车祸的事儿，也和我一样，觉得太荒唐了。他们一听说哥的病有好转了，都松了口气，让我用他们托付给我的钱，来处理事故。我手里攥着昌洙托我的五万块，和美玉姐留下的五十万日元，但这些钱都得瞒着哥花才行。

“哥，保险公司说了，车修理费全部由他们负责，你放心吧！”

我瞎编了谎话，哄着哥。申请保险公司的损害赔偿，重要前提条件是驾驶证，哥连驾照都没有，一分钱也拿不到。哥是个典型的书呆子，社会常识少得可怜。我叫来了拖吊车，把哥的皮卡拖到了修理厂。说是车撞得不太严重，发动机没有问题，修理费需要八千块钱。从修理厂出来，我硬拽着扭捏的哥和那“二二实实”的女人到了饭店。

“强制性的保险还给赔偿修理费吗？”哥半信半疑着，脸上却是一副“幸好保险啦”的表情。“我猜的没错呀，我去了两次直背沟找你呢。病咋样了？”“呃，吃了农药，像是好多了。”哥一开口，便是荒诞不经。“啥，农药？又是啥幺蛾子？”“反正也是要死的病，豁出去了，就天天喝农药来着。”“人说‘半夜敲了天窗’，哥第一句话就说喝什么农药，真不知道是咋回事啊！哥你到底得的啥病啊？喝农药治病？闻味儿都能晕过去……是人话不是？”根本难以置信！也不说实话，得的是啥病，就说喝农药治的病，谁信呢？

“不是有一句话：‘山重水复疑无路，柳暗花明又一村’嘛！对身体有益的药，也会有副作用；对身体有害的农药，也未必都是不好的东西，物极必反！”

“都说人大病一场后，会成神仙。哥就是成仙儿了啊！”

曾听民间传说，老百姓吃农药治恶疾的荒唐事儿，一听到哥吃农药治病，还是不禁惊呆了。哥总是能干出离奇古怪的事儿。

哥如今已经喝不下一杯啤酒了。看来哥的身体仍然非常虚弱，不能因为这些小事儿，让哥过度疲劳，吃完饭赶紧送他回去了。

“山里，真是好啊！过了冬天，明年也要像你说的那样，进山当神仙去啦！”哥不着边际地说着话。

“哥，你大病了一场，还真成了仙儿了！”

7

半夜，手机屏幕上又显出“老师哥哥”字样，但没说话。

“是因为车吗？修完了就跟新车一样，你还惦记啥？”

说着话，才猛然感觉到，哥不会是小气到因为修车这点破事儿，大半夜咋咋呼呼的人。

手机听筒那边，传来“呼噜呼噜”喘气声，还伴有摸着啥东西的声音。打通电话，又不说话，是咋回事？对方依然不吱声，只听得杂音在响。紧接着过了一会儿，又兀自把电话挂断了。刚和哥分开不过几个小时，难道有啥话要说吗？我本想把电话打过去，没承想哥又打了过来。

“咋啦？打来电话又不吱个声？”

“是我！”

听筒里不是哥的声音，而是听到了像女人发抖的声音。哦？分明是哥的电话，咋是女人声？

“这里是医院……请问您，现在能过来吗？”

医院？这是咋回事儿啊？

“感觉您大哥不太对劲儿啊！”

说啥呢？哥不对劲儿？晚上离开饭店的时候，哥也没啥异常的状况啊……电话又断了。这到底是咋回事儿啊？我一边手忙脚乱地穿着衣服，一边迅速地理着头绪。不管怎么说，一提医院，还是挺让人忌讳的。再者说，大半夜的，不是哥，而是那“二二实实”的女人挂来的电话，着实挺奇怪的。紧赶慢赶到了医院，也不知道到底在医院哪个诊室，又打回哥的电话。“二二实实”的女人告诉我说，是“303”号诊室。突然间，我脑袋“嗡”的一声，腿也哆嗦了起来。

等在走廊里的那“二二实实”的女人，一见到我，二话没说，便开始流起眼泪来。

“您告诉我，出啥事儿了？”

从诊室的玻璃窗望进去，看到哥的嘴里插着长长的塑料管子，医生护士们正来来回回忙着抢救。仿佛晴天霹雳一般，哥咋突然变成这样子了？

“晚上从饭店出来，和您分别后，他一直说右侧肋下感觉不对劲儿，头上还哗哗淌着汗，我们只好直接奔医院来了。他不让我告诉先生您……以为不是啥大病，所以就在急诊室打了吊瓶……后来才知道，是肝破裂。”

肝破裂？明显是车祸后遗症啊！哥吃着农药，战胜了恶性肿瘤，却因皮卡与卡车相撞，而受了重伤，这简直是不可思议！况且是由那只破拖鞋引起这么大的灾祸。医生们忙碌着，大约紧急抢救了一小时左右，之后，便开始悄悄地一个个退了出来，与此同时，要求把哥移送到尸体安放室。一条生命竟如此凄惨地结束了，而医生却是以极为公事公办的态度宣布的。就在几个小时前，哥还有说有笑的，表示明年还要进南大川的后山沟里呢，咋就突然间，变成一具尸体了呢？哥，你这是要去哪里啊？那个女人趴在哥的尸身上，痛哭失声。我愣了半天，才回过神来，急慌慌地开始向同学们转达噩耗。怎么会呢？……所有人都难以接受。

尽管说，人生就像是风一样，匆匆而来，又像是雾一样，轻轻飘散。哥却是走得太匆忙、太草率了。就这样，哥走掉了，如他那火一般的个性，心急、任性、自我。失去了哥，我竟如失去父母那般悲伤。细细掰扯，想来哥生为家中长子，上要孝敬父母双亲，下要照顾兄弟手足，他这辈子也没多少“阳光灿烂的日子”。

第二天，等最远路的昌洙一到，我们便拉着哥的骨灰，直奔后山沟里而去。骨灰撒得很随意。我呆呆地想着，哥从小坐在父亲的爬犁上，摇摇晃晃的童年，印满了后山沟弯弯曲曲的山路。难怪，哥总是毫无理由地开着皮卡上这个后山沟。我呆呆地站在那里，凄然望着，哥的骨灰变成白色的粉末，飞散而去。

这个山沟，因为背后直直地伸展开，所以被人称“直背沟”。如今，在我的眼里看起来，陌生又茫然。哥，你就想来这里，才那么匆匆上路的？

举办完葬礼五天后，那个女人找到我，将一个信封交给我，说是整理哥的遗物发现的。收信人是我、昌洙、民奎。信封里边是一张银行卡和折好的一张纸。是哥的遗书，应该是上个冬天写的，按时间推算，是哥从北京回来后，紧接着写的。哥知道自己得的病，想治愈是不可能的，所以早就准备好了这份遗书。“既然是必得走的路，快点儿走也好……我留下的三十万块钱中，十万是‘皮卡’车钱，还给民奎；十万给在美国的石峰；剩下的十万，给我再婚妻子的儿子，当作教育费。”这是托付给我处理的。

想不到，哥竟还有这么大一笔钱呢！这么说，美玉姐没有说谎。哥把美玉姐寄回的生活费，一分都没动，直接存了起来。

直到民奎给哥买车的时候，也没动这笔钱。对哥来说，这钱不是单纯的钱，是哥最后的自尊心啊！送走那女人后，我先后给民奎和昌洙打了电话，说了这事儿。“哥还有这么一笔钱呢？”想象得出昌洙和民奎难以置信的样子。我就对钱的来龙去脉解释了一番。美玉姐从国外寄回的钱中，除了石峰的教育费用以外，余下的一分钱都没动，存了下来。

“我除了这样的事儿以外，还能帮哥做啥啊？以前受我帮助过的企业，总要给我送红包，想来想去，就让他们给哥买了那辆车……哥怕我受影响，一直吵着要还我钱，我最后都跟他急了，好不容易才劝住他……当学生的，连这点儿事儿都不能做吗？得，把这钱重新转给石峰吧！”民奎说。“我看，还是遵从哥的遗嘱比较好吧！不管你有多清廉，一旦东窗事发，也不太好解释清楚，所以还是把这笔钱还给那家企业吧。现在这是啥年月啊……”听我这么一说，民奎叹息道：“看来只有按你说的，那么处理了。没别的法子。”如果说，青岛的昌洙是富豪，那么民奎的行政级别在我们中是最高的了。

民奎在电话里慨叹：“我们真是遇到了好老师，认了个好兄长！”

第二天，我便按照三个人讨论的方案，遵从哥的遗愿，处理好了后事。美玉姐留下的五十万日元用于葬礼费用，剩下昌洙给的钱，直接寄给了石峰。我叮嘱石峰，一定要去找母亲。末了又加了一句，是父亲的遗嘱。

8

星期日中午，手机响了，液晶屏上显示“老师哥哥”字样。一瞬间，我的呼吸仿佛停止了一般。哥已经走了一月有余，一看哥的来电显示，仍然让我痛得无法呼吸。“先生，是我，学哲妈妈。”

学哲妈？啊，原来如此！才想起来，哥那“二二实实”的女人，儿子叫学哲。

“我不知道先生您的电话号，找了半天，这手机电话簿里存了您的名字……我带了点儿蔬菜给您，您能快点儿下来不?”我忙三火四地下了楼。看见已修好的皮卡停在楼下，旁边放着俩装满菜的塑料袋。是这女人亲手开车过来的。过去，常去哥那里，虽然见过她，但在如此近处，仔细端详她，还是头一次。她眼角有几根细细的鱼尾纹，看上去显得比实际年龄要大个二三岁，眉眼间深埋着忧郁和悲伤。

“我借了您大哥的光儿，得到了塑料大棚，和这辆车，但这钱是万万拿不得。

“我儿子几天前，突然发现银行卡里不明不白地打进钱了，他问我，我猜肯定是您，按照哥的遗嘱汇的款……若是和您要卡号，您一定不会给我，所以我干脆开了一张新卡，给您。这卡里存了十万块钱。请您替我转交给在美国读书的石峰吧！这钱，看样子是石峰妈妈寄给您大哥的，用作生活费和教育费的。我也知道，这些钱他一分钱都没花，全都留下来了。”“我是按哥的遗嘱办的……石峰那份儿已经给他寄过去了。”哥叫她“二二实实”的女人，今天看来，果真有点儿“二”。此时，我似乎明白了，哥为啥爱这个女人。在这物欲横流的年代，竟还有这种女人，着实让人感到新鲜。

“按遗嘱也是。钱是有主儿的，不是随便哪个人都能占。您一定要把这钱转交石峰。”留下话，女人转身上了皮卡。我呆呆地站在原地，看着那女人十分手生地开走了哥的伙伴儿，皮卡车。

“先生”。

哥对于我们来说，才是真正的先生！

客窗寒灯

——南大川人的故事（5）

1

本故事的主人公，昌洙，是《光复的后裔们》中登场的军人光洙的外孙子，李方元的亲孙子。光洙是在《间岛的传说》及它的姊妹篇《光复的后裔们》，都曾出现的人物。军人出身的他，参加过抗日战争、解放战争、抗美援朝，为共和国成立，立下过赫赫战功。在南大川，不，在延边地区，一提“光洙阿爸依”，都知道是传说中的英雄人物。在南大川，他也是笔者最为爱戴的那些人物之一。

小时候，昌洙在我们班，仗着有这样一位姥爷，一直都是鼻孔朝上的，把他嘚瑟够呛。现在，他是青岛居住的朝鲜族人群中，公认的“大款儿、成功人士”……但南大川人到现在也不知道，昌洙是靠啥发家的。昌洙对这帮朋友也是，从没有细说过自己的主业，究竟是啥。

“这家伙，咋看都觉着，不是干政府限制的色情行业，就是干地下贩毒的勾当呢！……”

我们总这么胡诌八咧的，逗他。

“猜得太对了！”

昌洙一副满不在乎的模样儿。曾听说有这么个传闻，说昌洙有一年，倒卖过秦代青铜铸造的“皇帝马车”，坐地就挣了三百万，所以也怀疑过他，偷偷倒卖国家禁止的文物。可看他平时根本不看司法部门的“眼色”，那理直气壮的样子，几乎可以断定他没有干那种偷鸡摸狗的买卖，这么说来，也绝不像毒品贩子。假如他干了那些违法的事儿，肯定早被这社会给“革了命”不是？有时看他高价购买那些褪了色的旧画，也猜过他是不是在文化部门，做高级管理人员，但他本人嘴里从没露过半个字儿，所以朋友们也不知道个究竟。

但，有一点是明摆着的，他不是经营企业的老板。昌洙常叨咕，在中国经营企业，是挣不着大钱儿的。看他投资不动产的资金规模，就知道，他绝对是名副其实的“富豪”，这一点上没错儿。他脑瓜子好使、心宽，知道钱应花在啥地方。他也有忒吝啬的时候，小气到让人恨恨地想，这家伙只不过区区暴发户的程度，不该花的一分钱都要省。可只要是碰到“还人情”的事儿，便一定知恩图报，尤其对帮助过自己渡难关的人，他拿出的钱多到令人咋舌。再者，对自己家乡的人，掏起腰包来也往往贼大方。有一年夏天，几个南大川人从韩国回来，路过青岛。昌洙负担了他们全部的住宿费、接待费，甚至于他们回延吉的机票都是他掏钱买的。他们以昌洙的同乡为自豪，走哪儿都赞不绝口。再加上他前阵儿，一掷千金，自费给村里盖了老人会馆。一时间，人们敬仰他的程度，几乎超越了村里一直以来的传奇人物，他的姥爷“光洙阿爸依”，成为冉冉升起的“新星”！村里人都说：“光洙阿爸依，是战斗英雄又能咋的？穷得和乞丐没啥两样儿。他有个毛儿钱给咱们盖老人会馆哟！现在这年月儿不比当年，一说英雄，人们就会高看一眼。现在像昌洙小子这样有钱又大方的富翁，才有英雄的待遇哟！……”南大川人都说“河沟里飞出了蛟龙”，以昌洙这个南大川子孙为荣，说话、办事都挺直起腰板儿来。村里只要遇到难事儿、花钱的事儿，人们根本都不把在政府机关做事儿、名字后带长的、春风得意的民奎放在眼里，“去找昌洙咋样儿？”这句话，被村里人挂在了嘴边儿。昌洙成了“救世主”，高高在上。

挺好奇的，倘若战斗英雄“光洙阿爸依”在世，看到他这位如今成了大富翁的外孙子，会怎么说？

富翁不是从天上掉下来的。他们背后的故事，有时甚至到了悲惨的地步。一般来讲，一夜暴富者，会经历若干次的沉浮，或接二连三的坎坷。昌洙至今为止还没有过衰退期，一直发展得顺风顺水。对于自己赚的钱，明确知道如何使用，使用在哪里，才算是真正的富豪。

20 世纪 90 年代初，称得上是延边朝鲜族人生活的转折点。当时，延边的离婚率激增，其中要数出国的人最多。社会上流传着，“如果这时期翻不了身，你就很难摆脱永远受穷的生活”，这样的说法。换句话说，这一时期，社会运转机制的管控相对松弛，到处都是所谓“试行”错误产生的漏洞。对于胆儿大、心细，脑筋转得快的人来说，这都是难得的“黄金机遇”。昌洙就是抓住了这千载难逢的机遇，快速发家的。

要讲昌洙的故事，就要重新乘上“超时间旅行船”，回到 90 年代初，那个下着雨的秋天，从哈尔滨火车站开始唠起。

2

哈尔滨火车站。

水泥抹面的站前广场上，到处积着雨水，水面上逆光反射着块状云朵，坑坑洼洼的，像脏了的棉絮似的漂浮着。那时候，哈尔滨是通往苏联的国际列车始发站。

“当——当——”

车站楼上的大钟像教堂的钟声似的，敲了起来，触动了要去苏联、正在等车的昌洙那绵绵乡愁。对昌洙来说，火车站和汽笛声，更增添了他无限的惆怅和落寞心绪。不知怎的，他竟有些担心，会遭到突然袭击，而感到不安起来。

“设置轻快的音乐，或门铃似的悦耳声音多好啊！……”昌洙不由自主地嘟囔着。他看了看表，离发车时间还早，便打算绕着车站附近，慢悠悠地转一转。

充满异国风情的哈尔滨车站，周围有许多半球形屋顶的俄罗斯式建筑。广场内，一字排开的小生意摊，卖着煮鸡蛋及各种各样的水果，引得半打大小的孩子们直眼馋。这些小生意人，打量着过往行人，估摸着能打开钱夹的，便上前兜售着。昌洙生怕自己这个外地人惹上麻烦，像躲毛毛虫似的绕开了。这些小贩儿叫卖着连产地、生产日期都没标的廉价食品，好像一分钱不收白给似的，殷勤地招呼着。假如你在这些小贩儿面前，无聊地探头探脑，那真是千不该万不该的事儿。这帮家伙，绝对有分辨外地客人的招数，之后便强买强卖，狠狠地“宰”上你一刀。昌洙在火车站站前广场上，走马观花地转了转，便在广场最后面坐着的一排擦鞋匠前停住了脚步。一位老人家，面前的地上铺着一张写着“先天阁”字样、晦涩难懂的画，是算卦先生。瞅了一眼，只见铺在地上的白棉布上，印着太极、四象、八卦等图像，底色虽看得出来是白色，但已脏得图像印迹模糊不清。一位穿着蓝色洋装、打扮入时的妇人，背对着昌洙，坐在老人对面，仔细地问着卦。在占卜术上，多是妇人们所好：可不可信呢？权当白花钱了，算个卦看看？然而，看看眼前这位先生，腿上贴着膏药，坐在那里，戴着个便宜喽嗖的老花镜，一下下地吸溜着鼻涕，再加上那张蜡黄的脸，问卦的兴致便消失得无影无踪。昌洙刚要转身离开，突然间，老人身边散放着的《周易》这本书，映入他的眼帘，他那消失的好奇心再次活泛起来。看那书皮儿，是用漫画来图解的，很奇怪，他竟非常想把这本书拿到手。“这种晦涩难懂的书，正好在长长的旅途中催眠呢！”付完钱，从老人手里接过书的瞬间，偷偷瞄了一眼那个算卦女人的脸。女人也冷不丁瞟了一眼昌洙。两人的目光刹那间碰撞在了一起。朝鲜族女人？朝鲜族人的“第六感”异常发达，绝对有两下子，能巧妙地认出自己的同族，脸庞，穿着打扮，行为举止……尽管很难确切地说出哪个地方有不同。昌洙心里猜出，这个女人十有八九是朝鲜族，这种印象强烈而突出。

据说，日本占领时期，我们的先辈们，能在穿着一模一样和服的女人中，一眼分出朝鲜女人和日本女人，其实她们看起来是那么的相似。……刹那间，昌洙的心底里忽然冒出了很奇特的欲望：假如这女人也是去俄罗斯的话，能同行就好了。

“当……当……”车站的钟又敲响了。

过了一会儿，检票口打开了。国际列车上大部分是去俄罗斯的中国旅客。旅客们慌里慌张地涌进车厢，就像战争难民营似的，乱糟糟的。本来车票上印着指定的座位号码，完全用不着这么折腾。可是人们就像谁要抢走自己的位子似的，慌张地互相推来挤去。仿佛阿鼻地狱和叫唤地狱般，那“风景”照实说，就是中国式的“抢”。被挤到一边儿的俄罗斯人，愣愣地瞅着这帮中国人。头一次坐上国际列车的昌洙，在列车员的引导下，找到了软卧车厢。可能由于是国际列车，行驶路程都比较远，所以大部分都是软卧车厢。旅客们上了车，找到了自己的位子，这才渐渐安静了下来。

“咣——当，咣——当”，国际列车开始向着西北方向驶去。

软卧车厢装有隔音设置，在车厢内听起来，火车轮和铁轨摩擦的声音非常低沉、柔和。已到了晚秋时节，车窗关得严严实实的。车窗外，庄稼还没有收完的广阔原野，小而破旧的村落一一掠过。

昌洙这是头一次坐软卧。比起硬卧车厢，环境较为雅静、舒适，就因为这，票价都快赶上飞机票贵了。这些人，大多数再怎么说，都是因生活所迫出国挣钱的，对于没有选择余地的昂贵票价及应享受的空间，则没的挑肥拣瘦。

先进入包厢，占了上铺的是两名俄罗斯人，一男一女，身上散发出一股牛奶发酵似的、浓烈的膻味，直呛人鼻子。这两人，对后进来的东方男子昌洙，没有礼节性地递过来一次友好的眼神，自顾自地说着只有他们自己懂的话，没完没了地唧唧咕咕着。过去老人们形容中国人口里总是“算啦算啦”，俄罗斯人才是真的“算啦算啦”地没完。男子是二十岁左右的青年人，个子高高、干瘦干瘦的。他迷上的身旁女人，四十刚出头儿的样子，屁股像水盆那般宽大，像圆木似的粗壮的脖子，挂着一串自行车链条那么粗的金项链。听说俄罗斯人生活也不见得多富有，能有钱到戴这么夸张的项链，出来招摇?

昌洙确定那是假的。

列车发车后，过了二十分钟，随着响动，包厢门被打开了，只见男列车员引着一位女人进了包厢。昌洙并没注意女人的脸，单凭那身儿蓝色西服的穿着，便一眼认出了她是火车站广场上，那个算卦的女人。这不等于是，他在广场上怀揣着的暗暗期盼，竟变成了现实了嘛！那个女人汗流浃背的，将大大小小的行李搬进了包厢。昌洙断定，这女人十有八九，是先前搭错了车，在列车员的帮助下，才好不容易找过来的。这是没见世面的女人们，冷不丁出门常犯的毛病。

昌洙装作看书的样子，翻着《周易》，其实，此时他全身都“长”满了眼睛，注意力全都集中在那女人身上。她看了看上铺的两名外国人和已经堆满行李的行李架，似乎是打消了争行李架的念头，把自己的行李统统塞到了自己的床铺下面。看样子她也知道，行李架有自己存放行李的份儿，只不过不想和别人发生什么争执而已。

“没错儿，肯定是朝鲜族！……”

昌洙留心着这个女人，她显然对混迹外面世界不够老练，脸皮儿也忒薄，从行为细节上就可判断，她是自己的同族人。在四十八小时漫长的旅途中，能在同一包厢遇见自己的同族，已属幸运，再加上对方是女人，这是多么令人欢呼雀跃的巧遇啊！昌洙进一步肯定，这个朝鲜族女人，是那种在家老老实实地依靠丈夫，相夫教子过日子的家庭主妇，一定是第一次坐这么豪华的软卧。从女人的发型和眼角的几缕皱纹来看，大约有三十出头儿的样子。如果真是这个年龄段儿，那她和昌洙应该是同龄人。先和她打个招呼怎样？昌洙毕竟是在镇政府的社办企业办公室当过副经理的人，有着领国家“俸禄”的经历，算是摆弄过政府机关门把手的人，懂得人情世故，并不是那种在女人面前掉份儿的，傻呵呵的“土包子”。他越来越觉得自己的推测是对的。那秀气的椭圆形鹅蛋脸儿，是朝鲜族女性常见的面相。俄罗斯女人大多身材高大魁梧，西方女人外表华丽，略显泼辣，南美女人虽多中性化，但富于个性。他不着边际地在心里浮想联翩，俨然一位研究人种的学者。

这时候，女人已经安顿好，坐在了铺位上，翻着黑色皮包，似在找什么东西。过了一会儿，女人拎出了一本书。

《土亭秘诀》，书皮上的朝鲜文字灿然发光！

啊哈，到底猜对了！那还用说，就凭我，当然不会看错。昌洙一边陶醉于自己奇迹般的洞察力，一边再次无聊地确认对方是朝鲜族这一点。心里竟然美滋滋的。他在火车站广场上体味到的乡愁，看到地上积的雨水，阴沉倒映着的团团积云，油然而生的黑色心绪，随着他确认女人是朝鲜族的一瞬间，而烟消云散。他忽然感到，意念这东西是多么轻浮的概念！

曾经与主管企业的副镇长冲突后，一气之下，最终甩下一纸辞职信，出国走人的昌洙，此时在国际列车上，将长达四十八小时，在令人不安的密闭空间里，其实是挺折磨人的一段时间。恰在这个当口，竟然在这里遇见了本民族的女人！感觉像是得到一片阳光的赏赐似的！这当然是个好兆头！这下子，不管对这女人说啥，都会很自然了。但昌洙暂时还保持着沉默，把持着稳重。这女人既不漂亮，也不算丑；既不像在市井上风风火火的泼辣女人，也不像是在毒日头下铲着黄豆地，玩命干活的乡下女人；蓝色西服也是，看起来既不华贵，也不显得低劣。反正一句话，这女人的哪儿哪儿都是“中不溜”。

“头一次去俄罗斯吗？”昌洙突然冒出这么一句，连自己都惊讶，语气相当地柔和。“哦，您是朝鲜族哟！嗯，是第一次。”女人脸上的表情，先是吃了一惊，紧接着便是惊喜。昌洙也没料到女人是这种反应。这女人没有同伴，独自一人去往异国他乡。她没有因为昌洙是“雄性”而戒备，却先流露出路遇同族人的欣喜。“真高兴啊！不瞒您说，上车之前，我还在火站广场和候车室里，四处踅摸呢，看能不能找个朝鲜族人做伴呢！这么巧遇见了您！”可以说，这女人的喜悦表现得有点儿过头儿了，令昌洙瞬间产生了错觉，自己都像是她的救命恩人似的。女人把提包往一边儿推了推。看外表，感觉她很清高、很斯文的样子，实际却是出人意料的活泼开朗。“先生也是头一次去俄罗斯吗？”“这个嘛……”呵，真是的，“这个嘛”是啥话啊？昌洙也不知道自己为啥回答得这么暧昧。然而，吐出去的话是收不回来的。这女人说话，尾音不用“嘎”（朝鲜语发音），而用“嘎呀”。这一般都是夫人们嘴里常常使用的敬语尾音。夫人们通常都是不谙世事的。眼前这位不谙世事的夫人，把陌生的自己当成了救星似的，这种感觉下，昌洙可舍不得让她失望呢！

“实在是太好了！自己独自一人到陌生的国家，离家时真是担心得要命呢！路上请多关照！”

瞧瞧，昌洙那含混的回答，已经让那女人误解他是经常往来俄罗斯的人了。这女人竟毫不犹豫地相信起，在火车上初次相识的昌洙了。

“您去过韩国吗？”

“韩国？比较容易去的俄罗斯，我还是头一次呢，就不用说韩国啦！”女人嘴里自然吐出的“嘎呀”的尾音，听起来让人感到温和。“您咋认为小女子去过韩国呢？”确信无疑，她是出身大户的“夫人”。昌洙的“四寸”美玉表姐，嫁给曰洙兄后，不也是变了腔调，尾音从“嘎”变成了“嘎呀”的嘛！昌洙从女人吐出“嘎呀”尾音的双唇之间，发现了一排雪白整齐的牙齿。“这女人啊，比起五官，要先看牙齿呐！见到牙齿长得小里小气的女人，话都不要多说。牙齿长得好的女人，心眼肯定也是好的。”祖父李方元活着的时候，总是说这么不着边际的话。简直是奇谈怪论嘛，当时昌洙把这话当成了耳旁风。可近年，昌洙那去了韩国的媳妇儿，那一口硬撅撅不怎么好看的大牙，总是令人伤心地浮现眼前。以至于他竟养成了习惯，不管男女，一见面，他都要暗地里先看看人家的牙齿才行。“人啊，这脸上，再没有比牙齿更能看出性格的啦！如果说‘板儿牙’女人凶悍的话，那龇牙男人保准儿好不到哪儿去。”祖父懂的也够多的了。眼前这女人，牙齿好像在齿科整过形似的，整齐又漂亮。此时，昌洙想起小时候听过的那段人家编出来的笑话。说是有个镶金牙的家伙，为了显摆金牙，到冷面屋故意龇着牙问“卖冷面吗？”店主呢，也为了显摆自己的金表，故意伸出戴着金表的手腕，摆手说，“没有”。这女人有一口不次于金牙的漂亮牙齿，也完全够得上在人前显摆，龇牙问“卖冷面吗？”他想着。

“或许，您的丈夫是教员吗？”“啊？差不多吧！……”女人回避着，并不做正面回答。昌洙却感觉自己的猜测肯定没错，得意地耸了耸肩。“看这书，能算个差不离儿，呵呵！”昌洙晃着手里的《周易》说。“您就是在车站广场上买书的那位吗？怪不得，一见面儿就觉得眼熟呢！”女人再次露出了那雪白整齐的牙齿。

“先生您去过俄罗斯几次了？”

“我不是啥先生，我在企业办公室做过事儿……”昌洙话到嗓子眼儿，硬是给咽回去了。看着对自己的沉默略显失望的女人和她那一口整齐的牙齿，他猛然间勇气倍增。“放心吧！已经约好了，在俄罗斯的朋友可以帮忙安排好一切的。”

昌洙不知不觉地吹起了牛皮。他说的“俄罗斯有朋友”，纯属瞎话儿。只不过，在冬天气温零下四十多度的伊尔库茨克，有个做服装买卖的过去同事而已。那位同事，曾和昌洙一起，在社办企业办公室，当采购员了的。因不想命运被拴在微薄的工资上，两年前辞职，大胆闯俄罗斯去了。传闻说他干被服生意，赚了大钱儿。就是这位同事，劝昌洙，赶紧辞掉啥油水都没有的副经理，下海的。他现正在伊尔库茨克等着昌洙。本来昌洙打算和朋友一起下江南的，后来他改了主意，决定去伊尔库茨克投奔同事。

这些大男人，对不可预测的未来充满幻灭感，反正是豁出去了，爱咋咋的。到国内大城市去挣钱，和到那无法无天出了名的外国挣钱，他们的处境没啥大区别。对昌洙来说，这次俄罗斯之行，好比是走上了一条荆棘丛生的路。反抗？落寞？自我虐待？生存危机？……昌洙尽管不清楚自己此番意外之行，到底作何解释，但却明白自己是一时冲动之举。对这点是十分明白的。女人丝毫没有看破昌洙的谎言，反而对他感激不尽。“有冷面吗？”女人露出了漂亮的牙齿，昌洙的手腕却没戴金表，连摆着手腕，说一句“没有”，拒绝女人的勇气都没有。反正，走哪儿算哪儿吧！

“走哪儿算哪儿”，这话，是昌洙的祖父，方元老爷子生前的“口头禅”。不知啥时候起，昌洙也彻彻底底地学会说这句话了。人，往往被逼到绝境，别无选择，只能走哪儿算哪儿，往前冲。方元老爷子，1920年时，就豁出去似的说“走哪儿算哪儿”，胆大妄为地从朝鲜，奔着风雪交加的北方大陆，渡过图们江，迁徙到满洲的。他的后代，昌洙，现在也是胆大妄为地想着“走哪儿算哪儿”，正坐着国际列车，穿过蒙古草原，奔赴未曾想象过的异国他乡。

“您叫我青日妈妈就行了。说话也别用敬语了。”

“呃，您刚才说什么了？”

“青日妈妈……”

“啊，知道了！”昌洙对着仅和自己媳妇儿差不多大的那个女人，点了点头。

啥？说是青日妈妈……唉，这名字也真够气人的。昌洙和青日（朝鲜语）就差一点儿，那一点儿在左或在右，发音便不同，但肯定是同一科。

猛然间，只听上铺的女人发出了令人麻酥酥的呻吟声，接着，开始传来床铺激烈颤动的声音。昌洙和女人唠嗑儿的时候，不知不觉间，那男子过到了对面床铺上，被年长于他的女人身体，勾起了肉欲。怎么看，他们都是乱伦男女。女人的呻吟声和肉与肉厮磨声交杂着，赤裸裸的性爱……太不可思议了！偷情的两名俄罗斯男女 在软卧车厢内，仿佛只有他们两个存在似的，根本无视下铺的东方男女，毫无掩饰地发着叫声。从前听说俄罗斯人的文化素养非常高，看来在性爱上，粗野不堪。“老毛子”这外号，看来不是无缘无故起的。

“天呐！……”偶尔扫了一眼上铺的青日妈妈，再和昌洙的视线相对的刹那间，脸唰的一下红了，慌乱地低下了头。尽管他们俩正当熟悉性爱的年龄，可亲眼目睹如此开放的“性文化”还是头一次。那对男女越来越激情地扭动着，再加上他们那放肆的喊叫声，分不清是南大川河边洗衣的媳妇儿，用棒槌敲打洗衣的声音，还是霜落乌鸦啼声，抑或野狼嗥叫的声音，整个包厢内都喧嚣着。

“我们出去吧！”昌洙从铺上腾地站了起来，脸红得像熟透的柿子，身子正不知如何是好的女人，便马上跟着昌洙到了走廊。女人和昌洙的目光相视瞬间，她羞涩地笑了一下。那如熟透的柿子般红扑扑的脸儿上，一排雪白的牙齿闪烁着灿灿银光。

3

一百多年前，朝鲜的土地，大灾之年，图们江，大老鼠……讲这些故事的李方元，是公州李氏，1907年出生于朝鲜咸镜北道甲山，那年是丁未羊年。李方元在1927年，二十一岁上，孤身一人，头一次横渡图们江，踏上了间岛土地。当时传说中的满洲，是个土地肥沃的地方，一只面瓜足有房子那么大；野鸡会自己飞进屋，得拿着大棒子撵的地方；说间岛耕地多的是，大米成堆地往外倒……只有投奔大陆，才能免得饿死。满洲对于当时的朝鲜人来说，简直就是一片乐土。然而，实际上，满洲当时到处马匪横行，再加上日本人占领满洲，也胡作非为。没有进过私塾门儿的“睁眼儿瞎”李方元，从踏上满洲之日起，便开始了他的“浪子”生涯。五凤金矿，石沟河子金钱沟儿，沿海州，老头沟煤矿，林场伐木工，南大川煤矿……“浪子”李方元专找这种地方混饭吃。矿井下，隔三岔五就要发生坍塌事故，隔一天就要死人，那些贫寒的矿工，嘴里叼着马灯，背上驮着煤筐，像条狗似的爬来爬去。那年月儿，哪怕谁家有独眼儿、缺心眼儿的丫头，也都不愿意许给他们。还有在金矿采金时，哪怕是偷拿一点儿碎金，都要把脖子伸到铡刀底下。“浪子”们每天过的日子，简直可以说是危机四伏、如履薄冰。

如果说，昌洙的外祖父光洙老爷子，是以豁出命在枪林弹雨的战场上，骁勇善战的军人而闻名的话，那么他的祖父方元老爷子，则是把“流浪”当作混日子的本钱，在南大川是出了名的“街头卖艺人”。朝鲜族传统的音乐和器乐统称为“民乐”，往往把自学“民乐”的人称作“街头卖艺人”。然而乡下人所说的“街头卖艺人”，大体是指歌唱得好，舞跳得也好的人。有时，也指那些乐得出去浪迹江湖，四处游走的人。

偶尔也给那些好色之徒贴上"街头卖艺人"的标签儿。昌洙的祖父方元老爷子，在年轻时，有好一阵子，为追赶浮云般的生活，四处游荡，所到之处"桃色事件"不断，也被村里人暗地里叫着"街头卖艺人"。就像朝鲜族俗语所说，"坐在家里的聪明人，赶不上四处游荡的傻子"，四处游荡，社会阅历丰富的方元老爷子，真真儿的是个聪明人儿。整个南大川，再找不出第二个像他那样，津津有味、滔滔不绝地讲故事的老人了。到了啥程度呢？把他讲的故事顺手整理一下，起个书名叫《方元周游记》出版都满可以的啦！方元老爷子的家，原先住在土城内学校附近的屯子。他除了"街头卖艺人"这个外号，还有个绰号，叫"六邑邦子"。当时真不知道，这是啥意思。后来过了好长时间，才明白了。"六邑邦子"是因为方元老爷子说得一口六镇方言而得的外号。原来，朝鲜时代，六镇也另称作"六邑"。有趣儿的是，表示"6"的数词"六"，由音系口盖音化的六镇方言，发音成了"拗"，所以"六邑"就标记为"拗邑"，用得时间长了，就逐渐演变成了"六邑——拗邑——拗恶"。然而还有可笑的事儿，就是南大川大多数人，他们自己也是稳城、钟城（1440 年，朝鲜设的六镇中的二镇）等"六邑"出身的人，而且也全都使用着"拗方言"，却笑话方元老爷子，把朝鲜念成"朝信"（音），把"给姆契"（泡菜的朝鲜语发音）念成"吉姆契"，起哄着给他起了个外号，"拗邑佬"，成了当时地道的笑话。

小时候，每到放寒假，我们几个就都跑到昌洙家，磨叽方元老爷子给我们讲故事。他便眯起眼睛，说："从现在起，你们都把耳朵给我竖起来，听好喽！……"然后，便像私塾先生背书似的，摇头晃脑地讲起来。

"从现在起，往前数一百多年前，朝鲜土地上曾遭了大灾。人们都饥肠辘辘，面临饿死的惨境，老鼠就更没的吃了。人们便纷纷渡过图们江，呼啦啦地向中国地界儿拥了进来。当时，村庄已变成了一片废墟，靠人类的粮食生活的老鼠，也跟着人们的屁股后头而来……可是，到了图们江边儿，它们就犯愁啦，这可咋过江呐？待这些鼠辈自己吱吱叫着，商量一番后，便想跟人一样，游过江来。人们倒也想搭船过江，可当时没有船，也没有船工，咋办？……嗨！从现在起你们可要把耳朵清干净，给我听好喽！最前边是大老爷鼠王打头，之后是二大王鼠咬着大王的尾巴，接下来是奶奶鼠咬着前一个鼠的尾巴，然后是儿子鼠、儿媳鼠、大女儿鼠、大女婿鼠、孙子鼠……就这样，它们首尾连成一队，渡江而来。”方元老爷子眯起了眼睛，嘿嘿笑着问，“好玩儿吧？你们觉着好玩儿的话，我能给你们讲一晚上哩！嗯哼！老鼠咬着前一个的尾巴，一个接一个的，连成串儿啦……嘿嘿嘿……”看上去一副吟风弄月的得意样子。“再接着讲不？”“哎呀，真没劲！”往往到这时候，我们便会失望地纷纷散开了朝家走。“孩子们，别走哇，且听我往下说呀！……”他让我们这么失望，也便不再缠着他给我们讲故事了。“呵呵呵……”方元老爷子便在我们背后哈哈大笑着。

那时候，我们总是在漫长的冬夜，披着脏乎乎的被角儿，在灶坑的火堆里埋上土豆，等着过会儿熟了，再扒出来吃，然后缠磨着大人们讲故事。每当这时，大人们不管是谁，统统都像算命先生背卦书似的，念叨着“后边老鼠咬着前边的尾巴……”那套嗑儿。唉，又是那老一套……耳朵都听得起茧子了。

昌洙第一次听到这个故事，是在冬天的某个夜晚，在那酱坨子发酵馊味儿直熏鼻子的屋里，黄色的窗户纸和落了一层灰的窗格子，挂着白霜，他用稚嫩的小手抠着那白霜吃。屋外，刚刚落在地上的雪，在月光下闪着银光，西山岗子上，野狐狸在凄厉地叫着。那晚，昌洙有一种毛骨悚然的感觉，仿佛那些咬着彼此尾巴，渡图们江而来的大老鼠成群结队地撞破窗户，撕碎窗纸，冲进屋来似的。后来，昌洙长大成人了，即便是现在，夏天的夜晚，每当他看到月亮钻进翻滚的黑云彩里，窜来窜去的样子，像是首尾相连的成群老鼠，啃咬着自己的皮肤，冷不丁地就会浑身感到透心儿的凉意，吓得打起寒颤。

方元老爷子虽说净给我们这帮孩子讲“咬着尾巴的老鼠”那无聊透顶的故事，对大人们，却常常讲起他在江东（俄罗斯远东地区的沿海洲）掘金的故事。“我去江东（沿海洲）掘金回来的时候，在汪清金昌遇见了马匪，差点儿被揭下了肚皮呐！哎哟，那帮马匪子，以为我在肚子里藏了金子不是嘛！

“看眼珠子就能知道哩，肚子里吞下金子，眼珠子就会被毒得通红的。”

“咦，那可是够新奇的事儿哟，后来捏？”

“也可能是命不该绝吧！那帮狗娘养的，把我抓住，摁在地上，拿着长矛没命地捅我肚子。这当口儿，有个牙齿白白的女人拦下了那帮家伙。后来听说那女人是马匪头子的小老婆。也多亏那娘们儿，我这才好不容易保住了小命儿不是！之后，整整三天，光给我吃好的，拉了两泡屎，到底把东西拉出来了。”

“那就是说，你肚里的金子，是跟屎一块儿拉出来的啦？”“唉！就是心疼也没招儿哇！像红豆那么大的一块金子呐！我为了偷摸攒那块金子，费了多少劲儿哟……那帮马匪里，也有挺多朝鲜人，可那帮孙子眼瞅着自己同种儿快被打死了，连眼皮子都不眨一下哟！反正不管咋说，咱得亏着个女人救了一命哩！”

“哟嗬嗬，看咱们方元老爷子这么念念不忘的架势，俺猜，那女人看上去保准儿条儿顺、盘儿正吧？”

方元老爷子的故事，总是讲不完。

“石头河子金矿，在伪满洲国成立，便开始发掘。因为小日本儿也抢着开采，使得这金矿盘子开得老大了。我们那时候，是五人搭伴儿挖矿，一色儿光棍。平时都懒得做饭、洗衣服，便从汪清逮着个阿祖妈妮，雇她帮咱们做饭、洗洗涮涮啥的。那阿祖妈妮，当时不过四十岁的模样，身材浑圆，胖墩墩的，脸盘儿看上去长得还算周正。那女人是个带着三个‘拖油瓶’的寡妇，她男人是在伐木场上出事故殁的。”

“嗯哼，你们那几个如狼似虎的光棍汉，还能放过那女人？”

“可不是咋的！为了争那女人，我都和头头儿干了一大仗呢！那年月还不是靠拳头硬，才能霸上女人嘛！这女人是咱靠拳头抢到手里的。且说，有一天，顶着笸箩来送午饭的那寡妇，到地方张口便急急地说：‘大哥们，我在路边捡着了这玩意儿，快过来帮俺看看，是不是块儿金子！’我这么搭眼儿一瞅，可不是，一块比红豆还要大一点儿的金豆子哩！”

“哎呀妈呀！那么大的一块金子，是咋在路上捡到的捏？”

“谁说不是呢？挨到晚上，我搂着那娘们儿进了被窝儿，悄悄问她。你猜怎么着？她尿了泼尿，就捡着块金子！她给我讲，那天她头顶着笸箩送中午饭的路上，尿急了，便蹲在路旁撒尿，无意中瞧见自己尿尿的地方，竟然躺着那宝贝！”

“这可真是，寡妇被天上掉下的馅饼，砸中了脑袋哟！”

“就因为这事儿，后来那娘们儿得了个外号。你猜，是啥子？”

“啥外号？”

“金××。”

“嘀嘀嘀……哧哧哧”，老人们哄堂大笑。在延边地区，老人们聚会的场所，现在叫老人活动中心，以前叫“读报组”（老人们聚在一起，每天读报纸，搞活动）。方元老爷子，老伴儿在跟前儿的时候，也毫不顾忌地抖搂他与各色女人的“风流账”，他那时已死了三个老伴儿，更是一点儿都不受拘束了。

方元老爷子的故事，与其说是猎奇，还不如说低俗的更多些，而且净是一些关于女人那些无聊的话题。世上的故事，说到底无非就是男人和女人之间的那点儿事吧！他老人家晚年在南大川，从来不愿对别人说不好听的话，整天都是笑呵呵的。大家都说他是“好人”一个。但，就是这个“好人”，竟然亲身经历了那么些险事儿，真让人难以置信。

方元老爷子，是个无所不知的“万事通”。就算不提他的其他经历，单单说他横渡图们江的次数，就足有一百多次呢！光复前后，他做过黑市贩子、盐贩子、小米换海鲜的营生……反正他说，曾一晚上两次渡江走个来回儿，想必也不是瞎话儿。这世上，能像方元老爷子这样，有如此丰富的“流浪”经历者，也没几个了。从远至黑龙江省的密山、延寿、阿城、尚志，到近处的和龙、安图、珲春、汪清等地，几乎没有他没到过的地方。俗话说，搬一次家得把三年的口粮扔在路上。这么算来，方元老爷子能把几十年的口粮都赔光了。待光复后，土改一开始，他便又踏上了流浪之路。用老爷子的话来说，他是因为想吃大米了，才想去找种水田的去处。现在看来，他分明是在编瞎话儿呢。方元老爷子曾在现在的三合镇住了一段时间，然后移居到南大川来，最终南大川成了他最后的定居地。他转来转去，结果是从图们江上流，转到图们江的中流地带的南大川，安顿了下来，也等于是回归故里了。

对于方元老爷子来说，搬家的事儿，就好比抬起屁股想走就走，去找朋友那般简单，和居无定所的蒙古游牧民们相比，他都有过之而无不及。假如在地图上，用红线画出方元老爷子的游历踪迹，可能会比当年红军四渡赤水河、爬雪山、过草地的路线，更为蜿蜒曲折，要复杂得多哩！就连曾经的“大人物”光洙老爷子也说过，自己年轻时也到过苏联境内，也像踹大酱豆儿（过去朝鲜族做大酱时，用脚踹熟豆瓣儿）似的，走遍了大江南北，但是要和方元亲家公比起来，还是差远了，这一点上他绝对是心服口服的。但是，现在想来，光洙老爷子向方元老爷子“认输”，应该是因为后者“阅女无数”的缘故。前者平生只有一个女人，那也仅仅是领着在战场上牺牲的战友之妻回乡而已。而方元老爷子，光老伴儿，他就换过足有五个之多。

“方元老爷子，这辈子活得可是够本儿了！”

方元老爷子去世后，村里的老人们常说起这话来。

他是在昌洙娶媳妇儿的第二年，也就是1987年去世的，阳寿八十一岁。昌洙说他懵懂初开，懂人事儿后，还曾见过爷爷娶过两房“后奶奶”。现在有人肯定会怀疑，这位乡下的老人家，果真能干出那等风流事儿来？可是，曾和昌洙从小一起长大的笔者，这些可都是亲眼目睹过的事儿，没法儿不信。那老爷子在精力旺盛的年轻时代，曾搞过多少女人，真是连鬼都不知道的事儿。

说实在的，把昌洙当作主人公来写的这些文字当中，本来不想触碰他的祖父、方元老爷子的风流韵事儿，也曾想把这方面忽略过去。但，这老爷子从生到死的生活历程，在反映我们先祖历史这一点上，在他作为昌洙的祖父，把血脉传给自己孙子这一点上，实在是无法回避的桥段。

按理儿说，这世上曾与方元老爷子有过瓜葛的女人，到了老爷子最后的日子，应该跑去跪地大哭。然而，老爷子去世那天，连替他哭丧的老太太都没有。只能说他是自作自受吧。或者，人们所说的“草露人生”，到头来只不过是沧海一粟而已。看方元老爷子的一生，还有什么话可说呢！方元老爷子，在这世上，不仅仅只留下了风流，更多的是他那飘忽不定的流浪经历，成了笼着子孙后代的无形的网，成了子孙们无论怎样挣扎，都无法挣脱的“陷阱”。明知是先辈们挖的“陷阱”，作为其后代的昌洙，也正无奈地像灯蛾似的，义无反顾地扑下去。昌洙至今也没法子忘记，祖父脸上“开着花儿”的“老人斑”，是那般仁慈，他那凸出来的颧骨散发出来的坚韧。

“打算在这里待上几天哟？”据说，方元老爷子的后老婆们，都一模一样重复着这样的问话，仿佛第二天就会马上搬家似的。过日子的锅碗瓢盆儿，也都是临时对付用的。

“到时再说吧，走到哪儿算哪儿吧！”

方元老爷子几乎每次回答完这句话，便会出事儿的。招惹了人家那些坚贞、守妇道、模样周正的有夫之妇，是绝不会有好果子吃的。最后，他都到了携家带口连夜出逃的份儿上了。那时候，光复后，移民并不是很容易的事儿。而方元老爷子却是易如反掌地移来移去。他的移居和流浪，说到底，都是和女人有关。他喝酒海量，能歌善舞，再加上长得俊，是个美男子，他仗着这些条件，所到之处艳闻不断，并且还单单挑那些长相姣好的有夫之妇。

“你们胳膊上套个红布头儿，成群结队地跑来跑去，这是发的哪门子疯啊？可怜的家伙们，你们可是遇到了只许娶一女的‘严’世道啦……”20世纪60年代中期，方老爷子看到那些懵懂张狂的红卫兵，冲他们凶巴巴地喊话。“这老不死的，你瞎了了啥？可不就一个媳妇儿足矣，难不成还要纳妾咋的？”老爷子借着酒劲儿，瞎说话，差点儿被揪上批斗台。多亏了，当时在南大川有着相当分量的亲家光洙老爷子，说了句“算了吧”，这才好不容易躲过一劫。

4

昌洙和那女人，在走廊里晃来晃去，无聊地打发着时间，过了很久才回到了包厢内。刚结束了性爱的包厢，依然飘着艳香的空气。他俩各自躺在自己的铺，背对着对方，一时无话。上铺的男人像骂人似的，沙哑着嗓音咕哝了一句，女人立马咯咯地笑了起来。

也许是因为亲眼瞧见俄罗斯人露骨的性爱场面，那女人仿佛受很大刺激，一开始羞的，都不敢和昌洙正面对视。他们稍感亲近些，是从中午饭开始的。确切地说，是二人喝了两瓶酒以后开始走得近了。到了吃中午饭时，昌洙从行李中拿出酒和面包，那女人极有眼力见儿，拿出自己亲手准备的吃食儿，摆上了。酱牛肉、干明太鱼、干八爪鱼、拌桔梗、糖渍蒜、辣椒酱。“也可能是给丈夫准备下酒菜，都习惯了吧，拿出来才发现，都是男人们喜欢的下酒菜呢！”青日妈似乎意识到了，昌洙那吃惊的眼神儿，脸儿一红，解释道。正如俄罗斯男女视而不见他们两个，旁若无人地做爱似的，他们两个也当俄罗斯男女不存在，自顾自地喝起酒来。再没有比与世隔绝的车厢内，陌生男女对坐喝酒更自然的事儿了。尽管连酒杯都没有，他们用饭盒盖儿和水杯，倒酒喝，酒味儿却是贼拉的好！那女人的脸蛋儿已绯红，却是半点儿也没有“投降”的意思。

似乎是下铺这两人的酒味儿刺激了上铺男女的味觉，许是他们也意识到了中午饭点儿了，他们停止了打情骂俏，窸窸窣窣地整好衣衫，爬了下来，用听不懂的俄语，对着昌洙咕哝了两遍什么话，拉着手走出了包厢，看样子是去餐车吃饭去了。

“您闻着，那两人身上，是不是有很呛人的味儿？”

“应该是牛奶发酵的味儿吧。他们或许也会说呢，咱俩身上的味儿也很呛鼻子，大酱味儿！”昌洙自然地对女人降了语气（朝鲜语有敬语、平语、下语之分。陌生人见面一般用敬语），使用起平语。昌洙本来是一丝不苟、句句都用敬语，借着酒劲儿，过一会儿便换了平语。敬语换成平语，是昌洙和那女人关系更亲密了的表现。“过去，日本人说过，朝鲜人嘴里有大蒜味儿来着。”这话，他是从祖父那里听说的。

“但凡去苏联的人，应该都是有自己苦衷的。可是你一个女人家，掌柜的也不在身边，独自一人去那么远的地儿，让人无法相信啊！”昌洙不露声色地把话题引到了女人身上。正如女人都好奇心强，男人一般都挺爱装“大瓣儿蒜”的。那装蒜，往往是在关心的外表下，以试探女人，是否对自己有“意思”开始的。然而，男人对女人表明那“意思”，一定要选择好并抓住合适的机会，才能起到效果。昌洙人看到独自出行的那女人开始，不，其实是发现那女人有一口整齐、洁白的牙齿开始，便开始在那女人身上，萌动了美妙的好奇心。是男人的欲望！此时，那女人脸上飞起的红霞，烧得更红了。

“哦！如果有踏踏实实的男人在身边，我为啥要撇下孩子，非要去冒那险呢？”按那女人所回答的话来推算，昌洙确是在很恰当的时候，装了一回“蒜”。昌洙耐心地等着下文，可那女人再不吱声了。然而，对昌洙来说，收获却很大。至少是探到了那女人没有丈夫的“情报”。昌洙又劝起酒来。女人一边推说着不会喝酒，一边却一杯不落地接过酒来，一饮而尽。

“对不住啦，问了不该问的。”昌洙假装后退了一步。

“没事儿。这种地方，这种时候，除了这种嗑儿，还有啥好唠的呀？”那妇人毫无顾忌地咬住了男人抛过来的“钩儿”。

“那你掌柜的呢？”昌洙看似在轻轻地拽回“钓鱼竿儿”，实则又向前跨了一步。

“他先去了，我们现在正去的那地方，已经五年了……”女人的回答没了生气儿。

“那，你们是分手了？”尽管昌洙的喉咙里，转了半天这句问话，最后还是硬生生地给咽了回去。然后，他一边耐心等着女人回答，一边把水杯里剩下的酒一下全捅进了嘴里。那女人则回避着，没正面回答，把撕成条儿的干明太鱼递给了昌洙。这女人像是知道昌洙爱嚼干明太鱼下酒的习惯，不知啥时候儿，撕了很多方便吃的明太鱼条儿。

“明太鱼撕得这么细才好吃，但家庭，如果撕扯开了，就不妙了。”

了不起！这女人，竟能如此巧妙地回答！

“先生，您的家庭是例外吧？”女人突然间反客为主道。

“不可能有例外啊，这现实！我们这辈人的境况，细掰扯起来，哪家都应该是彼此彼此吧！因为就是我们这代人的人生啊！家家都有本儿难念的经啊！嗨！我也不是啥先生，你就叫我老李好啦！”昌洙十足是前辈的样子，用成熟的口吻说道。

“呵呵，叫老李是有点儿过了。对女人来说，没有比独守空房更不幸的事儿了。就像人们说的，男人丧妻是人生大不幸一样，女人也一样儿。”

不管男人、女人，没有比人到中年异地而居或分手更凄惨的事儿了。

说得对！千真万确的话！昌洙因为遇到了知音，而欣喜若狂。

“再喝一杯吧？”此时，酒已像水，淡淡无味儿。此时，昌洙和一位五年独身生活过来的女人，对坐着，喝着淡淡的“水”，倒是很想说说浓浓的心里话儿。

“这回可真不行啦，喝不下去啦！”

女人闪着白牙，不停地摆着手，却没有执意拦住昌洙启酒瓶盖儿的手。尽管女人脸上泛着酒意，双颊绯红，但也许因为她那不幸的经历吧，此时的她，不知为何，在昌洙眼里竟显得那样的忧伤。

这时，走廊里传来了窸窸窣窣的动静，过了会儿，那对儿俄罗斯男女进了包厢。看样子是吃了午饭回来的。

“哈拉少！”昌洙借着酒劲儿，无聊地打起了招呼。他会说的俄语，只有几句，“很好”“同志”，再就是一到十数数。这也是他觉得做买卖必要的，翻着《朝俄语法词典》死记硬背下来，现学现卖。至于发音准不准，就很难说了。

“朋友”，他鼓起勇气，刚将这个词说出口，那俄罗斯男人便哈哈笑道：“哈拉少、哈拉少！”竖起了大拇指。从人家嘴里说出来的“哈拉少”这个发音，和昌洙自己嘴里“哈拉少”清亮的发音有所不同，人家像是从喉咙里吸进去似的，很熟练的发音。“吉他依，哈拉少”，是“朝鲜人能喝酒，真好”的意思。昌洙把酒瓶稍往前推了一下，那男子也没谦让，拿起酒瓶，对着瓶吹了起来，喝了几口，又递给了身旁的胖女人。只见那女人毫不含糊地接过酒瓶，学着男子对着瓶喝了几口，随即嘿嘿笑着竖起了大拇指。再把明太鱼和酱牛肉让给他们当下酒菜，他们回绝了。跟听到的传闻一样，他们喝酒吧嗒吧嗒嘴儿，从不吃菜的。他们再次向昌洙他们伸了伸大拇指，嚷着“哈拉少，吉他依！”然后又说了几句两人听不懂的话，便爬上了自己的铺。

车窗外，是无边无际的原野，沿着车行的方向，迅速向后退去。这广阔的原野，是在祖父讲的故事里，时常出现的满洲大地啊！

“那你这是去俄罗斯，投奔丈夫去的喽！”

“嗯，是的。”

面对昌洙的提问，那女人不知怎的，显得无精打采地答了一句。原来如此！

延边的男人们，被韩国“夺去”了女人，而延边的女人，又被俄罗斯“抢去”了男人！一般媳妇儿去韩国，掌柜的去俄罗斯……基本都是这样子。男人、女人，无论是谁，都是不该被抢走的呀！……

“当初撇下孩子不管，走了这条路，到现在，还有啥可不好意思的呢？都已经是进了‘赌场’的身子了！……只是，最可怜的就属孩子了！缺爹少娘似的，孩子有啥罪呢？”

不知不觉的，那女人竟哭了起来。上来酒劲儿，使女人愈发伤心，哭成了个泪人儿。昌洙实在看不下去，便悄悄从铺位站起来，踱到了走廊里。昌洙和那女人，同样是“孤雁单飞”，同病相怜呐！

广阔的原野，也许正是印着祖父李方元足迹的，那片未知的广袤荒野，正飞速向后退去。如果说，祖父从朝鲜迁居到中国大陆，并站稳了脚跟，那作为他的孙子，自己当下正背井离乡，远离大陆，奔着陌生的异国土地，去谋生呢！青日妈和自己，还有那许多叫不上名字的男人和女人们，正咬着彼此的尾巴，前赴后继地漂泊而去。

“咣——哗唧唧！”是碗掉地摔碎的声音。确切地说，是那碎花边儿盆子，摔在地上的声音。那天早上，昌洙老婆要离家去韩国打工，出发前在家里吃过最后一顿早饭，弄个诡异的举动出来，算是迷信吧，取“碎（岁）碎（岁）平安”之意头儿。

“你这是干吗呢？”“别害怕，你没听说过吗？旧时候，人们搬家或离家远行，上路前砸碎碗、盆啥的，会带来好兆头。据说，正日他妈，去韩国打工走之前，摔了一个花盆子，现在挣老多钱了。都说这样能挣大钱，摔个盆子有啥可心疼的呀！”

真是让人笑掉大牙的事儿！昌洙媳妇儿，那天早上，摔碎盆子，坐上客车，转乘火车，最后坐船到那个陌生的国家去打工了。两个月后，她寄回家里五百美元（当时美元与人民币汇率是一比八），在当时折合人民币四千块钱。嗬！摔碎个盆子，太值了！早知道这样，砸个锅不是更带劲儿！从那时起，昌洙媳妇儿每两个月，便往家里寄回钱。每天过了半夜，媳妇儿经常冷不丁地打来电话，唠不完的嗑儿。电话那头儿的声音是那么清晰，让人不敢相信，她人是远在首尔。昌洙和儿子的生日那天，她在电话里甚至哽咽着哭了起来。

“实在累和苦的话，就回来吧！……”

听了昌洙这话，媳妇儿立马止住了哭声，咬着牙说：“挣到人民币二十万之前，我是绝不回去的。”

嗯，人是得有那样的欲望才行。那时的二十万，按现在流动换率来计算，差不多相当于现在的一百万了。

转眼间，她便把走时借的高利贷全都给还上了。然而，好景不长，随着媳妇儿往家里寄钱次数渐渐减少，来电话也不那么频繁了。偶尔来个电话，往往第一句话也是：“喂？李文（儿子的名字）在身边吗？把电话换给他……”“今天去了叫加里峰洞（首尔特别市九老区）的一个地方，看看时间还早，又去了首尔大公园。在那儿，头一回坐了索道车，还看见了各种各样的动物呐！今天去了仁川，还上月尾岛游览一圈呢！……”媳妇儿过去拿着话筒，便向昌洙絮絮叨叨的这些故事，现在没有了，电话里就剩下几句不咸不淡的问候了。那也是按媳妇儿的要求，把话筒递给儿子，昌洙则只好躬着腰，站在儿子身后，难堪地旁听来的。不知为啥，昌洙心里有了不祥的预感。难道是变心了，还是咋的了？一旦心里涌上不够仗义的念头，昌洙便赶紧极力地否定了自己。绝不会的。自己媳妇儿，只有自己媳妇儿绝不会是那样的女人。别的女人或许能变心，自己媳妇儿，李文妈，绝不是那种轻浮似芦苇的女人。然而，与昌洙这些美好的愿望无关，媳妇儿的消息，一天天变得渐行渐远，情形变得让昌洙一天比一天吃不住劲儿了。他真想一口气跑到首尔，当面质问媳妇儿，到底咋的了。是不是失贞了？是不是背叛我了？想打个电话，却连媳妇儿的电话号码都不知道。他妈的！到了这般田地，昌洙的不安越来越深，想法多得越来越离谱，这种种想法堆积在心里，像团火熊熊燃烧起来。

尽管昌洙的憎恶没有实际对象，但还是不管三七二十一，看到啥都想砸他个稀巴烂。呃，媳妇儿被那陌生的国家“抢”走了，该死的家伙们……昌洙于是因为屁大点儿的事儿，和主管企业的副镇长打了一架，借这由子，辞掉了副经理职务。结束公职生涯，并不是件容易的事儿。那时，身旁的朋友、同学都出面，极力地劝阻他，反正他是豁出去了，似乎咋劝都听不进去。昌洙就是这么仓惶逃出南大川，踏上了去俄罗斯之路。

国际列车依然在国境内奔驰着。车窗外，一眼望去，尽是破旧的村落和荒凉的田野，有时让人怀疑，这种地方居然还有人住着呢？突然，有人推了推昌洙的肩膀。他回头一看，是住同一包厢的俄罗斯男子。那男子皱着眉，急切地边比画边哇里哇啦着，可昌洙一句都听不懂。看男子手一直指着包厢内，昌洙估摸着，那里肯定是出了啥事儿。他急忙跟着男子进了包厢。这一看，才意识到什么缘故。只见朱红色的旧绸缎上，到处都是那女人呕吐的污物，胖胖的俄罗斯女人愁眉苦脸地捂着鼻子，坐在那儿用下巴示意昌洙赶紧收拾残局。在两个俄罗斯人看来，昌洙和那女人，亲热地聊天儿，对坐着推杯换盏地喝酒，看样子是把他们误解成夫妇了。昌洙急忙从旅行箱里拿出卫生纸。“对……对不起，……初次见面，没有办……办法，呜——呜——”

“没事，别不好意思，还想吐就都吐出来吧，吐干净了，胃里就好受了。”

“吐起来咋这么难受啊？连动一动的劲儿，都没了。”吐得筋疲力尽的那女人，像蚊子似的嘤嘤着。

喝完酒呕吐遭的那份儿罪、那难受劲儿，只有经历过的人才知道啊！

“扶我一下，想去卫生间。”

“我都说了，没事儿！”

“苏联人都嫌恶我呢！”

“别管他们，我来收拾，放心吧！”

昌洙体贴地拍着女人的后背。

“初次见面，就让你收拾这乱七八糟的……我这脸都没处搁了。我今天是头一次喝酒。”

“既然已经见面了，就算老相识，你就别再客气了！”

昌洙飞快地拾掇好，弄得干净利索。媳妇儿没在家的几年间，昌洙逼不得已熟悉了女人们的家务事儿。他把沾满污物的卫生纸扔到卫生间，一回来，看到那女人，像是神志昏迷地倒在了铺上。昌洙接了杯水，硬是扶起那女人，伺候她漱了口，之后帮她脱掉鞋子，并拉过毯子，帮她盖好。

“谢谢！”

说着，那女人眼里流下了两行泪水。

“说啥呢？好好睡上一觉，就会好多了。”

昌洙离开那女人，回到了自己的铺上。真是想象之外的一番“服务”。猛然间，他想自己到底有没有，这么无微不至地照顾过自己的老婆呢？老婆尽管挺能喝酒的，但从没像青日妈这样吐过。那女人用毯子蒙着头，像死了似的躺在那里一动不动。但昌洙依然能感觉到，她一直在流泪。他明显地动了恻隐之心。丈夫不在身边儿，这女人独自拉扯个孩子过日子，能容易吗？此番舍下心爱的孩子，踏上这异国之路，这处境也够让人心酸的……

“轰隆——轰隆——”

国际列车一般小站不歇脚儿，一直飞奔着。车窗外，北方晚秋的血色晚霞挂在天边，呼伦贝尔大草原碧波荡漾，绵延游走。这么快，就过了一天？从始发站上车时，天还是阴沉沉地发暗，还下着雨，这里，是晴朗的天。

5

百年前，朝鲜的土地，大灾年，咬着大老鼠的尾巴……

“说我到处游荡、总搬家，那都是跟先祖们学的，别怪我。世上的事儿，不是一个人能左右得了的。到时候，你们生活这一辈子，也肯定会遇到迫不得已的事儿……人啊，到了揭不开锅、吃了上顿儿没下顿儿的田地，就该不管不顾的了。祖上传给我们的血脉，能变到哪儿去？都是被逼的啊！”

晚年的方元老爷子，时不时会迸出这么没头没脑儿的话儿来。

如此说来，方元老爷子，年轻时追风逐云那朝三暮四的习性，都算是他那先祖们传下来的血脉问题了。研究移民史的学者们，应该会把方元老爷子划为移民一代，昌洙则划为移民三代。

如果移民一代到处流浪迁徙，事实上混得不怎么样，有的甚至穷困潦倒，那继承了血脉的三代们，何必又要这么不安分呢？

方元老爷子是在光复前的1943年，移居来到南大川的。推算起来，他选择了图们江上游的三合安顿下来的时间点，应该就是日本投降前夕的40年代初。老爷子第五任老伴儿去世后，每每在读报组（老人活动室）喝上二两（酒），微醉着，便当着南大川村翁的面儿，念叨已去世的那个三合的老伴儿。对方元老爷子来讲，他不叫“老伴儿”，而是唤她“我的心肝儿”。又不是年轻人，一个老头子这么叫，村里人都觉着怪肉麻的，笑话他，老爷子倒是一点儿不在乎。

“那年，三合的庄稼，长得比往年都要好。春大麦胀鼓鼓的，颗颗饱满，让人眼馋，披着深绿色儿袍子的苞米秧子和大豆苗儿，夜晚‘噌噌’拔节儿的声音，惊得屯里的公狗叫个不停。那个时候，进三合的西入口处，一边站着一个长丞，身上写着‘上元堂将军’和‘下元堂将军’，‘下元堂将军’说是男相长丞（过去，朝鲜族每个村口，一般都立着用松木或花岗岩制作的人面雕塑）。有些事儿奇怪着呢，每到夏天，太阳光一照，腰带上就会淌下黏糊糊的松油子（松脂），整得‘下身’湿漉漉的。三合的老人们就说，那男相长丞是因为想女人了，下身才淌出尿来的。长丞身后便是崔地主家的苞米地，地的尽头，过一个小坎儿，又是一片大麦田。田里，女人们把麻布裙角往腰上一掖，和男人一起锄地。地头儿上，崔地主家的母牛带着崽儿，啃着青草。那里是记忆里常出现的好地方，到现在都那么清楚。图们江对岸，是（朝鲜的）会宁。在那儿，我头一次碰见了俺那心肝儿，她正在大麦田里锄地呢。那时，我一得空，便过江去会宁，或经过图们江下游的图们，去南阳（朝鲜的城市），走私来着。三合人看我那时走私挣了点儿钱，都背地里嘀咕着，说公州李氏家门儿，飞出了龙种啦。现在看来，那都是在骂我呢。那天，我过了图们去南阳，第二天返回时，买了一坨子青花鱼（鲭鱼），还有做土布裙子的布料，香粉盒儿啥的，预备着给我那小心肝儿。那会儿哪儿有客车哟，得走上两天才能回到三合呢。那个时候，朝鲜南阳，虽说是一个小小的‘邑’，可比六镇中的稳城或会宁，都要繁华着呢。南阳市场上，汇合着从稳城、钟城、图们来的商贩儿，好不热闹，天天都是‘集’，引着朝鲜各处的流动商贩涌过来。还有走私盐的贩子，都是些顶尖儿的大走私贩子。官家派出的缉私队也混杂里边，可不相当嘈杂啊！那天，正好是三合的高台日时分，月亮又圆又亮。夜已很深了，图们江对岸，那杜鹃好像叫灾星似的，叫声咋那么尖厉呢！当时我那小心肝儿，嫁给了十一岁的‘丈夫’当着童养媳。十一岁的孩子家，能懂啥呀？她家的路边小房，没有栅栏，明面儿上有一只大黄狗晃悠着，在那儿看家护院呢。就那么一只笨狗，还不好糊弄哇？我悄悄地绕过前院儿，走到那种着山杏树的房后，紧贴着后窗户边儿站着。也没到冰凉的秋天呐，还是夏天的晚上呢，后窗户却是紧关着的。轻喊了几声，里边儿没一点儿动静。我知道，心肝儿一准儿在等着我，没睡。可她还是守着自己那有主儿的身子，到头来也没给我开门儿。呵呵，我是啥人呐，叫我粘上可就抖搂不掉啦！……那天晚上，三合整个屯子，可是被搅了个底儿朝天哟！现在提起三合，还算是个挺大的地儿，那时候，还是个不到一百户人家的小屯子呢！就在那天晚上，趁着天黑我硬拉着心肝儿上路了，沿着图们江，一路经过开山屯、图们，翻过嘎呀岭，整整走了三天，才到了这儿。记得是早晨，天蒙蒙亮的时候到的南大川，当时家家户户正忙着做早饭，烟囱上炊烟袅袅升起，人家的小日子看起来咋那么甜呐！我说，咱俩就在这儿过吧……心肝儿也使劲儿点着头。……就这么着，我在这儿扎了根儿不是！”按现在的话来说，方元老爷子算是“抢婚”！并且抢的还不是寡妇，而是嫁了十一岁丈夫的“有夫之妇”。这也就在那个时候才有可能发生的、类似于野史的故事吧！老爷子的种种“越轨行为”，是到了他六十岁上，浑身上下使不上劲儿的时候，才算是止住了。昌洙的父亲，每每听着老爷子那些吹牛皮的话，觉着脸上挂不住，“爹，那些陈芝麻烂谷子的事儿咱别再提了，好不好！你当那些破事儿，是啥脸上有光的事儿啊！”并无恶意地数落他几句。

对昌洙他父亲来说，“心肝儿”不是亲妈，只不过是一后妈，是和父亲没啥特别感情的女人而已。并不是因为这个叫“心肝儿”的女人是后老婆的缘故，也许是因为老爷子命中注定遇见她，抢过来的女人，才更加轻视她也未可知。老爷子的第二个老婆为止，是喝了酒、借着酒的烈性，一时性起闯的祸，第三次遇见的这个“心肝儿”，则是他“一见倾心”的女人。

车窗外，不知不觉间，夜幕悄悄地笼上天际。在列车上，一晃一天就要过去。车越往西北走，村落就越来越稀少了。那对儿俄罗斯男女，一路上没完没了地唠扯着不知所云的闲嗑儿，刚刚还叨叨着，此时像是蔫了，对晚饭没了念想，在铺上躺下了。眼前这女人沉沉酣睡着。右胳膊无力地耷拉在床沿外，随着车行摇来摆去。昌洙中午光喝酒了，没吃饭，这时候肚子开始咕咕叫了。他也不想去吵闹的餐车，再说，他一想把正熟睡的女人独自扔在车厢，自个儿去吃饭，还挺不忍心的。怎么也说，是和他至少要“共命运”到满洲里的女人呐！他瞥见女人微张的双唇间，露着整齐的白牙。怪了，此时已不是最初“不漂亮也不丑”的印象了，苍白的脸蛋儿，弯弯的眉毛……没一处难看的地方。可怜见儿的，还试着考验自己的勇气，喝了那么多从没喝过的酒，糟践了自己的身子不说，甚至还在初见的男子面前，吐得一塌糊涂。

兴许，自己老婆也这样子过吗？感觉寂寞孤独了，便和陌生男子，对坐在长条桌酒馆儿里，喝烧酒吗？之后，任由男子拉扯着，进了小旅馆吗？也许老婆感情上出轨，有好几种版本儿，比这些版本儿更邪乎的是，五年间，老婆一次都没回家露过脸儿，甚至还有传言她生了韩国男人的孩子，并且现在都成了别的男人老婆，搬进了那个一块儿进小旅馆儿的男人的家。其实这些并不重要，老婆在事实上变心的本身才是问题。

昌洙媳妇儿去韩国之前，是在昌洙当副经理的社办企业下属醋精厂当工人，干粗活儿来着。说是工厂，实际上从洗瓶子的活儿开始，到最后都是手工活儿。一整天面对着传送带，流水作业下来，人总是累得筋疲力尽的。晚上下班回来，家里到处都是醋精的酸味儿。昌洙在被窝里搂过媳妇儿，她头发上那刺鼻的醋酸味儿，呛得他兴致全无。南大川78级毕业的高中生中，昌洙和淑子是唯一一对同学间结成夫妇的。淑子是南大川第一位农会主席德三（《光复的后裔们》中登场的人物）的外孙女儿，排行老四。南大川乡亲们之间的关系，就是这么像黄瓜蔓儿似的，纵横交错、彼此缠绕着。昌洙的同学，也就是我们的同学。淑子学生时，就很强悍泼辣，有体育天分，排球打得挺好。他们两个在学校时谈的“自由恋爱”。记得那时候，我们班主任曰洙兄就说过，淑子是一般的男人“收拾不了”的角色。说这话时，他的脸色看起来不那么好看。昌洙是曰洙兄的得意门生，也是他“四寸”小舅子，所以有在旁评价的资格。至于我们，“俩人觉着好就行呗”，也没说啥其他的话。婚姻上，旁人是没啥发言权的。工厂破产后，淑子自然也下了岗。那以后，她到镇政府所在地的食堂，当过服务员端过盘子，在十字路口的公用电话亭，收过电话费，还捎带着卖过封皮上印着半裸女人的通俗杂志。从那时起，她常唠叨自己男人无能，无端地找茬儿，平白无故地撒泼，昌洙也没少因为媳妇儿的工作发过愁。待出国热一兴起，昌洙媳妇儿一个高儿蹦起来，说要去韩国，脚打后脑勺地四处张罗着。现在去韩国容易得很，就好比去邻居家串门儿喝酒似的，但在那个时候，却是难于上天摘星星。当时，手里要是没有十万块钱，想都别想，门儿都没有。当时一万韩币兑换人民币一百元。再加上，稍不留神，还有被中介骗钱的危险。在那种情况下，昌洙媳妇儿靠假“结婚”，办成了去韩国的手续。媳妇儿“成功”了，昌洙却失败了。假的结果变成了真的。昌洙曾那么自负地说过，了解自己老婆，像看着自己的掌纹。结果他成了根本不了解媳妇儿是啥样人的老爷们儿。他自己应允了媳妇儿跟别的男人假“结婚”，甚至还配合媳妇儿，自编自演了一出儿“假”离婚的戏码，而他在其中扮演的角色是半推半就的。

啊，三十年的人生，竟然如此不明不白地倒塌了！

昌洙的背景和俄罗斯之行，曾是如此寒碜，且是冲动的。对昌洙来说，从此他已毫无退路可走！

“轰——隆，轰——隆——”

列车不停地飞驰在呼伦贝尔大漠上，车窗外，银色月光下，茫茫的沙漠之海流淌而过。这片不毛之地，白天看过去是满眼的黄沙，晚上却是阴森森的惨白，是昌洙最厌恶的月色了。小时候，听祖父讲的那“咬着大老鼠的尾巴……”故事，月夜总害怕大老鼠成群结队地跑来，他常把被子蒙在头上，吓得大气不敢出，发着抖。那月色，此时正扑满了火车的窗子。

上铺那对俄罗斯男女睡醒了，嘀拉嘟噜一阵儿，一起爬了下来。看样子是去厕所的。“现在几点啦?”对面铺上响起一阵儿窸窣声，那女人用手整理着头发，羞怯地笑着，似乎是想起了白天自己的丑态。“离满洲里还很远吗?”“现在过了九点了。到满洲里还早呢。过来，……手不太方便吧，熄灯前，赶紧喝点儿热水吧！”昌洙起身，正要倒水，那女人一下把保温瓶抢了过去。“您还是消停地躺着吧！想起白天的事儿，臊得我脸都没处搁了。”女人腼腆地说。“说啥呢？喝点热乎水，吃晚饭吧！都饿了两顿了，能受得了?”她回说自己胃里还是恶心，吃不下饭，又反问昌洙用过晚餐没。昌洙撒了个谎，说自己去餐车吃过了。可转身儿他就后悔了，肚子开始咕咕叫，那也只能咬牙忍着饿了。

那对俄罗斯男女回到了包厢，胖女人对青日妈做着鬼脸儿，然后像男人般豪放地大笑起来。可能是因为白天的事儿吧。男人手指着电灯，对着昌洙做“死掉”状，意思是说要睡觉了，把灯关了吧。就是他们不要求闭灯，一般到了十点，列车员为了保障旅客的睡眠，也肯定会统一关灯的。准十点整，控制室便关了电源。

听着上面爬上自己铺位的那男子，和胖女人叽咕了几句，又像蟒蛇翻墙似的，爬到了对面铺上。之后，传来脱衣服的窸窸窣窣声儿。接下来会发生啥事儿，明摆着。估摸得没错儿，一会儿，女人的叫声便炸开了。俄罗斯人真是不知道累啊，这一天之内，已经是两回了。如果他们是原配的话，断是不可能这样疯狂的，定是偷情呢。他们可不管下铺两个陌生的黄种人看不看自己，还想借着夜色胡搞呢！女人的喊叫声越来越高，开始乱喊乱叫了。试着近距离理解一下他们开放的性文化，实在是没有答案。这哪是性爱啊，简直是原始生物的交配！

“这两个败家玩意儿，咋也没个眼力见儿，真够不要脸的啊！”黑暗中，那女人不自然地悄声说道。昌洙猜这女人此时肯定是红着脸的。作为男人，他自己的脸都是火烧火燎的，正不知所措着呢，更别提一个女人了！昌洙悄没声地起身，像白天那样出了走廊。简直受不了那刺激！那女人紧跟着他也出来了。深夜里，只有夫妻之间在自家被窝里才能干的事儿，咋能这么当着人的面儿……

“我俩倒像是罪人呢！”那女人身上裹着毯子，看样子是仓惶之下，错把毯子当成衣服了。“去餐车喝杯咖啡咋样？”“咖啡？我可不会喝那玩意儿。再说现在这个点儿，餐车也肯定关门儿了。”“国际列车应该是二十四小时营业呢。胃里不舒服时，喝点儿咖啡挺好。”“不了，何必在那没用的地儿，花那冤枉钱呢？”那女人硬犟着。

这时，一名穿着整齐铁路制服的俄罗斯男列车员，经过灯光昏暗的走廊时，上下打量着他俩，欲言又止，终于还是没开口，走了过去。

“真像罪人似的。你发现，刚才列车员经过时，看我们俩的眼神了吗？瞅他那意思，肚里满是怀疑，大晚上的，别人都睡着，这俩人为啥杵在这儿呢？……咱还是回包厢吧！”说着，他头前儿走进了包厢，心里还嘀咕着：你们倒好，自顾自找乐子，根本没把俺两个大活人瞧在眼里，我们凭啥要躲呢？俺们又不是啥罪人。黑暗中，昌洙躺在自己的铺上，咀嚼着自己过去的事，把老婆的往事儿也一股脑儿地倒了出来。到现在，自己那些从没对人说起过的往事儿，却在这飞驰的列车包厢之内，在黑漆漆的空气里，像是在说别人事儿似的，平静地倾吐出来。他自己也不知道，是什么使他有这种冲动，对着差不多是初次见面的女人，掏心窝子地说出了一直藏在心里的不堪往事儿。

“唉！”那女人轻轻地叹了口气，一时什么话也没说，沉默着。听着那女人叹气，昌洙忽然觉着，挺后悔说那些废话的。然而，异常的疲倦令他转眼跌入了梦乡。梦里，昌洙一一见着祖父李方元、父亲、母亲、儿子，还有老婆和青日妈。以祖父为首的亲人们，对他不理不睬，或大声叱责他，为啥要去那遍地“老毛子”的苏联。唯独青日妈，温柔地牵起了昌洙的手。不知不觉间，昌洙和那女人，在苏联搭伴儿过起了小日子。(那时候，一唠扯起俄罗斯做买卖，人们最先想起来的新名词儿是“搭伴儿”，或“结伙儿”。这个新名词儿，是指在做买卖时，结成联盟的意思，也暗指男女晚上盖一床被子进被窝儿，一起过日子的意思）他们俩在市场上，做着零售商，铺子的摊床上，都是花花绿绿的女人用品，女人的内衣、饰品，其中还有很多昌洙从来也没见过的东西。咋都是些乱七八糟的女人用品呐！除了这些，就没别的啦？……梦里，昌洙就这么没完没了地唠叨着，醒了。

这梦也太离奇了！看看对面铺上躺着的青日妈，像是睡着了，一动也不动。

6

百年前的朝鲜，大灾年，图们江，大老鼠……方元老爷子生前对子孙们讲过他们的祖母，也就是自己老伴儿的事儿。而子孙们只知道奶奶是爷爷的第一个女人罢了。可是昌洙最近，很偶然地知道了自己的奶奶，原来是个酒吧女，换句话说，奶奶是妓女出身。打旧时候起，妓女用粗话叫卖身女、娼、婊子、卖淫妇等等。算算祖父和父亲之间的年龄差，父亲差不多应该是方元老爷子二十三岁生的。这么说起来，方元老爷子迁入间岛的土地之后第二年，1929年，伪满洲国成立前，生了昌洙的父亲。如果祖母是妓女的话，那第二代、三代、四代子孙，都是谁的后代呢？酒吧和妓女，对我们这代人来说，虽然是陌生的单词儿。改革开放是政府方面的公务用语，借来用在这里，就是说，开放的年代，有时也把历史上一段时间曾经消失的、酒吧和妓女等陌生的单词再“开放”了。换句话说，这个时期，“轻浮”的风气开始抬头，有些人应该守着的德性和节操消失了，开放的代价，是使一部分人的社会价值观用钱来换算，用钱可以买到酒和妓女，用钱可以掩盖轻浮感和乱为。轻易地爱，轻易地分手。从那时开始的“轻易”，造成了社会将支付无法用金钱衡量的巨大代价。

昌洙从那个时刻起，好像隐隐感觉到，那个冬天的夜晚，用手指抠吃黄色窗户纸上的霜，爷爷讲“咬着大老鼠尾巴，渡图们江而来”的故事里，藏着自己奶奶一小块儿悲伤的情由。哇！假若自己没有耍赖，不要往下听那故事，也许稍后就会流出来祖母的旧事，也未可知！祖父讲那“没意思的故事”时，脸上流露出的那份惆怅，那分悲凄，在爷爷魂归西天时，依然原封不动的，深深藏在仁慈绽放的老年斑里。昌洙不知不觉间，竟开始对祖父的放浪生涯，有了成人般的理解。

据说，祖母平生，直到闭上眼为止，都对方元老爷子厌恶着。不，厌恶这程度不足以说明，应该是恨之入骨。祖父就是那个“罪魁祸首”，把自己变成了活寡妇，无数个冰冷夜晚，独守空房度日！祖母生前曾亲眼目睹，方元老爷子抛弃自己，又娶了小老婆。如果她知道，他后来霸占了“心肝儿”之后，又连着娶了两房小妾，不知会作何感想。

然而，昌洙的祖母在方元老爷子一生之中，还是占了最大比重的，完全是因为他们俩生了承担起宗家责任的儿子（昌洙的父亲）。那之后，方元老爷子先后娶了五房小老婆，生了六个和昌洙父亲同父异母的兄弟姐妹。年轻时那个追风逐云、气势张狂的方元老爷子，到了晚年却是很不幸。他感叹：“我这是前生造的孽，现世遭报应哟！”……

这对“老毛子”男女简直是天生一对儿。一番“翻云覆雨”过后，两人便像比赛似的打起了呼噜。那声音震天响，搅得昌洙他们实在无法入睡。

车窗外，依然漆黑一片，偶尔会掠过一簇光亮，像童话或祖父故事里出现的“鬼火”。对面铺上躺着的青日妈，一动也不动。她，睡着了吗？昌洙起身，马马虎虎披上衣服，正要去厕所，忽然，体内涌上莫名热流，鬼使神差般的，让他轻轻拨开了盖在青日妈脸上的毯子。没法看清，她是睁着眼呢，还是闭眼睡着。唉，这不是没事找事儿嘛？莫名其妙弄了这么个操蛋的由头儿来。……昨晚临睡前，自己没有得逞而后悔的事儿，这回彻底被自己捅开了那层窗户纸！此时，昌洙也不知哪来的勇气，黑暗中寻着女人那裹着漂亮牙齿的嘴唇，轻轻地将自己的凑了上去。一边寻思着，没准儿会赏个大耳刮子，忐忑着，一边却一不做二不休，大着胆子，深深地吸吮起那两瓣儿唇来。女人那稍感冰凉的嘴里，仍残留着一股淡淡的酒气。她没睡！刚开始，她轻扭着头，似乎抗拒的样子，在昌洙男人气的猛烈强攻下，终于乖乖地交出了自己的双唇。

特定的环境，有着使人丧失理性和意志的魔力。老婆去韩国后，昌洙燃烧的情欲生生地被浇灭了，虽然也学着别人的样子，去了几回酒吧，但从拿着钱换肉体的酒吧女那里，他根本感受不到渴望的那种情感。觉察到女人并没有拒绝，昌洙的动作更大了。他耳边感知着这个在列车上初遇的女人，那如游丝般细柔的香甜气息……既然已经这样儿了，他索性开始更纵情地驰骋于女人的身体之上了。男人的手侵占性地越过女人的腰带，拨草掠地地向溪谷深处，一路探寻下去，此时，女人发出纤细的低吟，突然紧紧搂住了男人的脖颈，昌洙顺势轻轻地把女人向床内侧推了推，正要褪下蒙着女人下体的，那薄薄的最后一层纱，女人喘息着，在男人耳边喃喃低语："我们这样子没事儿吗？"

"当然没事儿！"

昌洙边伏上女人的身子，边理直气壮地回应着。

"有什么事儿？人生不过如此！"

"你要是背叛俺，俺可断不能答应呢！"

列车上，偶遇这女人，"初夜"的感觉令人沉醉。这也许就是异性相吸、男女同赴异国他乡漂泊的命运吧！

上铺那两个"老毛子"，全然不知下铺的这对儿黄种人，照葫芦画瓢地步着他们的后尘，干着一样的"勾当"，依然四平八稳地打着鼾。下铺这两人完"事儿"后，紧紧地相互抱着，一时间沉默不语。"我看，血脉这东西可是骗不了人的！"昌洙低低地缠绵细语着。女人"哦？"的一声，诧异地反问道。这是女人家不知道也可以的男子汉心里话。

天，开始蒙蒙亮了。车窗外，一片灰白色薄雾笼罩着的平原，匆匆掠过。空气中飘着只有在中国商业街上空才能见到的尘霾。

昌洙意识到，满洲里车站应该是快到了。向车窗外望去，是楼房和草房混杂一块儿的市郊特有景象。上铺的男女，大概是因为不分白天黑夜连续"作战"，过分消耗体力的关系，累得四仰八叉的，依然酣睡着。

"咱得趁上铺的人还没醒来，赶紧起床才是呢！"说着，青日妈先从床上起身，害羞得披着毛毯，忙叨着把内衣穿好，然后从自己的皮包里，翻出牙缸、牙刷和毛巾之类的洗漱用品。然后，低着头，问昌洙的洗漱用品放哪儿了，像伺候自己掌柜的似的，亲手照顾着昌洙。她似乎还是觉着臊得慌，自打天亮起，一直不敢和昌洙的眼光相碰。

“李经理身体哪儿不舒服吗？昨晚儿整宿地呻吟着呢？”

女人依然低着头，体贴地关切着。

“我哼唧了吗？从没有过的事儿啊！”

“可能是换地方睡的关系吧，我一宿都没睡。所以才听到你呻吟声了。”

火车进入市区后，开始减速。满洲里比想象中规模更小些。等会儿，海关检查一结束，换乘列车后便是出国境了。昌洙的目的地是伊尔古兹。按地图上的距离推算，现在仅仅算是走了一半儿路程。在满洲里换乘后，国际列车满载着旅客，继续向西北方向疾驰而去。俄罗斯的列车轨道比中国的要宽，所以车厢内部也相对宽敞些。从中国去俄罗斯的通道很多，东北就有珲春、绥芬河、满洲里等口岸。昌洙要去伊尔古兹，为了缩短国内行程，才选择从哈尔滨走。

这回可真是踏上俄罗斯的土地了。从列车发车开始，上铺的俩“老毛子”许是觉着到了自己国家，手舞足蹈地欢实起来。据说大多数俄罗斯人，素质普遍较高，从不在公共场所喧哗，很守秩序。可眼前这对儿，好像不太一样，素质差了些。本来是四人住的包厢，却错当成他们自己的二人世界，全然不管他人感受。到了中午，旁若无人地嬉笑打闹着的二人，起身往餐车而去。

“我们也去吃午饭吧！”

昌洙此时也觉着肚子饿了，起身道。面对一直回避着自己的目光，羞于见他的女人，他故作轻松，想装出若无其事的样子。昌洙的衬衫口袋里，装着三千美元。上路前，他四处借钱，答应人家利息挺高的，然后兑换成美元。这是他做买卖的所有“老本儿”。

“花那没用的钱干啥？这里有方便面呢！”

女人一副雷打不动的模样儿，坐在铺上翻着自己的皮包。只见三包“康师傅”（方便面）“蹦”到了眼前。昌洙瞥了一眼，包里还塞着好多方便面。

“这儿还有热水呢，我一包就够，李经理两包……‘

这女人也太实在了！昌洙只好装作推托不过，坐下了。其实，餐车挤满了人，也确实不太得劲儿。女人忙叨着把方便面包装扯开，倒上了热水。

“我也是，一个就够！”

“大男人，一个哪儿够！”

这娘们儿不是一般的犟。

“离家在外，哪能按点儿吃饭，总会饿肚子的。”

“呵呵，让那俩‘老毛子’看见，还以为咱俩是哪来的要饭的呢！”

彻头彻尾的，朝鲜族的虚荣心！

“咱们吃咱们的，关他们啥事呢！”

女人闪着银白色的牙，头一次正面看着昌洙说道。

“我说，你有一口这么漂亮的牙齿啊！……”

昌洙终于泄了气儿。

“哟嗬，瞧您说的，那意思是俺的脸儿长得不怎么的呗？”

女人一脸的妩媚。

“不，不是那个意思咯……”

昌洙本来想告诉女人，祖父那牙齿之说的来龙去脉，又怕她听不懂，也就罢了。女人笑着，从皮包来拿出一小袋一小袋包装好的拌桔梗来。心灵手巧的主妇，就是用在这儿的吧！老话说得好，‘寡妇存银三斗，鳏夫蓄虱三升”。可是从现时起，昌洙不再是跑腿子，那女人也不再是活寡妇了。

“哎呀！瞧我，倒不如去餐厅吃饭好了。”忽然，那女人带着后悔的表情说道。“为啥？”“都给忘了，这种食物，你是不是都吃腻歪了啊？”这女人简直是“告诉一个，知道三个”的主儿，精明能干。她都知道，跑腿子最常吃也最烦的就是吃方便面了。

“吃方便面咋啦？非常时期吃饭也是要‘非常’的呀，哈哈！”

“那也是，……我光想着自己方便，忘了这茬了！”话里满是自责，看她的样子，倒像是自己做错了啥事儿似的。

“说哪儿去了？日子过到现在，也没享受过女人温柔的照顾，这已算得上山珍海味了！”

昌洙的心开始不由自主地越来越靠近那女人。他今天第一次感悟到，第一眼看着不怎么好看的女人，随着时间推移，也有可能越看越漂亮。我原以为，对这种一夜露水的女人一见倾心的说法，只会是那些愣头青作家笔端流落的粗浅文字。现在看来，能编造出来那些文字的作家，还真有两下子。这么看来，这种倾心，是不是和这个自叹三十年人生失败的“青年兵”，自我折磨和落寞心情有关呢？这世界又大又宽，他当初背井离乡之时，天还下着雨，如今已是雨过天晴。昌洙万万没想到，在异国他乡奔驰的列车上，一个女人能带给他这么大的力量。

“留在家里的孩子多大了？”翻过了那座难以逾越的“阿里郎山岭”的昌洙，此时悄悄地把话题转到了日常生活上。在车上还有一天的时间，没有着急的必要。“七岁了，上小学一年级呢，这才离开两天，已经开始想孩子了。”女人把面前的茶桌擦得干干净净，“李经理也说过有个儿子吧？”“我儿子比你家青日大两岁，在汉族小学读书，三年级了！”昌洙老婆嫌儿子学朝鲜语没啥出路，硬犟着，到底让儿子从幼儿园起便学了汉语。换句话说，成了不会写朝语字的朝鲜族，移民四代。老婆虽说是彻底背叛丈夫的妻子，但却是对儿子宠爱有加的好妈妈。她托付亲戚捎来儿子的衣服、自行车，还刚刚寄来一台电脑。对儿子这第四代移民来说，他妈妈这移民三代成了他们的“摇钱树”。不，儿子他妈如今也算不上移民三代了，她已经通过婚姻关系取得了韩国永久居民身份。

“青日那孩子知道他父亲的事儿吗？”“他都不知道自己有父亲这回事儿。孩子两岁时，丈夫便出了国，把孩子托付给了我姐姐家。姐夫是小学校长，倒也省点儿心……我这次离开家时，他虽然跟着姐姐他们送我到了客运站，却始终一声不吭。”女人流下了眼泪。那就是说，整整五年时间，她是孤身一人过来的。反过来，也就是说，她丈夫那期间在俄罗斯，已经找了别的女人，另起炉灶过起了日子。原以为，这世界上，单单有像自己老婆那般狠心的女人，谁知还有更狠毒的男人！舍得抛弃这么好的女人，到底是怎样的老爷们儿啊？“我男人在村里时便出名地脑子灵光。我们结婚那年他二十五岁，从那时起，就当了村长，后来又当上了村书记。村子里，能做到这份儿上，大伙儿不就说这人很能干了嘛！”女人一提起自己的儿子，便眼泪汪汪的，但说起自己掌柜的，就像是说别人的故事似的，表情淡淡的。对失去整整五年黄金时光的女人来说，从遇到昌洙以后，似乎不会再有悲哀了。

“好像听你说过，你是教员出身？”

“啥教员啊……俺娘家爹才是当老师的。俺家青日爸当村书记时，因为当村长那段时间的账簿出了毛病，被撤职了。他在家闭门不出，整整俩月，之后便马上去了苏联。头一年，还来信儿说，买卖做得不错呢，也给家里寄回来钱了。可是，渐渐地，就有闲言碎语传到了我耳朵里，说是他在那边找了个年轻女人搭了伴儿，还是汉族娘们儿。起初，我还是有点儿侥幸心思，没往深里想。可那传闻越来越邪乎了。即便这样，我那时还傻等着他，盼他回来。那段日子，我还伺候着中了风的老公公，天天都给老人接大小便。后来又伺候得了癌症的老婆婆。连我这个整天待在家里，不通外边儿的人，都听到了那些传闻，更不用说旁人了。我们村儿去苏联的人有‘老鼻子’了，都说亲眼看见我男人，正跟个年轻女人相好过日子呢。更细的消息是从我“四寸”（朝鲜族论亲戚关系远近一般用‘寸’。数字越小越亲）表姐那儿听说的。我表姐也去了苏联，碰巧到了我男人住的那一片儿城区。现在表姐是搬到别的地方了。我表姐说，亲眼看见了我男人和那个汉族女人已经过起了小日子，还生了个女孩儿。我男人和表姐说，他不想回中国了。还说，那女人是绥芬河的，她哥哥和弟弟是连人都杀的‘黑社会’的。他说他可能暂时还逃不出那女人的手掌心儿。可表姐说，那纯是骗人的鬼话。听到这些，我当时就感觉天崩地裂似的。可是随着时间一天天过去，岁月也成了一剂良药。反正都这样了，我也就动了去苏联的心思。其实，自己在家干那么重的农活，也很吃力。刚开始，我还想这次去找到我男人，当面质问他为啥那么狠心，现在也没了那念想儿。既然都成了路人了，那不如他走他的阳关道，我走我的独木桥呢！只是，这五年当中，我睁着眼睛，一直傻等着他回来，这让我挺气愤的！”

尽管那女人是简简单单地大约摸儿说了这些经过，昌洙却寻思着，其中的苦衷绝不会像女人说的那么轻巧。换个立场来看，正如自己老婆背叛自己之前，也应该经历了相当的时日，肯定由某个契机促成的。那女人的丈夫也可能有某种说不出的缘由吧！自己和她，不也是在一天一宿之间，从初见变成熟人，更进一步越过了雷池，“垒起了万里长城”（朝语对性爱的比喻说法）嘛！如果两者有什么不同的话，只是自己和她，是两个“被害者”之间的“同病相怜”而已。

然而，生活中没有永远的胜者，也没有永远的败者。

“那你现在要投奔的，或者是你表姐所在的地方吗？”

“您是咋知道的？太新奇了啊！我对我男人，心里有怨，却不恨他。现在连恨都不愿意了！”

也许吧，不是说，恨也是爱的一种嘛！

7

百年前的朝鲜，大灾年，图们江，大老鼠尾巴……

方元老爷子离开这世界一晃儿都十五个年头儿了。他膝下有好几个异母的儿女，可每到清明和中秋，到墓地添土或拔草这些事儿，却全都是昌洙父亲给包下了。方元老爷子九泉之下有知，肯定会怒气冲天的。然而后房小老婆生的子嗣们，清明和中秋回不来，却连一句“对不起”的话都没有。话说，从五年前开始，方元老爷子的坟头竟然出了怪事儿。怎么可能啊？……简直是惊人的发现！老爷子的坟头儿，不知为何，竟渐渐隆起了。村里人“啧啧”地咂着舌。难道是说，已经化为一捧泥土的方元老爷子，灵异附身，使坟头隆起的吗？和边儿上其他亡者的坟相比，人家的逐渐变平，每到清明总得需要往上培土，可方元老爷子的坟头儿，却神不知鬼不觉地越来越丰隆起来。这真是鬼听了鬼都要被吓坏的事儿！

“先人墓显丰隆，是好征兆，是后代们枝繁叶茂的好兆头！”

这话听起来虽让人难以置信，却不是啥难听话。昌洙不也是方元老爷子的后代嘛！人类自打进入父系社会以后，经历了相当长的时期，维系着父权，把儿子看作父亲的分身。也因此，宗家处于相当显赫的地位。对于方元老爷子来说，昌洙的父亲是他世袭性地守护宗家的分身，再往下，就是作为其父亲分身的长子昌洙了。

方元老爷子的坟头儿越来越鼓，没看到真的有啥好的征兆，变成了真事儿。倒是老爷子的大孙子媳妇儿（昌洙的老婆）出了背叛宗家、忤逆家风这档子事儿。

吃完早饭返回包厢的俄罗斯男女刚爬上了自己的铺位，只听包厢门响，走进来一位俄罗斯男子。这才发现他们还有同行的人。这家伙留着像马克思一样的浓须，看上去给人一种非常凶恶可怕的印象。看他手里拿着扑克，猜他应该是找伴儿来玩的。

那帮俄罗斯人走后，昌洙和青日妈短暂地沉默了一会儿。昌洙这时把扔在一边儿的《周易》重新拿过来翻着。以前听说过《周易》是很难懂的书，却不知竟是如此之难。虽说为了易懂些，用漫画来图解的，仍然是一点儿都看不懂。买它来当作消遣，实在是大大地打错了算盘。

“俄罗斯人都长得这么凶样子，看着都吓人，还咋和他们做买卖呀？”这女人似乎是被那男子野人般的外貌给吓着了。

“怕啥呀，他们不也都是人嘛！”

“嗨，差点儿忘了！”女人轻拍了一下自己的额头，之后打开了自己的提包，从里边拿出来一坨用白色塑料袋包着的东西。女人那只黑色的手提包，就像变戏法儿的“百宝囊”似的，从那里能“变”出各式各样的东西来。

“给，来块发糕！本以为就咱延边的市场上有卖这种发糕，没想到哈尔滨也有卖呢！瞅着李经理像是不会抽烟，尝尝这个吧！泡面不扛饿。”

“呵呵，还是算了吧，刚吃过早饭，哪还吃得下发糕啊？”看昌洙硬是推托，她这回又从手提包里拿出了别的“物件儿”来。是一袋儿袋装奶粉。“听说城里的男人都爱喝咖啡，您啊，拿开水沏了，代替着咖啡喝吧！”昌洙也执意客气了一番，可女人硬是沏了一杯牛奶。

缘分，这真是上天赐予的缘分呐！昨天，两人在火车站前广场上偶然相遇，坐了同一趟火车，同一间软席包厢，毫无戒备地对坐一起喝酒，毫不顾忌的，连各自家庭的隐私都给抖搂出来了。昌洙甚至还亲手把那女人酒后吐出的污物，给清理干净，那女人则伺候昌洙吃泡面，体贴入微地呈上发糕和牛奶。再加上，他们已经“庄严”地进行了只有夫妻才可以的房事。还有比这更深的缘分吗？这是各自经历了一次人生失败后的男女之间，特殊的缘分。

“不管怎样，我们都像是很有缘分呢！”

“如果真能把这缘分续下去，该有多好啊！”女人也点着头，应和道。然后，便沉默不语了。从女人的表情来推测，此刻，她肯定是在想自己的儿子青日。昌洙也何尝不是啊，想起了留在家里的儿子李文。

“青日妈，我这个人看起来是怎么样的一个人？”

“您说的是什么意思？”那女人露出一排瓜子似的整齐的白牙，嫣然一笑。

“我是说，我在你眼里，像是个可靠的人不？虽说要了解一个人，最起码得交往一段时间才行，但有时，不是也可凭直觉，就会判断出来嘛！所以，我的意思是，你对我的直觉怎样？”

当过副经理的角色，就是不一般。

“要说是缘分，……或……或者更好些吧！”

那女人红着脸，含糊其词。

“我们俩可都是有过一次失败经历的人了，所以说，彼此信任比啥都重要，是不？如果你看我是个还靠得住的人，那咱俩就互相搭个伴儿吧！人都说，在俄罗斯，独个儿是没法做生意的。”

“啊，知道了！我也从别人那里听说过这样的话，也已经做好了准备。”那女人再次露出了闪闪的银牙。昌洙忽然有了再亲她一口的冲动。

“真是太好了！我也担心得要命，要是碰不到好伴儿，该咋办。真要是这么结缘，我也是挺高兴的。”

这回，妥妥的了！看来祖父的坟头儿也不是白白变大的啊！尽管贴了“生意伙伴儿”这么个冠冕堂皇的标签儿，在俄罗斯的土地上，“搭伴儿”意味着什么，那女人也听人说起过，心里再清楚不过了，彼此心照不宣罢了。

国际列车向西北方向横穿着俄罗斯大地，马不停蹄地奔驰着。车窗外，充满异国情调的白桦树林成丛地向后倒去。

昌洙把自己腾空的行李箱递给了那女人。

“呀，这行李箱又大又重，下边还有轱辘呢！”

那女人看样子像是马上要到站了似的，把自己随身带的大包小裹打开，重新整理好，统统装入行李箱。

“临来的时候，我本来也想买个这样的行李箱，一想挺心疼钱的，就拉倒了。”

好兆头！女人知道心疼钱，就是好事儿。不知道心疼钱的女人，也肯定不知道心疼自己的老爷们儿！心变宽的昌洙，不知怎的，那女人在他眼里，哪儿哪儿都显得那么美好！

“轰——隆，轰——隆——”

也许火车是进了山洞吧，汽笛声突然大了起来。往车窗外望去，一片漆黑。稍后，过了一会儿，爬满车窗的黑暗，便已倏然褪去。昌洙他们俩的生活，也是从此冲出山洞，向前挺进呢吗？……

“现在，已经不叫‘苏联’了，而是改叫‘俄罗斯’呢！苏联早就解体了。”

车窗上，阳光逼退黑暗照进来的瞬间，昌洙猛然间想起了儿子李文说的话。临出发俄罗斯前，他准备这个那个东西时候，常常会从嘴里迸出，过去曾使用的国名“苏联、苏联”的字眼儿，才上小学三年级的儿子每每听到，都会纠正他，不叫苏联，是俄罗斯。苏联解体后，其中一个变成了俄罗斯的话，在车厢里突击结成的这对儿“搭伴儿”，兴许在俄罗斯土地上没啥毛病，然而在中国国内社会，南大川，以后该用什么名字来称呼，来翻译为好呢？……

“这回好了。”

那女人把自己的行李，干净利落地全都整理进了昌洙的行李箱，之后，望着昌洙，露出一口银牙，亲昵地笑着。

“挺沉的，上台阶时，您得帮我拎一下。”

大包儿小裹儿的行李，变成了一只行李箱。

“还是我拎吧！”昌洙痛痛快快地应道。

百年前的朝鲜土地，大灾年，图们江，巨鼠尾巴……

20 世纪 30 年代，斯大林时期，朝鲜人（高丽人）迁徙中亚地带时，带有外力强制性的规定。那么，试问中国朝鲜族的俄罗斯之行，是强迫还是自愿的呢？或者是因为其他什么原因？

漫漫寒冬夜，冰冷的月亮，方元老爷子，咬着巨鼠尾巴……不，已经不是从前的故事了。已不是关于移民第一代的故事了，而变成了移民第三代的故事。

“百年前，有一个叫‘延边’的土地上，遭遇了大灾年。不，也不是灾年哩。话说众多巨大的老鼠们，翻过山海关，下到了南方；渡过乌苏里江，去往中亚（俄罗斯腹地）呢。还有一群围着裙子的巨鼠，横渡大海，去往一个叫作‘韩国’那个地界儿了呢！……第二个咬着前一个巨鼠的裙角儿，第三个咬着第二个的裙角儿，第四个巨鼠……”

这叫啥破故事嘛？一直耐着性子在旁听着的移民五代们，“哇哇”大叫着，跺着脚儿，捂着耳朵不要听。

呸，够无知的啦！应该是连“哇哇”叫的声音都不会有的啦！没准儿到移民第五代那时候，朝鲜语都当成了“外语”，说那是“高丽”话，听都听不懂了呢！到那时，移民五代肯定不会再有移民三代的那些情结了。

这些是没啥用性的想象吗？“他妈的！船到桥头自然直，走着瞧吧！活到活不了的时候，再看吧！”这话，是移民第一代方元老爷子说过的。可不，走到底，撞着南墙再说呗！三十三岁的移民三代应和着。坐着火车走哪儿算哪儿，不能往前走了，再说！

国际列车马不停蹄地飞驰着，像黄牛似的喘着粗气……

画外音：我的朋友，昌洙，就是这样奔着俄罗斯去了。然而，昌洙在俄罗斯那地方，别说老本儿了，连他三年间挣的血汗钱一块儿，全被偷走了，变成了一个身无分文的乞丐，回到了国内。可是，昌洙在俄罗斯，却找到了那位叫“青日妈”的女人，成为他人生最值得珍重的“同盟军”，还结交了几名生死朋友，也就是说他得到了最好的“人力资源”。昌洙尽管在俄罗斯“富豪梦”破碎了，却熟识了商道，认识到了俄罗斯和中国市场存在的差异，也从中悟出了做买卖的秘诀儿。回到中国后，昌洙攥着我们老师曰洙兄给他筹的五千块钱，投奔青岛而去。他在那里，与在俄罗斯有兄弟之交的朋友重逢，两人开始重新进军俄罗斯远东地区。昌洙事先掌握了俄罗斯远东地区木材可以进口中国的商业情报。他们从远东地区，低价买入了几万立方米的红松，转手卖到中国，坐地就挣了一大笔钱儿。他凭着这第一桶金，逐渐成了富豪。

现如今，昌洙也年过半百了。“过去老话儿，为啥说背叛结发妻的男人和抛弃亲生子的女人，必定会遭到报应、不得好死呢？知道不？男人到了能背叛自己糟糠之妻的程度，那这人就能背叛这世界任何一个人，女人连自己的亲生孩子都能抛弃，那她也绝不会爱任何一个人，就是这个道理啊！也就是说，一个人怀着那么恶毒的心，活在这世上，人心会背离，做事不得善果，最后以惨败告终啊！……”对昌洙这番郑重其事说的话，我们总是取笑“你这家伙，现在摸着个俩钱儿，啥时多了这么多似是而非的语录咩！”但，不得不承认，昌洙这家伙是个明智之人，心里也知道，他是我们这帮里，走得更远些的一个朋友。

昌洙在青岛扎下根以后，私费将自己儿子李文和那个女人的儿子青日，双双送入美国哈佛大学留学。昌洙常说，自己是在走进了人生绝境，在死胡同里没法选择的情况下，拼死赚的钱，并且，如果自己老婆当初没有背叛自己，自己到现在肯定还是个公职人员。这些话，既对，也不对。因为人生没有如果，也没有重新选择的机会！

最后的老兵

——南大川人的故事（6）

1

1930年，出生于挪威奥斯陆的和平研究学者，约翰·加尔通将和平的概念，区分为“消极和平”和“积极和平”，将社会一体化阶段视作积极性和平，提出“战争结束，并非意味着和平自动会到来，战争结束所带来的有可能是，比战争本身更为残忍的东西”。这一名言，诠释了关于战争与和平之间的相互关系。

中国国内一窝蜂似的拍了很多战争题材的影片或电视剧，也成功地刻画、塑造了很多比较有个性的主人公，但是，如果能够专注于“战争有可能会带来比战争本身更为残忍的东西”，反而可能给人留下更为强烈的印象。换句话说，主人公们在战争结束后，尽管迎来了和平年代，却因为战争留下的后遗症，持久性地铸造只有自己特有的，假象的战争残留（消极性和平），而无法适应积极和平。

只有自己将战争探究内在化。

这样的主人公们，是在战争与和平的间隙中，经受矛盾的人物。总之，一句话，这是战争留下的伤痕。正如加尔通指出的那样，战争结束后，一边消极地适应和平，一边接受着“比战争本身更为残忍的东西”，这是剧痛的一个例子。

光洙是《间岛传说》的姊妹篇《光复的后裔们》中登场的人物。如果说，光洙在《间岛传说》中，是图们凉水——朝鲜稳城区间的稳城大桥建设施工现场，赤手空拳地与日本工头打架的，那个还没有成长起来的，鲁莽的反日青年的话，那么，他在《光复的后裔们》中，则已成长为编入进军中国东北的苏联（俄罗斯）远东军先遣队，进驻南大川的苏联红军军官了。那之后，光洙在北满参加了剿匪斗争，以军指挥官身份，投身于国内革命战争，也曾抢渡长江，向南方挺进。在1950年爆发的朝鲜战争中，也曾流过血。他从年轻时代起，同日军、国民党军队、美军战斗中，成长为在战场上燃烧青春的热血战士。

1942年，东北抗日联军总司令周保中将军与苏联远东方面军司令官阿巴纳辛克大将达成协议，将留在苏联境内的东北抗日联军部队进行扩充、整顿，创立了东北抗日联军教导旅。同年，东北抗日联军教导旅改称为苏联远东方面军第八十八独立步兵旅，整编入苏联红军，也被称作“国际旅”。光洙正是出身于这支部队。

1945年，苏联红军向中国东北出兵前夕，苏联远东方面军第八十八独立步兵旅，按照苏联远东军司令部的指示，选拔出二百八十名指挥官和战斗队员，成立了机动部队，编成十二支小分队。进军东北的这支部队，负责确定苏联红军的进攻路线，开展对日军的军事设施进行侦察等活动。

这个时期，光洙担任排长，佩戴中尉肩章，编入远东军第二十五集团军先遣队。

二十五集团军，从春化、长岭子、敬信开始，突破日军防线后，仅用十天迅速占领了珲春县所在地，大破在大盘岭阻击的日本关东军一一二师团。这时候，光洙随着部队在进攻图们的行军途中，路过南大川，短暂停留了一下。南大川，有他在稳城大桥建设工地一起干活时，兄弟相称的工友，一个大哥的儿子英洙（地主——《光复的后裔们》中的主人公），还有跟着英洙一起到南大川生活的佃农们。这些佃家们和光洙也是在稳城大桥建设工地的工友，平日里叔啊、哥啊、弟的称呼着，混得不分你我。也就是说，在间岛（延边），这个叫南大川的小山村，成了光洙唯一的“人脉资源”。光洙实际上在私下旦成了年轻地主英洙的后盾，在土地改革斗争中，暗地里清除了与英洙对立派的汉族恶霸地主张三，也就此消除了英洙和南大川的后患。因为这些牵扯关系，光洙最终在南大川安顿下来，从此成了传说性的人物，与南大川人的命运紧紧地联系在了一起。

2

大多数情况下，相比起南方，气候寒冷的北方地区，人们一般都挺能喝酒的。从这些人的饮酒习惯，便能窥探出人们的性格。过量饮酒作为人性格外向的行为，换句话说，性格粗犷、豪放的人，大部分对乙醇有过分的偏爱和适应。这类人除了喝大酒，同理也十分喜好给口腔带来刺激的凉、辣的重口味食物。

光洙的外孙子昌洙说过：“我姥爷说他是十五岁开始学的喝酒。光复前，不管家里生活多困难，他一年少算也得喝上个二百斤的酒，共和国成立后，一年怎么也得喝三百斤。保守地算算，他这一辈子，应该喝掉了一万六千斤，也就是喝了足足的八吨呐！……想想吧，竟然消化了那么高度数的烈性老白干儿，俺姥爷得多厉害啊！如果他当年不是那么个大酒包，再改改他那臭脾气，现在当个师团长还是轻巧儿的！俺姥爷还不是因为那张嘴惹来了大祸……”他慨叹。

可笑的是，差点儿当了师团长的光洙，最终的定居地，却是南大川那寂寥的果树园四户小屯子。

这片果树园，是20世纪50年代，光洙带着南大川人开垦出来的。从那个时候起，南大川人举荐的果树技术员三户人家住进了果园，加上光洙加入，成了“四户小屯”。光洙从来到南大川到他去世为止，就没离开过果园。南大川除了果树园四户小屯之外，还有往西北边儿走，越过小岭，那个叫阳东堂的地方。像崔千燮、张四、史秀才等五六户住在一块儿；土墙外屯子，还住着“福童阿迈”“张瞎子”等人。这样的自然屯儿，是与当时的政治环境联系在一起的。1934年，日本殖民统治时期，按照实行集团部落化管理后，直到光复运动兴起，之后中华人民共和国诞生，延边大部分农村，一些小的“卫星屯儿”便开始形成了。“屯”，虽然是中华民国时期使用的地方行政名称，但后来人们仍习惯性地把农村小的居住区域，称作“屯”。于是乎，果树园的四户也就成了“四户屯”。然而，南大川的“屯”，却不是以生计为目的而形成的“自然屯”。

如果说在南大川，阳东堂和土墙外的“屯”是因为成分不好，而被另眼相看的一帮人，他们被“成分好”的人所拒绝，迫使这些“二等人”（贬）凑合在一起生活的话，果树园屯子则是因为曾经当过果树技术员的东宇（笔者的同学，民奎的父亲），和在龙井参加过万亩果园建设中，认识了朱德海州长（延边第一任州长，后来又当了州委书记）的福满，还有左撇子武龙仔带着自己的家眷生活在那里。他们说是果树技术员，其实连科学剪枝都不懂得，竟在果树生长休止期的初春，将前一年长得好好儿的果树枝丫给剪掉，充其量是业余水准而已。“四户小屯”里，唯独光洙啥技术都没有，虽说他和果树屁大点儿关系都没有，却是称得上完全有响当当的资格，可以生活在果园的人。

果树园的“四户小屯”，作为够资格生活在土墙内的人们，与阳东堂、土墙外屯子那些人是有着“严格”区分的。

南大川人把“四户小屯”简称为“四屯”。

西边儿拱针山山脊上，眼看着只留了一些白不刺啦斑驳的残雪，本以为冬天就要过去了，可迎着惊蛰扑面而来的当口儿，先是像要换季似的下了点儿雪，最后那雪竟变成了雨，雨夹着雪，瓢泼似的倾泻而下。这时候，南大川读报组（延边老人协会的一种形式）的老人们，围坐在一起，就会惦记起光洙老爷子。

“‘四屯’的‘冲啊老爷子’（光洙老爷子的外号），听说过不了这个春天了呢！眼瞅着都过了雨水、惊蛰了呢……咋也得等天气暖和了，才走哇！……”

“可惜这老爷子了，都是那酒把身子给糟践了不是！哪怕他是啥上天入地当过兵的，在烈酒跟前儿，再怎么狂喊‘冲啊’也不行啊！也没见过啥人能拼得过酒的咧！”

老人们个个儿都这么叹息着。

果树园最后头儿的北边儿，孤零零的一户人家，淹没在呼呼刮着的雨夹雪中。屋里没一丝儿的热乎气儿，显得冷冷清清的。

炕头儿上，光洙老爷子仿佛没了气儿似的，像一具死尸般瘫在那儿。

到了傍晚时分，躺在那儿一动不动的老爷子，忽然间，吃力地抓腾着骨瘦如柴的手，发出了蚊子般细小的呻吟声。他脸上长满了死亡阴影似的黑斑，看上去瘦得脱了相，让人感觉是那么凄惨。就是这么一具“挺尸”，这会儿竟神奇地出了声。也只有他老伴儿，才听得出那呻吟声，是在要酒喝呢。

他又哼唧了一声。

难道真是要酒喝呢？此时，老伴儿已颤巍巍地下到了灶坑里（朝鲜族灶坑在地窖下），正忙活着准备生火。听得老爷子叫唤，又爬了上来，从碗柜子里翻出了酒桶。十斤装的塑料酒桶里，只剩下泡得稀软的芦荟叶和红不刺啦的五味子粒儿。酒是一滴都不剩了。

“想给这快要上黄泉路的老爷子敬一杯，咋一点儿酒都没了哟！”边儿上伺候老爷子已累垮了的老伴儿，胡乱地拿手拢了拢散落的白发，一脸的悲凄。

“你可别折腾了，行不？”

老伴儿拉过炕头儿的水碗，然后费力地搬起老爷子的头，放在自己干瘪的膝盖上。

“给，这儿有酒，喝口吧！”

老伴儿拿勺子撮了点儿水，小心地喂到老爷子的嘴里。

“这下子，连喝口糖水的劲儿都没了哟！”

只见光洙老爷子的嘴边，开始汩汩地往外冒白沫子。

他又哼唧了一声。

这时，门儿“吱呀”一声被推开了，随着一股寒气，一个中年女人进了屋。

“爹又在要酒呢？反正这老爷子也够各色的了，这都快上黄泉路了，还这么闹腾！”这是老爷子在南大川生活的二闺女（笔者同学昌洙的母亲）。她自打进屋就看出了门道儿，从破不喽嗖的兜子里，拿出了一瓶酒递给了母亲。

“你这是疯了，还是咋的？”光洙的老伴儿一把推开了酒瓶子，而二闺女却淡淡地说：“我就知道我爹要找酒喝，所以来家的路上，进小卖部买了瓶。他要喝就给他喝吧！”老伴儿没再应声，边对闺女嘟哝着“屋里咋这么冷捏？”边下到灶坑里，开始在灶膛里生起火来。

连糖水都喝不了一口的光洙老爷子，过了一小会儿，竟然奇迹般地，鼓着他那长满苔藓样黑斑的腮帮子，咕嘟咕嘟喝下了两口酒，吓人呐！

“也真够筋道的，看他连熟了的米粒都咽不下去呢，却能喝得下去酒……土墙外那上吊自杀的‘福童阿迈’见了，都得吓醒了哟！”老伴可能觉得实在是不可理喻，竟凄凉地笑了。

冬天的日头下得真快，一个生灵赴黄泉之行暂且又往后推了一天，天又黑了。

十五瓦电灯泡昏暗的光线照在屋内，灶间生起火来后，驱走了袭胸的阵阵寒意，屋里开始暖和起来了。

“老家伙，你就是要走，也要等着地上的雪开化了才走啊！……”老伴儿扶着老爷子的头，悄声嘀咕着。明知道说这话没用性，是自己瞎操心，可她这几天都反复叨咕好几次了。她抱着老爷子的头，像一幅画似的坐在炕上，样子看起来好似个幽灵。

“这臭丫头今天也不能回来吗？明天你还是去大队（这时期已是20世纪的89年，南大川的行政名称早就从‘大队’改称‘村’了。可村里人还是习惯性地叫着‘大队’），再打一次电话吧！”老伴儿在等着外地的大闺女回来。

“你还是趁早别惦记大姐啦！估计她这会儿挣钱眼都红了，没准儿正忙得脚打后脑勺呢！”

中年女人边从灶坑里爬上来，边嘟噜着脸说：

“那个臭丫头要是回不来，那你明天去读报组，告诉老人们咱家现在这情形吧。我自个儿怕是没法儿送老爷子上路呢！”

“知道了，明天我去读报组，顺路也弄些烧柴回来，还得去找找村长……这天儿到现在还像冬天似的，冷着呢，家里没有一点儿烧柴可咋过呀？”

“明天呐，前趟儿房的民奎他爹，能送点儿烧柴过来，你上读报组，千万就别提这茬了。老人们自个儿路都走不利索，你叫他们这大冷天儿的，冷不丁上哪去淘换烧柴哟？这都到最后了，还连累人家干吗呢！也别去找村长了，人家可是大忙人呢！”

“现在的干部，有啥可忙的？都忙着喝酒呢吧！”中年女人嘟囔着。

3

南大川人不知道光洙老爷子到底姓啥。老爷子自己甚至也不知道自己姓啥。直到现在，他的履历表上，也只有“光洙”这个名字，没有姓。这世界上，还有姓“光”的吗？然而，姓啥暂且不提，后来才知道，就连“光洙”这个名字，也不是他父母给取的，而是1936年，他十八岁上，在朝鲜，去建设凉水—稳城区间大桥的工地之前，一起上路的工友们，随便给他叫出来的名字。也就是说，在那之前，他一直连自己的名字都没有。

“冲啊”（向前突击），这明摆着是战场上的口令。虽然不能确定，光洙老爷子到底是什么时候开始从“乡长”，被叫成了“冲啊老爷子”的。因为他过度酗酒，而时时被产生的幻觉所折磨，常端着木棍当成枪，大喊着“冲啊”，便向南大川后岗子上矗立着的革命烈士纪念碑“突击”。那时候，他正好刚过了五十岁左右的光景，冲到烈士碑跟前儿，他就会砸烂玻璃，再把供在箱子里的牌位一片片地给扔出去。等第二天他醒过神儿来，会重新再上烈士碑，郑重地再把那些牌位捡回来，给供上。

“你说，我喊‘冲啊’了？在战场上，俺们被枪炮声给轰得都快成聋子了，还喊个屁‘冲啊’？净瞎扯淡呢！……”

光洙老爷子，对自己在幻觉状态下惹的事儿，全然记不住了。其实，在战场上战士们高喊“冲啊”向前突击的说法，是言之无物的夸张而已。假若听听参加过战争的人，他们的“证言”，就会知道，真实情况往往是，在战场上，人的耳朵被枪炮声震得嗡嗡响，甚至会暂时丧失听觉。高喊“冲啊”，那只不过是对战争一无所知的导演，捏造出来的浪漫影像而已。

“他这是得了啥病啊？”

南大川人们看着光洙老爷子诡异的行为，都蒙了。从前乡下人并不知道酒精中毒会引起人产生幻觉的病理特征。看着他频繁发作的症状无比怪异，只当是看热闹，呵呵地一笑而过。

“还有那么要酒疯的啊！……”

南大川人们只有对光洙老爷子是宽容的，权当他是在要酒疯而已。后来，一旦发生类似的事情，公社（现在的乡或镇）派下来的老民政助理和南大川的会计，就会一起强行把光洙老爷子带到延边脑科医院，在精神病科住上院，接受治疗。

然而，光洙老爷子住院治疗一段时间，见好转出院后，还会再酗起酒来，之后他的幻觉症会再发作，再喊着“冲啊”奔后山岗子去。他一旦酒精中毒发作后，会连着好几天粒米不进，光喝酒。他的脸色，开始满满的病态，不管旁人咋劝他，说他再不戒酒，就会得大病，马上就得死，他也是权当耳旁风。

在部队上，光洙的军职是独立营营长。他转业时，得了三千斤高粱米，当作“转业费”，被分配到珲春县人事局当副局长。当时是 1954 年。说实在的，副局长，对光洙来讲是一个不太相称的职位。让他坐办公桌这事儿本身，就和他不太对路。“我除了在战场上端枪，别的都不会；让我坐在办公桌前，拿笔这事儿可干不了。这种事另有合适的人，还是另请高明吧！”

光洙一口回绝。

“那您说什么样的职位适合您呢？”当时的那年月，对战争有功之臣的要求是不能置之不理的。组织上找到光洙，询问他个人的意愿。光洙说，想回到有“稳城大桥”的凉水镇的南大川生活。

这是什么话？“稳城大桥”是啥？南大川又是什么地方？组织上只

知道“凉水镇”，却不知道南大川是何许地方。

组织部长微笑着，也没问个究竟，只是了解了光洙想回到基层的大概意见，表示要向上级反映他的要求。

就这么着，光洙回到了凉水。

这时候，正是1955年的夏天。当时，凉水镇的行政名称是“区”，光洙被任命为凉水区的副区长，而不是区长。

光洙只把战斗当成自己的天职。这个“幼稚”的副区长，认为地方行政事务实在是没啥意思，对工作一点儿也不上心。每到冬天，他便一天到晚地去打猎，没事儿便没命地喝酒。连区长也管不了他。

之后第二年，开始撤“区”建“乡”。以凉水区的行政管理范围大为理由，将凉水乡和英豪乡划分到一起。也就是说，两个乡同时建立的过程中，出现了现在的凉水镇内，岭北和岭南“割据”的局面。凉水乡管辖岭南的四个行政村，南大川作为英豪乡的乡政府所在地，管辖岭北的四个行政村。

光洙莫名其妙地当上了英豪乡的第一任乡长。

“我能干这等把戏吗？”这回他本来也推托来着，后来一想，管庄员（后来成了社员，现在叫村民）的事儿，总比坐在人事局里要强，也就硬着头皮应承了下来。

他把所有的事都想成战斗。管庄员像对待战士那样，统统按命令式地随意地呼来喝去。尽管旁人也忠告他，地方事务可不能像“战斗”式地管理。这些话，在光洙是绝无可能接受的：“春种秋收那点儿农活儿，如何能与战场上的生死相搏相提并论呢！”

1962年9月9日，人民公社成立时，英豪乡并入了凉水乡，成立了凉水人民公社。对于行政变更的相关说明，稍后进行，这里暂且不提。

在中国，一般将共和国成立到1956年，称为“农业合作化”时期，或是叫作“农业集体化”时期。延边人往往将这个时期，细分为互助组、初级合作化、高级合作化，或集体食堂化时期。

光洙就任英豪乡乡长的时期，正是被称为农业集体化高潮时期的1955年。

那个时期，南大川正当实行集体食堂化，食堂就设在日本占领时期用作警察署、自卫团团部的大楼里边。这个大楼，当时是七星（《光复的后裔们》中出现的人物）的大儿子昌彬，他当南大川合作社社长时，当成总部用来着。“食堂化”一开始，由于没有大屋子，昌彬就把这栋房子给让了出来，用作了食堂。

这栋房子中，有一间屋子，原来是光复前，一些年老色衰的老妓女，对傻呵呵的乡下农夫们，以秋后收米来做“人肉买卖”的地方。没房的光洙来到南大川后，带着老婆和大闺女住在了这里。

食堂从早到晚，为整个村子五百多名男女老少，供吃供喝的。用光洙的话来说是“乱套食堂”。合作社的社员们，把自家的锅碗瓢盆都拿出来，捐给了集体食堂，弄得自家的家伙什儿一扫而光。

“这一来二去的，越来越不像话了。看看这都是干的啥鬼名堂啊！咱这集体为啥非得弄这‘乱套食堂’啊？”第一任乡长一到任，就带头儿表示了不满，其他庄员们便紧跟着你一言、我一语地发泄。

“合作社社长不管生产，却管着食堂，这是扯啥淡呢？……这一大帮人的口味和食性，咋能摸得准呢？真让人心里堵得慌！”

“到底是哪个蠢蛋下令搞的这出儿？要是能看看这人长得啥模样就好了！毛主席他老人家知道了，能同意吗？”

南大川的人们怨气冲天。这不仅仅是南大川，几乎所有村的庄员，都开始站出来反对集体食堂了。

“大家说得都不错，我看马上解散集体食堂吧！”

这边乡长的解散令一下，那边南大川合作社社长昌彬吓得脸色苍白，预感到上级一定会追究责任的。“解散绝对不行，会出大事的！”

"咋还前怕狼后怕虎的呢！庄员们都反对的事儿，为啥要接着往下干呢？一切后果我来承担，马上撤！"

就因为光洙的这一句话，集体食堂在一天之内便解散了。"必须遵守国家政策"，这是和平时期，所有地方行政干部的责任和行为准则。光洙对此并不了解，也就只有他敢下这个行政命令。

"当年，社会主义苏联也实行过集体化，创办了集体农庄，人们从事集体劳动，但是像这样集体扎堆儿地吃大锅饭，这种集体食堂化，却从没见过。这本来从一开始就错了！"

光洙这乡长一上任，便主张废止集体食堂，得到了南大川人和英豪乡所辖行政村庄员们的一致拥护。英豪乡所属的五个行政村，一天之内便解散了集体食堂。

"哪个这么胆大包天，竟敢违抗毛主席的指示？"光洙第二天便被撤了职。因为他刚上任七天就被撤职的关系，南大川人叫他"七天乡长"。

南大川人都在背地里嘀咕，说是昌彬告的状。后来"上边"因为光洙是战争立功者，也没再追究其他责任，撤了职就算完事儿了。然而，就在第二年，集体食堂化便出现了明显的弊病，中央也下了指示，最终解散了集体食堂。光洙算是得到了平反。上级也不管光洙再三推托不干，硬是任命他为英豪乡乡长。这次，他又能撑得过几天呢？对于不甚了解施政行为的南大川人，尚且知道担心，口无遮拦、心直口快的光洙那张嘴，不知哪天又闯什么祸呢！

以现在的视角来看，共和国成立后最初那些年，受极"左"路线影响，突击搞的那些农村互助组、初级农业社、高级农业社，出现了很多问题。因此，那些年初级农业社、高级农业社，直到人民公社建立为止，这些运动导致粮食产量大幅减少，农业生产走了下坡路，衰退了许多。

俗话说：民以食为天。农民在生存方面的需求是极其现实的、合理的。中国在过去的二十七年间，农业政策方面曾走过一些弯路，农民也是直接的承受者，中国当时的农民付出了很大的社会性代价。

“据我所知，光复后，到土改结束，农业反而减产了。地主难道是天上掉下来的吗？很多都是脑子转得快、腿脚勤快的人才成了地主。远的不说，就拿南大川来说，你看过家里有黄牛的，老爷们儿不会干农活的没有？那些偷懒、不愿干活的农民，即便硬是抢来了二地，庄稼收成能好到哪里去？能好才怪呢！”

这是啥鬼话？这等反动言论，说出来，是要蹲监狱的呀！然而，土改时期，东北局因为土改初期，粮食呈下降趋势，曾向延安打过报告，反映情况，也是事实。总之，一句话，这一时期农村政策是处于波动状态的。这种波动，不仅仅是在延边，而是泛全国性的政策产物。多亏光洙的这些话儿，没传到昌彬的耳朵里，没引起啥后果，也就说说而已，算是平安无事地过去了。但如果照此下去，他如果总是这么口无遮拦，那恐怕祸从口出是迟早的事儿。

按光洙的性格来推算，尽管看起来是相当难办的事儿，他当了乡长后，还真就干出了一两件儿，南大川的庄员们坚决反对的事。其中一件就是果树园建设的事。现在看来，光洙曾在苏联远东军参军时期，看过、听过的那些事，是他能下决断的根源。

“为啥不行？……”

春天里，光洙带着南大川人，去和龙西城，找到了崔日善，赊账买回一万株果树苗木，建成了面积三公顷的果树园。然后，从秋天起，带着大伙，铲平弯弯曲曲的田埂，开展了原田化“运动”。解散了集体食堂、得到大伙拥护的光洙，在建果树园、进行水田原田化改造这两件事上，却遭到了南大川人的强烈反对。然而，谁能拦得住一向勇往直前的乡长呢！

“水田本来就得按地形来的，所以田埂才会弯弯曲曲的。把个水田弄得这么四四方方的，稻子还能长了吗？我种了一辈子水稻，还头一次看见，这豆腐块似的稻田呢！”

人们看着好好的田埂，全被铲平了，心疼得直抱怨，愤愤不平的。“我虽不懂干农活，但我却知道，将来我们也肯定不再用黄牛耕地了，那日子不会太久。苏联现在已经在用拖拉机耕地，用机械收割、脱粒、打场呢！”

“呵呵，拖拉机是啥东西，你说的那机械又是啥劳什子？咱从老祖宗开始，种水稻都是散种的，收割都是靠镰刀的，你却在那嚷嚷着啥拖拉机、机械，这些活儿咋能全靠机械呢？绝对没门儿！”

拖拉机、机械化这些名词儿，是绝对超乎南大川人想象的。然而从那时起，不过二十五年间，中国大地发生了翻天覆地的变化。南大川，在光洙当年领着大伙儿建成的原田化水田里，第一台拖拉机突、突、突地开进来春耕。人们又说：“本来觉着‘冲啊老爷子’，成天净知道喝酒，迷迷瞪瞪的，也不知道他的神经搭在哪儿了，咋想出来的招儿，把咱这水田给‘冲啊’成原田化的，真是琢磨不透啊！”“别看那老爷子锄头没摸过一次，稻和稗都分不清，却先看到了四十年以后的事儿，这肯定是跟他在苏联当兵的时候，看得多，听得也多有大关系哩！所以呀先人们常说，人啊，总得多出去转转不是！”人们你一言，我一语地感叹着。

共和国成立后，南大川人们不相信的，有两件事儿：第一件就是光洙对于拖拉机和机械化的预言；第二件是“文革”时期，传闻能在半导体里，看女人跳舞这事儿。换句话说，20 世纪 30 年代，在美国家家户户普及的电视机，直到过了三十年，60 年代，我们还不知道电视是啥玩意儿呢。

“真是乱弹琴！记得互助组的效率挺高的呀，怎么集体化变成这样子啦？”性情急躁的光洙，面对这样那样问题不断突现，连连嚷着“操蛋”，不停地发着牢骚。打这起，光洙开始不知不觉地陷入了地方行政事务当中。庄员们干活吃“大锅饭”，效率一点儿都提不上去。光洙在劳动责任制和分配问题上，伤透了脑筋。他这才发现，干农活远比打仗麻烦多了。

利益分配如链条一般，连接着粮食生产过程的每个环节。劳动强度如何确定，如何根据劳动强度体现报酬，这些都是相互关联的现实问题。对农活一无所知的光洙，这些都是令他头疼的大难题。

最终，光洙在“作战方案”中，像打仗依靠参谋似的，找到了南大村第一任农会主席德三，地主出身的英洙和英洙的管家龙范（他们三个都是《光复的后裔们》中出现的人物），向他们讨教，有没有啥解决难题的对策。

这时期，南大川的人们对地主出身的英洙，像躲松毛虫似的避着。只有光洙老爷子对他很随和。他们几个异口同声地说“多劳多得，少劳少得为好！”劝乡长采用劳动分工制。他们说，把一年四季的劳动和农活的基准量确定后，给各劳动小组分下去，劳动小组再进行分工，根据是否完成基准量，来计算劳动报酬，可以解放劳动力。

光洙听了他们的话，觉着这方法可以行得通。对，劳动多的人，就应该多得报酬啊！

光洙又一次强硬地推行起自己的主张。昌彬说，这牵扯路线问题，试图站出来阻止他。哪知光洙根本不听那个邪！这时期，在延边东盛涌的金熙龙，得到朱德海州长的支持，组织劳动小组，进行劳动分工，实行了确定基准量、计算劳动报酬的方法。然后，从那时起，过了二十四年，在1970年末，安徽省的十八名农民，冒死试行了家庭联产承包责任制，当时轰动了全国。

事实说明，食，能够改变人类历史。

光洙他们折腾的结果，暂且不提劳动效率得到了提高，劳动完成度也得到了大幅提升。那年，南大川迎来了集体化以来第一次的大丰收。然而，光洙以导致国家农村政治丧失效力、破坏集体化的罪名，被叫到了县里。他戴上了破坏集体化的大帽子，从乡长降到了一般干部。南大川人这次也在背后嘀咕，肯定是昌彬上县里告的状，说“乡长和地主分子相勾结，反对集体化”。光洙已经习惯于降职了，并没太介意。村民们替光洙打抱不平：乡长带着我们第一次取得了大丰收，为啥还被降职了呢？上级因此还怪罪，无知的乡下人不了解政策界限，包庇光洙。所谓的国家政策，到底是啥嘛？带领村民取得大丰收不是政策吗？昌彬顶替光洙，升官当上了乡长。

曾被光洙重用的人，一个接一个地被边缘化，开始受“迫害”了：地主成分的英洙被“软禁”起来，限制出入；跟随光洙的德三和龙范、方元失去了发言权。昌彬废除了光洙制定的劳动责任制，又重新回到了集体化。结果，当年雪上加霜，由于霜下得早，水稻减了一半收成，真是天灾又加上了人祸！

人们秋天分到的稻子，净是瘪子，骂着：“他妈的，这瘪稻子，连猪都不吃呢，叫咱们咋吃啊？光复前也没吃过这样的瘪稻子啊！解放了，天天吹喇叭，形势一片大好，吃得咋越来越差了呐？”这么抱怨着，纷纷提议，恢复采用基准量制度。然而，被昌彬直接一口给回绝了。

共和国成立后一直到农村实行“家庭联产承包责任制”为止，延边主要经济活动，主要是以农业集体化为中心进行的。农业集体化忽视了客观经济规律，是在没有对农村实际情况充分了解的情况下，突击建成的无知产物。可以说，给后世遗留下很大隐患，是极“左”思想在农村生产中的影响。农业生产不能搞成运动。总之，农业集体化是失败之举，可以断定它是违反绝大多数农民意志的形式主义。

在全民动员起来，闹哄哄地搞“大炼钢铁”那个时期，光洙大声吐露着不满：“狗屁不懂的农民，你说他们能炼出啥钢铁呐？越来越离谱了！”这次，他丢了党籍和公职。借现在的政治术语来说，就是“双开”。月月代工资发的高粱米和土豆也停了。

战争时期，光洙在部队上，曾连续不断地惹祸，有着两次被“降级”的“战绩”。到了和平年代，他受到了威胁自身生存的重处罚。这回，光洙真成了一无所有的“穷光蛋”。从那时期开始，光洙连影子都很少让人见到了。他去投奔住在和龙南坪的朴忠植教导员去了。其实，在组织上给他处分之前，他已经没做任何交代，干脆自动放弃了自己的干部职位。

第二年，光洙自告奋勇地远赴千里之外的北大荒。当时延边的各县、市，曾经选拔熟悉狩猎的猎人，派到北大荒，去打野狼和黄羊。光洙本来是很有竞争力的狩猎队队长的候选人，可就因为地方出具的鉴定书上，记载着他被开除党籍和公职的印记，标明他是个“危险分子”，所以只能以一般狩猎员的身份，开赴北大荒了。

狩猎员是与光洙最为相称的“职业”了。而且，除此以外，他再也别无选择了。光洙对于枪的偏爱，好比生理需求般那么强烈。他当副局长、乡长的时候，手里曾有一把捷克式猎枪，那是他的顶头上司团长送给他的礼物。每到冬天，他就进到拱针山里，去打鹿和孢子啥的。20世纪70年代末，光洙官复原职的时候，组织上问他有什么要求时，他说把德国造的猎枪和从自己那里没收的捷克式猎枪还给他。对归还猎枪的要求，是光洙向组织上提出的，第一次也是最后一次的唯一愿望。共和国成立后，光洙所度过的最愉快的时光，便是在北大荒打猎的那段日子了。

当时，他们和解放军狩猎队一起，骑着马，开着卡车，一天狂奔好几百里地，追击狼和黄羊群，再用卡车往回运猎物。尽管光洙被北大荒的大蚊子，叮得“满面疮痍”，但对他来讲，却也是最合心意的行当了。

“真得劲啊，那时候……”

以后，光洙常常会开心地回忆起那段日子。后来，假如政府没下禁猎指令的话，光洙也许余生都会继续待在北大荒那无边的原野上。结果，光洙又重新回到了南大川。乡亲们一如既往地喊他“乡长”。然而，他却没了家。集体化时，他在食堂隔了一间屋，临时住来着。后来昌彬找了个理由，说是要办幼儿园，向光洙下了“逐客令”。

“就是光洙他瞎乱说话，被开除了党籍和公职，不管怎么说他也是立过战功的人，连家都没有，成何体统嘛？”对旁人的谏言，昌彬这耳听那耳冒的，根本不理睬。光洙没了家，没了饭碗，也没了地位。实际上，他成了名副其实的“雇农”。

最后，光洙说，他想去果树园。

德三和龙范他们几个村里老农们，私下里一合计，选了果树园的最北边儿，合力给光洙盖了间茅草房。他这才算第一次有了自己的家。

光洙注定了，要在这间茅草屋内了此一生的命运。

4

白天喝了两口酒，又陷入昏迷的光洙老爷子，到了半夜，醒了过来。

他像是在寻找什么似的，睁着失神的双眼，茫然地瞅着自己的老伴儿，手无力地抽动了一下。

“还要酒哇？”

老伴儿把嘴凑近光洙老爷子的耳边，低声问道。

“不是要酒，还能是啥？哎咕，也真够邪门儿的啦！都看不见了，干啥又要那照片哟？仁淑（二闺女名字）啊，你去上屋，衣柜的抽屉里翻翻，把照片拿过来吧！”

“都说，人上黄泉路之前，会干些诡异的事儿。你看都看不见了，还要照片干啥呐？”二闺女嘟哝着，还是从抽屉里翻出了一堆旧照片。

老伴儿从那堆褪色得发黄的旧照片里，拣出来一张拿着，举到光洙老爷子眼前。

“给，你要找的照片，好好看看哈！”

光洙老爷子试图接过照片，手在空中虚晃了几下，“叭”的一声，无力地坠到了被角上。然后，胳膊便索索地抖了起来。他那灰蒙蒙的散了光的瞳孔里，再无半点儿生机，笼罩在阴曹地府的阴影中。

这是隔了许久以来，他头一次看到的照片。只见泛着深黄色的照片上，有两名穿着厚棉衣，腰间别着手枪的军人。

他们腰带上别着手枪，腿上打着绑腿，和光洙并肩站着的是和他差不多大年龄，个子稍矮些的军人，他正是朴忠植教导员。老伴儿也熟悉他。

人们咋也想象不到，整天泡在酒里，成天迷迷瞪瞪混日子的光洙老爷子，也曾有过那样的青春，那样意气风发的姿态！

“看看吧，这就是年轻时的老头子！上路之前，你就看个够吧！……”

岁月流逝，照片已泛黄变色。但这些照片，却依然清晰地记载着光洙老爷子灿烂的历史，残留着血肉横飞的战场记忆。仿佛听得到碎片乱飞的声音！

1946年5月23日，苏联红军彻底从东北撤军。光洙在红军撤离后，编入东北民主联军（1945年10月31日，由东北人民自治军改称为东北民主联军；1948年1月，改称为东北解放军；1949年3月，改称为中国人民解放军第四野战军），之后，又从第四野战军，归属了当时周保中任司令员、张启龙任政委的吉林军区。接着，光洙又重新编入吴国华任司令员的第四纵队（后改称为四十一军），十二师三十四团。

在那个过程中，光洙经历过无数次战斗，升到了连长。在林康保卫战中，立了战功。1948年10月中旬，他参加了塔山阻击战。在英勇的战斗中，他的肺部负了贯通伤。在整个辽沈战役中，要数塔山阻击战最为惨烈，也最为有名了。塔山阻击战作为锦州战役的一部分，国民党军队和解放军敌我双方都死伤无数。阻击战结束后，光洙所属的三十四团，从总部开始，整体被授予“塔山英雄团”称号。

东北野战军总共有三支铁军，“英雄团”所属的四十一军，便是其中一支。

1951年春，光洙已升为独立营营长，编入了十五军，当时的军长是秦基伟。他跟随第二批进军朝鲜的志愿军，渡过鸭绿江，参加了朝鲜战争。

这一时期，正是“雄赳赳，气昂昂，跨过鸭绿江……”这首歌最为流行的时期。

战争爆发初期，第一批进军朝鲜的志愿军部队，是三十八军。当时根据毛泽东的命令，他们是秘密进入朝鲜的。进入朝鲜后，从军长梁兴初到普通战士，都换上了朝鲜人民军的军服。所以说，当时战士们公然地唱着歌，跨过鸭绿江的说法，和当时的实际情况，应该有相当大的差距。

然而，光洙一到朝鲜，就被整编了。

在某个驿站上，光洙手下的一个兵去打水，发生口角，被兄弟部队的一个营长给打了。光洙就和那个营长干起仗来，还掏出手枪比画着，差点儿发生火拼。结果，光洙因此被降为连长。向兄弟部队的战友拔枪，是严重违反人民解放军纪律的过激行为。

在朝鲜战争中，光洙参加了世界战争史上，史无前例的上甘岭战役。

在这次战役中，于稳城大桥附近，也打响了与韩国军连队长白文洙争高地的战斗。这个白文洙曾当过日本军队的走狗。

国内革命战争时期，光洙在最为凄惨壮烈的塔山阻击战中活了下来；朝鲜战争中，他在最为惨烈的上甘岭战役中也活了下来，成了战争“幸运儿”。回到地方，他却因自己那张嘴，没有躲过厄运。

光洙的一生，或许可以说是朝鲜族历史的部分缩影。在这个历史中，后世的人们给战场上流过血的特定人，披上了所谓“革命家”的色彩，尽管推崇他们，但反过来仔细想想，和光洙有类似背景的人物多了去了，他们其实都是些凡夫俗子而已，也和其他人一样，年轻时为爱情哭泣，也曾不知道革命是什么。

光洙因为瞄错了枪口，两次被降职。在朝鲜，因为败坏了冬至的民俗习惯，甚至受到了党内严重警告处分。

平津战役结束后，毛泽东在西柏坡，对起义投诚的国民党军北京卫戍司令傅作义说过如下的豪言壮语：倘若蒋介石能够答应我军的条件，我们就可以唱着歌儿过去（长江），否则，便扛着大炮过去（长江）!

扛着大炮过长江的光洙，在一次战役结束后，反而降了一职。

1949年5月上旬，某个战役第二阶段，强行渡江开始了。光洙所属的第四野战军一部，与兄弟部队合作，试图抢渡长江，进攻武汉。光洙时任独立营营长，他带的部队大都是朝鲜族，有三个强化连，士兵共有七百名左右。光洙升到独立营营长时，正是在平津战役之中，经过天津新河港口战斗，淮海战役结束的时候。一般来讲，战争中，营级属于独立作战单位。也就是说，营长是可以冲到最前方，指挥和参加战斗的。占领湖北宜昌后，部队经过一段时间的休整，一场硬仗便打响了。凌晨左右，开始强行抢渡长江。光洙与营直属干部一起，登上巨大的木船，木船的船头堆起沙袋，架起了重机关枪。其他船只也都在船头堆起了沙袋。

“拿水（酒）来！”

木船刚一离开江岸，光洙就开始要酒喝。每当开战之前，光洙就要找酒喝，这都成了改不掉的毛病了。江对岸的敌人，从秘密火力点射出的枪子儿，“嗖嗖”地纷飞，“噗噗噗”地射中船身。

“别他妈的白白送死，都给我做好隐蔽！”

光洙边观察着敌人的火力点，下着命令，边泰然地喝着小酒儿。

“战斗马上就打响了，别喝了！”教导员朴忠植劝道。

光洙参军后，因为无组织、无纪律，让上司很是头疼。当了军官后，仍改不了他的臭毛病。当连长时和指导员，当营长时和教导员，一整就起冲突，急眼了就会动手打人，常被长官骂得狗血淋头。

然而，他一身的臭脾气，“恶习”难改。可唯独和朴忠植教导员不犯毛病。朴教导员的工作作风柔中带刚，自有一套降服暴躁营长的办法。他很有智慧，表面上既能妥协，又能将自己的意志贯彻到底。

营部的通信员，专门负责背着营长的酒瓶子走。马鞍子上不管啥时候都吊着个大酒壶，晃来晃去的。

敌人紧傍着石壁，修筑了坚固的碉堡，隐蔽的火力点猛烈扫射，使我军战士们似苞米秆捆子般纷纷倒地。大炮和机关枪对着干，枪炮声震得江水“噗啦啦”地抖。

时间就是生命。在江上耗得时间越长，战士们的生命危险就越大。

“不要慌，跟着我的口令，划桨，‘一——二，一——二……’”

朴忠植教导员腾地站起来，从倒下的艄公手里抓过船桨，喊起了口号。

别看教导员个子不高，满脸的麻坑，长得不咋的，但他的鼓动力却大得很。

帮艄公划着桨的战士被流弹击中，无力地倒下了。船突然晃了几晃，滴溜溜地转着，开始向下漂。在船尾的另一个艄公，见状忽然甩了舵，四肢着地趴在了船底儿，浑身筛糠似的抖着。艄公们尽管被丰厚的酬金所“诱惑”上了船，但在子弹呼啸声中见了血，便吓得魂飞魄散了。

朴忠植教导员跳到船尾，扶起了艄公。

然而，老态龙钟的艄公，像是死了似的，趴在地上一动不动。

船的侧面彻底暴露在敌人的猛烈炮火之下，子弹似雨点般地呼啸而来，卫生员和号手相继倒下了。

“狗娘养的，这里的艄公是和国民党穿一条腿儿裤子，还是咋的？”光洙嘴里骂骂咧咧的，从腰间拔出驳壳手枪，“赶紧给我爬起来，不然老子毙了你！”光洙把枪顶在了趴在船底儿的艄公后脑勺子上，“嘣”的一声，放了一梭子空枪。

“你这是在干吗？这可是在东北根据地！”朴教导员不由分说地下了光洙的枪。人民解放军竟然拿枪瞄准老百姓！……

艄公扑腾一下站了起来。

刚上船时，三十多名的解放军，到了江对岸，剩了不到十名了。

战线继续向南推进。

5月份的南方天气，像北方的三伏天似的闷热。北方籍的战士们又热又累，被拖得筋疲力尽的。那天晚上，光洙和第二野战军某部队因为争宿营地，打了兄弟部队一个连长的耳光。“这帮跟着我流血牺牲的弟兄们，连给他们睡个安稳觉的地方都弄不到，我这当营长的算干啥吃的？”

第四野战军从离开山海关开始，便与内地的其他野战部队一起并肩战斗。在辽沈战役中，他们缴获了很多新式美制武器，装备了部队：一个班里配二挺轻机枪，一个排配三门迫击炮，由此他们脱胎换骨成了精锐部队。然而，他们不知不觉地开始在内地的兄弟部队面前，耀武扬威起来，以“四爷”（这里的“四爷”与第四野战军“四野”谐音）自居——与第四大老爷一样的发音。战斗部队常常分为一级、二级部队，多把表明战斗力的装备作为分级前提。一级部队一般情况下，属于主力战斗部队。抢夺兄弟部队的战利品、为争夺驻地干仗的事儿，都是“四野”干的。当时，“四野”在全军，是出了名的能打胜仗，可抢驻地、争战利品也同样“臭名远扬”。

争夺驻地对光洙来说，不是一次两次了。那次，光洙因为拔枪威逼艄公、打兄弟部队连长耳光，根据团党委的决定，给予他降到连职处分。

过了湖南常德，到达石门县，部队暂时停止了追击，进行几天休整。

国民党军队向南仓惶逃窜时，利用天然要塞和茂密丛林负隅顽抗。

从这里再往前走，就要到达张家界了。

独立营驻扎在了地图上找不到的无名小镇上。

部队抢渡长江后，又进行了强行军，战士们累得都快垮掉了。

战士们在南方的烈日和酷暑下，成天大汗淋漓，他们中的大部分都是北方仔，根本不适应南方的酷暑。

营部驻扎在一户富人家的大宅子里，院子宽敞，还围着围墙。

这天，光洙正喝着小酒，忽听得一阵哭声，紧接着通信员身后带着一南方女人便进得屋来。但见这年轻女人，衣着相当利整。只听女人尖叫着一声，随即便扑通一声，跪在了光洙面前，然后一言不发，只顾着泪水哗哗地流。光洙瞅着女人的脸色，立马便猜出了个大概，明白发生了啥事儿。

看女人这样子，应该是被某个兵用枪逼着给奸污了。

光洙略一琢磨，就约摸出来是谁干的坏事儿了。

想想，这个驻地所在部队，十有八九是营部直属侦察排排长龙洙闯下的祸。

当时，朴忠植教导员没在旁边，才是万幸！

虽说，自古有军人离不开枪、酒和娘们儿的说法。然而，解放军却是不同。

好说歹说，算是劝住了眼前这个发了飙的女人。光洙便直奔一排的驻地而去。然后，不由分说地叫出了排长。

“你这狗杂种，是你小子干的好事儿？”

光洙厉声问道。

“兄啊，不……不是我，营长……”

尽管光洙已降为连职，部下们仍改不了口，还叫他营长。

光洙不由分说，抓起他的脖领子，便噼噼啪啪地扇起了耳刮子。排长被打得失去重心，左右摇晃。

战争年代，军队指挥官被降职的事情比比皆是。一般情况下，士兵们对自己上司被降职的事，并不认账。对独立营的战士们来说，光洙在他们心目中是永远的营长。

“违反军纪，以军法论处，你小子知道是啥下场吧？当场枪毙！枪毙！解放军可以饶恕其他事儿，唯独这事儿，是绝不轻饶的！”

光洙的话绝不是吓唬人的。他清楚地知道，违反部队铁一般的纪律，强奸妇女按军法论处，该是什么下场。

况且，像是在这种非常时期，说上司就是军法，也绝不为过。

“营长，那我可咋办呐？”

“咋办？凉拌，砍头呗！”

龙洙是庆尚北道的后裔，南道人，是在吉林蛟河参的军。他性情暴躁，骁勇善战，是光洙最得意的一员猛将。

“兄啊！”

“别在那儿兄长兄短的。趁今晚儿，赶紧娶了人家！这样你才能活命。这要让朴教导员知道了，你小命可就玩完了！你小子给我记着，是念你平日里能打仗，这才救你一命的！后事我来收拾！”

排长龙洙立马就明白了光洙的用意。龙洙退伍后，升到了某市公安局局长。他在光洙官复原职的时候，帮了大忙。

5

“稳城酒廊”的朴兰雅，是光洙直到闭眼那天都忘不了的女人。

1936年，在稳城大桥建设工地干活的光洙，袭击了稳城赌场。他在抢赌局的钱时，朴兰雅替光洙挡了一刀，攮在了肚子上，死了。

光洙痛失朴兰雅后，逃出赌城，径直偷渡到了苏联。从那以后，光洙很长时间再没有碰过女人。

南大川人对光洙和朴兰雅之间的爱情，常在背后嘀咕：“那老爷子，年轻的时候，不仅赌博，还逛窑子呢！”细掰扯起来，光洙其实不会赌，也不会向女人暗送秋波之类。

“朴兰雅可是我认识的第一个女人哟！……我往苏联逃时，把她埋在了十里坪的哪个山砬子上了。那是没主儿的坟，可能一直连给坟上拔草的人都没有吧！好像听她说过，她的故乡是咸兴那疙瘩呢……要知道她就那么死了，我就该听准称了才是。就算是‘马后炮’，也真想去拜见拜见她的父母呀！”

光洙来南大川落脚后，每年的清明和中秋，都要去十里坪的无名山砬子上，给朴兰雅上坟。她的坟头下，是一大片的开阔地，那里绿草如茵，每到6月，董鸡便会“咕嘎——咕嘎”地叫起来。

光洙私下里放了那个“犯事儿”的侦察排长。独立营在石门县经过一段休整后，与兄弟部队一起过了张家界，经桑植，到达了永顺。从永顺再往南下的部队，按照上级命令，以师团为一个单位，分散开，朝四川方向，把进军路线向西折去。部队挺进的路线大致是湖北、湖南、四川交界的三角地带。这三角地带是苗族和土家族聚居地。

部队在此地暂作停留，待命。

独立营在初期，是大部分由朝鲜族构成的师直属战斗单位。光洙的顶头上司是原籍四川的师长。他将独立营打造成王牌部队的过程中，高度重视战斗员配备和武器装备。他给三个强化连全部装备了美制冲锋枪，还配置了多门迫击炮。而且，他对光洙这个朝鲜族营长还特别“宠爱”。光洙在全师出了名地能喝酒、会打仗，师长对这个“爱将”简直是“宠爱有加”！

当时，光洙作为独立营的指挥官，他的军事才能到底有多高，这咱不太清楚。但是他在战场上，总是第一个冲锋在前，带头向敌阵突击，动不动就端着挺轻机枪扫射，不怕死。战斗结束后，是一定要喝上一顿小酒儿的。按军规，缴获的战利品应上交，但光洙从来都自作主张。独立营的战士们，戴手表的特别多，全都是从国民党军官手腕上撸下来的。“都不知道第二天是不是战死沙场，能不能活着回来，弄块手表戴戴算个屁事儿？”就这样，光洙睁一只眼闭一只眼的，佯装不知。

光洙的入党介绍人朴忠植教导员，对这位一起搭班子、没有“底线”的营长，特别是对他不拘小节的生活作风常常感到头疼。由于师长的偏爱，光洙很快便官复原职，恰在此时，通信员身后领着师部派来的一名女军医出现了。那位女军医名叫英淑，朝鲜族，毕业于哈尔滨的中国医科大学第一分校。大家都奇怪，在这种非常时期，她一个女军医下到前线战斗单位来干啥。所有人都丈二和尚——摸不着头脑，不知个中缘由。

其中秘密，只有朴忠植教导员一人知道。

后来，那名女军医和光洙一块儿，又参加了朝鲜战争。

独立营进入四川后，在白马山打了一场恶战。在那场战斗中，朴忠植教导员被一颗子弹从嘴巴里穿过耳根子，受了致命伤。光洙赶到博乐探望朴教导员时，才从他的嘴里知道了英淑到独立营的来由。

朴忠植教导员临终前交代给光洙，自己的故乡在延边的和龙县南坪镇，家里还有妻子和一个闺女。他拜托光洙替自己照顾家人。之后，他闭上了眼睛。

光洙那天生平第一次哭了。朴忠植教导员个子不高，脸上似雨天打豆子似的布满了麻坑儿。但，他却是铁骨铮铮的军人。在光洙眼里，只把自己的师长、团长，还有朴忠植教导员，看作真正的军人，而极其尊重。

"他那时要是没死，活下来了，现在最起码也该当上了集团军政委。战争，让我们失去了那么多的好人哟！"

和平年代，光洙每每回忆起自己的军旅生涯，肯定要叨咕叨咕朴忠植教导员，还会翻出和他一起照的相片。

快到晚饭时分，大闺女才火急火燎地到家了。一下火车，她便在图们打了个车，急急地赶回来。

"你这没良心的臭丫头！你爸多稀罕你来着？到现在你才露面？"

光洙老伴儿一见到大闺女，便劈头盖脸地骂将起来，连声寒暄都没有。

"娘，俺以后再慢慢和您解释。俺爹他咋样了？"说着，她便径直走到光洙老爷子的跟前儿，跪在了爹的枕边。

"爹，能听到俺说话不？……这是听不到了哟！……"

"你爹怕是没多少时日了！"

"娘，要不咱再把他送医院吧？"

光洙老爷子此时就算是去医院，恐怕也无回天之力了。

"爹，您为啥都不怕伤肝，不管不顾地没命喝酒哇？"光洙老爷子得的是肝癌。大闺女紧紧攥住爹的手，埋怨着。

"你爹都不知道今天还是明天走呢，睁眼就找酒呢……你家里是出啥事儿了吗？明知道你爹都快不行了，才回来哇？"

大闺女名叫朴美淑。光洙老爷子自个儿没有姓，大闺女却姓朴。

朴美淑看眼下这情形，实在不忍心再告诉娘，自己的饭店失火的事儿。她在哈尔滨的闹市区开了一家饭店，因为火灾，饭店被烧塌了，她才耽搁了回家。

“你没了个好父亲，却遇到了我这个酒鬼爹。也真够倒霉的！”平日里，光洙老爷子总是对大闺女说这话，自我解嘲。

“我到现在还真亮儿地记得，爹来俺家那天的样子。那时候，爹多精神呐！”

大闺女轻轻摩挲着爹瘦骨嶙峋的手，撒着娇。一想到爹最后的日子，竟和饭店的火灾撞了“车”，自己无法侍奉左右，她便心痛得泪如雨下。

光洙脱了军装，着手办的第一件事儿，就是去找朴忠植教导员的遗属。他差点儿把和龙南坪翻了个底儿朝上，好不容易才在图们江沿岸的一个小村子里，找到了她们娘儿仨。

那是一个傍晚，一处简陋的路边小房。院里大黄狗狂吠，小屋里煤油灯忽明忽暗。

一位老妇人和一个年轻女人，还有一个小女孩儿，正啃着青苞米当晚饭。

猛然间，一个男人不期而至。只听得来人自报家门儿，说自己是和朴忠植教导员并肩战斗过的战友。

只见老妇人手里拿着的青苞米掉在了地上，接着凄厉地叫了一声“忠植啊！——”便昏了过去。

以第二次世界大战为背景的俄罗斯影片《这里的黎明静悄悄》，第二个版本电影中有这么个情节：当邮递员老人进到小村子里，村里把儿子送上战场的一位老妇人，一看到邮递员，便昏倒了。此时，这个场面在南坪村上演着。传递《死亡通知书》的邮递员，就像是“阴曹地府的黑白无常”，把儿子送上战场的父母看到邮递员，怎能不心如刀绞？老妇人见到替儿子上门的战友，立马就明白了怎么回事。

第二天早上方才苏醒的老妇人，强忍悲痛把消息告诉了儿媳妇。“媳妇啊，来的客（读 qiě）可是认识咱忠植的人呐，赶快把锅刷喽，做上小米饭吧！打今儿个起，你啥也甭说了。俺就在这儿等俺忠植回家，一直到我死那天！俺忠植可舍不得扔下俺啊！”

这么倔强的老人，可真是少见啊！那个时期，有多少这样的故事，数都数不清。

光洙在朴教导员家里待了足足三天。老朴的媳妇儿比光洙大三岁，还带着个不满五岁的闺女。老妇人答应了光洙的请求，把儿媳妇和孙女儿托付给了光洙，让他带走。

于是，光洙带着母女俩上了回南大川的路。

本来光洙是想连朴教导员的老母亲也一块儿带上的，可老人好说歹说不应承，硬是要自己独个儿在家守着，等儿子回来，弄得光洙也实在没了辙。

后来，老人过世后，光洙特地去了南坪，亲手给老人料理了后事。等朴教导员的闺女长大了，便每年让她回南坪给老人家上坟。

他们俩就这么稀里糊涂地成了家，匆忙而又无准备。

失去了初恋情人的光洙，他的婚姻是以平生照顾自己并肩战斗过的战友遗属为前提的，他视为道义，更是一种责任。他的婚姻竟如此的简单！回到南大川后，光洙和那女人又生了一个闺女，她就是后来昌洙的母亲。

那时候，男尊女卑思想极为严重，光洙也不能免俗，一喝酒就自叹没儿子没福气。可是终于在某一天，没想到天上竟然“掉下来”一个儿子。

那是在果树园，秋天苹果梨熟了的时候。一天的傍晚时分，有一个三十岁左右的小伙子，带着一大包干明太鱼，突然间找到果树园“四屯”来了。看样子是从朝鲜来的客人。光洙也吓了一跳。明明是第一次见的脸庞，却一丁点儿都不感觉陌生。奇怪呀！那张脸长得像极了光洙，仿佛是一个模子刻出来的。小伙子称自己的母亲是英淑。从朝鲜过来寻找父亲的儿子，对平生第一回见到的父亲，说起母亲的往事：英淑一直没有嫁人，在医院当院长，最后形单影只地离开了人世。

他说，母亲临终前留下遗言，告诉他日后一定要到中国找自己的亲生父亲。

也就是说，这孩子是光洙和英淑在一起留下的结晶。

光洙从儿子的嘴里听说了英淑的事儿，不禁仰天长叹！光洙老了，情感也脆弱了许多。

对即将返回朝鲜的儿子，穷光蛋光洙啥也帮不上，从那时起，他那幻觉症状越发重了。

6

朝鲜战争打了三年。光洙在扬名后世的上甘岭战役中，立了大功一次。令光洙一生中最难以忘记的战斗，是国内革命战争时期的塔山阻击战和朝鲜战争时期的上甘岭战役。

党籍、军职被剥夺，备受幻觉症折磨的光洙，变成了厌世的人，常唠叨着：“本来在朝鲜（上甘岭）就该死的一条命，为啥偏要这么窝窝囊囊地活着哟！”越发地自己虐待自己了。

在军事学界，在惯例上，将上甘岭战斗称为“战役”。其实上甘岭那里只有两个高地，在长约二千七百多米，宽仅约一千余米的狭长三角地带上，敌我双方先后却投入足足有十万多的兵力。

从 1952 年 10 月 14 日战斗打响，到 11 月 25 日为止，在持续了整整四十三天时间的上甘岭战役中，敌人总共投入六万二千名兵力，有联合兵种十个步兵连、两个营、一个伞兵连队、新编师，此外还加上四个新兵连及坦克部队、火箭部队；共使用一千九百万发炮弹、三千多架次飞机，发射大炮炮弹五千发，进行了火力轰炸。除此之外，还动用了一百七十多台坦克参与了战斗。中国人民志愿军先后出动了两个精锐野战军，四万三千多兵力，共发射了四十五万发炮弹。

在持续了四十三天的战斗中，双方共死伤四万多名士兵。

据说，上甘岭的两个高地，在战后，平均下降约两米。可想而知，战斗是何等惨烈！

在上甘岭战役中，由太行山的各游击队整编而成的十五军是主力，军长秦基伟（后任国防部长）因指挥这场战役而名声大振，十五军从二级部队升格为一级战斗部队。十五军后来改编成中国人民解放军伞兵第一军，对改变兵种做出了巨大贡献。追根溯源，光洙的母军，其实是伞兵兵种。

从儿时起，我们这代人就单纯地热衷于敌我“分派”，反正不是我派，就是敌人，甚至认为，我军所有战斗必胜，敌军必然败退。

那个时期的电影，大部分都是关于战争主题的黑白片儿。

比如八一电影制片厂出品的电影，序幕一拉开，便奏响《中国人民解放军进行曲》，银幕上闪出一颗大大的红五星，四周是光芒四射的黄色金线。只要那个画面一出现，人们便一齐“呱呱”地鼓起掌来。演的都是我军胜利的电影，俺们咋能不群情激昂呢！

那些电影中，以朝鲜战争为主题的电影，还有《上甘岭》呢！

“我军为啥胸口中枪子儿，还能说那么多话呐？倒下了，根本就起不来了……胸口中枪的家伙，咋能该说啥说啥，还喊‘冲啊’……就是远离心脏的大腿中了枪，也都一动也动不了呢……这不纯属扯淡呢吗！”

光洙觉着电影里演的那些完全是胡诌八咧的。他不知道，那都是拍电影的艺术家们创造出来的，他们会理直气壮地抵赖："你说的现实是生活的真实性，我拍的电影是艺术的真实性呀！"

以教育为目的制作的电影，为了表现勇敢、对革命的忠诚等主题，他们往往得忽略，一个人胸口中枪后在生理方面的限制性，这些其实是那个时代的需要，你必须理解电影导演和编剧的苦衷。

可是，说穿了，一个人胸口中了弹，还能扑棱扑棱地站起来，那种"艺术的真实"，确实是中国特有的夸张手法。

我们熟悉的电影《英雄儿女》，也是以上甘岭战役为背景拍摄的，对我们树立价值观影响巨大的主人公——王成的原型，是个通信兵，参加了上甘岭战斗，他在电影中是牺牲了，原型是被炮弹炸晕过去，后来成了敌人的俘虏。

"文化大革命"时期，某一天，南大川进驻了一支流动放映队，正放着激昂人心的电影《上甘岭》。光洙老爷子看到电影中出现的我军坑道，竟然昏了过去。最后，他胡侃瞎说道："轰轰烈烈地挖坑道，对是对。但是在坑道内唱歌，可能吗？在坑道里，气儿都喘不上来，人在坑道里，可是一动都动不了呢……"

光洙老爷子，就是如此地"一根筋"。南大川人都说，在光洙老爷子面前，最好不要随随便便说那些与战争有关的话儿。

"对的事儿，俺就说对，有罪吗？我在战场上两次被削职，还受过党内严重警告处分。可到现在为止，我一次都不曾把错的说成对的，没撒过谎！战场上，啥事儿没有哇！……"

1953 年，敌我双方把"三八"线作为缓冲地带，由此进入了对峙状态。所以那段时期，有了许多做出格事情的余地和可能性。

位于黄海北道南端的金泉，离三八线很近，中国人民志愿军部队多集结于其周边村落。从金泉往西南方向不太远的地方，有一个小村落，光洙的三营营部驻扎于此。三营的汉族战士比朝鲜族战士要多，大部分老家都在南方。光洙在进军朝鲜的过程中，被降为连职，上甘岭战役打响后，又官复原职，当回了营长。

有一天，那正是风和日丽的6月天，这帮志愿军军人并不知道，再过一个月，就要进行停战谈判了。南部偶尔还传来沉闷的炮声，前线却异常平静。这段日子，连日夜折腾的飞机也消停了。

“营长！……”

通信员悄悄地走近光洙身边，耳语道。这位湖南籍的通信员，是1949年长沙和平解放时，从国党军队起义过来的人，不是一般的聪明伶俐。北方出身的人，大部分像木头棍子似的硬撅撅的，南方人则大部分属温和乖巧型。

“咋了？”

光洙听了通信员的耳语后，在黑暗里，他的脸拧巴成了一团。

“我说！那么恶心的东西，咋往下咽呐？”

“我们那地方，可把那当成天下第一美味呢！”

“那玩意儿，真有那么好吃？”

在通信员的花言巧语下，光洙这老顽固，心眼儿开始活泛起来。

“那咱就尝尝那天下第一美味，咋样？”

第二天，通信员偷偷地到炊事班弄来一口锅，光洙把营部直属警卫班的战士全都拉上，神不知鬼不觉地溜出了驻地。

当时，正值草木发芽、大地开始披上绿色新装的春夏之交，阳光暖融融的，正是野游的最好时节。尽管村落四周群山环绕，但西南面却是一大片开阔地带，令眼界舒展敞亮，边缘还有狭长的沼泽地，沼泽地的四周芦苇丛生，繁茂的芦苇荡里，水鸭子成群地翻飞着。

“注意埋伏！”

正撒着欢儿的战士们，闻听光洙一声令下，迅即在芦苇荡里藏下身来，注视着白杨树下那块儿低低的土墩儿。土墩儿的大石头上有一只儿天前村里人放在那儿的母鸡，母鸡的嘴被扎上了，却还活着，偶尔还扑腾几下。

实际上，土墩儿算是祭坛，母鸡则是祭品，然而，战士们也不知道人家是在举行着神圣的祭礼，浑身上下的神经都紧绷着，死死地盯着盘踞的那块土墩儿。经过战斗洗礼的战士们，养成了极大限度的忍耐力，每一个都一动不动地趴在那里，没有丝毫的急躁。

太阳伸着长长的懒腰，正深一脚浅一脚地赶着到正午时分。

终于，“目标”出现了！通信员发出了暗号。

只见湖水正中央，劈开了一道水路，有一个似猫头的动物，飞快地冲了过来，接着，发着“哧啦啦、哧啦啦”的声音，消失在芦苇荡里。虽然眼生，但当战士们认出那动物的瞬间，包括光洙在内的所有人，都愕然地惊呆了。天呐！那长度足足超过两米多，身子似成人的大腿那般粗，是条大蟒！只见它爬上了土墩儿，张开血盆大口，一口叼住了母鸡。

战士们齐刷刷地一跃而起！

“射！”

“哒哒哒！”数杆冲锋枪一齐喷出火蛇。头上中了好几发子弹的大蟒，没爬几步，身子扭了几下，慢慢就没了气儿。

“真是让人恶心的一条大蟒啊！”

等锅里的水一开，通信员便熟练地扒下大蟒的皮，把身子剁成好几块，扔进了锅里。不多时，一阵肉炖熟的香味直扑鼻而来。

“尝尝，这肉真是好吃呢！”

肉刚一熟，通信员等几个南方兵，便大口大口地往嘴里塞着，直呼过瘾。光洙虽觉着有点儿倒胃口，还是喝着酒，就了几口肉，尝了尝，果真肉吃起来香且嫩。

“呵，挺好吃啊！”

然而，却捅了大娄子。

“可出大事喽！这下麻烦大了！”

村里的人们不知是咋得着的信儿，跑到了他们吃肉的“现场”，你一言我一语地大声嚷嚷着。

“不就是杀条蟒蛇吃肉了嘛，有啥大不了的？用得着这么大惊小怪的吗？”

一开始不知所措地愣在那儿的光洙和战士们，听了村里人的话，才知道是闯下大祸了。然而，已经迟了。他们一经了解，才知道大蟒是村里人们视作守护神的灵物。他们年年岁岁都要准备好母鸡，当成祭品上供给大蟒，还要行祭礼。按照已七十岁的村里老寿星的话，他自懂事儿起，就已见过那大蟒了。这么说，这大蟒已活了多少年，又吃下了多少祭品呐！光洙他们竟然把如此神圣的大蟒给杀了吃肉，如今，浑身是嘴都说不清了。

通信员和其他南方兵们，看到平日里和颜悦色的朝鲜族老百姓，突然间大喊大叫的，弄得丈二和尚摸不着头脑，面面相觑地呆在那儿。然而，光洙却十分了解村里人此刻的心情。南大川人不也是，在村子的后岗子上敬着守护神，每年都要供上祭品，敬若神明嘛！所以那后岗子连牛都不许放牧的。

可这些人却竟然把人家的守护神，且还是在祭坛上，用枪射杀，当成下酒菜给吃到肚里了。先别说按军队纪律咋论处了，就是对村里人，也是犯下了相当于大逆不道的罪过了。

志愿军有明文规定：决不允许破坏朝鲜人的宗教、信仰、民俗等。现在看来，大蟒只能算作最原始、最无知的类似图腾崇拜之类，解释不清的事儿，但是按当时的纪律，是要严惩不贷的。

氏族共同体的产生，是人类历史的祈愿。人们对宇宙和大自然的变化、对天地之变的恐怖心理和敬畏心理同时存在。所以，人们坚信着大自然的植物、大岩石、古木等自然物，也蕴含着魂灵。

光洙受到了党内严重警告处分。战争年代部队发生的某些事情，尽管拿到现时的和平年代里来看，往往无法理解，把它理解为特定环境的物定处理方法，就好办了。吃了大蟒肉的那些战士，从那天晚上起，连续两天下腹疼痛，还闹肚子、呕吐，折腾够呛。

是光洙闯下的大祸。

7

生命这东西，有时相当坚韧。

光洙老爷子等着离开这世界，已过了一个星期了。

老太太把光洙老爷子的头，放在自己的膝盖上，边有一搭没一搭地抚着他的头发，边凄凉地喃喃自语着。

或许，老太太瘦骨嶙峋的膝盖上，胡乱散开的几缕发丝，就是光洙老爷子风烛残年的写照也未可知。

“给爹剪剪头发吧？”二闺女拿着剪刀说。

“算了吧，你爹这一辈子都剃着光头，到了最后的日子，也要剃光头不成？你呀，还是烧点儿火吧！”

这时，屋外传来了从车子上卸柴火的声音。是前院儿东宇拉来了一板儿车的柴火。与其说是柴火，其实就是从果树上剪的枝条而已。当时，四十多岁的东宇，是果树技术员。就因为这缘故，后来我们叫民奎“果树园家的儿子”。

不一会儿，南大川的老人们也来了，其中也有光洙的亲家公方元老爷子。光洙老爷子的二闺女正是方元老爷子的大儿媳妇儿。老爷子们说着“这哈尔滨的也回来啦？……”和大闺女寒暄之后，便依次围坐在了光洙老爷子的跟前儿。他们是来送光洙老爷子最后一程的南大川老伙伴儿们。

大闺女远嫁哈尔滨一晃儿都二十多年了。这大丫头像个假小子，相当泼辣，常常和自己的养父磕磕碰碰地拌嘴。

“这世上像爹这种人，就没有第二个！就凭爹这堂堂的资格，去找政府敲桌子，讨要他们欠爹的生活费，喊两嗓子，谅他们也没谁敢站出来说个‘不’字。你说你为啥待在农药味这么大的果树园子里，憋屈自己呐？受这么多苦哇？中国的革命是爹自己干的？共和国也是爹建的吗？你待在这不吭声，浑身上下抖搂抖搂，也只能抖搂出灰来，还能剩下毛儿啦？整天蹲在山沟里，成天就知道喝酒，瞎嚷嚷你一个顶俩，你说，你给俺们几个子女留下啥啦？……”

从现实来讲，大闺女说得没错儿。虽说大闺女平日总和自己的养父顶嘴，却非常孝顺。她不忘养父收养自己和寡妇娘之恩，本想着把果树园里孤独终老的光洙老爷子接到哈尔滨，只因他始终雷打不动，不想离开南大川，想尽孝也不成。

大闺女找了政府好几次，敲着桌子，哭诉自己爹的冤屈，每次都是以政府出点儿生活费不了了之。尽管大闺女几次鼓动爹自己直接去找政府，光洙老爷子对闺女的劝告却总是这耳听那耳冒的，根本就不动弹。还总是质问：“你这是让我去找政府，提啥要求吗？”

“爹你就只会不管三七二十一地骂我，再不就是喝酒耍酒疯，你这么撒手不管，推给我，政府能帮着咱解决啥问题啊？”这么唠叨着，大闺女找出来剪刀，流着泪，给陷入昏迷状态的光洙老爷子剪着头发。本来也没有几缕头发了，剪了几下便弄利索了。光洙老爷子重新变回了光头。

“爹剃了光头，瞅着才顺眼了！”

光洙老爷子一辈子剃着光头。村里人也早就熟悉了他光头的模样儿。

村翁们两手空空、穷嗖嗖的，啥忙也帮不上，只好在一旁抽着呛人的旱烟，守着快要咽气儿的光洙老爷子，满嘴唠着拜年嗑儿，仅此而已。

“把西洼子（村西面的地块名）园田化，变成水田的时候，俺们都以为这老头子是不是疯了呢！为啥非要把原来好好儿的田埂统统毁掉，弄成四棱四角的方块儿？从老祖宗开始水田就是依地形而弄成弯弯曲曲的样子，不是嘛！”

“可不是嘛，要不老话讲，四处走的呆子也比坐在家里的聪明人见识多呢！瞧着这光洙老爷子，光复前他在苏联军队当兵，见识了人家苏联的农场和机械化，觉着咱将来肯定也得走这条路，才旱早地下手了不是！”

“反正，俺活了这么大岁数，还头一次见识像这老爷子似的胆儿大、敢干的人呢！从集体食堂开始到大跃进，胆敢明着说‘都是胡闹’的人能有几个呀？当时，这老爷子，明摆着是和政府对着干。也就靠着他是英雄，才能挺到现在的吧！换个人儿，早就被逮进去了。这些事儿，都是昌彬那家伙搞的鬼。”

这是村里人对即将上路的光洙老爷子，特别奉上的尊崇！

光洙老爷子是战斗英雄称号受勋者。他获得英雄称号的消息，不是从南大川，而是从内地传过来的。原来，他手下的一名战士，在“文革”期间，被打成“反革命”，后来上峰知道了他的顶头上司是光洙老爷子，于是当地的组织部门派人来南大川调查，这才传出了光洙老爷子是英雄这档子事儿。

其实，光洙老爷子得过的军功章很多，但他一个都没有保管下来。英雄？所有人都半信半疑。这满嘴跑火车的老爷子，能是英雄？……

过了两年，大概是到了20世纪70年代末，大闺女为了给父亲恢复名誉，四处奔波。最后，政府向秦基伟将军办公室要来了证明信，这才坐实了，他是有功之臣的事儿。大家这才都知道了，也都信了。

在南大川，有两个人，常常以参加过国内革命战争者自居，到处吹牛，要威风，二男老爷子和姜联军老爷子，他们一听说光洙老爷子的英雄称号，全都瘪茄子啦！

1955年，光洙老爷子当乡长的时候，获得了政府专门给1945年前参加抗日战争的营级、连级干部颁发的“三级独立自由勋章”，也获得了专门授予1945年后解放战争有功之臣的“解放勋章”和“解放奖状”。之后，他参加朝鲜战争，荣获朝鲜民主主义人民共和国“自由独立勋章”和“三级国旗勋章”。

光洙是战斗英雄的消息大面积传开，是自从他获得了东北人民解放军颁发的“东北人民解放军英雄”银质奖章后，人们全都知道了他是战斗英雄。这是非常了不起的荣誉。如果说是东北人民解放军，应该大体指的是解放战争时期，从1948年到1949年3月期间。

东北人民解放军自1945年10月31日，原称东北人民自治军，1948年1月改为东北人民解放军，之后第二年，即1949年3月，又改编成了第四野战军。

那时期，东北人民解放军的各纵队和军级单位，各自对战斗英雄和战斗英雄模范进行多种表彰，直到1955年，随着军事称号制度的恢复，统一了功勋名称，也将受勋者分成了红军长征时期、抗日战争时期、国内革命战争时期。

“你们是因为俺上了报纸，才硬着头皮来找俺，这明明是投机取巧呢嘛！是溜须俺这个英雄？你们知不知道，英雄到底是干吗吃的？打仗那时候，得英雄称号的，光俺们师就几百号人呢！有时瞎猫碰死耗子，打了个漂亮仗，就得个称号啦！俺可不稀罕那称号。要是行，俺今个儿都想退回去。这么着，往后可不兴这么大惊小怪地来俺家了！”

这可真像是光洙老爷子嘴里说出来的话。听的人都笑了。居然还有人要把英雄称号给退回去？光洙老爷子再次成了新闻人物。新闻记者找到他家了，政府部门儿的人腿也跑得勤了。那里边也包括已在局长职位上退休的七星的大儿子昌彬。他在农民的儿子里，已经算是有大出息的了。也可能是长时间在办公室里待着，身子保养得好，看上去比实际年龄要年轻得多。

“南大川土改时期入党的人里，要数你最晚退休的吧？”

原来以为光洙老爷子成天只知道喝酒，精神也是迷迷瞪瞪的。哪承想，他这子午卯酉分得门儿清呢！

“呵呵，也得给年轻人让位儿了不是！”昌彬斯文地回应着。

“俺这三十年当着农民，不过一个无权无势的农夫而已。只是有一件事儿，不太理解，为啥那些凡是人家反对的事儿，都不敢的人，只会溜须拍马的家伙们，那么容易一直往上爬呐？鬼听了鬼都得哭！这要在战争年代，是绝对不可能的事儿！就地一枪崩了算了！”

光洙老爷子嘴里吐出来的话，听起来总让人心惊肉跳。

“呵呵，我在战斗英雄面前，还哪敢有话说呀！”

昌彬虽想缓和一下气氛，努力地笑一笑，可他的脸已涨得通红了。即便是胸襟像海一样宽的人，听了光洙老爷子的这番似枪尖一样扎心的话，也都没法一笑了之。

“想必苏联远东军八十八旅团出身的，差不多都当上将军了吧……可瞧瞧您老人家现在……真是太对不住啦！”

昌彬放了一句夹枪带棒的狠话，反击了一下。

“呵呵，你这是在讥笑我呐！为啥偏偏俺落得这么下场，这个熊样吧？”光洙老爷子泰然面对昌彬的毒舌，哈哈一笑。

“像你这样的干部揪住俺不放，俺咋能挺直腰杆过日子呀？俺和战友们流血打仗那阵儿，可一星半点儿都没想过日后享福的事儿，看着身边儿的战友们，每天都有阵亡倒下去的，俺晚上躺在床上，只想着今天我算活下来啦。还哪有别的念想儿啊？我和国民党打过仗，杀过美国鬼子，可从没像你们似的，把‘枪口’对着自己人。我没当上将军不是啥大事儿，南大川让你们给败坏成这个模样儿，才让人心尖尖儿疼呐！”

也许光洙老爷子一生之中讲得最精彩、最有水准的话，恐怕要数这段了。

80年代末，重新审视“文革”过程中，开展了铲除运动。“文革”时期的猛将昌彬，也在铲除之列。上级找到了身受其害的光洙老爷子调查，要形成材料。

“真是可笑哟！你们扶植的干部，该你们自己解决，找我做甚？又不是我让他当的官儿……你们让他当官儿，啥时问过我的意见吗？你们当时用南大川人都硌硬的昌彬当干部，这下你们自己看着办吧！就你们没用好人当干部，让南川人好几十年都饿肚子，过苦日子。现在来让我干那落井下石的勾当，俺可干不来那埋汰事儿！”

光洙老爷子一口回绝了，他就是这么个人！

“开啥狗屁的会啊？说要给俺开恢复名誉的大会？别扯啦，可别麻烦俺，让俺这糟老头子上蹿下跳的啦！俺本来也不是个坏人，你们现在来特意评论俺对啊错啊的，俺才不想听呢！你们哪天不高兴了，把俺给踢下来，哪天高兴了，再把俺捧上天……俺可折腾不起啦！俺呢，啥要求也没有，就求你们把抢走的一支德国造猎枪，和一支捷克式猎枪还给俺就行啦！听说你们上头坐着的哪个瘪犊子霸占了俺那捷克式猎枪，立马让他妈的给我还回来！好让俺去打水鸭子成不？……”

光洙老爷子就这样，每天轮换着擦两支猎枪度日，一有时间便去打猎。战争与和平，对于光洙老爷子来说，是互不相容的两个世界。铁器撞击声、战马嘶鸣声、“冲啊！”喊声（向前突击）……如果这些就是战争带给光洙老爷子的记忆，那么和平年代，光洙老爷子酒后的幻觉世界，难道真的只剩下了“冲啊”这个单调的声音了吗？

“娘啊！爹睁开眼了，快过来呀！”随着大闺女一声惊叫，老太太立马颤巍巍地从灶坑里爬上了炕。然而，围坐在老爷子身边的村翁们脸色却沉了下来。“你看见啥啦？”光洙老爷子果真睁开了眼。“老头子啊，你看见啥啦？”老太太伸出巴掌在老爷子眼前晃着。

“爹！”俩闺女跪在了跟前儿。

“老爷子，有啥话，你就快交代吧！”

“这……回，俺可要去找忠……植，告诉他，俺……说话……算话啦！”

光洙老爷子大口喘着气，断断续续地吐出了这几个字。他离开这个世界前，最后的一句话，竟是这么句不着边际的话。

“老头子，这话大丫头都听见了，还有别的要说的没？快说吧！我好给你合上眼睛啊！”

他还想说点儿啥，可最终还是没有说上来。

光洙老爷子走了，他是睁着眼离开这个世界的！

他的坟安在了果树园的后山上。南大川的年轻人们自发地聚拢来，挖着硬邦邦的冻土，好不容易大致弄了个墓穴。

光洙老爷子的追悼会就开在了那座孤零零的坟堆前。所有南大川人都来到了坟前。因为是英雄的追悼会，果树园的山坡下停了两辆吉普车，政府来人参加追悼。

紧追着惊蛰过后的倒春寒，还真够冻人的。有个人正抑扬顿挫地念着悼词，所有人都把脸缩进外套领子里，面无表情。悼词将光洙老爷子的历史“编”得非常精彩，没任何污点，几乎是尽善尽美。就在光洙老爷子的坟前，他的崭新历史诞生了！

光洙老爷子当初去北大荒，才不是因为建设国家而去的，不过是为了满足自己的嗜好，打猎去的；他都被开除党籍，不参加党内活动，不缴党费，却说他是优秀的共产党员，实属无稽之谈；他连果树剪枝都不会，自然也不是为了建设果树园而来，他是因为在南大川连落脚地儿都没有，差不多是被“撵”到了果树园的；光洙老爷子曾骂过“集体食堂”是狗屁，在当初那可是相当于犯了大逆不道之罪的，所以根本不是悼词里所说的“老爷子一贯的实事求是的作风”。悼词里还说了很多这事儿那事儿的，都和事实差了十万八千里。

致悼词后，接下来举行了遗体告别仪式，完事儿后，山下等着的两辆吉普车瞬间便跑得无影无踪了。

光洙老爷子的坟前，只剩下了老伴儿、俩闺女和村里人。

“这大冷天儿的，躺在那里冻得慌吧？”被寒风吹得披头散发的老太太，银白的发丝在料峭的风里凌乱地飞舞着。

尽管这老太太一辈子和不懂儿女情的“木头疙瘩”丈夫睡一炕头儿，净伺候他喝酒了，没过上一天好日子，还挨饿受冻的，结果到头来，哭得最伤心的还是这老伴儿。

政府上派来的客人离开了，唯独南大川土生土长的民政助理留了下来，陪到最后。他是昌彬的大儿子。他因自己父亲身子不舒服没到场，还替他向大伙儿道歉来着。后来才知道，他是想替父亲挽回民心才留下的。昌彬因在“文革”时期乱扣帽子、乱咬人，“文革”之后再也不敢在南大川露面了。细掰扯起来，实际上光洙老爷子就是被昌彬给害惨的。像光洙老爷子那样的，十个人捆一块儿，都整不过昌彬呐。所以，光洙老爷子的葬礼那天，昌彬是万万不敢参加的。

昌彬当局长时，就把自己的仨儿子都给安顿得妥妥儿的了：给老大安排在了镇政府当了公务员；老二和老三都给弄到了城里，安排在了土地局和水利局，端着大机关的饭碗儿。人们私底下议论，南大川出身的人里，昌彬是把自己事儿弄得最“明白”的一个。

“咱南大川人，不用叫，都赶着去给俺亲家公送行。像俺这种没用的老家伙死了，你们不用来照面儿都行，可我这亲家公不是战场上的有功之臣、是英雄吗？对这大功臣，你们咋能这么薄待呢？你们说，这像话不像话？公社的那帮小子，成天一说喝酒一个顶仨，一说起百姓的事儿，咋就都脚底儿抹油——溜啦？”方元老爷子打了“头炮”。

“真不理解啊！光洙老爷子活着的时候，你们一个个的都想不起来瞅瞅他，人死了，才跑来说他啥啥都好，啥啥都对，吹乍呐？……这都是啥狗屁事儿啊？人活着的时候，政府要是帮着他盖一个像样儿的房子，他能去果园子住？”

“你们对我们这帮没啥用性的读报组老人的话，统统当成耳旁风，不爱听，我们还是要说，你们这么做不对啊！……你们揪着人家乱说‘反动’的话，把人家的饭碗给砸了，现在看，人家说的话，也没啥错儿不是？如果为了国家流血牺牲的英雄，下场给整得这么惨，到老了这么没价值，那将来再打仗了，谁还能冲上战场去卖命啊？”龙范老爷子开口接茬了。那时期，龙范老爷子在南大川被奉为尊长，是南大川历史活的见证人。他见证了光复前（土地改革和国内革命战争时期）的激变期、共和国成立后的剧变期和“文革”的动乱期等南大川所经历的一系列事件，成了神仙般的长者。

“唉！也真是的。说一千道一万的，我这芝麻大点儿的镇政府民政助理，能有啥办法啊？……这老爷子，一生中受了六次处分，对这样的人我能咋办呢？你们有能耐，向上边儿反映呗！”昌彬的大儿子似乎对乡下老人们的强烈抗议不屑一顾，一副爱理不理的样子，撂下这么句话，反身上了吉普车，便扬长而去。

这位一生都和自己父亲拧着劲儿的光洙老爷子，对小辈儿来说，是太遥远的“您”了。

“小兔崽子！……这败家玩意儿！咱们这以后得靠谁啊？”

不知是谁，粗鲁地骂了一句！

年年岁岁春风来

——南大川人的故事（7）

1

一百五十户人家其乐融融地生活在一起的南大川，在迎接新千年的时候，被列入政府新农村建设项目计划中。

转眼间，所有的农舍清一色儿地换成了砖瓦房，紧接着村里那条牛粪蛋子乱滚的土道儿，也改头换面成了“道路”了。这下子，“日子越过越好啦！”的好评，挂在村里人的嘴边了。“日子越过越好”，与其说是相对于过去的苦日子来说的，不如说是机械文明时代来到农村，春耕、播种、插秧、锄草、秋收这些所有农活儿，都由机械来代干，随之而来当年因畜力而备受农人礼遇的黄牛，如今也沦为“受气包儿”，这些都成了热门儿话，本质上是农村生产力解放的有力证明。

尽管那些好评表面上像是简单而又纯粹，但那还不是抽象性的，是因为有了具象化的前提，应该看成是有生命力的。

南大川的东宇老爷子，是我朋友民奎他爹。他因为是果树栽培技术员，而成了果树园“四屯”一员的。东宇老爷子听了这话也许会不高兴，他其实只是名义上的技术员而已，从来没读过一本关于果树栽培的书。他那点儿本钱，只不过是年轻那阵儿，有一段时间对果树栽培有了点儿兴趣，顶多知道蜜蜂将果树雄蕊上的花粉，传到雌蕊头上，起到授粉作用，就这程度。南大川人们把这叫“授粉”。

其实，一直以来，乡下人或多或少都知道些“常识”：蜜蜂钻进南瓜花的黄色单性花蕊里，再钻出来，之后就能结南瓜了。对几乎没有专业知识的东宇老爷子来说，“果树技术员”的称号有点儿过了。20世纪80年代，原有的集体生产方式转变为家庭联产承包制过程中，农村开始了分割经营，南大川人把这叫“包产到户”。农村的生产经营责任制，可以使农业人员自由移动的形式得以延续。南大川果树园也不例外。自从龙井果树农场的专家们进入南大川果园，承包下果园后，东宇老爷子的土方法就被专业技术给淘汰了。这样一来，东宇老爷子自己也觉着继续待在果园，挺没趣的，便把家搬回到土墙内的屯子里了。

这时候，东宇老爷子不知不觉过了花甲之年，家里财力也开始越来越衰。乡下人干粗活，老得也快。东宇老爷子把庄稼地里的活儿交给了小儿子千奎，自己却张罗起饲养黄牛这么不靠谱的事儿，还相当投入。说是“饲养黄牛”，其实口气是太大了，不过一头黄牛而已。况且还不是可以繁育后代的母牛，是头出了名烈性的公牛。

东宇老爷子养这头牛倒是忒上心，养得这牛屁股蛋子肥得滚圆滚圆的。它在牛圈里哞哞叫两声，能震得满南大川都听得着。这牛头顶上戴着个自行车链条，打扮得跟古代朝鲜士兵似的，脖子上还拴着个铃铛。

你看过这样的黄牛没？……凡看过这头牛的人，都“啧啧”地咂舌头。牛嘛，无非是人用作畜力，运输所需的动物罢了。可这东宇老爷子，一次都没舍得给这牛套上轭，让它驮过东西。这黄牛因为遇上了细心的主子，光吃不干活，浑身有劲儿没处使，闲着没事儿，用前蹄儿刨地，来显摆自己雄性之勇。有一天，公牛终于有事儿干了。日吉牵着自家的母牛过来找东宇老爷子，说母牛发了情，这么一来，竟在偶然间给公牛配上了对儿。东宇老爷子瞅着自家身强力壮的公牛，向孱弱的母牛进攻时，还带着得意的表情自言自语着："嗯，好样的！这才看出来养头黄牛的价值嘛！"

自从那次起，东宇老爷子的黄牛，便成了远近出了名的优良种儿，南大川来找这公牛交配的那些母牛都排成了队。东宇老爷子呢，对牵着母牛找来的人一概来者不拒、照单全收。乡下人爱把能下崽儿的母猪或能下仔牛的母牛，说成"地儿好"，其实，如果说种儿好，意思含有土地肥沃的成分，实际指的是母的来说。而南大川人，不分公母，统统含混地说"地儿好"。再就是用方言，把"配对儿"或"交配"，表达为"骑、跨"，还有"阉割"这种书面用语，其实是相当煽情的，用原始的"割生殖器"这个土话来表达。之外，输卵管结扎术，是用"阉"或从汉语发音变种的"劁"来表达。对于这些，人们从并没想过原始的土话还是煽情的文化用语。

南大川人常牵着自家发情的母牛，来找东宇老爷子家"种儿好"的牤牛"配对儿"。

老伴儿不满地唠叨，埋怨自家老头子："乡里乡亲的都笑话咱家呢，说早起晚睡地伺候这牛，到头来不是都便宜人家了嘛！还说谁让咱家牛的'家伙什儿'（牛的阴茎）那么棒来着！俺听了真觉着恶心呐！"

东宇老爷子听了抢白说："老娘们儿还真是鼠目寸光呐，可没的治了！说不了话的畜生，就不知道自己的族群越多越好啦？你知道个狗屁呀……光复前，母牛下个崽儿，都算是光耀门庭的事儿呢！"

对东宇老爷子来说，自家的牤子是在扩充自己族群呢，挺了不起的。

如果说，他养公牛的乐趣在于此，说出去谁能信呐？可反过来，说他养牛是以畜力为前提的，也就不会生出这么些故事了。

"我说，东宇老爷子，你养牤子就是给人家母牛配种为乐子呀？在城里住的昌彬家那帮孙子，前阵儿回村里，还牵个着人稀罕的哈巴狗来着，你家这么大一头黄牛，也不好成天往哪儿牵，呵呵呵，你家那牤子就会帮母牛整那事儿吧？……可现在南大川哪儿有那么多发情的母牛哟？生产队那阵儿还可能有，现在这年月儿，家家户户都是不养牛哩！……听说去公社（镇政府）的兽医所的话，哎，那叫啥哩？对，好像能免费给做冷冻受精哩！……”

每每听到村翁们嘴里嚼着这些污言秽语往身上泼凉水的时候，东宇老爷子就用鼻子哼两声，爱搭不理的：“人家爱不爱穿着三乘石袜踩墓地，关你们这帮闲着没事儿干的家伙屁事儿！”

“黄牛吧，你越使唤它，它才越来越温顺，你若宠着它，脾性会变得越来越差劲儿，要是它不老实，干脆把它的卵子给摘了去，省得净替别人家干好事儿！”

“老话儿讲，别给牤子养肥喽，这牛不管是公还是母，一给它养肥喽，脾性就越来越坏哩！”

村翁们的担心不是平白无故的！

2

南大川的村部，原来是 20 世纪 50 年代集体食堂化末期，用作集体食堂的老房子。到了 70 年代，毁掉重盖，换成了砖瓦房。这办公室是当时党支部书记昌彬的“作品”。他去大寨参观回来，匆忙盖成了这个“L”字型砖瓦房，日子久了，变得越来越破，和废墟没两样儿。然而，把它废物利用，当村部用，也还说得过去。

为了学大寨，建大寨标志性的梯田，昌彬还远赴山西省去参观，为啥回来后没立马造梯田，却急急匆匆盖了个村部？南大川人们看着昌彬学着人家扎毛巾那样子，都纳闷儿：这家伙精神不正常还是咋的？然而，疑问马上就被解开了，盖房子第二年，昌彬的工作实绩得到上级认可，调到公社（镇政府）上班，打那时起，他便成了“吃皇粮”的国家干部了。

昌彬一直在公社当干部，到了五十岁，又调到了市水利局当上了副局长，过了几年，又提拔到了局长。他算是南大川人里最出息的一个“人物”了。

南大川村部的房子，朝南隔着路对面，有一小块空地，这里是个中心地带，相当于南大川的广场。“文革”时期，这地方曾是反右派批斗大会的场所。已经褪了色、变得黑黢黢的混凝土墙上，几年前贴的告示，被太阳晒得泛黄，被风雨撕得破破烂烂的，但仍可看得清写在告示上的内容：徐民奎 550 票，崔仁洙 75 票，朴玉姬 13 票……嗨呀，这张告示咋还贴在这儿呢？得票数最高的徐民奎，是东宇老爷子最疼的大儿子呢！那个时期，他原来是南大川的村长，之后调到了镇上当了主管农业的副镇长。南大川人都把他当作继昌彬之后第二出息的人。

那时候，农村的村民委员会办公室都差不多，南大川的村部也是四处漏雨，墙上弄得斑斑驳驳的。夏天的时候，这地方成了来卖东西的媳妇儿们的天下，她们把花花绿绿稀烂贱的衣服，摊在地上卖，成了赊账卖货的小集市；春秋这里又成了卖牛肉和死猪肉的地方。

风呼的一下吹来，把空地上脏兮兮的纸片和灰尘扬得漫天都是。村部的房顶上绑着的喇叭，突然间会发出嗞啦嗞啦的杂音，然后伴着“嗡嗡”的增幅电流声，过会儿扩音器里便传来一个婆娘清脆的嗓门儿，连珠炮似的话音儿：“呃，下面有一个通知，大队（村部）前的场院有卖牛肉啦，一斤三块，快点儿来买吧，贱卖喽！可别当是死牛肉哇！应乎（因为）牛腿折了，没法子才杀了的母牛呐！肉是贼拉的鲜，软乎着呐！快点儿来买吧！没现钱儿的话，赊账也给呐！都是乡里乡亲的，嘎哈那么小气，哪儿那么多说道儿、那么多计较哟！”

紧接着，又传来这么句话：“哎呀，可出大事啦！公社徐镇长的老爹今早被牛犄角给挑伤了呐！”脆生生嗓门儿的主人，正忙着播自家折了腿的牛，宰了贱卖肉的“广告”，那口气似白送人的，之后反倒干脆连东宇老爷子受伤的乡野“新闻”串在一块儿，给秃噜了出来。

东宇老爷子家正好住在村部的前院儿，想要去看他，必然得经过村部前的小广场。“广告”的主人是前屯儿的“矿工”先奎家的老三儿媳妇儿，在那块旧告示下，两口子正卖着牛肉。“贱卖啦！可别当是死牛肉哇！实在是牛腿折了，才宰了卖的，不信去问问曰言那小子。咱可是小母牛，肉又鲜又嫩，快来买吧！实在没钱儿，赊着也行呐！”

——简直到了能让电视上那些披着“艺术”外衣的专业广告，没脸见人的地步了！

现在的电视商品广告，都是些炫目的表面包装而已，却是作威作福，正播着节目，也全然不顾观众的感受，常常插入低俗的广告。相比较而言，那乡下媳妇儿的“广而告之”，才是一点儿不掺假的纯粹“广告”呢！

商品广告的生命力在于真实，东宇老爷子被牛犄角挑伤的“新闻”，虽显得唐突，但因为是千真万确的事儿，所以仍可以勉强耐心地拿耳朵听。倘细掰扯起来，母牛前腿折了，和东宇老爷子那头公牛有关系，所以也不算是不合情理的“新闻”吧！

一过了清明，南大川的村路上，就一个人影都不见了，显得相当寂寥。只有几只狗，闲得跑来跑去。

“再播一下看看！这村里人全都死光了还是咋的？全都连头都不探一下呐？”卖牛肉的板儿车沿儿上，搭着的汉子正抽着烟，粗野地骂着，又催了一遍刚播完“广告”走出来的媳妇儿。

“你那嗓子咋跟个蛤蟆骨朵似的，那么细溜呐？你倒是小肚子使上劲，再给我大声喊几嗓子试试！”那汉子硬逼着自己可怜的老婆。本来明年这时候就能下崽儿的母牛，突然没了，看来这汉子一想起这事儿，心就窝得慌。听得自己男人的“号令”，“细嗓子”媳妇儿转身又回村部，去“重播”“广告”了。

这便是“扩音器”时代，南大川的村里一景儿。

过了一小会儿，又听喇叭里响了几下嗞啦嗞啦声，接着尖嗓门儿又喊起来。媳妇儿的第二次广告一开始，村路上便出现了“仨一帮、俩一伙儿”的人，曰洙兄最先现身。那个时候他家嫂子去了韩国打工，他自己从镇所在地村子，搬回了南大川。

“哎，我说！曰洙兄，算你发发善心，帮俺卖卖牛肉吧！”先奎家的老三，朝路过牛肉摊子前的曰洙喊着。

“嗯，知道了。民奎他爹被牛犄角挑伤了，得去看看老爷子。正好！我还愁手上该拿点儿啥送去呢……给我称个五六斤吧！”说着话，曰洙走近了牛肉摊儿。

“嘿嘿，也就大哥这么爽快吧！钱呢，几天后再给就行。给哥赊账，咱是不担心后事儿的！”先奎家的老三立马割了块牛肉放在了秤上。曰洙兄平时也是和徐民奎称兄道弟的，所以也是第一个来慰问他爹的人。之后，村翁和老太太们陆陆续续地赶去东宇老爷子家。

“说东宇老爷子让牛犄角给挑了，伤得挺重。到底是咋回事哩？”

“哎哟，看吧，到底儿出事了不是！这都啥年月儿了，还有人能给牛犄角给伤着哟？”

路上碰着的老人们，你一言我一语地说着话。

这的确是近年南大川少见的事故。光复前，南大川的地主张三家长工的儿子，被牛犄角给挑死了，还有互助组的二楞子（《光复的后裔们》中登场的人物）嘚瑟着，被牛犄角挑伤了屁股。打那以后，一直再没出啥事儿。解放后，从互助组时期到生产队时候，集体以畜力饲养的黄牛虽多，却每日被苦力所累，甚至在耕田的时候，有的牛都给累得精疲力竭摔倒在田垄里，更谈不上伤人了。

这种事故是绝无仅有的，是一出令人难以置信的事故！

刚过了冬闲，到了春忙时节，村部屋顶扩音器里传来的消息，霎时便传遍了整个村子。

早起，东宇老爷子进了牛棚，给牛喂食，正顺着牛脖子摩挲着，突然，这黄牛发了狂似的，连最体贴自己、人性化喂养自己的主人似乎都不认识了，挺着坚硬的犄角朝老爷子的胸脯顶了上去。其实，对这庞大的黄牛来说，它只是拿犄角轻轻拂一下，开个玩笑而已。可对人，却是猛烈的致命一击。

东宇老爷子突然间只觉得胸口如电击般，一阵剧痛，双手捂住胸脯，发出“啊哟哟”连声惨叫，一个跟头栽倒在地，便一动也动不了了，蜷在牛棚那散落着稻草、又脏又潮的地上，“哼——哼，哎咕——”不停地呻吟着。

之后发生的，就像是编好的剧本似的，东宇老爷子那大个子老伴儿，等半天也不见给牛喂食去的老伴儿回来，也没啥动静，她预感到不祥，便颤巍巍地拐楞着腿，出去找找看。没承想，只听得一声惊叫，便看见二儿子千奎背着东宇老爷子冲出牛棚，急急走进屋，把老爷子放在了炕上。

村里人开始陆陆续续地聚拢到东宇老爷子家的院子里。村里的年轻人，老早就像麻布裤子漏掉的屁一般，四下外出打工了，剩下大部分都是老态龙钟的老头儿和行动迟缓的老太太了。可因为是凉水镇主管农业的副镇长老爹受伤了，就算是来凑个热闹，干巴巴地问候一声，也得来看看不是。况且，东宇老爷子也终归是南大川的老人儿呐！

恰在这时，东宇老爷子觉着胸口闷闷的，在炕上躺不住，出来坐在石阶上，额上渗着豆粒大的汗珠子，正疼得哼哼着。那帮老头老太太看他这气色，感觉他马上就要不行了，一起嚷嚷着，让他赶紧上医院。

这当口儿，东宇老爷子的二儿子千奎，听了曰洙兄的话，赶着把爹受伤的事儿，捎信儿告诉了他大哥民奎。民奎告诉弟弟，自己正在珲春开会，暂时脱不开身子，自己派个车回去，吩咐弟弟立马带着老爹去延边医院。末了还补充说，自己会通知住在延吉的大姐。

“知道了。”千奎向来对大哥的话是言听计从。

“看样子伤得挺重呐！麻溜儿（赶快）上医院吧！要是伤着内脏，可不是闹着玩儿的！”

“可不是咋的！自古说，给黄牛挑伤没药可治呢！快去医院瞧瞧去！”

“净瞎说，古代连医院都没有，提哪门子药呐？（牛）那家伙可是灾星哟！尥蹶子的黄牛可没法儿调教哟！有一个招儿，‘劁’（阉）了它，立马就蔫了！呵呵！”

“对头，治这种淘气的黄牛，就得‘劁’了它，它就再也不惹事儿了！昌彬当社长的集体化时，他让咱把黄牛全都交上去那阵儿，还记得后屯儿的淑子家那头漆纹牛不？淑子家喂得又肥又壮的，挑了二楞子的屁股，第二天就给‘劁’了，都记着呢吧？呵呵，二楞子多亏是给挑了屁股，要是伤了胸脯子，可坏了不是？”

“你这老头子，这是瞎叭叭儿啥呢？又不是当年的生产队时期……无缘无故的，凭啥要‘劁’了人家的牛哟？人家可是宝贝着呢！嘚瑟！不管是多蠢笨的动物，也不该说劁就劁人家的‘卵子’呢！东宇老爷子养牛就是靠给人家母牛败火，取乐子呢，这种笑话，以后也不要瞎说哟！”

“可不！当牛卵子，是当年张瞎子家厕所棚顶上的倭瓜呐，想摘就摘？”

“哈哈，先摘了你老家伙的卵子看看，你家老婆子高兴不高兴？哈哈哈！”

听着这帮老头子低俗下流的嗑儿，围在高个子老伴儿身边的老太太们，嗞啦嗞啦地小声嘟哝着，像蛐蛐儿叫似的数落着老头子们。而老头子们一会儿便发出一阵哈哈哈的爆笑，龌龊死了。

南大川这地儿，风俗就这样。就算是到了死了人的家里去奔丧，也能夸张地“嘭嘭”放屁，逗得人家丧主忍不住笑岔了气儿。这边东宇老爷子疼得哼哼唧唧的，那边还说着黄段子嘻嘻哈哈的，这早已是见怪不怪的乡俗了。

咋？你被牛犄角碰了，俺们还得哭啊？

“善奎家的老三养的母牛，昨天和东宇老爷子家的公牛交配时，前腿给造折了。那母牛平时瘦得连拉个小推车都费劲儿，哪能受得了那么壮实的牤子哟！”

“现在都啥时候啦？冷冻受精不就结了？哈哈哈！怪不得善奎家老三，在村部前头的小广场上卖牛肉呐！”

话说，正在市政府开会的民奎，一接到弟弟的电话，马上给镇政府挂电话，让他们帮着叫辆出租车派到南大川去。

二十分钟后，从凉水镇来的出租车分秒不差地到了。

那个时候，凉水车站旁的广场上，一直有出租车在那儿靠活儿，都是军用吉普车。因为经常要在乡下的土路上跑，比起轿车来，吉普车更实用。直到那时，凉水镇所辖的行政村，大部分都很穷。各村固守祖居的老人们变成了老邻里，都不愿意离家，也不求啥变化，所以村景大多都是黑黢黢的。南大川因为后岗子上开了一座座的煤矿，至少比别的村儿先盖起了砖瓦房，村路也修成了水泥路，看着还算凑合。然而，也是和别的村一样，见不着年轻人和孩子，显得一样冷清。

村里人尽管过上了不再缺吃少穿的日子，可是这时期的南大川人，反倒觉着当年挨冷受冻、夫妻打架、孩子们闹腾、家什儿像木头飞机似的飞来飞去、鸡飞狗跳的光景，日子过得有滋味儿。那时候，半大孩伢子们，约着半夜掏家雀窝儿，一个个乐得直颠馅儿。咂摸着那些日子，是一种享受。

东宇老爷子的脸色已像纸一样白，吭哧吭哧地喘着粗气，却硬犟着不上出租车。一旁村里的老头老太太一齐劝他，必须得上医院。“不去，就不去！”曰洙兄在旁注视着像小孩子一样耍着脾气的老爷子，忽而对着老爷子的二儿子千奎的耳朵嘀咕了几句。只听得千奎说：“爹，我大哥说让你上延边医院！”随即一把抱起老爷子，干脆利落地放在了出租车后座上。然后，对一边抹着眼泪也要跟着走的娘，扔下一句：“娘，你就别跟着凑热闹了！”“咣当”一下，粗鲁地关上了吉普车车门儿。

“快走吧！”千奎看也不看车窗外，催着司机。

“今天，本来美子要从东山下来，到咱家呢！……”

东宇老爷子勉强喘着气，想给老婆子交代一下，自己妹妹来家串门儿的事儿。

“腿脚利索的人，说要来就会来的，还能跑了她吗？摔倒了都能磕着鼻子那么近的地方，你快别惦记那没用的事儿了，赶快上医院要紧！”

听着老婆子不冷不热地回了句，东宇老爷子睁圆了眼珠子，瞪着她，可他胸脯受了伤，眼神也没了平日的“毒”性。

老婆子个头整整比自个儿高上一头，可东宇老爷子打年轻时候起，没少耍掌柜的威风呢！

老太太茫然地望向拉着老伴儿、一路扬起着灰尘远去的出租车，默默地流下了眼泪。

哎，对了，那不招人待见的美子，为啥偏要今天来呐？反正美子一来家，肯定不消停。

3

东宇老爷子的幺妹儿美子，在老爷子走后，过了一小时，就到了南大川。

这俩兄妹年纪差得相当大，再加上美子是大哥给一手拉扯大的，长大了也是兄嫂做主嫁人的，说他俩是父女，也不算冤。这杨姓大个子老太太对美子，更是没把她当小姑，倒是把她当成喂自己奶养大的闺女似的。

“我哥呐？”

“你咋早不来晚不来，偏就踩着这个点儿来呐？你哥，他让牛犄角给挑了，刚让千奎弄上车，奔延吉去医院啦！”

“啥话？大哥他伤得重吗？”美子闻听愕然失色，便立马预备要去延吉。

杨氏按住了她：“千奎带他走的，咱就再等等看，晚上能有啥信儿。延吉大闺女也在，民奎也知道信儿了。你现在去，反倒添累赘，能帮上啥哟？”

延边的乡下人，乐意把人名变一下形叫，如把东宇老爷子叫成“多宇老爷子”，把他儿子民奎叫成“民归”，千奎叫成“千归”。这种“不负责任”地“造”字儿，是在文化用语和方言的不对称之下，按各自方式找到传统性的平衡而已。不管原来的名字咋样，反正容易上口、叫起来顺当就行了。

急急从村子里蹿出来的吉普车，向着延吉方向飞驰而去。

车窗外，倒向一边儿的电线杆子，吓人地唰唰而过，而到处是张牙舞爪的玉米秆茬子的田地，也向后退去。乌鸦群飞落的野地，也似大河里漂浮的冰凌片似的，倏然滑过。拱针山的山脊梁上空，笼罩在一片灰茫茫的黄沙之中。

“你个臭小子，谁让你这么随便，弄我去医院？还由不得你做主！……快给我停下，马上！”

东宇老爷子原本想对二儿子吼上几句，怎奈胸口一阵剧痛，痛得他脸拧歪着，勉强吐出这么几句话。和骨瘦如柴的东宇老爷子不同，千奎长得更像高大丰满的杨家人，块头大、骨头壮，干体力活是没比的了。一看便知是在农村干体力活的一块好料！

“您可别闹了，消停点儿行不？昨天把人三男家的宝贝母牛给弄折了前腿儿，今天那牛犄角又伤了人，爹可干了大‘好事’了！”

坐在副驾驶位子上的千奎，头也不回地数落了一通。

这爷俩在一个房檐下住着，儿子从不知道让一下古怪的爹，二人碰到一块儿，沾火就着。

在乡下，常常有粗鲁的儿子和古怪的老子较劲儿，一见面就峒。

就像这对爷俩，事事都要斤斤计较，啥啥都要掰扯来掰扯去的。就拿养牛这事儿来说，闹得更是不可开交，夹在中间的杨氏，只能瞧着二人的眼色，也不能站在哪一方。

儿子千奎这边呢，认准这个理儿：老爹一个日渐乏力的老人家，还拼个啥劲，非得要养牛，养了牛不说，还净替别人家的母牛做好事儿。干脆拉倒算了，养个啥劲儿啊，爹也老了，去老人会馆（从前叫“读报组”来着），和那帮老人打打花图（朝鲜族玩的纸牌）啥的，过清闲日子好不？

东宇老爷子这边呢，每次都死犟：“我这个在乡下连庄稼都不种的老家伙，闲着没事儿，养头牛，就当是锻炼身体、消消神儿，咋就那么不招你待见呐？”

呵呵，这真是公说公有理，婆说婆有理！

东宇老爷子对在镇政府当副镇长的大儿子说的话，倒是言听计从的，而对那勉强高中毕业回乡下务农、还一直打着光棍儿的二儿子，权当他的话是放狗屁似的，根本不听。千奎知道自己不招爹稀罕，也就破罐子破摔，拿着芝麻大点儿的小事儿，也和爹斗嘴。

杨氏常嘟哝，真没见过哪家老子、儿子这么不对牙的。

“你俩咋没一天消停啊？总这么戗戗，烦死啦！”

每当杨氏这么唠叨，老头子也好，儿子也好，干脆都装听不见。在养牛这事儿上，尽管双方都有自己的理儿，但父子间的梗儿，远不止这个。

千奎呢，觉着年迈老爹非要养牛，也未尝不可。但既然一样费力，比起养只对家里创收没一点儿贴补的公牛，那还不如养头能产犊崽儿的母牛，来得经济实惠呢！

而东宇老爷子呢，觉着二儿子乳臭未干，压根儿就没把他放在眼里。你小子，懂个屁？

其实，千奎的话没错儿。养母牛，就有可能一年育一次胎，随着牛的数量增加，就会带来相应的经济效益，这是随便哪一个乡下人都明白的道理。

东宇老爷子又不种庄稼，却偏要养公牛，何况还养头猛牤子，专为四邻八乡母牛配种，做这等便宜别人的“好事”，任谁都不理解。就这当口儿，村里人都站在了千奎这边儿。

“臭小子，你有钱没地儿使，是咋的？干啥折腾我这么好好的人儿，没事儿往医院跑啥子？你这挨千刀的家伙，还不赶紧给我停车？”

千奎对老爷子的干吼，根本就装作听不见，拿出了个简装 CD 听了起来，塞上了耳朵。之后，给大哥挂上了电话。此刻，兜比脸还要干净的千奎，惦记的是自己拿不出医院的诊疗费。大哥跟他说了，别担心住院费，到时候姐和姐夫会等在医院门口。

“本来没啥大不了的，你还咋呼着告诉你大哥。他平日里工作多忙啊？能和你这二溜子比吗？还不赶紧往回走？！”

东宇老爷子本想伸出手来，扇幺儿子的后脑勺，哪承想，手刚举一半儿，又立马抚住胸口，大口喘着粗气。

他就是这么个老头儿，对眼瞅就快四十岁的儿子，都想动手打呢！

就因为东宇老爷子，平日里就这么古怪乖张，村翁们都不敢轻易和他开句玩笑。倘一句话不对头惹毛了他，就会跟炸了庙儿似的，吹胡子瞪眼睛，大声嚷嚷。这老头儿，能有啥贴心朋友哇？

东宇老爷子那时过了古稀已两年有余，这岁数在南大川，放在老年人行列实在不算冤。可他仍跟个竹竿儿似的，硬撅撅的，蛮挺实！要起性子，能生生把糟糠饼子泡在水里给吃喽！得亏他娶了杨氏，她一开始就交枪了，忍气吞声地顺从自己掌柜的，日子也就消停着过了。不然，要是换作不依不饶、爱唠叨的主儿，日子就甭想过了，早就给撵出家门挎个包走人了。

然而，这老爷子也有他“惧”的，就是在镇政府当副镇长的民奎。

中国的老百姓循惯例、按传统来说，总有一些敬畏之心。东宇老爷子也不例外。曾在南大川当了几年村长，后被提拔到镇上当了副镇长的大儿子，从没在老爹面前顶过嘴，也总是毕恭毕敬的，就连大儿媳妇儿，虽然平日叽叽喳喳闲话多点儿，但对公婆却是极有孝心。

村翁之中，就属东宇老爷子的腰包总是鼓鼓的，钢镚儿哗啷哗啷响。大家都知道，这是借了大儿子和儿媳妇的光了。就连东宇老两口住的砖瓦房，也是大儿子掏钱盖的。再加上嫁到延吉的闺女，也成了老两口的“摇钱树”。民奎不管咋孝顺，也赶不上闺女这贴心“小棉袄”。别看东宇老爷子平日里刁钻古怪，他在吃国家“俸禄”的闺女和当干部的大儿子面前，却也不好像平常似的那么打骂千奎。

“孽障！……”

身子斜倚在出租车靠背上的东宇老爷子，微眯着眼睛骂了一句，算是“死了心”。

间或袭来的阵阵胸痛，已使他再也无力和老儿子拌嘴了。此刻，他的脑仁里已乱成一团麻。

昨天前屯子善奎家的老三，拉着他家的那头母牛来找他时，自己看着母牛那小细腿儿，虽已警告过那小子说，母牛太弱，恐怕难以承受自家的牤子，牤子一旦扑将上去，母牛前腿会受伤。没承想真出事儿了，自己倒是没啥责任，但真的伤了人家母牛，心里还真是过意不去。牛一旦伤了腿，就只有死路一条了。

人有旦夕祸福，这话看来千真万确！

人都说自己搬起石头砸自己的脚，怪只怪自己养黄牛的怪癖，最后到底因为这头牛惹了事儿。

“啥年月了，还养牛啊？难不成你还想去伐木场去拉爬犁是咋的？要是这次伤得再重点儿，街坊们该多笑话咱家这帮子女们呐？我是个乡下粗人倒没啥脸面，可在政府当镇长的大哥和延吉工作的大姐，他俩往后还有啥脸面见村里人呐？这不是给子女脸上抹黑，还是啥？您老看在大哥和大姐的面子上，也该拉倒了。您要是再犟，看我敢不敢把那黄牛给卖喽，要不干脆把那牛阉喽！”

出租车司机听着千奎糙不啦唧的言语，忍不住哧哧地笑了。

东宇老爷子装作听不见，心里却嘀咕着：就凭你小子，也敢？……

此时，他绝对想象不到，自己的二儿子究竟干出了啥事儿。

对于千奎说自己栽了大儿子民奎的面子，这倒是让他无言以对。

在仍残留着封建思想的南大川，年迈的东宇老爷子被牛给伤着了，遭了飞来横祸，子女们简直已颜面扫地。“走着瞧，看我不好好教训一回那畜生！”

此刻，千奎心里正盘算着一个“愚蠢”的“计划”。

东宇老爷子不再搭茬儿。自己不顾子女的反对，非要养那条凶悍的牛，反惹了祸，现在还要到延边医院去花冤枉钱，事到如今，他百口莫辩。更何况，他现在胸痛难忍，已没了和二儿子斗嘴的力气，也斗不赢。

出租车在高速路上，向着延吉方向疾驰而去。

那边民奎正从珲春往回走，上了南大川方向的路。那时候，凉水镇并不似现在，归图们市，而是归珲春管辖。

民奎对老爹养牛的事儿，虽不像弟弟那样反应激烈，但心里也觉着十分不满。但是爹晚年闲来无事，认准了养牛，作为子女也不好横加干涉。所以，每当弟弟央求自己，和自己一块儿来劝阻老爹养牛的时候，他虽然口头上哼哈地答应着，实际上却睁一只眼闭一只眼的，随爹去吧。

结果，真出了事儿，民奎倒觉着是自己做错了啥似的。

养牛，说起来容易，真的要做，却是费心血的活儿。

夏天，牛若是挣脱了缰绳跑了，你得连着几天，漫山遍野地去找；倘或它跑进别人家的田里，啃了人家的庄稼，不仅要挨人家的数落，连人家的庄稼也要赔。老爷子这次若是没有被伤得太厉害，倒也未尝不是件好事。正好拿这次事故当借口，干脆断了爹的念想。本来民奎是想直接奔延吉去的，又一想，不如先到南大川，边跟老娘打听事故的经过，边等着延吉姐姐的电话为好。到南大川之前，民奎给曰洙兄挂了个电话，听对方说，像是肋骨骨折的样子，这才觉着稍稍放了点儿心。

“姑，你来了！”民奎进屋，看见正坐在炕头儿的姑姑，打了声招呼。

“我来这儿的事，咋连你这从珲春来的人都知道了呢？看来，我都成了这个家的旧包袱了。咱家族内的事，过后再论……大哥被牛给伤着了，你要是这就去延吉，我也要跟着去看看他。”美子对大侄子撇了撇嘴。

民奎虽知道姑姑为啥来家了，却装着糊涂。此时正闹着离婚的姑姑，肯定也挺闹心的。

4

民奎第一次发现姑姑的婚外情，已是去年晚秋时节了。

那是个凄冷的天儿，淅淅沥沥地下着秋雨，雨滴沾在窗玻璃上，不一会儿便成一行行泪水流下。民奎至今记忆犹新。

民奎因为是主管农业的副镇长，所以对天气很敏感。晚秋的雨，是耽搁农民收割、令人厌恶的事。

雨一直下个不停。民奎正接待从东山村来的中年大嫂，从她的嘴里，听到了姑母婚外恋的事，愕然失色。

东山村离南大川有二十多里路，坐落在山脚下，是凉水镇所辖的一个行政村。

姑姑偷情？罪魁祸首不是别人，竟然是自己的亲姑姑，实在让人不敢相信。

“或者您是不是搞错了？”民奎小心地证实着。

但听人家说起的来龙去脉，确是姑姑，没错儿。

人家那女人是姑母婚外恋的直接受害者，民奎也没法子，以道听途说来遮掩过去。

姑姑这一辈子都在穷山沟里种庄稼，是个再平凡不过的家庭妇女。况且，她还有两个个头儿都快顶上天棚的儿子，岁数也到了“不惑之年”，竟然晚节不保，弄出来难听的“绯闻”，闹得满城风雨？

可能吗？

来找民奎投诉姑姑婚外情的那个妇女，一把鼻涕一把泪的，悲凄地苦着个脸。这女人，正是和姑姑偷情的那个男人的老婆。

这事儿，虽说和民奎没有直接关系，也没有道义上的直接责任，可民奎是姑姑的亲侄子，反正是牵连到无辜的侄子身上了。

这女人，知道民奎在政府供职，以他的社会地位作为唯一理由，相信他肯定能帮上自己，所以人家直接来找民奎哭诉他姑姑和自己男人私通。

尽管这种事，一般是要司法助理，或是民政助理，再或法官出面调解，可因为当事人是自己的亲姑姑，此时民奎的处境，哪怕是从道义上，自己也得出手制止这起婚外情。

更何况，那女人不同意法庭调解，而是盼着民奎出面，给予道义上的公正调解。

民奎看着沙发上坐着的那个女人，浑身哆嗦着，只知道流泪。民奎倒觉着好像自己惹了事儿似的，一时无言以对。

那女人是个普通到随便在乡下路上都能碰见的那种，看上去既文静又贤惠，虽说谈不上漂亮，却也是五官俊秀、端庄。

从哪方面看，这女人也不逊于民奎那黄头发姑姑啊！真不知咋搞的，竟然被姑姑把自己好端端的丈夫给“偷”走了？最后，为了让那女人安心，民奎做了个自己都不知道能不能履行得了的承诺，好歹算是把她给打发走了。

咋办呢？民奎陷入了沉思。

从家族的老少尊卑来看，侄子和姑母之间，是直系血缘关系。尽管在长幼顺序上，侄子没有权利制止姑母的婚外恋行为，但作为公务员，却有维护社会道德秩序的义务。那女人明知这一点，所以才来找民奎讨公道的。

此时，民奎想破了脑袋，也想不出究竟该咋办。侄子插手长辈这种事情，实在有点儿不明不白，难为情。当时，社会仍然相当闭塞，一提到偷情、私通，人们就会用非常难听的“破鞋”来唾骂，世态就如此，并且乡下比城里更为严重。虽说民奎主管着十二个行政村的农业，却不知道解决家庭纠纷有啥妙招。

究竟咋办呢？……

流着眼泪转身离去的那女人，背影看上去是那么可怜和无助。

民奎想着，自己作为当事人的亲属，至少也有履行职责的义务吧！

一个乡下女人，竟能有如此的冷静和忍耐力，着实让人吃惊。

按往常的先例，姑姑都有可能被人家薅头发、剃光头。这原本应该迸到姑姑身上的火星子，却没来由地烧着了不相关的民奎。

一番绞尽脑汁地琢磨，民奎找出了可以说是最为合理的折中方案。虽无法断言，是不是真有效果，但就目前来看，除此别无他法。

当时，凉水镇辖十二个行政村，农业人口超过两万多人。实行改革开放后，经济往来大幅增加，随之很多经济和民事纠纷也层出不穷。其中，以离婚纠纷为最多，也包括姑姑的婚外情。

民奎打算在谣言散出去之前，悄悄地在自己手里处理掉，最好把丑事给盖上。姑姑就算是再讨厌，毕竟也是他的至亲，有啥法子呢？

下了班，民奎便往南大川赶。

那女人之所以找到民奎，是把他这个副镇长的社会影响力给估计得过高了。在家族的老少尊卑上，父亲是排在第一的。姑姑的事儿，他出面倒不如让父亲站出来，好像更对头些。

正和老伴儿对坐在炕上吃饭的东宇老爷子，对突然来家的大儿子，投去讶异的眼神。

“哪股风把你给吹来啦？”

晚秋时节，乡下人家晚饭口上，能闻到浓浓的大酱汤味，这熟悉的味道，勾得民奎馋虫都快出来了。他把白天听到的姑姑的事儿，仔细地学给二老。

“啧，啧，啧……”

母亲杨氏比东宇老爷子反应得还要快。

“这活得久了，真是啥幺蛾子都能碰见……美子这臭丫头现在都多大岁数啦？这把年纪了，疯了，简直是疯大劲儿了！他们家这是咋了，两口子换着来干坏事呐？先是朴姑爷（姑父）干出个满城风雨的丑事，让街坊邻居都笑掉了大牙。还没作够是咋的？这回换了美子这臭丫头……啧，啧，丢死个人喽！"

话题一旦转到男女乱伦之事，女人们往往最敏感。对于乡下守妇道的正经女人，尤为如此。

"两口子就是再拧巴，也不能去偷别人家的男人哟！啧，啧……"

这杨氏一辈子只知道东宇老爷子一个男人，一片丹心地伺候着，再正经不过了。

"自己也赌着气干那种事，反过来报复朴姑爷，算啥事哟？"杨氏单纯地把小姑子偷情想成是对民奎姑父出轨的泄愤。

几年前，民奎姑父也犯过错，冬天进山在伐木场干活时，和做饭的女人有那么一腿，被那女人掌柜的发现后，往死里"削"了一顿，差点儿丢了命，还住了医院。

"俺的老天爷呀！……该不会连累你吧？有这么个姑母，你可咋在人前抬头走路哟！"

"你，少啰唆两句，还有完没完了？"东宇老爷子狠狠瞪了老伴儿一眼。

每当杨氏发牢骚或开始唠里唠叨时，东宇老爷子一定会劈头一句"有完没完了？"一句话就给噎回去。

"有完没完了"，大概就是嫌话多的意思。

乡下老人大男子主义严重，大事上，是绝不容许妇道人家随便掺和的，更不允许说三道四。过去在南大川，把女人视为"不净之物"，充斥着满满的女人"禁制"意识。像煤矿那种危险的地方，根本都不让女人靠近。

东宇老爷子，对跟自个儿一个姓儿的直系亲属相关之事，就连老婆也不让随便掺和，女人“禁制”的意识，比别人尤为强烈。

“虽说直到现在还没听听姑姑这边怎么说，无法了解这事儿的来龙去脉，但可以肯定，确实真的有这么一回事。”

听了民奎这么肯定的说法，东宇老爷子的脸色立马沉了下来，明显这是对自己唯一的亲妹妹动了怒，这么一出丑事儿令他无地自容。和杨氏一样，对东宇老爷子来说，男女间的越轨行为，也是绝不可饶恕的。

“确实如你所说，是那么一回事的话，你说说，咋办才好？”

不知打啥时候起，无论家族里出啥事，东宇老爷子已习惯依赖大儿子拿主意了。

这是老爷子人老乏力的表现。

民奎坦白了自己的想法，说比起自己这个侄子出面，父亲先去看看才是正理儿。实际，这只是姑息之策而已。

“嗯，看来这事儿依这么个顺序办，才对！”东宇老爷子点了点头。

“可不是咋的！那是啥好去处哇？民奎哪能轻易出头哟！那可是给咱家这‘政府大干部’抹黑的事哩！儿啊，过后也千万别露头儿！是他们自作自受，得让他们自己擦屁股。哪有侄儿替姑母出头的道理，不是倒过来了嘛！”杨氏看也不看东宇老爷子的眼色，自顾自唠叨着。为了自己儿子，杨氏啥都不怕。

“老头子，你赶紧先去把事儿给摆平喽，省得民奎还得去这儿、那儿地跟着掺和。民奎明摆着不能出头。东山村的人谁不认得咱民奎呀？他哪能为这埋汰事儿露面呐？”

“明天一早就赶着去东山，美子那死丫头倒还罢了，朴姑爷更让人揪心！”东宇老爷子想得更远，他比自己妹妹更惦记妹夫。

民奎也更担心姑父。虽说姑夫也出过轨，但解决姑姑这次问题，再重提当年姑父犯的错，拿来抵消，显然不可能。一家掌柜的被老婆红杏出墙戴上了绿帽子，会变成啥样角色？

“那明天我给您派个车过来。”

“快拉倒吧，随便用那国家的物件哪能行？咱还有啥脸面摆谱哟？还是蔫巴悄儿地去一趟回来得了。”

并非是东宇老爷子思想境界有多高，才这么谦让的。他是为了大儿子才这么做的。

事情到了这份儿上，民奎自己撤出来，权宜之计是把老爹推上前儿，结果能咋样还不知道呢！

这世上，男女关系是最为美妙、冲动、复杂的事儿，剪不断理还乱。不受法律保护和世俗所容纳的婚外情，涉及社会价值观和道德观，还会牵扯出很多凌乱不堪的事来。

这分明是给人类留下的永远难以解决的课题。

第二天，东宇老爷子便赶去东山村，见过妹妹、妹夫后，没回家，而是直接去找了民奎。民奎从老爹那阴沉的脸色，便料到事情并没那么顺利。

“你姑这次是真真的疯了，看来还得你去一趟了。”

“姑夫咋说？”民奎担心的不是偷情当事人姑姑，却是姑夫。一个被老婆戴上绿帽子男人的处境，着实令他忧心。

婚外情虽说是男女之间的感情行为，却对周围人有着连带性的创伤和损害，且不是短暂的，极有可能给人留下终生无法治愈的伤痕。最敏感的反应来自双方当事人的配偶，紧接着是双方的家庭成员、亲属们……往往是以这种顺序波及，根据事态发展，也有可能引起无法挽回的悲剧。姑姑的婚外情现在已然到了这地步。

“我知道你肯定能看情形来处事儿，可千万别和朴姑爷打架哟！”东宇老爷子明知自己气力有限，来请儿子“出山”，却也没忘了倚老卖老。

5

东宇老爷子生了一个闺女、俩儿子。民奎是老大，千奎是老二。虽是一个娘肚子生下来的，姐弟仨人却差上个十万八千里。

闺女玉珍，大学毕业后留在延吉，当上了公务员；民奎虽说在农村，但也在镇政府当着公务员。唯独老疙瘩千奎，憨头呆脑的不爱学习，在乡下干着农活，到现在都没说上媳妇儿。千奎虽说长得一副庄稼汉的粗犷身板儿，脑子却转得快，心眼儿够使唤。

他一眼瞧见延边医院门前等着付医疗费的姐姐姐夫，暗自松了一口气。

“就猫卵子大点儿事儿，千奎这小子非得到处嚷嚷……你俩恁忙，咋脱开身的呐？”

“没事儿，我们都吓成啥样了，得快点儿赶过来啊！”闺女上下打量着老爹，先忙着看伤到哪儿了。

闺女才是父母的贴心小棉袄！东宇老爷子由着闺女和姑爷子一边一个架着，上下楼梯，平生第一次照了X光，做了CT检查。大夫检查后，说伤了两条肋骨，好在没有内伤症状，接着告诉他们，可能得疼上几个月，行动也不能随便。

俗话说，伤筋动骨一百天，后遗症可长着呢。其实，就是大夫不说，乡下人凭经验也知道，被牛犄角挑了，或是被牛蹄子踩着了，得疼上几个月。多亏没受内伤，算是不幸中的万幸了。一听到结果，千奎便马上打电话告诉大哥，让他不用再折腾着往延吉跑了。在家里焦急等着的那几口人听到消息，都放宽心了。

“爹，你咋成天跟个孩子似的，专挑不让你干的事来干，让俺们这么操心呐？”闺女听到诊断并无大碍，便成心埋怨起老爷子。

“别人家都是父母操子女的心，咱家可是倒过来了！”东宇老爷子假装没听见。闺女说，既然老爹来了医院，索性明天做一次全面检查，让千奎先回南大川。

本以为东宇老爷子会像往常一样，拧着不干要回家，没承想这次倒乖乖地听了闺女的话，说啥是啥。还吩咐千奎到了南大川，顺便去善奎的三儿子家多买上几斤牛肉。千奎告诉老爷子，曰洙兄来家探病时，已经买来了好几斤牛肉了。可老爷子根本不搭理他，非要他再帮着买点儿。老爷子心里琢磨着，自己养的犍子，把人家的牛给弄伤了，自己得尽一份心意。哪怕给善奎家三儿子补偿一点儿损失，自己心里也下得去一些。又补充说：“农村当天要是卖不完牛肉，都没地方保管。咱就算帮忙了，多买点儿牛肉才是正理儿呀！”

闺女趁这空当儿，领着千奎到市场，买了一大包猪肉、明太鱼啥的，让弟弟捎回娘家。不管怎样，在孝顺父母上，闺女总是比儿子更细心。

傍晚时分，千奎回到家，杨氏对小儿子说，自己怕牛再扑过来伤人，吓得都没敢到屋外去转悠。

“这回倒成了好事儿了！”

千奎径直走进牛棚，抄起一根木棒子，照着黄牛那肥大的屁股便是一顿暴打。黄牛哼哼咻咻的，用前蹄刨着地。这黄牛看上去，像是正好有劲儿没处使、遇到了“敌手”、准备挑战的举动。这也正是公牛本身的攻击性特征。

千奎瞪着眼睛，虎视眈眈地瞅着黄牛。而黄牛则干脆蔑视掉了那对儿憎恶自己的凶狠眼神。

黄牛一旦长膘了，就会力大无穷，性格也会变得凶猛异常，遇到发情的母牛，根本就是干柴遇烈火似的扑上去。

东宇老爷子的公牛体形彪悍，一对犄角像斗牛似向前突着，一眼看过去感觉相当凶猛。再加上它的脖子和臀部长满厚厚的肌肉，更显得威风凛凛。

东宇老爷子，平常嘴一张便夸自家的黄牛，绝对是纯种延边优良黄牛。民奎也跟着拍马屁。千奎心里明镜似的，明知大哥是为了哄老爹高兴而已。

是纯种延边黄牛怎样，不是又怎样？

延边黄牛的族谱其实在朝鲜半岛，传到中国后成为第四代种牛之一，以力气大、体格雄健而闻名。即便如此，在农业机械化发展的同时，如今黄牛比起其畜力价值，人们更加追求其肉用价值，延边的黄牛已今非昔比。

拿犄角挑了东宇老爷子胸脯的这头黄牛，起名叫“烈性公牛”，是个凶猛家伙。烈性公牛，从前就是指性格暴烈，拿角挑人、拿后蹄子随便踢人的牛。虽说东宇老爷子一辈子生活在乡下，名义上是果树技术员，其实就是装装样子而已，对农活基本上就没啥经验。然而对黄牛却是异乎寻常地偏爱。

“旧时就有说法，有一头黄牛，就能一辈子过好日子。所以光复后，谁家母牛要是下了一只牛犊子，就会像得到宝贝一样养活着。可集体化那时候，还让俺们把牛全都交上去……因着那事儿，爹受的精神打击实在太大，都病倒了。对种庄稼的人来说，黄牛是何等的宝贝啊！……”

从那以后，东宇老爷子对黄牛便有了格外的感情。从另一方面看，那已是超越单纯的固执了。

“那都是啥陈芝麻烂谷子的事儿呀？”千奎鼻子哼了一下，冷笑道。他对老爹偏爱黄牛的事，都懒得试着去理解一些。也不怪千奎，连村子里的人也都嘲笑东宇老爷子在那白费事儿。

在牛市上的一个旮旯里发现那头拴着的公牛，是大前年春天的事儿了。牛的主人是一位穿着又破又旧衣裳的老阿祖妈妮。在清一色都是壮汉子的牛市，冷丁掺和一个女的，挺显眼的。然而，看看老阿祖妈妮牵出来的牛，屁股上一块一块蹭着大粪，瘦得只剩皮包骨，没人问津。

别说用这牛当畜力了，就算算屠宰率，也没多大价值。有“牛博士”之称的东宇老爷子，却一眼相中了这头两岁的牛犊子：毛色绝好，再加上腰身细溜、犄角锐利，看牛有两下子的人，看牛角，就能约摸出牛的脾性。牛角向后倒的，叫“八字角”，向前突的叫“龙门角”。看得出来，这牛虽养得粗拉拉的，没好好照顾，要是能精心地侍弄上一阵子，保准立马变得有模有样儿。这牛，将来在长满柳树的南大川，肯定能发出凶猛的哞哞叫声！如精心喂养，说不定都能参加斗牛呢！人们却连看都不愿看上一眼这头瘦骨嶙峋的牛，眼神像是看苦黄瓜。现在，牛市上卖的牛，很少用作畜力，屠宰用的肉牛或繁育的母牛反而卖得好，公牛价格相对便宜。

东宇老爷子装出一副对牛不感兴趣的样子，踱来踱去，耐心地等了好一会儿，直到牛市快关了的时候，才叫住了那位解开缰绳预备回家的阿祖妈妮。这时候，是砍价的最好时机。

“既然都来了牛市，怎么说俺也得挑上一头呢……您喊个一口价俺看看！”正拉着牛刚要离开的阿祖妈妮，猛地愣在那里。竟像是见到了“救世主”似的，阿祖妈妮的双眼里闪着热辣的期盼。

看得出来，这阿祖妈妮在做买卖上绝对是个“二百五”，一个朴实的乡下人。“我儿子火急火燎地出国了，家里没哪个能伺候这家伙了……还有，这牛的脾性也贼拉地格楞子……”阿祖妈妮像是怕牛扑过来，抓着牛缰绳的另一头，远远地站着。

得四处夸自己的牛怎的怎的好，才是牛市上的正理儿，可这阿祖妈妮，反而挑自家牛的毛病，说牛脾性差。

“听村里的老爷们儿说，这牛光肉就能出个一百八十斤哩，起码能卖上两千呢！”

家畜宰杀前，体重叫毛重，宰杀去皮后，除头、蹄和内脏以外，剩下的叫“道切”，这“道切”中，真正能吃的肉叫“精肉”。“道切”重量和精肉重量的比率，叫精肉率。

在延边，一般不计算毛重，而是以精肉率来计算。牛市上说的“布袋”，是用方言说的屠宰率。

东宇老爷子围着牛转了一圈后，点了点头。“一布袋三百三十元，应该卖不上这个价儿。你这阿祖妈妮赶上俺的兄弟媳妇辈儿，俺和你砍价还有点儿砢碜。给你多算点儿，就十七张（百元钞）了！合上就卖，合不上就算！”

“唔，阿爸依，够痛快哩！”阿祖妈妮连钱都没收呢，就急着甩身上的毛毛虫似的，立马把牛缰绳递到了东宇老爷子手里。

东宇老爷子心里简直乐开了花儿！旁边也没个专门讨价还价为生的市场油子，也没闲着乱晃悠的二道贩子凑热闹，这买卖就像是闪电烤豆子似的麻溜讲成了。虽说东宇老爷子性情是怪了点儿，但也没那么狡猾，从不懂牛市行情的女人手里低价把牛骗到手。

牛，就是这么被东宇老爷子牵回家的。

6

参加国内革命战争的人，因为绝大部分是农民出身，所以文盲多。

特别是“土地革命”分到田地的东北籍战士，他们积极响应“保护胜利果实（土地）”的政府号召。

倘问他们：“战争结束后，干点儿啥？”

他们大部分会答：和老婆一起种“二亩三分地儿”，过安稳小日子。

都用不上十亩地，“二亩三分地儿”就够老婆孩子糊口。

这种生存要求，是从旧社会流传下来的，起源于人们对土地的渴望，可以说是“被害意识”。那么，东宇老爷子对饲养黄牛的执念，也可看作是与此一脉相通的“被害意识”。“土改”前，他那去世的老爹爹，生前总说“哪怕家里有一头黄牛，也能过上好日子”，成了口头禅。这也慢慢形成了东宇老爷子对养黄牛的执念，固定在了日常生活里。也是那份执念，导致他默认那头公牛一切繁衍种族的“雄性行为”，甚至放任它进一步嚣张。然而，他的二儿子千奎再也容不下那头牛了，甚至拿定主意，横竖要制止它再任性，这其实是一个愚蠢念头。

民奎从延吉返家的千奎嘴里，听了老爹的详细病情，放下了心。他在南大川逗留了一宿，第二天便带着姑姑往东山村而去。

路边一排白杨树已开始吐新绿。春天，尽展那让人心旌荡漾的美，民奎却无心消受。

东山村建在山脚下，被附近屯子人喊“鸡架村”。乡下方言“鸡架”，是指晚上为了让鸡伏在上面睡觉，在鸡窝里架上的横杆儿。

姑姑在这个村里生活了二十多年。

光听东山村的地名，民奎就能联想到冬天肆虐的风声，比姑姑还要灵。

小时候，他曾无视音波的威力，在后山领教过吓人的风声，呼号着席卷过柞树丛，至今仍无法忘记。再加上“啊——呃——啊——呃”听得人直闹心的驴叫，掺杂着“咯吱、咯吱”踩冬雪的声音，还有汉族人乱糟糟的吵嚷声，被雨水冲刷得变了色儿、快要倒了的土墙，随时随地引爆的姑父、姑母吵架声，反正东山村留给民奎的尽是闹哄哄的记忆，令他不堪回首。

民奎到现在也弄不明白，姑父和姑母为啥沾火就着？

民奎小学一、二年级时，连续两年暑假和寒假都是在姑姑家过的。其实并非民奎所愿，而是东宇老爷子硬让他去的。

“你们就那么一个姑姑，当大侄儿的不去串门儿，谁去啊？再亲的亲戚，有来有往才愈加亲哩！”东宇老爷子说是为了加深感情，把厌烦透顶的民奎硬是往姑姑家推。

去姑姑家，就得从南大川沿着国道，过了凉水，一直往珲春方向走，再拐进后山方向的岔道，往里走。民奎那时连买客车票的钱都拿不起，一到放假，就得徒步走到东山村。待他上了三年级，便再也没去过。姑姑对大侄儿突然间断绝了来往，也没咋放在心上。“民奎如今也懂事儿了，成天看我们吵架的难看样子，能好受吗？倒还不如不来呢！”

姑姑对东宇老爷子说，不必再刻意逼孩子们来自己家串门儿。姑姑看样子也不愿渐渐长大的侄子们，看自己和丈夫吵架的丑态。

东山村百余人口，地势倾斜，下雨时地上也不泥泞，庄稼收成也不错。

东山村原来主要是关姓和禹姓两大姓氏为主的满人村，光复运动时，朝鲜人开始混居进来。后来，在解放后，有着水田种植经验的朝鲜人移居此地后，成了近一半朝鲜族人的村子。也许正因为此，东山村的朝鲜族人说汉语全都像冰面上推葫芦——溜光水滑的。

朝鲜族人也学着满族人，砌上泥墙，围个庭院，虽粗糙了些，却也比木杖子结实多了。

8 月中旬左右，挂锄在仓房时节，家家户户便开始动手修土墙。唯独姑夫，一天到晚去村前的坝子上钓鱼，混日子。姑姑家没围上土墙，邻居的狗啊、猪啊，随意出入，抓鸡崽儿吃，再不就把院子里的菜地给拱个底朝上。对了，这泥墙也是两夫妇吵架的“由头”之一。

姑姑仍旧住在从前的茅草房里，破不喽嗖的柳条篱笆，烂得快要倒了似的，歪在那儿。后山有的是柞树，花上一天工夫，就能换副新篱笆杖子……茅草房的山墙裂了，整个房子趴趴着，瑟缩在那里。这里和南大川不一样，至今还有挺多的茅草房。

“这是哪股风把你给吹来了？……”姑夫看起来反应迟钝。也可能是怒气未消，难掩铁青的脸色。他蜷着腿，别扭地坐在灶台边，正就着生萝卜块，喝着烧酒。

“咱家有啥喜兴热闹，给你们瞧还是咋的？你这爷俩轮番来？”姑夫一副警觉的样子，脸上分明写着，根本没想到镇政府当着副镇长的民奎会突然造访。其实，对姑夫来说，民奎是自己在老婆娘家人当中，最惧的角色。

从褪色得泛黄的炕席上弓腰站起来的姑夫，从前那朝气蓬勃的美男子模样，根本就找不到了，那曾健壮结实、充满年轻张力的肩膀，如今也无力地耷拉下来。灶间的墙根下，破烂似的被子摊在那儿，一看便知是刚从被窝里爬起来的。

“姑父，哪里不舒服吗？”

“死老婆子成天上外头扯鸡巴蛋，你看我能舒服吗？”

“你可真愿意扯蛋呢！还不是你先干出来的！”姑姑在旁猛然顶撞道。

“死婆娘，嘴倒还挺硬……你个臭娘们儿，干啥好事了，还神气？”

民奎一看姑夫挥起了拳头，便挡上前，大声呵斥：“您这是要干啥？”这是保护自己亲人的本能。

“你有能耐当着我大侄儿的面，再狠劲儿打我个试试？你看我娘家都是软蛋不成？”

“姑姑，您也是的，啥好事儿咋的？大声嚷嚷个啥？”这情况，还是先压下姑姑这边为上策。

“可也是，这回反正铁定是要分手了，就算全完事了，也没啥必要打架了！”

“是分是合再说，眼下闹啊、吵啊，一点儿都解决不了问题，两位还是消停点儿吧。”

民奎无奈地当起了“清官”，断起了家务事儿。

“你换个立场想一下，换作你碰到这事儿该咋办？”

民奎对姑夫还是有话可说的，但此时却忍了下来。这种场合之下，还是少说为宜。

民奎觉着应避免和姑夫正面冲突，自己不由分说地偏向姑姑，解决不了啥问题。

“这回可算是让街坊邻居笑掉大牙了，我也没啥退路了，迟早得分开，你说啥都没用性了。”

看到姑姑一副毅然决然的表情，姑夫翻着白眼瞪了姑姑半晌儿，突然下到灶间，大口大口地灌起凉水。

春日和煦的阳光，长长的光线透过窗户，洒满了屋子。屋里却流淌着困窘的空气。一度竟让民奎怀疑“家徒四壁”这句成语，是不是就给姑姑家造的：还算得上家具的，仅有一台21英寸手动式电视机。这电视还是去年姑姑去青岛的饭店打工赚的钱买的。可是就连放这台电视的地方都没有，草草地放在一口旧箱子上，像是放了一个大麦面袋子。这口箱子眼熟得很，就是东宇老爷子送给姑姑陪嫁的那个。东宇老爷子至今还觉得心里下不去：亲生妹妹出嫁，自己送不起衣柜，只陪送了一只箱子。放假来姑姑家串门儿，每当姑姑、姑父打架，民奎便呆呆地坐着，用手指数着箱子上刻着的纹路，巴巴儿地盼着、等着二人“停战”。岁月流逝，原本锃亮锃亮的箱子，如今也褪了色，变得黑黢黢的了。

“成民呢？这段日子回家来没有？”

民奎为了缓和一下紧绷绷的气氛，转了个话题。大表弟成民是个高中生，在延边第一中学读书，品学兼优，二表弟成勋上初中二年级，寄宿在珲春市第二中学学习。兄弟俩学习都很棒，都能经得起“天才”的夸赞。然而，这家掌柜的是个游手好闲的浪荡子，供孩子上学的负担都落在了姑姑一个人肩上。

“这回这事儿，就算是世上的人都知道，也绝不能让他俩知道，他们咋看自己的母亲啊？”

“哼，要不是因为俩儿子，我也没有理由在这个家一直过到现在呢！这家里，穷得连个打狗棍子都没一根，我还有啥舍不得离开的？看得起还是看不起我，现在都没啥关系了！就是分开了，我也照样供他们哥俩！”

直到今天，成民和成勋是姑姑过下去的唯一支柱！姑姑为了筹俩儿子的学杂费，每到农闲时，都要赶到青岛、烟台等沿海地区打工赚钱。就凭姑夫的能力，说破天也供不起俩儿子。姑夫就像个吃了蜂蜜的哑巴似的，紧闭着嘴。

“说句实在话，这日子是真过不下去了，可腻烦透了、腻烦透了！他们俩肯定也能理解这当妈的苦哇！……”

假如此时有谁要挟姑姑，要离婚就得喝下毒药，她都会毫不犹豫地喝下去的样子。

“我说……这个家还有没有王法了？你是干了啥好事咋的，还有脸嚷嚷？”姑父瞪着姑姑，“噌”的一下站起身来，此刻，他似乎对决意要离婚的老婆已无计可施，想挽回点儿面子吧，他站在地上，穿了半天那双破趿拉鞋，没穿上，便调头往灶间去，咕嘟咕嘟喝起了凉水。他只管心里头上火，对这事儿也没个谱，光顾喝凉水哪能行哟？姑夫也看出民奎不是来劝他俩离婚的，所以也就借故躲开，想让民奎劝劝自己老婆的意思。

姑父那干瘪得像苞米秆子的身板儿，在阳光倾泻进来的屋门口，跳舞似的闪了一下，倏地便没了影儿。

姑父的背影，看起来是那么孤苦伶仃！

如果说中年丧妻好比家里没了顶梁柱，那么中年离婚则是连老窝都没了。

民奎一时竟无话可说。然而，无论是姑姑，还是姑夫也好，他们二人对这个家庭的破裂，都有着不可推卸的责任，这是不言而喻的。

姑夫回避开，也许是个好事儿。

“敏玉去找你了，我知道，你因为这事儿贼难堪。可咋办呢？谁让你有这么一个不争气的姑姑来着？”敏玉，就是与姑姑私通的那个男人的妻子。民奎凭直觉，就知道姑姑和那个男人一直没断。

“你小时候来我家串门儿时，不也总是看我们差不多天天都吵架吗？你说，这算啥两口子啊？就算和和睦睦过日子的夫妻，还不知道能不能过到头儿呢！……可能你面子上过不去，我也管不了那么多了，这次说啥也要来个干净的了断。你帮我把离婚的事儿交到法庭吧！到这份儿上了，再拖下去，对你我都没啥好处。”

民奎看着姑姑决绝的表情，一时语塞。眼前这已下定决心要分手的姑姑，自己当侄子的，还能拿啥话来劝呢？民奎预感，这婚是非离不可了。

“那个人没有罪，他是个心善的好人。如果说有罪，就在我了！”民奎知道，姑姑肯定会借此机会，让自己和那个人见上一面。姑姑已估摸好了，敏玉既然去找了民奎，那民奎无论是以侄子身份还是公务员身份，都得当面去给敏玉个交代。

“当着大侄儿的面儿，这话可能不该说，那人着实挺爷们儿的。”

啥样人才能称得上“爷们儿”？

“这事儿我惹得这么多闲言碎语，你在公社当干部，肯定也得背骂名。到这份儿上了，也就没啥可藏着掖着了。我虽不知敏玉是怎么跟你说的，可我得说，那人是真心对我，我也一样。俺俩也不是一天两天就对上眼儿的。从我嫁到这儿，过几年俺俩便好上了，也过了挺多年头儿了。”

啥？嫁过来几年后便……？难道？这么说都在一起十好几年了？

“说是从前就好上了，那时单单是相互在心里惦记着……”姑姑像是能事先读懂民奎的心似的，解释道。

“去年才成了‘那种关系’的。反正我也没法子左右自己的心了，那人也是一样。你来这儿，可能那人也正想着见你一面呐！可有一点，你不能吓唬人家，或是和人家大声嚷嚷！这事儿错都在我，跟那人没一点儿关系！”

完了！这绝不是一般男女之间的一见钟情，干柴烈火偷情的游戏！姑姑话里话外总是在护着那男人，在替他说话，她分明陷得太深了！

不惑之年，虽没了年轻时的疯狂，一旦黏糊起来却也有挡不住的热度！民奎暗暗吃了一惊。论起来，姑姑的爱情，与其说浪漫，不如说是以两人实实在在的感情为先的。

“那个人在这汉族人地盘儿上，当过生产队长，还干过村长，也没少帮咱家的忙儿。你也知道，你姑夫是个见活儿就躲、好吃懒做的家伙，让他嘚了叭瑟地拉个手风琴，倒是削尖了脑袋往前钻。让他吃喝玩乐，一蹦三个高儿，一个顶仨。这种人，除了你姑夫还能有第二个吗？可那个人，就特勤快，不管啥事儿，都给你干得漂漂亮亮的！”

说到底，是男人的生存能力问题。

民奎所了解的姑夫，根本就不是在乡下拿锄头刨地的主儿。他是那种在树荫底下，吹个笛子喝个小酒儿、忽忽悠悠混日子的男人。甚至于他能不顾脸面，戴上面具，领头扭着汉族人的大秧歌，招摇过市，就是个纯“二百五”。这种人，别看他干正事儿是个笨蛋，在背地里还挺好色呢！他当年进山伐木时，和做饭女人鬼混的事儿，至今还给姑姑的心上留着好深的疤呢！

姑姑和姑父，是在公社文艺汇演时相识的，当时一个是跳舞的姑娘，一个是拉手风琴的小伙子，后来相好上结了婚。为姑娘时，姑姑在南大川外号叫“黄毛舞蹈演员”，名气大着呢。她爱撒娇，爱抿着嘴儿笑，笑起来嗲嗲的……她那恰到好处流露的娇俏模样儿，让好多小伙子的心都痒酥酥的。在男人眼中，撒娇的女人有挡不住的魅力。

姑姑的头发格外黄，南大川人叫她“黄毛丫头”。一个舞蹈演员和一个拉手风琴的小伙子相恋，在当时多浪漫啊！婚礼那天，南大川人见着来迎娶姑姑的美男子新郎官儿，都说这南大川的“青毛丫头”嫁了个好郎君。

然而，婚后的姑姑，却渐渐失去了她特有的明媚笑容和娇嫩欲滴的模样儿。当时，民奎年幼，亲眼看见姑姑好几次来找爹诉苦，哭天抹泪儿地要和姑夫离婚。每次爹都不由分说地把姑姑撵了回去：“嫁出去的姑娘、泼出去的水，你这动不动跑回娘家来闹算是咋回事？赶紧给我滚回去！生是那家的人，死是那家的鬼！”

民奎咋也想不明白，为啥老爹要这么待姑姑，总给她吃“闭门羹”。

姑姑和姑父的“战争”，自从生了孩子后，便进入“缓和”状态，然而“冷战”却从没平息。

民奎至今忘不了，小学二年级暑假的那个半夜。那晚半夜时分，一声炸雷，要把东山村给劈了似的响起，大地震动，紧跟着暴雨倾盆而下。“唰！唰！”暴风雨中，后山的柞木丛中的呼啸声听得人毛骨悚然。被吓醒的民奎，忽听得躺在身边的姑姑轻声地啜泣着。当天，姑夫和姑姑大吵一架后，离家出走，直到半夜也没回家。

“回家不许对你爹说一个字哈，姑夫和姑姑打架、还有姑姑哭了的事儿。”姑姑一把将吓坏了的民奎紧紧搂在怀里，叮嘱着。

那天晚上的雷声、姑姑的啜泣声，直到现在还留在民奎的记忆深处，成了难以抹去的伤痛……

“我们这条件，够不够离婚的？”姑姑问。

看民奎避而不答，又说：“要说这样的条件不够离婚的话，我能拿出更‘大’的条件来。反正也是破罐子破摔了，也没啥怕丢脸的了……那个，那个，叫啥来着？……五年间……那个……唉，还是算了吧！”姑姑看样子是没了勇气，话说一半儿，生生咽了回去。

姑姑到现在还替姑夫瞒着隐私。民奎猜到姑姑本想说夫妇间的性生活来着，可面对着自己侄儿，咋也开不了口，才欲言又止的。

五年之间？那么说姑夫竟然……五年？再刨根问底下去，就可能真相大白了。可民奎没再问，揣起明白装起了糊涂。

“姑夫从啥时候起，那么勤着喝水的？”民奎绕了个弯儿。虽说听着是个不着边际的话题，可从姑侄之间的血亲关系来看，这是个合乎常理的角度。

“问那干啥？可能他自己也心烦呗！”

“我看不像是单纯心烦才那么喝凉水的。”

“可也是哈！这么看，是有点儿奇怪……等等，好像是前年开始的吧，他总找凉水喝。可谁喝了酒，不找水喝呀？难道那是病？”

难怪了，姑夫那憔悴的脸和干瘦的身子，都是病拐的。

“到医院检查过没？”

“没。”

“依我看，姑夫是得了糖尿病。”

“糖尿病？”

“嗯，是从小便排出营养成分的糖尿病。”

“真的？”姑姑是一副被吓到了的表情。得糖尿病久了，有可能引起排尿困难。看样子，姑夫几年前便得了轻型糖尿病，只是自己一点儿都不知道而已。

“真不敢相信啊！反正不管咋样，这次是绝对要做个彻底了断的。孩子们我来负责。到今天为止，那败家玩意儿哪怕一次也没给孩子们挣回来学费呐！……”

现在这社会，离婚像家常便饭似的。可那个时候，却有好多难处。上级部门强调离婚调解，重点不要放在“离”，而要偏重放在“合”上，所以会有各种各样的阻碍。要经过村里的调解委员会、镇政府的民政部门、司法所等多个层级，才能勉强离得了婚。到法院也是，就算是离婚条件成立，能判决下来的情况也极少。加之还得承受来自家庭和社会等多方面的压力。

“那敏玉的老婆婆，这回一听说我提出了离婚诉讼，立马就放出风来要告我‘重婚罪’。我这情况，真能定上重婚罪吗？”

民奎忍不住笑出声来。现在一提重婚罪，很多人的看法和想法也直模糊。当时就更不用说了。

“您非得离这个婚不可吗？”

“非离不可，真是再也凑合不下去了。年轻时，怕哥哥打骂，自己也担心离了婚没法活下去。现在是啥都不怕了。再这么过下去，我都得先死掉了。为了孩子们，这婚也得离。”

已偷尝过别的男人的性、激情，还有私底下幸福的姑姑，现已明显后悔过去的生活了。那种幻灭感里包含着“自己丈夫没用性”“厌烦自己丈夫”等些许意味。

“姑姑，我见一下那个，怎么样？”

“我也没法说让你见或不见。敏玉既然找过你，你肯定也有另外的说法。如果你认为必要，就随你。只有一点，你千万别责怪人家。知道你不会感情用事。错真不在那人。”

民奎把姑姑的叮咛用耳朵背听着，走出了家门。此时，他感到了一阵茫然。虽下决心去找那人，但真要是见了，该说些啥？了解了姑姑那明确的立场和态度后，民奎深感，在家庭辈分上，侄辈儿确实矮半截。

然而，正因为“受害人”已找过自己，从道义上讲，自己不也该去找人家一趟，才是正理儿吗？不是以“加害人”的侄子身份，而是为农民撑腰的政府工作人员身份。

此行，确实可说是步履维艰哟！

7

就在民奎带着姑姑上东山村的空当儿，南大川又出大事儿了！憨头憨脑的千奎惹出来的祸，招来了无法想象的恶果。

千奎趁东宇老爷子不在的空当儿，请来了镇兽医所的兽医。兽医因为千奎是镇长弟弟，又说是让自己给小牛犊子阉割，所以也就满口答应着跟了过来。待他真的到场一看，要阉割的是一头体格超大的黄牛。兽医头摇得货郎鼓似的，说阉割成年黄牛相当危险。

“哎，你可真愁人……那么胆儿小，还当啥兽医呀？”千奎斜眼瞪着兽医，边嘟哝着，边叫来了“南大川胆肥儿兽医”崔千夑。

“小事儿一桩……”

千夑冷笑一声。老兽医给黄牛打了麻醉针后，千夑便挽起袖子，上前一刀便残忍割下了牛的雄物。对黄牛雄性的蹂躏，可以戏剧性地改变人类生活的残酷现实。

“别说是我阉的牛，在南大川不管是谁，我都能拿他当个屁，唯独你爹那犟眼子，我可真受不了！”

看来称王称霸的千夑，也有令他挠头的人哩！

这时分，去了东山村的民奎，丝毫不知南大川发生了啥事儿，正往那个男人家里走着。和姑姑私通的那男人，家住村后头。一百多平方米的大砖瓦房，屋顶是仿满族的“硬山顶”，两侧还各有一大厢房，四边砖墙又高又结实，还安装了扇厚重的铁门。院子里，像收割机、拖拉机等农用机械，井然排列着。民奎一眼便看出这家的主人勤劳能干，也有相当不一般的经济实力。在农村，日子过到这程度，已可说是小康水平了。

民奎正要进院儿，忽然从西厢房里冲出一条小牛犊般大小的大黑狗，“汪——汪——”冲着他恶狠狠地叫唤。

“嘿哟！”民奎吓得慌忙转身向大门边落荒而逃。大黑狗见民奎逃了，更凶狠地朝他扑了上去。

“窝里！窝里！”（唤狗的象声词）

只见房门开处，一位身形胖胖的老太太走了出来。

“这家伙咋又挣断链子啦？哎——您是特地来咱家的客人吧？”

老太太撵了一下大黑狗，转而留神上下打量了一番民奎身上的“行头”，也不待民奎答话，便冲着屋里喊道：“敏玉啊，快出来看看，有客人来啦！”

老太太话音未落，已从屋里走出来一妇人。

正是来找过民奎的那个叫敏玉的妇人。

“您来啦？”妇人虽想着尽力说标准语，可她那浓浓的土话语调相当明显。

“是你说的那位，你见过的镇长大人吧！快进屋吧！”

老太太一眼便看出了民奎的身份。偏向受害者敏玉阿祖妈妮的人里，又加入了一个老太太。这事儿可够难缠的……民奎暗自捏了把汗。

敏玉阿祖妈妮把大黑狗关进厢房的当口儿，民奎跟着老太太进了屋。

和自己想象的一样，这家小日子过得相当富裕。城里富人户刚开始流行的29英寸的电视，乡下少见的电冰箱、DVD、音响……家用电器一应俱全，家具也是最新式的。当时，在农村到这程度，完全可称得上“富人”了。

“快上炕来坐。干大事儿的人，来掺和这等闲事儿……可让您受累啦！”

看上去七十多岁的老太太，实际要比印象中和善得多。年轻时肯定是个里外拎得清、得理不饶人的厉害角色。

“啧啧，美子有这么个当干部的大侄儿，还……可也是，这种事儿，一个巴掌拍不响，不能光怪女方，老爷们儿的错儿更大不是！”

民奎要找的这家掌柜的，不在家。

“那人立马就能回来，脸儿都丢没了，还能往哪儿走哟！”老太太仿佛能看透民奎的心似的，抢先一步道。

“敏玉啊，给客人敬根烟儿。”

民奎回说不抽烟，老太太便自行抽出一根来，大大方方地叼在了嘴上。

“您可别笑话俺，说村妇抽烟。在满族屯子住久了，习惯上也随着他们了。本是闲着没事儿抽着玩的，谁知后来竟上了瘾……”

敏玉阿祖妈妮眼力见儿快，赶忙把烟灰缸摆在了老太太跟前儿。

“从前，听美子不住嘴儿地夸她大侄儿，这么看是真精神呐！敏玉啊，人家镇长大人说不抽烟，还不端上水果来？”

老太太像是这家的土皇帝。敏玉阿祖妈妮却似个机器人儿，毕恭毕敬地服从老太太的“吩咐”。

“这孩子说啥也不去找您，是我硬逼着她去的。咱两家撕破脸，掰扯来掰扯去，除了让邻居笑掉大牙，屁用性也没有。这事儿，靠打架是没法儿掰扯清的，是不？俺寻思这事儿，咋也得有个拎得清、明事理的人儿，站出来断个明白，才行哩！扯脖领子、薅头发能摆弄明白这事吗？大事儿化小、小事儿化了，才是正理儿不是？呵呵，您可别笑话，这农村抽大烟的老太太快嘴快舌、不懂装懂呐！俺在‘文化大革命’那阵儿，也是干过妇联工作，摆弄过那帮汉族娘们儿的哟！”

眼前这老太太真要是“文革”那阵儿干过妇联工作，那她可不是个“软柿子”，嘴茬子肯定不是一般的硬。事儿虽是姑姑和那爷们儿惹的，可断这桩事儿的把柄却攥在这老太太手里。这老太太能明事理，已属万幸了。

“乍一听说那事儿，俺这脑袋都蒙了，想不出该咋办，不知如何是好。敏玉在一边儿就知道躲在被窝里哭……这会儿反过来琢磨，还能稍稍理解他们一点儿。他们都是有力气没处使唤的年轻伢子，才惹出这事儿的，是不？年轻，多好啊！像俺这老么喀哧眼的，就是给俺钱让俺整这事儿，也整不出来呀。这么着，俺们到现在还装不知道，没和美子露半个字儿。外边儿再怎么说三道四，俺可是闭紧了嘴巴的。看他夫妻俩，这阵子没少吵吵闹闹，那也在情理之中嘛。论理，美子也着实可怜见儿的。这么个想好好过日子的女子，该着碰上个金玉其外败絮其中的'戏子'，毁了自己前程的吧……”

在老太太眼里，姑夫就是个中看不中用的“戏子”。

“奶奶，您看这个事儿，到底怎么办算合理啊？”

“这个嘛……也难说。男女间的事，本就扯不断理还乱的……敏玉啊，你是当事者，你先说说看，咋办才好？”老太太回头看着敏玉阿祖妈妮说。可她只流着泪，一言不发。

“您看看吧，这孩子就这么窝囊。这么老实巴交的孩子俺不帮衬谁帮衬啊？一没娘家人，二来身边连个亲戚都没有。”

且慢，“敏玉没个娘家人”，这么说老太太是她婆婆？

“不知内情的人，看我这么随便待这孩子，还以为是俺闺女呢，其实是儿媳妇。为着儿媳妇，俺才这么站出来煽风点火呢！”

真是一对儿好婆媳呢！

“还听说你老爹也来过这儿呢。”

含故意讥讽意味的“镇长大人”称呼，不知不觉间换成了“你”。

“你来俺家是有名分，你老爹却没法儿来俺家呢！虽说没亲眼见着，可想也能想得到，你老爹冲着那个游手好闲的大懒蛋、一个戏子，哪能掰扯得清哟！你姑夫那德性，就会忽的一下子冲人挥拳头。自己屁股都不干净，还有啥脸说别人？美子一直把那'戏子'当个掌柜的伺候着，想来也早想一脚把他给踹了吧。”

东山村人们眼里，姑夫就是个“戏子”“游手好闲的大懒蛋”。

倘一个掌柜的，家里日子过得穷，就会在村里人面前矮半截儿；当家的无能，老婆就会被别的男人抢走，这种世风下，当家的男人肩膀上要扛的担子也实在够沉的。这种命运的重负，即便是东宇老爷子养的黄牛，也怕是会驮不起呢！

“俺不是那种心里藏事儿的人，就明挑啦。过去就有话说，男女之间的那点儿破事儿，虽看着不起眼儿，但若不分青红皂白地强逼着拆，却也使不得。睁一只眼闭一只眼，任由着他们去，也万万不能。男人和女人睡了觉，便生出了情；一旦分开了，再深的情也得变淡。就是这么个理儿。我想出了个‘阴毒’的损招儿，你可别怪我。让美子一家离开这个村儿，咋样？听说南大川也不像从前了，现如今变成‘鱼米之乡’了呢，我看让他们搬到南大川倒挺好哩。明浩那家伙再咋说也有个脸面，在这儿混下去也没啥意思了……你可别想俺们是狠下心，撵美子他们家离开这儿的哟。俺家搬走其实也好，可俺那儿子死扛着，说啥也不离开这儿。怎奈他养着俺这一家子，俺也拿他没辙。这么着，美子他们家能找到个合适的地儿，搬家买房子的钱，俺打算给出呢……”

如此，看起来算得上是最佳计策，却非最好的解决办法。可说到底，这的确是其中一个解决方案，没错儿。对当事人来说也许是残忍的，但对于重新找回两个家庭的安宁，却不失明智之选。人家甚至惦记着姑姑家穷困，不是说连买房钱都要给的吗？

这时，一个男人进了屋。

此人中等个头儿，略显干瘦，看上去脾气固执。再加上，他像是挨了揍，眼眶瘀青一片，总之给民奎的第一印象实在不怎么讨喜。

肯定是那个和姑姑私通的男人，没错儿。这男人，和帅气、美男型的姑夫，根本就没法儿比，长得一副土里土气的模样儿。只见那男人站在原地，上下打量民奎一番，冲他轻轻点了点头。

“你可真了不起哟，镇长都来咱家了。咱这家门，世世代代清清白白，没曾违过法……俺却是生了个好儿子，这阵子咱家可是光彩满门哟！”

老太太冷嘲热讽，那男人似听非听，没顶一句嘴，转身重又出了家门。

恰好，民奎看穿了那男人的心思，借机起身。

“就是出了这档子事儿，咱们之间也无须结梁子不是？结梁子也没半点儿好处。还有，这事儿，错在俺那‘了不起’的儿子，不怪美子。你要是觉着俺刚才说的法子，太顾着自家了，你就出门儿，和俺那‘出息’儿子私底下再议议，找个合适的法子出来为好。”

一位农村老人，竟如此明事理、有肚量，实属不易！民奎心里不禁感叹道。

“敏玉啊，孩儿他爹看着要出门，你准备点儿钱给他。大男人到外边混，钱包瘪着，会抬不起头的啦。”

老太太话音刚落，敏玉阿祖妈妮便急急地追着丈夫而去。

那男人正在大门旁等着民奎。

“这都到了晌午了，咱这儿是乡下沟里，没好地方。出了村子，有个养鱼场的小酒馆儿，您就别客气，一起喝点儿。”那男人对年纪比自己小得多的民奎，谦恭地用着敬语。

“远的话，还是开我车去吧。您还是别用敬语了。在下可比您小得多呢。”

“就那么着？……”那男人露出一排整齐的牙齿。身形干瘦干瘦的男人，血型一般多见B型，多神经质。眼前这男人也差不多此类。

吉普车停在姑姑家门前。民奎打着了火，进屋告诉姑姑，自己要和那男人一起去养鱼场的酒馆了。

“真的？那正好，还惦记晌午给你做饭呢……在这破不喽嗖的屋子里吃饭，咋咽得下去呀?”姑姑脸上闪着久违的笑意。

“我也是老了吧，也不知道为啥心里信着你，嘴上还要唠叨没必要的事儿。千万别责怪那人哈。”

面对自己大侄儿，姑姑心里肯定还是觉得歉疚。民奎对姑姑笑了笑。姑姑看上去好让人心疼，明明自己心都操碎了，还惦记侄子的午饭，唉!

说是养鱼场小酒馆儿，本以为是个简陋寒酸的去处，实则不。旦边宽敞又干净，不比城里的一般饭店差。炕上地下摆了几张桌子，钓鱼翁们正热火朝天地一边吃喝着，一边东拉西扯着钓鱼趣事儿。就好比旧时的老人们，没一个不是打虎英雄似的，钓鱼翁们也个个儿洋洋自得地吹牛，自己才是最专业的。

那男人跟一位长相丰满、看着像酒馆主人的中年妇女，耳语一阵儿，店主便引着他俩过了厨房，向里间儿走去。尽管和姑姑的外遇男人见面不无尴尬，但也只能是抹着眼泪吃芥末——硬着头皮罢了。假如这世上没有法和道德的约束，或许也可以正常接受姑姑和眼前这人的感情呢。那么，民奎也就没有来这儿的理由了。

“您有一位非常了不起的母亲噢，您家阿祖妈妮也是……”民奎想着，不管怎么着，先解除对方的戒备才是。想要沟通顺畅，先得尽量避开火药味十足的话题才行。

“过奖……”男人脸上不自然地笑着，避而不答。

“因着不太光彩事儿，和美子的侄儿这么对面坐着，真是丢脸。可咋办呢，既已惹出了事儿，也就实不相瞒了。”

和姑夫明显就不在一个水平线上。

民奎看着面前这位没一点儿怯懦、堂堂正正的汉子，一时竟无言以对。

男人自我介绍说，自己姓卢名家川。卢家川，和某个电影中的男主人公同名同姓呢。人家影片中的“卢家川”可是美男子，而坐在民奎眼前的这“卢家川”，虽显得理直气壮，终归只是个乡下平凡的农夫而已。

“虽不知咱俩今天该不该、是不是有必要见这个面，反正既来之则安之，这些全抛开不说，就想和你说说心里话。”卢家川这么一来，气氛反而不那么尴尬了。卢家川虽年长，但毕竟是当事人，气势上先矮了半截，内心终归有着无法言说的自卑感，所以主动权在民奎手上。

民奎从敏玉阿祖妈妮来访讲起，简略地说明了自己来这里的理由。民奎小心着，极力避开感情色彩，尽量保持客观中立的态度。然而，民奎的倾向却一直是偏重和合的“合”，而不是离婚的“离”。

“虽能大概估摸出家母和你都说了些啥，可说破天，那些都是家母一厢情愿的说法而已。绝对代替不了俺。这次的事儿，责任全在俺，俺也做好了付出相应代价的心理准备。”

“您指的是什么样的代价呢？”民奎很好奇对方内心的真实想法。

“具体的，一时还很难说清。可有一点很清楚，俺绝不会让美子离开这儿。那等于是把美子撵出咱村儿，美子有啥错啊？俺也料想过这些后果，也做好了担当的准备。”

姑姑和那男人相互在替对方开脱、辩解，争着将罪往自己身上揽。两人看样子不像是事先预料到今天的后果，才统一口径的。那么，看这意思，不就是说俩人之间的关系断不了吗？这可是极危险的信号哟！虽说卢家川把所有的罪过都扛了下来，拼命维护着姑姑，但站在民奎的立场上看，却认为他是在否定最为现实的可能性。

民奎从卢家川的表情里，读到了姑姑身上的毅然决然，寻思着或许到最后，自己是不是得叫眼前这男人“新姑夫”，这念头把他吓了一跳。

“如果你们彼此能考虑到罪和恶果，双方是不是该在此停下脚步呢？再发展下去，必招致两个家庭破裂的。这代价可太大了。”民奎已顾不得上辈人的“爱情”，还是先揭开了现实性问题的“伤疤”。从客观上来看，下辈人的通常性忠告，还是跑不出这个框框。

如果说，男人那边有母亲、妻子、子女、家庭等，姑姑这边也有丈夫、子女、家庭。二人的再结合，是建立在两个家庭破碎的废墟上的。其后果是，会有始料不及的巨大伤害纷至沓来，还会留下难以想象的后遗症。

男女双方见好就收不再走下去，是目前最好的解决方案。可是，他们“明知山有虎，偏向虎山行”，不肯放手。

卢家川不胜酒力。喝了两三杯酒，脸便腾地烧红了。

“事儿败露后，明浩（姑夫）来找过俺。俺二话没说，挨了一顿打。俺和美子交往时，也想到过这些，所以也没啥可冤的。可明浩打了俺几下后，竟管俺要钱。”

真是头一回听说，姑夫竟管人家要过钱。

“俺没和美子说这事儿。明浩说，他要名誉损失费，让俺拿出五千块赔给他。假如他没开口要钱，俺也可能就此拉倒了。美子竟要和这种卑鄙小人过日子，该有多屈辱啊！他不爱干活、游手好闲，在俺看来不算啥大毛病。咱乡下，啥样人儿没有哇？可是，再咋说，竟觍着脸伸手向私通自己老婆的男人要钱！美子真白瞎啦！不知咋回事，俺竟有一种自己女人被别人抢走的感觉。”

“那，您给他钱了吗？”

“给了。”

姑夫咋下贱到如此程度！从老婆的情人手里要钱，啥意思？卖老婆身子？

“美子是个可怜的女人。不知你姑和没和你说，俺俩其实心底里互相喜欢好长时间了。俺没把美子抢过来，是因为知道明浩的处境。明浩要是再强势一点儿，美子早就成俺真正的女人了。”

卢家川借着酒劲儿，大着胆子说。

"这些都是俺和明浩之间的孽缘吧。几年前，明浩也找过别的女人，那女人是谁，你知道不？正好是俺四寸表妹呐。俺那时装糊涂来着。当时俺当村长呢，美子来找俺，非要离婚不可，是俺死活给劝住的。要不是俺，美子和明浩可能早成陌生人了。呵呵，现如今俺也混成这德性了。可俺不后悔！"

这汉子，心胸很坦然的样子。

"俺那口子，你见过，她就是那种让她坐就坐，让她死就能倒下的老实人儿。就因着她太老实了，俺跟她过到现在，从没个老婆的感觉，倒像是跟俺的影子过呢。她是俺娘当妇女主任那会儿，从珲春的一个叫'八二'的村子领回来的，当时才十五岁，是个孤儿。'八二'村是俺娘的家乡。现在看，差不多是个童养媳。她刚满二十岁那年，俺娘硬逼着俺娶了她，俺不乐意也没法子。虽说善良的女人能成个好媳妇儿，对俺来说，却不是。俺俩人在一块儿，憋闷得快让俺疯了。单就'善良'这一个条件，不能成夫妻，对吧？俺喜欢像美子那样的女人。小伙子那阵儿就喜欢上了。俺和美子从生产队那阵儿心里就有了对方，差不多过了二十多年了吧。如果俺说，俺和美子，那么多年，一直把感情藏在了心里，你信吗？"

民奎不由自主地拿着卢家川和姑夫比较起来。想象不出来二者站在一起的样子。要说姑夫是美男，卢家川就是丑夫；姑夫敲着长鼓乐颠颠时，卢家川正汗珠子摔八瓣儿砌着砖墙；而姑夫上河坝子甩着钓鱼竿感叹似水流年时，卢家川可能正开着拖拉机在江边拉沙子呢。

男性在社会和家庭的地位高低，取决于他生存实力的强弱。因此，一个男人生存实力越强、越值得信任的话，他的存在感也更为显著。令美子着迷的，其实是一个男人的强壮实力。高大而结实的院墙、闪亮的农机具、"纯爷们儿"的气质……这一切，都是展示力量的元素。

美子应该是从嫌恶"干啥啥不行的男人"，到迷上"干啥都像样儿的男人”，找到了从未有过的幸福感。

卢家川也如出一辙。女性的存在，比起其社会性，更重要的角色是一个家庭的贤妻良母，具体表现为贤妻良母的气质。所以，男人一旦遇到姑姑这样能干、爱家的女人，再加上会撒娇、喜欢皱着鼻头、可爱地嘻嘻笑，他那本能的掠夺欲和粗鲁的占有欲就会被重新激起。

“你徐镇长可能不认识俺，俺可知道主管农业的徐镇长。凉水镇上的人，哪个不知道徐镇长啊？今天，看样子你不是以侄子名义，而是以镇长的身份来的，到此也算尽责了。所以，接下来的事儿，交给俺和美子吧！”

民奎感觉到，这俩人已是“王八吃秤砣——铁了心了”，想要说服他们挽回各自家庭，恐怕已很难了。这样想着，他又在心里同情起了敏玉阿祖妈妮和姑夫。

不知不觉间，春日午后的夕阳，稀稀疏疏地洒了进来。

民奎正要走出养鱼场这个小酒馆，手机突然响了。一看，是弟弟千奎打来的。

“啥？咋又出那样的事儿啦？……我这就赶回去，你赶紧躲起来，等我。”

民奎急急地往南大川赶去。

8

血气方刚的公牛，被割了“伟大”的“雄物”后，也不爱吃食了，一动不动地躺在那儿。南大川人再也看不见坝子上、村前柳树成荫的小河沿上“哞哞”叫的黄牛了。

被人类阉割的公牛，丧失了斗志，再也不能用前蹄刨地向对手挑战了，更不能“行使”繁殖后代的“伟大”“权利”了，成了半阴半阳、非公非母的“双性牛”。

不知家里已出了怪事儿的东宇老爷子，傍晚时分回到了南大川。乍一见黄牛的凄惨状，气得立马浑身哆嗦起来。

“你个狗杂种、混账东西！……”

东宇老爷子狂怒之下，斜举着斧，好比赵子龙在长坂坡左冲右突似的，在村里来来回回找千奎。

杨氏在边上急得直打转转，忙着拦暴跳如雷的老伴儿。“哎哟哟……”只听得杨氏叫着，腾腾倒退了几步，坐了个大腚墩儿，摔折了胳膊。

此时，千奎若被他爹给逮着，定成了“烂虾酱”。

要是自己没被硬拉着去延边医院，要是昨天没在延吉的闺女家待了一天，要是直接和千奎一起回了南大川，就不能出这惨事儿了……

虽说黄牛的“雄物”没了，要说损失，只是牛繁殖后代功能的终结。若从经济价值层面看，倒是啥损失都没有。都到了“冷冻受精”的年代，降服一头凶猛的黄牛，减少了事故危险不说，敢情还提高了屠宰率，反倒是相当于提高了经济价值呢！

可这些逻辑，对于此刻两眼冒火的东宇老爷子，简直就是胡言乱语，根本听不进去。

他已怒不可遏。

“就算是不会说话的畜生，也不能这么胡来啊，一头多好的黄牛啊！”

千奎躲开火冒三丈的老爹，溜到了土墙外的曰洙家。因为曰洙和民奎走得近，所以千奎也一口一个哥地叫着，亲近。“蹂躏”黄牛的“罪魁祸首”崔千燮也在。

曰洙听崔千燮说东宇老爷子发怒的起因后，呵呵笑着埋怨千燮。

“大哥，您难道不知千奎他爹的性子吗？还往里掺和？”

“还不都怨千奎苦苦求我……这回可得罪东宇老爷子了。”

崔千燮提醒千奎，快向民奎求救：“你爹还是挺顾忌民奎哩！”

正在东山村的民奎，就这么着，接了弟弟千奎的电话，跑回南大川的。

当时，崔千燮已年届半百，可在南大川还属年轻行列。

进入新千年，南大川刮起了“出国风”。血气旺盛的年轻人，屁股像被铁钎子扎了似的，开始坐立不安，都无心种庄稼了。那时候，吕曰洙、崔千燮、徐千奎还算是年轻的。

千奎这会儿才后悔自己太莽撞。待民奎来了，老爹的怨气自然会消下去不少，折了胳膊的娘，可咋办呐？真是越弄越麻烦，千奎的脑袋乱成了一团麻。

话说民奎急急回到南大川，打电话和姐姐唠了实情，告诉她第二天要带老娘去延边医院看病。之后，带着娘先行到凉水镇卫生院，用石膏固定住胳膊，打上止痛针，才回的家。今晚即便是赶到延吉，也住不上院，不如明天一早动身。

民奎一开始虽有些怪老爹，可看他仍在气头儿上，也没法再多说。家里本来就已鸡犬不宁了，再和爹起冲突，无异于火上浇油。

东宇老爷子从那晚起，真又一病不起了。被黄牛角挑的胸伤倒不算啥，喉管疼、嗓子哑得说不出话的老病又犯了。老爷子一生气，就会犯这怪病。再加上杨氏摔折了胳膊躺在炕头上……爹、娘、姑姑的事儿，都绞在一块儿，弄得民奎的头快炸了。

这时节，正是开春备耕生产忙的当口儿，镇政府事儿忒多。民奎极力劝住要回家的延吉大姐，叫来自己老婆照顾二老。

真所谓的“杀风景”：老两口躺在冷清的屋里，犹如两具木乃伊。

民奎暂且安顿好二老，便直奔曰洙家而去。给了千奎一些盘缠，告诉他不要回家，直接上延吉大姐家避一阵儿。可千奎偏不。他万万没想到，阉黄牛这么点儿事，竟招来这许多祸端。老爹过这段时间能好个差不多，娘那胳膊更让他担心不已。

第二天，民奎带着二老赶往延边医院。东宇老爷子连拒绝的力气都没了，把自己往儿子手里一交，半点儿都没“抵抗”。杨氏呢，反而惦着老伴儿的病，光顾着抹眼泪。他们当天直接住进了延边医院。老爷子住进了内科病房，老太太住进了骨科。老爷子连自己都不知道为啥得病住的院。

9

民奎知道：此时，所有的事儿只能静观其变，别无他法。

南大川的东宇老爷子和杨氏、东山村的姑姑和卢氏，他们的事儿，只有时间能解决一切。

爹娘住院后，独自在家的千奎，尽心尽力伺候着遭阉割的犍牛，它连食儿都不爱吃了。这头被割了“雄物”的牤子，不知主人为自己生了病。它哼哼唧唧病了几天，竟扑棱扑棱站起来了。

可是，它那双眼闪着的光彩却不见了，变成了一天到晚只等喂食儿的“傻瓜”。只要千奎一靠近它，便吓得灰溜溜地躲开。从今往后，它见了发情的母牛也只有躲着的份儿。

千奎至今也不明白，为啥老爹因阉了牛还得了场大病。没啥理由呀？

过了段时间，姑姑传口信儿给民奎，说她离婚了。据说，姑姑的情人卢氏给了姑夫一万块的“精神损失费”，他才勉强在离婚手续上按了手印。姑夫是得了病而失的“雄性”，也因这，失了自己的“领地”。

这时候，东宇老爷子出院回到了南大川。杨氏虽也一同回了家，却“伤筋动骨一百天”，加上老身子骨，远不如年轻人那样好得快。她早晚也没法围着锅台转了，千奎替娘，对付着做饭。

东宇老爷子听说妹妹离婚的事儿，长叹一声。又听了民奎姑父的“病根子”后，大声呵斥：“别再白话那些难听的事儿了！”当他听说姑姑要领着新姑爷（卢家川）来拜访他时，脸色却没那么难看。

事到如今，该认的事儿得认呐！

阉了的黄牛，时日久了，会越发丢掉原本的种性，变得既不是公牛也不是母牛，雌雄同体。

东宇老爷子说，和姑姑离婚的姑夫挺可怜的，实想着补偿给他点儿什么。可终究没想出啥法子，心里总觉得下不去。

“您实在想补偿给他点儿，把那头割了卵子的黄牛给他，不正好嘛……”没想到老爷子听到千奎随口那么一嘀咕的话，倒是满口答应下来。“对呗，牛卵子没了，能干活就行嘛！”第二天，老爷子便捎信儿给已成了外人的姑夫，让他过来牵走了牛。

自从把那头牛当成礼物给了人，东宇老爷子从当天便回转正常，像往常一样硬朗了。

“再养一头牛？”他立马便打消了念头。他觉着自己气力渐衰，也没劲儿和闺女儿子们闹腾了。然而，他一想到阉了的黄牛被牵走后，肯定会被使唤得不成样子，每每心疼不已。

从那之后，没到十年间，东宇老爷子和杨氏先后过世。去韩国务工之门打开后，留在“南大川帝国”的最后一批人，即千奎、曰吉、崔千燮等，也走上了出国之路。

南大川真变成了“寂寥山庄”，别说青年，就是连中年人都很难找。

一来二去，连年届六十大寿的人也算年轻的了。

千奎去韩国，滞留十多年，娶了个带一孩子的寡妇。现扎根在了图们，住上了楼房。

美子和卢氏再婚后，没出国，二人联手打拼，豁出去包下了三十多公顷水田和旱田，如今已发展成了规模化农场。天道酬勤，他们成了远近闻名的富裕户。

过了几年，民奎被提拔到市政府，当了副市长。过五十岁退二线，到市人大当了副主任。又过几年，民奎说，退了休就回南大川住。他和笔者约定，一起回故乡安度晚年。

“嘴上说要叶落归根的人多了去了，却没看过动真格儿的。这个先按下不表。我到现在还怀疑，那时你爹为啥把阉了的黄牛，给了你前姐夫？都已成了外人，况且是头值不少银子的黄牛呐？……”我问民奎。

“我也不知道。我爹咋做了那么稀奇事儿？我娘倒是心疼那黄牛，叨咕了好几年呢！”

民奎也笑了。他是真不知道，还是跟我装糊涂呢？

也未可知。

6月2日——拱针山

——南大川人的故事（8）

1

“拱针山上小日本儿用过的坑道（军用坑道、要塞）里，住着日本鬼子逃跑时留下看护坑道的兵，都成了头发雪白的‘白头魔鬼’，到现在还活着呐！”

直到上小学时，南大川的半大小子们，还绘声绘色讲着这个荒唐的故事。

“在地洞里没阳光，也没吃的，你说你说，靠啥活着哩？”

“听说那洞里有的是粮食和宝贝呢，就靠那些活着呗！”

拱针山，就是带着这么些个蹊跷故事，最先走近我们的山。

据说，光复后第二年，在拱针山日军地下坑道里，发现了衣服和弹药。这么着，有诡异故事流传开来，也不足为怪。

第二次世界大战时期，在彼得罗扎沃茨克，有六名德国兵，为躲避协约国部队飞机空袭，在储备粮食的地下掩体内藏身。怎奈轰炸使得土石堵住了掩体出入口，酿成悲剧。过了六年，六人中的一人，得以幸存，奇迹般地出了洞口。这个故事，是真的。

拱针山——这座拱针山，到底有多高？

日复一日疲于农活的南大川人，对拱针山海拔的高低，并没怎么特别上心。

然而，南大川人守望着这座晚春残雪覆盖、早秋先脱绿衣裳的拱针山，日子久了，也不免咸吃萝卜淡操心，不理会它的海拔高度，只茫然自问：“这家伙到底有多高哇？”

光复第二年，七星子家的老二、老三和二楞子的儿子，进到拱针山小日本儿的坑道，出了事儿，七星子家的三儿子被炸死了。后来在山下，曰洙兄打死黄牛般大小的老虎之后，不知啥时候起，拱针山成了类似守护村子的“洞神”，是南大川人土里土气的专属“图腾”。

这山，就这么走近了我们。

拱针山拔地而起，在参差不齐簇拥着的群山之中，以一种鹤立鸡群的姿态，飘然傲视。

从另一角度看，还有率领一众母狮的雄狮之威呢！

可是，缩小千万单位的国家级地图就不用说了，就算缩小百万单位的省级地图、缩小十万单位的市级地图，全都无视拱针山的存在。

怎么可能啊？

连市级地图上，拱针山也那么微不足道，人们对这座山的期待值根本就变成了“零”。

一直如此。

直到后来，集体林地让渡给个人时，人们看到村长徐民奎拿来的山林地图，才知道了原委。

按四万分之一比例缩小的凉水镇行政管辖地图上，拱针山被标了出来。

弯弯曲曲的等高线似水蛇一样，乱糟糟地爬过，到拱针山那里，标着“971”数字，没标“拱针山”字样，人家是用海拔高度来表示的。

假如爆发战争，拱针山就要以“971”高地来命名。

啥？拱针山的海拔只有这种程度？竟有一股冷飕飕的失望袭来。

想必是从军用地图上摘抄过来的名字吧！

南大川人以前把这山看成是“洞神”一样的存在，暗地里期望值也蛮高的。到这会儿才明白，拱针山太小了，不过似个小胡同里嘚瑟的“巷子队长”，如此而已。

当然，这方土地上，奇绝的名山大川可是多了去了。

不过按政府说法，这山还是个红色遗址呐。

笔直的山背坡的汪清一侧，曾是抗日联军活动根据地，拱针山则是日军和苏联红军激战区域，至今还保留着当年的实体。解放后，南大川人说他们在拱针山山顶，还曾看到过好多骷髅散落。

新千年伊始，第二年的春天，达洙兄弟几个中的老四——达满“从天而降”，突然出现在南大川的村路上。达满身后还带着个陌生的男子和俩女的，到了土墙外的屯子。

站在达满身边的男子，大眼睛叽里咕噜乱转，一脸心术不正的样子，手指上戴着锃亮的大金戒指，手背上刺着黑色文身，看着让人感觉脊背发凉。

再仔细一瞧，达满的手指头不知怎的，也戴了个一模一样的戒指，脖子上挂着个牛锁链子似的金项链。那俩来历不明的女子，身穿高级猎装，拎着不太搭配的高级手提包，打眼一瞧，便能猜出是城里人。

达满在路上碰见村里人，草草打个招呼，便径直找到崔千燮。达满掐头去尾问着不着边际的话：“大哥当猎人，一辈子在南大川过活，肯定对拱针山的地形门儿清的吧？”

“这么些年，你好不容易回村里露个脸，咋一开口就提拱针山？为啥突然打听起那山啊？”崔千燮的话，啥时候听着都那么硬气。

“大哥，俺们想去山里玩，给咱当个向导呗！”还是没头没脑不搭边儿。

“你小子去大城市混了几年，咋，你肺里灌风啦？没地儿玩了是咋的，偏要去那儿耍？”崔千夔一脸狐疑，没好气地反问道。粗汉子崔千夔的嘴里，断冒不出来软话。

“这个嘛，是真有点儿事儿。如今那儿是红色根据地，挺有名的。想进山里照几张照片，试着写本书或上报纸也行。”

“啥？就那点儿事儿……这么说我给你们当向导，领到那儿就完事了呗？”千夔半信半疑地应承着。

“哥，你给俺们好好当向导，肯定不会亏待你，少不了你辛苦费。”达满从钱包里掏出五百块，递给千夔。达满知道该咋答对南大川出了名的粗人崔千夔。

“急啥啊？这玩意儿还带给钱的呐？”崔千夔慌手慌脚地推托着。

“拉着哥去那么险的山里，这点儿辛苦费算啥？”达满说着，硬把钱塞进千夔的兜里。崔千夔就剩乖乖领路的份儿了。

那山，崔千夔熟得就算闭着眼睛都能摸上去，何况，要去拱针山得经过六道沟，他最近正好要去那儿取点儿春蜜回来哩。六道沟住着和千夔交好的斗弼。

达满吹牛说，他们一行人去那里玩，食宿都不愁，六道沟山场主斗弼也不会为难他们。

“大哥，你听说过那拱针山‘小日本的地下军库（地下要塞）’的事儿，还有旁的说法没？”一看千夔痛快地答应了，达满便一脸神秘地问。

说起“地下军库”，南大川人无人不知，那是日本军队的地下要塞，也是光复第二年，七星子家的三儿子三男炸死的地方。自从那次出了人命后，南大川人们就是上拱针山，也都不往那跟前儿凑。

“突然问那军库，干啥？”千夔掩饰不住诧异的表情，“这么说，我得把你们领到拱针山的‘军洞’才算完活呐！”崔千夔立马明白了，达满让他当向导、给他辛苦费，是为了让他说出那军用坑道的位置。

“时日太久了，那坑道可能都塌了，你们去那儿干啥？”

达满古怪地笑着，没说破理由。

要说达满是南大川的一个“人物”，也算得上。昌洙这些年间，漂泊外乡，几经奋斗成了富人，那达满也是一年四季，追云逐月地游四方，一般情况下，轻易不在南大川露面，可咋看他也没个富人的样子。村里人虽没明说，可也猜得到，达满是靠啥吃饭的。他不爱干活，爱玩、好赌，肯定是在哪疙瘩干着些公安局不高兴的事儿，看着人家脸色呐……

达满和昌洙没个比，都不在一个水平线上。

“大哥你自己知道就行，千万别声张。把俺们带到拱针山‘军洞’就妥。”

达满又从钱包里拿出五百块递给千燮。

“也不是啥大事，咋又给钱呐？把你们领到‘军洞’那地儿，俺就算完事了吧！”不知咋回事，千燮就算再缺钱，面对达满又一次递过来的钱，也犹豫了。达满还是硬塞给了他，一边说，“现在立马就动身吧！”一边急得拔脚要走的样子。

“为啥这么急啊？”崔千燮虽不太乐意，却为着拿了人家一千块钱，没吭声，啥也没准备就上了他们的面包车。面包车后座上，拉着乡下人没见识过的白色不锈钢制、连名字都叫不上来的工具。

崔千燮装作没看见这些工具。

2

达满他们坐的面包车，在六道沟入口处，正好遇见了斗弼那辆野战用吉普车，准备下南大川。

这个时候，斗弼已五十岁左右。他真像个山场主，亲手驾辆野战用的吉普车到处跑，是解放后，南大川最先拥有“私家车”的人。

斗弼让了一下，那辆往自家山场去的面包车停在一旁，然后从车上走下来。“你们咋个回事呀，嗯？……这不是达满吗？好久不见啦！”斗弼和崔千燮、达满互相寒暄着，忽而狐疑着看看和他们一起来的陌生男女。

“叔可真是少见哟！”达满掏出一根高级烟递给斗弼。人家没接，说是山里禁止吸烟。

“你们达洙兄弟们，除你之外都去了韩国。你这段时间在哪儿待着啦？”

“咋办呐？俺也不愿意上外国，费劲吧啦地挣那伺候人的钱。俺自己凑合着干点儿杂活，反正也饿不着，勉强吃饱饭呗！要活，得活成叔这样儿，潇洒！”

“像庙里的和尚似的，圈在山里，有啥潇洒的？”

“俺们也想圈在这儿，当和尚，拜佛念经。这不是来了吗？俺们在叔家住，行不？食宿的钱少不了您的！”

“说啥呢？乡里乡亲的，还说啥食宿费呐？只要不引着山火，你们随便待到腻烦了，也不带撵的。叔现在正要下南大川，办完事儿，约摸晚饭当口上来。那期间你们找房间歇着吧。山场管理员也在。现在来六道沟采山菜的多了去了，满山遍野都是人！”斗弼大咧咧地应承。

“大哥，蜂蜜该下来了吧？俺是吃蜂蜜来了……”千燮忽然插嘴。

“蜂蜜？椴树蜜为时还早，杂蜜倒是刚下来一点儿。你不是喝几口就晕吗？咋又念叨吃蜂蜜啦？呵呵，比起蜂蜜，你肯定更馋蜂王浆吧？哎，曰洙老弟咋回事，不想上来？”

“达满追着屁股催，连跟曰洙打招呼的空都没有呢！”曰洙这时候在南大川生活。后来因车祸去世，这里暂且不表。

两伙人从这里分开，各自朝自己的去处出发了。

那时候，斗弼将自己原有的林地做抵押，从银行贷了七十万的“巨款”，承包了六道沟几千公顷的林地。没到三年便还清了贷款，成了乡村“富豪”。

斗弼称得上是六道沟真正的“山大王”。

面包车沿着从公路分岔出去的山间土路，跑了十多分钟，就到了六道沟的“总部”。

说是“总部”，完全是夸张的叫法。这里有两栋一百多平方米的砖瓦房，似双胞胎并肩而立，除此之外，西侧还有一栋南北向长长的砖瓦房，约摸得超过二百多平方米。这地方原来有“木克楞”（林区木棚）来着，如今变了样，都认不出来了。东侧原先流着的碧绿溪水（清溪上支流）已无影无踪，却“长”出了个大大的池塘。这池塘是块养鱼场。池塘周边，散落着好几个仿热带丛林吊脚楼而建的简易亭子，供人休息。

这几个人安顿好住处，正准备吃午饭，本打算下南大川办完事，晚上才回来的斗弼，紧跟着就返回了。

“大哥，六道沟每次上来都变呢。去年没有的房子，今儿又盖起了。这边的房子为啥盖这么大呐？”千燮一脸艳羡，每到冬天他都要上这儿来打猎。后来，国家为了保护野生动物，颁布了禁猎令，将民间的猎枪全给没收了。因为这，千燮已很久没上六道沟来打猎了。

“这边厢房，夏天用作旅馆客房，冬天用作伐木工的宿舍。”

“这里咋这么多老人和阿祖妈妮呢？瞧她们打扮，不像是来的游客啊……”

“我不是说了嘛，她们都是近旁的村子人，来采山菜。”

几天前开始，一些穿着寒碜的老妇人便陆续赶到六道沟来了。

“那她们都是住在这儿采山菜的呗？”

“就这么着，除了正房、西厢房，其余的房间连着亭子全都倒出来给她们住呢。都是些可怜人，俺不收住宿费。”“你成了富人，积德行善呐？不过靠采山菜能挣几个钱儿？”“呵呵，你还别说，她们下山时，每人都能弄上个几千块呢，可不是闹着玩的哟！”

3

第二天，达满他们一行二男二女，准备跟着崔千燮尾股后头进山。

斗弼因为兄弟相称的崔千燮来了，索性把本部的事儿一推，跟着他们一块儿上路。对斗弼来说，来自己山场的人，不管和自己有无关联，他都感恩。不过，如果来人不注意，引起山火，对他来说可是灭顶之灾。

千燮和斗弼前头带路，达满和文身男紧随其后，那两名女子呼哧带喘地落在后面。她们平常都是在油漆马路上，穿着高跟鞋扭来扭去的，走山路、爬坡很是费劲儿。

“这么高、这么峻的拱针山，如今成了大哥私人所有，五十年所有权。有钱就是好啊！谁能想象啊，整个六道沟是大哥的私有财产？”

“拱针山算是六道沟里最没用性的山。论山呢，看着高大没用，荒僻就没有价值。最主要是山上的树得好，树好意味着经济价值高。”

在南大川人眼里，高踞雄伟、如图腾一般存在的拱针山，却被斗弼说得一钱不值。

“说真的，你是啥‘路子’跟上来的啊？或者，他们是不是盗掘的人呀？”

“岂有此理，你瞎猜啥啊？”崔千燮一脸疑惑地看着斗弼。

“昨天我瞥见车里拉着些奇怪的东西，像是盗掘人用的工具。据说，把那种工具安在合适的位置，或插进洞里，就会探测得到金制品呢……

几年前，有人带着那种工具上来过，跟我打听‘军洞’来着。或者，后面这几个人是不也是来找‘宝’的？”

“听你这么说，还真像。可不是嘛，俺也怪疑心的，让俺带着他们上来，还甩给俺一千块钱……俺倒不是为了钱。你说达满带着人来了，不帮忙也说不过去呀！他们说，让俺当向导，给他们带到‘军洞’就妥……”

“啥，还给钱？那就更蹊跷啦！拱针山‘军洞’有啥宝哇？传瞎话可把这山给害惨了。现在山上可能就剩下些生锈的子弹壳和死人脑瓜骨满地滚呢。啊不，肯定连那些骨头也都让人捡回去当药引子啦，见不到啦呐！”

“爬上山顶跺跺脚，发出‘空——空’的声音像山被掏空了似的，这些人觉着好奇才来的吧！”

他们越过山岗，转而南下，到了曰洙打过老虎的那个茅草丛生的斜坡，沿着这坡上通向矮山丘的小道儿，过了这山丘，就可看见日军占领时期修的那条军用路，直通山脊顶部，从那儿开始走起来便容易得多。

斗弼和千燮他俩倒没费多大劲儿，沿着那条茅草覆盖的路一直往上攀。跟在后面的达满那帮人，却渐渐落了下来。这几个平时不咋运动的城里人，此时已呼哧带喘上不来气了。

从南大川村里望过去，拱针山傲视群山，巍峨耸立，可实际爬上去，却没那么陡峭。

越往上走，离山顶越近，阔叶林带渐渐变成了类似于松树的针叶林，看着瘦骨伶仃。

地下要塞，就在到达山顶前北侧的岩石下。洞口伪装得相当巧妙，不知道的人，看过去也根本发现不了。地形原本就这么妙？洞口在一个深凹进去的地方。

“这儿确是拱针山的山脊梁吗？”头一回上山的达满，环顾着四周，不安地嘀咕着。

光复第二年，上这山顶的七星子三儿子三男，也在这块拱针山山脊上说过这句话。过了六十多年，达满竟也说同样的话。跟在达满后头的那三个，大口喘着粗气，一脸要憋死的表情，一屁股坐在风化的大石头上。

山脊上长满了橡树，受四季风霜“洗礼”，树木长得慢且显得单细。被风化得黑黢黢的岩石参差不齐，坚硬的石缝里，不知名的小草在风里瑟缩发抖，虽已现顽强的生命力，可依然没有新绿装扮的拱针山，荒凉中竟然充斥着“劫气”。

上了拱针山，倒问是不是拱针山？斗弼笑了。

“真奇怪呢，……在南大川看拱针山，那么高大挺拔，上得山来，咋感觉山峰这么小哟？”“山，本就那么回事儿。不管远处看着怎么险峻，等登上去一看，不过在自己的脚下。所以老话说嘛，‘不识庐山真面目，只缘身在此山中’。”斗弼倒真像个守山人，装得在行。

远方山脚下，手掌般大小的南大川，似童话书里小块的插图，映入眼帘。烟雾笼罩的凉水村，一片片灰蒙蒙的。

“听说，日本鬼子为掐断拱针山的灵气，在山脚下立了个大铁桩子。俺这些年来，到这里也无数次了，从没发现过。是大伙儿瞎说的吧？”千燮转过头，问斗弼。

“可能是民间瞎传的吧。我也没见过。要是真有那么个玩意儿，不早就被人给发现了！”从很早的时候起，就有传说，拱针山里翩翩飞舞着长翅膀的朝鲜大力士，除恶济困。这话也确像那么回事。要把这些大力士斩草除根，就得先把山的灵气给掐断。小日本儿信这个，在朝鲜的名山钉上大铁管子。这样的传闻，光复前就很多。可是，到现在为止，谁都没证明过，也不知道真相究竟是啥。所以，拱针山的铁管子之说，也可能是谣传。

"据说，小日本儿的这种'军洞'，珲春也有，还说啥来着？……呃，黑龙江东宁也有，这儿一个那儿一个，遍地都是。真的吗？"

东宁要塞，不是传闻，是真有。

日本强占东北后，从康德元年（1934）开始，日本军为进攻和防御苏联而修建了众多的前哨阵地。从珲春到黑龙江东宁、黑河，内蒙古的海拉尔为止，长达四千公里的边境线上，总共修筑了十四处秘密军事要塞。其中最为庞大的地下要塞群在东宁。

东宁要塞驻扎着日本关东军第一国境守备队，直到日本投降后，还一直抵抗到8月末。这不仅是东北战场，而且是整个第二次世界大战最后一个战场。闻名后世，堪称"东方马其诺防线"，足以说明其气势浩大。修建这个地下要塞时，征用了多达十七万民工。为了防止泄密，民工是从异地他乡征集来的。

拱针山的地下要塞，同样也征用了大量民工。虽规模上小些，但据说，里边兵器仓库、军官室、兵营、卫生室等一应俱全，后人通过地下坑道已探明。

如果日军确死守过拱针山，那它的军事性、地理性价值不言而喻。然而，现在看来，为啥偏偏要在荒僻的拱针山建地下要塞，让人捉摸不透。

拱针山对面的亭岩山，是从汪清通往凉水的地理要冲。从高句丽时期起，便筑起城墙。光复前，日军的一个中队驻扎在那里。而拱针山从哪个角度看，为啥被选定建地下要塞，百思不得其解。

如建地下坑道，其外面定会有扔掉的土方。这拱针山要塞外面，根本找不到土方。掘进的时候，挖出来的土方，都扔哪儿去了？值得人怀疑。

要塞入口，似张开的虎口，阴风阵阵。岁月久了，落满了枯叶，山土塌下来堆在那儿，出入却无大碍。

“俺寻思得像高速公路的隧道那么大呢，咋这么小哇！”达满看着坑道入口，不无失望。

“入口看着小，你进去看看就知道哩，得花了多大功夫。直到‘文革’那阵儿，入口处还有个厚实的铁门来着，不知啥时候有人把它当废铁给拆走了。”

千燮和斗弼小时候，好奇心引得他们偷偷进过要塞。头一次来的那三个伙计，看着黑漆漆的洞口，浑身直起鸡皮疙瘩。

“洞里的老虎可能都下崽子了，再不就有那些喜阴怕光的白蛇子，成堆在里蛄蛹着呢……”千燮成心吓唬他们。

“达满啊，俺该做的事儿，这会儿也算完成了吧？你们要进去，一定小心蛇，这洞里的蛇，老鼻子（多）啦！”崔千燮不怀好意，存心吓唬俩胆小女人。按约好的，他准备就此打道回府。

“两位大哥，既然都到这儿了，陪俺们一起进洞，行不？”达满向斗弼和千燮求道。

“其实进去看，肯定也没啥稀奇的。”斗弼不好拒绝达满的恳求。斗弼和千燮要是走人，达满可真就得抓瞎。他自己先吓得够呛，更别说领着另外仨人进坑道了。明知千燮的话是糊弄人的，可从洞口往里一瞧，便瘆得起了一身鸡皮疙瘩。

“俺们也没别的想法。就是听说日本人建的要塞挺出名的，闲着没事来逛逛。拜托你们了。”站在达满身后的陌生男人，一脸郑重地表示，那鬼话连三尺孩童听了都不信。

“胆子咋像兔子那么小，怕啥啊？又不是打仗的时候，还怕洞里真有大老虎趴在那儿不成？怕了就别进洞，为啥要花钱买罪遭呐？干脆回走算了！”千燮虽满嘴牢骚，一看斗弼应承了，不得不随大溜儿。拿人钱财就要替人消灾。“看把你们闲的，没事儿非要进去看，里边也不过净是些死人骨头罢了。”听着千燮小声嘟哝，那两女子吓得脸都白了。

千燮心里一阵冷笑：狗屁宝物啊？这穷山沟里，能藏着啥宝贝哟，值得这帮人发神经呐？

“光复第二年，洞里手榴弹爆炸出了人命，你们各位还是留点儿神的好。小日本儿的骨头可能绊着你脚，黑洞里有的是怕光的白蛇，吓人呢！我说啊，脸上拍着脂粉的小姐干脆别进去啦！”千燮又捉弄起他们来，他是狗嘴吐不出象牙。

“可不，女人最好还是别进这样地方为好！”斗弼也劝道。

可那俩女子说她们等在外边更害怕，非得要跟着一块儿进洞。

“啊？真那样的话，随你们小姐的意吧！蛇钻进裤裆里也千万别乱叫唤哟！”听着千燮胡诌八咧，斗弼也忍不住暗自笑了。

达满一看斗弼和千燮站在头里准备进洞了，马上拿出早已准备好的手电筒分给大伙儿。从前进这个地下要塞，必得准备抹了猪油的火把，现在有手电筒方便多了。

“来吧，慢慢走着看吧！”千燮在入口停下，拿棍子使劲敲打入口处的石头。“空——空——”里面像是空心，响起沉闷的回音。“看来拱针山内里挖空的说法并非谣传啊！难道里边真有鬼？”无知的达满冒了句蠢话，地理学家听了都得笑掉大牙。

斗弼和千燮在前头带路，达满和他带的一行人各自拿着手电筒，小心跟在后面。

从入口处吹来的风，凉飕飕的。越往里走，风更劲。风中弥漫着一股分不清是苔藓还是动物尸体的味，令人作呕，陡生毛骨悚然的感觉。

水泥坑道壁坚硬牢固，浸着浓浓的湿气，在手电筒晃来晃去的光束底下，泛着阴森森的光。

“看这风是从洞里往外吹进来的，说明还有别的入口吗？不然，也许是有谁都不知道的其他通道呢！”达满不懂装懂。坑道内说话，响着浑厚的回音。

光复第二年，头一回来这里的时候，七星子也曾说过这话。

地下要塞入口虽小，进到里边一看，规模却不一般。再往前走，主坑道旁边出现了很有规则的兵营。人处在密闭空间里，往往有本能的恐怖感。这一行人也不例外，继续摸索向前，手电筒光线里显出老多房间，不知道啥用性。约摸过了一百多米左右，有一处模模糊糊漏进光线的地方，出现了坑道的另外入口。正寻思着是不是有别的入口，这边竟顺藤摸瓜似的发现了相反方向的入口。

“这坑道咋这么短?”达满嘟哝着，站在他身后的男人转过身边往回走边说，想再回头看看光复第二年出事故的地儿。

“又弄啥幺蛾子?”千燮又嚷嚷。斗弼和千燮一行人又重新沿着来路往里走。在外头说瞎话吓唬人的千燮，可能也意识到女孩子胆小怕事，进到坑道便没再唬她们。他们找到了爆炸事故天棚塌下来那块地方。这里是六十年前，七星子家的三男被手榴弹炸死的地方。

“这里是咽喉。可把它看成防两边入口堵塞而建的脱身口。可直到现在，谁都没能在山顶上找到通风口的入口。”斗弼拿着手电筒四下照，指着天棚塌下那块地儿，对一行人介绍道。

手电筒光下，出现了垂直方向延伸出去的通风口。钢筋制成的梯子架在混凝土墙壁上，这里虽出过人命，却也没糟践得太厉害，手榴弹能要人命，遇着坚硬的钢筋混凝土，却还显得微不足道。

“这里暗藏机关。冷不丁看像是垂直上下的通风口，可沿着这通风口爬上去，还有一层，跟城里的楼房似的。光复第二年的事故，听说是在一层出的。那之后，土改工作队员和当兵的到这里来检查过，当时设备落后，有可能根本就没发现另有一层。唉，这小日本，盖得这叫一个结实!”

那文身男装作很在行，接茬说：“要说这要塞挺奇绝呐！俺们也转了好几处这种地方，可长度这么短的还是第一次发现。依俺看呐，不像是战斗用的坑道，听说光复第二年这里出来被服了，俺想这要塞极有可能是为了藏弹药和被服用的，忙着建的。”

“你们是不熟悉这里的地形才这么想。虽出了弹药和被服，可听说数量没多少，驻守这拱针山的日本鬼子大约摸有一个中队。你们没觉着坑道像弓背，是弯进去的吗？小日本是啥脑子啊，难不成他们不会挖直坑道、偏故意要挖成弯的？好啦，好啦，就到这儿，你们还有刨根问底的想法，改天再来瞅瞅吧！”千夔不耐烦地嚷着，转过身，一行人也紧随着斗弼和千夔走出了黑漆漆的坑道。

“明天再来，爬上这通风口看看。”站在后边的文身男低声和达满说，“这里定是另有猫腻儿！”

4

南大川的乡亲们很是纳闷儿，斗弼和千夔称兄道弟的，咋那么亲，他俩根本就不是一类人呐。人世间就这么奇妙：往往个子小的人羡慕个子高的，身形瘦的偏好胖人，类似互补的人多半能成朋友，其实没啥可大惊小怪的。斗弼喜欢千夔的粗鲁和义气，千夔需要靠斗弼的经济实力和他在南大川的地盘儿。

经营规模大的林地，从某种角度看，和经营企业差不多。要想经营企业，常有法律干涉不着、政府手伸不到的“旮旯”，“摆平”这类事儿，非得像崔千夔这样的粗人出面，靠拳头说话。天不怕地不怕的千夔倒是贼讲哥们儿义气，这也是处朋友关系的先决条件吧。斗弼承包了六道沟几千公顷的林地后，跑出来形形色色的惹是生非者，每碰到麻烦，千夔便替他出头。南大川只有吕曰洙和崔千夔才有资格上六道沟，可劲儿采松茸、逮林蛙。斗弼每年只给他们两个送六道沟产的蜂蜜。

六道沟林场本部，因借风力发电，晚上灯火通明。还安了卫星接收器，能收看电视，频道还挺多。看来斗弼在这儿没少投入。

老太太和阿祖妈妮们开始寻摸着聚拢来了。斗弼本身不是那种让人拘束的人，他老婆人长得胖乎乎，脾气也如长相那么牢和儿，全不会偷奸耍滑。她做着卖茶水的生意，也适应闹腾的环境。

达满他们得到了斗弼的应允，在空地上燃起了篝火，笑啊、闹啊的，吃着烧烤，空气里飘满肉在火上烤熟的香味儿。这在山沟里已算是奢侈的享受了。

晚上九点多，电视节目也过了黄金时段。电视连续剧差不多结束了，就剩些无聊的广告在屏幕上泛滥着，阿祖妈妮和老太太们转眼间都嚷着累找地方睡觉去了。反正明天起她们也没得空闲看电视了，得一天到晚在大山里忙活，累得都直散架，哪来的闲工夫哟?

斗弼和千燮关了电视，正要躺下，达满他们进屋了，手里端着烤肉，拎着一箱易拉罐啤酒。

文身男手疾眼快地把斗弼和千燮拉上了酒桌。

“俺们看来得在这儿待上几天，少不得麻烦你们。今天二位给俺们带路着实辛苦，俺想借这机会敬你们一杯酒，也算正儿八经地谢二位！”

“呵呵，论喝酒，俺可不客气啦！”千燮好不容易有了笑模样儿。

文身男边开啤酒边介绍自己姓朴。这朴氏说话豪爽，性子也挺急的样子。

女人们也大大方方地自我介绍，紧挨着朴氏坐的那个女子说自己姓池，五官俊秀，衣着和头型利利索索的。达满身旁的那女子姓延，比池姓女子个头稍矮，身材匀称，长得相当漂亮，嗓音银铃似的清亮：“是延边的‘延’字，请多关照啦！”微微低头娇羞地笑着。

这帮人登拱针山时，个个都苦着脸，一副活不起的样子，此刻却一扫疲惫，脸上都放光呢。从他们的举手投足不难看出，这几个是城里混的“老油子”。

这俩女子口口声声只是想来要塞转转，就为这点儿由头进深山走老林，显然让人怀疑。单单看她们启易拉罐、篝火旁开烧烤派对的架势，也能把她俩的来意猜个八九不离十。她们是陪着俩男人来的。

“今天看你们二位，对这一带的山和地形相当熟悉的样子呢！斗胆问几个问题，请二位指教成不？”酒过三巡，东拉西扯了些黄段子，朴氏已有些迫不及待了。冷眼看他说话办事貌似毕恭毕敬、尊卑有序，可细琢磨总觉着话里话外藏着几分傲慢和不屑。虽说不准哪里味道不对，可只要看他那咄咄逼人的眼神，就非比寻常。这种人生性天不怕地不怕、敢冒险。

“想问啥？”

朴氏给姓池的女子使了个眼色，只见她拿出了个纸卷。展开纸卷，是一幅画着东一道西一道等高线的地图。朴氏便急着在地图上找起来。冷眼一瞧，他的胳臂上真亮地文着一头蛇，蛇头延伸到了手背上。他究竟是干啥的人呐？

“呃呵，这地图咋到了你手啦？”斗弼不禁大惊失色。这竟是一张按四万分之一比例缩小的凉水镇区域山林地图。这地图上，拱针山的海拔高度标注为“971”。

“咋，这又不是军用地图，在我手里犯了哪条规吗？”朴氏一脸的轻蔑。

“你这来求俺办事的人，说话口气可不咋中听啊！这态度，还能接着往下唠不？”千夔立马替斗弼出头教训。斗弼就看中千夔这点，才和他称兄道弟多年。

“看您这架势，年轻时可没少挥拳头呢，呵呵！”朴氏看着千夔，眼光顿时软了下来。自己虽在城里混得有模有样，可毕竟强龙斗不过地头蛇啊。千夔对朴氏面前的地图，懒得瞟一眼。

“嘿，这老兄可不是挥拳打人那么简单，他是有名的豹子胆，独个儿拿着梭镖就敢逮野猪和熊呐！”达满这回倒真像个南大川出身的，总算偏向了乡亲一把。达满从前也是个“打架大王”，但一提起千燮，便直缩脖子。

“咱现在这地儿，在地图的哪疙瘩？”

斗弼也没细看，随手指了个地方。

“沿着国防道走十公里，正好到这儿。离这儿稍远点儿，这儿就是咱今儿个去的拱针山。看见没，标着‘971’的地方，就是这地儿！”

“假如这儿是拱针山的话，那它北面就该是金钱沟喽？”

“对头，是金钱沟。呵呵，连金钱沟都知道？从拱针山的峰顶，沿着岭线往下走，遇见獐子岩往北边斜坡一拐，就到了金钱沟。不过，你打听那儿为啥？”斗弼警觉地问道。他拥有这几千公顷山林的五十年所有权，对自己的山和树木有守护的义务和权利。再确切点儿说，这座山上的一根蕨菜、一只林蛙都归他所有。

“事实上，俺从小便对这地方的故事听得太多了，所以知道些。”

“这是哪儿跟哪儿的瞎话啊？”斗弼和千燮齐刷刷地看向朴氏，满脸狐疑。

“俺爷爷对拱针山和金钱沟太熟悉不过了。”

“你爷爷是哪个？果真如此，你进沟里看看还算情有可原呐！”斗弼的好奇仍写在脸上。

“尽管俺这次是头回登拱针山，可从小听祖父大人讲故事，耳朵直疼，和来过这儿没啥两样儿。日本人挖坑道、阻击苏联红军进攻的故事，还有‘大力士’传说……”

“这么一说，我还说不定真认得他。到底谁呀？”

“哦，您是问俺祖父吗？他叫朴书玄。是光复第二年，进驻南大川首批工作队的队长，拱针山坑道事件，俺是从祖父那儿听来的，所以知道些。”

“噢，记得听过这名字。我就是那年生人，肯定不能知道详细的事儿，但好像听家父说起过。”

“那，您有没有听说过解放前一直在南大川过活的‘池玄植’？说是在南大川，一提起‘斑点黄牛’无人不晓呢！”这次，池姓女子插话进来。

“光复运动开始时，因人家有一头斑点黄牛就给划成富农的那位老兄，当然熟悉啦！可不就是身强力壮、能把牛和牛车一块儿拉上山坡的那位……听说解放后搬到外地去了呀？”

“对，去了黑龙江的海林县。俺便是他大孙女儿，这位是俺的‘四寸’表姐。”池姓女子指了指身边的另外女人。

“哟嗬，这么说，咱都是南大川的乡亲呐！”

“叔说得对，咱南大川不大，可出了不少人才呐！”达满一旁帮腔。

“你小子倒是爱吹牛，这脸上涂脂抹粉的娘们儿，也算得上人才？”千燮嘴里冒出这话，对方是女人，也就强忍下来了。

“再问一句，凉水镇通往汪清的国道开通前，两地还有另外的通道吗？”

“当然有哇！日占时期，从凉水经南大川和北大，往汪清去有路。另外，凉水和汪清之间原来也有条老路。那时候，路虽窄，小日本儿的军车照样能呼呼往来，能到那个程度说明路修得真不错。现在这路，都是在原来的路基上重新扩建的呐。”

“听说那时候也修了通金钱沟的路呢。能打听那路怎么走吗？”

“我倒也听说过有这么条路，可也没直接走过。听去年进山来的老人们说过，看到过往金钱沟方向像是有一条小道来着，是真是假还真不知道呐。”

“那您知不知道金钱沟的石洞啊？据说，日本人挖拱针山坑道的时候，也挖了那石洞。”

“这个嘛，那些我也不太清楚啦！”斗弼把话尾巴咽了下去。这哪是酒桌上唠闲嗑啊，分明是紧张激烈的一问一答嘛！是这伙人好奇心作怪吗？别犯傻了。

“听说金钱沟到日占时期为止还相当兴旺呢，为啥后来废了？是因为没金子了吗？”达满忍不住发问。

“这小子，你以为金钱沟能有拳头大的金块埋着？你是听哪个闲得打哈欠的主儿胡说的？自古那些不爱干活的游手好闲之辈，才天天盼着‘牛卵子自己掉下来’（天上掉馅饼）呐！得，得，得，嘴巴都干啦，拿啤酒来！”直到千燮一脸不耐烦地爆粗口，那帮人才住了嘴。不一会儿，他们借口累起身溜走了。

“这帮家伙，肯定是要花花肠子来的，要不然，好多年没了音信的达满，咋突然现身，到这儿来东闻闻西瞅瞅哒？”

“这帮小子，连金钱沟的那石洞都知道？那是多危险的去处啊？”斗弼自言自语着。他其实知道那石洞，故意装作一问三不知。

“可不是，俺这心里七上八下的，生怕哥说出来那石洞呢。你说他们要是出啥事儿可咋办呐？俺那去世的爹，在世那光景儿可念叨过，那金钱沟方向有细菌炮弹之类的话呢！”

虽说拱针山对于南大川来说，是图腾般神圣之所在。可那金钱沟，却是任谁都唯恐避之不及的去处。日军败退后，延边的一些山沟曾流传过邪佞之说，人们都忌讳经过那里。金钱沟就是那种地方。

“赶巧啦，正好今春儿修路时，我叫人推掉了那个石洞。即便如此，我心里还是不踏实。”斗弼脸色凝重起来。

“干得好！反正石洞也推平了，达满他们这回肯定扑空。”千燮却没斗弼那么沉重，一仰脖干了茶缸里的啤酒，一脸轻松。

忽听得杜鹃在叫。

每年这时候，拱针山上便有杜鹃啁啾。杜鹃的叫声相当妙，妙到你根本分不清它是在远处还是近处叫。

深夜，本部已静悄悄的了。

达满他们回到自己房间，继续喝啤酒，东拉西扯黄段子，过了十二点，也消停了。

自从斗弼在六道沟建了游乐场、开了饮食店，招来城里一拨拨的陌生人，可像这次来的几个举止怪异的男女却是第一次。从他们来到这深山幽谷，专拣奇怪问题问，令人不可捉摸。这几人看来绝不是尽游兴的。单看达满，就不是个地道人儿。

“忽如一夜春风来，千树万树梨花开”，假如你身处深山，新绿吐芽、春意渐浓的体会更明显。只过一宿，山野即和昨天大不一样，绿意更明显了。

一大早，吃过饭的阿祖妈妮和老太太们，三五成群地进山扯蕨菜去了。

厢房那边响起咯咯咯的笑声。

朴氏和达满正削着给女人用的木头手杖，俩女子在旁麻雀似的叽叽喳喳笑个不停，这帮橙子族（富二代）轻佻的吵闹，不知怎的让旁人看来，像是把山间清新的空气给搅和浑了似的。

一妇人给他们端来冒着热气儿的饭菜。池姓女子接过饭菜，顺手从钱包里抽出钱来递给她。先前儿斗弼让他们过去一起吃，他们忸怩着没过去，这倒好，他们想拿钱解决一切呢。

妇女们进山后，闹腾了好一会儿的本部，此刻像麻布裤泄出来屁就瘪似的，立马消停下来。

睡够了懒觉的崔千夔爬起来，没顾上吃早饭，就跟着斗弼去养蜂场淘换蜂蜜去了。他打算从那儿回来再吃饭，之后回南大川。

六道沟有两处养蜂基地：离本部近些的椴树沟里，斗弼他老爹在那儿养蜂；与本部相隔四五里地的钓鱼沟，他的老丈人和老丈母娘在那儿办了养蜂场。这早春时节，养蜂正当时。风车正转着将蜂蜜喷出来。千燮其实不是冲蜂蜜去的，而是相中了蜜蜂那白色幼虫。看着千燮像吃炒豆似的，嘎嘣嘎嘣嚼着那些幼虫，吃得喷儿香，斗弼无奈地啧啧咂舌。

阳东堂山沟里长大的千燮，还有着猎人逮啥吃啥的习性。蛇蛋、蚕蛹、耗子肉……对他来说，根本就没“恶心”“埋汰”的念头儿。

“哟嗬，吃了半天，咋的这是吃太多了？觉着肩膀子往下沉，眼睛像冒火呐？”千燮扭着自己的肩，一脸不自在。

“本来嘛，空着肚子吃蜂蜜就那样儿。”斗弼笑了。

此时，达满像背包大力士似的背着大大小小的箱子，朴氏拎着一些不知名的工具，他俩身后跟着那俩女子，他们正穿过帐篷旁的一条羊肠小道往拱针山方向而去。

“他们干啥像背包大力士背那么多行李呐？”千燮明知故问。斗弼和千燮心里明镜儿似的，知道他们干啥去。

“到了山上，可要注意安全呀！”斗弼只能这么嘱咐一句，再无话可说。

待他们上山后，斗弼和千燮拎着满满两大塑料桶蜂蜜回到本部。本打算吃过早饭就回南大川的千燮，喝了几杯蜂虫泡的酒，倒头呼呼大睡，浑然不知过了多久，兴许是猎人适应山里生活的能力更强吧。斗弼寻思着，反正自己有车，就算千燮晚上往家走也无妨，干脆让他睡个够。

斗弼的本部建在深山沟底。往上瞅挂在半空的天，像窄窄的一条水渠，所以日照时间忒短，下午一过两点钟，太阳便急急地在山后头藏起了脸。

一到下午四点，去山里采野菜的妇人们便陆陆续续回了本部。她们每人的后背都背着鼓鼓溜溜装满野菜的布袋子。她们解下布袋子，便直接起锅烧水焯蕨菜。空气里飘满熟蕨菜特有的苦涩味道。待捞出烫得软软的蕨菜，再均匀地摊在竹盖帘儿上晾干。这实在是繁琐的“大工程”。

“简直摆起了货摊呢！”斗弼进达满他们房里取东西，只一会儿便出来了，直咂舌。

“什么摆货摊？”

“光易拉罐啤酒他们就搬来五箱子，罐头、饼干、糖、酒……应有尽有，饼干可能都不爱吃了，扔在了地上。”

“真是一帮怪家伙。能跟达满混在一起的，不用想都知道是些啥货色！”

南大川人都防着达满。在南大川的达洙兄弟里，达满排行老四。他去外地之前，因打架斗殴，偷煤矿的枕木、变压器、电线等原材料卖钱，进过拘留所，到底还吃了两年牢饭。

这时候，又有一拨采山菜的妇女们进来了。“六道沟阿祖爸依（称呼斗弼，大叔的意思）呀，这老话说，‘去年的叫花子没冻死，今儿朝又登门’啦。今年呐，俺们这又赖上你啦！”一名肥硕的妇人和斗弼无所顾忌地打着哈哈。

“这日子越来越好过了，你干啥非要死呐？”斗弼也大咧咧地回了一句。这帮妇女是因为昨晚投宿客满，没房间了，她们只好在前院儿空地上打地铺睡觉。只见她们每人都从背上拿下蕨菜袋子，手脚麻利地焯蕨菜。妇人们嘟哝着、埋怨采蕨菜的人比蕨菜还多。过一会儿，前院塑料大棚周围便满是刺鼻的烫蕨菜味儿，还掺杂着沙参（朝鲜族传统野菜）的清香味儿。

不知不觉间，深山里的夕阳西下时，将狭长水渠似的天，染成了粉红色调。

采山菜的人们陆续地下山来。池塘四周，散着几处简易休息棚，模模糊糊地透出蜡烛光影，到处听得见唧唧咕咕的私语。

斗弼的本部，俨然成了个小村落。

拱针山的杜鹃又叫了起来。在哪儿叫呢？杜鹃叫的地方总是那么似有若无，诡秘兮兮。

5

斗弼把蜂蜜桶装在野战吉普上。这时候虽不是盛产蜜的盛夏时节，可架不住蜂箱多，好几个百个蜂箱呢，弄点儿蜜送南大川的哥们儿还是足够了。斗弼把自己的亲戚，包括老丈人那边的，全都安置在了山场。他老丈人是老养蜂技术员，每年光椴树蜜就能产好几二斤。斗弼拿自家产的蜂蜜送人情，在南大川深得人心。

斗弼给千燮准备好了蜂蜜，便于携带，还特地吩咐他把另一桶蜜带给曰洙。

“你到现在还那么爱赶夜路呀？一会儿得开车下山，上路前咱得喝上一杯，晕乎乎的好走路。冰箱里有下酒菜儿。”斗弼忙活了一整天，想必也是馋酒了。

靠风力发电运转的冰箱，还算能勉强维持着保鲜。冰箱里冷藏着牛肉、鱼、猪肉等。斗弼一过五十岁，身体的健康状态不是很好，对喝酒也有所节制。

“大哥，咋突然馋酒啦？”“想喝上几盅解解乏，呵呵。对了，台阶上的沙参是咋回事？”“阿祖妈妮们说是给大哥你添麻烦了，每人走的时候都送这个谢你呐！”

“是吗？沙参用火烤着吃，好吃着呢……我自己啥时能吃得了这许多？你下山时拿着吧。现在即便住在村里，也没人挖，难得尝到呢。”

“好吧！”千燮一点儿不客气。

趁斗弼忙着收拾沙参的空当儿，千燮拿着锅放了勺大酱煮上猪肉，等肉熟透了，又在汤里搁了把鲜野菜。千夔虽是个大老粗，可自打跟汉族娘们儿过日子，厨房手艺长进了不少。差不多所有猎人，都会在野外做好吃的。千夔在石板上烤肉那是一绝，这手艺也是在野外打猎时练的。待猪肉熟透后，千夔把肉放在切菜板上，切成拳头大小的块，这也是千夔的“特色”。然后再把辣椒酱抹在沙参上，放在火炉上烤，看着让人直流口水。

俩爷们儿也没个桌子，就在菜板上就着熟猪肉和烤沙参，喝起了小酒。

“山上没啥好吃的，抓一把咸盐粒，再有点儿肉腥吃食就妥。再个，熟肉最好切成拳头那么大块，夹一块塞嘴里，满嘴嚼着，那才叫过瘾！”

“好吃，以后得向客人推荐这么个吃法啦。吃的样子也照葫芦画瓢。俺要是在这儿当厨子，客人肯定蜂拥来。”

美美一顿晚餐。他俩大口喝酒、大口吃肉过后，不知不觉天就黑下来了。

“怪事儿啊！达满他们那帮家伙，咋一点儿动静都没有呐？”斗弼上车，正要拉着千夔往南大川走，猛地惦记起来。

“现在都几点啦？可千万别出事儿哟……或者是不是迷路啦？”

“大哥你真是‘咸吃萝卜淡操心’，他们又不是三岁小孩子，自有办法照顾自己，难不成还怕他们不会自己下山？”

说着，斗弼已发动着车子，正要开动，猛然见车前有人影晃动。

“嗯，是他们，下山了。”

待走近车前仔细一看，是朴氏和池姓女子。他们的登山背包都瘪了。早晨装得满满的行李，这会儿都扔哪儿去了呢？这个暂且不说，达满和延姓女子哪儿去啦？

只见紧贴车身走近的两人神色异常。

“十有八九是出事儿了。”千夔嘀咕道。

“咋这么晚才回？是该早点儿下山呐。咋就剩你俩啦？达满呢？”

斗弼和千燮从车上下来。池姓女子已蔫了，一边朴氏却不知为何情绪激昂。

“越过金钱沟时俺们分开的。怎么看他们都像是故意甩开我们的。咋喊他们，都没个回音儿。”

“怎么会呢？那就是说，达满和延姓女子与你们分开了？本以为你们是去了拱针山，这会儿咋又冒出来金钱沟啦？”千燮像是早就猜中了似的，脸上一副不以为然的表情。

“别在这儿傻站着啦，快进屋给俺们说说来龙去脉吧！”

在亮堂堂的灯光下看，朴氏和池姓女子样子狼狈不堪。朴氏大概是弄丢了那顶帅气的登山帽，光着头；池姓女子的登山鞋上沾满了大泥巴，嘴唇干裂着说不出话。早上出发时的欢快样子消失殆尽，双肩无力地耷拉着，看上去灰溜溜的。

照他们说，两伙人是中午分开的，到这时候已经过了挺长时间。

“就算达满是存心要甩掉俺们，不找也罢，可花今（延氏）多冤枉啊，她可是蒙在鼓里，一定要找到她。”“到底出了这么麻烦的事儿。不过，达满为啥偏要甩开你们呀？看样子这其中定是有俺们不知道的吧！再说了，那女子不是叫延花的吗，为啥突然变成了花今啊？”

斗弼和千燮迅速地互相使了个眼色。

“那个以后再慢慢细说吧。”进得这深山老林，假使达满这时候想和同行人分开，其中必有缘故。朴氏到底也没跟斗弼和千燮说实话，说清达满和他们分开的真由头。

“没啥法子找人了吗？”“这样吧，如果你们有啥办法尽管说……我出钱，想啥法子也要帮我们找到花今呐。”池姓女子哀求着。起先那趾高气扬的架势，如今荡然无存，变得十分可笑。

“要说办法嘛，在这深山老林，就算是大白天找人的事儿都是最难的，何况这黑灯瞎火的，上哪儿找啊？问你们个问题，定要照实说。你们究竟为啥进山呐？俺也得知道个原委，才能想办法不是！”千燮有点儿阴阳怪气。

“就说呢，从哪儿说起好呢？”朴氏无奈地搓着手掌，一脸难堪，心里却想着，有道是“虎落平阳被犬欺”，这要在平时，像千燮这样的农村“土老帽”，自己根本都不放在眼里，可如今被逼到了墙角，好汉不吃眼前亏，眼前只有这两人能帮上忙，所以不敢得罪。此时他口气软了下来。

窗外，杜鹃又开始叫了。

“该咋跟你们解释，从哪儿说起呢？真是好难堪！”朴氏瞟了一眼池姓女子。

“俺和达满是在一个赌场上认识的，从那儿交上了朋友。俺原本是在野外架电线的电工，后来因为这样那样的原因不愿干辞掉了。有一次和达满喝酒时，偶尔听他说起是南大川生人。那之后，俺俩更亲了。俺也就跟他说了从祖父那儿听来的故事，拱针山和金钱沟的事儿也跟他讲过。达满也说，金钱沟肯定有宝贝。从那时起，俺就开始准备到这儿来了。”

“这些，俺们也猜到了。”千燮无礼地拦过朴氏的话头儿，插话道。

“俺祖父平时对家父说起过好多次拱针山坑道和金钱沟的故事，俺也是偶尔偷听到的。祖父光复第二年在拱针山发现了被服和弹药仓库，还说过金钱沟有个藏满宝物的地洞。”

“藏宝地洞？说的就是那个石洞吧！”

“应该说地下坑道更合适吧。就是日军撤退时，藏宝物的地下坑道。祖父曾说过，金钱沟的石洞是自然形成的，他怀疑小日本利用那石洞挖了其他要塞。现在，听说北京有专门机构，寻找国内革命战争时期和抗日战争时期及第二次世界大战时藏起来的宝物。”

“嗯，那话俺也听说过。听说那找宝物的机构，甚至还动员民间的人，搞非法集资呢！……好多人都被骗了，受害的多了去了。俺还知道，有个从南大川嫁出去的女子也被骗了呢。”

“现在断定这些人上当受骗还为时过早。俺一定要找到那些宝物。听说已经从海上找出不少宝物了，可到现在，人们在山上还一无所获。”朴氏坚信不移。看样子是深陷其中了。

“那根本就是明晃晃的诈骗！说金钱沟藏宝，你们是亲眼看到了还是咋的？从哪儿听那帮混混瞎忽悠的？……别的先不说，就冲你们专门跑来金钱沟这事儿，都能让人笑掉大牙。达满这小子，这些年就是干这勾当混日子吗？”千燮的嘴巴不依不饶。

“这些连乡下人都不相信的鬼话，你们这帮受过高等教育，见过世面的城里人都这么信以为真，真是太不像话了。”斗弼感叹道，“陷到这种把戏里会上瘾呢，只要是陷进去了，谁的话都听不进去。”

日军败退前，在拱针山的深山老林里挖了山洞，藏了大量的给养和弹药、被服这类，这是事实不假，但说金钱沟藏宝物的故事，看起来就是捕风捉影。

“祖父大人断不能说谎。当时日军抓来大批民工来金钱沟，大搞土方工程。后来，为保守秘密，等工程一完事儿，便把那些民工全给杀了。从拱针要塞发现弹药和被服那些东西后，南大川人们和工作队员们，顺着拱针山山脉，延伸至金钱沟、直背山沟里、野猪谷等，依次搜索过，听说伪装得实在太好了，别说找到入口，就连一点儿痕迹都没找到。所以祖父怀疑过那石洞。如果没藏宝物，那为啥偏偏要伪装得如此不着痕迹呢？”朴氏到底也没改自己的主张。

“很多人也到过金钱沟的周围，都想进石洞里看看。可到现在也没人发现任何痕迹。那个石洞着实危险。”斗弼断定石洞不存在。

“俺可是相信。家祖父他老人家，光复后当过工作队的接待队长，判断力也是相当出众。别看俺揣着明白装糊涂，其实俺对这里的地形相当熟。去年，俺还偷偷来过呢。那次，俺连拱针山山顶上的地洞都进去看过了。俺敢保证，就是那个石洞。俺一直在推测，驻屯在汪清的日本鬼子，遭到苏联红军突然袭击，这地方离得近，所以肯定在这里的某个地方藏起了宝物。要不，金钱沟的名儿，是无缘无故来的吗？”朴氏这番话，说得神神叨叨的，搞得斗弼和千燮一时竟无言以对。

“达满比俺还信呢。此行也是达满一直缠着要来的。”朴氏对达满参与非法集资、诈骗好多钱的事儿，闭口不谈。

金钱沟的石洞？已经用推土机给推平了呀，连毛儿都没剩下。真要是像朴氏说的那样，还真是麻烦大了。

“嘿呀，大哥你咋也变得半信半疑了？你当小日本是傻瓜呢？哪能把宝物藏在这么荒凉的山沟呀？”千燮冷笑一声。

“果真那样，在山上和达满走散这事肯定是事出有因呗。”

“俺也想往好处理解，但做不到。所以才正发愁呢。昨天在金钱沟，俺怀疑达满是不是发现了俺没看见的东西，想故意瞒住俺呢！”朴氏坚信不移。

“咋能乱说？人再怎么贪，也不能……别瞎乱猜了。咱们现在最该担心的是，他们该不是饿晕倒在哪儿了吧。上山是有讲究的，第一个就是不能饿着也不能受风寒。冬天在山上迷路再受风寒，只有死路一条。”

“俺也不太知道。不管三七二十一要把事儿都抖搂出来。俺现在也没主意了。”

“横竖先回去歇着吧。明天再想招儿。”斗弼含糊着安慰他们。

“你们在哪儿分开的，地点大概记得不？”

“不太知道，山和山都差不多，根本分不清哪个是哪个。”

待他们回房休息，斗弼安排他们先吃晚饭。可能心焦没啥食欲吧，他们象征性地吃了几口便下了饭桌。看来确实吓着了。

“达满可别出啥事儿啊……”朴氏和池姓女子走后，斗弼一脸担心地自言自语。

“大哥真是瞎操心。你咋还轻信城里几个愣头青的话呢？达满是啥样的人精啊，还能丢喽？”千燮哼了一声。然而，斗弼的心却一直放不下来。若是自己的山上出了失踪事故，作为主人怎么也得负道义上的责任。

“你在这儿多住一宿吧。看样子咋也得要你帮忙了。”斗弼一边挽留着千燮，一边走到门外将车的火熄掉，之后回屋。

“中，反正回去也是闲着。”千燮爽快地应承。

深山老林的6月1日晚，夜色阴凉凉的，越来越浓。杜鹃依然叫个不停。

6

不知不觉间，斗弼和千燮处在了无法眼睁睁看着他们遭遇不测而袖手旁观的境地。如果斗弼是因为山林主人角度，责任感为先的话，那千燮则是因拿了人家的钱，在道义上无法坐视不管。再者达满好歹也是南大川老乡。

“这挨千刀的，活得久了果然啥事儿都能见到，该不是饿晕在哪里了吧？多亏不是冬天，还不至于冻死吧！”千燮躺在铺上骂道。

第二天，斗弼早早起床，绕着池塘周边的简易休息亭，和空地上临时支起的帐篷挨个转，把达满和延姓女子的特征告诉那些采山菜的人，还拜托她们若是在山里碰见那俩人，定要先给他们吃食、好好照看。那帮小媳妇和老妇人听了俩人失踪的事儿，虽“啧啧”地咂着舌，却看不出些许挂念的神色。也难怪，这里边有不知姓甚名谁的成分，并且深山密林迷路、在露天里过一宿的情况也多了去了。

朴氏和池姓女子可能一宿都没睡好，早起脸上浮肿，眼底满是倦意。也是，任谁碰见这事儿，能四平八稳睡大觉才怪呢。斗弼硬逼着他们吃了点儿早饭，说空着肚子没法子钻深山老林。

吃完早饭，斗弼硬是拽上不情不愿的千夔，让朴氏和池姓女子前头带路，顺着他们昨天的来路，朝金钱沟一路寻去。

历经数万年岁月，落叶成了厚厚的腐殖土，脚踩上面软软的，深一脚浅一脚。红松、椴树、鱼鳞云杉簇拥而生，遮云蔽日，真所谓传说中的古色苍然的处女地。

还没走出多远，朴氏和池姓女子便迷了路，根本分辨不出昨日经过的路口。对二人反正也没寄多大希望，自然也没啥可失望的。换斗弼站到了前头领路。“要想进金钱沟，得翻过山脊，下到钓鱼沟才行呢。”斗弼自说自话。

都说大海寻针，他们几个此时倒像是在茫茫山野里寻着针。

斗弼用木枝子敲几下树干，便“呃依——呃依——”驴叫似的尖声呼喊，每每引来四处清脆的回应声，却都是采山菜的媳妇儿们。斗弼和朴氏一边紧着敲树干，千夔却无动于衷。

到了中午时分，一行人不觉间到了钓鱼沟，斗弼的老丈人和老丈母娘在那儿围起苫布养着蜂。斗弼老丈人也可能平生隐居山林养蜂之故，年届八十高龄，身子骨依然硬朗，走路跟一阵风似的。

他们在苫棚里得到了意外的消息。斗弼老丈人听他们说要过金钱沟找人，便说起，昨晚曾有一对男女在自己的苫棚留宿了一宿，今早借了铁锹和镐头进山去了。听得他们衣着长相描述，断定就是达满和延氏（花今）。老人还指给他们看那两人留在苫棚里的一些类似铁管子的工具。的确是他们正要找的达满二人。可他们为啥要借铁锹和镐呢？既然找到了人，他们暂且放下心来，便准备吃带去的午饭。吃着饭，他们又得到更多的消息。老人说，那对男女兴奋到不行，一整晚都不睡说着悄悄话。二人扛着锹和镐离开时，还请老人为他们准备了估摸够吃两顿的饭带着上路的。老人为了证明自己说的都是真话，还掏出两百元钱给斗粥他们看，说是两人付给自己的食宿费。这么说，他们两个既没饿着，也没晕。

“我就说嘛，大哥你是白操心，这趟白跑了吧。吃过午饭赶紧打道回府！”千夔在旁唠叨，斗粥心里却打着别的算盘。兴奋了一晚上？嘀咕了整宿？那他两个兴奋点是啥？理由又是啥？为啥带了两顿饭走的？他俩到底去哪儿了？这些解不开的疑团在斗粥的脑袋里直打转。

若像朴氏所怀疑的那样，达满是故意从别的路溜走的，难道是他发现了什么、想要独吞？不管咋样，那两人带着锹和镐最让人心里堵得慌。山里哪儿用得上那些工具呢？分明是在找东西，没错！想到这儿，朴氏竟有些兴奋。

俗语说，偷欢和偷窃夜深不知归处，在密林深处不知日上三竿。斗粥他们几个正在苫棚里津津有味地吃着午饭，忽听得‘轰隆隆——哗啦啦！”一声巨响，爆炸声带着长长的余音传来。四人差不多同时惊得一激灵，腾地站了起来。这是打哪儿传来的爆炸声？！他们都竖起耳朵再仔细听，辨别着方向，可声音再没有响起。

沉浸在寂静之中的山谷，只听得见风掠过刚刚萌芽的树梢的沙沙声。

“刚才的爆炸声到底是哪个方向传来的？”“就说呢。这声音带着回响，真分不清东西南北呐。”听着斗粥的问话，千夔眨巴着眼，说不出个子午卯酉，“我说大哥，山里声音哪有个方向啊？”

可斗粥，对山里的一切动静一刻也不能放松警惕。这季节，仍是森林防火的危险期。虽说草已绿了，可草底下那干干的落叶依然似火药。深山密林，火灾是最可怕的。

“听着像西边金钱沟方向哟！今年开春，你修新路的时候，为拔掉大树根，爆破的时候发出的就是这样的声儿呐！”斗粥老丈人插话道。

“金钱沟？应该是那边儿。咱们听到的回声，应该是从西边响起的爆炸声，撞到钓鱼沟的山顶后折过来的。”千燮也肯定地说。

“那咱们可别在这儿磨叽了。”斗弼急忙起身。爆炸能引起火灾。对他来说，火灾无异于烧钱。况且，毫无来由响起的轰鸣声，不知为啥让他心慌。哪个家伙没得到主人应允，竟敢进山来点炸药包？

“抓着可别轻饶。没经主人，咋能随便到个人承包的山上来抓蛤蟆呐？”斗弼老丈人以为是有人使炸药抓水泡子里成群的蛤蟆，或虹鳟鱼呢。

“这都到6月了，也不是抓蛤蟆的季节呀！”斗弼纠正自己老丈人。

斗弼和千燮顺着山沟往上走，越过西边的山脊，下了个斜度不是很陡的坡儿，便看到斗弼早春刚修好的山路。路上铺着粗砂，宽窄也就将巴儿地够跑一辆车。

“这条路从前也没见过呀？是通哪儿的？”

“通金钱沟。今年春上，地一化冻就开修了。”

“这就是大哥‘砸’了八万块钱修的那条路吧？”

“对，在这儿我卖上三十万（元）的木材，才能抽回本钱，兴许还能挣点儿。”

“且慢！俺可能猜出咋回事儿了！”千燮猛然间醒悟过来似的，一脸得意，“大哥，顺着这条路走，就能找到刚才爆炸的地儿了。快走，看看去！”

“你说的是啥意思？”

“去看就知道了。看来达满借走锹和镐不是平白无故的呀！是大哥你修的这条路惹出来的事儿。”千燮人虽是大老粗、硬撅撅的，脑瓜子转得可够快。斗弼和另两人还是丈二和尚摸不着头脑，也只好跟在千燮后头走。

“再问一个事儿，这条道是在老路上扩修的吗？”

“大部分是在老路基上修的，碰到弯路给取直了。本来的路修得实在怪：下边那段都没了一点儿痕迹，沟里往上这段虽有老路，可也成了一段一段的，俺们就把折了的地方给扩了。”

“若是俺没猜错的话，就是因为把弯路给修直了，才出的乱子。”

“你的话，俺咋一句都听不懂呢！”

“这个嘛，肯定没错，到地方就都明白了！”

斗弼对千燮卖的关子，满心疑惑：“新修的路咋还能惹出事呐？”

“是不是因为修路的时候填平了石洞？唉，那事儿昨天不都说了嘛！”

“这么说，是修路时，动了石洞的意思喽？”朴氏问千燮。

“你这小子脑瓜够用！”朴氏知道千燮葫芦里卖的什么药。

“都到这份儿上了，还有啥可瞒着的。事实上，和达满他们走散，是俺们两个先打算甩掉他们的，之前也没想到事情变得这么严重……”

“真不理解你为啥到了现在才说出来。你们四个既然一块儿上山来，就该生死与共才是道理吧？”头脑简单的千燮瞪眼瞅着朴氏。

“都怪那娘们儿说腿疼、累得走不动道儿了……俺俩一整天都在树底下睡觉来着。”

“在树底下睡觉？原来如此哦！”斗弼一副恍然大悟的表情，捅了一下千燮，使眼色叫他别再往下问了。

俩爷们儿领着俩娘们儿来深山老林，这事儿本身就够有意思的，还问啥呀？很可能上山之前，朴氏和池姓女子、达满和延氏（花今）早就出双入对了。

“呃——，还有一件事瞒了你们。实际那姓延的女人，也是南大川生人。”朴氏这又抖搂了一个秘密。斗弼和千燮听了，都忘了该急着赶路，不约而同停住了脚步。他们就像剥洋葱似的，把一直瞒着大伙儿的事儿一件一件地往外抖搂。

“其实吧，来这儿第一天就该和你们说的，花今怕羞，不让俺们说破，俺们也就一直闭了嘴。”

“她是南大川人，俺们咋不知道她呢？”

“花今她不姓‘延’，实际姓‘文’，听说她爹在南大川集体户的时候，因着乱搞男女关系，还进过监狱。”

进监狱？谁呢？斗弼还在那儿蒙着，千燮已张口：“说没说过叫文大成啊？”

“对，对，说是名号叫大成。”

斗弼一脸难以置信，说：“怎么可能呐？就算是文大成，哪有那么大个闺女呀？”

“你可真逗，大哥，就寻思你老哥年龄见长啊？那个文大成都去世好几十年了，要是有孩子，可不是就那么大了呀！”

斗弼听了，慨叹道：“可不是呢，文大成当年也算南大川的一个人物啊，就那么点儿破事儿，没承想抓倒霉的，第一个进了监狱吃牢饭，可怜见儿。那她娘就是那当幼儿园老师的红玉吧，后来家搬到黑龙江海林那边去了……”斗弼和千燮竟一时忘了爆炸声那码子事儿了。

“嘿，大哥，咱可没时间在这唠闲嗑、磨唧了。快，咱得麻溜（赶紧）下山了。”这次是千燮急着动身。

据说，金钱沟自光绪二十五年（1899）发现沙金后，清朝末年起，内地的氓流们便纷纷来采金。日占时期，日本人参与进来，进行掠夺式开采，使这里变成了废矿。如今，山野已被绿色所覆盖，再难见到废矿的踪迹。淘洗沙金的碧绿溪水因水源枯竭，露底儿成了山谷，被居住近处的人们逐渐淡忘。

一行人沿着新修的路下到了半山腰，抬头见空中盘旋着一群乌鸦。

“哪儿来这么多的乌鸦啊？有点儿不对劲儿呀！”斗弼和千燮一发现空中盘旋着的乌鸦，二人竟像约好了似的，一齐忙不迭连滚带爬地下了山坡。

“快走！”跑在前面的俩男人，让朴氏和池姓女子不明所以，手忙脚乱地跟在后头。

7

“哎呀……我的妈呀！……咋会这样？……”

眼前，是一个残酷至极的现场。这现场，惨不忍睹！

坚固的混凝土建筑物已炸得稀巴烂。

达满的尸身没了形，被撕扯成了碎片，有的散落在路面上，有的挂在了树枝上。

一行几个人急急忙忙突然闯入，惊得乌鸦群一哄而起。

路面和近旁的树丛几乎被殷红的血浸透了。

离混凝土建筑物稍远些的地上，延氏，不，是文花今倒在血泊里，身上还汩汩地冒着血。

池姓女子上前认出了是文花今的那瞬间，便发出一声凄惨的尖叫。

“不，不……不……”

她嘴里重复着不是文花今的“不”字，“咕咚”一声，晕倒在地上。朴氏双腿一软，也瘫在了路边儿。

哇呀——哇呀——

那群乌鸦盘旋着，不肯散去。

面对这现场，不知从哪儿下手、怎么动手去收拾；面对这现场，即便胆子再大，也会浑身起鸡皮疙瘩。

斗弼和千燮惊得后退了几步。

“今年 4 月修路，用推土机挖石洞的时候，碰到了混凝土结构的东西。施工队的工人们还奇怪，这深山老林里咋还有混凝土建筑物，不知道咋处理来着。俺猜到有可能是光复前日本人和苏联人交战时，建的秘密通道啥的，也就没往深了想，让他们避开算了。那时，要是硬往里挖的话，没准儿就会发生今天这惨象了。下山时，俺还纳闷儿呢，你为啥问起这条新修的路，如今，俺知道为啥了。”

“那，这么说，当年小日本儿把石洞当成隐蔽所，在石洞里另修了秘密要塞，又在入口处安了爆炸装置，这个说法是真的喽！真是这样的话，里边儿藏着啥东西，是肯定的啦！”

“也许真是那样吧！”

推土机毁掉石洞时，使日军处心积虑伪装并封好的要塞入口暴露出来。恰好达满发现了那入口，可他并不知那里埋了炸药，用自带的工具引爆了炸药。打头阵的达满瞬间被威力强大的炸药炸得血肉横飞。

推理起来，大致就是这么个过程。

光复前，日军败退时设置的易燃爆炸物，经过了半个多世纪，依然有如此大的威力，简直是不可思议！

“这回，咱该咋办？”

“这么大的事故，咱可不能随便处理。这么着，你顺着原路返回到六道沟，到镇政府报案。这种事儿，必须是政府出面才行。”

“那大哥你干啥？”

“俺得在这儿守着现场啊，还得照顾身旁这俩人。”

“好嘞，知道了。”

千燮顺着来路，翻过山岗，向六道沟飞奔而去。

轰动远近的“六二事件”（因为事件发生在6月2日，所以这么叫的）始末大致如此。

南大川的后人们，往往为了掩人耳目而故意放烟幕弹，装作找拱针山地下要塞，实际是虎视眈眈冲着金钱沟去的，这次突然遭遇了飞来横祸，而达满不幸成了这桩悲剧的主人公。

正如人们所猜测的，从“宝物坑道”里，发掘出来大量的被服类和各种弹药。这些物品，历经整整半个世纪，依然溜光锃亮保留着崭新的原样。虽然也有发现货币和金制品的说法，可是发掘这些东西时周围封锁严密，谁都无法考证真伪。

日军利用自然形成的洞穴进行伪装，使人难以发现，之后重新在里边建要塞。过了半个多世纪，这才偶然间被发现。

斗弼他爹和老丈人从六道沟赶过来，将达满和文在今的尸体草草收拾了一下，交给了二人的家属。

“六二事件”的悲剧，从某种意义上来讲，也许并非偶然。

南大川人已不再计较达满为人处世如何，都说这孩子年龄太可惜了，对他的死感到哀伤。

如果说地下要塞是战争残余的话，那么藏在那里半世纪之久的物品，也同样隐含着暴力性。

直到盛夏才披上绿袍子的拱针山，坚定不移地证明着标注“971”的海拔高度，一如从前。然而，以“九七一高地”命名的拱针山，随着时间再往前走过半世纪，谁又敢保证类似“六二”的惨案不再发生呢？！

打谷场

——南大川人的故事（9）

1

对我来说，南大川有两家亲戚：一家是和我同姓的崔千夔；另外一家是文大成。

说是亲戚，其实真要论起来，这两家离我如“亲家的八寸”那么远。若说崔千夔算是俺爹那头的亲戚，文大成叔则算俺娘的娘家那片亲戚。偏要抠小字眼儿论辈分，文大成的爷爷和俺姥爷是姨表“六寸”兄弟。还要继续往下刨根问底地论起来，俺和文大成叔是姨表“十二寸”，俺俩的关系是完全可把他当成是外人谈婚论嫁的程度。然而，家族里的规矩却严格得让人生畏，别看平时老死不相往来，每每遇红白喜事儿，倒是一定要聚聚的。

想来想去，这些只能解释成“格楞子”。

童年的故事，现在回忆起来也不怎么记得清了，奇怪的倒是一些鸡毛蒜皮的家长里短，反倒清清楚楚地留在记忆里。现在不知身居何处的那些哥、姐、叔、伯，纷纷挤进来成了我文学故事里的主人公，想来觉着挺奇妙。那些近密一点儿的亲戚则更不用说了。也许正因为如此，我至今都记得文大成叔和他爹文队长，写下了下面这些文字的吧。

假如有人问我，对南大川记忆最深的地方是哪里？我会张口就答："打谷场。"确切点儿说，是第二生产小队的打谷场，就是那只要庄稼脱粒一结束便立马变得空荡荡、啥设备都没了的打谷场；就是那只剩下猪和牛犊子闲溜达着拱草垛的打谷场。那年月，农村的末端生产单位——各生产小队（现在的村民小组）都有各自的打谷场。

城市和农村是不对称关系。这种不对称往往体现在可以分享人类情感的公共场所和生产场所。城市里的公园，是人们刻意打造的游乐场所，而乡下的打谷场则是生产性场所。在城市的公园里，恋人们会坐在长椅上喁喁细语谈情说爱，而在乡下的打谷场上堆起的稻草垛子里，时而悄悄上演着男欢女爱。

我试图抓住公园和打谷场都给人们提供情感交融场所的这个共同点，硬往一块儿东拼西凑，找出二者对称的笼统概念，又猛然感觉自己不小心成了"思想飞跃"的老手似的，心里竟感觉有些不舒服。

上世纪，听说城里有过这种事儿：青春年少的男女在公园约会谈恋爱，被工人纠察队（70年代末80年代初，以维持社会治安为名，成立的非正规组织的名称）给抓住，而遭受人格污辱；无独有偶，乡下打谷场的稻草垛子里幽会的青年男女，也曾被抓住而毁了"清白"，遭到周围人的唾弃和白眼儿，在世俗的眼光下难以自由呼吸。

南大川村西头儿，原来有一个第二生产小队的打谷场，实行生产承包责任制后，随着生产队解散而销声匿迹了。即便如此，我心里那破旧的打谷场始终挥之不去，至今仍像一幅忧郁的老黑白照片，刻在脑海深处。

延边这片狭小的地域，各地的生活用语（朝鲜语）还有诸多的差异，打谷场也是这样。南大川人爱把碾米厂叫成"囤米间"，把小溪叫成"河沟"，稻场说成是"打谷场"。"打谷场"不是土话，实属传统文化用语，如果更确切地解释，应当是在田中间开辟出来的简陋稻场，是“关北话”（关北，位于朝鲜咸镜北道）。

为啥会出现这样的名称呢？在过去缺乏运输工具、也没有公用地皮的情况下，若是水田，农夫们会挑四五根像粗椽子那么结实的木头，横放在水田地中央，把稻子往上头摔，把稻穗抖落下来，这叫“打谷”；要是旱田，他们会把田头大致给铲平，用连枷敲打，把谷粒给敲落下来，通常把这种地方叫作“打谷场”。从旧时流传下来，直到生产队时期，一直都这么叫。

“打谷场”的“力学性”变化，是从需要人体力的连枷开始，之后出现用脚踩来转动的脱粒机，后又有了重油发动机，以及靠电力发动机传输动力的脱谷机等陆续出现，接续下来。

我的童年时期，恰是连枷和脚踩传动的脱粒机已逐步消失，向重油发动机制动的脱粒机过渡的时候。如果有人问我，为啥对这种主要生产劳动场所记得这么清？这是因为，打谷场不仅是俺小时候玩耍的场所，还因为文大成叔操作的发动机，是继电影放映机之后，俺们乡下孩子第一次接触到的机械吧。

现在看来，那发动机，似乎是20世纪初中华民国时期的遗物，惯性轮特别大，直径达两米左右，而且为了对称，左右各配一个。发动时，会使用机器的文大成叔便操纵冲气机的开关，在惯性轮上缠上绳索，还要十多名青壮年抓住绳索一齐用力拉才行。那笨重的发动机，费一番劲儿发动着后，就会发出“轰隆隆——铛，轰隆隆——铛”足以震碎耳膜的巨大响声，且带着刺耳的金属摩擦声。那时对这些根本不管不顾，也没怎么觉得听着不舒服。就在这些噪声里，文大成叔高喊着：“来吧，拿出精神头儿铆劲儿干呐！”便带着头干。

四季变换，在南大川的山脚下，抑或是田地里，总有一帮跑来跑去的半大小子。俺们爱钻到打谷场兴冲冲地看热闹，爱看文大成叔操纵机器开关，还有青年们拽绳索发动的场面。俺们还常常像是给那“轰隆隆——铛，轰隆隆——铛”伴奏似的，得意洋洋地跟着唱唱咧咧。那时，会操纵电机开关的文大成叔，在俺们眼里咋那么伟大呐！俺还发过誓，长大也要像文大成叔那样操纵电机开关，那梦想又是多么神圣呀！

打谷场的边儿上有个干燥室。每到夏天，媳妇们便会往草绳子上绑青色的烟叶子。俺们就在那草绳之间跑来跑去，拿桦树条子抽打抓大水“蚂螂”（一种大蜻蜓）玩。俺们扒出高粱秆里的白瓤子，扎成小巧玲珑的板儿车，用线绳歪扭地拴在大“蚂螂”的尾巴上，玩“蚂螂”拉板车跑的游戏。

这时候，胳臂上抱着一大捆青烟叶的文大成叔便冲俺们喊：“小家伙们，快走开上仓库玩去！”一边吓唬着，一边撵小鸡崽儿似的“噢是，噢是”地轰着俺这帮“淘气包子”。可俺们能看得出文大成叔脸上那藏不住的调皮样子，小伙伴们嬉皮笑脸地装出逃走的样子，再偷偷地钻回打谷场。

打谷场不只是生产劳动之地，也是村里的“公共场所”。这块空地，随着季节变换，也会换主人，接连不断上演可笑的“绝版情景剧”。到了8月，大麦开始脱粒。俺们这帮“淘气包子”在打谷场上耍，身上沾满麦麸子，钻进衣服里，肉皮刺刺挠挠的，遭不少洋罪。可俺也根本不在乎，照样天天往打谷场钻。之后11月左右，稻子和大豆开始脱粒。这时，文大成叔便指挥胳膊上戴着套袖、和他差不多的青年们一起干活。待到脱粒结束的一段时间，打谷场上就有一帮妇女，穿着家里掌柜的旧外套和屁股上补丁摞补丁的旧裤子，顾不上寒冷的西北风刮得脸灰溜溜的，翻谷草垛捡谷粒。再往后，生产队的牛圈放出来的牛犊子和猪成群地围过来，在打谷场上的草垛里乱翻一气儿。待到大冬天，打谷场上啥吃头都没了，连牲口都不屑一顾时，偷摸儿看对眼儿的青年男女们，便来这儿谈“地下”恋爱，打谷场便成了他们的天下。他们吃着狗粮似的

“锅贴儿”（玉米面干粮），穿着破旧衣服，青春的活力依然绽放如花。

南大川的青春男女们，夜晚偷偷地摸进黄烟干燥室约会时，被老养牛汉吭吭的咳嗽声给惊得够呛，跑到打谷场边的稻草堆，薅出稻草捆儿，围成个窝棚，然后钻到里边，黑灯瞎火的，不顾严寒，享受爱的甜蜜。到了炎炎夏日，乡下的姑娘小伙儿爱钻绿叶繁茂的苞米地里，或是大麦田里，猫在一块儿约会，可大冬天山野到处都是白雪皑皑的，只能上打谷场钻草垛子。

不过奇怪的是，男女幽会不知怎的总会被人撞见，人们便哧哧笑着传起了闲话，南大川第一个被“抓”的是文大成叔，不小心成了可怜的事主儿。

文大成叔——是延边乡下人不太用的好听称呼。在韩国，凡是男人转圈都叫“阿兹希”（叔叔），延边话对应称呼是听起来很“冲”的“阿兹爸依”。韩国语“阿兹希”的卑称是“阿在”，在延边“阿在”则是用来叫姨母、姑母的。

“臭小子们，叫啥‘阿兹希’啊？听起来怪别扭的！叫大哥不就结了？……再不干脆叫‘阿兹爸依’！”

俺们一叫文大成“叔”，和他年龄差不多的青年们便表现出强烈的不满。俺亲叔和文大成叔是好朋友，也骂俺，阿兹希啥该死的阿兹希啊？论辈分就是兄弟咧，可每每碰见文大成，他总是强迫俺这帮半大小子一定得叫他“叔”。甚至也不许俺叫他“哥”。日子久了，文大成莫名其妙地真成了村里半大小子们的“叔”。

现在想来，当时的文大成不满三十岁，还是个风华正茂的青年民兵连长，民兵训练时，常常把南大川的年轻人聚起来排成队列，“立正、稍息”地喊口令。这帮民兵清一色儿背着让俺们艳羡的“六四”式冲锋枪，个个都是俺们的“偶像”。

文大成叔在自己浸透汗水的打谷场上，因偷着谈恋爱毁了自己的人生，而败落成背时运的悲剧主人公……他进监狱的那阵儿，应该是20世纪70年代初，俺那时是小学三年级的学生，到了懵懂初开的年纪，偷听大人之间悄悄嘀咕，大约知道了文大成叔为啥进的监狱。

20世纪50年代中期到70年代末，大约二十五年期间（也有二十七年间的说法），约有一千七百七十万名左右的知识青年下乡，到了农村。这数字差不多相当于欧洲芬兰一个国家的人口数。当时的知识青年，年龄大都在十七至十九岁之间。进驻到延边的下乡知识青年数，随着1969年上海知青们的到来而达到了最高潮。其中要数上海知青人数最多，足有三万名之多。

当时，南大川也进驻了四十多名上海知青，分成几个组下到每个生产小队。那时候，这帮知青统一被安排住在一栋房子里，叫作“集体户”。这些知青从小生活在大城市里，对农村简直是一无所知，假如有人对他们说，“黄豆是大树上结的”，他们都会点头称“是”。他们长在地处亚热带温暖的上海，自打小时候起便只熟识高层建筑，来到东北，一到冬天，在檀木能都给冻裂的严寒里，穿着统一发的军绿色厚棉袄，咿呀作语：“撒宁？阿拉撒海宁。”（谁呀？咱们是上海人）他们还悲切地唱：“远飞的大雁啊，请把我的书信捎回去。”这帮孩子思念远在上海亲人的样子，至今都浮现眼前。

从文化角度分析，上海话是“吴语方言”，有时也取上海的简称“沪”字，故也称“沪语”。讲一口“沪语”的上海知青们，到南大川来下乡后，刚开始，他们说这里家家户户腌的辣白菜好吃，便随心所欲地从人家菜窖里往外“拿”，还“偷袭”社员（村民）家的鸡窝，抓人家的鸡，偷偷给杀了吃肉。在老百姓看来，这虽是“合伙偷吃”的恶作剧，可当时在南大川，民间“盗贼”的说法已不知不觉地销声匿迹，他们只把知青看作“小蟊贼”。谁知后来这帮“小蟊贼”胆子越来越大，甚至敢把村里称得上“财产”的狗给偷走，毫不含糊地给杀了吃掉。他们喝了酒，常常爱打群架，弄得鸡飞狗跳，大致都是“女人惹的祸”。

政府的官方称呼虽是“知青”（知识青年），南大川人嘴里却统统喊他们“上海小毛孩儿”。这帮知青从一开始，因生活方式上的差异，难免和南大川人产生嫌隙。可当时凉水人民公社（乡、镇政府）设有保护“知青”利益的专门机构“五七”办公室，弄得谁都不敢“惹”他们。偶尔南大川的返乡知识青年（农民出身）和“知青”打群架，“五七办”绝对是不分青红皂白向着知青。

政府方面的惯例里，当时曾有过“本地青年不准随意和上海知青谈恋爱”的禁止事项。那个时期延边的所有村庄，肯定都发生过违反这条“禁令”的“事件”，结果几乎都是以“悲剧”告终的。

如果说，青年男女之间的美丽爱情，那段时期曾受过政府约束，谁能相信？

南大川的文大成叔与温柔的上海女知青暗生情愫，成了第一个悲剧的“主人公”。

文大成叔自当上第二生产队集体户户长起，便与香姐一见钟情。乡下人把恋爱中的男女偷尝禁果，惯用“睡了”这么简单的话来表示。话虽糙了些、太直白，却没有别的比这更能直接反映事物本质的通俗语了。

文大成叔竟敢睡人家上海女知青？！那时候，南大川人除了把上海知青叫作“上海小毛孩儿”之外，还简称为“上知孩儿”。我那时年龄小，虽不知“把上知孩儿给睡了”这话具体啥意思，也稍稍明白“做了不该做的丑事”这程度。未承想，后来事态发展竟相当严重。

和文大成叔暗通款曲的香姐，在俺们这帮半大小子眼里，也是那么漂亮。而南大川那些穿着膝盖鼓包、屁股打补丁的大棉裤，衣着寒酸的姑娘，则根本无法往人家跟前儿站。

南大川人都说，“上海小毛孩儿”当中，香姐是长得最好看的一个。

只要她走过，男人们便情不自禁地回头，斜眼儿偷瞄人家的屁股。香姐在舞剧《白毛女》中扮演喜儿，那芭蕾舞跳得美极了（当时也不知道那种舞叫“芭蕾”）。南大川人直到那时才知道，世上还有芭蕾舞这个舞蹈艺术种类。这帮乡下人惊异于跳舞的人如何能竖起脚尖，腿绷得跟木匠尺子似的那么直，跳出来的那舞棱角分明。他们猜那芭蕾舞鞋的脚尖，定是如铁匠铺子钉牛掌似的钉了铁掌的。

香姐的脸儿，如白纸一样雪白，一笑腮边俩酒涡若隐若现。她是女人们嫉妒的对象，是男人们追逐的目标。和香姐一起下乡的男知青之间，也有众多“情敌”，为了她争风吃醋，有时竟然抡斧子干仗。

香姐穿短裙抬腿跳舞劈叉时，俺们这帮半大小子，光天化日之下，敢把脑袋杵地上，争相偷看她裙下那隐秘的“地方”。被大人赶着骂臭不要脸，有时还被大人捉住狠扇后脑勺。

香姐铜墙铁壁般保护的那金贵“部位”，绝不随意满足俺们这帮调皮鬼和那些不怀好意的老爷们儿。可每当那女子跳舞时，这帮小子仍像狗皮膏药似的赖在那儿，照旧把脑袋往地上杵。“臭小子们，你们这是成何体统！”不管大人们怎么呵斥，俺们根本不在乎，依然乐此不疲。

文大成叔当年就是和这么美的姑娘在打谷场上偷偷摸摸地谈恋爱的。起初，人们私底下闲话，说大成叔每晚都去打谷场的稻草垛和香姐幽会。正当这闲话在村里一传十、十传百地传开时，村里又爆出了天大的“丑闻”：香姐怀了孩子。

到现在，我也不知道“香姐”到底姓啥，真名是啥。

“大成这家伙，这是走了桃花运是咋的？图一时痛快，可想过事后咋收场咩？如今是啥年月儿，他胆儿也忒大哟。”

村里的年长者大都担心这些现实问题，年轻后生说法却不一样：“这辈子能遇着香姐这样的女人，哪怕拉一下手，就算当场死掉也值啊！大成可真是艳福不浅呐！”一时间，南大川整个村子，都在津津乐道两人的风流韵事，个个眼热得要死。

无论如何，大成注定是逃不过这一劫了……

现在看来，文大成叔长得既不是美男子，个子也不高，普通个头儿，脸盘儿也没啥出奇的。若是硬要挑出他哪儿长得俊，除了那双大而有神的眼睛，还真找不出啥特别之处。一句话，就是个普普通通的农村小伙儿而已。就这么个条件，他居然得到了南大川第一大美人——香姐那份浓烈的爱情。

现在看来，大成叔的才干，一个是大伙儿公认的能言善道的口才，还有一个就是他的勇气，能轻松把周边人攥在手心儿呼来喝去的组织能力，再加上他拉得一手漂亮的手风琴。当时，村里人更习惯用不太准确的外来语，管手风琴叫“阿考迪恩”。

文大成叔拉手风琴的水平不次于专业琴师。当他的手指在键盘上飞舞时，周围所有人都着迷而入神地看他。每当夏天的夜晚，文大成用手风琴拉当时流行曲，如《延边牧歌》《漫步在故乡的山峦》等，引得南大川所有姑娘们心旌荡漾。只要大成叔拉起《北风那个吹》，香姐便总是欢快地跳起舞剧《白毛女》选段，

那个时期，村部仍是50年代食堂化时期用作集体食堂的旧日式建筑，仍有一块破牌子挂在墙上，上面用油墨七扭八歪地写着“大队革命委员会”。那时也没个舞台，就在大队革委会门前的空地上，树起一根木头桩子，在顶端拴个一百瓦的大灯泡，就算是“舞台”了。一到演出时，香姐穿着一条当时俺们乡下见都没见过的超短裙，也不在乎一帮半大小子脑袋贴着地偷瞄裙底儿的视线，高高抬腿，欢快地跳起芭蕾舞。文大成叔呢，在蚊子“小咬儿”乱飞的电灯下，卖力地拉手风琴。

男女之间的爱情往往没啥特别的缘由可讲。现在看来，仅仅因为这样的“文娱”活动，两个男女便单纯地相互喜欢上了对方，萌生了爱情。南大川有句老话：男女面对面坐在一张桌上吃百年的饭，不会动

情，跳上十分钟的舞，却能立马看对眼儿。现在看来，粗鲁的乡下人有时对男女的爱情“力学”关系，看得比旁人更透亮。

村里人的担忧终于变成了现实。

那年的秋天，文大成叔正在二小队的打谷场上的脱粒机前，帅气地扎稻草捆儿，突然间被身穿白色公安服的公社保卫组（现在的边防公安派出所）的人，扣上手铐带走了。他被逮捕，是因为牵扯进头一天打群架的事。当时，上海知青里有一个叫常宝的，是周边上海知青的头头儿。常宝表面看上去，戴着个眼镜，举止相当斯文，可实际上他把所有的知青都统统抓在手心里，当知青的“山大王”。就连动不动抡斧子打仗砍人的知青王杰，在常宝面前也温顺得像羊羔。文大成叔和常宝因为“争”香姐打起了架。上海知青那边合起伙来“助阵”，帮自己的头头儿，这边南大川的回乡知青和文大成的朋友也加入，两人打仗变成了两边“混战”的群架。

原本对“伺候”那帮上海知青腻烦透了的南大川青年们，趁此机会争先恐后参与打架，以致后来演变成了大的群殴事件。打架时，上海知青们吃了大亏，个个被打得鼻青脸肿、血肉模糊，特别是常宝，被揍得口鼻蹿血，倒在地上。

真是吃了豹子胆！哪个竟敢打上海知青？……

结果，公社“五七办”派人下来追查，事态弄得越来越大。

他们查来查去，细究打群架的起因，掌握了关于文大成叔和香姐的重要线索。这样一来，他们两个谈恋爱的事儿，便全暴露在了光天化日之下。“五七办”接到汇报后，公社保卫组随即不由分说地来村里，逮捕了大成叔。

那时，村里人个个都咂着舌头骂：“可惜了哇，这么个棒小伙儿就给毁了哟！”都说肯定是香姐那个狐狸精先摇着尾巴勾引的大成。对乡下人来说，出了这种事儿，惯常都责骂是女方先“发的骚”。

“定是那叫香姐还是臭姐的娘们儿，整天晚上穿短裙子撩骚，勾引咱大成的。”“可不是，男人嘛，还不都跟个公狗似的，眼前有白净俊俏的狐狸精抛媚眼，立马两眼发直流口水呗，就算前面有逮野猪的陷阱，也不管不顾傻傻地往前冲呐！”

南大川从一开始就是不分青红皂白唾骂香姐的气氛。

“解放以后，咱南大川啥时候出过这么乌七八糟的事儿呐？还不都是那帮上海小毛孩子进村来，闹腾得不消停。真不知道哇，毛主席他老人家，为啥把这帮小屁孩儿给整到农村来呐？硬要派，还不如派清一色儿的男娃娃呐！”人们只要聚一块儿，便唠着这些不着调的嗑。

香姐的小肚子越来越鼓了，忽然在某一天离开了南大川，便销声匿迹了。人们传说，香姐是因为马上要临盆，不得已回上海了。

那之后，香姐再也没回南大川。也有传她转到了别的县，这事儿只有公社“五七办”的人最清楚。

现在看来，文大成叔“睡”了一见钟情的上海女知青，弄大了人家的肚子，只不过犯了规——未婚先孕而已。可这在当时，却像是犯了大逆不道的罪似的。逮捕大成叔的相应机关，打算对他以强奸罪论处。

大成叔正一步步被逼上悬崖。

然而，文大成叔被带到拘留所，接受调查事件经过，原来那些骂香姐的人开始起了变化。据说香姐挺身站出来，勇敢地为大成叔作证辩解，坚决否认大成强奸自己，还说，在下着大雪的寒冬腊月，在第二生产队的打谷场的稻草垛里，是自己主动和对方发生的关系。如果说有罪，也该自己承担全部责任。

村里人私底下以为，若是文大成按原来的说法，真定强奸罪，极有可能被判死刑，那真只剩死路一条了。就因为香姐的一番话，才给了大成个活路。转而又说，要相好，也要跟香姐这样聪明的女人好，云云。

刚开始，村里人怨香姐毁了文大成，都骂她、嫌弃她，顺带把上海知青也都给臭骂了一通。后来又听说香姐拼死护着大成叔，便来了个一百八十度大转弯，同情起香姐来了。

“上海那丫头，算她聪明，要睡也得睡那么灵光的好娘们儿呐。”

可那年头儿，任哪个女孩都随意碰不得呢，大成叔算是倒了大霉，跳进黄河也洗不清了。

大成叔被捉前，曾当过南大川的民兵连长，还是大队集体户总户长。那时候的南大川，回乡知青加上上海知青，青年人乌泱乌泱的，文大成是他们的“头儿”。他被抓以后游街示众，脖子上挂个大牌子，站在一辆破解放牌卡车的车厢里，转遍了珲春的一二个公社，受尽凌辱，最后给判了五年徒刑，扔进了监狱。

文大成的人生就这样眼睁睁地轰然倒塌。

大成叔遭殃后，村里的男青年谁都不敢再和上海女知青搭话了。文大成叔的阿爸基（父亲）——文队长，肩膀上背着印有“为人民服务”五个红字的军用绿帆布兜，三天两头往珲春县城跑，为自己大儿子喊冤，想洗脱他的强奸罪。可是，没有哪个机关、哪个办事员愿意同情那个“睡”了上海女知青，又没啥后台的农村青年，老人家每次都灰溜溜地回来。

这究竟是啥狗屁世道啊？青年男女互相看对了眼，发生那种关系也是情有可原吧？硬是把你情我愿的事说成有罪，唉……上哪儿说理去哇？这话听来细咂摸也在理儿，可又有谁愿意听这个被南大川人起外号叫“老炮筒子”的老头子絮叨？

到了现在，南大川人只要一提起上海知青，便会想起这些娃娃把还没长成的青豆子煮着吃的事儿，想起拖鞋，还有叫“的确良”的化纤布。想当年，谁要有一套“的确良”做的衣服，那得算相当地“赶时髦”了。那年当大队革命委员会主任的昌彬，托人从上海捎来一块“的确良”布，做了条裤子，成了南大川第一个穿“的确良”的人。

而当年最刺激村里人的事件，则要属文大成和香姐的恋爱悲剧。

后来，到延边下过乡的那些上海知青，落实政策回上海后，只要在街上碰见说朝鲜语的人，都会亲切地问是不是从延边来的，还会拿钱给延边老乡请他们吃顿饭，有时看见朝鲜族开的饭店招牌，就要进去，张口就点大酱汤，边唱《延边人民热爱毛主席》(歌曲)，边泪流满面。这样的事儿比比皆是。当时，南大川也曾有传闻，说某人在上海见过香姐带着丈夫孩子，可没人相信。上海杨浦区还成立过珲春周边下乡知青的"延边乡友会"，包括来南大川下乡的知青，前几年，他们通过延边电视台春节联欢晚会，向南大川的父老乡亲问候，影像画面相当感人。也有人说，画面上似曾出现过和香姐十分相像的女子。可毕竟时光已流过了几十年，南大川人已忘记了那个把大成逼上死路的"罪魁祸首"。

文大成叔因为那份肆无忌惮的爱情，弄得遍体鳞伤，付出了惨痛代价。那个时候，民间曾口口相传这么一句不无讽刺意味的笑话：本以为那"玩意儿"长在自己身上，就可以随便用，可后来一看，它竟是公家的。

文大成蹲了五年监狱，出来时他已是三十好几的中年人了，在当时，二十四岁男子娶媳妇儿，都得说是坐了末班车，若是过三十岁，都不能说"老小伙儿"而是得加入"老光棍"的行列。村里人背地里猜，这文大成在监狱蹲了好几年，必被磨得没了以往的精气神，如今出狱了，肯定得搬走到别地儿混。可这些只是不了解他胆识的人瞎猜而已。直到那时，南大川所有人都不太了解文大成其人。

文大成叔回到南大川后，照样在街上昂首阔步地走，一点儿没有羞愧的样子。还摆下酒席，请来了村里的长辈们。推杯换盏中，他辩解自己没强奸。

"是啊，就是啊，俺们也都知道，你小子是有那么大的气魄才敢睡那么漂亮的上海妞，对吧！""你小子把那么标致的丫头给拿下了，这辈子算没白活哟！……”村里人喝着大成叔的酒，全都当面拣好听的说，唠唠叨叨地安慰他。

虽不是强奸，可他身上毕竟打上了“蹲过监狱”的不光彩烙印，还是个“老光棍”，竟没有哪个媒人肯上门提亲。有两次人家给他介绍了带“拖油瓶”（孩子）的寡妇，他一蹦三个高不同意。后来，只能眼看着自己年岁越来越大了。

“俺没罪。除了对不起香姐，俺谁都不欠。俺俩在一块儿是你情我愿，俺对谁都没做过亏心事儿，自然也不怕鬼叫门！总有一天，肯定得给俺个公正说法。”

文大成叔从没低过头，理直气壮地替自己辩解。

从某种角度看，他甚至有些幼稚。大队的人说，文大成这是公开叫板，遂以“掀起翻案风”为罪名，再一次在大队部门前开大会批判文大成。当时正赶在“批林批孔”运动风头上，正愁没有合适的批判对象，便把没啥后台的倒霉冤大头大成叔当成了“攻击”目标。这好比是第二次“杀死”大成叔。即便是在批判大会上，大成叔始终昂着头，决不低头认罪。

“在这山沟里打倒已经死了三千多年的孔老夫子，打倒国家副主席林彪，和我这半死不拉活的老百姓有啥关系，俺真不知道！”大队干部为壮大声势，动员青年们“踊跃”发言，可所有人都纷纷后退，最后没法子，组织了几个啥都不懂的中学生，像算命先生背卦书似的，做了做样子，算拉倒了。

那一时期，南大川人们也都厌倦了冲在前头挥拳喊口号那些事儿。

20世纪70年代末，正好是俺这一代人步入社会的时期。直到那时候，农村共青团事业仍然称得上相当活跃。虽不知这“活跃性”到底得往好的一方面评价，还是往否定的方面评价。但不管是肯定还是否定评价，如过早下结论，难免为时尚早有失片面。然而共青团活动成为青年男女沟通的平台，这点上是积极的。

人类的价值，都要从社会性这一侧面来衡量。青春，更应该靠沟通来体现真正的价值。

归乡后，我曾在南大川做共青团工作。每年都要为参加公社举办的文艺汇演准备节目，每天晚上在借来的学校教室里组织排练，还常常写些戏剧小品。汇报演出尽管是在又小又潮湿的凉水电影院里举行，可大家都动真格的，别的大队甚至张罗到县城去请歌舞团演员，或借乐器啥的。汇演就算拿了第一，也只不过得一张不值钱几分钱的奖状而已，可各大队为了拿第一，争得热火朝天，现在想想都感觉有点儿荒唐可笑。

临近“五四”青年文艺汇演时，有人推荐文大成叔当总“导演”。想想，的确是最佳的人选呢……所有人都赞成，唯独大成叔本人没半点儿“出马”的意思。那时候，他已是年过四十的“老光棍”，是该老成持重的中年，怎会和二十几岁的孩子们蹦蹦跳跳混一块儿。

但我还是想去找找他看。都成热锅上的蚂蚁了，不是挑三拣四顾脸面的时候。至少，俺们还沾点儿亲戚不是！

那天晚上，我和共青团几名负责的青年，打上一斤一块三毛钱的老白干儿，装在空葡萄糖点滴瓶里，再拿玉米瓤子塞住瓶口，拎着去找大成叔。

“这屁大点儿的小事，还值得你们拎酒瓶子来？”大成叔一边唠叨着没下酒菜了，一边在地里拔几根大葱，蘸辣椒酱就着喝酒，立马答应了。“可有一点呐，俺能帮你们选定演出节目，手风琴伴奏也没啥说的。跳舞嘛，还得请大队幼儿园当老师的那个红玉阿祖妈妮。论跳舞的舞姿和编舞的水准，和县文工团的比都不差哟！”

大成叔力荐红玉阿祖妈妮。红玉原本是下放户，随家里下放到南大川来的。因跟村里的男青年结了婚，再无法回延吉，只好留下了。她就是这么个女人，虽然从延吉的艺术学校退学，可到了南大川，一说起唱歌跳舞她都是“头号种子”，特别是她跳舞的技艺超群，颇得村里好评，都说她进县城的专门团体都丝毫不逊色。尽管她不会像香姐那样，跳绷直脚尖的芭蕾舞，可她穿起朝鲜族服装，伴着朝鲜电影《延丰湖》插曲，“春天来了，春天脚步近了，解放的春天来临了……”，翩翩起舞、轻盈旋转，连那些对舞蹈一窍不通的南大川人看了，都啧啧赞叹：“这红玉哟，根本都不像是长骨头的人呐，都生了俩娃的女人，咋还像根柳枝儿一样哟……”

于是，第二天，俺几个又去请红玉阿祖妈妮“出山”，没想到她二话没说应承了。

南大川的大成和红玉可是一对儿相当有水准的“演员”呐！他俩人从那时起，成了大队宣传队的积极分子，每晚都按时参加，一天都不落。

“俺说呀，假使不爱干的事儿，就是拴着俺脖子硬拽都没用性；遇着喜欢的事儿，就算是遭点儿罪俺也认。在乡下旮旯里糗着，再没这点儿乐趣，活着啥意思哟？”文大成叔虽是“光棍”，可从没露过寒酸相。穿得是旧了点儿，可从来都洗得干干净净，全身上下利利索索，一点儿看不出是农民。

对于我来说，大成叔是年长很多的长辈，却从那阵子起，变得相当亲近。

文大成叔也是个“好酒之徒”。每次排练结束，总说“嗓子都快冒烟了，喝一盅咋样？”然后就去小卖店赊来些酒，就着大葱或青蒜下酒。他进了宣传队，除了拉手风琴，还扮“舞台监督”的角色，帮队里挑演出的节目。唯一的乐器就是手风琴，所以独唱、重唱、合唱全都得大成叔伴奏。他用右脚打着拍子，一边在前奏结束的刹那，点头示意“演员”开唱。那一刻，所有“演员”的目光一齐集中在他的手风琴上。

红玉阿祖妈妮也以“舞蹈编导”身份加入了宣传队，汗流浃背地教青年们跳舞。她极为引人注目，可能是跳舞的关系，身段相当苗条，若说她是生了两个孩子的农村妇女，没人相信。她比大成叔年长两岁，平常拿他当小叔子辈儿，叔也当嫂子敬她。

然而，不知从何时起，宣传队里传开了闲话，说文大成叔和红玉阿祖妈妮在二队打谷场的稻草垛里幽会。节目排练结束后，再也没人张罗喝酒了。难道大成叔还不长记性，不选别的地儿，偏偏又在那打谷场犯事儿？乡下天黑路险，男人送女人回家是常事儿，相伴走夜路的男女打情骂俏也不少见，更何况，宣传队本来就是动不动传“桃色新闻”的地方。

可是，就如同和香姐谈恋爱时那样，闲话越传越盛。那时候，像这样的流言蜚语传播更快。说是有人亲眼看见二人从打谷场的稻草垛钻出来，连二人后背沾满碎草屑等等细节，都传得惟妙惟肖。既然是大半夜碰见二人的，如何看得见后背的草屑？听来虽有些荒唐，但这些闲话却非比寻常。

“那二队的打谷场莫非招女鬼了，要不大成叔为啥不换个地儿，非得在那个打谷场整事儿呐？”

文大成叔是个光棍汉倒还说得过去，红玉阿祖妈妮可就惨了。她可是有夫之妇，掌柜的瞪眼活得好好的。

某天，大队书记找我谈话，说了事实经过，命我将二人从宣传队除名。宣传队离了这两人肯定就要散架。当天晚上，我急得悄悄把大成叔叫到了学校操场，借着教室映出的灯光，盯着他问。“就算是那种关系，你想把我怎的？”本以为大成叔会跳起脚否认，没想到他硬是一口咬定下来。他这句横话把我给顶到了墙角，感觉自己成了“瘪茄子”。直到那会儿，我才意识到，自己一直以来对大成实在了解太少：与其说他是硬骨头的汉子，不如说他是无视伦常的莽夫，来得更贴切。我这位远亲原本就是这么一个人吗？昏暗的光线映衬下，他的脸看起来棱角分明，显得那么硬气。我痛彻地体会着，激情岁月里他和香姐相爱的事，不仅仅是一场轻浮的游戏才好。看来，叔身上不存在世上的公序良俗观念，只残留着无视世人伦常的雄性冲动罢了。

“俺好汉做事好汉当，没有那弯弯肚子，俺也不吞那镰刀头。你读过那么些书，书里有没有说，进过监狱的人，不能和丈夫没用性的女人走在一块儿的？……俺既然都在监狱里烂了五年，再进去五年，凑个整儿，十年又有啥可怕的？反正人生都已经给糟践了，从今往后，俺也天不怕地不怕了，再说，俺也没啥人格能再往出卖了。”

那一刻，叔仿佛是光脚站在铡刀刃上一般顽强。站在他面前，我已无话可说。现在看来，在南大川，谁都很难抗得住叔的胆气，没人能成他的敌手。

谣言越来越肆虐地扩散开来。大队直接派人出面，将两人从宣传队除名，红玉阿祖妈妮甚至被剥夺了幼儿园保育员的资格。妇女组织恨不能生吞活剥了她。

文大成叔光棍一条，再加上前科吓人蹲过监狱，红玉阿祖妈妮还是个有夫之妇，所以遭到的攻击更猛烈。因为红玉跳舞跳得好这一点，平白无故一直是小心眼女人们妒忌的对象，这会儿更无处可藏身，只有浑身上下挨枪子的份儿了。也许她掌柜的身强体健还好些，偏偏她给坐轮椅的“废人”戴了“绿帽子”，这让南大川的女人们更加咬牙切齿：绝不能让那荡妇在村里有落脚之地，必得撵走她。

“贱货！自己掌柜那‘犁杖’不好使了，这回连身边的老光棍都盯上了？那玩意儿让你那么得劲啊？不知砢碜的骚娘门儿……”

红玉阿祖妈妮被诋毁、谩骂，泼了一身的脏水，话粗得让人羞于言传。一辈子在地里干粗活的乡下娘们儿，那嘴是又泼又辣。

红玉阿祖妈妮的男人，原来是开二八型拖拉机（那时叫康拜因）的司机。人长得好也挺斯文。当年去六道沟伐木场，拉大队煤矿用的坑木时，拖拉机轮胎在冰面路上打滑，翻车出了事故，腰受重伤，下身瘫痪，成了残疾人。红玉竟背叛了这样的丈夫，投入了大成叔的怀抱。那男人下身废了，可头脑却是清醒的，对自己老婆没说一句好坏对错，反而劝她离开自己这个没用的男人。天下竟有如此男人，其肚量宽得令人难以置信。这让周围人更加无法接受。假如那男人和红杏出墙的老婆大吵大闹，指着她的鼻子骂而搅得四邻不安，红玉阿祖妈妮挨的枪子儿反而可能更轻更少些。她男人表现得越宽宏大量，周围人越愤怒。

刚开始还垂头丧气、任人摆布的红玉阿祖妈妮，被大队妇女会的人薅头发羞辱一番后，脸面丢到了四里八乡，竟横下了心，摆出“死猪不怕开水烫”的架势，变得无所顾忌了。常言道：“女人若是狠下心肠，五月六月天都下霜。”这话并不夸张。她从偷偷摸摸和大成叔幽会开始，到了如今二人公开在一起，后来，她甚至大大方方去大成家给他洗衣做饭。

公然挑战南大川人传统观念的这两人，越来越把非法同居往既成事实方面演变。

“那娘们儿这是疯了，肯定是疯了。”

“真是大夏天闪电劈下来水蛇落在拱针山脊上了，南大川咋蹦出了这么个不要脸的老娘们儿哟？”

“解放后，咱南大川再也没出过这么埋汰的事儿了，这一天天搅和的，还让不让人睡安稳觉了？也别磨叽了，干脆把这俩狗男女撵出咱屯子，日后甭想露脸了。”

“大成要是有良心，就不该这么做。他和在浩（红玉掌柜的）以前称兄道弟的，做的这叫人事儿吗？”每晚都围坐在杖子根儿闲话的村里人，有人冒出这话。

大成叔和香姐相好时，南大川的人心曾一色地倒向同情他们。可自从他和红玉阿祖妈妮的“艳闻”暴露后，人心一下反转成众叛亲离，其实最深层处埋着的是对红玉那不中用男人的同情。作为一个人，有能做的事，也有不该做的。这才是正理。

文大成叔可千万要平安无事呀！他再次成了摘在砧板上的肉。随着时间推移，形势对大成叔越来越不利了。这次他不是接受法律的审判，而是受周围街坊邻居审判的处境。尽管暗地里也有人稍稍同情和理解他，可这远不足以救他于水火，南大川的人心已完完全全走向了反面。

晚秋来临的时候，南大川渐渐消停下来，随着“艳闻”既成事实，大家似乎都能松一口气了。初冬时节的某天，又爆出了令人目瞪口呆的消息：大成和红玉深夜里突然消失得无影无踪，谁都不知道他们去了哪里。

也成！这回南大川可算彻底清静了……人们大都是一种如释重负的表情。被昼夜繁重的体力劳动和生计所困的南大川人们，渐渐对那两人失去了兴趣，已开始忘记他们的存在；妇人们仿佛拔了久痛的牙，露出了轻松表情。

然而，度过了寒冬，次年初冬再来的时候，整整隔了一年，大成叔和红玉阿祖妈妮突然出现在村里，只见女的挎个破包袱，背上还背着个初生的婴儿，男的穿着寒酸，样子极为狼狈。

这对狗男女，竟敢又滚回来了？本以为村里又得炸开锅，可谁知，这次所有人都一声不吭。看样子，人们对已去外地生了孩子回来的两人，是默认的态度。

虽然当今社会没有那种现实的可能性，可在当时没有户口寸步难行。光凭想象也不难知道，他们之前肯定是四处游荡，实在没法子了，才下定决心打道回府。除非万不得已，就凭大成叔的胆量和执拗，断不会回头的。中国之大，可除了南大川，他们已无栖身之地。现如今，生米煮成了熟饭，红玉不是香姐，“五七办”也拿她没办法。虽然她娘家在延吉，可无奈父母已双亡，身下只有一个亲弟，似乎那个家也回不去了。就算弟弟能答应，那帮胳臂上套着红袖标的街道老太太，扫描般的监视也让人受不了。

“既然人都回来了，今后就得好好过日子。有啥法子呀！”村里人都这么安慰他俩。

他们在村子后头赊账买了间旧草房，过起日子。然而，他们这日子也太寒酸了。大成叔给自己四十出头生的稀罕闺女，取名叫“文花今”，“含在嘴里怕化了、捧在手心怕碎了”地养大成人。

可有谁曾想到，二十五年后，那个闺女在拱针山“六二事件”中死于非命。实在是太可惜了。

这两人既然都买房子过上了日子，就该消消停停的，正相反，他们这日子一直就是鸡飞狗跳不得安宁。他们已不是青春男女，激情过后就该直面现实问题，过日子本就是柴米油盐鸡零狗碎，可是，他们都各自无奈地在平平淡淡的日子里，暴露出各自性格中潜在的脆弱面，而又没能找出抚平那脆弱的办法，因而开始冲突频起。这些冲突难免会导致伤害感情、让爱情冷漠下去。

他们的关系，从一开始就是违背社会伦理的不道德感情，必定隐含着矛盾，两人过日子谋生计，那些矛盾凸显出来加剧了冲突。

红玉阿祖妈妮和前夫有一个上小学四年级的儿子和上小学一年级的女儿，孩子的抚养就成了问题。她一回到村里，前夫一直艰难抚养的一双儿女就到了她这边。文大成叔一天之内便摊上了养三个孩子的事儿。红玉的儿子马上要进入青春期，动不动就和后爹顶嘴，一吵架就会离家出走回去找亲爹，之后妹妹也哭着喊着找哥哥一块儿走。这种事儿多了，红玉阿祖妈妮一来一去到前夫家的次数便也多了。这也成了夫妇二人吵架的一个由头。不知不觉间，大成叔变成了喝酒就耍酒疯的乡下醉鬼。他曾那么爱惜的手风琴，随手撇在犄角旮旯，挂满了灰。

他们二人就这么凑合着过了两年左右，某一天，红玉阿祖妈妮终于忍无可忍地说日子没法过了，提出分手，把后来生的闺女塞给大成叔，直接离家回到了前夫身边。红玉倒好，得了前夫的宽恕，回到了从前的日子。可大成叔就惨了，成了无家可归的可怜汉。他开始绝望了，向来个性强的人一旦绝望是相当可怕的。大成叔开始越来越反常，现在看来其实是情绪崩溃了。

大成叔一喝酒就会絮叨，说自己活着没意思，没了活下去的理由，这世上没有能活下来的去处……然而，谁都不肯伸长耳朵去细听一个醉鬼的胡话。

大成叔，终于彻底绝望了！

深秋时分，在二队打谷场上，正值脱谷的忙季。一天早上，大成叔猛不丁找到自己爹，“扑通”一声双膝跪地，鼻涕一把泪一把地哭，求他原谅自己不孝。

“你小子这是吃错药啦？”他爹文队长显然吓一跳，不知自己大儿子又打啥歪主意。

大成叔拜别父亲后，随即跑出门，直奔红玉阿祖妈妮而去，硬拽着她到了大伙正忙着脱稻米的打谷场上。稍后，缓过神感觉不对的文队长光着脚追了过来。

然而，一切已为时过晚。

文大成叔此时，正像人们形容的那样，眼泪似断了线的珠子哗哗往下淌，孩子般地放声大哭，呜呜呜……仰天狂啸：“这狗杂种世道，这狗男女啊！……”随后，在众目睽睽之下，拿刀往脖子上一抹，当场倒地。事发实在太突然，人们完全没有反应过来究竟发生了什么。所有人都呆愣愣地杵在那儿，瞅着正汩汩流血快要死去的大成叔，竟忘了救人。

千夑大哥的汉族媳妇儿和红玉阿祖妈妮吓得当场口吐白沫，晕了过去。

南大川人都说，头一次见这么狠毒的人，竟拿刀抹脖子要了自己的命。文大成叔就这样，一个早晨时间，毫无预兆地急急奔往黄泉路。

人们说他是客死外乡，连婚都没结过的老光棍，连“七星停尺板”（朝鲜族抬死人的风俗）都没上，直接给拉到西山公用坟地里埋了。

大成叔的坟，就在南大川西山公用坟地的入口处。南大川的人们，每年清明或中秋上坟时，不得不担这样的沉重，会突然想起那个含恨离世的冤魂。大成叔的坟没人修整，杂草丛生，变得越来越矮，后来竟塌了。

南大川人都说，大成叔未曾正式婚配就走了，是个老光棍，再加上客死他乡，所以没人给他修坟。

乡下人和城里人不同的关键点是，大伙对往事的感受上共有和共同的回忆多。这既是农耕社会的残余，又是社群的文化基础。城里人连对门邻居家里办丧事都能不闻不问，而换作乡下人遇这种事儿，便能大伙儿一齐忙活，最后得送别到墓地才行，人情味甚浓。之后还对故人一直想着，一起怀念，乡下清纯的人情世界焕发着勃勃生机。南大川人直到现在，只要围坐在酒桌上唠扯起往事，一定最先想起大成叔。

“大成那伙计，现在要活着，也得七十七啦。要是他爹文大炮（文队长）还活着的话，约摸得九十七呢。文大炮亲口夸过，自己二十岁上便生了大成呐！”南大川人的记忆力着实让人叹服，都能称得上“无微不至”了。竟然直到现在还能一年不差地记着大成叔的年纪。

“他那丫头是79年生的，现在都该长大成人，当孩他娘了哟！也该去给他爹的坟拔拔草啥的，谁又曾想，几年前在拱针山，跟着达满走了哇？……反正那丫头活着的时候，也一次都没在村里露过脸呀！”

大成叔自杀后，红玉和她前夫再也不愿在村里过下去了，80年代初那会儿，搬到黑龙江了，大成叔的闺女文花今也跟着她娘和后爹去了。……“说起来哟，到今年大成死了都整三十四个年头喽……”

大成叔离世的时候，最后骂了句“这狗杂种世道，这狗男女啊！”，过去了三十四年，南大川人仍记得他，想起他时心情总是很沉重。那种沉重，与其说是某种想念，还不如说是大伙儿对生不逢时、无法选择出生时代、名叫“大成”的那个生灵的同情而已——这又是啥歪理邪说呐？

“他是搞承包的前一年死的，这家伙连粗苞米面饼子都没吃饱过就走了。他埋没在乡下这旮旯里，实在可惜了……假使换个生辰八字出生，可是个能干大事儿的家伙呢。可他为啥偏偏跑到那破打谷场上自杀，真是活见鬼啦！”

“那儿肯定是招女鬼了，没错儿！”

所谓“换个命出生，就能成干大事儿的人”，这种乡下式的言语，大体是说，大成叔突破禁区，大胆地和香姐恋爱，后来又胆大包天地和有夫之妇红玉阿祖妈妮发生关系。在那个时代条件下，他不迎合世俗，只忠实于自己原始的欲望，这不仅仅是对一个男人胆量的评价，从另一方面看，也可看作是一种痛惜——大成叔已离去三十四年之久，南大川到现在依然没有第二个他可以生存的打谷场。

“大成有那么个‘大炮’爹，在村里时不时丢人，可他从来没嫌弃过自己爹，实在是个精明的家伙……大成这个名儿，也是太‘大’了吧，听老人说人名叫狗粪蛋、牛粪蛋啥的，像猪那么贱才能平安长寿呢。名字太大了，也不行。还不如取个名叫‘狗卵子’，别看叫起来难听，说不定大成到现在还活蹦乱跳呢！”

2

二队的打谷场，是公社化时期，是文大成的父亲文锡峰老爷子当队长的时候开出来的地。

虽说叫起来好听，是“队长”，其实只不过是比画了一年的傀儡队长而已。可他却把那一年队长经历当成了本钱。在南大川，类似于像吴队长、李队长、崔队长、张队长的，轮流“坐庄”，算得上小小官阶。

打谷场本是农田，占个边缘，因为地势高，不好憋水，原来当农水管理员的前屯子希燮，常骂骂咧咧：“要是能看看从前在这儿开出农田的家伙，长得一副啥样嘴脸就好了。简直比牛腚还要蠢笨的家伙！牛犊子能走上坡路，水咋能往上流哇？”社员们一合计，反正村里也没脱谷场，干脆弄一个。就这么着，这块地改成了打谷场。

有了打谷场后，又建了长长的牛舍，两边为了防风，又盖了两栋土墙干燥室，后来不知不觉竟成了二生产队的“队部”。

文队长原名叫文锡峰。不知从啥时候起，南大川人统统把他那个户口本上的名字都给忘了，当面叫他“文队长”，背地里却异口同声喊他“文大炮”。

文队长膝下有两个儿子，大儿子文大成，小儿子文守成。

因期望大儿子成大器，取了名叫“大成”，小儿子呢，以守住祖先创的家世为意，取名“守成”。可是，大儿子大成也没能成“大器”，反成了让爹妈“白发人送黑发人”的不孝子。小儿子守成，直到农村实行生产责任制之时，也没能守得住祖先们的“伟大遗产”，却整天和一帮打架斗殴的朋友混在一块儿喝大酒，对农活一窍不通。有一点多亏没随他哥，在女人问题上倒没出啥大事儿，还算没再给老子添堵。

固然，咱们虽不知南平文氏的祖先，从前曾创下了怎样的壮举，因家门里没有谁担任左议政、右议政的记录，当然也没有谁守住祖先人脉的名分。在南大川，文队长至今还让人想起那个令人捧腹的搞笑老头儿，是个像稍稍缺心眼儿的小丑似的人物。

文队长最大的“魅力”是，任何时候看上去都没有垂头丧气的时候，总是一副得意洋洋的样子。不管去哪儿，不论上下尊卑，对谁都吹大牛，不靠谱地说大话，也是那种无所不知的“万事通”。

大儿子文大成进监狱的那段时间，若是旁的爹妈，装也要装出灰心丧气的样子，可他倒好，像是把儿子蹲监狱的事儿忘到了后脑勺，根本就不知啥叫“愁”。一句话概括，文老爷子是一个不懂羞惭、丢人、低调的、脸皮厚似铁板的老头子。

南大川人都说：“‘文大炮’的脸皮，比牛腚都厚 这世上再没有比他更不要脸的了。”

文队长被南大川人统统叫成“文大炮”，是从20世纪50年代末开始的。原本是“水大炮”。这外号，在文队长去世后很长时间，直到现在仍叫着。

“嗵的一声，是大酱块掉落的声音，啪的一声，是隔壁老太太打外孙嘴巴声……”

这句话是文队长平日里最常挂在嘴边儿的，不分场合、也不管恰不恰当，动不动就会冒出这句话。一时间，“水大炮”这外号，竟让人有点儿腻歪了，人们正愁找不出“劲儿更大”的外号，这回又给他起了个外号叫“圆酱坨子”。乡下有各色各样稀奇古怪的外号，“水大炮”“圆酱坨子”这样的都不算啥稀奇的了。

看来文队长的血液循环良好，啥时候看上去都红光满面，洋溢着过剩的“豪气”。那豪气达到顶峰的时候，是他的小儿子守成在南大川当上了煤矿老板，成“暴发户”那阵儿。

1950年出生的文守成，尽管比我大了十多岁，可我从小便叫他“哥”。多亏人家守成哥不太在意“阿兹希”（叔叔）之称，叫习惯了真就成“哥”了。

文大成叔死后过了五年，南大川的后山岗上，个人小煤窑如草丛似的兴起，其中就有守成哥的煤窑。最初，大部分农民出身的小矿主们，往往挣够盖一栋砖瓦房的钱便洗手不干了。而守成哥却不满足于此，重新再投资掘进大型斜井，从此得以翻身。在南大川，日产千吨的煤矿唯有他一家。这个时期，恰逢煤炭供不应求，煤价呼呼往上涨，一天一个价儿。

文队长老爷子本来没啥钱时都爱显摆，守成哥这一挣了大钱，更摆出了眼里没谁的架子。在他眼里，南大川所有人都是等而下之的“贱民”。

“大炮”原本是军事上用的强火力武器，把它用于人的外号，本身就颇具漫画性的讽刺意味，再加上他没啥能力，加上形容废物的“水”字，糅巴成“水大炮”。再没有比这更恶心人的嘲弄了。乡下人给没能耐、或像干菜叶似的蔫不啦唧的老爷儿们取外号，往往用方言说成“水秧子”“水货”；给胸无点墨却端着肩膀虚张声势的人，往往送上“白水一碗”，“水桶”的汉语直译过来的方言戏称；再就是把爱说大话、吹大牛或谎话连篇的叫“大炮”“大忽悠”或“大喇叭”，那些绰号就是这么来的。

可文大成他爹不只叫“大炮”，前边还加了个“水”字，这实在是对一个人人格的贬低。尽管如此，文队长因为小儿子守成出息成了老板，那一段时间，他就是一个在满足的叹息里活着的乡下村翁。

对文学杂志从不关心、读书甚少的南大川人，我一回到老家，他们还是这么和我寒暄：看到您在杂志上登的文章，真好！或者也有人问，最近又写了什么文章，等等。唯独我那远亲文队长不同。

“嗯，说啥来着？大侄子放着那么好的司法警察不干，说是调到了那个叫‘水联’还是‘文联’（文学艺术界联合会，朝鲜语水和文二字谐音）的地方，他们白给你楼房还是咋的啦？”（那时候我在图们市文联工作）夹枪带棒的寒暄过后，接下来会问工资拿多少、当的什么官啦等等，都是些鸡零狗碎的闲话。乡下老人通常对公务员的工作单位、职务、工资这些不太“感冒”，或干脆不闻不问。只有文队长例外，也不知从哪儿打听的，对这些了如指掌，根本不像个农村老人。总之，他的性格取向相当妙。如不出所料，他总会在最后把我同他那和我生活在同一座城市的小儿子文守成相比较，让人感觉忒别扭。

其实，他并不是因为真的惦记我的事业和生活，才问这问那的，而是为了从那些问话中引出来他那开煤矿挣大钱、令他引以自豪的小儿子，和我做个比较找出差异，把这看成是他的本意也无妨。

说起来，文队长炫耀似的把我这苦筋扒力地学习却落得赤贫的“码字工”，和他那个脑筋转得快、有着巴结“上层社会”的贱民性格、提早混入富人层的儿子相比较，迫不及待地卖弄他儿子住停车场那么大的楼房，这所有不过是浅薄的“水大炮”式亢奋罢了。

若是和当年已拥有自驾车的守成哥相比，我实在是一贫如洗的“码字工”。每当我站在文队长面前，就成了人们所贬称的“可怜的码字工”。

每次我碍于礼貌，硬着头皮听文队长说话时，他都会滔滔不绝，从守成兄开的进口车价格说起，列举出一百八十平方米的楼房（那时候，能住上一百八十平方米的房子，可称得上“首长级”）、高级洋酒、高级香烟等，像穿辣椒串儿似的，滴哩嘟噜的一大串儿。一般的耐力很难坚持听得下去。

我哈着腰站在那儿，自始至终听着那张狂的炫耀。这时，若来辆出租车，我坐上去付费离开时，他便一脸好笑地巴望出租车屁股，好似看着一只秃尾巴公鸡，嘴上冷嘲热讽：别看你认字，眼睛都快学瞎了，日子只混得“打的”的程度呐?

虽说这样有些对不住文队长，可我常常不由自主地想起，不管青红皂白地大喊“往前冲”的现代版葛朗台和孔乙己。仔细想想，延伸出去的那些联想，像是完全不存在了，却又时常明晰起来：孔乙己把一包蚕豆放在跟前儿嘀咕着“多乎哉？不多也！”咬文嚼字地模仿书生的样子。我这远亲文队长，胸无点墨却又学阿Q的精神胜利法，妄想自己全然不理南大川所有人的视线，自以为全世界都掌握在自己手心，他就是这么一个自以为是的老头儿。村里人都只当他是缺心眼儿。

南大川人只要提起关乎文队长的话头儿，总会提醒他是俺家亲戚。爹和叔总像约好了似的，满脸无趣地一口咬定："哪门子的亲戚哟……若说俺们是他亲戚，那南大川人全都是亲戚呢！"身边有这么个格楞子亲戚，可真够招笑的了。

文队长撒谎不打草稿被奉上"文大炮"外号，所到之处常常被人揭"老底儿"。他面对人们嘲笑从没半点儿脸红："俺上朝鲜战场那会儿，肩上扛一颗'豆'（少尉）呐，后边跟着挎勃朗宁枪的警卫，不分日夜地伺候着。"

这牛皮吹得真够邪乎啊！稍有一点儿常识的人都知道，朝鲜战争时，志愿军军阶是没有标志的。再者叫"大匣子"的枪，是德国造手枪，而不是勃朗宁手枪。还有，算下他的年龄，1953年朝鲜战争结束时，他远远超过了三十岁，真让人哭笑不得。在中国，那年龄都已是娶了媳妇的半大老头了，是万万不可能被列进征兵对象的。在人口占优势的中国，征兵适龄的人口资源相当丰富。所以说，就是一无所知的人听他说参加志愿军的话，都会觉着，简直是天方夜谭。

"呃咦，'文大炮'，你这是打哪儿听说的哟？在孩子们面前吹牛可得靠点儿谱哟，你那脸皮咋厚得跟个牛卵子似的呀？……朝鲜战争那会儿，咱俩在一个互助组，你那会儿还是刚搬来南大川的呢！记得咱拗不过爹的'命令'，还沿着那条南大川村路来来回回捡牛粪来着！到现在眼前鲜亮着，瞎白话啥啊，还枪啊、星啊的？南大川人都明镜似的，你咋还敢添油加醋吹大牛咧？"碰见龙范老爷子在世那会儿，这么当场拿话顶他几句，文队长便一边嘿嘿干笑着，一边举起手里的蓝皮儿证书晃。

"你这人就是格楞子，逞哪门子能呐？你这家伙连担架长啥样儿都没见过，愣充担架队员，街坊溜达的狗听了都能笑掉大牙！都说，狗眼里看到的净是骨头，真想把你小子的脑袋瓜劈开，看里面装的啥！立马就得穿帮的谎话，你咋还到处胡咧咧哟？”

文队长为了给自己大儿子文大成洗脱罪名，去珲春上诉，上蹿下跳来回走，某一次在珲春站的售票口，看到一个端庄的老人胸前戴着荣誉军人勋章，拿出红皮证书，享受了半价票的待遇。他陡然起了贪心：俺要是有那么一个东西……这是文队长才会起的非分之想。

在南大川，因为参军打仗曾八面威风的光洙老爷子、二男老爷子，还有姜联军老爷子，胸前都戴那样的勋章，揣着红皮证书。荣誉军人们隔几个月，便要去一趟凉水公社（凉水镇政府的前身）的民政办公室，潇洒地坐在长椅上，等着领生活补助金。

“竟有这等优惠待遇呢？”文队长的虚荣心没人能挡，“俺也想要那宝贝玩意儿。”可是，就算社会上假冒再盛行，有谁能平白无故地给一个没有任何参军经历的乡下老人发勋章和证书哟？

文队长的这贪心，却因为他的小儿子守成当大老板，和公社干部们的关系处得不一般，竟得以满足了。

文队长在守成面前念叨，儿子刚开始埋怨：“爹你咋还眼红那破玩意儿？有啥用性呐，值得你心心念念非要不可？”一脸不耐烦地回绝。可他转而一想，老爹也挺可怜的。最后，他白给民政干事拉了一卡车煤，弄了个红色荣誉军人勋章和蓝皮证书给爹。戴上了红色勋章，本该有相应的红色证书，可那得需要很多证明材料，不是一个最底层政府机关公社的民政干事能搞定的。所以没弄着红皮证书，只做了个蓝皮的给他，这种证书是当担架队员的证据。

当天晚上，文队长便把荣誉军人勋章别在胸前，像是得了个宝贝，乐得屁颠儿屁颠儿的，幻想着，自己以后也能像光洙老爷子、二男老爷子和姜联军老爷子似的，坐车能挺起胸脯买半价票哩……他就算是脸皮再厚，也没敢在村里头嘚瑟，只在去外地时才好意思拿出来戴。这期间经历的好事坏事都不少。好事是他每次去延吉市里，一定要坐一角钱一张票的公共汽车，每次都白坐（当时延吉的市内公共汽车票价一角），偶尔被那有眼不识泰山的乘务员要求买票，他当场便会瞪起眼睛，自豪地挺起胸脯，示意她看勋章，意思是“我流了多少血打下的江山哟，坐这一角钱的公共汽车还要这么费劲”？乘务员姑娘被他的嚣张气焰给压着了，也不敢说要查验证书，只好背过脸儿去。何况她也不想因为区区一角钱跟乘客掰扯，不值当。然而这招儿在长途汽车站可不好使，让他反受其辱。

话说文队长在售票口，照例亮出胸前的勋章，要买半价票，没想到那个汉族售票员冷冰冰地要求他出示证书。他把蓝皮证书塞进窗口，女售票员翻了翻说，这种证书根本买不了半价票，说着还把那证书从售票窗口扔了出来，哪承想，那证书从窗口飞出来，恰巧掉在了地上。“你小妮子，这是要翻天啦？就算是参加担架队，毕竟也是上了战场哟……抬担架的牺牲了多少知道不？咋能这么待俺？没有战场，哪来的担架队？……”文队长大着胆子闹开了。可售票员仍无动于衷，还嘲讽道：“您去找国家民政部算账吧！”

一个乡下老人突然间在客车站大吵大闹，站内负责治安的警察立即赶来，问明来龙去脉，便要求查验文队长的证书。警察似乎第一次见这种蓝皮证书，翻过来调过去仔细查看后向他说明，用这种蓝皮证书无法买半价票的规定，还反过来追查，持这种证书咋能得到那枚荣誉军人勋章的。眼看假冒要被当场拆穿，此时此刻，即便是那位胆大妄为、不可一世的文队长也吓得呆在那儿，脊背阵阵发凉。他一寻思，这种场合还是赶紧脱身为上策，不顾身后警察连连喊停，抱头鼠窜。可以想见，那个头发花白的乡下老人顽童似的逃跑模样。

起初瞪着眼睛、一脸严肃的年轻警察，像是要追查到底的样子，后来也许看这乡下老人没正经的恶作剧，再或许是他认为这不属自己管辖之内，反正没再执意追过去。

那天回到家的文队长，对无辜的守成恼羞成怒地喊：“这是啥破证书啊？”“俺就说嘛，您别贪念那些没用的玩意儿不是？一张车票才值几个钱？您这不是自取其辱嘛！”

从那以后，文队长只戴勋章，不再随身带那假的蓝皮证书了。

其实，在饱受假冒伪劣之害的中国，文队长这“假证明书”也算不上稀奇事儿了。

后来，文队长还是凭着那张“假证明书”，每个月便同真正的荣誉军人们一起，到公社民政办公室，并肩坐在长椅上，享受着领取不足百元的生活补助金的那份“光荣”。

那时期，南大川所有人都说，文队长现在至少得一百五十岁，他的那些“经历”才成立。他说自己在牡丹江生活时期，当了几年互助组组长，参加过担架队几年，当生产队长几年，在铁器厂、煤矿又分别干了几年……总之，他吹自己的那些“简历”加起来，得“一百五十岁”才行。

文队长不是南大川土生土长的人。据说，他是在共和国成立的1949年，从牡丹江某地迁来南大川的。当时还在世的我姥爷出面，介绍说文队长是本家亲戚，这才借光在南大川落的脚儿。当时，文队长是带着五岁的长子文大成来的。就因这事儿，我娘总是怪姥爷。

“就算是亲戚，也该知根知底才搭桥吧？咋能随便拉来这么个人，让邻居笑话咱呐？”娘埋怨并不是平白无故。听娘说起过，文队长家原来在稳城郡生活过，然后到了凤梧洞，光复那年，搬到了牡丹江某地，之后落脚到南大川。所以，文队长是真关北籍。然而，他一来兴致，就会说让人笑掉牙的全罗道方言。这种南道方言，是他在牡丹江的时候，学的皮毛。若是他“放大炮”，便毫无例外地说土话。他吹大牛时，比起生硬的咸镜道方言，南道方言更显特色。

要说文队长一生中“威力”最强、最为蠢笨的“大炮”，那得上溯到四十年前，20世纪50年代。那时，文队长刚搬到南大川来。他看起来能言善辩、无事不晓。南大川人正愁没人愿意当生产队长，而文队长则毛遂自荐，大家不知底细便痛痛快快地选了他。“文队长”，这是多带劲儿的称呼啊！

那年春天，在凉水公社那烟草味儿熏死人的会场上，姓后面平生第一次带“长”的文队长，作为自荐当队长的第一人，登上了破讲台。他环顾一下四座，猛孤丁大喊：“十万斤！”突然举起手，在空中停留好几分钟，“嗵——的一声，是大酱块掉地，叭——的一声，是邻居老太太打外孙嘴巴，十万斤！”并豪情万丈把破桌子拍得山响。

即便我没亲眼看到，也能想象得出来当时的情景。

来开会的所有人都是庄稼“把式”出身的队长，开始还以为听错了，愣愣地呆在那儿。忽然，谁先哧哧笑了起来，紧接着便“哇，哈哈哈……”地一片爆笑，接下来都是些合乎人之常情的反应。

“这人也没见过哟，是哪儿来的队长？”

“说是南大川人呀……”

“说啥呢，在南大川咋没见过这面孔呐？”

坐前排的公社干部们，啪啪鼓掌，试图引起四周的呼应，可会场上已是一片笑声海洋。

就算说“每公顷产粮六千斤”，那时候任谁听了都会“哇”的一声惊叫，这是突然从天上掉下来的十万斤吗？鬼才信，呵呵，怎么搞的，南大川竟然出了这么个“水大炮”！从那时起，文队长身上又多了“水大炮”这个外号。

据说，他本来还想硬犟十五万斤来着，公社一位一丝不苟地落实上级意图的干部，“啧啧”咂舌，说“十五万太多了”，大幅削减成十万斤。那年头儿，谁都不爱干生产队长，青蛙似的往后退，唯有文队长大胆挺身出来要当队长，他的头一“炮”就这么‘正式’发射了。这已经算是说得过去的“炮”了。比这次更为悬乎的‘大炮’是，他放出“豪言壮语”，要在南大川村前流过的河床上，用混凝土封上，在那上面建农田。从那时起，文队长的人品便完全暴露于光天化日之下，背后人都说他是“痴人说梦”。

造田的想法还算不错，可南大川遍地都是可开垦的荒地，为啥偏要在河床上面封混凝土造田哟？

第二年选队长时，文队长再次自荐，这回大家都知道了他的底子，根本就把他的话当成了狗屁不理不睬。也是从那会儿起，文队长成了大伙儿的笑料。

仔细分析起来，他实际是草包一个，可以说所有事情都是一塌糊涂。毛栗子大的朝语字不识一个，别说是庄稼活儿了，就连琐碎的家务事也总秃噜扣儿，没头没尾。在村里，他就像是个气球膨胀地飘在半空。文队长遭村里所有人的白眼儿，到哪儿连杯酒都喝不上一杯，人缘扫地。有谁能把一个满嘴跑火车的吹牛皮大王当成个正经人儿看呢？

后来，文队长的大儿子回乡后，待遇才有所改变。长大成人的大成叔精明能干，村里人至少在大成面前不再把他爹当傻子耍。再后来，随着小儿子文守成发了大财，他便一跃而得势起来。

南大川人都在背后议论，这么个傻帽儿，咋能生出来像大成那么精明和守成那么会赚钱的儿子来呢？都说这是个谜。还有人说，这俩儿子肯定是像姥姥家那边儿。

当初口口声声喊着每公顷要产出十万斤粮食的“大大炮”，结果到了秋天，整整二十公顷稻田收了不到十五万斤的粮。尽管如此，文队长的脸上无半点儿愧色，两眼一闭装糊涂。

当时公社要求粮食产量要往大里吹，不吹白不吹。既然要虚报产量，就往大了报嘛！

文队长的“大炮”当时相当有名，十里八乡无人不知。要不然咋会有“比文大炮还能吹的家伙”的说法呢！

文队长一辈子在乡下生活，可他连草都没锄过一次。若说一个乡下村翁不会锄草，从没扶过犁杖，这简直就是天方夜谭。可是，大伙儿对文队长，刚开始是说他不会，而不让他干（农活），后来是说他啥也干不好，干脆就不让他沾手，反正一直就这么稀里糊涂地过来了。

那个时候，南大川流行生产队长“轮流坐庄”，崔队长、吴队长、李队长、张队长……反正壮年那帮人几乎都当过一次队长。分析起来，他们大部分都是组织能力较差的“新手”，可以想见当时农业生产的状况。农民们因为脸朝黄土背朝天，一辈子精耕细作也逃不脱受穷的命，年年岁岁贫困循环往复。

“‘文大炮’那家伙，除了吹还会点儿啥哩！”人们叹息。

文队长搬到图们那阵儿，正赶上90年代中期。那天，因要搬到城里去而得意洋洋的文队长，和他那病病歪歪的老伴儿，带着南大川村翁们敷衍了事的“送别”，坐上儿子的私家车进城去了。他是真的变成了“城里人”，永久离开南大川的。

虽然守成大哥深知自己爹的为人，可他受够了南大川人那鄙夷的眼光，也是诚心想炫耀一下自己，才决定把爹娘接到城里住楼房的。

文队长虽说住进了图们城里，离南大川也才四十里地。他动不动就像老鼠出洞似的，跑回南大川。他那印着“为人民服务”五个红字的军绿色帆布包，早就淘汰了。他捡了个儿子嫌过时不用的皮包，成天夹在胳肢窝下晃来晃去。就是小品演员赵本山说过的那种皮包：皮包夹在胳肢窝像干部，拎着就像收电费的。每当他回到村里，南大川那帮老人便挖苦着：“哟，这不是图们市老人协会的领导嘛，视察来啦？”老人们一直好奇那包里装的是啥。有一天，他们寻摸个机会偷偷打开一看，里面只有一个老花镜和一堆不知从哪个饭店顺手牵羊的卫生纸。

对文队长来说，那个只装卫生纸的皮包，是他炫耀自己年轻时当过“官儿”的标志性物件儿。那皮包里虽说装的只有卫生纸，可文队长一刻不离身。当时，我在图们上班，在街上碰见过好几次胳肢窝夹皮包、端个架子走路的文队长。“你到现在还坐客车从凉水来这儿通勤呐？”文队长打招呼的话里永远有话。我想站住装作听他说话，又怕他重复絮叨夸他“富翁”儿子的那些嗑儿，所以每次都找个借口急急忙忙地逃掉。

“喂，大炮老头儿，别成天价吹你儿子富裕啦，你来点儿实惠的，回村儿拎点儿肉腥来，行不？”文队长经不住老人们唠叨，被逼无奈每次回南大川都要割几斤猪肉来。每到那时，南大川老人们因自己养了不怎么着的儿女，平生待在乡下，为了吃那点儿猪肉，聚到破不喽嗖的老年活动站，乖乖地听人家没完没了地吹牛皮。

攀高枝儿进“大城市”的文队长，其实丢了两样儿：一是平生受胡诌八咧吹牛皮折磨的老伴儿含恨离去；另一个是失了儿媳妇的孝顺。他儿媳妇是彻头彻尾的现实主义者，对文队长鸡零狗碎的唠叨，和他对软弱老伴儿的欺负是绝不忍受的。随之而来的是儿媳妇暗地里的“不敬”。文队长这回是撞硬墙上了。再加上人家城里老人们离退休后，都是在林荫道或会馆、广场上，以档次不同的文化性消费度日，文队长和他们在一起，仍像和那帮单纯的庄稼汉相处似的，忽忽悠悠没个准称，叨咕“嗵——的一声，是大酱块掉地，叭——的一声，是邻居老太太打外孙嘴巴”这么无聊的话，常常当即便招来周围人火辣辣的怒视。城里老人觉得反正也没多少好年头了，也不是要在政界或金融界东山再起，连国家主席都不怕，何况是那个仗着自己富豪儿子而趾高气扬的“乡巴佬”，他们如何能放在眼里？

日子久了，文队长越发成了狗食盆里的橡子——没人搭理。再加上，那帮人要么就是副县团级以上的领导，要么就是当过科长啥的有身份之人，和文队长搭上几句话，就立马现出一副“这是哪儿来的睁眼儿瞎呀？”的表情，根本都不给他机会靠前儿。文队长呢，环顾那宽阔的广场，自言自语：“我当生产队长那阵儿，年年都为了往哪儿晒苞米棒子发愁……这么大个地儿，白白浪费了不是，真白瞎呐！秋上把苞米棒子往这儿一铺，要多爽有多爽哟！”他一边口里说这些“胡话”，一边看广场上老人们跳集体舞，一边骂：“这图们城里，咋这么多不正经的老家伙哟！老了老了，还搂搂抱抱地转来转去，找乐子呐？”他越这样，越被人当成草包。

文队长开始在图们城里失去了归属感，时日越久越觉着别扭。

直到这时候，文队长才开始念想起南大川那舒服的人情味来。

从人性层面看，文队长在城里的遭遇，有他自身问题，但若是从大的框架上看，他也是城乡差别的“受害者”，城里跌至谷底的人性或许也是罪魁祸首。

“嗵——的一声，是大酱块掉地，叭——的一声，是邻居老太太打外孙嘴巴。这哪里是人过日子的地方哟？对门儿邻里，见面像瞅着阿猫阿狗互相不认识，这城里啊，都是一帮小气鬼聚堆呢，让俺气都快喘不上来了哟……在这一大帮自顾自的小气鬼当中真没法过呐！可不，肯定活不下去！”

还是南大川的打谷场舒服，还是读报组（老年活动站）轻松哟！

这时候，南大川也悄悄传着文队长的“进城危机”。

“像他那么到处瞎转悠、臭显摆，再能忍的儿媳妇也受不了哇！他原来那么猛劲儿地夸儿媳妇，到头来还不是得受她的气。”

文队长偶尔遇见去图们的老乡，便怒不可遏地从儿媳妇到所有城里人捆在一块儿骂，所以总是有很多关于他的鸡零狗碎的传闻。南大川人倒不觉意外：文队长身上若是没传闻那才怪了呢。

文守成实在看不下去自己爹和媳妇之间闹别扭，后来还是从现实性和合理性出发，选择把他爹重新送回南大川。他爹能舒服度日的去处还是南大川，只有那里才是能遮掩他爹的毛病、容下他爹的唯一去处。后来，文队长只好放下当初离开南大川时的得意，耷拉着肩膀重新回到了乡下。

南大川最熟悉文队长的“生理”，只有那片黑色的土地才会没有任何“偏见”地拥抱文队长。文守成按他爹的吩咐在二队打谷场边盖了幢新砖瓦房。

那个时候，二队打谷场虽已冷清，是谁都不曾用过的空地，却是南大川人最稀罕的一块地皮。文家在那儿打地基时，南大川村二组（这时，把二队称作是第二村民小组）村民都起来反对。这块地皮，可是南大川的“鸡蛋黄儿”，地面宽敞，土沙参半排水好，做宅基地是没治了。没有二组村民同意，任他是“首富”也断不敢动土。可文队长没遇太大阻碍便盖了房。

文守成撒了大把钱，堵上了嘴茬子厉害的村民和村干部的嘴。第二年，南大川开展了规模庞大的建新居工程，原来那些茅草房，在推土机的作用下，一夜之间便无影无踪。在农村住宅改造中，文队长也捞了一把。他因为已在之前盖了房子，所以他在室内装修上借了光，村民委员会受文守成之托，直接出面给文队长买了最新式的家具、橱柜，连冰箱都给置办上了。在当时的南大川，要数文队长的家最光鲜。

“嗵——的一声，是大酱块掉地，叭——的一声，是邻居老太太打外孙嘴巴，像俺家这么亮堂堂的在南大川还能找出第二家吗？”

村里的老太太们第一次见这么先进的家用设备，眼红得直流口水：“咋这么光鲜鲜地晃眼睛哟？”

好事不断叫“莎莉法则”，坏事连连的叫“墨菲法则”——文队长遇见的是美丽的“莎莉”。

南大川的老人们原来连活动场所都没有。后来，在青岛创业的昌洙一出手掷五万块钱，为家乡盖了栋专门的老年活动站。可谁都不愿意当（老年会）会长。实际上，所谓的会长，就是冬天负责烧火把屋子弄热乎等打杂的“位子”。偶尔有活动时，会长就得东奔西走挨家挨户通知：晚上有活动，得参加哟。传着口信，和“跑腿儿”的没啥区别。由于谁都不爱干这活儿，会长位子一直空着。

没承想，文队长想干，又一次自荐：“我干试试吧！”

“好哇好哇。”老人们哧哧笑着，一致赞成。

文队长这回成了会长。话说得好听些是会长，实际上背后由几个老人操纵着所有事儿，文队长手里一点儿实权都没有。可他完全不以为然，成天端着肩膀得意洋洋的，反正有“会长”之名就成。既然文队长有从前自荐当生产队长的经历，这次挺身而出要当会长也就没啥奇怪的了。可能在他眼里，“领导”手下三十多名老人的老年会会长，是仅次于国家主席的“官儿”，反正他美得嘴巴都咧到了耳朵根子。随后便开始摆起会长派头来。再加上他去城里过了几年，看到听到的多，长了见识，“大炮”也提升到了神水准。也不知道这帮老人在背后是咋撺掇的，他隔三岔五地便去找村民委员会和乡政府。

每当他找完村民委员会和乡政府回来，当天晚上，老年活动站准保会摆上酒桌，老人们载歌载舞风乐声声，哎嗨哟、呼儿嗨哟……南大川的夜空飘着欢快的歌声，一片喜乐。

“嗵——的一声，是大酱块掉地，叭——的一声，是邻居老太太打外孙嘴巴，那姓尹的老太太，脸蛋长得挺标致呢！”文队长当上会长后，又翻新了好多有趣故事。

村里有个尹姓老太太，是从汪清跟着在煤矿干活的儿子搬来南大川的。

“喂，我说文会长。那个姓尹的看上去挺好看的，你去试试勾搭勾搭呗，你说你，有个富豪儿子，住着好房子，再加上还当了会长，缺啥呀？你在那枪林弹雨里连担架队都参加过，区区一个老太婆还搞不到手？”

“可不是呢，整个南大川，咱文会长和那尹老太太才最般配哟！”

在老人们私下里猛劲撺掇下，到图们没了老伴儿、成了老跑腿子的文队长，这回真起了阴邪的色心，急着要找新老伴儿。看样子尹老太太年轻那时候应该颇有些姿色。即便是脸上起了皱纹，和别的老太太比起来，看上去还是相当的白皙细润。

文队长已不是暗暗喜欢，而是明目张胆、不分时候去老太太家里磨唧、调情。他儿子文守成也掺和进来。恰巧尹氏的儿子在他开的煤矿当矿工，他便先从儿子下手，明里暗里敲打他。对文守成来说，在身边却不能赡养的老爹是他心头之患，要是能有个替自己照顾爹吃穿的继母，该多好啊！

尹氏那头脑简单的矿工儿子，拿了大老板作为回报给自己的一大笔赏钱，没法儿不动心。然而，性格刚烈的尹老太太，对文队长轻浮的行为举止，不分场合口无遮拦吹牛的习性，从一开始就厌恶地直往后躲。“这老头儿咋恁烦人呐？活这么大岁数了，头一次见脸皮这么厚的老家伙……”

南大川人早都知道文队长是啥样人，也就见怪不怪了。可对于初次见面的人，却会被他吓坏。文队长呢，爱谁谁，反正也不管对方感受，“进攻”越来越猛。再加上文守成“火力支援”，还有那个暗地里逼娘改嫁的儿子，尹老太太终于抵挡不住，晚年被逼无奈，嫁了个糟老头儿，唉，这是啥命哟！

尹老太太终于举了白旗，反正也不像年轻时候了，还能活多少年呢？她最后死了心。有老话说，男人背包带子长、拳头够硬，女人才会跟着后头追。看来这话，放在过去现在和往后都好使。

不管啥时候见文队长，他那高级皮马甲兜里，铜镚儿都哗啦啦响。

农活从不沾手的乡下老人，马甲兜里钢镚叮当的响声，听起来是那么悦耳，且无拘无束。作为人，不论年老还是年轻，在金钱和欲望面前，大多会成为脆弱的存在。

文队长的“莎莉法则”无法估量其到底会成功到哪个地步。反正，文队长重回南大川后，他的命运竟出乎意料地像桃花般灿烂地开了挂。踩了狗屎运！

“嗵——的一声，是大酱块掉地，叭——的一声，是邻居老太太打外孙嘴巴，哪有砍十次不倒的树哟？她可是人老，‘那个’不老呐！”文队长领着身材瘦小的尹氏，到老人活动站，一开口便吹开了。

老人们哧哧笑着，尹老太太都不知道把脸往哪儿搁了。

在南大川，文队长随时日气焰越发冲天。村长、书记在他面前也貌似毕恭毕敬的样子。文队长并不懂他们是看在自己小儿子文守成的面子上，才放低身段儿的，竟连村民委员会的事儿也要横插一杠地指手画脚。

村长和书记明知道文队长的所作所为忒无知，可还是点头哈腰地嘿嘿笑着，不与他计较。

文队长每天一大早起床便直奔老年活动站。偶尔不去活动站的日子，便像宪兵似的背着手，沿村路来回溜达，一旦碰上谁让他倒胃口都得惹上大麻烦。

有个从山东来的男人相当霸道，占村道修杖子，村长出面指责他都没用，照样我行我素。“当你是谁呢？”有人便将此事报告了文队长。

“嗵——的一声，是大酱块掉地，叭——的一声，是邻居老太太打外孙嘴巴，你这可恶的家伙，赶紧拆了它，知道我是谁不？”给那人一顿臭骂。文队长一声令下，使那人以为遇见的是惹不起的村翁，灰溜溜地把杖子拆了。这么“大的人物”发话了，谁敢抗命不遵哟！

然而，老天本就不会容许永远一个人的独角戏，还似乎掌管着通过某种途径来寻找人间均衡性的特别规则。

一天晚上，有两个蒙面怪人突然闯入文队长的家，把文队长和老伴儿吓蒙了，还莫名其妙被扇了几个耳光，文队长和于老太太像蔫白菜叶似的瘫在那儿，任他们把烟、高级酒之类统统塞进口袋，然后神不知鬼不觉地消失在夜色里。

第二天，派出所民警们鱼贯而入文家，紧接着儿子儿媳也从城里赶来。村长、书记随后也到了。文队长并非为挨打难受，而是对小儿子难以启齿说出事实真相。后来，抢劫事件过了几个月破案仍是一筹莫展，这个案件不是杀人案，只是打了老人、偷了烟酒之类的，其实也算不上大案，最终也没抓到犯罪分子而成了悬案。

不知内幕的人，也许猜两个乡下老人住的房子里，肯定能有值钱玩意儿，引得强盗半夜破门而入。可南大川人却十分明白内情。一般人遇到这种事，都会变得小心翼翼，可文队长根本就没当回事儿。

最可笑的是，文队长还拉着南大川的另三个村翁，去图们逛酒吧的那事儿。

村翁们一辈子在乡下，只守着自己老伴儿一个女人，被文队长忽悠说酒吧小姐如何如何的。全都装作不情愿的样子，半推半就地跟着文队长，给小姐钱后晚年失节。这事儿，南大川轰动一时，传出了好多笑话。

那三个村翁被文队长拽着，先去了文守成的家，硬被逼着喝了上千元的洋酒，之后，趁着酒兴踏进了女人扎堆儿的酒吧。他们平生第一次进只是听人说过的神秘“世界”，真是“刘姥姥进了大观园”。刚开始，他们面对那帮露着屁股蛋子的丫头冲着自己撒娇惶恐不安，正手足无措的当口儿，见文队长打头阵，便也跟着干起了龌龊的勾当。

没想到竟因此出了大事，这事儿不是谁给捅出去的，而是其中一名村翁后来在酒桌上喝醉后，把憋在肚子里的酒吧所见所闻一股脑儿抖搂出来，这可炸了庙，一时间满“村”风雨。没想到消息传开，当事人的老伴儿们却像是自己犯了罪抬不起头来。最后，那三个村翁一齐找文队长算账，说所有这些事儿都赖他……老太太们则咒骂，说她们的老伴儿被抢了去，她们尖利的手指甲，把文队长的脸抓了个满脸“花”，还弄得乌眼儿青。

可这一切对文队长来说，却像是值得夸耀的事儿，更频繁地在村路上转悠开了。

“文队长，你脸这是咋的啦？肯定不是上战场参加担架队吧？……”有人故意这么问起，文队长便装腔作势，毫不脸红地答：“嗵——的一声，是大酱块掉地，叭——的一声，是邻居老太太打外孙嘴巴，当初，都怪那几个乡巴佬，摸小姐那打糕似的雪白屁股，俺才落得这么惨哟！”

后来，文队长的好日子也没过多长久。

20世纪80年代中期曾流行过这么一句笑谈：南大川的煤老板比狗还多。

那个时期，南大川尽管出现过好多煤窑小老板，可真正在冒险行当里成富翁的矿山主却不多。像文守成那样，手下养着一百多名矿工的老板更少见。如果说文队长的大儿子文大成是“风流种”的话，守成则是创业型。他和吹牛大王爹、风流情种的大哥风格实在相差太远。

守成天生擅长广交朋友，身边朋友众多，他为朋友两肋插刀，付出的回报更多，他手下干活的人多是讲江湖义气来帮助其打理生意。守成的生意经并不是靠煤矿经营的理论，而是他无知无识、大约摸儿悟出来的。“省下钱往哪儿用啊？有谁伸手管我要钱，一概来者不拒。我也不伤脑筋再想着往别处投资啦，煤矿的活儿，从来就是脑袋别在裤腰上碰运气的……钱呢，有了就要花掉。人有旦夕祸福，谁都不敢保证，今天是富翁，明天兴许就变成叫花子呢……”

虽然文守成挣了钱也爱挺胸说大话，可他和他那不靠谱的爹不同，有股子聪明劲儿，凡事懂得给自己留退路。那时候，文守成的身价令人瞠目结舌地飞涨，无论是学校开运动会，还是南大川开村运动会，他总是坐在主席台中间，享受着荣光。他作为乡里富豪，算是唯一一个慷慨捐款之人。他的做法虽然当时让人觉着不可思议，现在看来，应该说守成有正直的回报心理。否则，他是个乡下人，为啥非要“高尚”地拿出自己的私人财产，一掷千金来回报社会？这个疑问便无法找到答案。也许还有一些不为人知的想法，如他爹文队长在南大川威信扫地、他哥进过监狱等，潜移默化成了他的心结，所以他总想着在南大川做点儿好事。

如此好的发展势头维持了好多年。文守成这个十二号矿山主，要不是出了那场震惊四方的南大川“10·10”崩坍事故，死了三名矿工，煤矿经营权被剥夺，也不会一日之间惨遭覆灭的命运。

相关部门下来调查那起事故的原因后，采取了极端性措施，随即下达关闭煤矿的决定，等于掐断了文守成东山再起的后路。他的饭碗是彻底给砸了。他曾把那么多的私人财产回报给了社会，出了事故却得不到任何照顾，只能眼睁睁地垮了下来。文守成是和他爹、他哥都不同的人，至少南大川村里人都真心地同情他，都说：“对村里和学校贡献那么多的煤老板，哪有一夜之间就给人家灭掉的道理哟？”

文队长又开始在胳肢窝下夹上那只皮包，找有关部门上访去了。他说：“死了的人命损失俺都赔偿了，责任也担下了。哪能再关矿山呐？这要把人往死里整哟？”然而，和当年给大儿子上访一样，没人理会他。

从那以后，守成兄有一段时间回到图们，闭门不出。文队长在南大川人心里的位置也是每况愈下，谁都不愿搭理他。当时，我在《延边日报》社驻图们记者站当记者。有一天，我在路上碰见了垂头丧气的守成兄。我不知道说什么才能安慰他，正支吾着，不想他先开了口：“还是羡慕你啊！俺这回弄得走投无路的，也不想在这儿混下去了。以后挣钱也不干那些捐钱的傻事儿了。他们拿俺钱时，都是一副高兴要死的样子。待俺遭了殃，没一个家伙替俺说句公道话。以后谁要捐钱，俺带着饭盒也要跑去拦住他。事到如今倒了霉，啥想法都有。俺也没啥可留恋的了。先把俺媳妇送到韩国打工，俺打算稍后也跟着过去。俺唯一放不下的就是俺爹，可俺们出国才能挣钱给他养老哇……有了钱，也能给他送养老院享点儿福不是。"

守成兄和我分手时拜托我，一定要把他的故事写出来。那次，是我和他最后一次见面。后来听说守成兄去了韩国，在那儿经一位牧师介绍，移民到了太平洋上的岛国新西兰。

一生之中，除了那点儿盲目的张狂，再没啥能耐的文队长，眼瞅着俩儿子先后遭殃，彻底绝望了。

然而，他没有看到小儿子文守成移民那一天。某天早晨，他凄凉地离开了这个世界，没等到小儿子东山再起，养老院也没去。文队长去世时，尹老太太也没在跟前儿。守成兄当时滞留韩国，他爹的葬礼也没法参加，未能尽孝。村里人把文队长埋在他大儿子文大成的坟边。

真可谓福无双至、祸不单行。准确讲，文队长去世七天后的那天晚上，屋后堆成山的煤矿用大坑木，竟无缘无故滚落，砸倒了文队长家的房子。直径超过五十厘米的大木头，毫不留情地滚下来，推倒了砖瓦房的地基不说，还顺势引起了火灾。

一夜之间，文队长无时不显摆的房子和那光灿灿的装潢，被大火烧得灰飞烟灭，成了一堆废墟。

南大川人，谁都不敢再去打谷场了。

从那之后，南大川的村路上，再也看不见那个倒背着双手，得意洋洋来回溜达的文队长了。后山日夜转动的卷扬机声，再也听不到了。南大川随着文守成的没落，就连"矿山村"的名声也荡然无存了。

3

岁月流逝。转眼间，进入新千年之后，时间已过了十六年。

传说，有人在清明节到南大川来，给一直没人照看的文大成坟添了土。

怎么一回事儿啊？……

每年，奶奶由爹娘陪着去墓地上坟。我这次中秋节也照旧回到了南大川。

中秋早晨，南大川的村路上，出现了看样子是大城市来的一位贵妇和一位挺拔高大的中年男人。他们正顺着路来回走，像是在找人。

“这是谁啊？”

“该不会是香姐吧？”

香姐温暖地笑了。果然是她！她已不是四十年前那个会跳芭蕾的姑娘了，不知不觉已成年逾花甲的老妇。光阴荏苒，当初那个挺身为自己初恋情人做无罪辩护的刚直女孩子，变成了一位慈祥的奶奶，她当年苗条姣好的身体如今已发福了。

香姐离开南大川后，与一位南方某海军基地工作的军人结婚，在那里生活一段时间后，丈夫退役一起回到上海。这次是借来吉林出差的机会，带儿子回自己当年下乡的地方看看。

可村里人不信这话。香姐清明来过，中秋还来，绝不像是出差。

尽管香姐说她早就知道了大成叔的事儿，可当她听说了大成叔在打谷场自杀的经过后，仍泪流满面。之后，她顺路去看了二队的打谷场。

香姐望着已烧成灰烬、只剩残垣断壁的废墟，一脸凄凉地喃喃自语：“这地方，过去是堆着大垛稻草来着……”

每到脱谷时节，灰尘弥漫在空中，那群穿着屁股和膝盖磨破的旧衣服干活的南大川人，他们的音容笑貌便浮现在眼前。当然，文大成叔、文队长、文守成都已不在了，打谷场如今也没了。

香姐伤心地流着泪。她身边像木头似的呆呆站着的儿子，一脸漠然，表情分明写着他根本不知道母亲为何，偏偏要来乡下，这么个不起眼儿的地方，还流泪。

溯河性鱼类，有种鲑鱼，每到产卵季，会准确无误地回到自己出生的地方。那么，作为高级动物的人类，也有回归的本能吗？

香姐离开打谷场的废墟回到村里，告诉人们说自己有两个儿子，介绍身边那个戴眼镜的高个子中年男人是自己的大儿子。她儿子向村里人轻轻点头致意。

大儿子？香姐的儿子？……南大川人一边仔细地掰指头掐算，文大成叔是哪年去世的，一边仔细端详眼前香姐这个只会说汉语的儿子。要说香姐的大儿子，应该不是汉族，而是朝鲜族呐……同时，又不无伤感地望向西山埋着文大成叔的墓地。

喂，大成子，你倒是睁下眼睛，看看谁来了哇！

一日千载

——南大川人的故事（10）

1

南大川人的日历翻到了2016年。

村子正日渐变成人影寥寥的寂寞山村。进入了在韩朝鲜族已超过六十万人的时代，南大川的青壮年们也全都急着奔往那个叫韩国的国家挣钱去了。

寂寥的村庄里，出现了三名青壮年，这下子像是家办喜庆事儿，村子遇荣光了呢。

“二串子”史陆久在村里遇见千燮兄和曰福的时候，是2016年6月中旬左右。他们没有任何事先约定，不过是从韩国归来的时间差不多，算是偶然在村里重逢的。史陆久的签证遇到了麻烦，暂时回国等待再批签证。因这么个繁琐的程序，出国劳务的这三个村里人，就这么突然间再会了。

千燮兄是4月初回的南大川。过一个月，曰福也回来了。这哥俩在韩国也时常通个电话、见个面儿喝顿烧酒啥的，相互之间知根知底儿。可史陆久在韩国几乎与这俩人没啥交集。

史陆久回国是村前田里每晚蛤蟆叫得欢的6月。他与想回国静心过段日子的千燮和曰福不同。这“二串子”史陆久的回乡之旅，一开始便大张旗鼓。他也许忘了当年自己在村里养羊赔了本儿，整个人垮下来，逃也似的跑到韩国那事儿了。这次回来，倒是显得相当精神。

史陆久就像背后带着光环登台的演员，总的基调就是“高傲”，仿佛双肩扛着满满希望，脖子上挂着拴狗绳那般粗的金链子，一走进老年活动站，便发出一阵放肆的奸笑，随手把一只黄毛狗痛快地往地上一掷。“嘿嘿嘿，这帮老东西都没死，活得够长远啊！你们这帮老不死的，我不在，你们肯定连羊肉都捞不着瞧一眼，这回给你们杀条狗打打牙祭吧！不管咋样，回南大川来，还能听到蛤蟆呱呱叫，和你们这帮老东西哗啦哗啦搓麻将声呐……南大川就是好。除了路上净是看见弯腰驼背的老太太杀风景以外。”

“你个缺德玩意儿！哈哈哈，缺心眼儿的家伙，脖子咋跟牛屁股蛋子那么结实呐？都说韩国一到夏天，就跟干燥室似的，又煎又炒又烤的，一般家伙早成蔫白菜叶了，你这挨千刀的，倒是白白胖胖地活着回来了，是藏小媳妇的裙子底下了咋的？想当年你养羊亏得底朝天，这回是想养牛才飞回来的？”村里的老人们揶揄着反唇相讥，欢畅地笑起来。

“快别提牛了，这缺心眼儿的家伙，养狗还凑合。不管咋说，他说眼见着南大川村路上那些弯腰驼背的老太太，多亏了不常见，呵呵呵！”老人们见着史陆久，便争先恐后反讥。

那天晚上，南大川老人们都聚到老年活动站，汗流浃背地吃史陆久拿来的狗肉，大饱口福。

“这傻小子，嘴巴是损了点儿，还算有人情味呐！”

史陆久这番大方的善举，令先回村的千燮兄和曰福脸面全无。

“狗杂种，一回村就整这出儿，存心给咱出丑不是……”他俩嘴里骂着靠一条狗得分的史陆久，心里却暗暗自叹不如人家史陆久想得长远，自己都没想着给村里老人们打斤酒，显得多差劲儿哟。要不现在即便晚了点儿，去和老人们问个好？唉，又像是马后炮，干脆装聋作哑算了。

南大川那么多村民加入了出国劳务行列，挣了大钱，可回来在村里老人面前挣足面子的，唯独史陆久。“嗯，那‘二串子’史陆久还算有点儿人情味呢！”老人们吃着狗肉，猛夸一通。

“你这杂种，可真够讨人嫌的。拿那么一条母狗就换得整个南大川的人心，也太奸了。”村路上千夔兄碰见史陆久，打招呼劈头就是一句不讲理的指责，话里火药味十足。

“嘿嘿，说啥呐？早就听说大哥您和曰福回来了，这才头次见呢！可真够巧的，俺今天请客，咱们直接上图们，也让小姐按按脚，去练歌厅搂着小姐唱唱歌啥的。”

在村里，出了名的没礼貌、天不怕地不怕的史陆久，在千夔兄面前却卑躬屈膝地点头哈腰。千夔兄住在岭后阳东堂那会儿，就是出了名的“阳东堂魔王”，回到南大川后，一段时间也曾是打架斗殴称三称霸的，虽然现在渐渐老了，可当年的“光荣事迹”仍然让大家心有余悸。

“你这家伙，还以为是生产队时候呐？现在这年头儿，请客也得对方给你面子才去呢。区区喝酒小事儿，听着也没啥新鲜玩意儿。”千夔兄的话虽不太中听，可也不是不情愿的神色。

“听说你几年前养羊赔了五万多，成了穷光蛋……小子哎，羊汤下酒那可是没比的喽！你要真心请客，就挑能叫食管辣爽爽的吃食。”年逾六旬的千夔兄，对女人肯定是没了兴致，只对嘴和胃上心。听他的说话口气，就像史陆久欠了他几百吊（钱）似的。

“嘿嘿，哥，你可别揭俺伤疤了。养羊是蚀了老本儿，可俺实打实地把人家标致的老婆都给弄到手了，也算扯平了哟！”史陆久脸上的表情虽像咬了口苦黄瓜那么难看，说话却是十足的打肿脸充胖子。

因为史陆久是汉族父亲和朝鲜族母亲生的，就倒霉地让人叫成“杂种”“二串子”。这些称呼是犹太人的种族意识对其他民族的混血儿贬义称呼的词，被滥用的贬低人格等多重功能形态所形成的。也有把不男不女的两性人叫作“二夷子”的鄙称。这些鄙称是对于身份认同的贬低和讥笑。

如此说来，把混血儿叫“二串子”的咸镜北道（朝鲜）方言，又是从哪儿起源的呢?

“听说曰福也回来了，咋没看见他呢?”

“他应该在图们待着，婆娘在那儿呢，回南大川也没啥意思呀……得老婆伺候他吧。”

“嘿嘿嘿，他那蒙古族婆娘肯定给收拾得利利索索的。”

去过韩国的延边人，有个共同点，一直以来嘴上喊的“婆娘、屋里的”，换成了外来语“外福”（英语 WIFE），还有穿过人行道时，是一定要看信号灯的。

村里偶遇的千燮兄和史陆久当即叫了辆出租车，直奔图们而去。

千燮兄因为和曰洙兄走得近，自然和他弟曰福曰吉也处得亲。

可是，自从曰吉当年抓蛇被岩石砸死后，千燮和六道沟的山场主人斗弼及年纪稍小的千奎走得更近了。后来他去韩国与曰福重逢，二人便经常一起喝点儿酒，变得更亲近了。他在韩国和史陆久是一次都没见过。对千燮和曰福来说，史陆久是见到了挺高兴，见不到也就是个狗屁的存在。

然而，因为他们同是南大川老乡，又同样漂泊在韩国打工赚钱，所以一见面就能没有负担地彼此融合。其实，史陆久跟千燮兄没那么远：两个都是土墙外屯子的人，而且史陆久是千燮兄一直照顾着的“福童阿迈”的孙子。所以，他们是不能装作不认识的关系。出了名的“阳东堂魔王”千燮兄，从前烦史陆久太没礼貌没口德，所以不让他靠近自己。

可现在不是挑三拣四的时候了，南大川成了连说话对象都难找的空村，到处都是空房子。

他们到了图们，叫上曰福，一起找了家汉族经营的小羊汤馆儿，虽不太干净，还是坐下来喝起酒。三人是头一次坐一块儿，并借机迅速亲近起来，经常唱着“岁月啊、年华啊，请不要离去……”的歌，一起“花天酒地”混日子。

曰福和史陆久大部分时间都住图们的楼房里，动不动就轮番做东，把千燮叫到图们，一起做婆娘们知道会掀房盖儿的按摩，一起等着再出国的时机。

他们在韩国几年间到工地卖苦力挣了钱，兜里的银子付一般的酒钱根本不算个事儿。曰福也好，史陆久也好，原来就是大手大脚的人。曰福在延吉买房差点儿被不动产交易的人给骗了，后来选图们买了套楼房，还把自己的一对双胞胎送进了图们市第一小学，让蒙古族老婆在那里照顾孩子。就这样，曰福在南大川和图们都有房子，小日子过得还不赖。

史陆久早就在图们买了楼房，他的老母亲在那儿住。唯独千燮兄仍是南大川地道农民，但他那出息的儿子都民在图们发展得不错，算没啥遗憾的。三人之中，千燮年纪最长，相当于“头儿”的角色。尽管曰福和史陆久极力撺掇千燮离开南大川到图们生活，千燮兄却说：“俺都这把年纪了，疯了还是咋的买楼哇？儿子儿媳妇在那儿过得好好的，俺为啥要当他们的包袱？让俺重回阳东堂还行，让俺进城，门儿都没有！”执意要在南大川过到底儿。

2

在这部长篇小说的前言里，我已交代过千燮兄是出身阳东堂的一个猎人。他曾因他爹的出身成分问题，在那儿低着头过日子，之后搬到南大川土墙外屯子。后来，他爹的成分问题得以解决，他大哥被追认成烈士，才算免遭村里人凉飕飕的白眼。可对千燮兄却没有任何金钱补偿，也没任何实惠可享。一般遇到这种问题，总是当事人吃亏。当年，他像狗一样生活的日子，没人给他补偿。

到了南大川，官方逐步实行动物权益保护，将猎手们收藏的猎枪全部没收，千燮兄再也不能打猎了。有一段时间，他也当过矿工糊口，后来他在文守成的煤矿，发生崩塌事故，被困在煤坑道内七天之久，险过了一次鬼门关。那次矿难，有五名矿工当场死亡，仅有两名生还，其中一个就是千燮兄，他和前屯子的成奎一起好不容易捡了条命。当时被担架抬出矿井时，所有人都没对这俩爷们儿寄多大希望，可他们还是奇迹般生还。人们都说，他俩全靠身体壮实才挺过来的。

之后，他离开煤矿，又干了段命里不曾有的兽医。依千燮兄那性子，兽医绝对是风马牛不相及的“职业”，不相配甚至有些可笑。可不管怎么说，他的确是干了些兽医该干的活儿。

那时期，我在凉水镇政府做事。千燮兄打那时起总来找我。我喜欢他那大咧咧的纯爷们儿性情，所以每次他到凉水找我，我一定会赊账请他喝酒。后来，我又到图们工作一段时间，又调回延吉。每次他进城，都要来我那儿歇歇脚。他一般都要带着曰福一块儿来延吉，两人从来都爱吃加州牛肉面，我直到现在也爱吃，可能也是那时候中的“毒”吧！

千燮兄找我是因为那时候，图们好吃的饭店他们仨都给吃遍了，腻歪了本地吃食和欺负女服务员的把戏。先回国的千燮兄和曰吉，其实能马上返回韩国劳务，可他们胡吃海喝贪玩，一再推迟再出国的时间。就算能挣再多的钱，他们也忌惮上工地流大汗卖苦力。

千燮兄过了国庆节就要重返韩国，之前，给我打电话说要来找我，我便在办公室等着。看看表，时针正往十一点努力地爬。他说中午到，应该是快到了……正想着，听得走廊传来“咚、咚、咚”一阵沉重的脚步声，随后连门都没敲，便“咣当”一下推开了，千燮兄走了进来。

“你这是刚到延吉吗？”

“可不，回南大川都好几个月了，那期间和曰福被史陆久给逮着整天搁大酒，才得空来延吉。”千燮兄满嘴喷着乡下爷们儿特有的土话，把自己那笨重的身子，随意扔在对面的椅子上。自从他“喝上了外国的水”，便有了稀奇的变化，开始每天都刮胡子了。千燮兄的胡子，要是三天不刮，就会吓人地铺络满脸。他常常因为不爱刮胡子，被他家那山东嫂子数落，那情景仿佛还在眼前，啥时竟起了这么大变化哟？

千燮从兜子里拿出两条韩国产的“ESSE”牌香烟，扔到我办公桌上，说：“啥也没给你带，看你专抽这烟，这儿虽也有卖的，不知咋回事看着总像假冒的。先带了两条给你，抽抽看，抽好了回韩国再寄给你。”

“在韩国干活的时候，听说延吉变化老大了。俺瞅着没咋变呢？哪儿变啦？是私家车多了？”千燮兄像扫描仪似的打量一圈我空空如也的办公室，然后管我要水喝。递给他一瓶矿泉水，被他一口气喝光。

“美国佬的牛肉面和四川火锅的味道肯定是没变吧？今儿个中午我请客，到现在一直都是吃你的了。听说现在公务员吃吃喝喝管得紧，你就算是指挥那些作家的主席，也不好随便花公家钱不是？我回来大概听说了，知道点儿。”

一辈子也没读过一本书的千燮兄，想当然认为作协主席是指挥作家的。我本想解释，不是那样的，又觉着那样显得我太愚直，所以就闭了嘴。

“你是直接从南大川来的？”我话里藏着更妙的问句。那是我俩之间的暗语。意思是“逛酒吧没有”？

“看你说的，现在都啥年头了？那时年轻时候‘作’的，俺这都过了六十岁，还‘作’个啥劲儿哟？”

我在图们工作的时候，千夔兄每次溜进城里，都像现在似的，突袭般闯进我的办公室。他大致第一悠逛酒吧找女人，第二悠再来找我，当解酒汤吃一顿麻辣的四川涮羊肉，或是加州牛肉面，之后才一拐一拐地回南大川。

乡下人在城里以这种“流程”来尽兴，可以说是高级享受，可供支出的钱跟得上才有可能。他们不比有钱有势的新“贵族”们，也很难和公款消费的家伙同享乐。然而，千夔兄偶然学会的那些享乐，不是公费，得自掏腰包。某个偶然机会，他到城里的洗澡堂，能“做”的全都做了，从那天起，仿佛懵懂初开，发现了可以发泄雄性原始冲动的自由场所和女人的身体，获得了从牙齿烂得黢黑的山东婆娘那儿无法得到的“畅快享受”。但是，他到底还算淳朴，偶尔用钱买春的女人，竟然让他那样动心，甚至对人家念念不忘。

“嘿嘿，现在是啥年月了，‘那事儿’也提不起劲儿了。”千夔兄嘻嘻笑着，似乎刚想起来，向门外喊道：“哎，哎，进来吧，有啥不好意思的？”“外面还有谁吗？”两人的视线一齐看向门口的瞬间，门旁闪现了一位看上去五十五岁左右的中年女人，腼腆地站着。

“他娘的，嗬，害的哪门子羞？你当有不许女人登衙门的圣旨呐？”

女人踅进办公室来，对我轻轻点头示意，嘴角露出一抹似有若无的笑，小心地蜷坐在我示意的沙发上。我一眼便看出她是乡下出身，看起来是那么拘束，与其说是坐在沙发上，不如说是蹭在那儿更恰当。

一般城里的女人到了这个年龄段儿，根本就不知道啥叫拘束，不怕羞也不露怯。从眼前这女人小心翼翼的举动来推断，她似乎和千夔兄有着某种说不清道不明的关系。假如那女人内心没有任何的歉疚，二人的关系真如千夔兄说的那么堂堂正正，她肯定没必要这么羞怯。看得出这女人不善伪装，说明她在这种事情上不够老练。

“这是谁啊？”话一出口，我便后悔自己问了个傻帽问题。“我这都过了六十岁了，还能去酒吧‘买’女人吗?”说这句话的千燮兄，如今进化到“泡”不花钱女人的份儿上了?

“呃，就那么回事儿啦。你以后也去外国试试，像俺这样的老爷们儿，没女人咋个活法?还能自个儿做饭洗衣服?这世上小偷那么猖狂，俺也试着偷了一回女人，反正也不犯罪。”

千燮兄似乎觉得那是当然的事儿，脸上一副无所谓的表情。“这不是道德层面的问题，而是生存性问题。”千燮兄大概是这个意思。

“乱说啥呀?……”那女人当场便红着脸反驳，用舌根底下发出的声儿。那语调近乎窃窃私语。

我的预感没错儿!

千燮兄胆儿忒大。一般情况下，是根本不会带女人到这种地方来的，更不会叫到办公室来广而告之。可他却干得出来。他就是这么个人：我不偷偷摸摸，也不藏着掖着，一个做事一人当。他的率直并非乡下人的那种单纯。

“不是那种关系。”女人又一次从嗓子眼儿里小声争辩，可覆水难收。如果她真的和千燮是那种关系，肯定只会顺从。假如她爱唠叨、爱顶嘴，绝不可能和千燮兄走得长久。他那牙齿烂得黝黑的山东婆娘也是，起初几年也有汉族女人特有的凶悍，和掌柜的顶嘴，天天都被打得鼻青脸肿的，有几次都快打死了，后来也算勉强迁就了，凑合着过到了现在。

眼前这女人，衣着打扮像模像样，看上去颇为高级，却仍透出来乡土气，她看样子不像是事事都违拗千燮哥的。对流行极为敏感的城里女人，随便披上件衣服都自成风格。可这女子，不管穿啥衣服，也都掩饰不住那与生俱来的温顺和淳朴。

“你肯定不懂。不单俺这样，曰福和史陆久也都一个德性。老爷们儿在外国自个儿咋过日子?”千燮一副理所当然的样子，无所顾忌地唠叨。看他表情潜台词是：“别人早就另找女人过了，我这都够晚的。”

曰福也是？哈哈哈……我竟不由自主地傻笑起来。本来就是跑腿子的史陆久找女人，也还情有可原，曰福那么疼自己的蒙古族老婆，到韩国竟劈腿找了个朝鲜族女人，这也太让人奇怪啊。

“他妈的，老子这辈子只把那牙烂得黝黑的汉族娘们儿当女人过的，老了老了，好不容易逮着个白牙的……说一千道一万，还是吃辣白菜会做大酱的女人和我合拍儿。”

仔细琢磨，千夔竟是对自己那个黑牙山东婆娘，产生了“被害”心理。

“别胡乱说那种话了，斗民（千夔兄儿子）他娘知道了，不得晕过去抽风呐？”

“干吗非要被逮到啊？俺家那山东大嫂，只要挣钱给她花，就齐活儿。我到外边儿干啥事她都不管。再说，就算被发现，只要一口咬定不知道，也就罢了。”

“别再说了。”女人又一次小声劝道。看样子，千夔在自己跟前儿瞎说让她觉着别扭。

“哥，你现在可变狡猾多了，不再是从前那个出名的猎人‘阳东堂魔王’啦！”如今，他已不再是当年笨拙粗鲁的千夔兄。

“想在这不易的世上混口饭吃，乡下人也该按自己的方式，找到能活下去的招法不是……好了，不说这个。这次回南大川一看，就这几年间咋死了那么多人？去韩国的两个后辈已死了两个。人命该不会跟个苍蝇似的吧？本想挣钱过上好日子，去了韩国豁命干，到头来挣下的钱还在，人却没了……延吉倒没咋变，南大川可变大了。”

延吉没变，南大川变了。这是唯有千夔才能比出的结果。他把号称六十万人口的延吉，和不到百十人的南大川放在一块儿比，够新鲜的。

“这会儿肚子饿得都咕咕叫了。今天咱去吃辣乎乎的四川火锅吧！”

千夔兄了不待我答话，自顾自先站起身。窝在沙发上忸怩不安的那女人，也顺势放松了一下起了身，一副如释重负的表情。那女人和无所顾忌的浪子千燮兄不同，始终低着头。

这段时间，千燮兄进城来惯常的食谱，绝对是辣口的。叛嘴的菜和辣脖子的老白干儿，这些刺激东西，千燮兄极具物理性抵抗力，对他来说是针和线的关系。

往川菜馆儿去的路上，我觉出自己对千燮兄和他带来的女人，并不能坦然面对。我这人对“酒友”异常挑剔，眼下这个不知该叫啥的女人，既生分又不自然，却不便对千燮兄说破。

我们要找的川菜馆，步行不到五分钟，在一个十字胡同里。

“哎，这饭店啥时变得乱糟糟的咧？”一进门儿，千燮兄也不理会周围的眼睛，嚷嚷着。静静跟在他身后的女人，悄悄扯了扯他的衣角。

果不其然，饭店变得既高档又干净。原来接地气的装修，让人没负担，现在可不一样。看来四川老板也熟悉了延吉餐饮业的行情。

“原来，说延吉变了就是在这方面啦！”千燮哥真是笑死人了。他一边掏出钱压在收银台，一边吩咐收银员，除了自己以外，不能收别人的钱。服务员被他那随时挑事儿的气势给压住，顺着他爽快答应。

站在收银台前候着的小个子四川女孩子，一溜烟儿迎过来，和颜悦色地问我们几人，之后引我们进了单间，倒上茶水，便递过来菜谱让我们点菜。

“呃，俺们就冲着麻辣火锅来的，你也别忙着记别的（菜）了，有啥上啥，多加麻辣。”千燮兄用溜道的汉语跟四川服务员点菜。南大川人说汉语普遍都差，唯有千燮兄，是借了黑牙山东婆姨的光，虽掺了点儿山东味，汉语说得还不赖。我又按千燮哥的口味，多点了调味料，像竹笋之类。我问坐在千燮哥身边的女人，还要来点儿啥，她嗓子眼里咕噜：“随便。”

对千燮哥这从天而降的“女人”，我一时间还真不知道该用怎样的称呼为好，颇觉难堪。因牙齿黢黑而被千燮嫌恶的山东老婆，我一直以来叫她“嫂子”，成了固定称呼，另外，也还为千燮兄生下了儿子斗民，孩子叫我“叔”。这就是从氏族社会开始便固定下来的血缘性风俗。这种真实固定下来的关系，是我的私人空间，猛孤丁出现个陌生女人，我已经没有多余的情感空间接纳她了。就算那个女人牙齿烂得黢黑、她还是别的民族，但对我来说，已是熟得不能再熟的“嫂子”。

假如嫂子知道了我曾经和千燮兄带来的别的女人一起吃过饭，她会作何反应?

酒和菜一上桌，千燮兄便让我自个儿喝啤酒，之后，往自己跟前儿的杯子倒满白酒。

酒，还是中国的好喝哟!

在南大川，千燮兄尽管是个要地位没地位、要啥没啥的大老爷们儿，全靠他那粗鲁、愚顽的性情才显得与众不同而出名。煤矿如茅草般建起、外地民工大量涌入南大川那会儿，千燮兄单挑一群民工打架，挥着砍刀冲过去，重伤对方两人，这次赔光了他的家底儿不说，自己也因为犯了伤害罪蹲了半年监狱。

南大川人都说，多亏千燮手里没端个猎枪，当时他要是拿猎枪在手，对方绝不止伤害，都有可能死人的。

的确，南大川人在所有事情上宁愿躲着千燮兄，尽量避免和他冲突，和他打仗也占不到啥便宜，最后还不好收拾残局。

好在千燮兄为人讲义气，做事从不讨人嫌，才得以在南大川安然度日。

千燮兄因为打仗，在村里留下了好多“传说”。并且，他突发奇想当兽医那阵儿，脾气急加上无知，使他“上演”了好多可笑的故事，供人们在酒桌上当笑料助酒兴。

他当兽医，说得好听点儿，是给黄牛、猪啊、狗啊这些畜生治病，说得难听些，一句话，其实和那些江湖骗子没啥两样儿。

假如说医学界有“赤脚医生”这么糊弄人的大夫，那兽医中也有像千夑兄这种“土八路”。

医生要是下处方或治疗不当，出了医疗事故那可是天大的事儿，可一旦啥也没学过的乡下兽医出了事儿，人们只会叹口气：呃，也是有可能的呀……然后一笑了之。这就是南大川式的厚道。

千夑兄加入“兽医界”纯属偶然，是从“阉”公猪开始的。

家畜的繁殖，如果以人类的效果性占主导的话，是按照人类“强者为尊”的生存法则，根据自己生存需要为主的强者之念形成的，希望家畜繁衍后代，采用一切可能的手段，如断绝雄性的机能，切除有怀幼崽意愿、渴望哺乳的雌性的输卵管，以改进家畜的遗传素质，生产出符合人类对肉质的味感需要、符合市场需求的数量多、质量高的畜产品。

话说千夑的山东老婆，从南大川对面的东前村买了头公猪。找南大川的兽医成勋（矿工成奎的弟弟）帮忙阉猪时，对方嫌手术费太低，一推再推，惹得千夑兄勃然大怒，吼道：“不就是割个猪卵子嘛，还要钱？”遂准备自己动手。这就是千夑哥当“兽医”的开始。

“不就是割个猪卵子嘛……”千夑兄立马在落层灰的磨刀石上啐了口唾沫，“噌噌”磨起了刀刃，拿手指试了试，便当场把那头猪的“雄物”给割了下来。旁边山东老婆急着大喊，出血啦。说时迟那时快，千夑兄往灶坑里抓了一大把木灰往刀口上一糊。老婆直怨掌柜的快要把好端端的猪给弄死了。可是，真是绝了，术后出奇的干净，无大碍。

过了夏天，猪的腰身倏然拉长，一天到晚叫着要食儿。被阉的公猪哪里知道，自己伟大的“雄物”已被千夑兄那抹了唾沫的生锈尖刀给祸害了，看见发情的母猪也视若无睹。

初冬时节，这口阉猪正炫耀着自己三百多斤的膘儿，却不幸落到对面村的汉族屠夫手里，如露水般消失了。

从那以后，房前屋后的邻居便开始轮番找千燮兄：

“斗民他爹，快把俺家那个给割了吧！”

“千燮啊，俺家那头母猪种儿不好，干脆直接帮俺敲（割输卵管手术）了吧！”

一有人请千燮兄，他便拿自家的尖刀在磨刀石上“嚯嚯嚯”地磨好，擎刀跳进猪圈。一来二去，没受过啥正规训练的千燮兄，手术活儿都可称得上一流了。他都不用旁人给他打下手，自个儿抓着猪的两只后腿，使劲摇晃两下，趁猪晕乎乎的当口，麻利地割下那“雄物”。猪呢，在完全不知情下一连几天不进食，哼哼着病几天，几乎所有的手术后果都干净利索。

千燮兄的这套“阉割”手法，就连踏入过学校门槛儿受过正规训练的兽医们都举双手投降，得以正式认可。可是，做雌性的输卵管手术，拿尖刀绝无可能。

有人出主意，说旧式的刮胡子刀片好使，还当礼物送给了千燮兄。从那之后，他经常嘴上叼着刀片往猪圈里跳，待猪“哼”一声，他已手起刀落给解决了。这手艺任谁都叹服，

也许因为千燮兄身怀这血腥的绝技，那些恶狗见千燮兄走近，哼都不敢哼一声，便夹起尾巴灰溜溜往后退。对这个曾经独自一人，端着个标枪便敢斗野猪的人来说，恶狗根本不在话下。

南大川人都说，这狗，知道看人下菜碟呢！

那个时候，村民委员会专门给千燮兄备下注射器和听诊器，把他安在了准兽医的位子上。他连“兽医”两个汉字都不认得，相关知识更抓瞎，竟当上无证“兽医”，也真够奇的。

要说千燮兄算是接受过一点儿正规兽医培训的话，只有那次，兽医专业的大学生来村里实习，他受到过三天时间的技能培训，仅此而已。就是那次，他也没好好上课，觉着好不容易到了镇政府所在地，从早到

晚喝得醉醺醺的，都不知道人家讲了啥。好在他在那个学习班上，得到赠送的一只绣着红十字的往诊用牛皮急救箱，白得了像是铁器时代铸造出来的阉割术专用手术刀，样子怪怪的。

然而没过多久，千夔兄的手艺终于露馅了。他在给一头吃不下草料的牛治病时，没考虑用药量，大把大把地把药硬塞进牛嘴；给白菜中毒的猪注射学生用的墨水，再不用割耳朵放黑血的土办法；等等。倘若给家畜喂了消化药、打针还不见效，便经常随着性子开处方：他妈的，这病没治，得癌了，趁早杀吃肉吧！

啥，你敢说畜生也得癌？主人们开始会吓一跳，转而想起面对的是崔千夔，便呵呵一笑置之。十里八乡的乡亲们都知道，千夔兄帮忙从不讨药费，请他喝顿酒就算完事，他外号听起来挺吓人，却是个大大咧咧好相处的家伙，性格是急了点儿，为人没半点儿恶意。所以乡亲们听他说“杀吃肉”这类荒唐话，都不放在心上。

他那急性子，也常闹笑话。比如有一次，他给衡禄家的猪打“百日咳”疫苗时，竟把注射针头扎在正给他打下手的衡禄老婆衣袖上，说句“完事了”，便掸掸衣服起身走了。衡禄老婆觉得实在不可思议，冲着千夔兄背后骂了句。

可真够瞧的！

“斗民他爹，给猪打针，咋还扎俺衣袖上咧？”这句话一传十，十传百，后村甚至还传成：本要扎在猪屁股上的注射器，竟扎在衡禄老婆那大木盆似的肥屁股上了。变成了忒煽情的黄段子哩！

那时候，曰福和千奎和千夔兄走得近乎。一见面就逗他：“哥，听说你往衡禄家阿祖妈妮的屁股上扎针啦？”“哥，衡禄老婆那屁股才叫稀罕呢，感觉不错吧？”

千夔兄那牙齿烂得黝黑的山东婆娘，还为这事儿跟村里扯老婆舌的娘们儿大打了一架。

可“罪魁祸首”却没事人儿似的呵呵笑着，大咧咧地嚷嚷：“俺倒是真想往那娘们儿河马似的屁股上扎来着！”

我碰见他也扯淡：“到底扎没扎在人家衣袖上啊？”

“这个嘛，俺也不知道了，喝了酒醉马哈的，针扎是扎了，再细瞅，人家衣袖子里正淌药水哩……”

到这份儿上，还说得过去。更大的问题是，他分不清公母猪，明明是要给母猪做输卵管结扎术，却把人家公猪的肚子给豁开了，真让人哭笑不得。

“他妈的，看着是母猪哇，咋成公的啦？”

千夔兄的专长是阉公猪。南大川这方面最原始的黄段子可多了去了。

千夔兄阉公猪的手艺，是那次受千奎之请，去阉东宇老爷子养的那头黄牛时彻底交待的。后来，随着南大川养家畜的人家越来越少，千夔也洗手不干了。

眼前，这中间隔开，汉语称“鸳鸯锅”的四川火锅，放了满当当的麻辣汤料，正滚开着，千夔提议喝一杯，便先举起酒杯一口喝干。他身子依旧那么壮实。老话说，酒，身强体健才喝得下去。

“哥，你这是把白干儿当啤酒喝呐？”我笑着问。他说：“这中国酒，啥时都这么好喝。”说着又倒满杯。酒历来是自斟自饮才够味儿。

“你可别见怪哟，这女人是没了丈夫的可怜人，她在城南一家饭店干了足足一年的活儿，没得着工资。这根本就是欺负人呗！像话吗？所以俺出面帮着她把钱讨回来。俺吓唬老板，要是不还钱俺要了他的命。后来他乖乖地给足了工钱。一般跟女人横的家伙胆子都贼小。就因这事儿，俺差点儿被强制驱逐回国。这种缺德玩意儿，就该打死才解恨……欠的钱一分不少都要回来了。”

我眼前立马出现千夔兄吓唬黑心店主的画面。

“哥，你这都多大岁数了，还动拳头呐？”

“嘿嘿，拳头还分年纪？你看吧，她那口牙长得多白多周正呀！”

“啥，牙齿？说哪儿的话呢？”正张口要问，忽然间想起了山东嫂子的那一口黑牙，便打住了。

此刻，千燮兄为啥带这女人过来，疑团终于解开了。

牙白，好看……虽然，话听起来是那么的不靠谱，但若是放在千燮身上，却不难理解。

“瞎说什么呀？”女人轻轻瞟了千燮兄一眼。

吃过饭，仨人正要分手，带着那女人坐上出租车的千燮兄，又下车走近我。

“又咋啦？”

“俺都这把年纪了，跟烂牙女人分开，不好吧？”

“说啥呢？哥你也跟着学坏了是咋的？别人我管不着，哥你可绝不该啊！嫂子在你最难的时候一直都不离不弃的，你要是找别的女人，得遭天谴呐！”我拿出道德标准逼着哥，态度强硬。

“嘿嘿，不能是吧？俺也是因这个狠不下心来……算了，就当俺啥也没说过。”

千燮兄撇下一句言不由衷的话，坐回出租车离开了。他嘴上说是要回南大川，我猜他肯定是去了住延吉市那女人的家。

“俺都这把年纪了，跟烂牙女人分开，不好吧？”这是句比拉开架势离婚更让人心慌的话。早已过了花甲之年的乡下老头儿，尤其是从南大川崔千燮嘴里说出来的，要和一起生活了四十年的老伴儿分手的话，听得我挺不是滋味。

当今，在社会普遍观念和普遍的家庭伦理上，仍具有唯一和排他性。南大川猎户出身的千燮兄，出了国竟然也找别的女人过，回国盘算着要和结发妻离婚。用“他变了”这三个字显然解释不通。为摆脱家庭经济的窘境而出国，辛辛苦苦赚到钱了，可到头来用那钱换来的是陷入另外的困境。

爱情自不必说，如果愤怒、背叛、失落之类的情感，最终是人类进化的催化剂，却缺乏能有效控制情感、防止其泛滥的规则。

我的家乡南大川，感觉民风也在慢慢衰落。千夔兄曾备受村里人歧视，在阳东堂过流放生活也遭白眼，过着野人似的生活，快到七十岁上，竟也学会了浸泡着痛苦的背叛。

3

按南大川老人们的话说，史陆久有人情味儿。

要说是他心里没忘村里的老人，觉得过于牵强。细究其原因，说他有人情味儿，云云，实是轻率的判断。

一辈子待在南大川的村翁们，沉重的农活早已耗尽了他们的精神头儿，使他们难以看透人间万事，这时候痛快地掷食物给他们，让史陆久骗得了“有人情味儿”这么厚（高）的分数。

他和我一样是南大川土墙外出身。小时候，奶奶偶尔去“福童阿迈”家串门儿，他比我小，所以成不了朋友。也可能是这个原因，一直以来他和我几乎没啥联系。

后来，也就是几年前，自从我写关于他的小说，对他的个人情况给予了关注。这次决定重新写他。

史陆久因为没有口德、一肚子坏水，所以在村里没啥朋友。

小时候，每到下雨天，他便在大路上挖陷阱，往里填满牛粪；在山间小路下套子，弄得顶着满箩筐青苞米走过的小媳妇，摔得人仰马翻……所有这些讨人嫌的恶作剧，他全都有份。

再加上，他没屁点儿尊敬别人的意思，常信口胡咧咧，总是被人们孤立。

从前那么缺德的史陆久，后来每次回村里，都先到老年活动站看看，杀条狗或宰只羊，给老人们张罗顿酒，实在是让人稀奇的事儿。

史陆久的确是变了。

可你要在酒桌上听他胡说八道，立马就想，他没口德、没礼貌的德性永远改不了。

“别看成天嘚啵嘚啵骂史陆久‘二串子’，人家回村头件事儿就来看俺们这帮老家伙，哪怕整一条公狗来，爽爽快快地请咱撮一顿儿，除了这小子还有哪个哟？这年头糟得不像话，谁还搭理咱浑身馊巴味的老家伙呐？”

南大川人早先叫他“史又固”（音）。“陆久”在嘴里叫着绕舌，“又固”舌头转起来容易又舒坦。老太太们甚至不叫“又固”，干脆叫成“乌骨”“乌吉”（音），这是熟悉（朝鲜）六镇方言的乡下老人专有说法。

“人呐，还得上大川（地方）见世面，这孩子多懂事哟。前几年咱还借‘二串子’的光，‘造’了一整只羊不是！”

“再说废话上牙膛（上腭）都该烂了不是？那小子是多敞亮的家伙呀！让他说话，不管汉话还是朝族话全盖，再加上那么能干，……唉，人家还缺啥？”

老人协会的昌逊老爷子，环顾四周，提高了嗓门儿。

几年前自荐当上老人协会会长的文会长，他小儿子文守成开的煤矿，出了崩坍事故死了五名矿工，走了下坡路，他受不了打击去世。之后，昌逊老爷子当上了会长，老人协会也没个约法三章，就由着他长期“掌权”维持下来。

“你小子挣大钱儿了吧？别再往国外跑了，屁股打上牛桩子留下当村长得了。这次千燮、日福也回来了，都别再出去才好……村里也没个老爷们儿，没法子，让土墙外敬禄老爷子的小儿媳妇当村长呢，人们都把她话当小狗崽儿叫呢，不听她的，咋干呐？过去啊，生产队那阵子，连母牛都瞧不起妇道人家，说的就是现在呐，那孩子像她婆婆，屁股倒是像个独瓤大瓢似的，要说当村长的料嘛，实在是差远啦！”

“呸！夸着‘又固’（陆久），咋又不着边儿说起人家小媳妇儿的大屁股来啦？真够埋汰的……”

此时，借着“赏”给老人一条狗的光，坐在上座的史陆久，突然感觉肩膀扛了“将星”似的，有一股坚挺的张力扩散开来。村里老人们因着白吃了一顿狗肉，便专拣他耳朵舒服的话说，仿佛抚摸熊卵子似的轻轻往上抬举他。

这些乡下老人，一直习惯于农耕社会的“雄性优越意识”，死抱着“女人不能当村长”的偏见。

“这次回国，听说有些原来在得权得势的位子上嘚瑟的‘领导同志’，从今往后也没啥特权了……还说分几块月饼把‘星’给摘了，给了啥啥处分呢。村长该没有那看眼色吃饭的事儿吧？嘿嘿，当村长这区区小事，让俺当俺就当，有啥不敢的？”

史陆久上来酒劲儿，通红的蒜头儿鼻子一张一翕，“啪”地拍了下穿着名牌带帽夹克的胸脯，震得脖上挂的金链子沉重地抖了几下。他穿着美国名牌户外运动衫，即便是对服装界眼光差的一般人看了也认得。可乡下的村翁一向觉着能遮肉就是衣服，是万万认不得他那身儿名贵品牌的。

“如今这乡下，就如狗舔过的食盆子——光光的，你冲啥要干村长哇？连镇长也没啥可巴望的。”

“唔呀，可别往熟了的面瓜上擤鼻涕好不啦？南大川哪还有像陆久这么合适的村长料哟？他当上村长，咱活动站也能捞到肉吃不是？”

“对呗，咱南大川还得陆久当村长才行哟！”

“当了村长，那点儿肉算啥？等到了‘老人节’，还带你们去长白山、镜泊湖呢！”史陆久仿佛立马就能当上村长似的，挺起肩膀，胡乱吹了一通。此刻，要想在没竞争者的南大川当上村长，得先表现出自己的本意，造舆论才行。再说，史陆久这番回国，实则暗藏不可告人的算盘。

史陆久对傻呵呵的村翁们，白吃了顿狗肉，违心奉承自己的那些话儿，压根儿就不想听。

人往往对直来直去的“忠”会黑下脸，对阿谀奉承的“贱”却会眉开眼笑。

史陆久拆开一包外国烟，给鸡撒食儿般，“嗖嗖”给村翁每人甩了根烟。

“说话算话哟！”

虽然不知道，这老年活动站的影响力啥时变得这么大的，但有一点可以肯定，年轻人奇缺才使老人们地位上升的。

如果说，老年活动站这基地急速上升起来的话，直截了当讲，这同时也成为南大川社会活力相应降低的旁证。

借昌逊老爷子的话说：“没有老虎的山沟里，老掉牙的猴子成大王。”差不多一个样儿。

“我以后也不想出国了，算是挣够了一辈子躺在热炕头上也不愁吃饭的钱。上次回国，也养过羊，山羊，赔了血本，这次我想干不用投钱的活儿，试试，我想留在南大川，哪怕当村长试试也行啊！反正都和你们说心里话了，得帮我使使劲儿哟……”这是史陆久的另一副嘴脸。

就像蝴蝶迷（曲波小说《林海雪原》的人物）开枪掺私心，史陆久那条狗也不是白送的。

“对，对，这就对啦！你不干（村长），谁能干哇？”老人们的回应是真心的。

南大川实在没人当村长的条件下，万不得已才让女人当的村长。只要“性别男”这唯一条件，就足以得大家的支持票。这就是南大川的人心，成了风土。

史陆久和老人说话从不用敬语，只用平语（平辈之间用语）。在敬语和海拉体（朝鲜语的基本阶，对下辈的低阶用语）之间，居中的平语，是对哥或姐使用的普通敬语。

这些史陆久一概不讲究。

尽管村里老人们，对他来说都是不容置疑的父亲辈儿，可他转着圈统统叫成“哥”，“这么着、那么着”地用平语。

南大川，只有史陆久和达洙家兄弟几个，这么没礼貌、缺口德。

史陆久身上这些臭毛病，都是从小跟他那汉族父亲学来的。村里老人并没责怪他：反正也不是朝鲜族，充其量是个“二串子”，情有可原。

史陆久，是一个不咋的的名字。1969 年某个秋天，老史家第五个儿子出生，又是个“带把儿”。五儿被瘦得像麻秆的娘抱在怀里，奶水跟沙漠里滴的水，眨眼便干巴没了，奶水不够吃嗷嗷哭闹，惹得爹心烦，随便取了个名字“陆久”（69 的朝鲜语发音），干脆叫他“史陆久”吧！娃的汉族爹吐口唾沫给娃取了个狗血名字，后来，对这连块胎记都没有的娃，干脆连看都懒得看一眼了。

娃他爹是“福童阿迈”的独生儿子，脑门子上贴着“土匪儿子”的标签，在巨大的社会压迫感驱使下，大气儿也不敢出；加上在吃不饱肚子的坎坷岁月里，多一张嘴吃饭都嫌是负担，为此新生命的存在，与出生“伟大”这样的概念更是风马牛不相及。

“再怎么说，给娃起的这是啥破名字哟？”

“名字咋恁难听哩？”

“福童阿迈”也曾转弯抹角说过，自己的老五幺孙子名儿忒古怪。可她儿子铁青着脸，嘴里迸出的是怨气话：“娘，你少管！”这儿子不尽孝，把自己年轻守寡的母亲，像塞东西似的塞给土墙外屯子里的盲人“张瞎子”，之后便不理不睬。

土匪儿子——史陆久他爹，处境又是如何呐？当时正是中苏（俄罗斯）关系恶化，吵吵着马上要打仗的当口儿，泥菩萨过河——自身难保，咋顾得上新生命诞生呐？

生来倒霉的史陆久，和他狗血名字一样贱命，就如河沟里的鬼柳，五六月只要有阳光和水就疯长，他的几个哥都一样，青一色挨着爹的胖揍长大的。打也不是拿巴掌打，而是抓起粗木头棒子往死里削。

这爹可够吓人的，是“土匪儿子”，自然他们就成了“土匪孙子”。

那时候，大队革命委员会（现在的村民委员会）下边还要细分行政所属——“小队”（现在的村民小组）。

每年到了晚秋，大队会统一在铁匠铺，给牛烙上表示所属的数字。一般要先用铁管做成数字，然后放在火上烧红再烙在牛屁股上。

假如是一小队的牛，就烙上“1”，是二小队的就烙上“2”。

那时候，一到冬天，就把小牛犊子散放在田野里，实行自然放牧。然而，不知归属的牛自然成群混在一块儿。每当春草萌芽的初春，将牛召回牧场时，各小队之间常发生争夺牛所有权的事儿。

为了防患于未然，人们便把铁管烧红，将数字印在牛屁股上。似乎用“烙”比“印”来得更贴切些。每当滚烫的铁管往牛屁股蛋子上一按，牛往往被惊得狂跳，然而，它们被圈在木头框里，一动也动不了。“嗞啦”一声，牛毛和皮肉烧焦的膻臭味直蹿鼻子。连大老粗乡下爷们儿都受不了，吭吭直咳。

史陆久他爹和他的哥儿个，虽然屁股上没用铁烙上“土匪崽子”的印记，当然也没有毛皮烧焦的膻味，可是，比这些更毒的，是人们的轻蔑和鄙视始终如影相随，挥之不去。

牛，仅凭一次烙印即可确认归属，而史陆久他们是无社会性归属的“等外品”，再加上“二串子”“杂种”这些鄙称，更让他们抬不起头来。

当年，东北的土匪，不是特定环境下的“生计型”，而是被打上“政治型”烙印的土匪。解放后，他们这类人所遭受的社会歧视，更为深刻。

“福童阿迈”的独生儿子史姓青年，眉毛似用粗毛笔画的，鼻梁高挺，是当年南大川小媳妇儿们公认的英俊汉族青年。后来这个土匪儿子娶了后屯子划为富农的姜万奎家二闺女。当时，爱情，这人类最伟大的属性被彻底践踏，“鱼找鱼虾找虾，般配”……像称重的天平似的，被社会抛弃的男女被人们放在两端，掂量差不多便凑合到一块儿。

那个年代，像他们这些没有归属的群体，婚姻一般是用物理性的计量组建新家庭。对这种靠计量组建的家庭，社会性视角倒非常宽大，“物以类聚、人以群分”的排他性社会冷眼，也是进入“上流社会”人群的惯用法。

反正“不怎么的”的土匪儿子，和“廉价”的富农家闺女相亲，哪一方都不吃亏，算是般配吧……那所谓的“不吃亏”惯用达成了繁衍后代的实体，在快要歪倒的草房里，汉族史氏和朝鲜族姜氏，每晚都坦坦荡荡搞“那事儿”，一连串生了好几胎。

那个特殊时期，南大川一些头脑简单的学生，每晚都参与批斗打史氏，他便每晚都在老婆身上泄愤，生孩子仿佛蓖麻上结野瓜，儿子一年一个，史陆久是老五。

“福童阿迈”怕连累家人，连孙子们诞生都不敢去看。

史陆久十四岁那年，他爹说要帮土城外守寡的娘“福童阿迈”去找摘了土匪帽子的爹，撂下一句“俺去黑龙江海林县”，就头也不回地走了。没想到后来又成了江原道（地名）捕手回家来。史陆久他娘姜氏，去黑龙江找丈夫，回来时眼睛红肿着，让五个儿子坐在跟前儿，告诉他们，爹出车祸客死他乡，还嘱咐他们千万不能告诉奶奶。

“福童阿迈”到死那天，都不知道儿子已死在外乡。

史陆久的父亲，早先就与他娘之间差不多断绝了母子关系，自从他娘和盲人“张瞎子”传出不好听的闲话，就更不想理会了。所以，孙子们也跟着与奶奶差不多断了来往。

要说在同一个屯子里，彼此有血缘关系的亲人之间断了关系，谁能相信？

史陆久兄弟几个，听到随意打骂他们的父亲的死讯，并没怎么悲伤，平静地接受了现实。父亲这个角色，对他们来说，就是成天“他妈的”不离口的暴君。

如果说，他们的暴君父亲，是汉族爹和朝鲜族娘生的第一代“二串子”，那史陆久兄弟几个则又是汉族父亲和朝鲜族母亲生的第二代“混血儿”。

虽然史陆久和他的几个哥一样，按照父系社会的戒律，在户籍上登记的是“汉族”，可他从小在朝鲜族母亲那儿学会了朝鲜语，跟着汉族父亲学说汉语。所以，他能随着场合不同，交替着汉族和朝鲜族角色，也毫无障碍。

可是，他也不知道是随了谁，吹牛不靠谱、大大乎乎的性情、臭烘烘的口德，使他比别的兄弟听得村里人的骂更多，戳着他脊梁骨骂“二串子”“杂种”。

“二串子”原是怠慢异乡人的话，一般指“杂交品种”“混血儿”，不知是啥时候起把异乡人以延边方式和“二串子”等同起来的，虽无法考证，但把异乡人的“异”字，扩张成汉语的数词“贰”，“创造”出来“二串子”，肯定没错。如果说，朝鲜族有“二串子”的说法，汉族则有“二夷子”的说法。“二夷子”作为典型的东北方言，原意若是用朝鲜语解释，就是“不男不女的两性人”，说到底，还是和“二串子”近义。

在阳东堂生活那阵儿，崔千燮那烂牙的山东媳妇儿，也总嘲笑自己原来掌柜的，叫他“骡子”或“二夷子”。

称谓的畸变，也表示时代的畸变。

此外，也有其他延边式的别称“夹古拜”（朝鲜语音，意为混血儿），在延边，朝鲜族和汉族混用。

尽管这些叫法，对史陆久和他的父兄们来说是相当大的人格侮辱，但他们在南大川被人们因偏见而疏远，没有丝毫的抑制力量。

唯独史陆久不一样。堂堂史陆久是谁呀？啥？“二串子”“杂种”“二夷子”？……嘿嘿嘿，放狗屁！史陆久从不介意，自顾自乐得逍遥。

南大川人都说：“这‘二串子’，肚子里要有点儿墨水，还不得自治州（政府）里干点儿啥啊？当自治州的干部，会说朝鲜语、汉语不就结啦？”这些话史陆久听了，嘴还不得咧到耳根子。

当然啦，单单是干“一点儿”啥吗？俺“二点儿”都能干呢！俺是谁呀？区区个小村长，下一个该轮到俺干呢！南大川的村长，从今往后得俺接过来。这就是史陆久的另一副“嘴脸”。

这个能在州里当个一官半职的家伙、能摸得着“官衙门”门把手的家伙、想当村长的家伙，若想更多了解他，不得不唠扯五年前，他养山羊那些不着调的往事。

若说，史陆久做了啥糗事儿，他养羊那些事儿算得上绝无仅有。只有唠叨这些往事，才能看得明白不知天高地厚、自高自大的史陆久。

“养羊？这孩子去趟韩国回来，脑袋叫驴给踢了还是咋？一回来，就跟喝了黄牛的泔水似的，信口瞎说呐？”五年前，史陆久到村里的老年活动站，提起养羊话茬，就遭老人们一致反对。

那光景，千燮兄和曰福出国都还没回南大川，史陆久在村里能去的地儿，就只有老年活动站了。没个年轻人的屯子，史陆久能说上话的，也只有老人，他叫他们“大哥”。

“听说你以前好赌呐……搞不好，你养羊剩下的那点儿钱，也得打水漂喽！”屯子里的老人轮番给他泼凉水。

“什么话啊？都说畜肉里羊肉最高级，现在延吉、图们市场上，卖得比牛肉都贵哩！”

“对头，不是水果有‘桃养人杏伤人’之说吗？肉里边，羊肉能净化人血，而牛、猪肉能让血黏稠、血压高。前阵儿有个从延吉来的漂亮女大夫说的话，看样子你都没听呐！”会长昌逊老爷子提高了嗓门儿。表面上看他像是能服众，细瞅就能瞅见，“矿工”成奎等几个老人掌着“决定权”，背后操纵这个傀儡似的会长。

“就说嘛，新疆那边儿的人，净吃羊肉，才个个杠杠有劲儿不是，呵呵呵，都说羊肉壮阳，……晚上吃了那得多猛哟？……下沿儿屯子那洙弼老爷子，听说得了那叫‘糖尿’还是‘尿糖’病来着，营养都从尿往外走，挺烦人个病，说他好几年都不能和老伴儿睡呢，让他吃上羊肉，还不得整晚价折腾老伴呐……”

“那啥叫折腾哟，还不得天天痛痛快快爽死了哟！”

“呵呵呵……”老人们净拣荤段子侃。

“这老哥们儿，一辈子糗在乡下旮旯里，真是四六儿不懂哩！现在韩国一只黑山羊值多钱，知道不？人家黑山羊是当药用，比普通羊肉更有劲儿！”史陆久棋高一招。其实，他也不知道价儿，只道是相当贵而已。

“你这‘二串子’，你当这儿是韩国呐？瞎白话啥？说是黑山羊，不过毛是黑的吧，毛黑有啥了不起的？那黑毛狗也比别的狗高级吗？”尽管老人们都当成自己事儿，拼上老命反对，也没能拦得住史陆久。

史陆久在凉水租了辆大货车，往黑龙江那边跑了几趟，买回了五十头黑山羊，变戏法儿似的，三下五除二便弄好了。粗略算算，这下也得扔进去了十五万（人民币）。再加上买砖头垒羊圈，还向村民委员会支付十年的放牧用地承包费、防治荒芜化的沙防事业费，除此以外，这儿那儿扔进去的零碎钱，又得多少？……

到今天，城市和农村的差距仍然很大。南大川村普通家庭年农业收入若想达到二十万，简直是天文数字。甚至还有人想，自己若有二十万的存款，就要过手指都懒得动一下的悠闲日子。所以如今二十万在农村仍算得上是巨款。

想想牲畜饲养的活计是挺不容易，那也肯定比在韩国工地烈日下流大汗强多了吧，心情也更舒坦……史陆久算盘打得太简单。

那段时间，史陆久的名字还登上了一家晨报，一幅以羊圈为背景、主人公仰望天空的显眼大照片下，以《依靠劳务赚钱返乡再创业》为题，登了篇报道。报社记者把刚创业不久的史陆久，写成了创业成功人士。他平生第一次和记者面对面，表情满是不以为然："在破报纸上卖弄名字有啥意思。"可他当真拿到印上自己名字和照片的报纸时，嘴巴立马咧到了耳根子，时不时地到处显摆呢。

当温暖的春天来临时，史陆久的羊群便开始爬上南大川西山坡，放肆地啃起刚刚萌芽的嫩草来。

自光复之前开始，西山坡平地起了很多坟。随着岁月流逝，未添新土的那些坟包已变得扁平，冷不丁看过去，十有八九让人错觉是些小土堆。那里边，有史陆久奶奶"福童阿迈"的，还有他"暴君"老爹的坟也在其中。

史陆久从小就不懂扫墓风俗，到现在也不知自己奶奶和爹的坟到底是哪个。以前他娘每年清明和中秋去西山给他奶奶和爹上坟。如今，她年事已高力不从心了，于是奶奶和爹的坟多年没人照看，荒在那儿了。

对史陆久来说，他爹不单单是不愿记忆的存在，而是他的记忆中根本就不存在这人，和陌生人没啥区别。然而，史陆久养羊这段日子就不同了，不管咋说，那是给予自己灵魂和肉体的亲爹，小时候自己虽受了白眼和虐待，时过境迁，自己也到了学会理解和宽容的年纪。

有几只羊没眼力见儿，跑过来静静地看着主人。他娘的，这难闻的羊膻味儿……滚一边儿去！史陆久不由自主地拧着脸闻了闻。嗅觉异常灵敏的史陆久，每闻到难闻的气味，都要幻想，自己的嗅觉能和听觉换过来该多好。

他耳朵的听力相当差，特别是右耳，打小时候起便流脓最终失去了听觉。从某种角度看，他是个残疾。小时候，他在饭桌上闹，嫌莜米面饼子不好吃，被爹那蒲扇一样的巴掌扇了几个耳刮子，导致右耳朵听力失聪。说好听些，是“听觉障碍者”，南大川人都喊他“聋子”。

那天早上，他右脸似挨了一记闷棍，嗡嗡的，自己像只大麦袋子四仰八叉被掼到地上的情景，至今仍历历在目，他这辈子都忘不掉。从那天起他便病了，一直发高烧说胡话。而行使暴力的肇事者——他亲爹，连儿子的额头都没摸过一次。

大队“赤脚医生”大致看了看史陆久的耳朵，说，好像鼓膜破裂。那江湖大夫的“诊断”还真蒙对了。他的右耳由于鼓膜破裂失去了听觉，还表现举止异常：他与别人说话，一定要把自己的左耳先伸过去。人若是失去了听觉，身体的平衡感也必受影响。

史陆久失去听觉那一刻起，成了事实上的残疾人生活至今。

爬上西山找食儿的羊群，把人类堆起的坟给踩得乱七八糟。其中虽也有史陆久他爹的坟，可他装作不知，不管不问。他有时也想对爹宽容点儿，可一想起丧失听力的右耳，本已淡忘的恨便重新燃起来。

他是从娘嘴里听说的，爹死了。那天晚上，和他盖一条破被睡着的四哥，在被窝里偷摸儿嘀咕：“以后再没有打咱们的人啦，太好啦！”史陆久则摸下自己的右耳朵，应着：“可不！”

史陆久那臭嘴巴，是不是随了他那让他又怕又憎恨的爹，也未可知。

连自己的骨肉至亲都如此憎恨，对别人又能好到哪儿去？

回看史陆久成长过程，可以说能到现在这程度已属万幸。无礼、嗜赌、酗酒、好色……凡是背离社会道德标准的事儿，他都拴在头里。然而，他又相当勤快，干活飒楞。类似“诈骗”这些越底线的事儿，他倒绝不染指。赌博、喝酒花的也是自己血汗挣来的钱儿。

史陆久去韩国打工的十年间，只回过一两次国。绝大部分时间都在拼命挣钱，要放在别人身上，早该填得腰包鼓鼓溜溜的了。可他花钱大手大脚，在图们买了幢楼房，便所剩无几了。他想：“日子过得穷，在人前可抬不起头来。”听说别人都腰包鼓鼓衣锦还乡……这样下去，自己不当真成了“二串子”嘛！

史陆久咬紧牙关攒钱，好歹在银行存了九千万韩币。

一次，一个非常单纯的缘由转变了他的人生哲学。他从存折里拿出五千万，打定主意养羊。反正就算赔了，也当是玩赌博输了。

然后，史陆久揣着钱荣归乡里。

他一回到家，便与自己亲哥们儿大吵一架。

他听说他出国那段日子，自己娘是靠捡破烂儿过活的，立马儿急了眼。他怒声质问他大哥和三哥：哪能这么待娘？他这些年寄给老娘的钱都上哪儿去了？他本就出了名的无礼，此时更是不留一点儿脸面，张嘴便爆粗口：“狗娘养的！”

他才不愿静下心理性想一想，也根本考虑不到“让母亲安心才是最大孝心”这个理儿。他觉着，给娘挣钱花，就是当儿子最大的孝心。他根本想不到，他和哥吵架，会让母亲伤心。

小时候，娘为了给自己治流着脓的坏耳朵，每年都要上山里去，到处东找西找，一点点儿从地上捡回黄蜂巢，烧成灰，每晚睡前往他耳朵里吹。娘心疼落下残疾的“老疙瘩”，比起他的哥哥们，更细心地照顾他。

史陆久在图们选了个物业相对好些的小区，买了套楼房让母亲住进去，本打算让娘享福的，哪承想回来一看，大哥和三哥的子女们都挤进来和娘住一块儿，自己寄回来给娘的生活费，都叫这帮熊孩子给败化了。

这帮狗娘养的崽子，赶紧给我滚出去！寄生虫似的狗东西们！史陆久当场撵走了侄儿侄女们。之后，把房子租出去，领着娘回到了南大川。对娘来说，南大川浸透了她的感情，而城里的楼房无异于是个空虚的壳儿。

南大川有好多空房子。史陆久花了点儿钱，给娘买下千奎家那个房子。

“还真搞不懂那‘二串子’！嘴巴那么臭，没老没少地瞎嘚瑟，对他娘倒是贼孝顺！”

史陆久回了南大川，便马上着手养羊的事儿。这事看似莽撞，可细掰扯又不全是那样。史陆久吹大牛玩赌博不假，但正式打算养羊之前，脑筋也转了又转，盘算来盘算去，彻夜不眠仔细按自己的方式做损益计算。

史陆久打算养羊的理由很简单。如果说实际利益算第一个理由的话，那么第二个理由便是自认为南大川最“了不起的家伙”的自负心理。“了不起的家伙”这可笑的理由，跟他成长的环境有关，这也是他活着的唯一理由。他内心对“了不起的家伙”有着荒唐的反抗意识，是他悲剧性的成长阶段产生的扭曲了的被害意识。

他的“反抗”对象是他的大哥和三哥。特别是当公务员的三哥，总是趾高气扬，根本就没把他这个弟放在眼里。

让自己娘到处捡破烂儿的家伙，算啥个公务员？不孝敬爹娘的东西比贪污国家钱财的家伙更可恶，该把他们也当成腐败分子，狠狠地打。

整个冬天，靠干饲料和草充饥的羊群，到了郁郁葱葱的初夏时节，便尽情地吃起青草来。

屁股上沾满各种排泄物的羊，让他看着格外恶心。

养羊初期，若是厌恶羊群，而不当是自己生活一部分，便会失去饲养下去的动力。

“神经病！”他看着母羊下羊羔的场面，不由得骂了一句……费力产崽后的母羊，呆呆看着地面，似乎不太适应生产，一副很凄凉的样子。

自己为啥这么厌烦新生命诞生呢？虽然他明白，养羊关键是母羊下的羊羔越多，越能赢利。可是，他一想到娘也曾经历了那样的产痛，生下自己和几个哥，阵阵心悸便潮涌而来。爹竟然亲手把那么辛苦生下的孩子打成残疾？哥哥竟忍心娘捡破烂过活？……史陆久内心产生了这些无从解释的怪癖和纠结。

史陆久决定养羊的那个时刻起，并没意识到自己没扣好第一粒纽扣的事实。

养羊无非是母羊生羊羔，羊羔大了再生小羊羔……这种简单的“鸡蛋公式”实际是错误的计算方法。不是公式本身出了问题，而是能使公式合理化的工序问题。

嘎嘎嘎……

后山上，苇莺嘈杂地叫着。史陆久在忠南（韩国地名）牙山的一个山村里盖工厂大楼时，也听到过这么烦人的苇莺的叫声……不管在哪儿，听起来都一样。拳头般大小的鸟儿，也够能滋扰人的。

多彩的夏日，阳光倾泻而下，听得见周围草长的声音。

史陆久环顾了一下山脚下的羊群，便在榆树那伞状的树冠底下，铺上雨衣躺下了。

梦一样的初夏，困意阵阵袭来，可他断不敢睡过去，稍不留神，羊会顺新路溜走。

草丛虫鸣，招惹得人孤寂难耐。他不由自主地浮想联翩，回国时暂时失忆的那些韩国建筑工地又苦又累的日子一波波翻腾而来。

在建筑工地食堂当厨娘的那个朝鲜族阿祖妈妮还好吗？那时，阿祖妈妮刚从延边到韩国，四十多快五十岁的样子，长相平平，就连见着女人挪不动步的民工们见了她，都视而不见，把她看成是寒冬孤零零挂在枯树枝上的冻柿子。

可史陆久不同。

就如《红楼梦》里的贾琏为发泄性欲贪恋上“多浑虫”老婆似的，史陆久也盯上了那个阿社妈妮。

“追女人得先抓住她的心。”这话是哪个软蛋瞎说的？他才不信那个邪，只想着不管三七二十一得到那个女人的身体，铆足劲地冲。

面对史陆久的死缠烂打，那女人可不含糊，显然在乡下已熟知“咋修篱笆”，顽强地抵抗，还差点儿打了他嘴巴。看样子这女人对一般男人磨叽，干脆不动心。

“是女的就行。”史陆久想的所谓自己的最低底线，被彻头彻尾打碎了。

“越是平凡的女人，越难追。”这条男人们见不得光的扯淡话，还真灵验。

因为人家是不起眼的平凡女人，便随意轻视，没任何情感准备而随意动手动脚，肯定会被毫不留情地拒绝，使其颜面扫地。

呵呵，俺是谁，堂堂史陆久哇！南大川六道沟贼硬的橡树，要是拿斧子砍上十次，也得倒下呐！一次，二次……反正史陆久是厚起脸皮对人家软磨硬泡。

某个阴雨连绵的夜晚，在建筑工地食堂的厨房临时搭的女人那狭小寝室，史陆久制服奋力反抗的女人，终于得手，一把扯开了女人贴身内衣。

那瞬间，他的眼睛瞪大了，难以置信她的身材实在太姣好耀眼，绝不似乡下平常人家围着锅台转的妇人，软塌塌地松垮下来的身子……

那晚，妇人被史陆久抱在油腻腻的怀里，抽抽搭搭地哭将起来，哽咽着说自己对不起孩子，愧对丈夫。说着说着，身体竟像火炭似的烫了起来，已好久没享过男人抚慰的妇人，用生硬的口吻，轻柔地唤了声“陆久君”，话音未落，紧接着传来穿透夜幕的苇莺啼声。原以为苇莺只在白天叫，没想到雨夜也啼。

一番云雨过后，史陆久穿上内衣，背后忽然间冒出离奇古怪的声音：“您辛苦啦！”他以为听错了，怀疑起自己残障的耳朵。可当他推开工地食堂的门走出去时，冷不丁又飞来一句“您辛苦啦！”

这次听得一清二楚。那会儿，他竟觉着自己变成了东宇老爷子养的那头种牛。

那之后，每次在狭小寝室里办完“那事儿”，穿内衣时，他背后便总会响起那含混不清的“您辛苦啦”。

这让史陆久听着心情可糟透了。啥叫“您辛苦啦”？

南大川东宇老爷子的公牛，给母牛配种生下牛犊子，母牛的主人时常上门敬杯酒道声谢来着。自己又不是种牛，“辛苦”个啥哟？

每每听着那声古怪的“辛苦啦”，史陆久一时竟找不出应承的话儿来。

不是“您辛苦啦”，而该说“非常快乐”吧？

那妇人和差不多小自己四岁的男子偷欢，心情异常微妙，从年纪比自己小的男人那里得到“免费的性服务”，还有些许的犯罪感。“您辛苦啦”，这么一句结结巴巴的首尔话，每次完事后都准时“登台”，一次不落。

尽管他心烦地骂句“他娘的”，愤然踹门而去，可没过几天，那妇人怯生生的“您辛苦啦”，又挠得他耳痒痒。

史陆久和妇人那层与“爱情”“下贱”这些单词都不相关的原始性关系，一直执着地维持着，直到他回国。买好飞机票的那天晚上，听那妇人“您辛苦啦”，他也没露一句自己要回国的话，逃也似的出了那狭窄的工地食堂寝室。回国之后，连个电话也没给人家打。

“对有家室的女人，尽可能不投资。”这是史陆久的“信条”。淳朴的乡下人史陆久，原来在南大川没长的那些稀奇“能耐”，在韩国彻底给学会了。打工那些年间，他像风一样周旋在各色女人间，成了“柳下惠”似的高手。“女人嘛，差不多都一样，彼此彼此。”

“打个电话试试？”他心痒痒的。信号音响三声后，便听到电话接通的声音，接下来本该是那句蹩脚的首尔话“您好”的顺序，他却听到“嘟”的一声挂断了电话，令他心拔凉拔凉的。

嗯哼？是反击自己吗？他情绪虽然有点儿受挫，还是一笑了之了。本想再拨过去，想想还是算了。

山脚下，肥壮的羊群，正悠闲地吃着青草。

山根底下的树林边，人影时隐时现。正当蕨菜季，山上满是采山菜的人们。那些人里，从图们市里来的人倒是比村里人还要多。昌洙老爷子挎个篮子在远处晃动着。每到采蕨菜的时节，村里的老人们也纷纷出动。

再往下，山的背坡处，听得见一群汉族女人唧唧喳喳的说笑声。

采点儿蕨菜那么辛苦，能卖几个钱儿？史陆久撇撇嘴，一阵困意袭来，正迷糊着，忽然手机振铃，掏出手机一瞧，是熟悉的首尔号码。

“哪位？”电话那端传来的，是那熟悉的延边口音的首尔话，听来实在别扭，难听。

“什么哪位呀？这回是要俺这‘辛苦’的年轻大叔给疏远的意思呗？”他和年长自己四岁多的女人，轻佻地搭着话。

“才刚来电话时知是您，可社长就在跟前儿……嘁，您这是恶人先告状呐？回国时连句招呼都不打……这么长时间，也没个问候。有您这样儿的不？”明明比自己小，却因为他是男人这唯一的缘故，便张口闭口都用敬语。

“嗯，事儿都赶一块儿了。俺是担心，当时要告诉你俺要回国，就怕你离不开俺，还不得呼天抢地号啕大哭呐？……回来本想立马打电话给你来着，又这事儿那事儿被时间追着跑。”史陆久肉麻着。

找个驴唇不对马嘴的理由搪塞人，这本就是史陆久的绝活儿。他才不管对方是不是识破自己，关他屁事儿？

“您莫不是俺肚里的蛔虫，知道俺想啥？回国去当了大官吧？”

“嗯，的确算是个大官吧。本想回来干个企业来着，在延吉上蹿下跳像个流浪狗。现在呢，总算摸着了家畜农场的方向。”在烈日炎炎的露天里辛辛苦苦地放着羊，居然还吹牛说家畜农场呢。可也是，养羊也算刮边儿。

“买了三百多只绵羊，本来雇了工人的，可总偷懒，俺今天是出来查岗。”只有五十只羊，五十只黑山羊，当场就变成了三百多只。反正这年月花钱能做假广告，吹牛还算罪吗？

“您可办了大事呐！干啥都得实诚点儿不是？听说现在工人不好找呢……得雇个好工人哟，您那钱又不是天上掉下来的！”

“辛苦啦”看样子是相当了解史陆久，还真是个有心计的人儿呐：不碰对方的合理底线，把好火候敲打敲打。其实，史陆久在银行存下的九千万（韩币），没“辛苦啦”帮忙，也万万不能。

“别提实诚不实诚那茬了！现在倒越发后悔当初为啥干这等低劣勾当呢，俺肯定是疯了。算了，不提这个。现在想韩食都快想疯了，汤饭、拌饭……自从习惯了那边的吃食，这边的饭菜便觉着太腻得慌，吃不下呢。嘿嘿，想韩食，也想‘辛苦啦’，这段日子想得睡不着觉呐。”这边史陆久胡绉八咧，可想韩食、想“辛苦啦”云云，倒是真心话。“辛苦您啦”当真儿那么好来着。

“电话里胡扯啥呀？……现在这儿是忠清道世宗市（韩国地名），来了有俩月了，是住宅楼建筑工地。吴亚地总打听您啥时再回来呢。”

“那家伙，别看他驴脾气，说话带刺儿，可人情味还蛮多的。”

“咦咕，瞧俺哪有时间在这儿瞎白话哟，晚上抽时间再打给您，不管咋说，工人得雇好的哟！”妇人不等这边搭话，便径直挂断电话。看来她知道延边的行情，叮咕两次一定找好工人。

嗯，该是她一人给那些工人准备午饭，忙得脚打后脑勺呢……

史陆久离开时，还是在牙山建筑公司的工地，现在已转移到世宗市了。一时间，他不禁心潮起伏。

过去的十年间，那些找建筑公司工地打二、流云似的来来往往的工人中，史陆久那疲惫的身影，在人群里晃动着里倒外斜。

女人那蹩脚的首尔口音，奇妙地令他耳朵痒酥酥的；那倒胃口的一句“您辛苦啦”，又似乡愁般涌上心头。

尽管那时自己成天抱怨工地的活儿太累，成天和韩国人怄气，如今他回国还没到一年，竟怀念起那些日子。十年间，那些被苦力折磨而又畅快淋漓的时光，实在没那么容易忘却：一见着年轻姑娘便两眼放光地追着跑的韩国人吴亚地；从延边出去的某某、某某等让史陆久日久生情的脸庞，走马灯似的挨着个儿在眼前晃过；每当挥汗如雨干活时，累得直骂娘，千万次地咬牙切齿，还有那些皱巴巴的记忆残像……他回国时，曾轻松地想，要把韩国的所有生活，都抛在仁川机场。而如今，那些都重新回到了眼前，仿佛是在放映旧幻灯片，再现成了令人开心的图像。

然而，史陆久脑袋里的文化构造太单纯，找不出“过去所有的都成了难忘的记忆”这样的概括性惯用语。

且说，上哪儿去找放羊倌儿？“您辛苦啦”说的没错，一定得找像样的放羊倌儿。可别说南大川了，就连附近的村子都加一块儿，想雇个人，简直比登天还难。

如今的乡下真如人所云，人力资源已近枯竭。

史陆久好比“哭着吃芥末——自找苦吃”，只好自己放羊。暂住在羊圈旁接出来的偏厦子里。他老娘从村里上山来，颤巍巍勉强给他做饭。可他跟个行动不便的老人一块儿住，蜷在巴掌大的炕上，到底不方便。于是，他劝回了老娘，自己动手做饭吃。

他无奈，自己咋落到这般田地啦？

过几天，还得再跑趟村里老年活动站，去磨叽老人们给寻摸放羊倌呢。

他一边想着，一边正准备重新躺下来，只见有个女人正朝自己走来。

这女人也是来采蕨菜的？哦，是南大川石匠丁三炮的小姨子。自己和她，是那种在村路上碰见也可不理不睬的关系。可是，在这幽静的山上碰见，却无法视而不见。他只好轻轻坐起来，打个招呼。与其说是不得已，还不如说是随意更对路。对史陆久来说，女人总是令人开心的尤物。

南大川可没有这么年轻的女子了（实际这女子也已年过四十）。她的脸蛋上，晕染着初夏的阳光，停住脚应着史陆久，说：“采蕨菜能挣几个毛钱，您舒舒服服躺着都能挣大钱，羡慕死俺了。”还问他养了多少只羊。史陆久告诉她有一百多只。她又说，现在一只羊喊价得一千五百块，一百多只得值多少钱呐？要再下崽儿的话……那女人咋咋呼呼说了一堆话。真不知她是说说客套话呢，还是说的真心话。

女子上身穿蜻蜓翅膀那么薄的连帽夹克衫，脖子上围着吸汗用的方巾，看上去不像采山菜的乡下女人，倒像个城里来登山的。她提了提背在后背上的竹筐，越过史陆久身前儿，重又钻进了树林子。

他流着口水偷瞄着那女子的背影，勉强压下了心里腾地燃起的一股火，可惜了……这女子，做完那事儿，也会说“您辛苦啦”吗？

回国后，他一次都没碰过女人。

虽然他四十五六岁，差不多到了生理活动的衰退期，可每晚升腾的欲望，还是得硬往下压呢。

他又想起在韩国建筑工地打工那光景，想起“您辛苦啦”。史陆久独个儿心旌摇荡着，不知不觉跌进了白日梦乡。

“嘎嘎嘎”，苇莺叫得那个欢实，吵醒了史陆久。天已过了大半个晌午。呸！拳头那么大点儿的鸟，叫得真烦人。他边骂，边看管着羊群。

山脚下正吃草的羊群，一半多都不见了，是进了草丛还是咋的？看来眼下得赶紧把它们赶出来才行。果然，未出他的所料，它们躲进了草丛。他拨开草，正要赶羊往山根儿底下走，却又看见狗头岩后边的草丛里，丁三炮的小姨子身子若隐若现。

这边山脚下，到处都是房子大小的花岗岩，南大川人给这些岩石，统统起了个贱名“狗头岩”。

其实，那女子也是听到了人来的动静，才直起腰的。不知啥时已脱了夹克，只穿了件碎花半袖衫，胳膊上套着防紫外线的粉红色套袖。

“这地儿蕨菜可真多哟！”女子未等来人开口，便笑眯眯地自言自语道。

史陆久本能地乜斜着女子那衣服前襟儿下胀鼓鼓的胸脯，陡然腾起一股子邪念，想上前摸一把。短短的一瞬，几乎所有爷们儿偷看女人，那野性的眼神和想象，其实都彼此这般，没啥两样儿。

那女子分明也意识到了对方的眼神，却不害怕不躲闪。

“这块是俺缴了草原税租下来的地盘儿，连蕨菜都归俺哩！嘿嘿，下山得分给俺一半儿才行。”史陆久一口熟练的汉语，肉麻地搭讪。

“那是一定哟。”女子莞尔一笑，逗扯着回了句，“南大川人怕是不采蕨菜吧，这儿可真多呢！”

“并非野菜多，而是没人采呗！”史陆久细细打量着女子。不是美人脸，也没好身材，可却是能激起男人征服欲的那类女人。是能用蛮劲儿摆平的女人，还是得感情投资拿下的女人呢？

“情场高手”，他并非浪得虚名。

“肯定是南大川的朝鲜族人都去外国了，才没人采吧？你们朝鲜族多好哇，轻而易举就出得了国。”女人把眼前这个垂涎自己身体的狼一样的男人，当成了朝鲜族。能去韩国挣来钱的差不多都是朝鲜族。

“呵呵，俺既非朝鲜族，又不是汉族。”他诡黠地笑着，确切地说就是非朝非汉的“二串子”。

女人也跟着此刻正欲火中烧的男人，不知所以地笑了。

广袤的天空下，一望无际的原野，给人带来满眼的舒爽。越是这种山野，越显幽静。对深谙世事的中年男女来说，无疑是深重的诱惑，初夏的新绿和斑驳的暖阳，正适合勾起欲火。

“羊群该散了，快去看看吧！”女子无微不至的关心，不得不让史陆久满心遗憾地离开，像年轻小伙似的，吹着口哨跑去赶羊群了。

家畜里边最温顺的就属羊了，羊群顺从人指挥。史陆久又把羊群赶到山脚下的草地上，便偷偷朝狗头岩方向张望。

女子不见了。该是又钻树林了吧？

看看都过了晌午，史陆久打算先吃午饭再说。正往羊圈方向走着，巧了，又碰见了女子。这次不是树林，而是树林和山脚之间的山间小路上，女子正从装满蕨菜的提兜里，往筐里分蕨菜。

此刻，史陆久浑然不觉，女子其实已掌握了自己的行动半径，事先等在了路口。

“这些您拿回去吃吧。”女子待他走近，直起腰递过来一个黑塑料口袋。她分明是对他的一举一动了如指掌，“得溜须好山主人呀，以后才能放心地采蕨菜不是？”“这是给俺的？”他可是当玩笑话说的。一大包塑料袋里，装满了肥肥的蕨菜。

“嘿嘿，吃蕨菜还得烫，怪费事儿的。反正你是溜须俺，干脆烫好了再给俺送来行不？”他不愧是老手，这分明是抛了个饵。

“白给你也吃不上呢，那好吧！”女子明知史陆久的心意，还是咬了钩。

她把黑塑料袋又塞回筐里，然后风一般飘下了山。

史陆久心里一阵儿败兴，咬上饵的鱼又脱了钩。也罢，毕竟也体会了咬钩的快感，稍觉安慰。有的女人，追得太紧反而易“脱钩”。

一般来讲，世上万物都有其必然性。究其实，必然的概念，意味着开始和结束要相互达到协调而已。史陆久这期间遇见那女子三次，而有了微妙的想法，他觉得这是从偶然向必然转化的过程，一定要有趣地“编织”才好。

第二天，打一早起，雨便淅淅沥沥地下个不停。

史陆久听见羊圈那边传来羊饿得咩咩乱叫声。他无奈披上雨衣，打算出去放牧。

圈在圈里的羊群，在门边黑压压挤成一团，待圈门一打开，羊群便像洪水般泄出来狂奔。“这帮家伙，成天净琢磨吃呐！”史陆久踹了一脚跑在最后的羊屁股，骂道。

羊群从圈里冲出来，便开始贪婪地嚼起被雨淋湿了的青草。养羊的第一课，便这样开始了。放牧时，必须常常看着羊群，以免它们跑散了，稍有松懈羊便不知跑哪儿去了。看来，村里老人们说他养羊是鬼迷了心窍，话说得没错儿。听说人家外国，用狗牧羊呢，还动用直升机，神仙一般快活。这他妈的……

史陆久发着牢骚，一边又鬼使神差般朝着那条通向村里的山坡小路上张望。

雨下个不停。谁能在这鬼天气出来采山菜？除非疯了。

他跟着找食的羊群，不知不觉攀上了狗头岩。

灰蒙蒙烟雾缭绕着的南大川村落，消失在视野里，那条小路早已失了踪迹。

他靠着山岩，正要掏出烟来点上，忽听得羊群里响起“咔咔”钝重的撞击声。仔细一瞧，原来是一只身体硕大的头羊，正和仅次于它的另一只公羊激烈地角斗着，还颇有气势呐！

他本来想过去拉架，又一想，自己头一次见公羊那么激烈地打架，便打算看看热闹再说。

史陆久并不知公羊打架，是为争夺发情母羊的繁殖本能。他惊异于，平时温顺听话的羊，竟然藏着如此激昂的斗志。只见两只羊先对峙怒目而视，先慢慢后退几步，然后不约而同地突然冲向对方，羊角相互猛烈撞击，“咔咔”，仿佛羊角当场就会折断、得上脑震荡似的，此刻，已经满心投入决斗状态的两只公羊，像是根本就抛开了生死概念。

“有你那么当羊主人的吗？你可真行，羊打架有啥好看的，待在那儿看热闹啊？再打下去，管保一只得死掉呐！”话音未落，只见一个套着蓝色雨衣的女子，从狗头岩后闪了出来。

可算来了！史陆久心里虽暗暗等着那女子，可此刻当真来了，又好奇起她来的真意了。这下雨天都能找到这儿来，是好兆头！他一阵窃喜。

“现在一只羊有多金贵啊，要是死了，还不是主人吃亏呐？”

“可不，死了可不行。嘿嘿嘿……”他急忙抄起一根木棍子，挥舞着打散了它们。

“羊一般是到了 7 月份，才打那种架呢。现在可能是喂饲料营养好的关系吧，都不分季节了。”

“嘿嘿，头一回听说哦，羊打架还分季节？”他的无知到底露馅儿了。

女人所说的是母羊发情期一般从 7 月份开始，只有“辈分”最高的公羊，才能和母羊交配。所以求偶往往招来公羊决斗。

“可不要小瞧它们。羊是顶敏感的动物呐，羊角跟年龄和身体大小有关，一般来说，角越大的公羊，打架越能赢。”女人对养羊可算门儿清哟，羊角越大，在求偶决斗里的胜算越大。

在羊的世界里，公羊的“角”竟有如此作用。那么没有“角”的人呢？人类的雄性如何求偶？

“你还真有两下子！这可都是经验之谈哦！”

“俺嫁过来之前，娘家养羊来着。俺哥娶媳妇儿分了家，俺替他放了好几年羊，熟络了，其实养羊挺有意思。给，烫熟了的蕨菜！”女子递过来黑塑料袋，抿嘴儿一笑。

女子虽已表明了她是来给史陆久送蕨菜来的，可在他看来，那女人明知是男人抛出的饵，却张口咬了钩。

这看似自然而然的合理化过程，可放在男女之间，则是危险的信号。

其实，史陆久不爱吃山菜，尤其是蕨菜，更不好那口儿。

“可是碰见懂门道的人了。这可咋办哟？俺可是越来越不爱干这活计了。正后悔当初开了这头儿呐……”此时，刚刚决斗赢了的那只公羊，觊觎了母羊好一会儿，后来终于得手了。史陆久头一次见识羊交配。

“这俩家伙……嘿嘿……干得真不赖……”史陆久奸笑着。那女人却害羞地收回目光，把身子藏到山岩后头。他判断，此刻即天赐良机。

“嘿嘿，这样才能多下崽儿呐！”史陆久似被山鬼勾了魂儿，没头没脑地自言自语，寻摸着往狗头岩后奔去。随后不由分说猛地从身后环抱住那女子。

被雨淋透的雨衣和雨衣贴在一块儿，史陆久的手掌心一阵透心凉，可丝毫不妨碍他“攻城略地”。眼前这女人可不似远在韩国的那位“您辛苦啦”般地顽固抵抗，无力地扭了扭身子，便乖乖从了他。

史陆久顺势脱下自己的雨衣，铺在榛子树林间的空地上，慌张张正要扯开女子的内衣，哪承想，那女子竟像期待已久似的，自己动手把衣裤一件一件脱下，然后平躺在了雨衣上。

“您辛苦啦”是朝鲜族，眼前这女子是汉族。

嗯哼，管她汉族还是朝鲜族，他像只公羊猛地扑向她。

噼里啪啦，雨下得更大了……

已有段时间没沾过女人的史陆久，就地轻松“连下两城”。

“您真棒哟！”完事后，女子边穿着衣服边说出男人爱听的话。实在估摸不出来，女子是夸他史陆久精力旺盛，还是赞他“归拢”女人的手段高明。

那个朝鲜族女人说的是“您辛苦啦”，而这个汉族女人说“真棒”。后者比前者更让他称心，当然啦，他史陆久是谁啊？！

女子在旁帮史陆久穿好衣服，又从蕨菜兜里拿出塑料薄膜，细心地给他披身上，然后，紧偎着他坐下来。此刻，从女人的脸上读不出任何表情。既没有“你欠我债了”这种表情，也没有“等你好久了”的意思。除了“您真棒”这句，之后一言不发。

不知怎么，史陆久心里有种荒唐感。

“想要啥？”他打破难堪的沉默，问。

昨天才碰见，今天便上演这等大胆的偷情戏，进展过于神速，令他对女子满心愧疚。“要不给你一只羊羔，咋样儿？”他转头看着一声不吭的女子，急火火要补偿她——想要擦干净屁股，付出点儿代价是最好的办法。

女子仍不言语。

“您辛苦啦”完事儿后，至少还有股子体贴的味道，也不需要补偿啥。可“您真棒”看上去绝不是省油的灯。

“俺得下山去了。”女子腾地站起身子准备走。提兜里连一小把蕨菜都没有。

此时，羊群也都溜进树林来避雨了。女子打量了一下，毫不费力地一把抓起跟在母羊后的羊羔子。

“这只羊羔就成！”

史陆久立马呆住了。被女子抱在怀里的羊羔，向母羊求叫似的“咩咩”哀叫。无力阻止人类这桩肮脏交易的母羊，凄凉地望着幼崽儿，只“咩咩咩……”叫着，只见那女子头也不回地一溜烟儿跑下山去。

骗子史陆久也有今天，眼瞅着女子突然间的举动，竟一时张口结舌。眨眼工夫，一只羊羔便在他的眼皮底下，风一般消失了。

女子巴望的本就是这个。

这会儿，史陆久傻子似的嘿嘿笑着，待在那儿自己安慰自己，幸好通过这事儿，真的看透了这女子。看着怀抱羊羔急急赶下山那女子的背影，恍然大悟女子跟自己野合，是一切有备而来。

这世上，有像“您辛苦啦”这样的女人，也有说句“您真棒”便老鹰抓小鸡般拐走羊羔的女人，还有女人要钱、要房子。也有与之相反，什么都不要的女人。

次日，女子没上山来。又过了一天，她找到史陆久羊圈旁边的住处。女子既不忸怩，也不算上赶着。这回是在小窄炕上云雨一番。完事后，照样说了句“您真棒”。不知为啥，史陆久有种错觉，这女子掌柜的是不是性功能障碍。

女子告诉他，自己有丈夫有孩子。

史陆久答，那些和自己没半毛钱关系，也察觉她是要和自己掰扯清楚的意思：俺是有男人有孩子的人，想要关系再进一层是不可能的。

这女人到底还剩啥啦？

这次事后，他俩没再拿羊羔做交易，而是结成老板与雇工的关系。

史陆久一开口要雇她放羊，她想都没想便应承下来，倒像是专等他开口呢。甚至还提要和自家男人一起倒班干。

他问，照先例每月给一千七百块咋样？

女子说，不要钱，每月给她一只羊就妥。

现今一只羊一千五百块左右，每月给她一只羊顶工钱，也不赔。

他痛快地答应。他万万没想到，自己正一步步掉进陷阱。

隔天，史陆久干脆把养羊的所有活儿都交给了女子和她男人。

之后，他便趁着女子放羊那天，大摇大摆上山找她“快活”。

“你小子，丁三炮那姓孔的小姨子，可是名声在外的高手呐！一闻着钱味便会像水蛭一样粘上去呢。听说她家里另外养了好几只羊，该不是从你家羊群里划拉走的吧？”老人们替他捏把汗，他却不以为然。“看你这阵子，赶羊上西山没少臭显摆，是不是和那姓孔的娘们儿整出啥事儿啦？你这屋里也没个媳妇儿，正‘饿’得杠杠的不是？”

“这大夏天儿，可不正好干那事儿哩。从前家里孩子多人口成堆，连正经两口子不也都找庄稼地儿、山上干‘那事儿’不是嘛？那时候，在蒲草丛、大麦地里搞出孩子的可多了去了。”老人少不了逗扯他。

“嘿嘿，那俺也得争取搞出娃儿来哟！”不管啥玩笑，史陆久都接得招儿，“等娃儿生出来，得取名‘谢孔一一’呐！嘿嘿……”他说的“谢孔一一”，有二〇一一年生的意思，也有自己的谢姓和那女子孔姓合二为一的意思。

史陆久和孔氏是见了面就做爱的关系，没再更激进一层。

对史陆久来说，孔氏是他满足性欲的工具，孔氏则垂涎他的羊。

本来，所有冒失的不伦性爱，若是没相应的情感处理，一不小心就会发展成出乎意料的关系，其概率很大。多亏这俩不伦男女各打各的小算盘，所以能搞好“技术处理”。

如此过了一年。女子开口要十七只羊。她说，如果从去年6月算起，应该是十七只半。这么快就到了一年？别看他当时答应得挺爽快，当真要从羊群里扒拉出来十七只给她，还挺心疼。

可他又一想，自己还没挣着钱，从银行里取钱给她更舍不得。

她在旁一直打量他的脸色，开口道：“反正另外拉出十七只羊拿回家还浪费人手，不如放在群里一块儿养。”

唔，这也算是个办法……

史陆久养羊本来就亏了，羊肉价儿猛跌更是雪上加霜，给养羊户亮起了可怕的信号灯。之前，羊肉价格飞涨时，人们盲目地争先恐后扑进去养羊，造成市场饱和，导致羊肉跌到土价儿。

他妈的，大风天卖面粉，咋成这熊色啦？

村里老人真心安慰他：养猪也是几年一周期，飞涨——暴跌，得折腾个几回。养羊也一准儿地高高低低，挺到最后才是赢家。还劝他，即便是缴枪，现在也不是时候。

正当他左右为难时，初春那光景申请的韩国签证批下来了。正好，赶紧趁机一了百了。他主意一拿稳，连看都不想再看羊群一眼，羊膻味也更是烦透了。

待史陆久一放风出来要把羊处理掉，孔氏立马站出来："既要处理，就卖给俺吧！"

他说，就算拿工资能顶一部分羊，要买下所有的，还得一大笔钱呢。

翌日一大早儿，女子屁股后带着拎钱兜子的丈夫便找来。

靠种庄稼过日子的两口子，哪来这么多钱？

女子说，除了黑山羊，其余的都要。

史陆久明知她心里的"小九九"，也毫无办法，只好买一赠一式地全部贱卖给了她。

最后，史陆久留了一只羊预备给老年活动站，其余的都归了孔氏。

他自养羊，不仅一分没挣，反而还赔进三万块。女子虽没和他讨价还价，可这笔买卖自己赚了多少便宜，却心知肚明。

那天晚上，他给在韩国世宗市的"韩国大叔"挂电话。"这该死的，才打电话？想来就赶紧滚过来。这儿正缺着人手呐！我说过吧，老弟你就是烂死在这里的命哟！"

说话粗咧咧的"韩国大叔"是史陆久在韩国滞留期间走得挺近的人，周围人都叫他"大叔"，史陆久也跟着这么叫。性格虽乖戾，却是个爱喝酒、重感情的爷们儿。初次见面，他听说史陆久的名字所包含的原委后，一阵爆笑：“陆久（六九）？换个‘六九’式试试看，这名号也太没羞没臊喽！”史陆久早就习惯听“二串子”“杂种”这些绰号了，却不知自己的名字居然这么搞笑。他上气不接下气接着笑。“真是气势勇猛的爷们儿哇，你到了晚上更销魂吧？”

这到底啥意思嘛，稀奇古怪的，为啥这么说？“六九”式是啥呀？……

后来有一次，史陆久和“您辛苦啦”在床上“运动”时，突然想换个花样儿，那女人害羞得直扭身子不依，他便霸王硬上弓，令女人沉醉不已。哈哈，这就是“六九”式吧，他到底反应过来，这才是气势勇猛呐！他笑：“爹，你给俺取的名字算是取对了，有气势！”

史陆久和“韩国大叔”通完话，便又给“您辛苦啦”挂电话，一接通，便傻笑着说了句，“想‘六九’式了”，电话那头装作没听见，没应答。可史陆久这头儿却想象着，此刻那女人的脸蛋，肯定跟熟透的红柿子一模样。接着她听说他不养羊了，才接茬：“俺早就想到这结果了。”也没问为啥，接着又说，“陆久君养不了羊。饲养牲口的活儿，不是任谁都能干得来，趁早拉倒算对了”。还让他尽快回来。

史陆久劝不愿离开南大川的老娘，自己要去图们撵走租房户，让娘冬天一定要搬回暖气楼房去住。之后，又给老娘的存折里存了五万块钱，告诉她，自己不在期间当生活费花。他千叮咛万嘱咐，给她的钱都留着自己花，千万别给哥和孙儿们。

他去旅行社买了去韩国的机票。娘看着老儿子忙叨着要走，意识到他又要去韩国了，便老泪纵横，抹着眼泪说：“你又要出去啦？我不知道，还能不能活到你回来的时候啦！”

“您老说啥傻话呐？”史陆久嗔怪着老娘，嘱咐她以后别和哥他们来往，千万别买广告药……碎碎念念的，还当老娘面儿拿手机给大哥、三哥打电话，说自己五年后就回来，这期间绝不能把老娘送进敬老院，也别让她捡破烂，一边口干舌燥地唠叨，一边吓唬他们，绝不能把他们的兔崽子送老娘那儿。那口气，不像是和自己亲哥说话，倒像是对犯人训话那么粗暴。

史陆久安顿好母亲，便牵了那只羊到老年活动站。

他和老人们喝着离别酒，说的话还是那么尖酸刻薄。他说自己这回出国得待五年才回来，到那时活着的老头儿还能剩几个，这老年活动站不也得空空的啦。

老人们喝着热腾腾的羊汤，边嚷着爽边夸口："等'二吕子'回来，咱谁都不能死。"

"你小子没礼貌，跟俺们老头子称兄道弟，俺们不怪你。总比叫'阿爸依'好听呐……别看你小子姓的是汉族姓，血是你娘传给你的……这杂种……"

想当南大川下一任村长的史陆久，曾有过这么一段过往。

"妈的，这次回来一看，五年之间，俺娘去世了，南大川的老头子们也都没了。生不带来死不带去，这话真不是白说的。"

这次回国，史陆久在南大川第一次和崔千燮碰面，第一句就这话。这是他到现在为止说的话里，最有境界的一句。

4

今天，曰福又来找我。他一来必得出点儿啥事。我告诉他千燮兄一个月前左右来过，他就说他也知道，他还说他知道我办公室在哪儿，所以动身前连电话预约都免了。他不是自己来的，身后带着千燮兄的儿子斗民。

我的预感没错儿。

曰福是我班主任曰洙的弟弟，是我的系列小说《曰福借钱记》《曰福回归记》里的主人公。这次他回延吉买房子时，不慎卷进一个世人都知道的某文化企业不动产诈骗案，差点儿蒙受巨大损失。我正以这个为内容，构思第三个系列小说《浪费——曰福买房记》。所以每每和曰福见面，都很愉快。曰福一朝被蛇咬，十年怕井绳，便有了“延吉所有市民都诈骗”这么愚蠢的偏见，而憎恶延吉人。

“在延吉这地儿，稍大意些连老婆都得丢。咋也想不明白，为啥要搁这地方憋屈着，亲家您也干脆退职回南大川，跟俺们一块儿打点果园，痛痛快快过日子吧！”我的朋友民奎有一次说过，我们退休后要一起回南大川生活。这曰福又说同样的话，其实是对城市的一种泄愤。

曰福一直以来叫我“亲家”。我时常怀疑，俺们究竟是不是“亲家”。曰洙兄和我走得那么近，却一次没提“亲家”这茬儿。只有曰福硬叫“亲家”，他既然叫了，我也只好一直扮演“亲家”角色。若我和他是“亲家”，恐怕延边所有人都能论上“亲家”。

“亲家去韩国学了挺多哟！你家‘双棒儿’妈可只当亲家是男人呢，她日后知道你的事情，处理善后可是挺麻烦。”我本想多说几句，看看他身后站着的斗民，还是把余下的话给咽了回去。

“亲家说啥呢？啊，那事儿呀……千夔兄对你瞎白话的那些，你可千万别信呐！我能瞒着‘双棒儿’妈干那种事儿吗？”曰福憨厚地咧嘴笑了。他显然不是千夔那种敢作敢当的爷们儿，但从他敏感反应的表情推断，千夔兄没瞎说。然而，曰福绝不会似千夔兄那么不管不顾。

“亲家可别学那些背信弃义的勾当哟！”

“还用说？俺狠不下心来。至多也就是一次两次逢场作戏罢了。”曰福可能意识到斗民还在，只在嘴里咕哝了一句。

“先不提那事。亲家，俺成天来这儿麻烦你，这次本来不想告诉你的，可没法子还得找你。”

反正早在预料之中，也就没啥大惊小怪的。

“呵呵，没问题。反正我也没啥大能耐，又不是延吉市市长。不过除了我你能找谁啊！”我打量着站在曰福身后、脸色蔫蔫的斗民，心底里突然冒出个想法：千燮兄和他家山东嫂子起了冲突，到了关系破裂程度？

在感情处理上，千燮兄绝不会吞吞吐吐、犹豫不决，他不懂得沟通，遇上复杂点儿的事，噼里啪啦说上一句、两句，完事儿。那么一来，只能与对方发生更激烈的冲突。

“是千燮兄的事？”

斗民只管瞧着曰福的脸色，没吭声。斗民如今也成家好多年了，在卫生防疫部门当着负责人。尽管如此，他也不愿在曰福跟前儿指手画脚。这是皮糙肉厚五大三粗的千燮兄和牙齿烂得黢黑的山东娘生的儿子吗？竟如此高挑修长，学习又好，简直令人无法相信。

世世代代生活过来的南大川人，在后代繁衍上他们领悟到：亲缘系数离得远的山东女人和延边男人“杂交”，他们的后代才聪明、长得好。

斗民在白求恩医科大学毕业后，当了一段医生，现在是卫生部门的行政事务负责人。要他插手自己爹娘的感情问题，应该感觉很难堪。

“怎么一回事啊？”曰福明白我话里有话。

“这个嘛，那事儿还……”曰福含糊其词，“今天是为别的事儿来的，千燮兄捎信说今天出来，他盼着亲家能去。看来，亲家真得走一趟呐。”

出来？他从哪儿出来？

“既然都说到这儿了，还是全说出来的好。他今天从拘留所出来。”

拘留所，这又是什么话？

曰福使用的是韩国式名称。韩国的拘留所，是判刑前关押犯罪嫌疑人的地方；中国则称为看守所或留置所，是一般违反治安管理处罚条例的轻犯、拘留十五天以内的地方。如果说监狱属于国家司法局行政管辖，拘留所、看守所则属公安局管辖。

那么，千燮兄是在拘留所，被限制自由的处罚，刚从里边出来的？这真是头一回听说呢。这又把谁给打了？我让曰福坐下来细说给我听。

“亲家该知道的，南大川那个砸石头的（南大川对砸石头的人不叫石匠）丁三炮吧？大哥把那家伙的腿给打折了。”

“千燮兄都多大岁数啦，咋现在还打人呐？”

曰福让斗民暂且出去一下。之后说出了来龙去脉。

那段时间，千燮、曰福和史陆久他们仨天天见面，哼着“岁月啊，年华啊”，在酒桌上净唠扯些助酒性的酒色和赌的话题。他们的话题里每次都出现同一个人物，就是南大川的丁三炮。

这次回国，他们听说了挺多原来不知道的、南大川那些乌七八糟、见不得光的事儿。其中，石匠丁三炮阅女无数的事，听得耳朵都疼。这家伙当真疯了还是咋的？真欠扁！趁咱们都不在，轮到这帮臭家伙横行霸道？终于，千燮兄急眼了。男人的世界可真够古怪：他们看待征服女人的标准，一开始就挺有意思，比如花钱买女人的事儿，一个人去，是花心；好几个人一块儿去，就是娱乐。再比如，过去有“大伯子不要背着兄弟媳妇过河”“朋友之妻不可欺”等说法，和“兔子不吃窝边草”如出一辙，这些“禁忌”很多。现在那些“戒律”又都变成“兔子不吃窝边草，不吃白不吃，省得别人吃”，可是，有些事是“绝对碰不得”的，是大部分男人守着的道德底线。

别看千燮兄在韩国，瞒着老婆和别的女人过日子，也高尚不到哪儿去，可冒出来越来越多的那些丁氏的“桃色新闻”，连他听了都愕然失色。

丁氏不是偶尔的“偷腥儿”，而是对南大川所有姑娘都下过手，他的“风流”都到了要无赖的地步。且到如今还不收手。

千燮兄拍案而起！这混蛋只当南大川没人了，看来得教训教训他才是。

于是，千燮兄站在前头，史陆久和曰福在气头上 也跟着站了出来。

“狗娘养的家伙，仗着有几个臭钱……当俺南大川人都是窝囊废吗？非得狠狠教训一通，看他再嘚瑟不！”史陆久也恨得手痒痒。

每次到图们，都是曰福和史陆久“安排”千燮兄喝酒。千燮兄选了个日子，在南大川家里杀了条狗招待他俩。此时，这种凑份子喝酒的游戏虽已过时，可对待在乡下的千燮兄来说，除了这 实在没啥好吃的。这天，曰福按千燮兄的吩咐，把他蒙古族老婆和“双棒儿”闺女也都带来了。

“哥，到老年活动站一打听，那姓丁的狗杂种，没干人事，老的少的他都不放过。”史陆久提起了话头儿。这丁三炮又在他们仨的话题里登场了。

“那砸石头的丁姓小子，要是活着，那些把老婆留在家出国的南大川老爷们儿，不得成天惦记呀，还能安下心来挣钱不？”这种时候，史陆久不是汉族，而成了朝鲜族。南大川只有朝鲜族男人出国，汉族老爷们儿大部分守在村里。

“就算现在南大川留下的女人没多少了，也绝不能袖手旁观！”千燮兄一点儿都不像年过六旬的男人，依然那么好斗。

“哥，你现在还不知道丁三炮这人，听说女的不听他话，他便拿钱来哄，有钱能使鬼推磨呗，竟是这么下流的色鬼！”曰福插话。

“这就是所说的‘山中无老虎，猴子称大王’，咱这些活蹦乱跳的男人都出国了，留下傻了吧唧的家伙都出来嘚瑟……南大川啥时候有过这等乱糟糟的闲话来着？这等下流坯得好好收拾才是，割了他丫的卵子才解恨呢！”只有缺口德的史陆久嘴里，才能吐出这么恶毒的话。反正他也没老婆，拍拍屁股重新去韩国便是了，曰福老婆在图们，也没啥顾忌的。仨人里，唯独千燮兄有累赘，他那牙齿烂得黢黑、但姿色尚存的老婆仍在村里，再加上她不是朝鲜族。听史陆久说，丁三炮“老少通吃”，令他相当恶心。

即便千燮兄正琢磨着要和老婆离婚，和老婆床上事也没兴趣，但真要让他戴上恶心的绿帽子，则是最大的耻辱。真没法打包票，他自己去韩国的五年间老婆和丁三炮没事。

哼，这家伙，真得狠狠修理一通……酒过三巡，千燮吩咐自己老婆带着曰福老婆和孩子们一块儿去曰福家睡，南大川还有曰福和史陆久的房子。女人们一离开，他们便开始放心策划起“阴谋”来。

“陆久说得对，咱仨在，那家伙连屁都不敢乱放不是？”

“欺负南大川的女人，就是瞧不起咱这帮‘带把的’！”曰福也附和着，仨人里，他往往扮演这种角色，“哥，要想除后患，咱出国前，得找茬教训那小子一回才是！”

“那狗娘养的，不该是普通的教训，得像陆久说的那样，阉了他！”酒至半酣，千燮兄竟气急败坏地大喊，那气势仿佛丁氏若是在跟前儿，当场就能从急救箱拿出阉割手术刀来比画似的。

“那样虽解恨，可阉了人是要蹲监狱的，事儿就大了。咱还是找别的办法。”曰福笑着劝他，要按千燮兄的话办，明摆着直接进牢房。

“该死的，阉也得在他不知道的情况下，咋能被发现？”

“哥，事不宜迟，今晚就动手吧！”肚子里的烈性乙醇转化成了冲动，仨爷们儿一拍即合，开始策划世界上最愚蠢的行动了。

“要是直接闯他家，马上就被发现……”

“别担心，俺知道他在哪儿。今晚他肯定是去了水南（邻村名），所以咱们得在今晚动手。”

史陆久知道了几年前，丁三炮和那个与自己享云雨情贱买羊的孔姓女子好上了。他竟有种自己老婆被抢的愤怒。孔姓女子虽是个有夫之妇，可毕竟有段时间与他有过肌肤之亲，那埋里埋汰的丁三炮竟敢染指，和自己排在一队，可真够倒霉的。这是要跟自己比肩的意思吗？虽然不是啥妥当的理由，可对已经冲动的史陆久来说，这成了狠削丁三炮的动力。

姓丁的原名丁来远。南大川人因为他在家排行老三，便叫他“丁三炮”，山东出身，在南大川扎下根来，几年后就把自己的弟弟、小姨子带了过来，组成了类似于氏族共同体的“团伙”。听说他好色到连自己的小姨子都不放过。

“哥，挑这拣那的，天都快亮了。趁黑赶紧动手吧。”史陆久在旁点火，臼福就跟着煽风：“这是个好机会，咱藏在通水南村的路口，削他他都不知道挨谁打的。”

事到如今，千燮兄把杯里剩的酒一仰脖儿搁了，猛地把酒杯往桌上“啪”地一扣，仿佛成了司令官，挥挥手：“好哇，就这么二。”仨人一跃而起，出去时，千燮兄从急救箱里拿出阉割手术刀，不知哪会儿被臼福瞧见抢了下来。“哥，打折他的腿还有情可原，阉了那小子可要蹲大狱哟！”

“要想教训他，咋也得搞到这份上才解气。”千燮兄要蛮，这边臼福强行阻止：“为那狗都不如的东西进大狱，也太亏了。”

“想想也是，俺在果树园住的那阵儿，受千奎之托阉东宇老爷子稀罕的那条黄牛时，弄得他老伴儿胳膊折了，东宇老爷子晕倒，两老一块儿住院，俺也受了不少洋罪。”千燮兄似乎也意识到自己蠢，自己咯咯笑了起来。

他们赶忙出了屋子。史陆久走在头里，悄悄将院子里杵着的洗衣棒槌抓在手里。好多年前千燮兄给老婆做的洗衣棒槌，她一直不会用，所以还没烂挺结实的。嗯，这家伙打折腿绰绰有余。

这仨爷们儿，事先没啥准备，酒桌上一哄而起付诸行动，漏洞百出，没想着把自己严严实实地藏好，也没互相掩护的恰当方案，竟丝毫不担心事后露馅儿，他们马马虎虎地藏在了通往水南村路口的苞米地里。地里偶尔有不知名的鸟儿飞过，各种草虫子唱着歌。

“那小子骑摩托，咱咋拦住他？俺还是回去取个绳子过来吧。”仨人里还是曰福周到细致。而千夔兄则一脸不在乎：“破摩托有啥拦不住的？”那俩人也就没再硬犟，仨人里，千夔扮老大。

他们被蚊子叮着，坚持了半小时左右，按他们估计，果然随着大灯光束晃动，从水南方向突突突地开过来一辆摩托车。

“是姓丁那小子的摩托。”史陆久低语。

待摩托由远及近，千夔兄霹雳般大喊：“你这家伙，还不赶紧给我停在那儿？”说着突然跳到了路中间，用自己的身子挡住了摩托车，仿佛赵子龙在长坂坡挺枪左冲右突的样子。

千夔兄的盲动，顿时使史陆久和曰福愣在那儿。这三更半夜的，突然从苞米地蹦出个黑熊般的怪汉，狂喊着横在路中间，吓得丁三炮魂飞魄散，他惊慌打方向盘，可还是连车带人摔进路边的排水沟。

趁此机会，曰福和史陆久也冲了出去，对着还没醒过神来挣扎的丁三炮一顿乱踹。每次史陆久挥舞洗衣棒槌，丁三炮都鬼哭狼嚎般惨叫，半夜里从天而降的群殴，使他当场口鼻蹿血，不省人事。仨人里，要数挥棒的史陆久削得最狠。丁三炮头耷拉在地上，一动不动，不知是死是活。曰福说，这人再打就得死，好不容易拉开了千夔和史陆久，他们这才住了手。

这仨人，也不知丁三炮的死活，把他扔在那儿，扑了扑了手，重新回到了家。他们全然不知那期间，被打得死去活来的丁三炮已被拉到了图们医院。他们酒又喝了个通宵，凌晨才散。

次日，千夔兄还没醒酒，就被突然闯进来的派出所民警戴上手铐拽走了。结果是只有在摩托大灯前露脸的千夔兄被发现了。

真是令人哭笑不得的事，哪有比这更离谱的荒唐新闻哟？

“那期间竟出了这等事儿，那个丁三炮现在是啥程度？”

“活是活过来了，以后应该不能随便碰女人了。人现在还住着院，小腿骨骨折。还有，他家伙什儿受了重伤，肿得跟气球那么大，以后咋样还不知道。”

“人都伤得那么重了，拘留十天，已经算轻的了。”

“说啥呢，赔了所有医疗费不说，又给了那小子六万块呢！千燮兄在韩国挣的钱全赔进去了。”

“愚蠢的人逮得了老虎。咋能合计干那种事儿呢？那钱可是血汗挣的，就这么荒唐地打水漂？”

“这话只对亲家讲。俺们仨惹的事儿，得仨人分担呐，千燮兄独自个儿负担没道理是不？俺俩不一起扛，还是人吗？千燮兄从拘留所出来，事儿也处理得差不多了。可是，他还要和斗民妈离婚呢！所以这才来找亲家，想请你帮着劝劝他。丁三炮的事儿到现在还没结论呢，再惹得那山东嫂子拼死拼活地闹起来，所有人都不好过。斗民来找我，可亲家你也知道，我哪有那能耐哟？不管咋说，亲家在凉水司法所那阵子，不是劝和挺多离婚的吗？”

“那种事，我出面就解决得了吗？又不是领着亲家你去内蒙古找‘双棒儿’妈那种事儿……”看来曰福把我想的无所不能呢。他看我面露难色，便又把门外的斗民叫进来：“你细说说看。”

“无论如何，这事儿得叔出面才行。凭我的力量，根本没用。这次我爸回来，看他所作所为就挺奇怪，看得出来他在韩国可能有别的女人了。现在这年头儿，这种事儿上都彼此这般，谁能说他啥啊？他回韩国随便怎样，我妈也不知道，为啥偏要离婚呢？我爸刚从拘留所出来，丁三炮的事还没完呢，再这么下去，我妈知道真相后，不管三七二十一闹将起来，所有人都得受伤。”斗民说得条条是道，我这才弄明白曰福上门来找我的缘由。

“你这口才，足以说服你爹了，他为啥要这么死犟呐？”

“这次事，千夔兄是一人背了黑锅，这话只对亲家一人讲。其实姓丁那小子是挨了史陆久的洗衣棒槌才伤成那熊样的，卡巴裆也是他踹的。千夔兄是因为脸暴露在摩托车大灯前才被发现的，否则根本神不知鬼不觉的。本来他一口咬定丁三炮瞎说的，根本就没啥事儿。可派出所民警一问，他竟爽快承认是自己干的。他说，自己是个大男人，好汉做事好汉当呐！俺从前把千夔兄看成个夜叉鬼，挺怕他的，这回一看，他可淳朴着呢。堂堂正正也分啥事吧，你说他多单纯呢！真不像当年打野猪的那个千夔哥。结果他以违反治安条例被拘留十五天，这事儿才算消停了。可千夔兄还不算完，昨天去图们医院，找丁三炮威胁人家，让他立马滚出南大川，这次姓丁的倒是吓得屁滚尿流的，可咱付出的代价也太大了。因为那下三滥的家伙瞎了那么多钱，真窝囊！”

要说千夔兄那不管不顾的耿直脾气，我是完全能理解。那期间，南大川竟出了这种事儿？

我们几个立马坐上斗民的车往南大川而去。上了延吉至珲春高速，跑了大概一小时左右，便远远看见了凉水。过了凉水收费站，便进入新修的图们至珲春的二级公路。

原来的道路已经不见了，标志着露天停车站点的“P”字牌也没了踪影。

到达南大川那会儿，9月的斜阳稀疏地洒在西山脚下，地头上一簇簇的紫芒草逆光闪亮，装点着秋景。

每年这时候，这里便山鸡舞镜，南大川村前和西边的原野，便开始金黄熟透了。

原来这个一百五十户、七百余人口聚居的村子，现在变成了人口不足百人的孤独“帝国”了。如千夔兄所讲，再过十年，南大川的村路上，臭柳都该成荫了。到那时，第二个防川村也许就会出现。

乡村秋阳翻山越岭逃得实在太麻利。

史陆久等在去往千燮兄家的路口上，说千燮兄在家。

5

丁三炮出院后，在村路上一瘸一拐地晃荡了一阵儿，某天却消失了。这次是腿折了，下次还不知发生啥事儿呢。南大川老人们偷摸叨咕：他丁三炮虽得了千燮六万块的赔偿，可也落下了尿尿费劲的毛病。

那之后不久，千燮兄和曰福、史陆久便出发到延吉，准备搭飞机去韩国。样子像是跑路，幸亏千燮兄没再提离婚的事儿，牙齿烂黑嫂子也和斗民一块儿到机场送行。从另一方面看，破镜虽免，可过几年后，他成了白发老人再回国时，还不知会怎样。

人啊，看来就是不仅自欺，还要欺人，不仅自苦，还要苦人的动物。

曰福的蒙古族媳妇和“双棒儿”也来送别。

这次回国，本来眼馋村长位子，而打算在南大川安下心干的史陆久，说是要先避避风头去韩国，瞅准时机再回来。说自己回来当上村长，第一个就要刹刹南大川的歪风邪气。

“嘁，先把你那臭毛病改了再说。”千燮兄冷笑着哼了哼。

史陆久立马假惺惺地说：“哥你忘了我是‘二串子’了？嘿嘿。”

他们仨啥时回来也没约个准时候。

曰福的“双棒儿”闺女双手扯着爸爸的衣角，哭着问他啥时才能回来呀，本来哄闺女不哭的曰福媳妇儿，最后也忍不住掉起眼泪。

千燮兄挥挥手，说句赶紧回家吧，便独自一人先朝候机厅走去。

烂牙山东嫂子和斗民一脸阴郁地呆呆注视他的背影渐行渐远。

过了一会儿，曰福和史陆久也进了候机厅。

从机场回来，路过河南桥的时候，听到了上空马达轰鸣声。印有

"中国国际航空"字样的波音飞机，正调转机身向西南方向爬升。

"你爸该是坐了这架飞机吧？"曰福老婆阴着脸嘟哝。

山东嫂子和斗民打从机场出来便成了哑巴，一言不发。

千夔兄、曰福和史陆久就是这么离开的。到机场送别他们仨后，我们也是这么往回走着。

晚秋逼近时，南大川每个夜晚，苍白的月光，都似立马要化掉的冰溜子，流着流着，便残缺成阴郁的光线，如泪水般滴落，每晚……